Micaela Jary

Die Lindenterrasse

Ein Juwel am Elbstrand

Roman

FISCHER
TASCHENBUCH

Originalausgabe
Erschienen bei FISCHER Taschenbuch

Redaktion: Katharina Gerhardt
Kapitelvignette: Freepik
Satz: Fotosatz Amann, Memmingen
Druck und Bindung: GGP Media GmbH, Pößneck
ISBN 978-3-596-70920-5

Die wahre Schönheit,
das ist …
die Elbe unterhalb von Altona.

Marie-Henri Beyle, genannt Stendhal

Nienstedten,
Herzogtum Holstein-Pinneberg, Königreich Dänemark

PROLOG

17. Juni 1790

Der wöchentliche Marktbesuch ersetzte die Lektüre von Zeitungen, Geburtenregistern, Heiratsanzeigen und Trauerbriefen. Obwohl Nienstedten nur ein Dorf war, kamen die Bauern und Kundinnen aus fast allen umliegenden Gemeinden, um zwischen den hübschen weißen Katen und im Schatten der alten Fachwerkkirche Handel zu treiben und Klatsch und Neuigkeiten auszutauschen. Heute waren die steigenden Kosten das beherrschende Thema. Die Nachricht von der Abschaffung der Salzsteuer in Frankreich hatte die Bewohner der dänischen Provinz erreicht. Die Lebensmittelpreise und damit verbundenen Abgaben gingen jeden und jede etwas an, einerlei ob Landwirt, Fischer, Kaufmann oder Hausfrau – die meisten Menschen am Hochufer der Unterelbe lebten ebenso wie die Mehrzahl der Untertanen des dänischen Königs in dessen Kernland vor allem von eingelegten Heringen und gepökeltem Speck. Deshalb benötigten sie viel Salz. Die ständig steigenden Kosten verteuerten jedoch trotz einer gewissen Zollfreiheit fast alles auf nicht mehr hinnehmbare Weise. Manche Stimmen grummelten von einer Revolution wie im Vorjahr in Paris, und nicht wenige Männer gaben sich als Sympathisanten der Jakobiner zu erkennen.

Maria spazierte durch die Reihen von gut besuchten Buden,

Ständen und aufgestapelten Fässern, um die sich die Leute drängten, umrundete gackernde Hühner und an Pflöcke gebundene Kühe, lauschte der *Snackeree* und dachte, wie gut sie es getroffen hatte. Und das nicht nur, weil ihr Gatte mehr exotische Gewürze und Süßkram als Salz verarbeitete. Keinen Tag in ihrem Leben hatte sie Hunger leiden müssen. Als Tochter eines Kapitäns, der es bis zum Kommandanten des königlichen Arsenals in Kopenhagen gebracht hatte, hatte es ihr an nichts gefehlt. Ein gewisser Sparsinn war ihr zwar nicht fremd, doch materielle Not kannte sie nur von anderen.

Seinerzeit hatte sie lange überlegt, welchem Mann sie ihr Jawort geben wollte. Mit großer Schönheit gesegnet, hatte es ihr an Verehrern nicht gemangelt. Vor dreizehn Jahren hatte sie den Konditor Paridom Burmester allerdings nicht nur erwählt, weil er ein erstaunlich gebildeter und liebenswürdiger junger Mann war, sondern vor allem weil sie die Kunstwerke faszinierten, die er aus Zucker schuf – für die Nachbildung von Segelschiffen schien er besonders talentiert. Diese Fertigkeit hatte fast alle ihre Sinne berührt. Eine gewisse Rolle für ihre Entscheidung hatte zweifellos auch die bezaubernde Lage seines Hofs gespielt – und so war sie zu ihm in das Einhundertseelendorf am Geestrücken der Unterelbe gezogen, knapp zwei Stunden Kutschfahrt von der zweitgrößten dänischen Stadt Altona und ein wenig mehr von der reichsfreien Stadt Hamburg entfernt.

Es war eine Umstellung für sie gewesen, die Großstadt hinter sich zu lassen. Von Anfang an stillte der Rundgang über den Markt ihre Sehnsucht nach Lärm und Getümmel. Geselligkeit hatte sie durch das an Paridoms Backstube grenzende kleine *Konditerei* und die drei Jungen und zwei Mädchen, die sie im Laufe ihrer Ehe zur Welt brachte, mehr als genug. Dennoch war es immer wieder aufregend, den Händlern zuzusehen, Neuigkeiten aufzuschnappen und natürlich auch neue Waren aufzustöbern. Es war, als röche es sogar manchmal nach Übersee – oder danach, wie sie sich die große weite Welt vorstellte. Zudem veränderte sich seit geraumer Zeit das Publikum, Nienstedten war inzwischen um das Dreifache gewachsen, und unter die Bauern mischten sich neue Dorfbewohner.

»Sieh dir *dat Volk* an!« Dineke Matthiesen stöhnte auf. Die Frau des Pastors hatte sich, einen bereits recht gut befüllten Korb in der Hand, an Marias Seite gesellt. »Seit die Krone die Erschließung und den Verkauf von Parzellen in unserer Gegend erlaubt, kommen nicht nur Ausflügler her. Das sind alles reiche Hamburger. Die lassen sich Landhäuser am Heerweg bauen und treiben damit auch die Preise für alles andere in die Höhe.«

Tatsächlich ragten Zylinder und Federn über den Fischermützen und Kappen empor, Herren in Röcken aus feinstem Tuch standen neben Elbländern in groben Jacken aus Wolle in einer Reihe vor den Verkaufsständen, und Damen in Seidenkleidern traten in Konkurrenz zu den Schönheiten in Blankeneser Tracht. Münzen wanderten von manikürten in gröbere Hände, Mägde schleppten Einkäufe zu wartenden Kutschen, *Buttjes* verdienten sich ein Taschengeld, indem sie auf Pferde achtgaben oder Wassereimer für die edlen Tiere herbeischleppten. Manch vornehme Gesellschaft kehrte auch im Hof von Paridom Burmester ein, probierte seine Patisserien und ließ sich anschließend nicht lumpen. Deshalb erwiderte Maria: »Die neuen Gäste sind gut fürs Geschäft.«

»Deine Tüchtigkeit in Ehren, aber die Fremden bringen Zustände wie in Sodom und Gomorrha in unsere Gemeinde.«

Maria lächelte nachsichtig. »So schlimm ist es wohl noch nicht.« Während sie sprach, wich sie dem neugierigen Blick eines Mannes aus. Sie war es gewohnt, dass ihr viele Augen folgten. Die Geburten hatten sie zwar etwas fülliger werden lassen, ihr jedoch nichts von ihrer Schönheit genommen. Auch mit dreiunddreißig Jahren war sie noch eine auffallende Erscheinung: die Haut makellos, das Haar glänzend, die Haltung stolz. Ihre Herkunft und die enge Bekanntschaft ihres Gatten mit einer Reihe von Honoratioren in Altona und Hamburg hatten sie zu einer recht eleganten Dame heranreifen lassen, ihr aber nichts von ihrer Tatkraft genommen. Ein naives Püppchen wie manche Städterin war sie keineswegs. Das mochte eine anziehende Mischung für gewisse Neuankömmlinge sein, die auf den Höfen in Nienstedten wohl nur Bauernmägde erwarteten.

»Was hat ein wohlhabender Junggeselle schon vor, wenn er hier herauszieht?«, wollte Dineke wissen. »Ohne Frau. Ohne Kinder. Ich mag mir das zügellose Treiben gar nicht vorstellen, das er zu uns bringt.«

»Hast du jemand Bestimmten in Verdacht?«

Dineke seufzte so tief, als sei sie Simon, der das Kreuz Christi trug. »Der Name des Mannes, der dich so anstarrt, ist Joachim Graaf. Er soll kürzlich von einer Kavalierstour zurückgekehrt sein und ein großes Erbe angetreten haben. Jedenfalls scheint er viel Geld zu besitzen, denn er kauft zwischen hier und Teufelsbrück so viel Land auf, wie er nur kriegen kann. Es heißt, er wolle Landschaftsgärtner aus England und Kunstgärtner aus Frankreich kommen lassen, um neben einem Landgut einen Park zu erschaffen. Was will er dort wohl anderes tun als lustwandeln?«

Mit einem kleinen Seitenblick vergewisserte sich Maria, dass sich der Herr noch immer in ihrer Nähe befand. Er richtete seine Aufmerksamkeit jedoch inzwischen auf die Auslagen eines Schlachters. »Vielleicht sucht er nur Ruhe und will, wie die meisten Ausflügler, dem Gestank in der Stadt entfliehen.«

»Nimm dich in Acht vor seinesgleichen«, warnte die Pastorsfrau. »Er war in Frankreich und hat von dort sicher denselben Lebensstil mitgebracht wie die vielen Flüchtlinge, die großherzige, gottesfürchtige Seelen in den Städten aufnehmen, ohne zu ahnen, was ihnen blüht. Ich habe gehört, dass die Fremden die Sitten in Altona und Hamburg drastisch verändert haben. Selbst großbürgerliche Damen feiern die ganze Nacht hindurch, schlafen bis in den Nachmittag hinein und vernachlässigen ihre Kinder. Wenn das nicht Sodom und Gomorrha ist, weiß ich auch nicht.«

Maria wollte entgegnen, dass das alles gewiss nur Gerede war und man aufgeschlossener gegenüber den Fremden sein sollte, die ihre Heimat verlassen mussten, um die eigene Haut zu retten. Das dänische Altona war mehr noch als Hamburg für seine toleranten Gesetze berühmt. Doch zu ihrer Bemerkung kam sie nicht.

Ein Aufschrei ging durch die Menge: »Sie kommt! Die Fregatte Hanse ist in Sicht!« Als wäre dies ein Signal, strömten die Menschen zu jenem Platz zwischen den Katen, von dem aus ein freier Blick auf das breite, goldglänzende Band der Elbe bestand. Und wer seine Waren nicht alleine lassen wollte, reckte den Hals. Der Wind stand günstig, und die Aussicht auf die geblähten Segel war unvergleichlich.

Diese lenkte auch Dineke von den französischen Sitten ab. »Komm, Maria, lass uns zugucken. Obwohl ich an den Anblick der aufgetakelten Schiffe gewöhnt sein sollte, kann ich mich doch niemals daran sattsehen!«

»Oh ja«, versicherte Maria. Sie wollte der Freundin nicht dauernd widersprechen, außerdem hatte Dineke ja recht. Eigentlich aber sollte sie jetzt schnellstens nach Hause laufen und dem Segelschiff nicht mitten unter Nachbarn und Fremden zuwinken, sondern Paridoms Begeisterung an dessen Seite teilen.

Ihr Mann hegte eine tiefe Liebe zur Seefahrt. Eine Liebe, die unerfüllt geblieben war, Erbe und Pflichterfüllung waren ihm wichtiger gewesen. Maria glaubte, dass er sich für sie interessiert hatte, weil ihr Vater zur See fuhr und Paridom sich mit ihr als Ehefrau eine Art Meeresbrise in die gute Stube und zu den Segelschiffen en miniature holte. Die Fregatte Hanse würde er gewiss in Zuckerguss nachbauen. Zuvor jedoch würde er die Heimkehrer begrüßen.

Unschlüssig schritt Maria über den Marktplatz, der sich langsam leerte. Sollte sie wirklich Dineke und den anderen folgen? Oder lieber zur eigenen Aussichtsplattform hoch über der Elbe rennen, ungeachtet der Besorgungen, die sie noch erledigen musste? Vor ihrem geistigen Auge tauchte Paridom auf, der die Kinder fortscheuchte und sich bestimmt schon an der Kanone zu schaffen machte, die glänzend in der Sonne auf dem natürlichen Plateau vor ihrem Haus stand. »Ich bin der Vorposten«, würde er zu ihr sagen. Das tat er seit fast dreizehn Jahren so gut wie immer, wenn ein Schiff einlief. »Ich bin der Erste, der die Mannschaften landeinwärts empfängt.« Dann würde er einen Salut abfeuern …

In diesem Moment knallte der Schuss.

Maria nahm die Vögel wahr, die erschrocken aus einem Baum aufflogen. Dann bemerkte sie Köpfe, die sich verwundert umschauten.

Ihre Lippen bewegten sich, ohne dass sie bewusst sprach.

Nach der ersten Schrecksekunde formte sie jedoch leise die Worte: »Es ist zu früh …« Und dann dachte sie, dass Paridom immer drei Schüsse zur Begrüßung abfeuerte. Auf den ersten folgte heute aber kein weiterer.

Der Einkaufskorb glitt ihr aus der Hand. Eine Kartoffel fiel heraus und rollte über das Kopfsteinpflaster.

Ohne auf die bereits erstandenen Waren zu achten, setzte sich Maria in Bewegung. Ihr Herz schlug schon bis zum Hals, bevor sie ihre Röcke raffte und zu einem schnellen Lauf ansetzte. Sie scherte sich nicht darum, dass ihre Beine bis zu den Knien für jedermann sichtbar waren. Rücksichtslos rempelte sie gegen andere Passanten.

Sie rannte wie um ihr Leben.

Kommt alle zu mir,
wenn Euch der Magen knurrt,
und ich werde Euch wiederherstellen.

Motto des Wirts Boulanger,
der 1765 das erste »Restaurant« der Welt in Paris eröffnete

Nienstedten

1

Niemand wusste, warum das Pulver zu früh explodiert war und den Schützen getroffen hatte. Vielleicht hatte Paridom die Begeisterung unvorsichtig werden lassen. Oder er war von dem Anblick der Richtung Hafen segelnden Fregatte abgelenkt worden.

Als Maria zu Hause ankam, herrschte Chaos. Der Geselle und der Lehrling waren aus der Backstube herbeigeeilt, die Magd versuchte, die jüngeren Kinder davon abzuhalten, neben ihrem sterbenden Vater Fangen zu spielen, die älteren beobachteten schockiert das Geschehen, während immer mehr Nachbarn hinzukamen, aufgeschreckt von dem Knall. Angesichts der Hausherrin traten alle plötzlich – stumm – zurück. Und es war ein Wunder, dass Maria bei all dem Blut nicht in Ohnmacht fiel. Doch die eigene Befindlichkeit kam ihr in diesem Moment nicht in den Sinn. Der sterbende Mann brauchte sie. Ihre Energie ebenso wie ihre Liebe.

*

Nun stand Maria in der Stube, die Paridom als *Konditerei* eingerichtet hatte, und strich nachdenklich über das geblähte Segel einer Kogge. Es war eine Nachbildung *en miniature*, in einer Reihe mit den anderen Schiffsmodellen aus seiner Herstellung. Zweifellos handelte es sich um ein besonderes Kunstwerk, mit dem er seine Sehnsucht nach der Seefahrt zu stillen versucht hatte. Am Ende hatte er seine unerfüllte Liebe mit dem Tod bezahlt.

Maria ließ von dem Zuckergussmodell der Kogge ab und drehte sich zu dem Besucher um, dessen Gegenwart sie in ihrem Rücken wie eine Bedrohung empfand. »Sie haben sich umsonst herbemüht, Herr Frese«, erklärte sie mit fester Stimme. »Ich werde den Hof nicht verkaufen. Und ich frage mich, wie Sie zu der Annahme kommen, ich würde es tun, kaum dass mein Gatte unter der Erde liegt.«

Bereits nach dem Trauergottesdienst war sie von ihren Freundinnen und Bekannten vor den Geiern gewarnt worden, die sich auf ihr Erbe stürzen würden. Das Anwesen, gelegen auf einem gewiss im Wert steigenden Grund auf der Flussseite des Dorfes, würde Begehrlichkeiten wecken. Besonders Dineke wurde nicht müde, Maria unermüdlich auf die Fremden hinzuweisen, die sich überall einzukaufen versuchten. Doch nun war es ein alter Bekannter, der ihr ein erstes Angebot unterbreitete.

Magnus Frese war groß und breit gebaut. Den erfolgreichen Gastwirt sah man ihm an. Über seinem runden Bauch, Zeugnis der guten Küche in seinem Park-Hotel in Flottbek, spannte sich die Weste. Als er die Arme ausbreitete, schien es Maria, als würden die Nähte seines schwarzen Rocks bis zum Äußersten gespannt. Noch ein Atemzug, fuhr es ihr durch den Kopf, und sie platzen.

Gerne wurde in seiner angesehenen Wirtschaft auf der anderen Seite des Flottbeker Bachs gegessen und getrunken, häufig nutzten Reisende und Ausflügler das Haus für eine Übernachtung. Diese Beliebtheit schien ihm nicht zu genügen, er ärgerte sich wohl über die wachsende Konkurrenz, die ihm in den weiter stromabwärts gelegenen Dörfern erwuchs. Offenbar meinte er, es könne sich für ihn lohnen, ihren Hof zu erwerben und zu schließen oder in eine Herberge auf eigene Rechnung zu verwandeln. Sicher bot er ihr aber zunächst einen viel zu niedrigen Preis.

»Woran halten Sie sich fest, gute Frau?«, fragte er gönnerhaft. »Das Anwesen hat in der Vergangenheit so oft den Besitzer gewechselt, dass es müßig ist, von Ehre und einer Tradition zu sprechen, die für die Nachkommen bestimmt ist.«

Leider hatte er recht. Maria war bekannt, dass es sich bei ihrem Heim um ein Spekulationsobjekt gehandelt hatte – bis es die Hamburger Witwe Magdalena Burmester vor fünfundzwanzig Jahren für immerhin dreitausend Mark als Zukunftssicherung für ihren Sohn gekauft hatte. Das viele Geld war bei Paridom gut angelegt, der hier nicht nur die Zuckerbäckerei betrieb, sondern auch eine Familie gegründet hatte. Nun war Maria seine Erbin – und aus ganzem Herzen darauf bedacht, den Nachlass für ihre Kinder zu erhalten, auch wenn Paridom nach dem Tod seiner Mutter nur zehn Jahre lang der Eigentümer gewesen war. Diese kurze Zeit war zumindest kein Grund, Freses Angebot anzunehmen.

Sie kam nicht dazu, ihn zurechtzuweisen. Die Eingangstür öffnete sich, Schritte hallten über die Fliesen, die Tür fiel mit einem dumpfen Knall ins Schloss.

»Guten Morgen, die Herrschaften. Könnte ich hier vielleicht ein Frühstück bekommen?«

Maria wandte ihren Blick zu dem Fremden. Er war nicht so groß wie Frese und von deutlich schlankerer Statur, seine Kleidung wirkte ein wenig zerknittert, die Stiefel verstaubt, offenbar hatte er eine lange Reise hinter sich. Der breitkrempige Hut warf einen Schatten auf das schmale, kantige Gesicht darunter. Als er ihn lüftete, kamen eine hohe Stirn, dunkles Haar, dichte Brauen und strahlende blaue Augen zum Vorschein. Obwohl seine Garderobe etwas heruntergekommen wirkte, war seine Haltung vorbildlich. Er trug eine Reisetasche bei sich und war sicher kein Tagelöhner, sondern ein zahlungskräftiger Kunde. Dennoch kam er ungelegen.

»Dieses ist ein Trauerhaus«, wies sie ihn seufzend ab. Dabei fühlte sie sich schlecht. Einen Gast fortzuschicken, war nicht im Sinne des Verstorbenen. Doch sie verfügte im Augenblick nicht einmal mehr über ausreichend Personal zur Bedienung oder um eine Mahlzeit zuzubereiten. Außer der Magd, die am heutigen Waschtag anderweitig beschäftigt war, und der Kinderfrau hatte Maria alle Dienstboten und Angestellten nach dem Unglück entlassen, da sie ohne Paridoms Aufsicht keine Patisserien herstellen konnte.

»Hier ist geschlossen«, blaffte Magnus Frese. »Im Dorf befinden sich vier Gastwirtschaften. Suchen Sie sich ein anderes Lokal.«

Seine Einmischung veranlasste Maria prompt zu mehr Freundlichkeit gegenüber dem anderen Mann. »Ich kann Ihnen nur einen Becher Milch und ein Stück Schwarzbrottorte anbieten, mein Herr, sonst nichts, Suppe und Grütze sind aus, belegte Brote kann ich Ihnen leider auch nicht machen lassen.«

Die Augen des Fremden wanderten von Frese zu Maria, wieder zurück und blieben schließlich an ihr hängen, wobei er wohl endlich die Witwenhaube auf ihrem hellen Haar und die schwarze Kleidung wahrnahm. Er lächelte sie an, und das Grübchen in seinem Kinn vertiefte sich. »Danke für das großzügige Angebot, *Madame*. Es tut mir leid, wenn ich ungelegen komme, aber da ich sehr müde und hungrig bin, nehme gerne einen Becher Milch und ein Stück Kuchen.«

Wie er dieses »Madame« aussprach! Als wohnte dem französischen Wort ein Zauber inne. Ihr unbekannter Gast schien ein Kavalier zu sein. Maria spürte ein leichtes Erröten auf ihren Wangen – und ignorierte Freses Schnauben neben sich. »Nehmen Sie bitte Platz, wo es Ihnen gefällt, *Monsieur.*«

Der setzte sich auf die Bank am Fenster, stellte seine Tasche daneben und deponierte seinen Hut darauf. Dann zog er ein Büchlein aus seinem Rock, blätterte darin und vertiefte sich unverzüglich in seine Lektüre. Er wirkte, als habe er sein Umfeld binnen Sekunden vergessen. Nicht einmal den schönen Blick über die Elbe schien er zu registrieren.

»Sie können die Wirtschaft nicht allein weiterführen, Maria Burmester«, zischte Frese. »Sie benötigen eine Hand, die Ihnen die Sorge um alles abnimmt.«

Sie sah ihn scharf an. »Etwa Ihre Hand?«

»Die ist besser als andere.«

»Vielleicht«, räumte sie achselzuckend ein, um dann allerdings kopfschüttelnd festzustellen: »Vielleicht aber auch nicht.«

»Der Preis, den ich zu bezahlen bereit bin, ermöglicht Ihnen ein gutes Leben.«

»Ich habe ein gutes Leben«, erwiderte sie trotzig. In Gedanken setzte sie ihre Worte in die Vergangenheit. An Paridoms Seite hatte sie ein gutes Leben geführt. In die Zukunft wagte sie noch nicht zu schauen, zu vieles musste bedacht werden, denn sie durfte sich ja nicht nur um sich selbst kümmern, sondern musste auch für das Wohl ihrer Kinder Sorge tragen.

Ohne Magnus Frese weiter zu beachten, trat sie hinter den Tresen, um ihrer Pflicht als Wirtin nachzukommen. Sie bewegte sich dabei so brüsk, dass der Saum ihres schwarzen Kleides um ihre Beine flog.

Frese hatte wohl einen Blick auf ihre Fesseln geworfen, denn er verlegte sich auf Schmeicheleien: »Sie sind eine schöne Frau, Maria, Sie sollten nicht hart arbeiten müssen …«

»Für Sie Frau Burmester«, korrigierte sie ihn scharf. »Und Sie sollten Ihre Hand anderswo anbieten, hier wird sie nicht gebraucht.«

Demonstrativ hantierte sie mit dem Milchkrug, der auf der Theke stand, und mit einem Becher, den sie aus dem Schrank dahinter nahm. Dann hob sie den Fliegenschutz, ein engmaschiges Korbgeflecht, von einer großen Platte, griff nach dem danebenliegenden Messer und schnitt eine großzügige Scheibe von dem Kuchen ab. Mit der Spitze spießte sie sie auf, um sie auf einen Teller zu legen. Erst als sie das Messer wieder fortlegte, schien sich Frese zu entspannen. Unwillkürlich lächelte sie. Glaubte dieser *Dööskopp*, sie wollte ihn erstechen? Was für ein *Tüddelkraam*!

Er stand wie ein Baum in ihrem Weg, doch Maria gelang es, sich an ihm vorbeizuschieben und die Bestellung unbeschadet an den Tisch ihres Gastes zu bringen.

Der Fremde schenkte ihr ein flüchtiges Lächeln, begleitet von einem Nicken. Dabei sah er von seinen Notizen kaum auf.

»Wohl bekomm's«, wünschte sie. Sie zögerte einen Moment. Zu gerne hätte sie den Mann mit den strahlenden Augen in ein Gespräch verwickelt. Schon allein um Freses Aufsässigkeit zu entkommen. Aber ihr Gast schien mit sich selbst zufrieden zu sein. Sie unterdrückte ein Seufzen und wandte sich ab.

Frese stand dicht hinter ihr. »Maria«, säuselte er, »mein Verlangen gehört nicht nur dem Haus.« Offenbar war ihm die Anwesenheit des anderen gleichgültig. »Ich begehre dich.«

Was für ein unsäglich schlechtes Benehmen, fuhr es Maria durch den Kopf, Privates vor einem Gast zu offenbaren. Ganz abgesehen davon, dass es sich nicht gehörte, einer jungen Witwe so rasch nach der Beerdigung schon Avancen zu machen. Und von einer Schankhure war sie so weit entfernt wie der Mond von der Erde.

Sie schnaubte verächtlich. »Verschwinden Sie, Magnus Frese!«

»Maria«, wiederholte er und legte seine Hand auf ihren Arm.

»Was fällt Ihnen ein?«

»Ich bekomme immer, was ich möchte.«

Sie versuchte ihn abzuschütteln, doch seine Finger gruben sich in das schwarze Tuch ihres langen Ärmels und darunter in ihr Fleisch. Er tat ihr weh. Vermutlich bezweckte er das, um ihr seine Macht zu demonstrieren …

»Sie sollten die Frau loslassen«, sagte eine Stimme im Hintergrund. Es klang keinesfalls wie eine Drohung, eher wie ein freundlich geäußerter Ratschlag.

Frese ignorierte den Fremden. Sein Griff wurde noch fester, er trat so nah an Maria heran, dass er sie mit der nächsten Bewegung beinahe umklammerte.

Sie hielt den Atem an.

»Wenn ich es richtig in Erinnerung habe, sind Sie bereits aufgefordert worden, zu gehen«, sagte ihr Gast.

»Kümmern Sie sich um Ihre eigenen Angelegenheiten«, schnaubte Frese.

Maria wünschte, dem Fremden nicht den Rücken kehren zu müssen. Doch sie war wie gefangen hinter Magnus Freses Körper und dem Tisch. »Es ist … gut«, erklärte sie stockend und wusste selbst nicht genau, was sie eigentlich meinte, denn eigentlich war gar nichts in Ordnung. Sie hasste Schwäche und wünschte, sich aus eigener Kraft befreien zu können. Doch das war unmöglich.

»Es wäre sehr freundlich von Ihnen, wenn Sie mich mein Frühstück in Ruhe genießen lassen könnten, Monsieur. Auseinandersetzungen verderben leider den Geschmack. Und das wäre schade. Dieser Kuchen ist ganz hervorragend.«

Die Süffisanz, mit der ihr Gast sprach, hätte Maria unter anderen Umständen amüsiert. Ihr erster Eindruck hatte sie nicht getäuscht – er war ein kultivierter Mann. Wäre sie etwas weniger bedrängt, hätte sie über seine feine Ironie gelächelt. Immerhin fühlte sie sich durch seinen Schutz sicherer. »Gehen Sie endlich!«, fauchte sie.

Magnus Frese ließ sich Zeit. Sein Blick ruhte lange auf Marias Gesicht, und sie senkte die Lider, weil sie ihm nicht in die Augen sehen wollte. Stattdessen hob sie ihr Kinn und straffte die Schultern. Sicher hatte er nicht erwartet, dass ihr jemand zu Hilfe eilen würde. Glücklicherweise kapitulierte er und ließ es nicht auf einen Streit mit dem Gast ankommen. Er lockerte seinen Griff so plötzlich und trat einen großen Schritt von ihr fort, dass sie gegen ein Taumeln ankämpfen musste.

»Adieu, Monsieur«, sagte der Fremde hinter ihr.

Zweifellos ging Frese ein Fluch durch den Kopf. Seine Wangen röteten sich, eine Ader an seiner Schläfe trat blau und pochend hervor. Stumm wandte er sich ab. Er nahm seinen Hut vom Haken neben dem Eingang. Bevor er hinausging, sah er zu Maria, die sich nicht gerührt hatte. »Das letzte Wort ist noch nicht gesprochen«, schmetterte er ihr entgegen. »Ich komme wieder.« Den Gast missachtete er. Mit einem lauten Knall fiel die Tür hinter Frese ins Schloss.

Maria zuckte zusammen.

Nach ein paar Atemzügen hatte sie sich wieder gefasst. Sie drehte sich langsam zu dem Herrn hinter ihr um. Der hatte sich neben dem Tresen aufgebaut.

»Es tut mir leid«, hob sie an und spürte tatsächlich mehr Verlegenheit als Dankbarkeit für seine Ritterlichkeit, »dass Sie Zeuge dieses Auftritts geworden sind.«

Er schüttelte den Kopf. »Für mich war es eine Erfahrung. Man hat mir gesagt, die Menschen im Norden seien nicht besonders feurig. Offenbar ein Irrtum.«

Seit wann ist Temperament ein Synonym für Raffgier?, fuhr es ihr durch den Kopf. Laut sagte sie: »Bitte nehmen Sie wieder Platz und genießen Sie das Frühstück.«

Er folgte ihrer Aufforderung. »Hätten Sie vielleicht noch ein Stück von diesem köstlichen Kuchen?«

»Es freut mich, dass er Ihnen schmeckt. Ich habe ihn nach einem Rezept meines verstorbenen Mannes gebacken.« Ein kleiner Seufzer schloss sich an. Sie vermisste Paridom so sehr. Sein Talent. Seine Verrücktheiten, die sie meistens zum Lachen gebracht hatten. Seinen Schutz.

Sie bemerkte den aufmerksamen, etwas neugierigen Blick ihres Gastes und wandte sich ab. Mit geübten Handgriffen führte sie seine Bestellung aus. Als sie das zweite Stück Kuchen vor ihn hinstellte, war er erneut in seine Lektüre versunken.

*

Nachdem der Herr gegangen war, fühlte sich Maria seltsam alleingelassen. Das war natürlich albern, da sie mit ihm kein persönliches Wort mehr gewechselt hatte. Aber es kam ihr vor, als sei mit ihm ein Sonnenstrahl in die Gaststube gedrungen, der nun wieder verschwunden war. Der Raum fühlte sich kalt und verlassen an. Unwillkürlich schlang sie die Arme um ihren Oberkörper, während sie hinter der Tür stand, ratlos, was sie als Nächstes tun sollte. Dabei hatte sie – weiß Gott! – genug zu erledigen.

Paridom hatte seine Bücher schlecht geführt. In seiner Seele schlummerte wohl mehr von einem Künstler, als Maria erwartet hatte. Jeden Tag musste sie sich inzwischen dazu zwingen, dem Durcheinander auf seinem Schreibtisch Herr zu werden, Briefe, Rechnungen und Aufträge an Lieferanten zu sortieren, Zahlungen zu kontrollieren und offene Beträge zusammenzuzählen. Es war eine Arbeit, die sie hasste, die aber notwendig war, um die offenen Verbindlichkeiten zu berechnen. Manche Nacht konnte sie nicht schlafen aus Angst vor einem Schuldenberg, den sie nicht zu bewältigen imstande sein würde. Der Verkauf des Anwesens war nicht ganz so unwahrscheinlich wie sie Magnus Frese weisgemacht hatte.

Natürlich musste sie auch das Wohl ihrer Kinder berücksichtigen. Immanuel, ihr zwölf Jahre alter Erstgeborener, besuchte ein privates Institut für Knaben in Hamburg. Paridom hatte sich für ihn eine Zukunft als Kaufmann vorgestellt, als einer, der in Übersee gute Geschäfte machte. Seit der Unabhängigkeitserklärung der Amerikaner litten die Hamburger nicht mehr unter den Monopolen der Briten, Franzosen und Holländer, die keinem fremden Schiff den Warentransport aus ihren Kolonien erlaubten. Dadurch öffneten sich neue Möglichkeiten, die wohl zu enormen Gewinnen führten. Die neuen Landhäuser an der Elbe erzählten von diesem Reichtum.

Für Elisabeth und Antoinette hätte Paridom wohlhabende, treusorgende Ehemänner ausgewählt, doch die Töchter waren augenblicklich mit zehn und neun Jahren gerade einmal alt genug für einen Lehrer. Selbst für die Älteste würde von einem Bräutigam noch lange keine Rede sein. Vielleicht würde Jean eines Tages der nächste Zuckerbäcker werden, aber wer konnte schon sagen, ob der Sechsjährige das Talent seines Vaters geerbt hatte? Oder lag es dem Kleinsten im Blut, so wohlschmeckendes Backwerk herzustellen und aus Zucker Kunstwerke zu modellieren? Nicolaus, der den zweiten Namen seines Vaters trug und erst drei Jahre alt war. Rasch wischte sich Maria die erste der aufsteigenden Tränen aus dem Augenwinkel.

Das Schicksal ihres Erbes lag in Gottes Hand – und ganz gewiss nicht in Magnus Freses. Der sollte man nicht meinen, er sei etwas Besseres, weil er einen dicken Wanst vor sich hertrug.

Einem plötzlichen Einfall folgend, nahm sie den eisernen Schlüssel aus einer Schublade und versperrte damit den Eingang. Wahrscheinlich würde Frese durch die Hintertür hereinkommen, wenn er denn unbedingt zu ihr wollte, doch sie fühlte sich wohler, solange sie seinen unverschämten Forderungen wenigstens an einer Stelle einen Riegel vorschob.

2

Als sie sich am darauffolgenden Sonntag zum Gottesdienst aufmachte, hatte sie die Inventur von Paridoms Besitz noch lange nicht abgeschlossen. Da es bis zum Konfirmandenunterricht ihrer Kinder noch dauerte, war sie – wie immer in den vergangenen Wochen – allein unterwegs.

Unter den herbeiströmenden Gemeindemitgliedern suchte

Maria nach dem Gesicht von Magnus Frese. Dass er sie nach seinem Besuch neulich in Ruhe gelassen hatte, verunsicherte sie. Sie war überzeugt davon, dass er sein Ziel noch nicht aufgegeben hatte. Eine überraschende Begegnung im Kirchhof und eine womöglich kompromittierende Situation könnten ihm dem vielleicht näher bringen, wer wusste das schon? Er gehörte dem Wohnsitz nach zwar dem Kirchspiel Ottensen an, doch sie befürchtete, er würde ihr bis zum Abendmahl folgen, wenn es denn nützlich für ihn sein könnte. Sie traute ihm alles zu. Allerdings ließ er sich heute nicht blicken.

Die schöne Fachwerkkirche und der sie umgebende kleine Friedhof lagen nur wenige Schritte vom Hof der Burmesters entfernt auf der anderen Seite des Heerweges. Früher waren Maria und Paridom häufig erst mit dem letzten Glockenschlag über die Straße geeilt und hatten gerade noch pünktlich in einer der Bänke Platz genommen. Seit seinem Tod brauchte sie nicht mehr darauf zu achten, dass alles vorbereitet sein würde für Gäste, die nach Segen und Schlusslied in die Bäckerei kamen – alle Dorfbewohner wussten von dem Trauerfall und der Schließung der Lokalität, niemand klopfte an ihre Tür. Auch der freundliche *Monsieur* von neulich war wohl nur auf der Durchreise gewesen und nicht wiedergekommen.

Nachbarn grüßten Maria höflich, manch eine Frau blieb stehen, um sich nach ihrem Befinden zu erkundigen. Dann lächelte sie still, bedankte sich und dachte, dass sie ihre Sorgen selbst gegenüber der wohlmeinendsten Bekannten ja doch für sich behalten musste. Klatsch war ihre Sache nicht. *Dumm Tüch* war das Letzte, was sie in ihrer Situation gebrauchen konnte.

Eine heranrollende Kutsche lenkte die Aufmerksamkeit der Kirchgänger ab. Ebenfalls neugierig, beobachtete Maria, wie der Einspänner vor dem Südportal vom Fahrer gezügelt wurde. Der elegant gekleidete Herr, der dem Wagen entstieg, ohne auf die Hilfe des Lakaien zu achten, war kein Unbekannter: Es handelte sich um jenen Joachim Graaf, dessen Landkäufe Dinekes böseste Ahnungen hervorriefen. Maria erinnerte sich genau an seine Blicke auf dem Markt. Ein paar Minuten nur, bevor der Schuss aus Paridoms Kanone ihr Leben von Grund auf verändert hatte. Allein wegen des Zusammentreffens der Ereignisse würde sie diesen Herrn niemals vergessen. Seit damals hatte sie ihn jedoch nicht wiedergesehen. Offenbar nahm er heute zum ersten Mal am Gottesdienst von Pastor Matthiesen teil.

Überrascht registrierte Maria seinen Begleiter. Nach Graaf kletterte ein zweiter Mann aus dem Wagen – und der ließ sie nach Luft schnappen. Es war der Gast, dem sie neulich das improvisierte Frühstück serviert hatte. Seine Kleidung war weniger verstaubt und dieses Mal von ausgezeichnetem Schnitt und Tuch, sein dunkles Haar unter seinem Hut womöglich gepudert, sie konnte es nicht genau sehen. Er wirkte nicht weniger vornehm als sein Gefährte. Ein echter *Monsieur* eben.

Die beiden Männer sorgten für reichlich Aufsehen unter den Dorfbewohnern. Das allgemeine Geschnatter nahm zu, und Maria wünschte, sie stünde näher bei den Klatschbasen, aber außer einem Raunen, das wie das Rauschen einer Welle klang, verstand sie nicht, was sich die Leute über die Neuankömmlinge erzählten. Die Männer und Frauen, die sich in Gruppen am Portal unter der Sonnenuhr versammelt hatten, traten ehrfürchtig wie bei einem Spalier zur Seite. Unwillkürlich fand sich Maria mitten im Weg. Hastig wich sie ebenfalls zurück.

»Guten Morgen, Madame.«

Sie sah in die strahlend blauen Augen.

»Moin«, gab sie knapp zurück.

Ihre Bekanntschaft war zweifellos die Attraktion der Gemeinde. Sie brauchte nicht erst zu ihren Nachbarn hinzusehen, um das zu wissen, die Neugier schwang in der Luft wie das Flirren der Sonne. Mit einem Lächeln, das sie dem Fremden gerne geschenkt hätte, würde sie noch mehr auffallen. Deshalb verkniff sie es sich.

»Haben Sie die Gaststube wieder geöffnet?«, hob der Fremde an.

»Ich bedauere. Es ist noch geschlossen.«

»Wie schade. Die Aussicht, nach dem Kirchgang bei Ihnen einkehren und den Kuchen erneut probieren zu dürfen, hat mich beflügelt.«

»Der Kuchen ist leider aus.«

»Hoffentlich bewirten Sie bald wieder Gäste …«

Maria senkte sittsam den Kopf. Während sie auf die Spitzen ihrer Schnürstiefel sah, dachte sie, dass sie derselben Hoffnung war. Ihre Möglichkeiten waren momentan jedoch begrenzt.

»Jacques!« Eine Männerstimme drang über den Kirchhof, unterbrochen von dem Geläut der Glocken. »Kommen Sie her. Ich möchte Sie mit der Frau Pastor bekannt machen.«

Obwohl Graafs Aufforderung wie ein Befehl geklungen hatte, rief der Fremde zurück. »Bitte, einen Moment noch.« An Maria gewandt fügte er hinzu: »Ich würde mich Ihnen gerne vorstellen … und da niemand da ist, der das für mich übernimmt, tue ich es selbst: Mein Name ist Daniel Louis Jacques.«

Tatsächlich ein Franzose. Deshalb klang das Wort *Madame* aus seinem Mund so viel magischer als von den Lippen eines

Elbländers. Wenn Dineke mit ihrer Meinung über die Sitten der Flüchtlinge recht hatte, sollte sich Maria allerdings fernhalten von diesem Mann. Sein Charisma könnte Verwirrung in den Gedanken einer jungen Witwe stiften, die Leichtsinnigkeit seiner Kultur bezaubern, das Fremdländische für Abwechslung sorgen. Doch von alldem wollte sie nichts wissen. Sie vermisste Paridom aus ganzem Herzen – und war gerade deshalb anfällig für all das, was Daniel Louis Jacques für sie verkörperte.

Nach einem Moment unruhiger Sprachlosigkeit besann sich Maria der guten Sitten und knickste leicht. Ihren Namen nannte sie nicht.

»Jacques!« Graafs Stimme donnerte wie ein Gewitter.

»Stets zu Ihren Diensten, Madame.« Daniel Louis Jacques verneigte sich vor ihr. Dann drehte er sich nach seinem Begleiter um.

Joachim Graaf verweilte neben Dineke Matthiesen, die sich zur Begrüßung der Gemeinde neben dem Eingang der Kirche aufgebaut hatte. Ihr Mann arbeitete wahrscheinlich noch an seiner Predigt – von dem war nichts zu sehen. Dineke strahlte und fühlte sich offensichtlich wie die Königin von Nienstedten. Ihre Vorbehalte, sofern sie diese gegen den neuen Anwohner noch immer umtrieben, ließ sie sich nicht anmerken.

Die Blicke der Gemeindemitglieder wanderten von den beiden Fremden zu Maria. Sicher ging allen die Frage durch den Kopf, woher sie den fremden Herrn kannte. Schlimmer noch. Als sie genau hinsah, bemerkte sie, dass Daniel Louis Jacques und Joachim Graaf nicht mehr mit Dineke sprachen, sondern ein paar leise Worte untereinander wechselten. Dabei galt die Aufmerksamkeit der beiden zweifellos ihrer Person. Sie redeten eindeutig über sie.

Hocherhobenen Hauptes stand sie da in ihrem schwarzen Kleid und der schwarzen Witwenhaube auf dem goldblonden Haar und ließ es geschehen. Sich verlegen zurückzuziehen, war ihre Sache nicht. Trotzig erwiderte sie die neugierigen Blicke ihrer Nachbarn und war gleichzeitig dankbar, dass sie niemand nach ihrer Bekanntschaft mit dem Fremden fragte. So harmlos ihre Begegnung auch war, es gefiel ihr nicht, diese vor den anderen breittreten zu müssen.

Der Klang der Orgel beendete die Szene. Das Vorspiel rief die Gemeinde zum Gottesdienst. Nach und nach schickten sich die Gläubigen an, in den Saalbau mit seinen Säulen und zweigeschossigen Emporen zu gelangen, die Sitzordnung nach Stand und Geschlechterzugehörigkeit in den Bänken streng einhaltend. Maria nahm ihren gewohnten Platz am Altar ein. Paridom Burmester war ein sehr angesehener Mann gewesen, sogar der britische Ministerresident in Hamburg war als Pate zur Taufe von Immanuel angereist. Diese Prominenz übertrug sich auf Paridoms Gemahlin und Witwe. Maria saß deshalb in direkter Sichtweite zu den seitlich gelegenen Betstühlen der Honoratioren. Wenig überraschend reihten sich dort der neue Landbesitzer und sein französischer Freund ein.

Während des Eingangslieds sah Maria verstohlen hinüber. Joachim Graaf und Daniel Louis Jacques sangen voller Inbrunst mit. Auch das »Amen« nach dem Votum fiel so nachdrücklich aus, dass sie glaubte, Jacques' Stimme im Chor der Gemeinde ausmachen zu können. Im nächsten Moment schalt sie sich für ihre Überlegung. Was ging es sie an, ob er laut oder leise sang, deutlich oder verhalten sprach?

Um sich abzulenken, konzentrierte sie sich auf den Pastor. Der war ein liebenswürdiger Mann, der in Nienstedten besser verdiente als in seinen früheren Gemeinden und sich mit

Dineke ein angenehmes Leben eingerichtet hatte. Die beiden hatten keinen Nachwuchs, nur sich, und Maria dachte, welch Trost es ihr war, zu wissen, dass Paridom in seinen Kindern weiterleben würde. Vielleicht würde Immanuel ja doch einen guten Zuckerbäcker abgeben. Wer wusste das schon? Paridoms Vater war ebenfalls Konditor gewesen. Es war natürlich die naheliegendste Lösung, ihren Ältesten von der Schule zu nehmen und in die Lehre zu geben. Preiswerter war es sicher. Vielleicht hatte sich Paridom ja geirrt, und aus Immanuel würde kein erfolgreicher Kaufmann werden. Die gebildeten Männer in ihrem Umfeld sprachen von neuen Erziehungs- und Unterrichtsmethoden, die das tief verwurzelte Können eines Kindes in Betracht zogen, anstatt nur die Pläne der Väter zu berücksichtigen. Maria beschloss, mit seinem Lehrer über Immanuels Begabung sprechen. Noch etwas, das wichtig für die Zukunft war. Für die ihres Sohnes – wie für ihre eigene.

Hamburg

3

»Wenn Sie nicht um dieses Gespräch ersucht hätten, wäre ich nicht umhingekommen, Sie einzuladen«, erklärte Schuldirektor Gröning statt einer Begrüßung. Er wies auf den Besucherstuhl. »Bitte, nehmen Sie Platz.«

Beklommen sah sich Maria in dem Büro um. Es war ein kleiner Raum mit einem Fenster, das trotz des außerhalb des Hauses herrschenden Sommerwetters wenig Licht hereinließ, weshalb wohl überall Kandelaber herumstanden, deren Kerzen im Bedarfsfall entzündet werden konnten: auf den zahlreichen Bücherstapeln, dem Kaminsims und auf dem mit Mappen, Akten und Kladden überladenen Schreibtisch, hinter den der drahtige Mann sich nun seinerseits setzte. Es roch ein wenig muffig, und Maria fühlte sich deshalb und wegen der eingeschränkten Räumlichkeiten an den Schimmel und Moder der Armenschulen erinnert. Dabei handelte es sich hier um ein reformpädagogisches Institut mit modernsten Erziehungsmethoden, untergebracht in einem alten Gebäude in einer ansonsten mit schönen Villen bebauten Garten- und Landschaftssiedlung im Marschlande von Hammerbrook.

Sie selbst war zwar von einem Privatlehrer unterrichtet worden, und auch ihre Töchter wurden entsprechend gefördert, die Armenschulen waren ihr aber dennoch nicht fremd, denn Paridom hatte die Kinder in Einrichtungen des Kirchspiels Nienstedten in der Weihnachtszeit mit kostenlosem Gebäck beliefert, und sie hatte ihn häufig begleitet. Hoffentlich gestattete ihm Gott dank dieser und anderer Wohltätigkeiten einen besonderen Platz im Himmel.

Es kostete sie einige Mühe, sich zu konzentrieren. Doch Maria nahm sich trotz aufsteigender Kopfschmerzen zusammen. Dieses namhafte Knabeninstitut für die Söhne aus wohlhabenden Kreisen hatte nichts mit den Volksschulen zu tun, in denen Jungen und Mädchen aus mittellosen Familien Grundkenntnisse im Lesen, Schreiben und Rechnen beigebracht wurden, ohne dass die Eltern dafür bezahlen mussten. Paridom hatte immer wieder betont, dass der Schulleiter hier moderne Pädagogik propagierte, etwa den Rohrstock durch Leibesübungen ersetzte. Die Idee, Sport statt Prügel zu verabreichen, war etwas vollkommen Neues, und sie hatte ihren Gatten ebenso beeindruckt wie sie selbst.

Grönings Stimme allerdings klang wenig zuversichtlich. Womöglich kamen die von dem Institutsgründer eingeführten Reformen nicht bei jedem Jungen an. Doch Immanuel war nicht *jeder Junge* – er war ihr Sohn!

Maria setzte sich so steif auf den Stuhl, als hätte sie die Birkenrute des Lehrers verschluckt. »Was ist passiert?«

»Natürlich wäre es besser, ich könnte dieses Gespräch mit Ihrem Gatten …«

»Der ist, wie Sie sehr wohl wissen, nicht mehr am Leben«, fiel Maria ihm energisch ins Wort, »deshalb müssen Sie nun mit mir vorliebnehmen. Aber machen Sie sich keine Sorgen, Herr Gröning, ich bin nicht zimperlich.« Beinahe hätte sie gesagt, sie sei nicht aus Zucker, konnte sich allerdings gerade noch auf die Zunge beißen. Diese Metapher erschien ihr angesichts des Berufs des armen Paridom nicht passend.

»Ja. Natürlich. Mein Beileid. Ich bedauere …«, er unterbrach sich. Offensichtlich hatte sie ihn mit ihrem Einwand aus seinem Konzept gebracht.

Stumm wartete sie darauf, dass er seine Fassung wiedergewann.

Seufzend fuhr er fort: »Immanuel zeigt ein ausgesprochen aufsässiges Verhalten. Er stiftet die anderen Knaben zu Ungehörigkeiten an und zankt sich in nicht hinnehmbarer Weise mit einem neuen Mitschüler.«

Der Junge, den der Schulleiter beschrieb, konnte nicht Immanuel Burmester sein. Lag hier eine Verwechslung vor? Immanuel war ein liebenswürdiges Kind, aufgeweckt, doch stets darum bemüht, alles richtig zu machen und vor allem seiner Mutter Freude zu bereiten. Anlässlich Paridoms Beerdigung hatte er schulfrei bekommen, an jenem Tag hatte Maria ihren Sohn zuletzt gesehen. Wie konnte es sein, dass er sich binnen weniger Wochen dermaßen verändert hatte?

»Nächste Woche beginnen die Sommerferien«, fuhr Gröning fort. »Wenn sich Immanuels Verhalten bis dahin nicht ändert, darf er mit den anderen Schülern nicht an das Institut zurückkehren. Das muss ich Ihnen leider in aller Deutlichkeit sagen.«

Maria schluckte. »Was ist passiert?«, wiederholte sie tonlos.

»Immanuel spielt die Französische Revolution nach!«

Der Lacher, der in ihr aufstieg, blieb ihr in der Kehle stecken. Gröning war nicht zu Späßen aufgelegt, das sah sie seiner Miene an, in der sich Ärger und Enttäuschung spiegelten. Allerdings konnte sie sich kaum vorstellen, dass der Ruf nach Gleichheit und Brüderlichkeit für den Schulleiter ein Vergehen darstellte. Gerade im bürgerlichen Hamburg besaßen die Jakobiner ein großes Ansehen. In Dänemark und damit in

Schleswig und Holstein lag die Situation zwar anders, aber seit Kronprinz Friedrich die Regentschaft für seinen Vater König Christian VII. übernommen hatte, erlebte das Königreich einen neuen Aufschwung. Doch waren das Themen, mit denen sich ein Zwölfjähriger beschäftigte? Was wusste ein Knabe dieses Alters schon von der Revolution in Paris, die sich demnächst jährte? Außer vielleicht, dass es Proteste gegen die Obrigkeit gegeben hatte. Offenbar probte Immanuel den Aufstand gegen irgendeine Ungerechtigkeit. Das konnte von den Lehrern natürlich nicht toleriert werden. Dennoch nötigte Immanuels unerwarteter Kampfesgeist seiner Mutter ein Lächeln ab.

»Traditionell hat der Adel in Hamburg keine Vorrechte«, dozierte der Schulleiter. »Wie Sie sicher wissen, besitzen Adelige hierzulande nicht einmal die obligatorischen Bürgerrechte der Hanseaten …«

»Das ist mir bekannt.«, warf Maria ein. »Ich glaube jedoch, dass Immanuels Kenntnisse über Politik nicht so umfassend sind. Was hat das denn mit ihm zu tun?«

»Lassen Sie mich bitte noch etwas ausholen: Ein Schüler wie Amadeus von Wedekind genießt unter meiner Leitung dieselben Privilegien wie ein Immanuel Burmester. Doch scheint Immanuel davon keine Kenntnis zu nehmen. Sonst würde er kaum eine Art Revolution gegen den Adel anzetteln und Amadeus von Wedekind zu seinem Feind erklären wollen.«

»Große Worte für ein harmloses Geplänkel unter kleinen Jungen«, entfuhr es Maria, bevor sie sich bremsen konnte.

»Sie scheinen Immanuel zu unterschätzen«, widersprach Gröning.

Maria öffnete den Mund, um nach dem Grund für diese

Annahme zu fragen, kam jedoch nicht weiter. In diesem Moment flog die Zimmertür auf – und wie eine Brise an einem schwülen Tag wehte ein frischer Frühlingsduft herein.

Mit dem Aroma von Hyazinthen und Maiglöckchen erschien eine Frau in dem kleinen Schreibzimmer, die jedoch mehr einer Furie glich als einer Botin des Frühlings. Der nur mittelgroßen, dunklen Person in einem hervorragend geschnittenen, zitronengelben Sommerkostüm mit passendem Hut folgte – nicht weniger aufgebracht – der Pedell des Internats.

»Ich konnte sie nicht aufhalten«, klagte der Hausmeister, obwohl er fast doppelt so groß und mindestens doppelt so breit wie die Besucherin war. Dabei keuchte er vor Anstrengung – und vielleicht auch vor Zorn über die eigene Unzulänglichkeit oder die Unverfrorenheit der Frau.

»Frau von Wedekind …!«, rief Gröning irritiert aus.

Die Fremde würdigte Maria keines Blicks, als sie vor den Schreibtisch trat und den Schulleiter anherrschte: »Ist es richtig, dass meinem Sohn die Finger gebrochen wurden?«

»Nicht alle Finger. Immanuel Burmester hat nur den Daumen …«

»Was?« Marias Frage war blankes Entsetzen.

»Das spielt keine Rolle. Ich verlange sofortige Satisfaktion!« Die andere Mutter stemmte die Hände in die Hüften, als wäre sie eine einfache Wäscherin und keine Dame mit vornehmen Namen.

»Wollen Sie mich zum Duell fordern?«, gab Maria zurück.

Die Wedekind fuhr zu ihr herum. Verblüfft starrte sie sie an. Offensichtlich nahm sie erst jetzt wahr, dass sich eine weitere Person im Zimmer befand.

»Herr Direktor, kann ich gehen?«, wollte der Pedell in die plötzlich entstandene Stille wissen.

»Gehen Sie nur«, antwortete Gröning mit fester Stimme, »ich komme schon allein zurecht.«

Während sich der Hausmeister – vermutlich erleichtert – zurückzog, sah die Wedekind Maria direkt in die Augen und fragte scharf: »Was geht Sie mein Sohn an?«

Dieser unerbittliche Blick nahm Maria seltsamerweise für die andere Frau ein. Da stand eine Mutter, die sich vor ihr Kind stellte, ebenso wie Maria das tat. Ob dieses Verhalten gerechtfertigt war, erschloss sich Maria nicht. Noch nicht, dachte sie und hob sachlich an: »Wie mir scheint, handelte es sich um eine Auseinandersetzung zwischen unseren Söhnen.«

»Frau von Wedekind«, mischte sich der Schulleiter ein, »ich hatte Sie nicht erwartet. Gerade hatte ich begonnen, die Angelegenheit mit Frau Burmester zu diskutieren. Vielleicht möchten Sie später noch einmal mit Ihrem Gatten ...«

»Was hat mein Mann damit zu tun? Er befindet sich auf Reisen und hat die gebrochenen Finger ...«, sie räusperte sich und fügte weniger herrisch hinzu: »Er hat den gebrochenen Daumen noch nicht einmal selbst diagnostiziert. Diese Pflicht oblag seinem Assistenten.«

Bevor Gröning antworten konnte, wandte sie sich wieder an Maria: »Wissen Sie eigentlich, welchen Schaden Ihr verdorbenes Kind angerichtet hat ...?«

»Ich muss doch sehr bitten!« Unwillkürlich setzte sich Maria noch ein wenig aufrechter.

»Amadeus spielt seit frühester Kindheit Klavier. Die größten Lehrer haben ihm Talent bescheinigt, sogar Georg Michael Telemann zeigte sich bei unserem Aufenthalt in Riga angetan von einem spontanen Konzert. Der Herr ist Ihnen als Enkel des Hamburger Musikdirektors Georg Philipp Telemann gewiss ein Begriff ...«

Maria quittierte die herablassende Bemerkung mit einem entnervten Räuspern.

»Eine Verletzung der Hände ist für diese Begabung eine Katastrophe! Ihr Junge hat die Zukunft meines Sohnes ruiniert!«

»Frau Burmester«, wandte Gröning matt sein, »darf ich Ihnen Frau von Wedekind vorstellen?«

Keine der beiden Frauen reagierte auf die Floskel. Stattdessen sahen sie einander an wie zwei Kampfhennen.

Schließlich stieß die Wedekind hervor: »Ich wünschte, die Hanseaten wären nicht so stolz auf ihre bürgerliche Gesellschaft. Dann wäre es Amadeus erlaubt worden, eine seinem Talent entsprechende Ausbildung am Johanneum zu absolvieren.«

Wenn er auf Streit aus ist, sind seine Finger dort aber auch nicht sicherer, fuhr es Maria grimmig durch den Kopf. Rasch biss sie sich auf die Zunge, um einen ungeschickten Kommentar zu verhindern. Während sie den Schulleiter ansah, dessen Gesicht eine ungesunde rote Farbe annahm, dachte sie, dass der Grund der offenbar recht heftigen Reiberei doch eigentlich die entscheidende Frage war. Jungen stritten sich, Schulkameraden allemal, das war so und würde immer so bleiben. Aber ebenso rasch vertrugen sie sich meist auch. Dass die Französische Revolution bei den beiden Knaben eine Rolle gespielt haben sollte, konnte sie sich noch immer nicht vorstellen. Taugte der Sturm auf die Bastille Immanuel wirklich als Vorbild für eine Handgreiflichkeit? Bürger gegen Adel als Abwandlung von Räuber und Gendarm? Das erschien ihr absurd. Maria wünschte, sie wüsste mehr über die Hintergründe, aber es war ihr klar, dass sie angesichts der aufgeregten anderen Mutter kaum etwas erfahren würde. »Was soll nun geschehen?« fragte sie knapp.

Der Schulleiter warf ihr einen dankbaren Blick zu. »Ich schlage vor, dass Sie die Ferien nutzen, auf Immanuel einzuwirken. Außer einer täglich zusätzlichen sportlichen Ertüchtigung unterliegt er einem Stubenarrest und der doppelten Zuteilung der Hausaufgaben. Wenn er sich einsichtig zeigt, kann er an das Institut zurückkehren.«

»Sind seine schulischen Leistungen denn so, dass diese Rückkehr Sinn ergibt?« Das war die Frage, für deren Beantwortung sie hierhergekommen war. Für einen kurzen Moment hatte Maria die andere Frau und den Grund ihres Hierseins vergessen.

»Ich bitte Sie«, protestierte die Wedekind mit erhobener Stimme, »können Sie dieses Gespräch nicht unter vier Augen führen? Mich interessieren die Kenntnisse Ihres Sohnes nicht. Ich bestehe darauf, dass er des Internats verwiesen wird. Und zwar sofort!«

Die Verletzung des offenbar musikalisch sehr talentierten Jungen tat Maria leid, aber sie sah darin keine Rechtfertigung für einen Schulverweis. Außerdem war ja noch nicht geklärt, ob Immanuel der einzige Übeltäter war oder sich von Amadeus hatte provozieren lassen. »Ich möchte den Vorschlag von Herrn Direktor Gröning annehmen«, erklärte sie ruhig. »Es ist ein Unrecht geschehen, und das sollte durch Immanuels Einsichtigkeit geklärt werden, nicht durch eine weitere Ungerechtigkeit. Wenn ich es richtig verstanden habe, sind die Folgen der Verletzung ja wohl bisher noch nicht eindeutig absehbar.«

»Papperlapapp!« schnaubte die Wedekind. »Bis zum nächsten Mittwoch wird er keinesfalls wiederhergestellt sein.«

Maria und Gröning sahen sie erwartungsvoll an.

»Amadeus wurde die Ehre zuteil, auf dem Freiheitsfest anlässlich des vierzehnten Juli aufspielen zu dürfen. Mit einer Handschiene kann er es nicht. Und Ihr Sohn«, die Wedekind deutete recht undamenhaft mit dem Zeigefinger auf Marias Brust, ihr Ton klang wie ein Kreischen, »trägt die Schuld daran!«

»Das ist natürlich sehr bedauerlich, aber ich muss Sie bitten, die Contenance zu wahren«, mahnte der Schulleiter.

Langsam erhob sich Maria von ihrem Platz. Es war alles gesagt, und sie hatte ohnehin genug von dieser Frau. Als sie nun neben der anderen stand, überragte sie sie um Haupteslänge. Die Wedekind sah mit einem arroganten Blick zu ihr auf. Maria nickte ihr zu, bevor sie sich an Gröning wandte: »Ich bin sicher, alle Beteiligten werden aus diesem Vorfall lernen. Insbesondere Immanuel. Wir sehen uns an seinem letzten Schultag wieder, ich werde ihn abholen.«

»Sie können doch jetzt nicht einfach gehen!«, protestierte die Wedekind. »Es ist doch noch gar nichts hinsichtlich der Zukunft meines Jungen geklärt.«

»Adieu, Frau Wedekind.« Maria nickte in die jeweilige Richtung. »Auf Wiedersehen, Herr Gröning.« Als sie den beiden den Rücken kehrte und die Hand auf die Türklinke legte, gestattete sie sich den ersten tiefen Atemzug. Mit einem Mal waren die Kopfschmerzen so stark, dass sie ihren Schädel zu zerreißen drohten.

4

Nach dem unangenehmen Gespräch in der engen Schreibstube sehnte sich Maria nach einem Spaziergang an frischer Luft. Glücklicherweise gab es in dieser Gegend viele Gärten, die von Fleeten durchzogen waren und an denen es dank der lockeren Bebauung nicht so entsetzlich nach Abwasser und Müll roch wie im Sommer in der Enge der Innenstadt. Es war diese faulige Schwüle, die viele Hanseaten in neue Landhäuser nach Hamm und Billwärder und neuerdings eben auch westlich elbabwärts trieb – oder wenigstens als Ausflügler in die Gartenlokale strömen ließ. Da hatte Marias Freundin Dineke vollkommen recht.

Und ich kann davon nicht profitieren, dachte Maria bitter, während sie unter Birnen- und Apfelbäumen Richtung St. Georg wanderte. Zumindest konnte sie an der Landflucht nicht verdienen wie zu Paridoms Lebzeiten. Burmesters Backstube war geschlossen, und wenn sie sich nicht bald etwas einfallen ließ, verging der Sommer, ohne dass sie auch nur eine Krone verdiente. Aber wie sollte sie ohne ausreichende Mittel ein mit Schulden belastetes Geschäft eröffnen? War der Verkauf des Hofes an Magnus Frese nicht doch der bessere Ausweg aus ihren Sorgen, als verzweifelt abzuwarten, dass ein Wunder geschah?

Während sie langsam ihres Weges ging, wanderten ihre Gedanken zu Immanuel, ihrem ungestümen, anscheinend ruppigen Ältesten. Ein hitziges Gemüt machte weder einen Bäcker noch einen Wirt aus ihm. Vielleicht aber einen Kaufmann, denn ohne eine gewisse Risikobereitschaft würde er es im Handel nicht weit bringen. Immerhin hatte der Institutsleiter nicht von einer mangelnden Begabung Immanuels gesprochen. Dass der Junge vor dem höheren Bildungsweg bei einem Lehrherrn besser aufgehoben sein könnte, war kein Thema gewesen. Erwiesen sich Paridoms Pläne nun als richtig?

Die Sache mit Amadeus von Wedekind war jedoch ein starkes Stück. Fern des Schulgebäudes, des Direktors und der aufgebrachten anderen Mutter gestand sich Maria ein, dass ihr Sohn grundlegend falsch gehandelt hatte. Sie würde ihm gehörig die Leviten lesen, das stand fest. Wenn es sein Vater täte, wäre dies zweifellos nachhaltiger, doch Immanuel würde ihr Durchsetzungsvermögen schon noch kennenlernen …

»*Uppassen, Wief!*«

Völlig in ihre Gedanken versunken, hörte Maria zwar den Ruf, nahm auch das Knarren von Rädern wahr – beides jedoch zu spät.

Zuerst war es, als treffe nur ein Schlag ihre Schulter. Dann griff ein Schmerz nach ihrem Körper, der ihr den Atem raubte und sie blind und taub für alle anderen Sinneseindrücke machte. Ihre Knie wurden weich. Seltsamerweise bemerkte sie erst, dass sie fiel, als ihre Witwenhaube verrutschte. Im nächsten Moment verlor sie das Bewusstsein.

*

»Aufwachen! Wachen Sie auf! Bitte …! Sie sollen aufwachen!«

Der Ton war nicht unfreundlich, eher hilflos und womöglich auch besorgt, aber nicht so sanft wie der einer mitfühlenden Person. Die Stimme kam Maria vage bekannt vor, in ihrem Kopf dröhnte jedoch ein Ohrensausen, das jede vernünftige Überlegung zerstörte. Schließlich hörte sie nichts mehr und spürte nur noch, wie weh ihr ganzer Körper tat.

Im nächsten Moment schlug eine Hand gegen ihre Wange. Zuerst war es ein leichtes Klatschen, dann eine heftige Ohrfeige.

»Aua!« Empört riss Maria die Augen auf.

»Heiliger Strohsack! Ich hätte nie geglaubt, dass ich so etwas einmal tun würde.«

»Frau von Wedekind …«, hauchte Maria. Mit einer Mischung aus Entsetzen und Fassungslosigkeit sah sie Amadeus' Mutter an.

Die hatte sich bis eben über sie gebeugt. Nun richtete sie sich errötend auf. »Entschuldigen Sie. Es ist nicht meine Art, zuzuschlagen, ich habe mein Riechsalz nicht gefunden.«

Als würden sich Nebelschwaden langsam lichten, nahm Maria ihre Umgebung wahr. Sie lag ein wenig gekrümmt auf dem Sitz einer stillstehenden Kutsche, den Kopf im Schoß der anderen Frau gebettet. Sie konnte sich nicht erinnern, in den Wagen gestiegen zu sein. »Wie …?«, hob sie an, um sich dann zu korrigieren: »Was …?« *Wie komme ich hierher?*, hatte sie fragen wollen. Und: *Was ist geschehen?* Doch die Worte formten sich nur in ihrem Kopf und kamen ihr nicht über die Zunge. Sie fühlte sich zu schwach, um ihre Gedanken in Worte zu fassen.

»Oje, oje«, jammerte die Wedekind. »Sie haben doch wohl hoffentlich nicht Ihren Verstand verloren. Oder Ihr Gedächtnis. Oder was weiß ich, was man durch einen Unfall verlieren kann. Bitte, sagen Sie mir, wer Sie sind?«

Maria versuchte sich zu konzentrieren. Sie musste sprechen, sich rühren. Sie musste die andere Frau davon überzeugen, dass sie keinen großen Schaden genommen hatte. Jedenfalls nicht in ihrem Kopf. Jetzt fiel ihr auch ein, was geschehen war: Sie hatte in Gedanken versunken eine Straße überqueren wollen und nicht auf den Verkehr geachtet. Es war eine ruhige Gegend, sie hatte sich allein gefühlt. Doch sie war gegen einen Karren mit hoch aufgetürmten Waren gelaufen, gegen etwas Hartes geprallt, gefallen und hatte sich wohl durch den Sturz verletzt. Das wusste sie freilich nicht mehr so genau, sie spürte nur diesen ziehenden Schmerz in der Schulter. Wie sie in ihrer Ohnmacht in diese Kutsche gekommen war, wusste sie allerdings noch viel weniger. Und eigentlich wollte sie viel lieber schlafen, als der Wedekind Rede und Antwort zu stehen. Sie schluckte und nannte mit brüchiger Stimme ihren vollständigen Namen: »Maria Elisabeth Burmester, geborene Onnes.« Dabei kam sie sich reichlich albern vor.

»Hm«, machte die andere. »Das scheint ja schon einmal richtig zu sein. Wenn Sie sich nun aufsetzen könnten, wäre uns beiden gedient.«

Obwohl es trotz der gekrümmten Haltung recht bequem war, folgte Maria der Aufforderung notgedrungen. Sie wollte nicht, dass die Wedekind sie fortstieß. Die Ohrfeige war heftig gewesen, nicht auszudenken, welche Kräfte diese Frau noch entwickeln würde. Allerdings bereitete ihr jede Bewegung starke Schmerzen. Maria biss die Zähne zusammen, doch einen erstickten Schrei konnte sie nicht verhindern.

»Sie brauchen einen Arzt.«

»Nein, nein.« Maria versuchte den Kopf zu schütteln, was einen Schwindel verursachte. Erschöpft lehnte sie sich gegen die Wand des Wagens. »Nein, nein, nein«, wiederholte sie so entschieden, wie es ihr unter den gegebenen Umständen möglich war. »Es ist nicht nötig, einen Arzt zu konsultieren. Ich habe fünf Kinder geboren, ich weiß, wie ich mir helfen kann …« Ihre Magd besaß magische Kräfte. Wäre Rike ein paar Jahre früher geboren, wäre sie womöglich als Hexe verbrannt worden. Im Moment vertraute Maria jedoch auf die Heilkräfte ihrer Dienerin mehr als auf alles andere. »Ich möchte nach Hause …«

»Ich werde Sie bringen …«

»Nein, das …«

»Du lieber Himmel, was denken Sie von mir? Ich bin zufällig vorbeigefahren, als sie dem armen Mann in den Karren liefen, und habe Sie also verletzt von der Straße aufgelesen. Selbstverständlich führe ich zu Ende, was ich begonnen habe, und bringen Sie nach Hause. Wie lautet die Adresse?« Die Wedekind zögerte kurz, dann hakte sie unsicher nach: »Sie erinnern sich doch an Ihre Anschrift, oder?«

Unwillkürlich streifte ein Lächeln Marias Mundwinkel. Die Furcht vor einem Gedächtnisverlust, die die Wedekind offenbar umtrieb, amüsierte sie. »Ich wohne zwei Stunden entfernt am Heerweg nach Wedel.«

»Oh! Das ist natürlich etwas weit.«

Da sie diese Reaktion erwartet hatte, erwiderte Maria: »Bringen Sie mich bitte zum Hafen, wenn es Ihnen keine Mühe bereitet. Wenn ich keine Kutsche finde, die mich mitnimmt, wird es die Fähre nach Blankenese tun.«

»Unfug! Sie sehen reichlich mitgenommen aus, überdies hat Ihr Kleid Schaden genommen, so können Sie nicht unter die Leute gehen. Oder besser gesagt: Kein anständiger Mensch wird sie so derangiert in seinen Wagen oder auf sein Boot lassen …«

Unwillkürlich senkte Maria den Blick. Tatsächlich wies der Stoff einen Riss vom Saum fast bis zur Taille auf. Wahrscheinlich war sie darin hängen geblieben, als sie hinfiel. Außerdem zogen sich graue Schlieren über das gute Tuch, Dreck von der Straße. Verwirrt starrte sie darauf – und plötzlich schien sich alles um sie her zu drehen. Rasch sah sie wieder geradeaus.

Die Wedekind plauderte munter weiter: »Ich werde den Kutscher anweisen, mich an meinem Haus abzusetzen und Sie anschließend in Ihr Dorf zu bringen, wo immer das auch ist. So. Das ist die beste Lösung.« Mit sich zufrieden klatschte sie in die Hände. »Wir Frauen müssen zusammenhalten, nicht wahr?« Da dies wohl eine rein rhetorische Frage war, streckte sie, ohne Marias Reaktion abzuwarten, den Kopf aus dem Fenster und rief dem Fahrer etwas zu, das im Innenraum nicht zu verstehen war.

Genau genommen interessierte Maria die Anschrift der Wedekind auch nicht. Sie kämpfte mit sich, ob sie das freundliche Angebot annehmen sollte oder nicht. Immerhin war das die Mutter des Kindes, mit dem sich Immanuel allem Anschein nach geprügelt hatte – und ihr war nach wie vor nicht ganz klar, was dazu geführt hatte. Schließlich war es wohl mehr als eine Rangelei unter Gleichaltrigen gewesen, und vor noch nicht einmal einer Stunde hatte die Wedekind verlangt, dass Marias Sohn von der Schule verwiesen würde. Wenn sie sich jetzt in deren Wagen nach Nienstedten bringen ließ, bedeutete es ihrer Ansicht nach ein Schuldeingeständnis. Maria wollte protestieren, doch sie fühlte sich zu schwach dafür. Auf dem gut gefederten und gepolsterten Sitz ließ es sich aushalten. Das tat ihrem Körper wohl. Die ruhige Fahrt machte sie schläfrig. Ohne ein weiteres Wort schloss Maria die Augen.

5

Die gedruckte Einladung zum Freiheitsfest am vierzehnten Juli lag bei Emilia von Wedekinds Heimkehr mit einem handschriftlichen Brief noch immer scheinbar unangetastet auf dem kleinen Tischchen im Vestibül, wo sie die Post für ihren Gatten hinterlegte. Entweder war er von seiner Reise noch nicht zurückgekommen – oder er interessierte sich nicht für Gleichheit und Brüderlichkeit und die Abschaffung des Ständestaates, was sie einem vom großen König Friedrich II. von Preußen geadelten, hochrangigen Militärarzt nicht verübeln konnte. Allerdings teilte sie seine Ansichten nicht so vorbehaltlos, wie es sich für eine gute Ehefrau gehörte.

In den vergangenen Monaten war es oft zu Streitgesprächen zwischen Tilmann von Wedekind und ihrem Bruder gekommen. In der Regel hatte sie sich herausgehalten, aber insgeheim favorisierte sie Christian Vandenbergs Meinung. Ihr Bruder führte einen renommierten Zeitungsverlag in Altona, wo die Pressegesetze noch liberaler waren als in Hamburg selbst, und zeigte sich nicht nur aus persönlicher Überzeugung, sondern auch aus beruflichem Interesse den Jakobinern äußerst wohlgesonnen. Trotz der unterschiedlichen Ansichten war Christian der Bitte seines Schwagers gefolgt und hatte das Haus im Schatten von St. Katharinen für Emilias Familie gekauft. Ihr Bruder musste als Strohmann fungieren, weil einem Adeligen untersagt war, Grundbesitz in Hamburg zu erwerben.

Letztlich tat er es nicht für Tilmann, sondern für sie. Das war ihr bewusst, und sie fragte sich oft, wie gut er über ihre Geheimnisse Bescheid wusste. In den Jahren, in denen Emilia mit ihrem Gatten von Garnison zu Garnison und von Lazarett zu Lazarett zog, wurde ihr immer deutlicher, dass sie den falschen Mann geheiratet hatte, auch die Sehnsucht nach einem ruhigen, eigenen Heim wurde zunehmend stärker. Als Tilmann vor ein paar Monaten an das preußische Konsulat in Hamburg berufen wurde, war es für Emilia, als öffnete sich eine Tür. Sie trat mit Amadeus, ihrem einzigen Kind, hindurch und beschloss, dass Glück der weitgehend alleinigen Herrschaft über ihr neues Zuhause zu genießen. Tilmanns Aufgabe zwang ihn zu erstaunlich vielen Reisen, deren Gründe sie nicht verstand, aber ihr Interesse an seinen Fahrten war gering. Es kam selten vor, dass sie ein Wiedersehen mit ihm herbeisehnte. In Vorbereitung auf das Freiheitsfest wollte sie jedoch unbedingt wissen, ob er sie in das Gartenlokal nach Harvestehude, einem Dorf an der Alster jenseits des Dammtors, zu begleiten die Absicht hatte.

Für Emilia stand außer Frage, dass sie der Einladung folgen würde – wenn nicht an Tilmanns Seite, so in Gesellschaft von Christian und ihrer Schwägerin, der reizenden Henriette. Dass Amadeus nicht würde aufspielen können, machte sie wütend und verunsicherte sie gleichermaßen. Sie hatte mit ihrem Sohn Eindruck machen wollen. Bei den überheblichen Hanseaten ebenso wie bei ihrem Gemahl – und auch bei Joachim Graaf. Sie wusste von ihrem Bruder, dass sie seinen alten Freund am nächsten Mittwoch wiedersehen würde – und über zwölf Jahre nach ihrer Romanze verursachte der Gedanke an ein Treffen bei ihr noch dasselbe Herzklopfen wie damals. Es wäre gewiss von Vorteil, wenn Tilmann bei ihr wäre. Wenn er es nicht war, musste sie eben ein wenig mehr Contenance bewahren. Das würde nicht leicht sein.

Leider verlor sie gelegentlich die Fassung. Sie besaß nicht

viel Geduld, war leicht reizbar. Und dann geschahen Dinge, die vom Himmel kamen und sie in ihre Schranken wiesen, so wie bei der Begegnung mit der Burmester. Dass Emilia ausgerechnet zur Stelle gewesen war, als die Mutter des gemeinen, unanständigen Knaben, der Amadeus den Daumen gebrochen hatte – dass sie also in dem Moment vorüberfuhr, als diese unsäglich dumme Person wie blind gegen einen Lastkarren lief und in Ohnmacht fiel, empfand sie als höchst überflüssige, allerdings lehrreiche Wendung des Schicksals. Irgendetwas in ihr drängte sie dazu, den Kutscher anhalten zu lassen, um der Frau zu Hilfe zu eilen. Gaffer hatten sich bereits um sie geschart, aber als wirklich nützlich erwies sich niemand. Emilia benahm sich indes freundlich, fürsorglich und rücksichtsvoll. Sie nahm die Sache – wieder einmal höchst ungeduldig – in die Hand, obwohl sie der Burmester wahrlich nichts schuldete. Und was war der Dank? Keiner. Die andere war einfach eingeschlafen und nicht einmal aufgewacht, um sich zu verabschieden, als Emilia ausstieg.

*

Statt Tilmann persönlich erreichte Emilia am nächsten Tag eine durch einen Boten überbrachte Nachricht: Ihr Gatte gab sich untröstlich, sei aber gezwungen, noch mindestens eine Woche länger in Parchim zu bleiben, und könne daher noch nicht absehen, wann er aus Mecklenburg-Schwerin abreisen würde. Sie solle nicht auf ihn warten und neue Bekanntschaften pflegen, die gewiss auch ihm nützlich sein könnten. Er war zu überheblich, um zuzugeben, dass er sich einen großen Salon wünschte, den sie führte, wie dies früher in Frankreich *en mode* gewesen war. Deshalb verstand sie seinen Brief als

Erlaubnis, ohne seine Begleitung an dem Freiheitsfest teilzunehmen.

Nach allem, was sie gehört hatte, diente das Fest den wohlhaben, gebildeten Bürgern dazu, einen sonnigen Tag in bester Gesellschaft zu feiern. Es waren also jene Damen und Herren, mit denen sie Kontakte pflegen sollte. Ihre Schwägerin beriet sie bei der Wahl ihrer Garderobe: Die weiblichen Gäste wurden gebeten, weiße Kleider und Hüte zu tragen und Schärpen, Schleifen oder Kokarden in den Farben der Trikolore anzulegen. Emilia folgte dieser Vorgabe gerne, helle Farben standen ihr ausgesprochen gut, und rote, weiße und blaue Stoffreste ließen sich für die Accessoires auftreiben. Die Kleiderordnung der Herren hätte Tilmann indes sicher vor ein Problem gestellt, so dass sein Fehlen aus mehreren Gründen von Vorteil war: Die Gastgeber erwarteten als Zeichen der politischen Haltung Matrosenhosen oder sogenannte *Sansculotte*, eine legere Weste statt eines Rocks. Ein Halstuch sollte den steifen Kragen ersetzen und Holzschuhe anstelle von Stiefeln getragen werden. Das war keine Mode für den Herrn Doktor der Medizin von Wedekind. Allein die Vorstellung, dass er eine rote Jakobinermütze aufsetzen und den Dreispitz zu Hause lassen könnte, brachte Emilia zum Lachen.

Amüsiert betrachtete sie die Honoratioren, denen sie in dem wunderschönen, verwunschen anmutenden Garten des Klosterkrugs in Harvestehude begegnete. Die Herren in der recht ungewöhnlichen Revolutionsmode wirkten ausgesprochen gut gelaunt, alle schienen entschlossen, das Frühstück zu einem Erfolg zu machen. Zweifellos trugen dazu die malerische Umgebung und der Blick auf Felder und Wiesen, ruhig grasende Kühe und Schafe am Ufer der einem See ähnlichen Flussverbreiterung bei. Emilia war hingerissen von der Atmosphäre und der ansteckenden Fröhlichkeit an der Alster.

Unter dem Dach eines eigens aufgestellten Pavillons hatten sich Musiker eingefunden, die für die Untermalungsmusik zum allgemeinen Stimmengewirr sorgten. Die etwa achtzig Gäste standen in kleinen Gruppen zusammen und diskutierten über dies und das. Emilia schlenderte an der Seite ihres Bruders umher, begrüßte Bekannte, wurde vorgestellt. An der Hand hielt sie ihren Sohn, und mit einer gewissen Überraschung stellte sie fest, dass viele andere Eltern ihre Kinder ebenfalls im Schlepptau hatten. Die gerade begonnenen Sommerferien begünstigten wohl die bunte Gästeschar. Glücklicherweise nahm die Anwesenheit der anderen Jungen und Mädchen Amadeus eine gewisse Scheu, auch seine Cousins und Cousinen kümmerten sich um ihn, so dass er Emilia fragte, ob er sich zum Spielen mit den anderen von ihr entfernen dürfe. Erleichtert stimmte sie zu.

Plötzlich stand wie eine Naturgewalt Joachim Graaf vor ihr. Sie hätte ihn kommen sehen müssen, war aber gerade zu sehr mit Amadeus beschäftigt. Sie rang mit sich, mahnte sich, nicht überschwänglich zu reagieren. Dabei sah Joachim blendend aus in den langen schwarzen Hosen, dem weißen Hemd und der blauen Weste zu einem roten Halstuch. Allein sein Anblick löste Begeisterung in ihrem Herzen aus. Aber auch ein wenig Zickigkeit. Das eine in diesem Moment so unpassend wie das andere.

Christian nahm ihr die Euphorie ab. »Mein Freund!« Herzlich umarmte Emilias Bruder den anderen Mann. »Wie schön, dich wiederzusehen. Du hast dich rar gemacht.«

Joachims Augen flogen von Emilia zu Christian. »Ich war eine Weile auf Reisen und bin nun mit der Erschließung des

Gutes beschäftigt, das ich in Holstein erworben habe.« Nach diesen Ausführungen sah er wieder zu ihr.

»Oh ja, ich hörte davon«. erwiderte Christian. »Die Spatzen pfeifen es sozusagen von den Dächern …« Endlich schien er zu bemerken, wo Joachims Aufmerksamkeit lag: »Lieber Freund, erinnerst du dich noch an meine Schwester?«

»Natürlich.« Joachim verneigte sich und führte ihre Rechte in Richtung seiner Lippen. »Ich habe nichts vergessen.«

Emilia entzog ihm rasch ihre Hand. Er hatte sie ein wenig fester als für eine höfliche Begrüßung nötig gehalten. »Es ist lange her, seit wir uns das letzte Mal getroffen haben.«

»Zweifellos zu lange«, erwiderte er.

»Vielleicht«, erwiderte sie vage.

Sie wusste genau, dass es zwölf Jahre und sieben Monate waren, die zwischen heute und ihrer letzten Begegnung mit dem damals an Philosophie stärker als an den Geschäften seines Vaters interessierten Sohn eines Kaufmanns lagen. Eine Zeit, in der sie sein Leben durch die gelegentlichen Berichte ihres Bruders verfolgen konnte: Aus dem unbeschwerten, leidenschaftlichen jungen Taugenichts war ein wohlhabender, angesehener Bürger geworden, der seinen Geschäften mit Übersee offenbar mehr Zeit widmete als der Suche nach einer Gemahlin. Jedenfalls hatte er nicht geheiratet; eine Information ihrer Schwägerin, die Emilia zutiefst verwirrte.

»Sie haben sich kaum verändert«, behauptete Joachim.

»Vergessen wir die Falten an meinen Augen …«

»Lachfältchen«, unterbrach er wohlwollend.

»… und die grauen Strähnen in meinem Haar …«

»Es könnte Puder sein«, schmeichelte er.

»Das können Sie unter dem Hut gar nicht sehen.« Emilia

kicherte. Da war sie wieder, die Leichtigkeit, die sie in seiner Gegenwart stets erfasst hatte. Selbst nach der langen Zeit spürte sie, wie sie lebendiger zu werden begann, sich ein schwebender Zustand einstellte, den sie fast vergessen hatte …

Er lächelte. »Touché!«

Für einen Moment hatte sie sich mit ihm allein gefühlt, die um sie her scharwenzelnden Feiernden vergessen. Doch plötzlich sah sie wie durch ein Brennglas auf die anderen Gäste – und auf ihren Bruder und den Fremden, der in Joachims Rücken offensichtlich darauf wartete, vorgestellt zu werden. Nach einem winzigen Seufzer sagte sie wohlerzogen: »Ich möchte Sie nicht aufhalten mit dummen Erinnerungen, Sie haben noch andere Verpflichtungen, wie mir scheint.«

»Meine Erinnerungen würde ich keineswegs als *dumm* bezeichnen. Dennoch haben Sie recht. Ich vergaß, meinen neuen Freund einzuführen.« Er wandte sich um. »Darf ich Sie mit Herrn Daniel Louis Jacques bekannt machen? Monsieur, dies sind mein alter Kamerad Vandenberg und Madame von Wedekind.«

Anscheinend hatte sich Joachim nach ihr erkundigt, sonst wüsste er kaum ihren Namen. Emilia lächelte still.

»Sie sind Franzose, Herr Jacques?«, erkundigte sich ihr Bruder.

»Im Herzen, Monsieur«, erwiderte Daniel Louis Jacques. »Im Herzen bin ich Franzose, geboren jedoch in Preußen. Meine Eltern zogen aus Metz nach Berlin.«

»Hugenotte also«, resümierte Christian. »Dann hat Ihre Familie unter den französischen Königen sicher sehr gelitten. Die Revolution sollte Ihnen persönliche Genugtuung verschafft haben.«

»Ich bin für die Freiheit, Monsieur.«

»Und für die Schönheit«, warf Joachim ein. »Herr Jacques ist Kunstgärtner, er wird sich um die Anlage meines Parks an der Elbe kümmern. Ich kann kaum abwarten, dass seine Pläne Gestalt annehmen.«

»Meine Aufgabe besteht nur darin, Schönheit zum Vergnügen des Betrachters zu erschaffen«, erwiderte Daniel bescheiden. »Ihr habt vortrefflich gelegene Ländereien erworben, Monsieur Graaf, das ist die beste Voraussetzung für meine Arbeit.«

»Weilen Sie schon länger in der Gegend, Monsieur Jacques?«, erkundigte sich Emilia.

»Ich fuhr erst vor kurzem aus Dresden, wo ich eine Weile lebte, die Elbe hinab. Ich hätte etwas versäumt, wenn ich nicht hierhergereist wäre. Stadt und Umgebung sind ausgesprochen schön – und die Gastfreundschaft, wie man sieht, sehr groß.«

»Nehmen wir das doch als Stichwort und setzen uns«, schlug Christian vor. »Henriette wird sich auch gleich zu uns gesellen, um dich zu begrüßen, Joachim. Für den Moment hat die Aufsicht der Kinder Vorrang.«

Unter den Linden des alten Klostergartens waren zwei lange Tafeln aufgebaut worden. Die schlicht gehaltenen Gedecke wirkten, als würden nicht mehr als drei oder vier Gänge serviert, was Emilia überraschte. Sie kannte sich zwar in der Hamburger Gesellschaft noch nicht so gut aus, doch sie war sehr viel mehr Opulenz gewohnt. Selbst Gastgeber aus dem niedrigen Adel versuchten in den Fürstentümern und im Königreich Preußen mit einem *Service à la française* aufzuwarten. Offensichtlich betrachteten die Hanseaten auch in der Speisefolge Bescheidenheit als eine Zier. Unglücklicherweise knurrte ihr Magen, weil sie heute noch nichts gegessen hatte, und ein mehrgängiges Mahl mit jeweils mindestens fünf verschiedenen Hauptspeisen wäre ihr angenehm.

Christian dirigierte die kleine Gruppe auf die zur Verfügung stehenden Plätze, so dass sich Emilia schließlich neben Daniel Jacques und gegenüber von Joachim wiederfand, an dessen Seite sich Christian niederließ. Der verwickelte seinen Freund in ein Gespräch, das er, kaum begonnen, auch schon wieder unterbrechen musste.

Die Musik verstummte und ein Glöckchen wurde geläutet. Der Kaufmann Georg Heinrich Sieveking trat vor, um seine Gäste zu begrüßen. In seiner Rede lobte er die Französische Revolution, die Absetzung des Ständestaates und die Besinnung auf die Menschenrechte wie Freiheit, Gleichheit und Selbständigkeit. Er propagierte die fortschrittlichen Ideen der Aufklärung sowie die Einführung eines Rechtsstaates. Dann setzte Sieveking hinzu, dass er seine Gedanken in einem kleinen Lied zusammengefasst habe, das von einem Chor junger Damen vorgetragen würde. Enthusiastischer Beifall erscholl.

Sechs weiß gekleidete Mädchen mit Gürteln in den Revolutionsfarben sangen mit glockenhellen Stimmen von einem Bruch der Ketten, von Blut und Tugend, Würde und Treue und vom Ende der Knechtschaft. Dirigiert wurde das Ensemble von einer Frau, die mindestens zehn Jahre älter als die meisten Sängerinnen war. Zu ihrem Verdruss bemerkte Emilia, dass der Blick von Joachim Graaf mit einem kleinen Lächeln auf dem Chor lag. Offensichtlich war er fasziniert davon, wie die Dirigentin ihre Arme im Takt hob und wieder senkte, ihr ganzer Körper schien von der Melodie getragen, während die jungen Stimmen Worte intonierten, die ihnen ein ebenso erfahrener wie erfolgreicher Mann in den Mund gelegt hatte. In den Refrain fielen alle Anwesenden ein:

Zu der hohen Freiheit Ehre!
Lasst uns großer Taten freuen,
frei, frei, frei und reinen Herzens sein.

Emilia sang für ihre Verhältnisse ungewöhnlich laut mit. Sie konnte eigentlich keinen Ton halten, hörte in der Regel lieber zu, als selbst zu musizieren, aber sie wollte sich unbedingt auf der anderen Seite des Tisches Gehör verschaffen. Sie benahm sich albern, das war ihr bewusst, Joachims Aufmerksamkeit war es ihr wert. Diese kleine Eitelkeit, sagte sie sich, bedeutete schließlich noch keinen Ehebruch. Und als sie kurz seinem Blick begegnete, sein Schmunzeln sah, war sie zufrieden.

Nach der sechsten Wiederholung breitete die Dirigentin ihre Arme aus, als wollte sie den Garten mit all seinen Gästen umfassen. Niemanden hatte es mehr auf dem Stuhl gehalten, alles stand und applaudierte. Im Finale des Liedes wurden plötzlich Bruderküsse getauscht, und Emilia war dankbar, die endlich bei den Erwachsenen aufgetauchte Henriette zu ihrer Rechten zu wissen. Eine Umarmung mit Wildfremden war nicht nach ihrem Geschmack, und sie bewunderte Monsieur Jacques, der sich von einem anderen Herrn, der zufällig an ihm vorbeigekommen war, an die Brust ziehen ließ.

Der erste Gang wurde aufgetragen, eine ebenso leichte wie einfache Fischsuppe, ein paar Pasteten und Brot, und Emilias Schwägerin fühlte sich bemüßigt, die Speisefolge vor dem Fremden – und vielleicht auch vor Emilia – zu verteidigen. Sich vorbeugend, erklärte Henriette liebenswürdig: »Bitte lassen Sie sich nicht durch den fehlenden Luxus der Völlerei täuschen, Monsieur Jacques. In Hamburg und Umgebung versteht man es als Bürgertugend, immer öfter auf ein *Service à la française* zu verzichten. Der einzige Zweck eines großen Menus ist doch nur Esslust und Trunksucht. Nach unserer Art stehen die Gespräche im Vordergrund und vielleicht auch ein Tanz, alles andere endet bestenfalls in öder Langeweile.«

»Mit Verlaub, Madame, ein köstliches Mahl ist keine Völlerei«, entgegnete Daniel Jacques. Offenbar berührte ihn das Thema mehr als für eine zwanglose Plauderei angemessen, denn er dozierte: »Ausschweifende Mahlzeiten sind gewiss nicht überall angebracht, zumal sie häufig in Sinnlosigkeit erstarren, da haben Sie recht. Auch scheinen die Zeiten der Prunkküche eines François Vatel vorbei. Kein Koch sollte sich heutzutage mehr aus Gram über eine verspätete Fischlieferung in seinen Degen stürzen müssen wie einst der Haushofmeister des Sonnenkönigs. Dennoch bin ich der Meinung, dass selbst die kleinsten Gaumenfreuden das Leben ein wenig schöner machen.«

»Monsieur, das ist wunderbar gesagt«, rief Emilia begeistert aus. Endlich wandte sich jemand gegen diese entnervende hanseatische Bescheidenheit. »Sie scheinen nicht nur ein guter Gärtner zu sein, sondern haben auch eine hohe Meinung von der Kunst des Kochens.«

Er lächelte. »Häufig gehen Anpflanzung, Verarbeitung und Genuss Hand in Hand.«

»Gewiss planen Sie dergleichen für das Anwesen unseres Freundes Graaf an der Elbe«, meinte Henriette.

»Es soll ein Mustergut nach englischem und französischem Vorbild werden. Aber ich bin nur mit einer kleinen gärtnerischen Tätigkeit befasst.«

»Sie weilen anscheinend doch schon lange genug in Hamburg, um sich in der örtlichen Zurückhaltung zu üben«, bemerkte Emilia. »Ganz sicher sind Ihre Pläne nicht so bedeutungslos, wie Sie vermuten lassen. Herr Graaf würde Sie sonst wohl kaum in seine Kreise einführen.«

»Falls es Ihre Zeit erlaubt, würde ich mich freuen, Ihnen mein Gut zeigen zu dürfen«, mischte sich Joachim ein.

Emilia war so in ihre Unterhaltung vertieft gewesen, dass ihr nicht aufgefallen war, wie sich seine Aufmerksamkeit wandelte. Er saß ein wenig verträumt auf seiner Seite des Tisches, stützte sein Kinn in die Hand und sah sie nachdenklich an. Unwillkürlich lächelte sie, antwortete jedoch tugendhaft: »Sicher erstreckt sich Ihre Einladung auch auf meinen Bruder und meine Schwägerin. Dann nehme ich sie gerne an.«

»Selbstverständlich.« Joachim richtete sich gerade auf. »Lassen Sie mich wissen, wann Sie einen Ausflug planen, und wir werden Ihnen das Anwesen mit Vergnügen zeigen. Nicht wahr, Jacques?«

»Es wäre mir ein Vergnügen, Mesdames und natürlich Monsieur Vandenberg herumführen zu dürfen«, beeilte sich Joachims Kunstgärtner zwischen zwei Löffeln Suppe zuzustimmen. Dann tupfte er sich über die Lippen und murmelte in sich hinein: »Petersilie ist wunderbar, aber ein wenig Thymian und Lorbeer würden den Geschmack abrunden wie bei einer Bouillabaisse aus Marseille.«

Henriette lachte. »Ich habe keine Ahnung, wie eine Fischsuppe im Süden Frankreichs schmeckt, aber mir scheint immer mehr, dass Sie als Koch recht versiert sind. Zumindest klingt Ihr Vorschlag ausgesprochen einleuchtend. Ich werde meiner Köchin unbedingt davon berichten.«

Mit einer kleinen Verbeugung bedankte sich Daniel Jacques.

Das Fest nahm seinen Lauf, ohne dass Joachim noch einmal das Wort an Emilia richtete. Er führte auf seiner Seite der Tafel offensichtlich interessante Gespräche, sie hörte an ihrem

Platz dem allgemeinen Gemurmel zu, ohne jedoch auch nur ein Wort zu verstehen. Daniel Jacques vernachlässigte sie, um sich mit dem Herrn an seiner anderen Seite auszutauschen, und Henriette sprach ihrerseits mit Bekannten. Emilia bemühte sich, ihr Ohr diesseits wie jenseits des Tisches zu haben, hatte aber wenig Erfolg. Dann wurde die Mahlzeit unterbrochen und die Herrschaften aufgerufen, dem Sturm auf die Festung Bastille in Paris vor genau einem Jahr zu gedenken. Es war eine halbe Stunde nach Mittag, zwölf Uhr Ortszeit in der französischen Hauptstadt, und es sollte Salut in Richtung Südwesten abgefeuert werden, um die Revolution zu ehren.

In dem plötzlich entstehenden Durcheinander fand sich Emilia in einer Diskussionsrunde wieder, in der die politischen Verhältnisse Thema waren: »Es ist Zeit für die Abschaffung des Fürstendespotismus in Preußen, Sachsen und Österreich …«, behauptete jemand.

Ein anderer Mann, den sie ebenfalls nicht kannte, fügte hinzu: »Am heutigen Tag regnet es Tränen bei der Aristokratie …«

Dankbar, dass ihr Gatte dies nicht mitanhören musste, suchte sie das Weite, tauchte jedoch nur noch weiter ins Gedränge ein. Sie hielt Ausschau nach Amadeus, doch die anwesenden Kinder schienen am Rande der Gesellschaft das Vergnügen unter sich zu finden. Da er sich nicht bemerkbar gemacht hatte, ging es ihrem Sohn wohl gut. Immerhin ist er schon zwölf Jahre alt, und er ist es im Internat gewohnt, auf sich gestellt zu sein und mit anderen auszukommen, dachte sie. Dann fiel ihr die Reiberei mit Immanuel Burmester ein, und ihr Blick umwölkte sich.

»Sie wirken zu ernst in dieser ausgelassenen Stimmung …«

Gedankenverloren sah sie auf – und fand sich neben Joachim wieder. In ihrer Überraschung war sie für einen Moment sprachlos.

»Könnte es sein, dass Sie die Meinung der meisten Anwesenden nicht teilen, unser bürgerliches Hamburg sei jeder fürstlichen Residenzstadt ebenbürtig, Frau von Wedekind?« Er betonte spöttisch das Adelsprädikat.

Sie beschloss, ihre Meinung für sich zu behalten, und schenkte ihm ein entwaffnendes Lächeln. »Um das zu beurteilen, habe ich noch nicht genug von der Stadt und ihren Bewohnern gesehen.«

»Ich stelle mich gerne als Führer jeder Art zur Verfügung.«

Heiliger Strohsack, fuhr es ihr durch den Kopf, machte er ihr etwa ernsthaft schöne Augen? Oder war das ein akzeptables Angebot für eine verheiratete Frau? Die helfende Hand eines Freundes der Familie sozusagen …

In diesem Moment hoben die Jäger ihre Gewehre. Bei der ersten Salve zuckte Emilia zusammen. Jubel mischte sich mit den Schüssen. Was für eine bizarre Situation!

Sie sah zu Joachim, dessen Augen auf dem Pulverdampf ruhten – und nicht auf ihr. Wie gut er in diesem Augenblick aussah. Nicht manieriert, nicht auf seine Erscheinung bedacht, sondern frei, fröhlich und unendlich jung. Er erinnerte sie so stark an damals, dass es weh tat. Als er den Kopf wandte, konnte sie sich nicht schnell genug abwenden.

»Was sagt uns dieser prüfende Blick?«

»Sie tragen keine Zeichen der französischen Revolution«, improvisierte sie.

»Oh!« Er spielte den Niedergeschlagenen. »Ich dachte, eine blaue Weste, ein weißes Hemd und das rote Fichu wären ausreichend. Meinen Sie nicht?«

Emilia nahm ihren Hut ab und löste die Kokarde aus dem Stroh. Sie reichte ihm die Anstecknadel. »Sie sollten die Trikolore an Ihre Weste heften. Für die Freiheit!« Im selben Moment dachte sie, wie gut es war, dass ihr Gatte nicht auch sie selbst reden hörte.

Ihre Hände berührten sich kurz, Joachim lächelte still. Dann sagte er: »Sie haben keine grauen Haare.«

Emilia stutzte. Sie benötigte einen Atemzug, um zu verstehen. Dann brach sie in schallendes Gelächter aus. Ihr Lachen schien direkt aus ihrem Herzen zu kommen.

Ein paar Meter von ihr und Joachim entfernt fielen erneut Salutschüsse.

Nienstedten

6

In einer Notlage liegt die Chance für einen Neuanfang …

Maria konnte sich nicht entsinnen, wo sie diesen Satz gehört oder gelesen hatte. Sie wusste nicht einmal, wann es gewesen sein könnte. Plötzlich jedoch tauchte das Zitat in ihrem Kopf auf und ließ sich nicht mehr vertreiben. Obwohl sie überhaupt keinen Nutzen in den edlen Worten sah, schon gar keinen Gewinn für ihre Zukunft.

Schlimm genug, mit wie vielen wirtschaftlichen Sorgen sie durch Paridoms Tod belastet war. Nun machte ihr auch noch ihr Körper zu schaffen. Nicht einmal während ihrer Schwangerschaften hatte sie sich dermaßen ermattet gefühlt, Schmerzen begleiteten ihren Tag, und sie kam sich vor wie eine alte Frau, die gebrechlich durch ihr Haus schlich. So dumm, dass sie gegen dieses Fuhrwerk gelaufen war. Und ein Glück, dass sie Zuflucht in Frau von Wedekinds Kutsche hatte finden können. Beides bereitete ihr jedoch zusätzliche Probleme: Es erschütterte sie, dass sie vor lauter Gedanken so blind gegenüber ihrer Umgebung gewesen war, das durfte nicht noch einmal passieren. Und sie wollte sich nicht ausgerechnet der Mutter gegenüber verpflichtet fühlen, die Immanuel von der Schule verweisen lassen wollte. Auch das war schlimm.

Ihre schlechte körperliche Verfassung und die daraus folgende Überforderung verunstalteten das geplante Machtwort zu einem kläglichen Jammern vor Immanuel. Er druckste herum, sprach von einem Missverständnis, einem gemeinsamen Spiel, das aus dem Ruder gelaufen war. Sie fand dagegen nur schwache Argumente. Umso erleichterter war sie, als sie ein Brief ihrer Eltern erreichte, die ihre Kinder zu einem Ferienaufenthalt nach Kopenhagen einluden. Das war eine gute Idee. Arbeit auf dem Hof gab es für ihre Söhne und Töchter gerade nicht, so dass eine Reise nicht nur für die Jungen und Mädchen eine willkommene Abwechslung war, sondern auch Maria eine gehörige Last von den Schultern nahm. Außerdem würde sich der *bedstefar* Immanuels Uneinsichtigkeit mit aller Strenge annehmen, wenn sie ihren Vater darum bat. So schickte sie ihren Ältesten mit seinen zwei Schwestern und den beiden kleinen Brüdern und der Kinderfrau zu ihren Eltern in der Postkutsche los. Nun konnte sich Maria vollständig auf ihre Verpflichtungen konzentrieren, so dass ihre Kinder in ein geregeltes Leben heimkehren würden. Doch die Leere, die sich nach deren Abreise in ihrem Haus einstellte, bedrückte und lähmte sie.

Maria begann, ihre Einsamkeit mit Spaziergängen zu füllen. Zunächst lief sie nur durch das Dorf, doch brachten ihr die Begegnungen mit ihren neugierigen Nachbarn und Bekannten nicht die Ruhe, die sie für die eigentlich nötigen klaren Gedanken brauchte. Insgeheim fürchtete sie eine Begegnung mit Magnus Frese, der wollte sie entfliehen oder das Wiedersehen zumindest hinauszögern. Darum wandte sie sich der anderen Richtung zu. Sie schlenderte elbaufwärts am Fluss auf der einen und den Wiesen und Feldern auf der anderen Seite des Heerwegs entlang. Hier hoffte sie, niemanden zu treffen, der es auf einen *Klönschnack* abgesehen hatte.

Die Farbe des Himmels färbte sich bei ihrem Morgenspaziergang von einem blassen Ton zu einem tiefen Blau, mit jedem Schritt, den sie machte, wurden die Sonnenstrahlen wärmer und taten ihrem Körper wohl. Sie beschirmte ihre Augen mit der Hand, um im Gegenlicht besser sehen zu können. Der Anblick, der sich ihr bot, war idyllisch: Die ockergelben Strohballen auf den Stoppelfeldern wirkten wie zufällig hingeworfen, am Horizont schob ein Bauer einen Pflug hinter seinem Pferd über den Acker, daneben leuchtete eine Wiese in sattem Grün, und eine Gruppe Birken mit weißen Stämmen bot flimmernden Schatten; die kleinen Blätter an den Ästen schienen im Wind zu tanzen. Es lag eine friedliche, anrührende Stimmung in der Luft.

Hatte jemals ein Maler eine solche Szenerie auf die Leinwand gebracht? Sie wusste es nicht, sie wünschte jedoch, sie könnte diesen Anblick für immer in ihrem Gedächtnis konservieren wie ein wohlhabender Mann ein Kunstwerk in Besitz nahm. Die Schönheit der Landschaft erschien ihr wie ein endloser Trost, obgleich nicht unbedingt als Lösung …

»Guten Morgen, Madame.«

Maria hatte die schmale, dunkle Gestalt zwar am Rande ihres Blickfelds wahrgenommen, doch nicht wirklich gesehen. Als Daniel Jacques jetzt vor ihr stand, war sie nicht sicher, ob sie sich über das Wiedersehen freute. Eigentlich störte er sie in ihrer ruhigen Betrachtung. Sie wollte den kostbaren Moment, diese Einheit, die sie mit der Natur fühlte, nur ungern teilen. »Moin.«

»Es ist schön, Sie anzutreffen. Wohin sind Sie unterwegs?«

»Ich streife ziellos umher«, erwiderte sie zögernd. »Heute Morgen erscheint mir der Spaziergang ganz besonders schön.«

»Ja, was denn nun?« Er lachte fröhlich. »Streifen Sie umher, oder gehen Sie spazieren?«

Dieser Mann hatte eine Unbeschwertheit an sich, die sie fesselte. »Was ist der Unterschied?«

»Ein Vagabund und ein Dichter streifen umher. Eine Dame geht spazieren.« Er stülpte den breitkrempigen Schlapphut wieder über, den er zur Begrüßung abgenommen hatte. »Darf ich Sie ein Stück begleiten?

Brauchte er an einem Wochentag nicht zu arbeiten? Sie hatte nach ihrer Begegnung vor der Kirche angenommen, dass er in Diensten von Joachim Graaf stand, aber womöglich waren die beiden Männer auch nur Freunde, die dem Müßiggang frönten. Vielleicht war er auch ein Künstler, der von dem Kaufmann gefördert wurde. Das passte immerhin zu seinem Vergleich. Deshalb bemerkte sie: »Eben dachte ich, dass man diesen Blick über die Felder und Gärten malen sollte. Ich kenne allerdings niemanden, der so etwas könnte.«

»Haben Sie schon einmal von Claude Lorrain gehört?«

Sie zuckte mit den Schultern. »Nein. Bedauere. Wer ist das?«

»Claude Lorrain war ein französischer Maler des vorigen Jahrhunderts, der in seinen Landschaftsgemälden einen ähnlichen Blick einfing, wie wir ihn gerade hier auf die abgeernteten Felder haben. Ich hatte die Gelegenheit, seine Gemälde in Dresden zu bewundern, wo ich wohnte, bevor ich elbabwärts reiste. Seine Motive sind ausgesprochen stimmungsvoll und haben mich sehr berührt.«

Ihr Interesse an Daniel Jacques wuchs. Er sprach mit viel Begeisterung von seinen Eindrücken. Maria hörte ihm gerne zu. Daher hatte sie nicht einmal bemerkt, dass sie langsam weitergegangen waren, Seite an Seite. Als er nun plötzlich innehielt, blieb sie, ohne sonderlich darüber nachzudenken, ebenfalls stehen.

Er klopfte die Taschen seiner Jacke ab und förderte ein kleines rundes Etui zutage. Es war versilbert und von der vielen Benutzung oder dem Alter an manchen Stellen abgegriffen und braun angelaufen. »Drehen Sie sich bitte mit dem Rücken zu den Feldern, Madame.«

»Warum?«

»Bitte. Ich möchte Ihnen etwas zeigen.«

Mit einem leichten Kopfschütteln folgte sie seinem Wunsch. Den Blick auf das blaugrau schimmernde Band der Elbe gerichtet, wartete sie ab.

Er trat so dicht neben sie, dass ihre Arme sich berührten. Doch er achtete – im Gegensatz zu ihr – wohl nicht darauf. Er klappte den Gegenstand in seiner Hand auf. Es war eine Spiegeldose, die er nun vor Marias Gesicht hielt. Die Spiegel waren ungewöhnlicherweise getönt und wölbten sich leicht nach außen. »Versuchen Sie, die Landschaft hinter sich zu erkennen.«

So etwas hatte sie noch nie gesehen. Sie erlebte die Spiegelung der Stoppelfelder und Strohballen auf ganz besondere Weise, die bräunliche Schattierung milderte die Sonneneinstrahlung und tauchte das Bild in ein sanftes, gelbes Licht, hob aber gleichzeitig die Farben der Wiesen und Bäume stärker hervor; eingerahmt wurde die Ansicht durch einen wundersamen Rahmen, der wie ein Bilderrahmen in dem Spiegel auftauchte. Es war wie Zauberei.

Unwillkürlich hob Maria ihre Hand zu Daniels, um den Spiegel in seinen Fingern so zu drehen, dass sie eines anderen Bildausschnitts gewahr wurde. Die Magie blieb. »Das ist unglaublich!«

»Was Sie hier sehen, könnte ein Gemälde von Lorrain sein«, erklärte er lächelnd. »Der Spiegel gibt seinen Blick auf die Landschaft wieder. Deshalb nennt man die Dose *Claude-Glas.*«

»Ich dachte, man könnte diese Schönheit nur im eigenen Herzen bewahren. Oder auf einem Kunstwerk. Aber das ist ... ist ... wie ein Mysterium ...« Staunend drehte sie seine Hand hin und her, schaute und bewunderte – bis ihr die unziemliche Berührung bewusst wurde. Abrupt ließ sie ihn los. Ihre Wangen glühten. Gründe gab es dafür genug. »Verzeihung«, murmelte sie verlegen. Dann trat sie einen Schritt von ihm fort und direkt in ein Maulwurfsloch ...

Er fasste nach ihrem Arm, hielt sie, stützte sie, damit sie nicht umknickte oder das Gleichgewicht verlor.

Wieder standen sie dichter als schicklich beieinander. Doch diesmal war ihre Nähe anders. Marias Sinne waren nicht mehr nur auf ihre optische Wahrnehmung konzentriert, jetzt schien sie alles gleichzeitig zu sehen und zu hören: Den jungen Mann neben sich, seinen schnellen Atem, der ihre Wange streifte, das Rauschen des Windes, das Geschrei der Möwen. Und sie bemerkte das Hämmern und Klopfen der Handwerker und Arbeiter, die irgendwo hinter dem Birkenwäldchen das stattliche Landhaus für Joachim Graaf erschufen. Doch die Furcht, irgendjemand könnte sie und den Fremden beobachten, verdarb Maria ihre Begegnung.

Sie schüttelte ihn ab. »Danke«, sagte sie kühl. »Sie sind überaus freundlich, Herr Jacques, aber nun muss ich weiter. Oder zurück. Ja, ich muss zurück nach Hause.« Warum war sie nur so konfus?

»Es war mir ein Vergnügen.« Er verbeugte sich. »Wenn es Ihre Zeit erlaubt, würde ich Ihnen auf Ihrem nächsten Spaziergang gern die Arbeit an den Gärten zeigen. Wir befinden uns hier auf der neuen Besitzung von Herrn Graaf, der neben der Landwirtschaft einen romantischen Park plant.«

Natürlich sollte sie endgültig Lebewohl sagen und sich

nicht zu einem weiteren Treffen überreden lassen. Doch Maria zögerte. Ihre Unterhaltung mit Daniel Jacques war sehr anregend gewesen, abgesehen von der etwas kompromittierende Situation, in die sie sich durch ihre Unachtsamkeit selbst manövriert hatte. Dieser Herr war anders als die Männer in ihrer Umgebung, er eröffnete ihr im wahrsten Sinne des Wortes die Sicht auf eine neue Welt. Er hatte ihr etwas gezeigt, das sie faszinierte und gleichzeitig mit ihm verband. Dieses Gefühl konnte sie nicht so leicht abschütteln wie seine Hand.

Statt sich zu verabschieden, fragte sie: »Warum sind Sie so häufig hier in der Gegend?«

»Ich kümmere mich um die Anlage des Grundstücks von Herrn Graaf.«

Ihre Augen wurden groß. Sie konnte ihn sich nicht mit einer Axt, Hacke, einem Spaten oder einer Sense vorstellen. In ihrer Welt waren Gärtner meistens Tagelöhner, grobe Männer, die harte Arbeit verrichteten, und keineswegs so feinsinnig wie Daniel Jacques. Sie blickte auf seine Hände. Die wirkten gepflegt. »Sie sind doch aber kein Gärtner«, stellte sie verwundert fest.

»Ich bin Kunstgärtner, Madame.«

»Kunstgärtner? Das klingt nach duftenden Rosenbögen und blühenden Stauden.«

»Es klingt auch nach Gewächshäusern mit tropischen Pflanzen wie zart blühenden Orchideen.«

Maria wollte nicht zugeben, dass sie noch nie die Blüte einer Orchidee gesehen hatte – und jetzt darauf brannte. Allerdings besaß sie noch nicht einmal eine vage Vorstellung davon, weil sie kein Bild vor Augen hatte. »Das klingt sehr interessant«, murmelte sie.

»Ich bin sicher, dass ich Sie durch die Gewächshäuser führen darf, sobald diese eingerichtet sind. Herr Graaf ist ein Sammler exotischer Blumen und wird nichts dagegen haben, wenn sie bewundert werden.«

Es war eine andere Welt, in die Daniel Jacques sie einlud, etwas, das fern ihres Alltags lag. Die Schönheit der Botanik wirkte auf Maria ebenso anziehend wie einst in Zucker gegossene Schiffsmodelle. Sie lächelte still in sich hinein.

»Allerdings wird die Fertigstellung noch ein wenig dauern«, fuhr Daniel Jacques fort. »Der Aufbau des Anwesens braucht seine Zeit. Demnächst wollen wir aber schon die ersten Anpflanzungen vornehmen. Zuerst werden wir den Rhododendron setzen.«

Schweißperlen traten auf Marias Stirn. Es gehörte sich nicht, dass eine Witwe mit einem jungen Fremden mitten auf einem Feld plauderte und sich womöglich auch noch für ein weiteres Treffen verabredete. Orchideen waren gewiss nicht so schön, dass sie die Zerstörung ihres Rufs rechtfertigten. Sie sollte gehen, bevor sie sich zu etwas hinreißen ließ, das sie bereuen würde. Unvermittelt streckte sie ihre Rechte aus. »Auf Wiedersehen, Herr Jacques.«

Er neigte sich über ihre Hand. »Adieu, Madame. Ich freue mich auf unseren nächsten Spaziergang.«

»Wir werden sehen. Ich habe viel zu tun, müssen Sie wissen.« All ihre Sorgen fielen ihr wieder ein. Probleme, die sie in seiner Gegenwart überraschenderweise völlig vergessen hatte. Am liebsten hätte sie sich umentschieden und wäre noch ein wenig in seiner Gesellschaft geblieben. Beinahe hätte sie ihre Unterhaltung fortgesetzt, doch sie schluckte die Frage nach der Form der Orchideenblüte, die ihr auf der Zunge lag, hinunter. Erst mit einiger Verspätung bemerkte sie, dass Daniel immer noch ihre Hand festhielt. »Herr Jacques, bitte, ich möchte gehen.«

»Pardon. Man vergisst sich leicht, wenn man so angenehm plaudert.«

»So scheint es zu sein.« Sie verschränkte ihre Hände hinter dem Rücken. Nach einem letzten Blick in seine Augen neigte sie den Kopf und marschierte an ihm vorbei in die Richtung, aus der sie gekommen waren.

7

Vor Marias Haus stand eine fremde Kutsche, dessen Fahrer auf dem Bock döste, während das Pferd mit seinen Hufen im Sandboden scharrte. Es handelte sich um ein Modell Viktoria und war offenbar gemietet, denn es fehlte an den Seiten ein Wappen oder ein Monogramm.

Die Magie der vergangenen Stunde hallte noch in ihr nach, und sie kam nur langsam zu sich. Sie versuchte den Zauber der Natur und die Erinnerung an das angenehme Gespräch mit Daniel Jacques abzuschütteln und sich auf den Gast zu konzentrieren. Die Furcht vor unliebsamen Begegnungen kehrte zurück. Wollte ein Lieferant, der die Trauerzeit nicht mehr abzuwarten bereit war, seine offene Rechnung eintreiben? Oder sprach Magnus Frese erneut vor? Das eine war so unwahrscheinlich wie das andere. Frese ritt für gewöhnlich nach Nienstedten, und kein Händler mietete eigens eine Kutsche wie ein Tourist, um sein Geld zu holen. Vielleicht also nur Ausflügler, die Rike, ihre Magd, nicht weggeschickt hatte. Beherzt stieß sie die Tür auf.

Rike stand dahinter und schnalzte mit der Zunge, als Maria eintrat. »Es ist jemand gekommen und will Sie sprechen. Eine Dame … *Jo*, eine Dame ist das wohl nicht, sie ist aufgetakelt wie eine *Kuchel.*«

Was um Himmels willen wollte eine Hure von ihr? »Ein *Luder?*«, fragte sie und benutzte den dänischen Ausdruck, nicht den Plattdeutschen, wohl wissend, dass Rike sie verstand.

Ebenso stumm wie missbilligend nickte die Magd. »Sie wartet in der Stube weiter hinten.«

Maria nickte. Sicher übertrieb Rike. Eine Prostituierte passte nicht in das beschauliche Dorf. Wahrscheinlich handelte es sich um eine auffällig gewandete Person, die von irgendjemandem eine Empfehlung für die Backstube erhalten hatte, vielleicht eine der geflüchteten Französinnen, die Dineke Matthiesens Gemüt erregten. Hin und wieder trafen Ausflügler ein, die sich nach Paridoms Zuckerwaren erkundigten; Städter, die keine Stammgäste waren und sich im Ort nicht auskannten und daher nichts von dem großen Verlust wussten.

Vor der Tür zur Terrasse stand eine junge Frau, deren natürliche Attraktivität von einer dicken Schicht Gesichtspuder und roten Apfelbäckchen überschminkt worden war. Sie trug eine große Haube mit reichlich Papierblumen zur Dekoration und ein helles, weit schwingendes Sommerkleid aus einem fast durchsichtigen Stoff, der mit Goldtressen verziert war. Die Besucherin war eine der Frauen, die Maria einem Tingeltangel am Hafen zuordnete. Aber auch diese Leute aßen Gebäck.

»Ja, bitte? Was wünschen Sie?«

Die andere musterte sie offensichtlich wenig angetan. »Sind Sie die Witwe Burmester?«

Eine Touristin auf der Suche nach hervorragendem Gebäck schien sie also nicht zu sein.

»Ich bin Maria Burmester.« Sie unterließ den Versuch eines Handschlags, wünschte aber höflich: »Moin!«

Die Frau, die vielleicht eine Schauspielerin oder die Prostituierte war, für die Rike sie hielt, zog die dünn gezupften und mit einem Kohlestrich übermalten Augenbrauen hoch. »Wenn Sie tatsächlich die Witwe Burmester sind, sind Sie mir etwas schuldig.«

»Wie bitte?«

»Ich wünsche eine Entschädigung«, erwiderte die Besucherin kühl. »Da der liebe Paridom verstorben ist, müssen Sie als seine Witwe die Verpflichtung, die er vor einer Weile einging, erfüllen. So will es das Gesetz, nicht wahr?«

Für einen Moment war Maria sprachlos. Das Herz wurde ihr schwer. Bei all den Rechnungen war durchaus möglich, dass da noch ein Posten offen war, von dem sie bislang nichts wusste. Allerdings konnte sie sich nicht vorstellen, in welcher Geschäftsbeziehung ihr Mann zu einer Frau wie dieser gestanden haben sollte. Sie stemmte die Hände in die Taille, holte tief Luft und hoffte, der Himmel möge ihr Selbstbewusstsein schenken. »Ich weiß nicht, wovon Sie sprechen.«

»Tja …«, die andere zuckte mit den Schultern. »Das glaube ich Ihnen gerne. Sicher hat Ihnen der arme Paridom nichts von seinen kleinen Abenteuern erzählt. Aber da er mich ja nun nicht mehr bezahlen kann, erhebe ich gewisse Ansprüche. Ein Anteil von seinem Erbe steht mir für die Zuwendung, die ich ihm zuteilwerden ließ, gewiss zu. Das wäre auch im Sinne des Verstorbenen, da bin ich sicher. Sie zahlen mir eine hübsche Summe, die mir den Abschied von ihm nicht so schwer macht.«

Maria spürte Panik in sich aufwallen. Die Frau sprach mit einer Sicherheit, die ihr angesichts der Behauptung vollkommen fehlte. Dennoch erwiderte sie in arrogantem Ton: »Wenn Sie mit meinem Gatten bekannt gewesen sind, so hat er dies vor mir verborgen. Ich kann Ihnen daher nicht weiterhelfen.«

»Natürlich wissen Sie nichts von unserer Verbindung. Welche Ehefrau weiß schon davon, wenn der Mann die wahre Liebe an einem anderen Ort als dem eigenen Ehebett findet?« Ein glockenhelles Lachen folgte auf diese rhetorische Frage. »Aber das sagte ich ja bereits. Nun, der arme Paridom war ein so guter Mensch. Und er fehlt mir wirklich. Ich trauere aus ganzem Herzen um ihn.« Ein leichtes Schniefen folgte.

Es schien Maria unvorstellbar, dass ihr Paridom untreu gewesen sein sollte. Er war ein aufmerksamer, liebevoller Gemahl gewesen, glücklich mit ihr und den Kindern, stolz auf ihre Schönheit und ihre Haltung.

Doch unter dem festen Blick der anderen bröckelte ihre Sicherheit. Das Luder hatte recht. Ehefrauen wussten selten von den Vergnügungen, die sich ihre Gatten anderswo holten. Manche hochstehenden Herren schafften sich offiziell Mätressen an, aber das kam in Marias Lebenswelt kaum vor. Die Männer ihres Standes waren aufrichtige, gottesfürchtige Menschen, Ehebruch wurde in den zehn Geboten untersagt, und die meisten hielten sich wohl daran, wenn sie nicht gerade zur See fuhren und monatelang fern der Heimat waren. Sicher hatte Paridom zu der ehrlichen Gruppe gehört. Andererseits: Wie kam diese Person dazu, bei ihr aufzutauchen und Behauptungen und Forderungen aufzustellen? Das konnte die sich doch nicht ausgedacht haben. Maria schwirrte der Kopf.

»Sie sollten jetzt gehen«, stieß sie hervor. »Es ist besser, wenn Sie auf der Stelle mein Haus verlassen.«

»Was wollen Sie tun, wenn ich bleibe? Nach Hilfe rufen? Ich kann Ihnen den Skandal nur ersparen, wenn Sie mir entgegenkommen. Eine Abfindung, Witwe Burmester, ist der richtige Weg.«

Fassungslos schüttelte Maria den Kopf.

»Also …«, die Besucherin zögerte, dann: »Ich sehe, Sie sind verwirrt. Das ist verständlich. Deshalb werde ich Sie nun mit Ihren Überlegungen alleine lassen. Vergessen Sie nicht, was Sie mir schuldig sind. Mit einem Brosamen lasse ich mich nicht abspeisen. Der arme, liebe Paridom war mehr wert als das. Viel mehr. Ich erwarte ein mit Kronen gut gefülltes Säckchen, wenn ich wiederkomme.«

»Hinaus!«

Die Frau verzog ihren knallrot geschminkten Mund. »Auf Wiedersehen, Witwe Burmester.«

Maria war geneigt, sie mit einem Tritt hinauszubefördern. Doch sie wartete bewegungslos ab, dass die Besucherin verschwand.

Erst als die Tür zuschlug, stieß sie ihren Atem aus und ließ die Arme sinken. Sie fühlte sich erniedrigt und beschmutzt. Was für eine Schmach! Ihr Herz raste, ihre Augen füllten sich mit Tränen. Ihr war bewusst, dass diese Frau in der Lage sein würde, das Andenken an Paridom zu besudeln und ihre Trauer zu zerstören. Ein Wort hier, ein anderes dort. Klatsch verbreitete sich überall rasend schnell. Nach Beweisen für das Gerede wurde erst hinterher gefragt, und je weniger ihre Nachbarn und Nachbarinnen sich vorzustellen vermochten, dass Paridom eine Liebschaft eingegangen war, desto stärker würde der Sog der üblen Nachrede sein. Worte würden Widerworte erzeugen, die in hitzigen Diskussionen mündeten. Würde eine Abfindung zu Paridoms Ehre gereichen? Nur: Was bedeutete *ein Säckchen voller Kronen*? Sie besaß ja nicht einmal eine Handvoll.

Maria schlug die Hände vors Gesicht und wünschte, der Boden würde sich auftun und sie verschlingen, damit sie in der Dunkelheit zur Ruhe kam.

8

»Denk nicht so viel darüber nach und leg dein Schicksal in Gottes Hand«, riet Dineke, bevor sie den Stößel kraftvoll in den Mörser stieß, um die darin befindlichen Mandeln zu zerkleinern. Ihre energische Bewegung ließ allerdings vermuten, dass sie in Erwägung zog, Marias Besucherin ebenso zu zermalmen, so sie ihr denn begegnete. »Du hast das Geld, das die Erpresserin will, sowieso nicht. Deshalb ist es müßig, über die ganze Geschichte zu grübeln.«

In ihrer Verzweiflung hatte sich Maria an die Freundin gewandt. Sie musste mit einer Person sprechen, der sie vertraute. Der angebliche Betrug machte sie rasend. Und die Lüge. Paridoms mögliche Untreue erschien ihr viel schwerer wiegend als die Forderung des *Luders*. Maria wusste nicht, was sie glauben sollte. Sobald aber die Vernunft in ihre Gedanken zurückkehrte, schämte sie sich für ihren, von der Fremden genährten Verdacht. Doch die Sorge, an der Behauptung könnte etwas Wahres sein, ließ sie blind werden für geordnete Überlegungen – und ihren Glauben an Gottes Wege verlor sie ebenso. Die Worte, die Dineke sicher als Trost verstand, machten daher keinen Eindruck auf Maria. »Es ist keine *Geschichte*«, protestierte sie. »Es ist die Beschädigung von Paridoms Andenken.«

»Rufmord wendet sich stets gegen die Ehre des einen wie

des anderen«, gab Dineke trocken zurück. Sie rührte das Mandelmehl vorsichtig unter die zuvor schaumig geschlagene Masse aus Zucker und Eiern. Ein wenig abwesend fügte sie hinzu: »Auch du als seine Witwe bist nicht frei von den Folgen des Geredes. Der böswillige Klatsch betrifft dich ebenso.«

Maria sackte in sich zusammen wie ein Häufchen Elend. Sie saß an dem von vielen Händen blank gescheuerten Tisch im Wirtschaftsteil des Pfarrhauses. Das Hauptgebäude war ein massiver Backsteinbau mit hübschem barockem Giebel, die Innenräume bestanden aus leichtem Fachwerk, und in der Küche musste sie sich an der einen oder anderen Stelle unter den Holzbalken ducken. Obwohl sie schon lange mit Dineke befreundet und so oft hier zu Gast gewesen war, besaß sie die Sicherheit in den Bewegungen der Hausfrau nicht und stieß sich jedes Mal den Kopf an. Heute rieb sie ihre Stirn jedoch wegen anderer Schmerzen. »Dreizehn Jahre, Dineke, dreizehn gemeinsame Jahre sehen mit einem Mal ganz anders aus.«

»Sofern du dieser Frau Glauben schenken willst«, erwiderte die andere. Die Gattin des Pastors blickte kurz auf, lächelte zuversichtlich und wandte sich wieder ihrer Arbeit zu. Mit bloßen Händen griff sie in die Schüssel mit dem zerbröselten, etwas altbackenen Roggenbrot und schaufelte dieses zu Eiern, Zucker und Mandeln. Dann wischte sie sie an ihrer Schürze ab, bevor sie nach einem großen Holzlöffel griff. Während sie den Teig vermischte, sagte sie: »Immerhin kann das ja auch alles die Erfindung einer Betrügerin sein, die es nur auf eine Zahlung abgesehen hat. Du weißt nichts von ihr. Das macht sie nicht glaubwür…«

»Du solltest nicht so heftig umrühren«, unterbrach Maria.

»Was?« Dineke sah verblüfft auf.

»Du solltest nicht so heftig umrühren«, wiederholte Maria.

»Paridom hat immer gesagt, dass der Eischaum von der Säure des Brotes wieder dünn wird und die Schwarzbrottorte durch das Backen dann hart wie Stein ist.«

»Wenn er das gesagt hat ...« Dineke betrachtete eine Weile lang skeptisch den Inhalt ihrer Schüssel. Schließlich legte sie den Löffel zur Seite, dann nahm sie ein Küchentuch auf und reichte es Maria. »Wisch dir damit die Tränen fort, meine Liebe.«

»Und vergiss die Gewürze nicht, die dürfen großzügig verwendet werden. Sagte Paridom immer«, Maria schluchzte in das Leinen.

»Ich vergesse nichts«, versicherte Dineke. Doch vielleicht meinte sie gar nicht den Kuchen, den sie backen wollte. Sie trat zu Maria, legte ihr, ungeachtet der Teigspuren, eine Hand auf die Schulter. »Du solltest mit einem Freund deines Gatten sprechen, Maria. Irgendjemand wird wissen, ob Paridom regelmäßig ein Freudenhaus oder dergleichen aufgesucht hat.«

Entsetzen und Empörung ließen Marias Tränen trocknen. »Ich kann nicht herumfragen, ob er ein Hurenbock war ...« Sie biss sich auf die Zunge, doch das schändliche Wort war über ihre Lippen, bevor sie sich dessen richtig bewusst war.

»Das sollst du in der Tat nicht«, erwiderte Dineke unbeeindruckt.

»Ich weiß nicht mehr, was richtig und was falsch ist.«

Nach einem kurzen, verständnisvollen Druck gegen Marias Schulter wandte sich Dineke wieder ihrem Backwerk zu. Sie betrachtete die Keramikdosen auf ihrem Küchenregal, streckte die Hand aus, überlegte, zog sie wieder zurück. »Ich werde den Tortenboden mit Marmelade bestreichen, dann verschwende ich keine teuren Gewürze.« Sie lächelte Maria zu. »Ich bin sicher, dein Paridom würde das verstehen.«

»Wenn du Johannisbeerkonfitüre nimmst, wäre es ganz gewiss in seinem Sinne.« Maria war ihr dankbar für die Wendung des Gesprächs zurück zu einem unverfänglicheren Thema als Paridoms angebliche Untreue.

»Du klingst, als würdest du seine Rezepte auswendig kennen.«

»Nein. Das tue ich nicht. Dafür habe ich mich viel zu wenig mit seinem Backwerk beschäftigt. Mir genügte es, dass er ein Meister seines Fachs war.«

»Dennoch verfügst du über ausreichend Wissen, um die Gaststube wieder zu öffnen. Es ist Sommer, Maria, du würdest eine Menge Touristen bewirten können.«

»Das habe ich neulich auch gedacht, aber dann ... dann ...«, Maria schüttelte hilflos den Kopf. »Es geht nicht. Mir fehlt der Mut für die Wiedereröffnung. Vor allem aber fehlt mir das Geld.«

Missbilligend schüttelte Dineke den Kopf. »Was willst du sonst tun? An diesen fürchterlichen Frese verkaufen, den kein Mensch im Dorf leiden kann?«

»Es ist, wie es ist. Ich bin praktisch mittellos. Außer dem Anwesen habe ich nichts als Schulden geerbt.« Marias Augen füllten sich wieder mit Tränen. Diesmal hob sie das Tuch, das sie noch in Händen hielt, schon vorsorglich an ihre Lider. Doch es blieb trocken.

»Der Hof besitzt einen großen Wert, nicht nur für Frese. Ein Wort vom Pastor, und du wirst dich nicht retten können vor Angeboten. Dessen bin ich mir sicher.«

Eine Aufforderung von Matthiesen würde viele Interessenten auf den Plan rufen. Daran hatte Maria noch gar nicht gedacht. Allerdings ließ ihr diese sozusagen himmlische Mitwirkung keinen Spielraum mehr für einen Rückzieher. Wenn sich der Pastor erst für den Verkauf einsetzte, musste sie den bestmöglichen Vorschlag akzeptieren – ob sie nun wollte oder nicht. Sie musste sich entscheiden.

»Paridoms Mutter hat den Hof für ihren Sohn gekauft, deshalb denken alle im Dorf, dass du das Anwesen für eure Kinder erhalten möchtest. Auch wenn hierzulande eine Witwe alleine über das Erbe verfügen darf, sollte auch das Wohl der Nachkommen in Betracht gezogen werden, nicht wahr?« Dineke lächelte. »Und was soll aus mir werden, wenn meine beste Freundin fortzieht?«

In ihren schwersten Stunden hatte Maria erwogen, dass das Erbrecht des dänischen Königs nicht nur ein Segen, sondern auch eine Last bedeutete. Wie viel einfacher hatten es die Frauen etwa in Preußen, die nichts selbst zu entscheiden brauchten und sich lediglich auf die Fürsorge eines männlichen Verwandten verlassen durften – oder mussten. Doch wie erging es den Hinterbliebenen wohl, wenn der Vater, Onkel oder Bruder, ja ein entfernter Cousin, der Witwe – und womöglich auch ihren Kindern – nicht wohlgesonnen war? Das mochte sie sich lieber nicht vorstellen.

»Trotz des Vorteils, über den Nachlass verfügen zu dürfen, gibt mir kein seriöser Geldverleiher auch nur einen Taler«, meinte sie. »Einen Kredit habe ich natürlich in Erwägung gezogen, aber an wen soll ich mich werden? Wer zieht eine alleinstehende, verzweifelte Frau nicht über den Tisch?«

Dineke hatte sich inzwischen von ihr abgewandt, um sich weiter mit der Herstellung des Kuchens zu beschäftigen. Sie unterbrach kurz das Klappern mit den Schüsseln und Tortenformen. »Vielleicht erhältst du von einem Bekannten, dem du vertrauen kannst, ein Darlehen …«

»Ich bettle nicht!«, protestierte Maria. Sie verriet der Freundin nicht, dass sie zu stolz war, um als Bittstellerin aufzutreten. Lieber verlor sie alles. An Frese. Oder an ein Luder, das Behauptungen aufstellte. »Außerdem würde ein Gerede über meine finanziellen Sorgen Paridoms Ansehen ebenso beschmutzen wie der Klatsch des Luders. Untreue wäre es allemal.«

»Nun ja, ich meinte nicht unsere Nachbarn, obgleich die sich schon wundern, dass du die Tür verriegelt hast. Lediglich aus Rücksicht auf deine Trauer sind die Plaudertaschen noch ruhig. Ich denke an eine ganz andere Person: Paridom verkehrte in den besten Kreisen in Hamburg, warum willst du keinen der noblen Hanseaten um Rat bitten? Wenigstens um Rat, Maria, wenn schon nicht um Hilfe.«

Die Eindringlichkeit, mit der Dineke sprach, verfehlte ihre Wirkung nicht. Maria zögerte. Natürlich war es ein sinnvoller Gedanke, sich mit einem der Honoratioren jenseits der Grenze auszutauschen. Mit Männern, die nicht nur Paridoms süße Kuchen, sondern auch seine Persönlichkeit geschätzt hatten. Ja, warum eigentlich nicht? Wie kam sie dazu, die eigenen Gefühle, insbesondere ihre Eitelkeit, über das Andenken an ihren Gemahl zu stellen? Und vor die Ansprüche ihrer Kinder? In Hamburg brauchte sie jedenfalls nicht so viel Klatsch zu befürchten wie hier und in Altona.

Stumm sah sie den geübten Handgriffen zu, mit denen Dineke den Teig auf den Tortenböden glatt strich. Paridom war ein guter Mann gewesen. Treusorgend und ehrlich, ein bisschen verrückt und umso liebenswerter. Um seinetwillen durfte sie sich nicht auf die falschen Pfade drängen lassen, auch so bewahrte sie sein Andenken. Dineke hatte recht. Sie sollte wenigstens einen Rat bei einem der Kaufleute einholen. Die wussten am besten über gutes Wirtschaften Bescheid.

Langsam wie ein Hefekuchen begann ein Plan in Maria zu reifen. Sie konnte nur hoffen, dass er aufging und nicht zusammenfiel wie eben genau jenes Backwerk.

9

Ein heftiger Sommerregen vereitelte Marias Wunsch, nach Hamburg zu fahren. Die Furt bei Teufelsbrück war bei diesem Wetter nur mit Schwierigkeiten passierbar und die Wahrscheinlichkeit, mit der Postkutsche stecken zu bleiben und dann vielleicht auch noch bei Magnus Frese einkehren zu müssen, groß. Also blieb sie zu Hause und beobachtete vom Fenster aus, wie die Tropfen auf den Sand der Terrasse fielen und dunkle Flecken hinterließen. Ihr Blick fiel auf die in dem Schauer wie frisch geputzt wirkende Kanone. Die Traurigkeit breitete sich in ihrem Innersten aus wie das Feuer auf dem Dach einer mit Reet gedeckten Kate. Ach, hätte Paridom doch nur genauso viel Zeit für seine Geschäftsführung aufgewendet wie für die Pflege dieses todbringenden Spielzeugs!

Warum eigentlich hatte sie die Waffe nicht längst fortschaffen lassen? Allein deren Anblick zerriss ihr das Herz und trug ebenso wie die tiefhängenden Wolken zu ihrem Gemütszustand bei. Und dann war da noch der Brief, den sie heute Morgen von Magnus Frese erhalten hatte. Frese unterbreitete ihr ein konkretes Angebot für den Hof, das sicher unter dessen eigentlichem Wert lag, aber wohl annehmbar war. Er fasste sich kurz und unterließ nicht den Hinweis, dass sie keinen Vorteil davon hätte, weiter auf dem Anwesen und bestenfalls von der Hand in den Mund zu leben, im Grunde aber nur mehr Schulden anzuhäufen. Er räumte ihr nur eine kurze Bedenkzeit ein. Sollte sie wirklich eine Entscheidung treffen, ohne sich mit einer Vertrauensperson beraten zu können? Seit Stunden starrte sie nach draußen und versuchte irgendwo da unten in den schäumenden Fluten des Stroms eine Antwort zu finden. Doch ihre Augen wanderten immer wieder zurück zu der Kanone. Und die Läden vor den Fenstern klapperten wie die Vorboten eines Donnerschlags.

»Gnädige …«

Maria fuhr zu Rike herum, die überraschend in der Tür ihrer Schlafkammer stand. »Lass die Fensterläden bitte offen«, wies sie die Magd gedankenverloren an, »das Unwetter wird schon nicht so schlimm werden. Es ist zu früh am Tag, ich will es im Haus nicht so dunkel haben.« Zweifellos würde die triste Beleuchtung ihre Stimmung noch mehr trüben.

»*Jo*«, Rike knickste. »Ein Herr hat an die Tür zur Gastwirtschaft geklopft, und weil er nicht damit aufhörte und ganz nass wurde, habe ich ihm aufgemacht. Er möchte Sie sprechen.«

Wenn Magnus Frese es so eilig hatte, nach seinem schriftlichen Angebot und bei dieser Witterung persönlich hierherzureiten, bot er definitiv zu wenig. Für wie dumm hielt er sie? Oder für wie verzweifelt?

Maria straffte die Schultern. »Sag ihm, ich habe keine Zeit für ungebetene Besucher.«

Die Magd zögerte, dann wagte sie zu widersprechen: »Wollen Sie den Mann wirklich bei dem Unwetter wieder nach draußen schicken? Es ist ein so höflicher Mensch.«

»Seit wann ist Magnus Frese ein höflicher Mensch?«, gab Maria barsch zurück.

»Das weiß ich nicht, Gnädige, es ist nicht Herr Frese.«

»Oh!« Maria war so erleichtert, dass sie sich überraschend schnell fasste. »Es ist wohl meine Christenpflicht, bei diesem Regen nicht darauf zu bestehen, dass die Gaststube geschlossen ist.« Mit wenigen Schritten war sie an der Tür, wo sie die Dienerin energisch zur Seite schob und zur Stiege lief.

Keine Minute später entfuhr ihr erstaunt: »Was machen Sie denn hier?«

Daniel Louis Jacques hängte seinen offensichtlich durchfeuchteten Mantel über eine Stuhllehne »Trocknen?!« Sein Ton war eine Mischung aus Frage und Vorschlag.

»Das sehe ich.« Maria schmunzelte. »Ich hatte nicht damit gerechnet, Sie so rasch hier wiederzusehen. Sie wissen doch, dass die *Konditerei* geschlossen ist.«

Er verneigte sich höflich. Seine Augen blitzten, als er sich aufrichtete. »Leider hat mich der Regen überrascht – und ich hoffte, Sie würden mir Zuflucht gewähren.«

Offenbar waren die Gewächshäuser noch nicht gebaut, in denen er Schutz gefunden hätte. Außerdem machte es sie seltsam froh, dass er diesen ausgerechnet bei ihr suchte. Unwillkürlich lächelte sie. »Bitte nehmen Sie doch Platz, wo immer ...«

»... ich möchte ...«, vollendete er ihr Angebot.

»Ja. Ich weiß, ich wiederhole mich. Das ist sonst nicht meine Art, aber alles ist im Moment ungewohnt für mich.«

»Verzeihung. Es war nicht meine Absicht, Sie zu kritisieren.« Er verneigte sich noch einmal, diesmal etwas steifer.

»Ach, nun setzen Sie sich endlich hin.« Sie betrachtete ihn mit derselben Nachsicht wie eines ihrer Kinder. Dabei überlegte sie, um wieviel er wohl jünger war als sie. Eigentlich kam es ihr vor, als wären sie gleich alt, er wirkte wie ein erwachsener Mann, doch wenn sie ihn genauer betrachtete, hatte er den dreißigsten Geburtstag gewiss noch vor sich. Im nächsten Moment schalt sie sich für ihre Gedanken, deren Ergebnis ihr völlig gleichgültig sein sollte. Energisch schob sie die Eitelkeit beiseite und besann sich auf ihre Rolle als Gastgeberin: »Was kann ich Ihnen anbieten?«

»Haben Sie vielleicht ein warmes Bier? Der Sommerregen ist hierzulande ziemlich frisch.«

Maria wollte sich gerade anschicken, nach Rike zu rufen, als ihr auffiel, wie dunkel es in der Stube war. Trotz des frühen Nachmittags lag ein Büchsenlicht über dem Raum. »Es ist nicht nur kühl, die Wolken hängen bis fast auf die Terrasse. Ich werde gleich ein paar Kerzen holen.«

»Bitte, machen Sie sich keine Mühe, mir ist es so recht. Der Blick aus den Fenstern entschädigt selbst bei diesem Wetter für alle Unannehmlichkeiten.« Noch immer hatte er sich nicht hingesetzt, sondern stand neben demselben Tisch, den er bei seinem ersten Besuch gewählt hatte. »Die Lage Ihres Hauses ist ganz besonders, Madame. Selbst im Nebel ist der Blick über die Elbe einzigartig.« Leise klapperte der Laden in seiner Verankerung am äußeren Mauerwerk, als wollte er seine Worte bestätigen.

»An schönen Tagen kamen die Ausflügler immer gerne hierher«, erwiderte sie verträumt. Dann erinnerte sie sich wieder ihrer Pflichten und deutete auf den Stuhl neben ihm. »Nehmen Sie bitte endlich Platz. Ein Gast sollte nicht so lange stehen müssen.«

»Madame!« Er wirkte empört. »Ich setze mich nicht, solange eine Dame vor mir steht.«

Seine Höflichkeit rührte sie, dennoch erwiderte sie streng: »Ich bin Ihre Wirtin und betreibe keinen Stehausschank. Also darf ich bitten …«, in beredtem Schweigen brach sie ab.

Ohne Widerspruch folgte er nun ihrer Aufforderung.

»Ich hole Ihre Bestellung.« Sie wandte sich um. Aus den Augenwinkeln nahm sie wahr, wie er ihr nachsah. Ein Buch hatte er heute offenbar nicht bei sich. Unwillkürlich achtete sie auf ihre Bewegungen, straffte die Schultern und bemühte sich um einen wiegenden, gemessenen Schritt.

Als sie mit einem Krug warmen Biers und einer Handvoll Talgkerzen aus der Küche zurückkam, blickte er aus dem Fenster. Der Regen prasselte dagegen, und die Aussicht wurde von den unzähligen Tropfen und Schlieren zerstört. »Hier könnte man einen prächtigen Garten anlegen«, murmelte er versonnen. Vielleicht sprach er zu sich selbst, aber Maria fühlte sich zu einer Antwort genötigt: »Uns war es immer gerade recht so.«

»Natürlich.« Er drehte sich zu ihr um. »Das ist das Wichtigste, nicht wahr? Ich selbst beurteile jedes Stück Land nach seinen Möglichkeiten. Das ist eine Marotte von mir, die ich nicht absichtlich pflege. Gartenanlagen sind meine Berufung.«

»Das klingt wunderschön.«

Sein Lächeln wurde breiter, offenbar berührte ihn ihr Kompliment. »Wollen Sie sich nicht zu mir setzen, Madame? Wir plaudern so angeregt, und mein Nacken würde es begrüßen, nicht ständig zu Ihnen aufschauen zu müssen.«

»Das ist meine Gaststube, Monsieur Jacques«, sie gebrauchte bewusst die französische Anrede, »und als Wirtin steht es mir nicht zu, mich zu einem Gast an den Tisch zu setzen.«

»Etwas in der Art sagten Sie bereits. Aber wie wäre es, wenn Sie meine Gastgeberin sind? Ich habe noch nie gehört, dass die Dame des Hauses nicht bei dem Herrn Platz nehmen dürfte, den sie eingeladen hat.«

Versuchte er, auf diese Weise ein kostenloses Getränk von ihr zu erhalten?, ging es ihr durch den Kopf. Er sah natürlich nicht aus wie ein Mann, der einen Krug Bier schnorren musste, aber was wusste sie schon von Daniel Louis Jacques? Ihre Großzügigkeit würde kein größeres Loch in die Buchhaltung reißen als ohnehin vorhanden war. Möglicherweise verdiente er ihren Argwohn aber gar nicht. Sie schob den Stuhl ihm gegenüber zurück und ließ sich nieder. »Dann sind Sie also mein Gast. Herzlich willkommen.«

»Danke«, er stieß einen erleichterten Seufzer aus. »So lässt sich die Zeit besser vertreiben.«

»Sie sind also zum Zeitvertreib hier. Müssen Sie denn nicht arbeiten?«

»Haben Sie schon einmal einen Gärtner getroffen, der im strömenden Regen Pläne für seine künftigen Beete erstellt?«

»Einen Kunstgärtner habe ich überhaupt noch nie getroffen.«

Er stimmte in ihr Lachen ein, und Maria dachte, wie angenehm es war, sich auf Augenhöhe mit ihm zu befinden, auch wenn die heraufziehende Dämmerung es immer schwieriger machte, in seinem Blick zu lesen. Sie hätte die Kerzen in einen Leuchter stecken und anzünden sollen, doch sie rührte sich nicht, um die seltsame Zweisamkeit zwischen ihnen beiden nicht zu zerstören.

Daniel Jacques erzählte ihr, wie er Messungen auf Joachim Graafs Land vornahm und Skizzen entwarf, die sich auch an der Beschaffenheit des Erdreichs orientierten. Schließlich legte er seinem Auftraggeber die Pläne vor, um gemeinsam zu entscheiden, wie der Garten gestaltet werden sollte. Meist stimmte Graaf seinen, Daniels, Vorschlägen zu, aber zuweilen waren sie unterschiedlicher Meinung, und Daniel zog einen der Kollegen hinzu, die auf dem Gut arbeiteten. Das waren dann die Fachleute aus England oder den Niederlanden oder aber auch die einfachen Gärtner aus der Gegend, die sich, obwohl meist nur Tagelöhner, besser mit der Beschaffenheit der Geest und den damit verbundenen Notwendigkeiten auskannten als die Fremden. »Ich lerne gerade eine Menge über die Böden hier am Hochufer der Elbe. Deshalb ist mir vorhin auch der Gedanke gekommen, welche Bäume sich eigneten, auf Ihrer Aussichtsterrasse angepflanzt zu werden …«

Unwillkürlich blickte sie zum Fenster. Die Tropfen rannen in Schlieren an der Scheibe herab, verwischten, ohne dass neue nachkamen. »Es hat aufgehört zu regnen«, stellte sie mehr erstaunt als begeistert fest.

»Meiner Ansicht nach wären Linden sehr schön«, vollendete Daniel Jacques seinen Monolog.

»Vielleicht. Oder auch nicht.« Sie zwang sich, nicht darüber zu grübeln, dass sie im nächsten Frühjahr womöglich gar nicht mehr auf dem Hof wohnen würde. »Wenn ich ehrlich bin, habe ich mir noch keine Gedanken über Veränderungen gemacht. Warum stellen Sie sich ausgerechnet Linden vor?«

»Die Linde passt zu Ihnen, Madame. Es ist der Baum der Liebe – und der schönen Frauen.« Daniel Jacques' Ton klang nicht anzüglich, sondern ernst und sachlich. Dennoch strömte Hitze durch ihren Körper und sammelte sich in ihren Wangen. Maria schnappte nach Luft.

»Schon in der Antike galt die Linde als Ort, um Aphrodite zu preisen«, fuhr Daniel fort. »Die Germanen weihten den Baum Freya, ihrer Göttin der Liebe und des Glücks. Inzwischen ist die Linde ein Baum der Marienverehrung. Sie heißen doch Maria, Madame, nicht wahr?«

Warum nur bildete sich in ihrem Hals nur ein Kloß? »Ja«, stimmte sie heiser zu. »Maria Elisabeth.«

»Man sagt, dass die Linde als Baum der Liebe anstelle von Blättern Tausende kleiner Herzen an ihren Ästen trägt.«

Seine Worte lullten sie ein. Hingerissen lauschte sie ihm. Nie zuvor hatte sie einen Mann auf diese Weise über die Liebe dozieren hören. Erst als sie begriff, wie sie sich in einer Träumerei verlor, zwang sie sich zu dem ernsthaften Gedanken an die sogenannte Gerichtslinde, unter der die Thingversammlungen der germanischen und nordischen Völker stattgefunden hatten. Sie wusste nicht viel darüber, außer dass Frauen dort nicht zugelassen waren. So viel zur Legende von einem weiblichen Baum. Daniels Ausführungen klangen wunderschön, waren aber gewiss nichts anderes als derselbe Hokuspokus wie der Claude-Spiegel. Der Mann war kein Kunstgärtner, sondern musste ein Magier sein. Sie räusperte sich: »Ich fürchte, dass sich kein Ausflügler für imaginäre Herzen an einem Baum interessiert. Die Leute ziehen ein gutes Getränk und ein ordentliches Essen vor.«

»Wenn dies der einzige Grund für den Aufenthalt auf Ihrer Terrasse ist, wäre es bei diesem Ausblick bedauerlich«, versetzte er. »Natürlich geht mich das nichts an, Madame, aber vielleicht machen Sie mir die Freude und denken über meinen Vorschlag nach, sobald Sie die Gaststube wieder für alle Gäste öffnen.« Er schob seinen Stuhl zurück. »Ich muss jetzt wieder an meine Arbeit. Was bin ich Ihnen schuldig, Madame?«

Er war höflich, doch sie hatte ihn gekränkt, daran bestand kein Zweifel. Dass die Stimmung zwischen ihnen zerstört war, tat Maria weh. »Sie sind mein Gast. So hatten wir es ausgemacht.«

Daniel Jacques zögerte, wollte anscheinend widersprechen,

doch dann erhob er sich mit einem Nicken. »Das ist sehr großzügig von Ihnen, Madame, haben Sie vielen Dank. Ich werde zurückkommen, wenn Sie Ihre Gaststube wiedereröffnen.«

Auch sie stand auf. »Ich weiß nicht, wann das sein wird …«

»Ich hoffe, Sie warten nicht zu lange. Man verbindet mit der Linde übrigens seit Jahrhunderten den Wunsch nach Frühling und Sommer, nach frohen Festen, Geselligkeit und Tanz, ihr Duft ist betörend. Allein deshalb ist sie der ideale Baum für ein Gartenlokal.«

»Es tut mir sehr leid, aber ich kann mir die Arbeit eines Kunstgärtners nicht leisten.«

»Herr Graaf wird gewiss nichts dagegen haben, wenn ich meine Fähigkeiten auch anderweitig einsetze«, antwortete Daniel. Er nahm ihre Hand und führte sie an seine Lippen. »Geld spielt keine Rolle. Herr Graaf schätzt Ihre Nachbarschaft fast ebenso wie ich, Madame.«

»Tut er das?«, murmelte sie, mehr noch als von Daniels Behauptung irritiert von dem zarten Kuss auf ihrer Hand.

»Davon bin ich überzeugt.« Er ließ sie los und trat von ihr fort, um seinen Mantel von der Stuhllehne zu greifen. »Auf Wiedersehen, Maria.« Ein kurzer Blick, fast flüchtig nur, dann wandte er sich der Tür zu.

Wie vom Donner gerührt sah Maria ihm nach.

10

Daniels Worte hallten in ihr nach, sein Handkuss brannte lange auf ihrer Haut. In schönen wie in schlimmen Momenten. Sie rief sich seinen Besuch in schlaflosen Nächten in Erinnerung, aber auch, wenn sie in der Wäschekammer stand und das Leinen nach Flecken und Fehlern untersuchte oder an Paridoms Schreibtisch saß und mit seiner alten Korrespondenz beschäftigt war, die sie nach dem geeignetsten Ratgeber unter den Bekannten in Hamburg durchsah.

Als Markttag war, hielt sie zwischen Händlern und Kunden, geschlachtetem und lebendigem Vieh nach Daniel Ausschau. Vergeblich.

»Was starrst du denn die Leute so an?«, erkundigte sich Dineke an ihrer Seite. »Suchst du jemanden?«

»Nein, natürlich nicht«, gab Maria unwirsch zurück. »Wen sollte ich schon suchen?« Ein wenig enttäuscht dachte sie, dass sie sich in ihrer persönlichen Einsamkeit und Trauer, die gepaart waren mit Sorgen, nicht in der Träumerei eines Backfischs verlieren und sich lächerlich machen, sondern sich ausschließlich mit der Realität beschäftigen und die Lösung ihrer Probleme tatkräftig in die Hand nehmen sollte.

Zunächst umfasste sie den Henkel ihres Korbs ein wenig fester. Sie beschloss, später einen Brief an den Kaufmann Sieveking in Hamburg mit der Bitte um ein Treffen zu schreiben, den sie ihm per Eilboten übersenden würde. Das Wetter war aufgeklart und eine Fahrt in die Hansestadt wieder bedenkenlos möglich.

»Oh!«, stieß Dineke hervor, um einen oder zwei Atemzüge später hastig zu wünschen: »Guten Morgen, Herr Graaf.«

»Guten Morgen, Frau Pastor, wie erfreulich, Sie an diesem schönen Tag anzutreffen.«

»Die Freude liegt ganz auf meiner Seite.«

Sein Blick streifte kurz Maria, doch er wandte sich wieder Dineke zu: »Glücklicherweise haben Regen und Sturm nachgelassen, so dass ich auf meinem Gut nach dem Rechten sehen kann. Ich werde ein paar Tage im Dorf bleiben und freue mich schon auf die Predigt des Herrn Pastors am Sonntag.«

»Das werde ich meinem Mann gerne ausrichten, Herr Graaf.«

Wieder sah er Maria an, diesmal blieben seine Augen an ihr hängen. »Sie sind die Witwe Burmester, nicht wahr?« Als sie nickte, fügte er rasch hinzu: »Ich bedauere, dass wir einander noch nicht vorgestellt worden sind. Mein Name ist Joachim Graaf.«

»Oh, Entschuldigung, ich vergaß ...«, flötete Dineke, unterbrach sich und sagte mit einem entwaffnenden Lächeln: »Leider habe ich völlig übersehen, dass Sie sich noch nicht kennen. Darf ich bekannt machen? Herr Joachim Graaf. Frau Maria Burmester, deren Gatte kürzlich verstorben ist. Er war der beste Zuckerbäcker weit und breit.« Dabei übersah sie, dass die beiden einander bereits die Hände schüttelten.

»Burmesters Konditoreiwaren erfreuten sich über alle Grenzen hinweg großer Beliebtheit.«

»Sie sind sehr freundlich«, erwiderte Maria.

»Ich hörte von den Schiffsmodellen aus Zuckerguss, die Ihr verstorbener Gatte vortrefflich gestaltet haben soll. Darf ich mir die Ausstellung einmal ansehen? Wenn Sie erlauben, würde ich Ihnen am Nachmittag meine Aufwartung machen.«

Maria runzelte die Stirn. Was, um alles in der Welt, sollte dieses Anerbieten? Sie versuchte, Paridoms Werke zu konservieren, und wischte in den Regalen selbst liebevoll Staub, anstatt das der Magd zu überlassen. Doch sie hatte ihre Stube nie als Museum gesehen, das das Auge eines Besuchers erfreute. Außerdem hatte sie heute eigentlich keine Zeit, weil sie den Nachmittag dazu nutzen wollte, an ihre Eltern und jedes ihrer Kinder einen Brief zu schreiben. Der Respekt vor dem wohlhabenden neuen Nachbarn zwang sie jedoch zur Zustimmung. Ihre Korrespondenz würde sie später erledigen. Auch wenn die ihr besonders am Herzen lag, mussten Höflichkeit und Gastfreundschaft Genüge getan werden: »Bitte, kommen Sie vorbei. Die *Konditerei* ist zwar geschlossen, aber ich empfange Sie gerne.«

Er verneigte sich vor ihr. »Damit machen Sie mir eine große Freude.« Dann machte er einen Diener vor Dineke. »Jetzt muss ich meinen Angelegenheiten nachgehen. Bis zum nächsten Sonntag, verehrte Frau Pastor.«

»Auf Wiedersehen, Herr Graaf«, gab Dineke zurück. Ihre Augen leuchteten, und ihre Wangen röteten sich, während sie den Abgang des Herrn verfolgte.

»Krieg dich wieder ein!«, zischte Maria, als Joachim Graaf außer Hörweite war.

»Warum? Er hat mich ›*verehrte* Frau Pastor‹ genannt, und das tut sonst niemand. Da kann ich mich doch mal freuen.«

»Er ist nur höflich.«

»Hm«, machte Dineke und schnalzte mit der Zunge. »Na, und? Ich finde freundliche Höflichkeit angenehmer als unhöfliche Freundlichkeit.«

Maria zuckte mit den Schultern und wollte weitergehen, doch die Freundin hielt sie zurück: »Ich wette, er hat ein Auge auf dich geworfen, Witwe Burmester. Warum sonst sollte er dich besuchen wollen? Die Schiffsmodelle des armen Paridom findet er sicher nicht so aufregend, dass er sich deswegen eigens zu dir bemüht.«

»Was redest du denn da?«

Dineke kicherte. »Jetzt wirst du rot. Also ist es die Wahrheit.«

»Blödsinn! Wir werden schon sehen, was er will. Mach deswegen bitte keinen solchen Wirbel.«

»Du musst mich unverzüglich davon in Kenntnis setzen! Am besten, du kommst gleich bei mir vorbei, wenn er weg ist.«

Maria seufzte. Die Neugier der Freundin verstimmte sie. »Ja, ja, ja …«

»Herr Graaf ist ein so feiner Mann …«, sinnierte Dineke weiter.

»Was willst du?« Marias Geduldsfaden riss ein. »Warum versuchst du, ihn mir anzupreisen?«

Die Freundin sah sie ein wenig verstört und reichlich beleidigt an. »Herr Graaf hat keine Empfehlung nötig, meine Liebe. Das weiß ich aus erster Hand. Als er dem Pastor von seinen Vorstellungen über die Armenpflege berichtete, konnte mein guter Mann ihn nur noch lobpreisen. Wusstest du, dass auf Herrn Graafs Veranlassung hin die *Allgemeine Armenpflege* in Hamburg eingeführt wurde? Nein? Nicht?« Dinekes Gesichtsausdruck veränderte sich deutlich, Selbstbewusstsein und Zufriedenheit spiegelten sich nun darin. »Ich sage dir, der Herr hat das Herz auf dem rechten Fleck.«

»Wie lobenswert!«, kommentierte Maria lahm.

Genau genommen hatte sie wenig Ahnung vom Umgang mit den Armen in der Hansestadt. Die Zustände in den Wohlfahrtseinrichtungen waren schlecht, und welcher arme Teufel nicht auf der Straße starb, landete mit keiner besseren Aussicht im Gefängnis. Das war im Königreich Dänemark nicht anders, nachdem die Reformen des am Hof in Kopenhagen zu Macht gelangten Armenarztes Johann Struensee aus Altona nach dessen Hinrichtung wieder abgeschafft worden waren. Die kaum verbesserten Verhältnisse lagen zwanzig Jahre zurück, und als damals noch kleine Tochter eines wohlhabenden Kapitäns hatte sie wenig Berührungspunkte mit den Armen. Lediglich die Errichtung von Findelhäusern und Hospitälern auch für die unteren Schichten blieben dem kleinen Mädchen nicht verborgen. Diese Einrichtungen und Struensees Überlegungen hinsichtlich Hygiene und der Ansteckungsgefahr von Krankheiten überlebten in einigen Landesteilen und bei fortschrittlichen Familien in Altona und wohl auch in Hamburg.

Als sei sie Marias stummem Gedankengang gefolgt, führte Dineke weiter aus: »Auf Veranlassung von Herrn Graaf wird eine medizinische Versorgung der Armen und eine Armenspeisung in Hamburg garantiert, es wird sich um schwangere Frauen und deren Kinder gekümmert, sogar die Schulbildung soll verbessert werden. Auch um die Zustände in den Gefängnissen will sich Herr Graaf kümmern. Der Pastor ist sich zwar nicht sicher, ob das alles nicht ein Eingriff in Gottes Willen ist und ob Armut nicht vielmehr als Strafe Gottes denn als weltliches Schicksal gesehen werden sollte, aber ich finde, Herr Graaf übt sich in wahrer Nächstenliebe!«

Dass ihre Freundin eine eigene Meinung offenbar gegen die Ansichten ihres Gatten vertrat, belustigte Maria. »Würde dich seine Menschenfreundlichkeit ebenso beeindrucken, wenn er weniger gut aussähe und nicht so charmant wäre?«

»Selbstverständlich!« Dinekes Stimme vibrierte vor Empörung. »Und du solltest dir redlich Mühe geben, unserem neuen

Nachbarn Sympathie entgegenzubringen. Was bringt es dir, ihn zu vergraulen?«

»Ich will nur nicht mit ihm verkuppelt werden.«

»Pah!« Dineke reckte das Kinn. »Das hat nun wirklich niemand versucht.«

Maria schwieg. Ihr fiel ihr ein, dass Daniel Jacques in sehr wohlmeinenden Worten über Joachim Graaf gesprochen und bei seinem letzten Besuch darauf hingewiesen hatte, wie sehr Graaf seine neue Nachbarschaft schätzte. Hatte der reiche Kaufmann etwa wirklich ein Auge auf sie geworfen, und alle wussten davon, nur ihr selbst war es noch nicht aufgefallen?

»Ich suche mir meinen Mann gern selbst aus«, sagte sie mehr zu sich selbst. »Das habe ich bei Paridom so gemacht und werde es künftig nicht anders halten.«

Prompt traten die Schiffsmodelle aus Zuckerguss, die sie damals so bezaubert hatten, vor ihr geistiges Auge. Obwohl sie über das Treiben des Marktes blickte, sah sie mit einem Mal auch ein imaginäres Blütenmeer und eine Reihe von Linden vor sich. Diesen Bäumen lag ein Zauber inne, eine Magie, der sie sich ebenso wenig verschließen konnte wie den Konditoreiwaren. Unwillkürlich lächelte sie still.

*

»Sehr schön«, befand Joachim Graaf nach der Betrachtung von Paridoms Nachlass. Er drehte sich von dem Regalbord zu Maria um, die im Hintergrund wartete. »Ein feines, künstlerisch hochwertiges Backwerk.«

»Das ist sehr freundlich von Ihnen, Ihre Meinung trägt zum würdigen Andenken meines verstorbenen Gatten bei«, erwiderte sie wohlerzogen. Sie stand ein wenig abseits von ihrem

Besucher, der sich, wie vereinbart, pünktlich nach der Mittagszeit bei ihr eingefunden hatte. Er wanderte in sich gekehrt durch die Stube, lehnte sich kurz auf eine Stuhllehne, als müsste er rasten, wagte einen Blick aus dem Fenster und blieb schließlich vor der Ausstellung stehen. Die ganze Zeit schien er so in Gedanken versunken, dass Maria sich fragte, ob er überhaupt genau hinsah oder Überlegungen anstellte, die nichts mit ihr oder Paridom zu tun hatten. Seine Bemerkung kam fast ein wenig überraschend.

»Die Einrichtung ist überdies sehr hübsch«, fuhr Graaf fort. »Erlauben Sie mir, auch einen Blick auf die Außenanlagen zu werfen?«

Maria runzelte die Stirn. Hatte er sich nicht nur für die Besichtigung der Schiffe *en miniature* angekündigt? Und nun wollte er gleich das ganze Anwesen sehen! Ein Verdacht stieg in ihr auf, der sie mit äußerst zwiespältigen Gefühlen zurückließ.

»Darf ich mir die Elbterrasse ansehen?«, insistierte Graaf.

»Ja. Nein. Natürlich.« Maria hob die Arme wie zur Abwehr und ließ sie resigniert wieder fallen. Sie hatte nicht damit gerechnet, dass sich Graafs Interesse auf den Hof bezog. Paridoms Kunstwerke waren wohl nur ein Vorwand für seinen Besuch. Anscheinend hatte er von ihren Sorgen gehört und wollte ihr Haus und Land abkaufen. Warum auch nicht? Er war ein Kaufmann, der gewiss gerne ein gutes Geschäft machte, wo es sich ihm bot. Wenn er ihr Erbe Magnus Frese vor der Nase wegzuschnappen beabsichtigte, war sie geneigt, ihm zuzuhören. Andererseits fragte sie sich, warum er dafür einen Deckmantel brauchte. Unentschlossen, ob sie das Richtige tat, raffte sie ihren Rock. »Kommen Sie bitte hier entlang.« Dann ging sie voran.

Ein weicher, warmer Wind strich über den Sandboden. Die Brise beugte leicht die Äste von Ulmen, Dornbüschen und Heidekraut an der Böschung, die den hohen Geestrücken stabil hielten. Die Aussicht auf den Elbstrand unterhalb, den Hafen linker Hand, das Alte Land vis-à-vis sowie die Verbreiterung des Stroms in Richtung Nordsee war klar, der Himmel spannte sich in einem wolkenlosen Blau darüber, die Sonne stand über Finkenwerder und hinterließ glitzernde goldene Punkte auf dem Wasser. Ein Lotsenboot lag im Wind, ein Ruderer kämpfte anscheinend dagegen an. Es gab vermutlich kaum einen schöneren Anblick. Doch Marias Eindruck war wie immer getrübt von der Kanone am äußeren Rand des Plateaus.

Natürlich verband Joachim Graaf keine traurigen Erinnerungen mit der Terrasse. Nachdem er kurz auf und ab gegangen war, schwärmte er: »Es ist wundervoll hier! Ein Pavillon würde ausreichend Schatten für Gäste spenden und …«

»Nein«, wandte Maria energisch ein, »einen Pavillon würde der Wind bald fortwehen.«

»Bäume wären gewiss …«

»Linden«, murmelte sie.

»Ja. Von mir aus Linden. Aber die wachsen nicht so schnell, fürchte ich.« Graaf drehte sich mal hierhin, dann dorthin, gestikulierte. »Vielleicht eigneten sich ein paar Bäume in großen Töpfen. Ich werde mich bei meinem Kunstgärtner danach erkundigen, wie wir die Terrasse am besten gestalten können.«

Maria schluckte. Sie fand es reichlich unverschämt, dass Joachim Graaf bereits Pläne für die Anlage schmiedete, bevor er sich mit ihr überhaupt auf einen Preis für den Hof geeinigt hatte. Sie holte tief Luft, dann fragte sie: »Verzeihung, Herr Graaf, ich verstehe nicht, worauf Sie hinauswollen. Was bereiten Sie hier vor?«

Er fuhr zu ihr herum. Sein Lächeln wirkte plötzlich überraschend verlegen. »Ich möchte eine Dame beeindrucken.«

»Wie bitte?«

»Ihr Ausflugslokal … und speziell diese Terrasse … erscheinen mir geeignet, eine Dame zu bewirten …«, er senkte die Lider und lächelte, als er sie wieder hob, »und um das Herz dieser Dame zu gewinnen.«

Maria verstand kein Wort. Wahrscheinlich toste der Wind zu stark in ihren Ohren, so dass sie nicht richtig hörte. Doch angesichts der nur leichten Brise konnte das nicht der Grund sein, dass sie nichts begriff. Nervös strich sie sich eine Haarsträhne zurück, die sich aus der Witwenhaube gelöst hatte und in ihre Augen geflattert war. Sie zwinkerte, sah aber auch nicht klarer.

»Sehen Sie, Frau Burmester«, fuhr Graaf fort, »es ist mir nicht möglich, besagte Dame einfach so einzuladen. Unter den gegebenen Umständen gehört sich das nicht. Außerdem möchte ich ihr etwas Besonderes bieten. Ihr und ihrer Familie, die ich aus Gründen der Schicklichkeit in meine Einladung einbeziehen werde. Selbst wenn mein Landhaus schon fertiggestellt wäre, könnte die Dame eine Einladung dorthin als etwas zu persönlich empfinden. Aber nun gut, es ist ja nicht fertig, also ist das einerlei. Ihre Räumlichkeiten, werte Frau Burmester, und vor allem diese Terrasse ermöglichen ein romantisches Treffen, ohne Grenzen zu überschreiten.«

»Oh!« Maria starrte ihn an. »So viel Aufwand für eine einzige Dame? Ich dachte nicht, dass Sie das nötig haben.« Die Worte waren über ihre Lippen, bevor sie sich selbst daran hindern konnte. Unwillkürlich setzte sie zu einer Entschuldigung an, doch Graaf kam ihr zuvor: »Die Menschen sind nicht immer so, wie sie scheinen.«

Ja, fuhr es ihr durch den Kopf, das stimmt wohl. Zumindest Dineke hatte sich in Joachim Graaf getäuscht. Er war für eine andere Frau entbrannt und hatte ganz sicher kein Auge auf Maria geworfen. Wenn, dann nur als Erbin der Gastwirtschaft. Seltsamerweise war er ihr plötzlich sympathischer als zuvor. »Ihre Pläne würden der fraglichen Dame gefallen, da bin ich sicher«, stimmte sie zu, um Freundlichkeit bemüht. »Aber Sie werden sie hier nicht empfangen können, da wegen des Trauerfalls geschlossen ist.«

»Das kommt mir entgegen«, antwortete er zu ihrer größten Verwunderung, »so ist gewährleistet, dass meine Gesellschaft nicht durch Fremde gestört wird.«

»Aber … aber …«, stammelte Maria, ohne genau zu wissen, was sie sagen wollte. Das Ansinnen dieses attraktiven und kultivierten Mannes verwirrte sie.

Er sah sich noch einmal um, diesmal demonstrativer. »Sie betreiben doch eine Gastwirtschaft, oder?«

»Mein verstorbener Mann führte eine Zuckerbäckerei«, korrigierte sie.

»Dann lade ich eben zu einer Desserttafel ein.«

»Aber …«, hob Maria noch einmal an, um sich wieder zu unterbrechen. Sie begegnete Graafs aufmerksamen Blick, und endlich fiel ihr das schlagkräftigste Argument gegen seine Pläne ein: »Ich habe kein Personal. Niemand kann Ihre Gäste angemessen versorgen. Im ersten Schock des Verlustes habe ich den Konditoreigesellen und den Lehrling entlassen.«

»Dann stellen Sie die Leute eben wieder ein.« Graaf klang erleichtert.

Jetzt war der Punkt erreicht, ihm die Wahrheit offenzulegen. Dass sie unter einem Berg an Schulden ächzte und nicht wusste, wie sie einen Zuckerbäcker, der auch nur annähernd das Format Paridom Burmesters besaß, bezahlen sollte. Auch wäre es Zeit, anzuführen, dass die ihr von Magnus Frese gewährte Entscheidungsfrist abgelaufen war und sie stündlich mit seinem Besuch rechnete. Ebenso erwartete sie das Luder, das die eigenen Forderungen noch energischer einzutreiben versuchen würde. Ein Säckchen, gut gefüllt mit Kronen, sinnierte Maria. Sie sah Joachim Graaf an, doch gedankenverloren durch ihn hindurch – und schwieg.

»Ich bezahle, was Sie wollen!«

Maria zuckte wie vom Donner gerührt zusammen. »Was haben Sie gesagt?«

»Ich bezahle Ihnen jede Summe, wenn Sie mir ermöglichen, meine Gäste auf dieser Terrasse zu empfangen.«

Sie wusste nicht, was sie mehr erstaunte – seine Großzügigkeit oder die Vernarrtheit in eine Frau. »So viel ist Ihnen die Dame wert?«

Er lächelte. »So viel ist mir mein Glück wert.«

»Dann lassen Sie uns über die Höhe sprechen«, schlug sie vor. Die beherzte Antwort war ausgesprochen, bevor ihr die Wahrheit peinlich werden und sie Bescheidenheit üben konnte. Sie nahm ihren ganzen Mut zusammen. Es war kein Moment für vornehme Zurückhaltung, das stand fest. Und es hatte ihr auch noch nie jemand angeboten, *jede Summe* für ihre Dienste zu bezahlen. Joachim Graafs Wünsche kamen wie vom Himmel. Zweifellos ebenso wie seine Liebe zu der Dame.

Sein Lächeln war erloschen. Er bot ihr den Arm. »Trete ich Ihnen zu nahe, wenn ich vermute, dass wirtschaftliche Sorgen Sie umtreiben? Lassen Sie uns wieder hineingehen und diskutieren, was zu tun ist. Eine Hand wäscht die andere, nicht wahr?«

Marias Atem stockte. Sprachlos starrte sie ihn an, sie rührte sich nicht und hakte sich auch nicht bei ihm unter.

Er wandte sich kurz um und überblickte die wunderschöne Szenerie. »Sie ermöglichen einen Ausflug der Dame meines Herzens, und ich helfe Ihnen dafür gerne, wie ich kann. Seien Sie ruhig offen zu mir, Frau Burmester, ich bin ganz Ohr.«

Maria, sich des hektischen Klopfens ihres Herzens überdeutlich bewusst, nickte stumm. Endlich nahm sie seinen Arm und schritt ohne einen weiteren Kommentar an seiner Seite ins Haus.

11

Kaum dass sie Joachim Graaf zur Tür gebracht hatte, rannen die zuvor unterdrückten Tränen über Marias Wangen. Bis zu dem Abschied hatte sie ihre Contenance bewahren können, doch nun brachen sich wochenlange Anspannung gepaart mit größter Erleichterung Bahn. Sie konnte sich nicht entsinnen, seit Paridoms Tod so sehr geweint zu haben.

Es war unfassbar, welch großen Einfluss das Glück eines anderen Menschen auf ihr eigenes Leben haben sollte. Joachim Graaf versprach ihr ein Darlehen, außerdem wollte er seinen Buchhalter zu ihr schicken, um ihre Inventur abzuschließen, was ihr sehr entgegenkam. Als Gegenleistung verlangte er natürlich Zinsen, aber vor allem jenen Tag in der Gastwirtschaft, an dem sie seine Freunde und insbesondere die Frau seines Herzens bewirten sollte. Maria hoffte, dass er es sich nicht anders überlegen würde, falls seine Bemühungen bei der Dame fruchtlos bleiben sollten, sie sprach ihre Sorge jedoch nicht aus. Als er ihr vorschlug, seinen Kunstgärtner für die Dekoration des Plateaus auszusenden, lächelte sie still in sich hinein. Auf Daniel Jacques' Besuch freute sie sich. Und dann weinte sie sich ihre Ängste von der Seele, bis sie meinte, keine Tränen mehr zu besitzen. Jetzt wurde es Zeit, Pläne zu schmieden.

Vor lauter Aufregung konnte sie nicht schlafen, zu viel ging ihr durch den Kopf. Die Nachtmütze auf dem Haar, einen Morgenmantel über das Nachthemd geworfen, setzte sie sich an Paridoms Sekretär und begann, Briefe zu schreiben. Zunächst bat sie den Gesellen des Verstorbenen, wenigstens für den einen Anlass zurück in die Backstube zu kehren. Dann verfasste sie ein paar Zeilen für die wichtigsten Lieferanten und überlegte dabei, welche Zutaten sie am dringendsten brauchte. Allerdings hatte sie mit dem Gastgeber noch nicht besprochen, was sie servieren sollte – außer Kuchen und Kaffee. Ach, Hoffnung und Euphorie brachten alles durcheinander.

Schließlich überlegte sie, dass es wohl am besten war, zunächst an Magnus Frese zu schreiben und dessen Kaufangebot ein für alle Mal auszuschlagen. Nicht, dass der sich wegen ihres langen Schweigens noch etwas einbildete. Oder noch einmal hier auftauchte und sie bedrängte. Sie versuchte es mit höflichen, aber deutlichen Worten. Eine klare Absage war allerdings nicht so einfach zu formulieren, Maria fehlte es in dieser Nacht an Sachlichkeit, und mit der Tinte tropfte Ihre tiefe Abneigung gegen den Mann auf das Papier. Als die Morgendämmerung hereinbrach, befand sie, dass es wohl am besten war, Frese persönlich von der Entwicklung in Kenntnis zu setzen. Das war couragiert, doch ihrer Ansicht nach erforderte es mehr Mut, darauf zu warten, dass er für eine Aussprache zu ihr kam.

Maria machte sich sorgfältig zurecht, bevor sie den Fußmarsch nach Teufelsbrück antrat. Querfeldein benötigte sie eine gute halbe Stunde, bis sie das Park-Hotel in hurtigem Schritt erreichte. Das beeindruckend noble, vierstöckige Gebäude lag ein wenig erhöht auf einem kleinen Hügel hinter Büschen und Bäumen, erreichbar über eine kurze Auffahrt. Maria musste einer Kutsche ausweichen, die an ihr vorbei zum Eingang rollte, dort versammelte sich eine kleine Gruppe Reisender, offensichtlich vornehme Herrschaften auf einem Ausflug. Sie fiel daneben in ihrem besten Kleid und einem dazu passenden Strohhut nur durch die schwarze Farbe ihrer Garderobe auf, ihre Haltung entsprach durchaus der der anderen Damen.

Im Türrahmen stand gut genährt und mit einem aufgesetzten, freundlichen Lächeln – Magnus Frese. Als er Maria erblickte, wandelte sich für einen kurzen Moment seine Miene, sein Erstaunen war deutlich erkennbar. Doch er fasste sich wieder, und die Selbstzufriedenheit kehrte in seinen Gesichtsausdruck zurück. »Die Witwe Burmester«, rief er aus, »was für eine Überraschung.«

»Ich muss mit Ihnen sprechen«, erwiderte Maria kühl.

Der Wirt zwinkerte ihr vertraulich zu. »Bald habe ich eine Minute für Sie übrig. Meine Zeit ist so kostbar, die Gäste kommen zahlreich. Sie sehen selbst, wie beliebt mein Etablissement ist. Am besten, Sie warten im Foyer auf mich, ich werde so rasch wie möglich bei Ihnen sein.«

Es war schon eine Weile her, dass Maria in diesem Haus gewesen war. Sie entsann sich jedoch noch gut der chinesischen Tapisserien, die in verschwenderischer Manier aufgehängt worden waren. Nichts erinnerte hier an die Gemütlichkeit ihrer Stube, das Ambiente entsprach dem eines feudalen Palastes. Hanseatische Zurückhaltung gab es hier nicht. Frese zeigte gerne seinen Besitz, das war auch an den goldenen, mit Samt bezogenen Stühlen zu erkennen, auf denen sich seine Gäste mit allerlei Genussmitteln und auch Lektüre versorgen ließen. Viele waren in Gespräche vertieft, so dass über der Szenerie eine lebhafte Geräuschkulisse hing. Aus dem Rauchsalon wehten Tabakschwaden herein, die sich mit dem Parfüm der im Foyer weilenden Frauen und Männer vermischten und Maria so unvermittelt in die Nase stiegen, dass sie niesen musste.

Hektisch in ihrem Beutel nach einem Taschentuch suchend, nahm sie die anderen Leute um sich her kaum wahr. Als sie schließlich gegen ihre Nase tupfte, sah sie sich nach einem freien Platz um. Wie ein Schatten verschwand ein großer Hut aus ihrem Blickfeld. Verwirrt wandte sie sich nach dessen Trägerin um, doch hinter der Frau schloss sich gerade eine Tür, die sich unter der Treppe befand. Maria hätte schwören können, dass sie diese aufwendige Kopfbedeckung kannte.

Was tat das Luder in diesem Haus?

Maria zerdrückte das Tüchlein in ihrer Hand.

Sie sollte nicht überrascht sein, sagte sie sich stumm. Sicher war eine Gastwirtschaft ein nicht ungewöhnlicher Aufenthaltsort für eine Hure. Andererseits war fraglich, ob die noblen Damen aus Altona, Hamburg oder von noch weiter her es guthießen, in einem Hotel zu verweilen, in dem neben Speis und Trank auch käufliche Liebe angeboten wurde.

Es fiel Maria schwer, sich vorzustellen, dass Magnus Frese dem Ruf seines Etablissements schaden wollte, in dem er eine Dirne unter seinem Dach beherbergte. Sie hatte sich also gewiss geirrt. Ihre Nerven spielten ihr wohl einen Streich.

Seufzend ließ sie sich auf einem Bänkchen nieder. Ohne sonderlich darüber nachzudenken, hatte sie einen Platz ausgewählt, von dem aus sie die Tür unter der Treppe im Auge behalten konnte.

Die Zeit verstrich, ohne dass etwas Besonderes geschah. Der große Hut tauchte ebenso wenig wieder auf wie Magnus Frese. Eine bleierne Müdigkeit begann sie zu erfassen, die schlaflose Nacht setzte ihr zu. Sie gähnte hinter vorgehaltener Hand und wartete darauf, dass sich der Gastwirt zu einem Gespräch mit ihr herabließ. Wahrscheinlich hielt er sie für eine Bittstellerin, die gekommen war, um sein Angebot anzunehmen, das er dann auch noch ein wenig drücken wollte. Allein die Vorfreude auf sein Gesicht, wenn sie ihn von dem Gegenteil überzeugte, ließ sie geduldig ausharren.

»Ich habe nur wenig Zeit«, verkündete er, als er nach einer Weile zu ihr trat. »Aber wir brauchen gewiss nicht lange, um die Verträge zu unterzeichnen. Bitte kommen Sie in mein Büro …«

»Was wir zu besprechen haben, können wir auch hier erledigen«, versetzte Maria. Plötzlich hellwach, erhob sie sich von ihrem Platz, um auf einer Augenhöhe mit ihrem Kontrahenten zu sein. »Ich werde den Hof nicht an Sie verkaufen.«

Er starrte sie an. Dann brach er in höhnisches Gelächter aus. »Sie sind eine schlechte Verhandlerin, meine Liebe, Trotz bringt Ihnen kein besseres Angebot ein, das kann ich Ihnen als Geschäftsmann versichern. Ihre Uneinsichtigkeit senkt sogar den Preis.«

»Haben Sie mich nicht verstanden? Ich sagte, dass ich den Hof nicht an Sie verkaufen werde, Magnus Frese. Jetzt nicht. Und in Zukunft nicht.«

»Liegt Ihnen daran, Ihre Kinder im Armenhaus zu wissen

und selbst im Schuldturm zu enden?« Angesichts von Gästen, die die Köpfe nach ihm drehten, senkte er seine Stimme: »Die Spatzen pfeifen von den Dächern, wie es um Ihre Finanzen bestellt ist. Unter diesen Umständen sollten Sie sehr froh über mein Entgegenkommen sein.«

»Nein!«

Wieder erscholl dieses boshafte Lachen. »Was haben Sie vor, Witwe Burmester? Sie können die Zuckerbäckerei nicht wieder eröffnen. Ohne Personal. Und vor allem ohne Waren. Kein Lieferant wird Ihnen etwas verkaufen, solange Gerüchte um zu viele offene Rechnungen kursieren.«

Daher wehte also der Wind. Frese hatte von den Händlern erfahren, dass Maria in wirtschaftlichen Schwierigkeiten steckte. Sie hätte sich denken können, dass ein Gastwirt, noch dazu ein Konkurrent um die Gunst vieler Ausflügler, in der Lage war, ihre Situation mit Hilfe der kleinen Kaufleute auszunutzen. Natürlich hatte er nicht damit gerechnet, dass sie auf einen bedeutenderen Mann zählen würde. Am liebsten hätte sie ihm den Namen *Graaf* in sein rotwangiges, feistes Gesicht geschleudert, doch sie war vernünftig genug, um Vorsicht walten zu lassen und ihre neue Geschäftsbeziehung für sich zu behalten.

Tief durchatmend sagte sie: »Es besteht kein Grund, sich an dem Klatsch zu beteiligen, guter Mann. Ich kann Ihnen versichern, dass ich einer rosigen Zukunft entgegensehe. Und zwar ganz ohne Ihre Unterstützung.« Lieber Gott, fügte sie in Gedanken hinzu, ich schwöre, ich werde alles tun, dass es so sein möge.

Die Farbe in Freses Gesicht wandelte sich zu einem tiefen Lila. »Wenn Sie darauf bestehen, kann ich Ihnen leider nicht mehr helfen.«

»Natürlich nicht.« Sie schenkte ihm ihr liebenswürdigstes Lächeln.

»Sie sind eine schöne Frau, Maria. Ich hätte mich für Ihr Entgegenkommen erkenntlich gezeigt.«

Ihr Lächeln erlosch. »Ich würde Ihnen eine Ohrfeige verpassen, wenn ich nicht so viel Respekt vor Ihren Gästen hätte.« Sie wunderte sich selbst über die Ruhe in ihrem Ton.

Diesmal war sein Lachen tatsächlich heiter. »Ich verliere nicht gerne, aber ich tue es mit Anstand …«

In seinem Rücken nahm sie eine Bewegung wahr, einen flüchtigen Schatten nur. Doch die Größe des Hutes ließ sie aufmerksam werden. Sie sah an Frese vorbei – und war sich diesmal sicher. Die Frau, die sich als Paridoms Geliebte ausgegeben und von Maria eine Entschädigung für seinen Tod verlangt hatte, schritt gerade mit wiegenden Schritten durch das Foyer, verfolgt von neugierigen, lüsternen und wohl auch ein wenig entsetzten Blicken. »Was haben Sie mit diesem Luder zu schaffen?«, stieß sie hervor.

»Was? Wen meinen Sie?«

Maria zeigte mit dem Finger über seine Schulter. »Die Person da!«

»Ich verstehe nicht …«, hob Frese an, unterbrach sich, drehte den Kopf, »Das ist doch …«, begann er, sprach aber wieder nicht weiter. Schweißperlen traten auf seine Stirn. Er räusperte sich. »Ich habe keine Ahnung, wer diese Frau ist und was sie in meinem Hause tut. Sehen Sie, es besteht kein Grund zur Aufregung,«, stellte er erleichtert fest, »sie geht wieder.«

Die Anspannung fiel von Maria jedoch nicht in derselben Weise ab. »Warum war das Luder hier?«

»Woher soll ich das wissen? Ich kenne diese Frau doch gar nicht.«

»Das glaube ich Ihnen nicht. Sie bewegte sich so selbstverständlich, als sei sie es gewohnt, hier zu sein.«

»Und wenn schon, es ...«

»Sie hat mich erpresst!« Maria konnte nicht verhindern, dass ihre Empörung in ihrer schrillen Stimme widerhallte. »Sie hat ganz schändliche Dinge behauptet und forderte ein mit Kronen gut gefülltes Säckchen von mir für ihr Schweigen!«

Frese wirkte tatsächlich einen Augenblick lang recht hilflos. Mit wiedergewonnener Fassung nahm er ihren Arm. »Nun beruhigen Sie sich mal wieder. Niemand hat Sie in meinem Haus belästigt, und es besteht kein Grund, sich derart aufzuregen. Setzen Sie sich, Witwe Burmester, setzten Sie sich wieder hin. Ich werde Ihnen ein Getränk bringen. Das wird Ihnen guttun.« Sanft, aber relativ energisch schob er sie auf die Bank zurück.

Es blieb ihr nichts anderes übrig, als sich zu fügen. In ihrem Kopf herrschte ein heilloses Durcheinander. Obwohl Frese die Bekanntschaft mit der Frau bestritt, war sie sich sicher, dass er log. Sie wusste nicht, woher sie ihren Verdacht nahm, irgendetwas hatte ihn verraten, aber eigentlich war es ja einerlei, was es war. Vielmehr sollte sie sich darüber klarwerden, welche Schlüsse sich aus diesem Zusammentreffen ergaben. Für den Moment schien sie jedoch zu keinem ordentlichen Gedanken fähig. Je mehr das Durcheinander hinter ihrer Stirn tobte, desto erschöpfter wurde der Rest ihres Körpers. Ermattet lehnte sie sich zurück.

Auf einem kleinen Tablett servierte ihr Frese eine Karaffe und ein Glas. »Ein Schluck der Limonade wird Ihnen guttun«, versprach er, während er seine Bestellung auf dem Beistelltisch neben der Bank deponierte. Er füllte den Becher auf und reichte ihn ihr. »Trinken Sie das hier am besten in einem Zug aus. Meine Gäste loben das Zitronenwasser stets sehr, gerade so wie das Pistazienkonfekt des seligen Paridom.«

Maria tat, wie ihr geheißen. Die Brause schmeckte leicht bitter, aber gerade deshalb war sie wohl besonders erfrischend. Sie leerte ihre Portion und schüttelte den Kopf, als Frese nachschenken wollte. »Wir haben nichts weiter zu bereden, deshalb werde ich jetzt nach Hause gehen.« Sie schob seine Hand beiseite und erhob sich entschlossen.

»Ich bedauere, dass Sie meine Gastfreundlichkeit nicht länger genießen wollen.«

Sie warf ihm einen leicht entnervten Blick zu. »Adieu, Magnus Frese.« Dann schob sie sich an ihm vorbei und strebte, ohne sich noch einmal umzudrehen, zum Ausgang. Sie hoffte, dass er ihr nicht folgte. Erst als sie die Auffahrt erreicht hatte, vergewisserte sie sich, dass sie alleine war.

Ein seltsames Gefühl begleitete Maria nach Nienstedten. Hatte sie einen Sieg errungen? Sollte sie frohlocken? Seltsamerweise war sie sich ziemlich sicher, dass sie Magnus Frese trotz ihrer deutlichen Worte nicht losgeworden war.

Die stummen Fragen schienen ihre Schritte zu lähmen. Sie wurde langsamer, ihre Beine fühlten sich schwer an, sie konnte ihre Füße kaum heben. Kleine Steine sammelten sich in ihren Schuhen, ihr Rock verfing sich im Unkraut am Wegesrand. Sie taumelte. Schwindel erfasste sie. Das Sonnenlicht stach gleißend auf sie nieder und schien ihr jede Sicht zu nehmen. Als sie sich bückte, um ihren Saum zu befreien, verlor sie das Gleichgewicht. Das Erdreich raste auf sie zu. Und doch war sie es, die wie ein gefällter Baum zu Boden sank.

12

»Du Ärmste!«, rief Dineke aus. »Die Widrigkeiten, die dir widerfahren, sind eine schwere Prüfung. Gottes Wege sind zwar unergründlich, aber manchmal ein wenig zu steinig. Doch verrate dem Pastor bitte nicht, dass ich so denke.«

Ein wenig verwundert sah Maria zu ihrer Freundin, die ohne Anmeldung in die Backstube rauschte. »Wie bist du hereingekommen?«, wollte sie wissen.

»Natürlich durch die Tür.«

»Das sehe ich.« Maria schüttelte unwillig den Kopf. »Wahrscheinlich tut Rike mal wieder *vepuusn*. Sie wird wohl zu alt für die schwere Arbeit.« Es kam immer öfter vor, dass ihre Magd eine Pause einlegen musste. Aber einem Gast öffnen könnte sie ja noch, dachte sie verärgert.

Dineke umschloss mit einer Handbewegung die Konditorei. »Schrubbst du hier deshalb alles blitzblank?«

Den Feudel schwingend, blickte sich Maria demonstrativ um. Dineke hatte recht, die Backstube glänzte wie zu den besten Zeiten ihres Meisters. Seit Stunden war sie damit beschäftigt, den großen Ofen, die vielen Backbleche und Holzbretter, den Tisch in der Mitte des Raumes und die Waage auf der Anrichte nicht nur zu reinigen, sondern wieder auf Hochglanz zu bringen. Sie war es zwar nicht gewohnt, eine Dienerin zu ersetzen, doch verlieh ihr die Beschäftigung in mehrfacher Hinsicht ein gutes Gefühl. Sie putzte nicht nur den Staub aus Paridoms Wirkungskreis, sie schuf einen neuen Anfang. Außerdem tat ihr der Beweis ihrer wiedergewonnenen körperlichen Kraft gut. Dass sie auf dem Weg von Teufelsbrück nach Hause einfach umgefallen war, bedeutete nicht nur eine unsägliche

Peinlichkeit, sondern zeigte auch eine beängstigende Schwäche. Meine Güte, sie hatte doch bloß eine Nacht nicht geschlafen. Eine einzige Nacht. Wie konnte sie davon dermaßen ermattet sein?

»Ich glaube, ich bin es Paridom schuldig, mich eigenhändig um sein Reich zu kümmern«, erklärte sie nach einer Weile.

»Brauchst du Hilfe?«, fragte Dineke sofort.

Maria lächelte. »Das ist sehr lieb von dir, aber nein, es ist gut, wie es ist. Im Grunde bin ich fertig, den Boden soll Rike scheuern. Irgendwann wird sie sich ja wohl ausgeruht haben.«

»Du solltest dir nicht zu viel zumuten«, mahnte Dineke voller Sorge in der Stimme. »Weiß der Himmel, was noch alles hätte geschehen können, wenn du nicht zur rechten Zeit gefunden worden wärest. Freses Ritterlichkeit ist das Tagesgespräch im Dorf.«

»Was hat denn Magnus Frese damit zu tun?«

»Er hat dich doch gerettet!« Die Freundin zögerte. »Weißt du das denn nicht?«

»Frese war das?« Maria fuhr sich über die Stirn, als wollte sie dahinter Klarheit schaffen, doch sie konnte Dinekes Behauptung trotzdem nicht einordnen. Genau genommen erinnerte sie sich an nichts mehr. Ja, sie war hingefallen und nicht mehr aufgestanden. Der Boden war warm gewesen, und sie hatte sich zusammengerollt, um einen Augenblick zu ruhen. Nur ein paar Minuten, mehr nicht. Im Nachhinein war das natürlich ein unentschuldbarer Fauxpas, keine anständige Frau legte sich auf einen Weg am Feldrand und gab Schwindel und Müdigkeit nach. Danach wusste sie nichts mehr, nicht einmal mehr, wie sie auf ihren Hof gekommen war. Maria war erst aufgewacht, als Rike sie weckte. Da hatte sie auf einer

Bank in ihrer Stube gelegen, ein Glas Wasser neben sich. Sie war angezogen wie zuvor, nur der Hut war ihr vom Kopf gefallen. Ein Hinweis darauf, wer sie hergebracht hatte, fehlte. Und Rike hatte auch nichts mitbekommen, die hatte vermutlich einen Mittagsschlaf auf dem Linnen in der Wäschekammer gehalten. Ob Magnus Frese ihr gefolgt war? Unwillkürlich fragte Maria: »Was macht dich denn so sicher, dass es Magnus Frese war?«

»Jeder kann die Geschichte bestätigen. Es wird überall herumerzählt, wie mutig und anständig er sich verhalten hat, als er dich nach deinem Zusammenbruch fand.«

Diese Antwort machte die Sache nicht besser. Es war Maria nicht recht, für ein neues Gesprächsthema im Ort gesorgt zu haben. Doch noch viel weniger wollte sie Magnus Frese als ihren persönlichen Helden ansehen müssen. »Ja«, murmelte sie, »wenn es denn so ist, bin ich ihm natürlich zu Dank verpflichtet.«

»Natürlich«, wiederholte Dineke. »Aber nimm deinen Anfall bitte ernst und mute dir nicht zu viel zu.«

»Ich hatte keinen Anfall«, protestierte Maria, »ich war nur müde.«

»Am helllichten Tag?«

Ratlos zuckte Maria mit den Schultern. »Jedenfalls bin ich jetzt ausgeruht und kräftig genug, um die Backstube zu putzen.«

»Trotzdem bitte ich dich, auf dich achtzugeben.« Dineke nahm Bündel aus ihrem Korb. »Ich habe dir ein paar Kräuter mitgebracht. Holunderblüte und Löwenzahn wirken als Tee aufgegossen kräftigend, und Waldmeister hilft am besten bei Kopfschmerzen.«

»Ich …«, hob Maria an, unterbrach sich jedoch und bedankte sich rasch mit einem Lächeln. Eigentlich hatte sie einwenden wollen, dass sie nach fünf Geburten über fast alle hilfreichen Rezepturen Bescheid wusste, doch sie wollte die Freundin nicht verletzen. Es war ja wirklich lieb von Dineke, dass die sich auf den Weg zu ihr gemacht hatte, nachdem der Klatsch das Pfarrhaus erreichte. Wie unangenehm! Die Freude über Dinekes Zuwendung sank augenblicklich.

Der Gedanke, Magnus Frese hilflos ausgeliefert gewesen zu sein, machte sie krank. Nach seiner ritterlichen Tat machte er sich womöglich wieder Hoffnungen – auf den Hof, vielleicht auch auf sie. Gott schütze Joachim Graaf, fuhr es ihr durch den Kopf. »Ich werde Rike nachher bitten, einen Kessel mit Wasser aufzusetzen«, versprach sie halbherzig. »Deine Nachricht kann ich aber wohl besser mit einem Schnaps verdauen.«

»Was ist so schlimm daran, dass dich Frese gefunden und nach Hause gebracht hat?«

Maria seufzte. »Alles, Dineke, alles.«

Die Augen der Freundin wurden groß. »Hat er dir denn etwas getan? Ich meine, hat er sich unanständig benommen?«

»Nein. Das nicht. Ich glaube nicht. Aber lass uns bitte nicht mehr darüber sprechen, jedes Wort macht alles nur noch schlimmer. Erzähle mir lieber, was es sonst für Neuigkeiten im Dorf gibt.«

»Ach, da weiß ich gerade nichts …« Dineke legte ihre Hand auf Marias Arm. »Hier redet keiner über etwas anderes als über dich und Magnus Frese.«

»Mich und Magnus Frese?«, wiederholte sie entsetzt. Das klang, als wären sie beide ein Paar.

»Nun ja. Es ist, wie es ist.«

Maria schraubte ihre Stimme ein paar Frequenzen höher:

»Aber das ist es nicht. Woher wissen die Leute denn von der ganzen Geschichte?«

Ihre Freundin wirkte ein wenig überfordert. »Ich habe keine Ahnung, aber wahrscheinlich hat euch jemand zusammen gesehen. Oder Frese hat es jemandem erzählt, der seine Heldentat in die Dorfgemeinschaft getragen hat. So ist das eben, wenn sich Sachen herumsprechen.«

»Gut möglich«, stimmte Maria zu. Sie schüttelte Dinekes Hand ab und trat an den Eisentisch neben dem Ofen, auf dem die heißen Backbleche abgestellt wurden. Obwohl sie die Platte schon gesäubert hatte, wischte sie mit dem Feudel noch einmal darüber. Sie musste sich beschäftigen, um diese seltsame Bedrohung abzuschütteln, die sie durch die Begegnung mit Magnus Frese am Wegesrand bis in jede Pore spürte. Es war etwas geschehen, auf das sie keinen Einfluss gehabt hatte und – schlimmer noch – woran sie sich nicht erinnerte. Warum war sie eigentlich so sicher, dass ihr Frese nichts getan hatte? Ihre Kleider waren intakt gewesen, aber wer wusste schon, was während einer Ohnmacht alles möglich war?

Sie richtete sich auf, sah Dineke scharf an. »Es könnte doch aber auch sein, dass dieser Kerl sich alles einfach nur ausgedacht hat.«

»Unsinn! Woher sollte Frese denn von deinem Zusammenbruch wissen, wenn nicht aus eigener Anschauung? Und verrate mir, warum sollte er behaupten, dass er dich gerettet hat, wenn es nicht so war?«

Beklommen nickte Maria.

13

Der Gedanke an die eigene Unzulänglichkeit und einen möglichen Übergriff durch Magnus Frese ließ Maria nicht los. Der Ekel, der sie dabei begleitete, verstärkte sich zunehmend. Sosehr sie sich aber bemühte, ihre Erinnerung kehrte nicht zurück. Sie war mit einem Schwindel völlig ermattet hingefallen und eingeschlafen, dann auf einer Bank in ihrer Stube relativ erfrischt und nur mit einem leichten Kopfschmerz, der sich rasch verflüchtigte, aufgewacht. Dazwischen war nach wie vor – nichts.

Wie ein Tier in einem Käfig lief sie auf dem Plateau auf und ab, rang die Hände, klopfte mit den Fingerknöcheln gegen ihre Schläfen, aber nichts, rein gar nichts hellte sich in ihrem Hirn auf. Schließlich kam sie auf die Idee, den Weg, den sie genommen hatte, zurückzulaufen. Vielleicht fiel ihr etwas ein, wenn sie sich zu der Stelle begab, an der sie ohnmächtig geworden war.

Sie ging am nächsten Tag etwa zur selben Zeit wie neulich Vormittag los und über den Heerweg in Richtung Osten. Die Elbe floss gemächlich zu ihrer Rechten stromaufwärts, es war gerade Flut, aber es herrschte kaum Wind, und die Segel der nach Altona oder Hamburg einlaufenden Schiffe blähten sich nur wenig; sicher halfen Matrosenhände an den Rudern nach, um sowohl die Brigg als auch die Schnau in dem einen oder anderen Hafen anzulanden. Da öffnete sich an ihrer linken Seite die Wiese zu einem Pfad, in den sie abbog, um querfeldein zu marschieren. Es war ein überraschend heißer Morgen, die Luft flirrte, und die Sonne tauchte die Landschaft in gleißendes Licht. Der Duft von frisch gemähtem Gras stieg ihr in die Nase, würzig riechende Heuballen säumten ihren Weg.

Maria war rasch zu warm, und sie war geblendet, die Aromen kitzelten ihre Schleimhäute. Unwillkürlich musste sie niesen.

Als sie sich gefasst und die Tränen von den Lidern gewischt hatte, bemerkte sie, dass ihr jemand zuwinkte. Es war nicht nötig, genauer hinzusehen, sie erkannte Daniel Jacques dieses Mal sofort. Er kam ihr entgegen, und sie blieb still auf ihrem Platz stehen, die Augen mit der Hand beschattet.

»Guten Morgen, Madame«, grüßte er sie, als er sie erreichte. »Geht es Ihnen gut?«

Maria dachte, dass sie wahrscheinlich recht verschwitzt war und in dem einfachen Kleid, in dem sie sich auf den Weg gemacht hatte, wie ihre eigene Magd aussah. Entschuldigend murmelte sie: »Es ist heute ziemlich heiß.«

»Laurentius heiß und gut, einen schönen Herbst verheißen tut«, rezitierte Daniel.

Verwirrt neigte sie den Kopf.

»Es gibt eine alte Bauernregel, die besagt, dass Sankt Laurentius an seinem Tag dafür sorgt, dass auch den Winzern später das Fass gefüllt wird. Und heute ist der zehnte August …« Daniel seufzte gespielt theatralisch. »Es ist bedauerlich, dass so weit im Norden keine Rebstöcke kultiviert werden können, finden Sie nicht auch?«

Was für Geschichten er nur immer wieder erzählte! Daniel lenkte sie von ihren Sorgen ab, es war, als gäbe es viel mehr Leichtigkeit. »Hier trinken wir nur den Wein«, antwortete sie amüsiert.

»Leider habe ich festgestellt, dass die Qualität dessen, was hierzulande ausgeschenkt wird, häufig zu wünschen übrig lässt. Wissen Sie, ich kann einen guten von einem minderwertigen Tropfen unterscheiden. Ich habe die Trauben im Blut: Die Heimat meiner Familie, Lothringen, grenzt im Süden an das Elsaß und im Westen an die Champagne, und überall gediehen hervorragende Weine.«

Sie hing förmlich an seinen Lippen. »Gewiss ist es sehr schön dort.«

»Der Maler, von dem ich Ihnen neulich erzählte, stammte aus der Gegend. Lorraine heißt auf Französisch Lothringen, und Claude Lorrain nannte sich nach seiner Herkunft. Wir haben also gemeinsame Wurzeln. Und auch Claude Lorrain musste fortgehen, ebenso wie meine Eltern. Die wanderten nach Preußen aus, und der Maler suchte sein Glück in Rom.«

»Hat er es dort gefunden?«

»Ich denke schon. Ja.«

Maria hätte Daniel gerne gefragt, wo er nach seinem Glück suchte, doch sie biss sich auf die Zunge, damit ihr die unschickliche Bemerkung nicht über die Lippen kam. Stumm sah sie ihn an, ihre Blicke streiften seine staubigen Stiefel, die Kniehosen, das Hemd, das ihm an einer Stelle aus dem Hosenbund hing. Er hatte die Ärmel aufgekrempelt, und sie betrachtete fasziniert die schmalen Handgelenke und sehnigen Unterarme mit dem dunklen Flaum auf heller Haut, der in der Sonne wie Bernstein an einem weißen Strand leuchtete.

Eine Weile lang schwiegen sie, dann sagte er: »Ich freue mich, zu sehen, dass Sie wohlauf sind.«

Sie stutzte, dann schüttelte sie abwehrend den Kopf. »Ach je! Haben Sie auch schon von dem Klatsch gehört?«

»Welchem Klatsch?«

Zum ersten Mal fragte sie sich, ob sie sich auf den Ländereien von Joachim Graaf befand. Sie hatte keine Ahnung, wem die Wiesen und Felder gehörten, durch die der Pfad führte. Wahrscheinlich war er aber der neue Eigentümer, denn sonst wäre wohl sein Kunstgärtner nicht hier in der Nähe seiner Arbeit nachgegangen. Und mit dieser Überlegung kehrte der Grund ihres Spaziergangs wieder in den Vordergrund ihrer Gedanken, wirbelten Fragen und Möglichkeiten auf. »Waren Sie vorgestern auch hier?«, wollte sie, plötzlich aufgeregt, wissen.

»Natürlich war ich da«, erwiderte er, selbstbewusst die Schultern straffend. »Gott sei Dank, möchte ich anfügen. Es war Fügung, dass ich gewahrte, wie Sie stürzten. Hier sind wenige Leute unterwegs, die meisten nehmen den Weg über den Heerweg an der Elbe, und Sie wären womöglich lange nicht gefunden worden, wenn ich nicht gerade in der Nähe gewesen wäre.«

Maria öffnete den Mund, aber ihr fehlten die Worte. Sprachlos starrte sie Daniel Jacques an.

Er missverstand ihr Schweigen. »Bitte werten Sie mein Verhalten nicht als aufdringlich oder gar anzüglich. Es war nicht möglich, Sie aufzuwecken, das war mehr als eine Ohnmacht, Sie schliefen tief und fest. Deshalb habe ich mir erlaubt, Sie zu Ihrem Hof zu tragen. Ich schwöre, es ist uns niemand begegnet, der falsche Schlüsse ziehen könnte. Wenn es jetzt Gerede gibt, wüsste ich nicht, warum.«

»Aber … aber …« Die Fassungslosigkeit überwog und ließ ihrer Erleichterung noch keinen Raum. Sie kam sich vor wie ein nach Luft schnappender Fisch auf dem Trockenen.

»Es tut mir leid, dass ich nicht warten konnte, bis Sie erwachten«, fuhr Daniel betreten fort. »Ihre Magd war zwar nicht da, aber ich dachte, sie würde bestimmt rasch heimkehren und auf der Bank in Ihrer Stube hätten Sie es bequem.

Bitte verzeihen Sie, dass ich Sie sich selbst überließ.« Er wirkte unendlich verlegen.

Maria zwang sich dazu, Ordnung in ihre Gedanken zu bringen. Wenn sie Daniel richtig verstand, hatte er sie gefunden und nach Hause gebracht – und nicht Magnus Frese. Sie hatte zwar nicht die leiseste Ahnung, woher der dann von ihrem Zusammenbruch wusste und warum er im Dorf herumerzählte, ihr Retter gewesen zu sein. Aber eines nach dem anderen, beschloss sie für sich.

Die Schwüle nahm zu, doch bestimmt war nicht nur die Hitze schuld daran, dass das Blut in ihre Wangen schoss. Sie atmete tief durch. »Ich bin Ihnen zu Dank verpflichtet, Herr Jacques. Entschuldigen Sie, dass ich nicht einmal ahnte, wie heldenhaft Sie sich benommen haben.«

»Das war meine Pflicht als Kavalier.« Er verneigte sich.

»Wenn Sie noch nichts von dem Klatsch gehört haben, wissen Sie auch nicht, dass der Wirt vom Park-Hotel in Teufelsbrück behauptet, an Ihrer Stelle gewesen zu sein.«

Daniel lachte grimmig auf. »Ist das nicht der Mann, der sich so ungebührlich benahm, als ich das erste Mal bei Ihnen zu Gast war?«

»Genau der. Die Vorstellung, dass ausgerechnet er mich in diesem … ehm … diesem … Zustand … angetroffen haben sollte, ist schrecklich für mich.«

»Ich gebe Ihnen mein Ehrenwort, dass Ihnen nichts geschehen ist.«

Langsam breitete sich die Erleichterung in ihrem Körper aus. Seit Dinekes Besuch war sie von Unsicherheit getrieben worden, mit einem Mal fühlte sie sich wie erschöpft, als die Furcht von ihr abfiel. »Ich danke Ihnen«, wiederholte sie schlicht.

»Dass dieser Mann behauptet, für Sie da gewesen zu sein, ist eine Lüge.«

»Ja, das ist es. Sie sollten ihn zur Rede stellen.« Insgeheim gratulierte sie sich zu ihrem Vorschlag.

Zu ihrer größten Überraschung schüttelte der Kunstgärtner den Kopf. »Ich bedauere, aber das halte ich für keine gute Idee.«

In stillem Staunen sah sie ihn an.

»Monsieur Frese …«, begann Daniel, um sich gleich darauf zu unterbrechen und zu fragen: »Das ist sein Name, nicht wahr?« Als sie nickte, fuhr er fort: »Monsieur Frese ist eine bekannte Persönlichkeit in dieser Gegend – und ich bin nur ein Fremder auf Reisen. Wem werden die Leute wohl mehr glauben? Dem Gerücht, das er in die Welt gesetzt hat, ist nicht mehr beizukommen, Madame. Es tut mir leid.«

War das alles? Daniel Jacques mochte ihr Ritter sein, aber womöglich war er auch ein Feigling. »Ich kann diese Lüge nicht auf sich beruhen lassen!«, protestierte Maria.

»Grämen Sie sich nicht. Das ist es nicht wert.«

Die Sonne stand so, dass die Aufrichtigkeit in seinen blauen Augen leuchtete. Vielleicht war es auch Klugheit. Womöglich hatte Daniel recht, und sie sollte Magnus Frese nicht so viel Bedeutung beimessen. Allerdings schien sie als Witwe eine Art Freiwild für ihn zu sein, eine Frau ohne Mann und damit ohne Schutz. Gab sich Frese als Retter in ihrer Not aus, um mit gezielten Bemerkungen einen Skandal zu verursachen, so dass sie ihm ausgeliefert war? Wollte er auf diese Weise den Hof erringen, dessen Verkauf sie ablehnte? Eigentlich mochte sie das nicht glauben.

»Ich gebe Ihnen mein Ehrenwort«, unterbrach Daniel ihre Überlegungen, »dass Sie in Sicherheit waren. Und die Leute werden bald über andere Themen reden.« Er lächelte. »Das Fest, das Monsieur Graaf auf Ihrer Terrasse plant, wird gewiss für viel mehr Gesprächsstoff sorgen.«

»Meine Güte!«, stieß sie hervor. »Ja.« Entsetzt erinnerte sie sich daran, dass es so viel mehr zu tun gab, als sich um die eigene Reputation zu sorgen. Ihre Furcht vor Frese war größer als ihr Pflichtgefühl gewesen. Wie konnte sie nur so von Sinnen sein, dass ihr Gönner und damit ihr finanzielles Überleben in den Hintergrund getreten war? Während sie sich zu sammeln versuchte, presste sie die Fingerspitzen gegen ihre Stirn, als wollte sie die bösen Gedanken aus ihrem Hirn drücken. Was war nur mit ihr geschehen? Sie war eine starke Frau, die sich nicht unterkriegen ließ. So war es doch immer gewesen.

Nach einer Weile ließ sie die Hände wieder sinken. »Ich sollte nicht hier herumstehen und plaudern.«

»Ich empfand unsere Unterhaltung als sehr angenehm, Madame«, erwiderte Daniel. »Wenn es Ihnen recht ist, besuche ich Sie heute Nachmittag, um die Gestaltungswünsche von Herrn Graaf zu besprechen. Natürlich hätte ich das längst tun sollen, aber es ist alles ein wenig durcheinandergeraten, nicht wahr?

»Ja ... ja ...«, stammelte sie, »da haben Sie wohl recht.« Sie straffte die Schultern, reckte das Kinn mit einem Selbstbewusstsein, das sie in ihrem tiefsten Inneren noch nicht wiedergefunden hatte. »Sie sind mir jederzeit willkommen.«

Sein Lächeln wurde breiter, das Leuchten seiner Augen tiefer. »Das werde ich mir nicht zweimal sagen lassen.«

»Das brauchen Sie auch nicht. Auf Wiedersehen, Herr Jacques, ich erwarte Sie am Nachmittag.«

Er verneigte sich vor ihr. »Adieu, Madame.«

14

Daniel erschien mit einer großen Mappe unter dem Arm. »Ich habe bereits ein paar Entwürfe nach den Vorstellungen von Herrn Graaf angefertigt«, erklärte er. »Er möchte unbedingt das Plateau nutzen.«

»Wenn das Wetter hält, bin ich damit einverstanden«, erwiderte Maria. Sie betrachtete ihren Gast, der anscheinend seinen Arbeitskittel mit einem sauberen Hemd getauscht, aber nicht die Zeit gefunden hatte, seine Krawatte ordentlich zu binden. Er hatte den schmalen Schal lose um seinen Hals geworfen, die Enden baumelten lang herunter. Obwohl er einen vorbildlichen Rock trug, verlieh ihm das *lodderige* Gebinde eine höchst attraktive Verwegenheit.

Maria hatte mehr Geduld für ihr Äußeres aufgebracht. Nachdem sie heimgekehrt war, wusch sie sich sogar das Haar, obwohl nicht Sonnabend war. Sie zog ein sauberes Kleid an – das hübsche Nachmittagsgewand mit dem hohen Spitzenkragen – und nahm die Witwenhaube mit den schwarzen Samtschleifen aus dem Schrank, die sie besonders gut kleidete. Es kam ihr vor, als würde sie mit den Sachen eine besondere Rüstung anlegen, die ihre Vornehmheit hervorhob. Offenbar jedoch wenig erfolgreich. Denn nun stand sie da, aufgeputzt wie zu einem Vergnügen – und fühlte sich fehl am Platz. Sie erwog, sich rasch eine Schürze umzubinden, damit sie mehr dem Bild der Gastwirtin entsprach. Doch sie rührte sich nicht vom Fleck.

Daniel schien sich wenig um ihr Erscheinungsbild zu scheren. Offensichtlich war er nur auf seinen Auftrag konzentriert. Er würdigte Maria keines weiteren Blickes, sondern marschierte an ihr vorbei zu dem langen Tisch neben dem Tresen und breitete die Papiere, die er seiner Mappe entnahm, eilfertig aus. Ohne aufzusehen, bat er: »Schauen Sie bitte hier, Madame, so könnte die Terrasse gestaltet werden.«

Zögernd trat sie neben ihn. Im nächsten Moment stieß sie überrascht die Luft aus. Vor ihr lag eine mit Bleistift gezeichnete, detailgetreue Ansicht der Rückseite ihres Hauses. In das bekannte Bild waren große Töpfe eingefügt, die mit kleinen Bäumen und Rosenstöcken bepflanzt waren. Die Dekoration wirkte anheimelnd und verlieh dem Plateau sowohl Eleganz als auch eine gewisse Intimität. Sie entsann sich ihres Gesprächs über den Baum der Liebe und tippte – vorsichtig, um das Graphit nicht zu verwischen – auf eines der Gewächse. »Sind das Linden?«

»In der Tat. Ich möchte die Illusion einer Allee schaffen.«

»Das sieht sehr hübsch aus.« Nachdem sie die Darstellung eine Weile auf sich hatte wirken lassen, fügte sie hinzu: »Ich will Sie nicht kritisieren, Herr Jacques, doch sollten Sie bedenken, dass Sie die Aussicht nicht zustellen. Herr Graaf erwähnte mir gegenüber mehrfach das einzigartige Panorama.«

»Nichts liegt mir ferner«, rief Daniel enthusiastisch aus. Er schob das erste Papier zur Seite, so dass Maria ein weiteres darunter betrachten konnte. Diesmal handelte es sich um die Terrasse mit der Elbe und den Feldern von Finkenwerder am gegenüberliegenden Ufer. Die Fernsicht war ebenso gut getroffen wie die Architektur ihres Hauses zuvor. Bei dem zweiten Bild dominierten die Blumen.

»Rosen«, murmelte Maria, »nichts als Rosen.«

Daniel wirkte bestürzt. »Haben Sie etwas gegen Rosen?«

»Nein. Oh nein.« Mit einem entschuldigenden Lächeln auf den Lippen hob sie ihren Kopf. Sie begegnete seinem Blick, er wirkte ein wenig gekränkt. Begütigend und recht mütterlich legte sie ihre Hand auf seinen Arm, auf diese Weise versuchte sie meist Immanuel zu beruhigen. »Natürlich liebe ich Rosen. Wer tut das nicht? Aber die Ausstattung hier erscheint mir ein wenig zu üppig.«

Daraufhin zeigte sich Daniel deutlich verstimmt. »In der Gartenkunst ist Zurückhaltung nicht geboten, Madame. Es gibt verschiedene Stile, das ist wahr, aber Vielfalt und Fülle einen sie. Herr Graaf möchte eine Dame bezaubern – und womit gelänge dies besser als mit der Königin der Blumen? Schon die alten Griechen huldigten der Rose, seit dem Altertum steht sie für Liebe und Freude. Was haben Sie daran auszusetzen?«

Seufzend zog sie ihre Hand zurück. »Nun … Ich dachte, Herr Graaf wäre mit der Dame, für die er das alles hier plant, nicht so vertraut. Bäume mit Blättern, die wie Herzen geformt sind, und dazu noch ein Rosengarten, das alles spricht meines Erachtens für zu wenig Feingefühl …«

»Das hat mir allerdings noch niemand vorgeworfen«, schnaubte Daniel.

»Ich bitte um Verzeihung, aber wenn Sie mit dieser Deutlichkeit vorgehen, kann er sich gleich in einem Liebesbrief erklären. Die Worte wären vielleicht sogar raffinierter in ihrem Ausdruck.«

Er starrte sie mit hochgezogenen Brauen an – und war offenbar sprachlos.

Die Leichtigkeit, die ihre bisherigen Gespräche bestimmt hatte, war verflogen. Maria ärgerte sich darüber. Sie wunderte sich allerdings auch, dass Daniel Jacques glaubte, eine Frau ließe sich mit den simpelsten Hilfsmitteln verzaubern. Gehörte nicht mehr dazu als Rosen, Linden und eine wunderschöne Aussicht?

»Wenn Sie die Rosen als Bouquet auf dem Tisch platzierten, wäre es genug«, meinte sie.

»Selbstverständlich gehört zu einer Gartendesserttafel ein *Parterre*. Aber ob das Herrn Graaf genügt …«

»Falls die Dame seine Sympathie nicht teilt, sollte Herr Graaf seine Würde bewahren können«, unterbrach Maria sanft.

»Sie glauben tatsächlich, eine Frau könnte diesem Mann widerstehen?«

»Warum nicht?« Sie hob ihre Schultern und ließ sie wieder fallen.

»Mon dieu!«, stieß er hervor – und brach daraufhin in schallendes Gelächter aus. »Fürwahr, ich schätze Ihre Aufrichtigkeit, Madame, Sie sind herzerfrischend.«

»Eine allzu deutliche Dekoration könnte voreilig sein, auch wenn die Dame die Gefühle von Herrn Graaf teilt. Immerhin lädt er ja auch noch andere Gäste ein, soviel ich weiß. Madame könnte überfordert sein oder sich über die mangelnde Diskretion ärgern. Dann würden Sie das Gegenteil dessen erreichen, das Herr Graaf – und Sie – bezwecken möchten.«

Daniel schwieg. Er schien nachzudenken, seine Augen flogen von seinen Zeichnungen zu Maria. Nach einer Weile lehnte er sich gegen den Tisch und fragte: »Wie stellen Sie sich also den Tafelaufsatz vor?«

»Er sollte aus Zuckerguss sein. Das ist er meistens, nicht wahr? Vielleicht möchten Sie auch ein paar kandierte Früchte zwischen die Blumen stecken.«

»Oh! Ein essbares Stillleben. Das ist durchaus einfallsreich. Was schlagen Sie sonst noch vor?« Seine Augen leuchteten.

Jetzt war sie in ihrem Element und ganz in die Erinnerung an die Art von Kunstwerken versunken, die Paridom geschaffen hatte. »Man kann Blüten kandieren, am besten nimmt man dafür Rosen oder Veilchen. Das sieht nicht nur hübsch aus, es ist auch sehr schmackhaft. Ein kleiner Brunnen wäre überdies sehr hübsch. Daraus könnte Limonade perlen – oder Sekt –, ganz wie es gefällt.« Maria wusste nicht genau, was sie auf diese extravagante Idee brachte. Es war einerlei. Ihr Herz hüpfte vor Freude, als sie bemerkte, dass sie ihren Gesprächspartner mit ihren Vorschlägen beeindruckte.

Hamburg

15

Wer in der Stadt etwas auf sich hielt, besuchte einen der vielen politischen und literarischen Salons, die seit geraumer Zeit wie Pilze aus dem Boden zu sprießen schienen. Eigentlich hatte sich Emilia auf diesen Veranstaltungen nicht immer gut unterhalten, meist sogar gelangweilt. Als jedoch ihr Bruder zu einer Lesung in sein neu erbautes Haus an der Palmaille in Altona einlud, konnte sie es kaum abwarten, dorthin zu fahren. Sie hoffte, Joachim Graaf bei Christian und Henriette wiederzusehen.

Diese Hoffnung wurde zwar erfüllt, doch legte sich von Anfang an ein Schatten auf ihr neuerliches Zusammentreffen. Ihr Gatte, gerade ausnahmsweise zu Hause weilend, bestand darauf, Emilia zu begleiten. Das war angesichts des stets schwelenden Streits zwischen ihm und Christian von vorneherein keine glückliche Entscheidung, Emilia war aber klar, dass für Tilmann der Zweck die Mittel heiligte. Wenn er hochrangige Persönlichkeiten im Hause des Verlegers Vandenberg treffen konnte, ließ er selbst einen Vortrag moderner Dichtkunst über sich ergehen.

Bedauerlicherweise erkundigte sich keiner von ihnen im Vorfeld nach dem Namen des Ehrengastes: Der weithin bekannte Dichter Friedrich Gottlieb Klopstock erwies Christian Vandenberg die Ehre, persönlich seine Poesie zur Französischen Revolution zu rezitieren. Zu Emilias größtem Schrecken bezeichnete Klopstock die Erhebung der Massen als »edelste Tat des Jahrhunderts«. Darüber hinaus sprach der Sechsundsechzigjährige über seine Vorstellung von einer »deutschen Gelehrtenrepublik«, in der die Fürstenhäuser abgeschafft und eine gebildete Elite aus dem Bürgertum die Macht übernehmen sollte. Für Tilmann von Wedekind ein Desaster sondergleichen. Sein Gesicht lief rot an vor Zorn, und er presste die Lippen aufeinander.

Zu Emilias größter Erleichterung verursachte Tilmann keinen Skandal. Es gelang ihm, die Beherrschung gegenüber Klopstock zu bewahren, doch Tilmanns Ärger richtete sich stattdessen gegen die Person, die zwar am wenigsten für die Debatte konnte, aber am leichtesten angreifbar war, seine Frau. Er kanzelte Emilia ab, wann immer sie den Mund öffnete. Das ging so weit, dass sie schließlich – entgegen ihrer Gewohnheit – in tiefes Schweigen versank. Tilmann sandte damit eine eindeutige Botschaft in die Gesellschaft: Obgleich in dem Salon seines Schwagers revolutionäre Gedanken offen diskutiert werden durften, herrschte in seinem Haus Zucht und Ordnung nach althergebrachter Sitte. Emanzipatorische Launen duldete er nicht.

Schließlich zwang er sie dazu, die Festivität vorzeitig zu verlassen. Bei den Gastgebern und deren Freunden entschuldigte Tilmann sich, dass er untröstlich über das schwache Gemüt seiner Gemahlin sei. Er ließ dabei offen, ob er mit dieser Beschreibung nur Kopfschmerzen oder gar eine Geistesschwäche meinte.

Für ein ausführliches Gespräch mit Joachim blieb unter diesen Umständen natürlich keine Zeit. Emilia bemerkte seine hochgezogenen Brauen und den mahlenden Kiefer, da er sich wohl auf die Zähne biss, um Tilmann nicht in die Parade zu fahren. Es war ihr peinlich, dass der alte Freund auf diese Weise von ihrer nicht gerade glücklichen Ehe erfuhr. Als sie sich bei ihm verabschiedete, drückte er ihre Hand fester und länger als nötig. Gewiss verstand er dies nur als Zeichen seiner Freundschaft, doch Emilia entzog sich ihm brüsk. Sie fürchtete sich vor Tilmanns Reaktion auf diese Vertraulichkeit. Ein Schlagabtausch zwischen ihrem Mann und Joachim Graaf wäre ihr unerträglich …

Doch Tilmann bemerkte die stille Verbindung zwischen Emilia und Joachim nicht, zu beschäftigt war er mit Klopstocks Ausführungen, die er in der Kutsche empört wiederholte. Er fügte hinzu, dass er Emilia Besuche im Haus ihres Bruders künftig untersagte: »Die Meinung, die bei meinem Schwager gepflegt wird, ist schädlich für dein zartes Temperament. Als Arzt kenne ich mich mit dergleichen aus. In meiner Karriere sind mir etliche Weiber begegnet, die an Hysterie litten, und es gilt zu verhindern, dass du an dieser schrecklichen Geißel der Frauen erkrankst, weil Christian Gäste bewirtet, die ihren Mund nicht halten können.«

Ihr lag auf der Zunge, dass er als Militärarzt doch wohl mehr männliche Patienten behandelte, aber sie war zu müde dafür. Sie ließ Tilmanns Tiraden über sich ergehen. Den Rest des Tages verbrachte sie vor allem bei Amadeus im Musiksalon, der versuchte, mit neun Fingern auf dem Klavier zu spielen.

Als sie später unter ihre Bettdecke kroch, betete sie, dass Tilmann nicht der althergebrachten Annahme erlegen war, wonach der frische Verstand einer Frau nur durch eine gesunde Gebärmutter gewährleistet sei. Diese wiederum sollte regelmäßig mit Spermien durchgespült werden, um ihre uneingeschränkte Funktionstüchtigkeit zu erhalten. Vor langer

Zeit hatte sie dafür gesorgt, dass ein heißes Bad mit allerlei Kräutern für sie zur Verfügung stand, nachdem Tilmann sie an ihre ehelichen Pflichten erinnert hatte. Es hatte eine Weile gedauert, bis sie begriff, dass sie offenbar nicht mehr schwanger werden konnte. Diese Erkenntnis war eine große Erleichterung, da sie nicht mehr Kinder wollte. Inzwischen jedoch musste sie sich immer seltener Sorgen um ihren Körper machen. Seit der Rückkehr von seiner letzten Reise rührte Tilmann sie kaum noch an, stattdessen benahm er sich despotischer als je zuvor.

Dennoch nahm sie ihn in Schutz, als sie Henriette für sein Verhalten um Verzeihung bat: »Es tut mir aufrichtig leid, dass er Herrn Klopstock nicht den angemessenen Respekt entgegenbrachte, aber bitte sei so lieb und entschuldige meinen Gemahl. Von einem Mann in seiner Position kann man kein Verständnis für revolutionäre Gedanken erwarten.«

Sie hatte sich mit ihrer Schwägerin in einem Wirtshaus verabredet, in dem sich auch Damen treffen durften und das günstig auf halbem Weg zwischen ihren beiden Wohnungen lag. Das sogenannte Baumhaus war ein riesiges Gebäude direkt am Hafen, das verschiedene öffentliche Schreibstuben, einen Konzertsaal und ein Wirtshaus beherbergte. Es herrschte ein reges Treiben von Kaufleuten, Hafenbeamten und Reedern, nicht nur Deutsch mit hanseatischem Zungenschlag wurde gesprochen, sondern auch Englisch, Dänisch, Portugiesisch und vieles mehr. Emilia empfand das Baumhaus als herrlichen Ort, um sich der Illusion hinzugeben, dass die ganze Welt in Hamburg zu Hause und sie ein Teil davon war. Von ihrem Platz aus konnte sie auf die Boote und Schiffe hinuntersehen, die anlegten und gelöscht wurden oder auf die günstige Tide und den besten Wind warteten. Die Zeit bis zur abendlichen Schließung der Hafeneinfahrt, die mittels einer Barriere aus Baumstämmen zu Füßen des danach benannten Hauses erfolgte, schien jedes Mal, wenn sie hier war und dem Treiben zuschaute, zu knapp bemessen. Einerlei, um welche Uhrzeit es sich handelte, die Menschen wirkten von ihrem Aussichtspunkt am Fenster wie eifrig arbeitende Ameisen.

»Du hast dich vorbildlich verhalten, meine Liebe«, meinte Henriette, »und natürlich trifft dich kein Tadel. Tilmann sollte sich ein wenig mehr mit dem Wunsch des Bürgertums auseinandersetzen, anstatt an den alten Traditionen festzuhalten. Christian sagt, auch in Preußen werden Neuerungen angestrebt.«

Auf die Veränderungen im großen Königreich ging Emilia nicht ein. Sie sagte: »Obwohl mein Gatte in die Hamburger Gesellschaft aufgenommen werden möchte, zieht er eine scharfe Grenze zwischen dem Bürgertum und dem Adel. Ich fürchte, daran wird sich nichts ändern.«

»Dann sollten wir künftig darauf achten, dass er dich nicht zu allen Anlässen begleitet.«

Emilia sah ihre Schwägerin überrascht an. Sie hatte ihr nicht verraten, dass Tilmann der Umgang mit ihrem Bruder nicht recht war – seine Abneigung schien auf Gegenseitigkeit zu beruhen. Dennoch war es unüblich, ein Mitglied der Familie derart deutlich auszuschließen. Du lieber Himmel, Tilmann hatte wirklich den denkbar schlechtesten Eindruck hinterlassen. Sie war erschüttert und versprach: »Ich werde dafür sorgen, dass sich ein Auftritt wie neulich nicht wiederholt.«

»Möglicherweise solltest du erst einmal sicherstellen, dass er nicht dabei ist, wenn wir einen Ausflug aufs Land unternehmen wollen.« Diesem ungewöhnlichen Vorschlag Henriettes folgte ein leises Kichern. Sie rührte mit dem Löffel in dem gewürzten Kakao vor sich, obwohl sie das Getränk bereits mehrmals gemischt hatte.

Die offensichtliche Verlegenheit der Schwägerin irritierte Emilia noch mehr als der Angriff gegen Tilmann zuvor. »Was für ein Ausflug soll das sein? Du bist voller Geheimnisse.«

»Ach, es ist nur ein kleines Familientreffen an der Elbe geplant«, erklärte Henriette, ohne aufzusehen, und rührte weiter. »Ein Freund von Christian möchte uns sein Anwesen zeigen und anschließend mit einer Desserttafel bewirten ...«

Joachim!, fuhr es Emilia wie ein Aufschrei durch den Kopf. Soviel ihr bekannt war, besaß kein anderer Freund Christians ein Grundstück an der Elbe, das es lohnte, von einer Gesellschaft besichtigt zu werden. Dass zu einem süßen Abschluss eingeladen wurde, entsprach sicher auch der Gastlichkeit Joachim Graafs. Hatte er nicht außerdem eine solche Einladung bei dem Freiheitsfest angekündet? Nun hatte er mitangesehen, wie unglücklich sie an der Seite ihres Mannes war, und wollte ihr ein harmloses Vergnügen verschaffen. Das war nett. Aber ihr Herz war im Moment zu zerbrechlich, um ein Wiedersehen mit ihrer Jugendliebe zu forcieren. Die Erinnerung an die Leichtigkeit, die sie im Klostergarten in Harvestehude in seinem Beisein empfunden hatte, tat heute weh. »Ich kann nicht länger fort als zu einem kurzen Treffen. Mein Sohn benötigt meine ungeteilte Aufmerksamkeit.«

»Die Kinder sollen mitkommen. Ein Spaziergang auf dem Geestrücken ist für die Kleinen gewiss erbaulich.«

Emilia seufzte. »Könntest du bitte aufhören, deinen Kakao umzurühren, bis die Milch darin zu Butter erstarrt?«

»Verzeihung.« Wie ertappt blickte Henriette auf. Dann legte sie den Löffel ab. Erstaunlich sachlich fragte sie: »Wann wird Tilmann erneut verreisen?«

»Ich weiß es nicht, nehme aber an, dass dies bald geschehen wird. So lange war er noch nie in der Stadt.«

»Sicher wird dir die Abwechslung durch den Ausflug guttun.« Henriette setzte ein argloses, mitfühlendes Lächeln auf. »In Tilmanns Abwesenheit bist du gewiss sehr einsam. Das ist alles schwer erträglich für dich, nicht wahr?«

Emilia rollte mit den Augen. »Ich bin gerne alleine.«

»Ach? Nun ja. Du wirst die Einladung doch wohl nicht ausschlagen, meine Liebe?«

»Doch. Das habe ich vor.« Emilia war stolz auf ihre Stärke. Ihrer Schwägerin zu widerstehen war fast ebenso schwer, wie der Versuchung standzuhalten.

»Wir werden alle sehr enttäuscht sein, wenn du uns nicht begleitest. Und stell dir bitte die Traurigkeit meiner Kinder vor. Amadeus ist ihr liebster Spielkamerad.«

»Ich sagte – nein.«

Seufzend hob Henriette den kleinen Teelöffel auf und begann ohne einen weiteren Kommentar wieder in ihrem Schokoladengetränk zu rühren.

Diesmal bat Emilia sie nicht, damit aufzuhören. Sie blickte aus dem Fenster auf das Geschehen am Hafen hinunter. Eine Schaluppe zog ihre Aufmerksamkeit auf sich. Gerade wurde das Segel aufgezogen, wahrscheinlich würde das Boot mit der Ebbe auslaufen. Könnte ich doch nur mit hinaussegeln, fuhr es ihr durch den Kopf. Und im nächsten Moment: Was für ein ungewöhnlicher Gedanke!

*

Tilmanns Stimme hallte durch den Eingangsbereich. Als Emilia nach Hause kam, hörte sie sein Poltern bereits an der Tür. Sie konnte nicht genau verstehen, was in ihrem Musikzimmer gesprochen wurde, doch Tilmann schien unverkennbar aufgebracht. Das Hausmädchen, dem sie ihren Hut reichte, wirkte verschreckt. Mit wenigen Schritten erreichte sie den hübschen, zum Garten liegenden Salon und öffnete. Einen Atemzug später hielt sie entsetzt die Luft an.

Wie ein Häufchen Elend stand ihr Sohn neben dem Klavier, während Tilmann, die Hände auf dem Rücken verschränkt, herumwanderte und schwadronierte: »… es ist nicht zu verantworten, wie deine Mutter mit deiner Gesundheit verfährt. Da ich nur das Beste für dich will, habe ich dich an der Ritterakademie in Liegnitz in Schlesien angemeldet. Dort wirst du ab sofort zur Schule gehen. Wir reisen morgen …«

Amadeus erbleichte, seine Lippen bebten, sein Kinn zitterte.

»Warum hast du diesen Schritt nicht mit mir besprochen?«, wollte Emilia wissen. Ihre Stimme klang schneidend.

Tilmann fuhr zu ihr herum. Der Ärger in seiner Miene verblasste kurz. Er trat auf sie zu und erklärte, so freundlich es ihm wohl möglich war: »Ich wollte dich nicht aufregen, meine Liebe. Deinem Gemüt ist jede Form von Erregung nicht dienlich, wie wir beide wissen.«

»Tatsächlich? Wissen wir das?«, brauste sie auf.

»Echauffiere dich bitte nicht. Das tut dir nicht gut.«

Er streckte seine Hand nach ihr aus, doch sie wich zurück.

Emilias Augen flogen zu Amadeus, der, nun zutiefst verunsichert, zwischen seinen Eltern hin und her blickte und darüber die eigenen Tränen zu vergessen schien. Wie gerne hätte sie ihre Arme um ihn gelegt. Doch stattdessen blieb sie kühl, distanziert und erstaunlich ruhig: »Bitte geh auf dein Zimmer.«

»Natürlich hast du hier, wo sich Erwachsene unterhalten, nichts zu suchen, Amadeus«, fügte Tilmann barsch hinzu. »Der Musiksalon ist kein Kinderzimmer. Das wünsche ich ein für alle Mal festzuhalten.«

»Ja, Vater«, murmelte Amadeus. Er verneigte sich vor Tilmann, dann trottete er mit recht wackelig wirkenden Knien auf Emilia zu, versuchte in ihren Augen wohl eine Bestätigung zu finden, dass sie seine Interessen vertrat.

Sie senkte die Lider unter dem glasigen Blick ihres Sohnes. Er sollte ebenso gut wie sie wissen, dass das Wort eines Familienvaters so etwas wie das Amen in der Kirche war. Sie konnte nichts einwenden, das Recht besaß sie nicht. Dennoch brodelte es in ihr. Kaum dass die Tür hinter dem Jungen zugefallen war, fuhr sie Tilmann wütend an: »Wie kommt es zu diesem Sinneswandel? Was soll die Sache mit der Ritterakademie in Liegnitz?«

»Es handelt sich um eine der besten Schulen Preußens«, erwiderte Tilmann mit enervierender Gelassenheit. »Es ist ein großes Glück, dass Amadeus dort aufgenommen wurde.«

»Du hast bislang nicht den Eindruck erweckt, dass du mit dem Knabeninstitut hier in Hammerbrook nicht zufrieden bist.« Genau genommen hatte sich ihr Gatte bislang kaum für dieses Thema interessiert.

Tilmann schenkte ihr ein mildes Lächeln. »Das hast du falsch verstanden.«

»Ich glaube kaum …«

»Meine Liebe«, unterbrach er ihren Protest, während er wieder begann, mit im Rücken verschränkten Händen auf und ab zu laufen, »ich bitte dich nochmals, dich nicht so aufzuregen. Du musst doch selbst bemerken, wie du dir damit schadest. Aber du bist anscheinend so verblendet, dass du nicht einmal wahrnimmst, dass Amadeus nicht mehr an dieses bürgerliche Knabeninstitut zurückkehren kann. Die Angelegenheit ist geklärt: Ich habe ihn bereits abgemeldet.«

»Wie kannst du das wagen, ohne dich mit mir besprochen zu haben?« Ihr Ton klang weit weniger aufbrausend als ihre Worte.

Er blieb vor ihr stehen. »Du wirst mir hoffentlich darin zustimmen, dass unser Sohn die bestmögliche Ausbildung erhalten sollte. Und dass er nicht verweichlichen soll. Ich würde mich sehr wundern, wenn du anderer Meinung bist. So selbstsüchtig kannst du nicht sein, auch wenn du gerade einen anderen Anschein erweckst.«

Warum drehte er jede ihrer Fragen so um, dass er die Antworten mit einem Angriff gegen sie verband? Er klang freundlich und sogar verständnisvoll, sein eisiger Blick blieb ihr jedoch nicht verborgen.

»Die Ritterakademie in Liegnitz wurde für den protestantischen schlesischen Adel gegründet«, fuhr Tilmann fort. »Das ist ein für Amadeus' Erziehung geeigneter Ort. Die Auseinandersetzung mit einem Dorftrottel aus niedrigen Verhältnissen spricht weder für ihn noch für das reformpädagogische Institut hier in Hamburg. Es steht doch wohl außer Frage, dass mein Sohn nicht auf eine Armenschule gehört. Da bist du auf dem völlig falschen Weg, Emilia.«

»Ich? Wieso ich?« Ihre Fassungslosigkeit wuchs. Tilmann hatte Amadeus in der Schule angemeldet, wie es sich gehörte, und sich selbst überzeugt, dass es sich um ein Knabeninstitut von Reputation handelte.

»Während meiner häufigen Reisen warst leider du ausschließlich für die Erziehung des Kindes verantwortlich. Nun sehe ich, wohin das geführt hat. Allein der gebrochene Daumen beweist, dass du dieser großen Verantwortung nicht gewachsen bist, meine Liebe.«

»Das ist nicht wahr!« Ihre Stimme wurde schrill. »Die Verletzung ist die Folge eines Streits unter Klassenkameraden. Ich habe mich sogleich darüber beschwert ... und übrigens auch die Mutter des anderen Jungen kennengelernt. Das ... das ist eine Dame!« Sie wünschte, nicht ausgerechnet das gesellschaftliche Format der Burmester anführen zu müssen, einer Frau, die ihr nicht sonderlich angenehm gewesen war. Aber immerhin handelte es sich tatsächlich nicht um die Vertreterin aus der Unterschicht, die Tilmann anscheinend erwartete. So viel Gerechtigkeit wollte Emilia unbedingt walten lassen.

»Eine alleinstehende Mutter etwa? Wo ist der Vater?«

»Verstorben.«

Tilmann reagierte auf die Information mit äußerster Gleichgültigkeit: »Nun, das kommt natürlich vor.« Er nahm seine Wanderung wieder auf. »Es handelt sich doch aber um eine Frau aus einem Dorf irgendwo im Dänischen, nicht wahr? Eine bürgerliche Gastwirtin. Amadeus hat mir von dem anderen Knaben erzählt. Das ist kein Umgang. Du hättest wissen müssen, Emilia, dass eine Frau von solcher Herkunft und Stand niemals deine gleichberechtigte Ansprechpartnerin sein kann.« Er stellte sich vor sie. »Dieses unsägliche Gerede um die Revolution in Paris verwirrt dich zunehmend.«

Sie schwieg. Was sollte sie auch einwenden? Dass sie entgegen seiner Ansicht über ein klares Urteilsvermögen verfügte? Dass er die Burmester auf einen Stand stellte, der nicht zu der sehr angesehenen bürgerlichen Familie passte. Letzteres wusste sie von dem Direktor des Knabeninstituts, aber Tilmann würde ihre Argumente abschmettern.

»In diesem Haus muss Zucht und Ordnung einkehren!«

Mit einem stummen Nicken nahm sie seine Aufforderung zur Kenntnis.

»Dieses Gedudel muss auch aufhören«, entschied ihr Gatte. »Wie albern, mit neun Fingern Klavier spielen zu wollen. Du kannst doch nicht dabei zusehen, dass sich mein Sohn lächerlich macht! Selbst wenn dein Verstand dem nicht folgen kann, so sollte deine Herzensbildung verhindern wollen, dass aus Amadeus ein Hanswurst wird.«

Emilia schnappte nach Luft. »Ich habe nie …«

»Auf der Ritterakademie wird er zu einem Mann des Adels erzogen. Nicht zu einem Musiker – aus welchen Verhältnissen auch immer.«

»Ist das dein letztes Wort?«, schnappte sie. Entgegen ihrer zwischenzeitlichen Bemühung, die Fassung zu bewahren, schlugen nun Ärger und Furcht über ihr zusammen. »Du willst deinem Sohn anscheinend alles nehmen, was er liebt. Die Musik. Sein Zuhause. Seine Mutter. Wie kannst du nur so grausam sein?«

»Du hast mich vollkommen falsch verstanden«, entgegnete Tilmann. Er nahm ihren Arm, den sie ihm widerstrebend überließ. »Ich bedauere zutiefst, bei dir die Anzeichen von Hysterie festzustellen. Je mehr du dich aufregst, desto deutlicher wird meine Diagnose. Du solltest dich hinlegen, meine Liebe, und das Abendessen auf deinem Zimmer einnehmen. Eine weitere Diskussion wäre schädlich für dein Gemüt.«

»Warum behauptest du andauernd, ich sei verrückt?«

»Wenn du dich nicht beruhigst, meine Liebe, werde ich dich zur Ader lassen müssen.«

Tilmann wusste, wie sehr sie die ebenso schmerzhafte wie blutige Prozedur verabscheute. Wie konnte er nur so gefühllos sein und ihr gleichzeitig vorspielen, nur in ihrem Interesse zu handeln? Ihr entfuhr, was sie eigentlich für sich behalten wollte: »Welcher Dämon treibt dich an?«

Bevor er etwas erwidern konnte, nutzte sie seine Überraschung und machte sich von ihm los. Sie stürzte aus dem Zimmer, als wäre sie auf der Flucht.

Nienstedten

16

Außer sich vor Freude beobachtete Maria, wie der alte Hof wieder zu Leben erwachte. Ihr Heim verwandelte sich von einem Trauerhaus zurück zu einem Ort der Zuversicht und der Geborgenheit. Die Vorstellung, dass ihre Kinder nach den Ferien in ein Zuhause kamen, in dem der Alltag nicht ausschließlich von Tränen und Sorgen bestimmt wurde, erleichterte sie sehr. Ein bisschen war es, als hätte sie die Uhr zurückgedreht.

Paridoms Geselle war unter ihrem Versprechen zurückgekommen, der Backstube künftig als Meister vorstehen zu dürfen. Er brachte einen neuen Lehrling mit, der sich offenbar sehr gut anstellte, und eine Hilfskraft ebenfalls. Für die Bewirtung von voraussichtlich sechs bis acht Personen reichte das Personal, wenn auch Rike mit anfasste und Maria den *Service* an der Tafel überblickte. Gemeinsam mit ihrem neuen Konditor besprach sie die Süßspeisen, die sie Joachim Graaf und seinen Gästen auftischen wollten, sie stellten Listen für die Lieferanten zusammen, und Hinnerk verschwand im Eiskeller und der Kammer neben der Küche, um nachzusehen, welche Gewürze, Nüsse und sonstigen Bestandteile seiner Rezepte er aus Paridoms Hinterlassenschaft gebrauchen konnte. Bald zog wieder ein unvergleichliches Aroma durchs Haus. Aber auch auf dem Plateau duftete es verführerisch, nachdem von einer Baumschule in Othmarschen zwanzig Töpfe mit mannshohen Linden und mehrere in Blüte stehende Rosenstöcke geliefert worden waren. Als Daniel eintraf, um die Bepflanzung zu arrangieren, blieb er zunächst interessiert schnuppernd in der Tür zur Terrasse stehen. »Mandeln«, stellte er fest, »es riecht nach Mandeln.«

Maria lächelte. »Ich glaube, mein neuer Meister versucht sich an Törtchen von Mandeln und *Rohm*.«

»Rum passt sehr gut …«

»Um Himmels willen«, warf sie lachend ein, »das ist ein Missverständnis. *Rohm* ist Plattdeutsch und heißt Sahne. Es ist absolut alkoholfrei.«

»Ich werde es mir merken, Madame. Wenn ich mich recht entsinne, sagt man in Sachsen, wo ich mich bis vor kurzem aufhielt, mancherorts *Rähm* zu *Crème*. Wie nennen Sie Pistazien?«

»Genauso wie Sie: Pistazien.«

»Gut. Dann hoffe ich, dass Ihr neuer Zuckerbäcker ausreichend Pistazien in den Teig gibt.« Daniel schloss schwärmerisch die Augen. Offensichtlich schwelgte er in der Erinnerung an einen besonderen Genuss.

»Ehrlich gesagt, ich habe keine Ahnung, was sonst noch in den Kuchen kommt«, antwortete Maria belustigt. »Die Rezeptur überlasse ich Hinnerk. Ich weiß nur, dass er den Johannisbeersaft, den mein verstorbener Mann noch eingekocht hatte, für den Teig verwenden will.« Ihre Fröhlichkeit verlor sich. Paridom hatte die Früchte kurz vor seinem Tod eingeweckt.

»In Frankreich verwendet man Zitronen«, unterbrach Daniel ihre Traurigkeit. »Das gibt ein wundervolles Aroma.«

Sie hob die Schultern und ließ sie wieder fallen. Wie sollte sie sonst auf Daniels Kommentar reagieren? In Frankreich war gewiss alles schmackhafter, aber Paridoms Saft war ihr heilig.

Offenbar bemerkte er ihren Stimmungsumschwung. In liebenswürdigem Ton sagte er: »Es ist schön, dass die Backstube wieder geöffnet ist. Das bringt Leben in Ihr stilles Haus.«

Wie als Antwort darauf erklang aus der Küche ein lautes Scheppern, dem ein Schmerzensschrei und dann ein Fluch des neuen Meisters folgten.

»Oje«, meinte Maria. »Hoffentlich zündet Hinnerk nicht alles an, bevor wir die Gäste von Herrn Graaf bewirtet haben.«

»Ich wünsche mir, dass noch lange darüber hinaus alles so bleibt, wie es jetzt ist.«

Maria lächelte in sich hinein. Sie verriet ihm nicht, dass sie durch das von Joachim Graaf gewährte Darlehen in der Lage war, die Konditorei eine Weile lang zu führen. Stattdessen deutete sie nach draußen. »Bitte, wollen wir nicht zu Ihrem Arbeitsbereich gehen?«

Mit einer leichten Verbeugung folgte er ihrer Aufforderung.

Sie beschattete ihre Augen mit der Hand, um ihm – gegen den Türrahmen lehnend – dabei zuzusehen, wie er die Lieferung abschritt. Er bückte sich, um Wurzelballen zu prüfen, betrachtete Blätter und Blüten. Dabei wirkte er sehr konzentriert, und Maria fragte sich einmal mehr, ob das Handwerk eines Kunstgärtners mehr aus der Dekoration oder aus der Pflanzung bestand. Wieder einmal stellte sie fest, wie gerne sie einen Mann beobachtete, dessen Tätigkeit feinsinnig und von Schönheit war.

Plötzlich richtete er sich auf. »Was servieren Sie als *Horsd'œuvre*?«

»Bitte?«, stieß sie aus ihren Gedanken gerissen hervor.

»Welches *Horsd'œuvre* werden Sie servieren?«, wiederholte er. Angesichts ihrer Verwirrung erklärte er sogleich: »Ich meine Appetithäppchen. *Amuse-Gueule.* Kleine salzige Gerichte, die dem Gaumen schmeicheln und als Vorbereitung auf die anschließenden Genüsse dienen.«

Sie schüttelte den Kopf. »Hier befindet sich eine Zuckerbäckerei und keine Suppenküche. Eine Desserttafel besteht aus Süßigkeiten und keinem Salzgebäck. Aber das wissen Sie bestimmt!« Sie hätte ausrufen wollen »aber das müssen Sie doch wissen«; diesen vorwurfsvollen Ton konnte sie gerade noch verhindern.

Auf den ersten Blick wirkte es, als kapituliere Daniel vor ihrem Argument. Er wandte sich ohne weitere Bemerkung einem der Rosenbüsche zu, betrachtete ihn eingehend und hantierte daran herum. Als er sich umwandte, sah Maria, dass er eine in voller Blüte stehende Knospe abgebrochen hatte. Diese vorsichtig festhaltend, schritt er über das Plateau auf sie zu. Der Sandboden knirschte unter seinen Füßen, und eine leichte Brise wehte den süßen Duft der Rose zu ihr hin.

»Nehmen Sie diese Blume als Entschuldigung für meine Belehrung.«

Sie spürte, wie die Hitze in ihre Wangen schoss und gleichzeitig ein Kribbeln über ihren Rücken fuhr. Wann war ihr zuletzt eine Rose geschenkt worden? Sie konnte sich nicht erinnern. Zögernd ergriff sie den zarten, stacheligen Zweig, blickte auf ihre Finger statt in Daniels Augen.

»Eine Desserttafel verträgt unbedingt ein *Horsd'oeuvre.*«

Verblüfft sah sie zu ihm auf. »Wie meinen Sie das?«

Gewiss trieb er einen Spaß mit ihr. Sie konnte seinen Gesichtsausdruck nicht lesen, weil er mit dem Rücken zur Sonne stand. Sie war sich jedoch sicher, dass er lächelte. Seine Stimme klang sanft, aber ernst, als er fortfuhr: »Eine Gaumenfreude ist bei einem *Service à la française* unerlässlich, Madame, auch wenn Sie sich in der Hauptsache auf die Zuckerwaren beschränken und sonst keine weiteren Gerichte anbieten. Mit einer entsprechenden kleinen Vorspeise regen sie den Geschmack Ihrer Gäste an.«

»Meiner Gäste?«, fragte sie spitz. »Es sind die Gäste von Herrn Graaf, der wiederum eine Desserttafel bestellte.«

»In der Tat, Madame, ich spreche von nichts anderem.«

Verärgert drehte sie die Rose zwischen ihren Fingern. Glaubte er, sie wäre nicht in der Lage, das Fest für Joachim Graaf auszurichten? Was sollte diese Besserwisserei? Hatte er sich eben nicht genau dafür entschuldigt? In dem Moment, in dem Maria auffiel, dass Daniel für alle weiteren Kommentare im Voraus um Verzeihung gebeten haben könnte, stach sie sich. Hinter vor Schmerz zusammengebissenen Zähnen zischte sie: »Leider kann ich Ihnen nicht dienen. In einer Bäckerei werden keine Gerichte zubereitet wie in einer Garküche.«

»Die Beschaffenheit Ihrer Küche spielt keine Rolle«, widersprach er. Er lehnte sich ein wenig vor, legte seine Hand neben ihrem Kopf gegen den Türrahmen und stemmte sich dagegen, so dass sie wie eingeschlossen war. »Was macht es für einen Unterschied, ob Sie einen Blätterteig mit Zucker oder Salz anrühren?

»Gar keinen Unterschied macht das, weil ein guter Blätterteig weder salzig noch süß schmecken darf.« So hatte es Paridom immer gesagt.

»Sie haben recht. Deshalb eignet sich dieses Backwerk ganz besonders für kleine Torteletts, die etwa mit Krebsbutter bestrichen eine wahre Gaumenfreude …«

»Krebsbutter?«, schnappte sie. Ihre Wangen wurden wieder heiß. Diesmal aus Empörung und nicht aus einer kleinen Eitelkeit heraus. »Wo soll ich denn nun auch noch einen Koch auftreiben, der Krebsbutter herstellt? Ich bin froh, dass ich Hinnerk habe – und der ist Konditor!«

»Die Appetithäppchen könnte ich zubereiten.«

»Sie sind Kunstgärtner, Herr Jacques! Sollten Sie nicht lieber die Terrasse einrichten, anstatt sich mit Dingen zu beschäftigen, die ... die ...«, ihr gingen die Wörter aus, mit denen sie ihrem Ärger Luft machen konnte. Der Stachel brannte in ihrem Finger, und am liebsten hätte sie die alberne Rose fortgeworfen, doch hielt sie sie weiterhin stur fest. Trotzig sah sie Daniel an.

»Anscheinend trauen Sie mir nur wenig zu. Darf ich Ihnen zeigen, dass ich über einige Begabungen verfüge? Wenn Sie erlauben, komme ich am Markttag mit dem entsprechenden Einkauf wieder und beweise Ihnen, dass ich in der Lage bin, eine Krebsbutter *comme il faut* herzustellen. Ich hoffe, ich darf dafür Ihre Backstube benutzen.«

Was fiel ihm ein, sich bei ihr dermaßen breitmachen zu wollen? Es ging doch nicht an, dass er ihre Pläne für die Gesellschaft von Joachim Graaf dermaßen durcheinanderbrachte. Woher sollte sie wissen, dass ihm nicht noch mehr als ein *Horsd'œuvre* einfiel, wenn er einmal als Koch in ihrem Haus begonnen hatte? Er klang allerdings so überzeugt von sich und seinem Vorhaben, dass sie dem nichts entgegenzusetzen vermochte. Sprachlos starrte sie ihn an.

Offenbar wertete er ihr Schweigen als Zustimmung.

Daniel löste sich von seinem Platz. »Auf Wiedersehen, Madame, bis bald.« Als er sich umwandte und die Sonne sein Gesicht von der Seite erhellte, nahm sie wahr, wie zufrieden er mit seinem Arrangement zu sein schien.

*

»*Wat mutt, dat mutt*«, kommentierte Henrik Marias Hinweis, dass er die Backstube mit dem Kunstgärtner Jacques würde teilen müssen. »Wenn der *Graspüker* meine Arbeit nich' übernehmen will, dann soll er man kommen.«

»Es ist nur für einen Tag«, versicherte sie ihm. »Höchstens für einen Tag!«

Hinnerk nickte ergeben und wandte sich wieder dem Schokoladenzuckerguss zu, mit dem er beschäftigt gewesen war, als Maria in die Backstube rauschte. Für ihn schien die Angelegenheit erledigt. Konzentriert tauchte er einen Messbecher in den Sack Zucker und schaufelte vier Loth in die Schüssel, in der sich bereits eine ordentliche Menge Schokolade befand. Er vermischte beides mit einem Löffel. Ohne aufzusehen, rief er: »Wo ist das *Wittei*?«

Der Lehrling eilte mit einem Korb herbei, in dem sich die Eier befanden. Dabei schlenkerte er dermaßen herum, dass Maria befürchtete, ihn gleich in einer schleimigen Masse auf dem Boden liegen zu sehen. Als er wohlbehalten bei Hinnerk angekommen war, drehte sie sich um. In ihrem Rücken hörte sie ihren Zuckerbäckermeister schimpfen, weil der Junge ihm ein ganzes Ei reichte und keine Vorbereitungen für die Verwendung des Eiweißes getroffen hatte. Schmunzelnd verließ sie die Backstube.

Wieder einmal dankte sie dem Himmel, der ihr Hinnerk zurückgebracht hatte. Wenn sie es recht bedachte, war ihr Daniels Vorschlag vor allem gegenüber ihrem Meister peinlich gewesen. Sie befürchtete, mit dem zusätzlichen Mann am Herd Unfrieden zu stiften. Zwar war Daniel üblicherweise sehr freundlich, doch sie wusste nicht, wie er sich Menschen gegenüber verhielt, die er womöglich als unter seinem Stand ansah. Paridom war einem Kunstgärtner zweifelsfrei ebenbürtig gewesen, aber war Hinnerk das auch? Jedenfalls wollte Maria unbedingt einen Hahnenkampf in ihrem Haus vermeiden. Nicht einmal der erste Schrecken nach Daniels Vorschlag war so groß wie die sich inzwischen wie ein Schatten über sie legende Angst vor Zwietracht.

Sie beschloss, Daniel gut im Auge zu behalten. Am besten, sie begann damit bei seinem Einkauf. Zugegeben, es war eher Neugier, zu beobachten, wie er sich zwischen den ortsansässigen Händlern bewegte. Wobei ihr eigentlich einerlei sein konnte, wie er mit den Leuten umging. Aber das war es eben nicht, wie sie sich insgeheim eingestand. Aus irgendeinem Grund fühlte sie sich verantwortlich. Für Hinnerk und die Backstube sowieso. Aber eben auch für Daniel Louis Jacques. Auf alberne Weise war er in der kurzen Zeit ihrer Bekanntschaft zu einem Teil ihres Lebens geworden, was sich durch seine neue Tätigkeit festigte, und irgendwie brachte sie ihn mit ihrem eigenen Ruf in Verbindung. Sie schalt sich für ihren Gedanken, doch beschäftigte sie unaufhörlich, dass jede Handlung des Fremden auf sie zurückfallen würde, sei es auf dem Markt oder bei der Gesellschaft von Joachim Graaf.

17

Am Markttag machte sie sich früh ausgehfertig. Da Daniel anschließend zu ihr kommen wollte, nahm sie an, dass er seine Besorgungen beizeiten erledigte. Obwohl sie sich ausschließlich mit ihrer Begegnung beschäftigte, schaffte sie es, Haltung zu bewahren. Sie grüßte ihre Nachbarn, wanderte scheinbar aufmerksam an Fässern und Käfigen, lebenden und toten Tieren, Ständen und Auslagen vorbei. Insgeheim befand sie sich jedoch nur auf der Suche nach Daniel. Statt seiner traf sie natürlich Dineke, die sich das Marktgeschehen wieder einmal nicht entgehen ließ.

»Du siehst gut aus«, stellte ihre Freundin fest. »Es ist schön, dass deine Wangen nicht mehr so blass sind.«

»Ach«, wehrte Maria verlegen ab, »das macht nur die kühle Morgenluft.«

Dineke drang nicht weiter in sie und wechselte das Thema: »Jeder im Dorf weiß, dass Paridoms Geselle wieder in der Backstube steht. Das sorgt für viel Zustimmung. Bald wirst du dich vor Bestellungen nicht mehr retten können.«

»Ich hoffe es«, gab Maria geistesabwesend zurück. Sie ließ ihre Augen über den Marktplatz schweifen, suchte unter Hüten und Mützen nach Daniel. Doch statt des nunmehr sehnsüchtig erwarteten Gesichtes schob sich ein anderes in ihr Blickfeld. Vor Schreck hielt sie den Atem an.

»Moin, die Damen.« Magnus Frese tippte mit dem Zeigefinger an die schmale, hochgeschlagene Krempe seines Kastorhuts. »Es ist immer wieder eine Freude, die Frau Pastor mit der Witwe Burmester in ein Gespräch versunken anzutreffen.«

»Gott zum Gruße«, erwiderte Dineke.

»Moin.« Marias Gruß war ein tiefer Seufzer.

»Wie man hört, bereiten Sie ein großes Fest vor«, plauderte Frese leichthin. Sein Ton veränderte sich jedoch, als er mit leiser Schärfe hinzufügte: »Glauben Sie wirklich, dass Sie eine einzige Desserttafel vor dem Ruin rettet? So töricht können selbst Sie nicht sein, Witwe Burmester.«

»Lassen Sie das man meine Sorge sein.«

»Ich werde mich nicht aufdrängen, aber ich stehe nach wie vor zu meinem Wort.«

Maria zwang sich zu einem freundlichen Lächeln. Es fiel ihr nicht leicht, weil sie sich in Freses Gegenwart wieder einmal ausgesprochen unwohl fühlte, zumal seine Lüge ihrer Rettung noch schwer auf ihr lastete. Mit erstaunlich fester Stimme sagte sie: »Dasselbe gilt für mich.«

»Habe ich nicht ein wenig Dankbarkeit verdient?«, fragte er prompt.

»Wofür denn die?«, gab sie tapfer zurück, obwohl sie absolut sicher war, dass er auf seine angebliche Heldentat anspielte.

»Tja«, Frese schnalzte mit der Zunge, »darüber sollten wir noch einmal reden. Ich will nur so viel sagen: Ich habe es immer gut mit Ihnen gemeint, und ich warne Sie davor, nur den Versprechungen eines noblen Herrn zu vertrauen. Diese wechseln ihre Meinungen wie die Passatwinde bei einer Ozeanüberquerung. Ich hingegen …«

»Aber Herr Frese«, unterbrach ihn Dineke, »Sie wollen doch unseren neuen Nachbarn nicht der Unzuverlässigkeit beschuldigen! Jeder im Dorf weiß, dass niemand geringerer als Herr Graaf seine Freunde auf Burmesters Hof empfangen möchte.«

Verblüfft schnappte der Gastwirt nach Luft. Offensichtlich hatte er eine derartige Zurechtweisung nicht erwartet. Gewohnt war er diesen Ton von einer Frau sicher ohnehin nicht, ließ ihn aber unkommentiert. So viel Respekt zollte er der Gattin von Pastor Matthiesen wohl.

Zum ersten Mal war Maria dankbar für den Tratsch der Dorfbewohner. Es irritierte sie zwar ein wenig, wie die Desserttafel zum Gesprächsthema angewachsen war, bevor sie auch nur ein Stückchen Gebäck serviert hatte, aber wenn das Gerede half, Magnus Frese in die Schranken zu weisen, sollte ihr das recht sein. Sie nickte Dineke dankbar zu.

Obwohl es für Frese an der Zeit war, sich zu verabschieden, harrte er mit verschlossener, grimmiger Miene neben Maria aus. »Nun«, hob sie nach einer Weile an, »ich bin hier, um einzukaufen und nicht, um Schwätzchen zu halten. Ich muss dann mal ...«

»Ich begleite Sie gerne«, versicherte Frese. »Nach dem Schwächeanfall von neulich brauchen Sie einen Mann an Ihrer Seite, der Ihren Korb zum Hof trägt.«

»Diesen Mann hat Frau Burmeister bereits gefunden«, meinte eine Stimme im Hintergrund. Als Maria und Dineke sich umwandten, knickte Daniel zu einem eleganten Kratzfuß ein. *»Bonjour, Mesdames.«*

»Er schon wieder!«, stieß Frese empört hervor.

»Guten Morgen, Monsieur«, erwiderte Daniel gelassen.

Maria hatte sich ihre heutige Begegnung anders vorgestellt. Aber in diesem Moment war sie unendlich dankbar, ihn zu sehen. »Guten Morgen.« Ihr Lächeln war herzlicher, als sie es ursprünglich geplant hatte. Sie verstieg sich sogar zu der Behauptung: »Wir waren verabredet, nicht wahr?«

»Bedauerlicherweise habe ich mich verspätet.« Noch einmal verneigte sich Daniel.

»Na, das nenn ich mal ein Zusammentreffen!«, rief Dineke aus. »Wie geht es Ihnen, Herr Jacques?«

»Vortrefflich, Madame, ganz vortrefflich.« Er bot Maria seinen Arm. »Wollen wir gehen?«

Dankbar hakte sich Maria bei ihm unter. Sie lächelte Dineke zu, nickte in die Richtung von Frese. Dessen versteinerte Miene bereitete ihr größtes Vergnügen. Ganz offensichtlich hatte sie ihn überrumpelt. Still und zufrieden kehrte sie ihrer Freundin und Magnus Frese den Rücken, um mit Daniel Louis Jacques in die Menge einzutauchen. Sie neigte sich ein wenig näher zu ihm und raunte: »Es ist sehr nett von Ihnen, dass Sie mitspielen.«

»Wie kommen Sie darauf?« Er schmunzelte. »Hatten wir nicht geplant, gemeinsam die Zutaten für die Krebsbutter zu besorgen, die ich in Ihrer Küche herzustellen beabsichtige?«

»Sie wissen genau, dass dem nicht so war …«

»Dann disponieren wir eben um.«

Maria schüttelte den Kopf. Sie dachte, dass es vergnüglicher wäre, ihn heimlich zu beobachten, als mit ihm über den Markt zu bummeln. Deshalb sagte sie: »Sie sind zwar anscheinend immer dann zur Stelle, wenn ich mich von Magnus Frese bedrängt fühle, und dafür bin ich Ihnen dankbar, aber jetzt sollten Sie gehen.«

»Ich weiche Ihnen nur ungern von der Seite«, behauptete Daniel. Er legte seine Hand auf die ihre an seinem Arm. »Machen Sie mir doch bitte die Freude und kaufen mit mir ein.«

»Warum sollte ich das tun?«

»Es ist ganz einfach: Sie kennen sich hier viel besser aus als ich. Ich bin nur ein Fremder. Noch dazu einer, der nicht von der Küste stammt. Stellen Sie sich vor, der Fischhändler berät mich schlecht und verkauft mir Krebse, die bereits ein wenig altersschwach sind? Das könnte fatale Folgen haben.«

»Die Händler hier sind keine Betrüger«, protestierte sie, den Blick starr auf ihre beiden Hände gerichtet. Sie spürte, wie sie angesichts dieser Berührung errötete. Als sie sich ihm zu entziehen versuchte, griff er fester zu. »Bitte, Madame!«, sagte er. Seine Stimme war sanfter als der Druck seiner Finger.

»*Jo*, Maria, *wo geiht die dat?*«, drang die Stimme einer Frau an ihr Ohr.

Sie errötete so stark, dass ihre Wangen nicht mehr nur glühten, sondern brannten. Dass ausgerechnet die klatschsüchtige Kräuterfrau, die alte Vettel, die peinliche Geste bemerkte, versetzte sie in Panik. Sie war erst seit rund neun Wochen Witwe, und selbst die freundschaftlich gemeinte Berührung eines attraktiven Mannes war kompromittierend. In erzwungener Leichtigkeit rief sie der anderen ebenfalls auf Plattdeutsch zu: »*Mi geiht dat good.*«

Ein heiseres Kichern antwortete ihr.

Aufstöhnend wandte sie sich wieder Daniel zu. »Ja … gut …, wenn Sie es unbedingt wollen, lassen Sie uns zusammen das Nötigste kaufen … aber halten Sie mich bitte nicht mehr fest.«

Daniel schüttelte sie so jäh ab, dass sie taumelte.

Ohne sich noch einmal zu berühren, schritten sie nebeneinander über den Markt. Auch wenn sie ihn nun auf Abstand hielt, war Maria ihre Zweisamkeit zunehmend peinlicher. Sie fühlte sich von Dutzenden von Augen beobachtet. An der Seite eines Mannes, noch dazu eines Fremden, einzukaufen, war sie nicht gewohnt. Da seine Begleitung anfangs nur ein Spiel war, um Magnus Frese abzuschütteln, hatte sie nicht darüber nachgedacht. Mit jedem Schritt wurde ihr jedoch deutlicher, dass sie sich auf einem unbekannten Gebiet bewegte. Paridom hatte sich für seine Bestellungen alleine verantwortlich gefühlt, und die Lieferungen an die Bäckerei beschränkten sich inzwischen auf die Listen, die sie mit Hinnerk erstellte und per Boten an die jeweiligen Händler sandte. Auf den Markt ging sie mit ihrem neuen Meister ebenso wenig, wie sie es mit ihrem Mann getan hatte. Nun aber schlenderte sie mit einem reisenden Kunstgärtner umher – und das war nicht nur für sie neu, sondern gewiss eine Freude für die Klatschweiber.

Nervös ließ sie ihre Augen über die Menge wandern, versuchte mit einem Ohr Buchstücke der Gespräche in ihrem Rücken aufzuschnappen. Wo war eigentlich Dineke abgeblieben? Wenn sich die Freundin zu ihr und Daniel gesellte, wäre der Anschein nicht so privat …

Ein plötzliches Kitzeln in der Nase nahm ihr jegliche Aufmerksamkeit für die Dorfbewohner. Kurz befürchtete sie, nicht mehr atmen zu können, dann verschaffte ihr ein Niesanfall wieder Luft.

»Mögen Sie keinen Lavendel?«, erkundigte sich Daniel.

Mit tränenden Augen betrachtete sie die violetten Blüten und zarten Stängel in seiner Hand. »Anscheinend nicht«, schniefte sie, während sie in der Tasche ihres Überwurfs nach einem Tuch suchte.

»Das tut mir leid. Ich mag den Duft hingegen sehr.«

Sie putzte sich die Nase und tupfte anschließend mit einem Zipfel des Tüchleins über ihre Lider. »Ich kannte diesen Geruch bisher nicht. Lavendel wird manchmal in der Heilkunde verwendet, nicht wahr? Glücklicherweise bedurfte ich dessen noch nicht.«

»*Lavandula angustifolia* eignet sich auch als Gewürz«, behauptete Daniel. Er gab dem Blumenhändler, bei dem er diesen Fund entdeckt hatte, eine Münze. Dann steckte er sich das Sträußchen in ein Knopfloch seines Rocks. »Süßspeisen lassen sich damit wunderbar verfeinern.«

»Ich glaube Ihnen kein Wort.« Aus ihrer Stimme war die Empörung deutlich herauszuhören. Alles, was Paridom nicht gekannt oder in seiner Backstube verwendet hatte, besaß für Maria keine Verlockung.

»Ein Zuckerguss mit Lavendel ist nicht nur eine Augenweide, sondern darüber hinaus auch schmackhaft. Wenn Sie erlauben, werde ich Sie davon überzeugen.«

Maria starrte ihn an. »Sie wollen in meiner Backstube eine fragwürdige Glasur zubereiten?«

Stumm hob er die Schultern und ließ sie wieder fallen.

»Hinnerk würde das niemals zulassen!«, versetzte sie.

»Und Sie? Geben Sie mir die Erlaubnis?«

Sie legte ihre Fingerspitzen an die Schläfe als Zeichen ihrer Ratlosigkeit. »Was sind Sie, Daniel Jacques?«, brach es aus ihr heraus. »Kunstgärtner, Koch oder Bäcker? Ich komme mir vor, als führten Sie mich hinters Licht. Dabei hasse ich es, belogen zu werden. Und ich dachte … dachte …«, verlegen brach sie ab. Sie hatte sich so in Rage geredet, dass sie gestehen wollte, ihn als aufrichtig und eben anders als andere Männer empfunden zu haben. Das war nur definitiv nicht die geeignete Konversation zwischen einem Junggesellen und einer Witwe.

»Ich habe französische Wurzeln, Madame«, erwiderte er ruhig. »Franzosen lieben den Genuss. Wir essen nicht nur, um uns zu ernähren, sondern verfeinern den Geschmack. Unsere Augen und Nasen spielen dabei eine ebenso große Rolle wie unser Gaumen. Alles sollte schön angerichtet, von guter Qualität und einem vorzüglichen Aroma sein. Ein Kunstgärtner ist in der glücklichen Lage, Zutaten in der Natur zu finden, mit denen man all das erreichen kann. Einen Meister in der Küche oder der Backstube kann ich nicht ersetzen, aber ich kann ihm mit dem, was wächst und gedeiht, weiterhelfen.«

Wenn er doch nur nicht immer so schön reden würde …!

Maria war wieder einmal höchst angetan von seinen wohlformulierten Sätzen. Unwillkürlich lächelte sie wieder.

»Dann darf ich Ihrem *confiseur* meine Ideen unterbreiten?«, wollte er, durch ihre Heiterkeit animiert, wissen.

»Ich kann Ihnen das nicht abschlagen. Tun Sie, was Sie nicht lassen können. Aber vergraulen Sie mir Hinnerk nicht.«

Er hob wie zur Kapitulation die Hände, dabei strahlte er. »Das würde ich niemals wagen!«

Im selben Moment, in dem sich ihr Lächeln verbreiterte, bemerkte sie die Frauen und wenigen Männer, die sich in einiger Entfernung, aber doch nahe genug als Lauschposten, neben ihr und Daniel aufgebaut hatten. Offensichtlich waren sie beide das Ziel des Interesses. Die Leute schauten und horchten, jedenfalls wirkten sie untereinander ungewöhnlich still. Meine Güte, fuhr es Maria durch den Kopf, da stehe ich mitten auf dem Markt und diskutiere mit einem fremden Herrn leidenschaftlich über Kulinarik. Einen besseren Gesprächsstoff wird es für heute wohl nicht mehr geben. Wie unangenehm!

Ihre Vergnüglichkeit erlosch. Sie deutete mit dem Finger auf eine Bude am Rande, vor der sich eine Schlange gebildet hatte. »Sehen Sie, Herr Jacques, da drüben finden Sie einen zuverlässigen Fischer. In dem großen Trog an seinem Stand schwimmen sicher eine ausreichende Menge Krebse.« Ihre Stimme klang so kühl wie das Wasser, in dem die Krustentiere aufbewahrt wurden.

»Offenbar erfreut sich der Händler großer Beliebtheit.« Daniels Blick wanderte zu ihr zurück. »Wollen Sie mich denn nicht dorthin begleiten?«

»Ich werde jetzt nach Hause gehen«, entschied sie.

»Habe ich Sie mit dem Lavendel beleidigt? Das wollte ich nicht …« Mit einer stürmischen Bewegung riss er das Sträußchen aus seinem Knopfloch.

»Gewiss wollten Sie das nicht. Behalten Sie Ihr Gewürz bitte bei sich und machen kein Aufhebens. Wir sind hier auf keiner Bühne, Herr Jacques, sondern auf einem Marktplatz, wo Dramen unangemessen sind. Deshalb gehe ich jetzt allein nach Hause. Guten Tag.« Sprach's, und kehrte ihm den Rücken.

Erst ein wenig später wurde ihr bewusst, dass sie zu viel geredet und ihm indirekt einen zu tiefen Einblick in ihre Befindlichkeiten gegeben hatte.

Ach, wohin war Dineke nur verschwunden? Sie wünschte, die Freundin würde sie unterstützen. Wenn Dineke an ihrer Seite wäre, würde sie sich nicht so allein fühlen, nachdem sie Daniel verlassen hatte.

18

Zwei Stunden später zeigte Maria ihrem Gast die Küche. Schweigsam und auf die Gerätschaften konzentriert, lauschte er ihren Erklärungen, schritt neben ihr her über den Fliesenboden und blieb stehen, wenn sie innehielt, als wären sie eine Person. Schließlich rief er aus: »Was für eine herrliche Backstube! Sauber und aufgeräumt.«

»Jo«, stimmte Hinnerk zögernd zu. Argwohn lag in seinem Blick, Vorsicht, wenn wohl auch keine Missbilligung.

Maria öffnete den Mund zu einer Antwort, doch Daniel kam ihr mit einer weiteren Bemerkung zuvor: »Hier lässt es sich gut zubereiten, das glaube ich gerne. Das ist schön für einen Zuckerbäcker.« Anerkennend nickte er Hinnerk zu.

»Jo«, wiederholte Hinnerk, diesmal deutlich eingenommener von dem Gast.

»Es ist gut, dass Sie Töpfe aus Eisen und Stein verwenden«, fuhr Daniel in seiner Lobpreisung fort, während er an dem langen Arbeitstisch entlangging und die darauf abgestellten Gefäße mit den Fingerspitzen berührte. »Offensichtlich wissen Sie, dass man von Lebensmitteln, in Kupfer und Messing gegart, krank wird. Jedenfalls wenn die Pfannen nicht ordentlich verzinkt sind. Und daran fehlt es meistens.« Er lächelte Hinnerk an. »Nicht wahr?«

»Der Meister hat's mich gelehrt«, sagte Hinnerk.

»Jo«, bestätigte Daniel grinsend.

Maria spürte, wie Hinnerks Widerstand brach. Daniel fand nicht nur die richtigen Worte zur rechten Zeit, er hatte anscheinend viel Ahnung von der Küche. Wenn der Mann so gut kochen wie er reden kann, fuhr es ihr durch den Kopf, dann wird die Krebsbutter hervorragend.

Energisch klatschte sie in die Hände. »Dies ist kein Ort für eine Bummelei, hier wird gearbeitet. Also macht jetzt mal *hinne*!«

Interessiert beobachtete sie die sofort einsetzende Betriebsamkeit. Hinnerks Handgriffe waren dabei weniger von Bedeutung, eigentlich sah sie nur zu Daniel. Der zog seinen Rock aus und hängte ihn über eine Stuhllehne, krempelte die Hemdsärmel auf und bat um eine Schürze. Dann nahm er eine große Schüssel vom Bord und stellte sie in die Mitte des Tisches, auf dem er seinen Korb abgestellt hatte. Insgeheim erwartete Maria einen Schmerzensschrei, als er die Krebse hineinlegte, doch Daniel ging so geschickt vor, dass er nicht gezwickt wurde. Anscheinend wusste er gut Bescheid. Auch als er sich von dem Lehrling einen Krug mit kaltem Wasser reichen ließ und die Krustentiere darin abwusch, ging er mit Ruhe und Vorsicht ans Werk. Er bat Hinnerk um Salz, Pfeffer und ein

Lorbeerblatt, stellte einen Topf auf die Herdflamme und wartete, dass das Wasser darin kochte. Dann warf er die Gewürze und die Krebse hinein. Er ging richtiggehend routiniert vor. Seine geschmeidigen Bewegungen besaßen eine unerhörte Anziehungskraft. Als er den Kopf hob und Maria anlächelte, errötete sie.

Der Zuckerbäcker blickte ebenfalls immer wieder zu Daniel hin, obwohl er eigentlich seiner eigenen Arbeit nachgehen sollte. Maria fiel auf, wie langsam Hinnerk und die anderen heute zu Werke gingen, er rührte den Teig mit deutlich mehr Bedacht, als sie es von ihm gewohnt war, und der Lehrling stolperte einmal beinahe über seine Füße, weil er mit seinen Augen anderswo war. Natürlich wollte jeder wissen, wie sich Daniel in der Küche schlug. Dem schien das alles nichts auszumachen.

Maria gestand sich ein, dass sie nicht ewig in der Küchentür stehen und ihre Neugier befriedigen konnte. Da es in absehbarer Zeit anscheinend weder zu einem Streit zwischen Daniel und Hinnerk kam, noch die Gefahr bestand, dass Daniel so ungeschickt am Herd hantierte, dass das Haus in Flammen aufging, beschloss sie, sich den eigenen Pflichten zuzuwenden. Ihre Kinder würden bald nach Hause kommen, und sie musste die Schlafkammern der beiden Mädchen und drei Jungen richten. Rike sollte Staub wischen und die Betten mit frischem Leinen ausstatten.

Sie fand die Magd mit dem Ohr an der Küchentür.

»Hier gibt es nichts zu belauschen«, fuhr Maria auf. »Komm lieber mit in die Wäschekammer, das Bettzeug für die Kinder heraussuchen.«

Obwohl sie sich redlich Mühe gab, sich auf ihre eigene Hausfrauentätigkeit zu konzentrieren, wanderten ihre Gedanken immer wieder zurück an den Herd. Sie dachte mehr an Daniel als an Hinnerk, wie sie sich eingestand. Vor ihrem inneren Auge sah sie seine Hände, die mit Kochgeschirr ebenso gut umzugehen verstanden wie mit Pflanzen – und magischen Spiegeldosen. Als sie sich ihre Begegnung auf dem Feld in Erinnerung rief, lächelte sie. Ihre Blicke wanderten aus dem offenen Fenster, das in jene Richtung führte, in die sie damals geschlendert war. Oder spazieren gegangen. Eine Dame und kein Vagabund oder Dichter. Unwillkürlich wurde ihr Lächeln breiter. Für einen stillen Moment vergaß sie, wo sie sich befand.

Erst ein paar Atemzüge später wurde ihr wieder bewusst, dass sich Daniel in ihrem Haus nur die Stiege hinunter ganz in ihrer Nähe befand. Er arbeitete dort, wo Paridom seinem Handwerk nachgegangen war. Wie seltsam, dass sie vorhin nur Daniel wahrgenommen hatte. Sie hatte sich nicht Paridom an demselben Ort vorgestellt, dabei hatte sie ihrem Gatten oft bei der Arbeit zugeschaut. Sie hatte ihn weder verdrängt, noch eine Parallele oder gar Konkurrenz gesucht. Das Bild des Kunstgärtners hatte den Nachruhm des Zuckerbäckers nicht überdeckt, aus Marias Sicht traten die beiden Männer nicht in Konkurrenz, es gab ein Nebeneinander zwischen dem Tod und dem Leben. Seltsam, wie leicht ihr bei diesem Gedanken ums Herz wurde.

»Maria? Juhu! Wo bist du?«

Aufgeschreckt ließ sie das Leinentuch fallen.

Es dauerte einen Moment, bis sie sich so weit gesammelt hatte, dass sie die Besucherin als Dineke identifizierte. Rasch bückte sie sich nach der Wäsche, sah sich nach Rike um, die irgendwohin verschwunden war, und lief aus dem Zimmer der Mädchen in den Flur. Während sie die Treppe hinunterstieg, rief sie: »Ich komme schon«, und hatte kaum ausgesprochen, als sie vor der Freundin stand, die sich am Fuße der Stiege mit den Händen in den Hüften aufgebaut hatte. Warum, um alles in der Welt, wirkte Dineke so vorwurfsvoll?

»Ich hatte auf dem Markt vergeblich nach dir Ausschau gehalten«, stieß Maria atemlos hervor. Zugleich wunderte sie sich, weil sie sich so schlecht fühlte unter dem strengen Blick der anderen.

»Sei froh, dass du mich nicht gefunden hast. Sonst könnte ich dir den neuen Klatsch nicht persönlich überbringen. Ich habe viel gehört und geredet in den letzten Stunden. Wobei ich anmerken möchte, dass ich die meiste Zeit damit zugebracht habe, dich zu verteidigen.«

Maria klammerte sich an das Leinentuch, das sie gedankenlos mitgenommen hatte. »Warum sollte das denn nötig sein?«

»Das frage ich dich, meine Liebe.«

»Ich verstehe nicht, was du meinst.«

Dineke ließ die Arme sinken. »Es wäre wohl besser, wir besprechen das nicht in der Diele.«

19

Meine Güte, was war passiert? Maria war ratlos. Und aus ihr nicht ersichtlichen Gründen seltsamerweise verlegen. Sie nickte und wies auf die Tür zur Stube. Im Gehen legte sie das Betttuch auf die Bank an der Wand, unter der sonst die Stiefel der Jungen ordentlich aufgereiht standen, wo sich in deren Abwesenheit Leere ausbreitete. Marias Gedanken schweiften zu den Kindern ab, und sie gestand sich ein, wie sehr sie sich auf das Wiedersehen freute. Allerdings war ihr Alltag als Mutter ein völlig anderer, trotz des Kindermädchens. Sie würde nicht mehr so ohne weiteres die Zeit für Spaziergänge oder Schlendereien finden …

»Du lächelst«, stellte Dineke fest. Ihr Ton klang unnachsichtig.

»Warum nicht?«, gab Maria zurück, riss sich aber zusammen und setzte eine ernste Miene auf. »Nimm dort am Fenster Platz, da sitzt du doch so gerne, und die Aussicht ist heute sehr schön.«

Dineke sank in den Sessel, den Maria ihr zugewiesen hatte, blickte hinaus – und sprang wieder auf. »Was sind denn das für Baumreihen auf der Terrasse?«

»Herr Jacques schlug vor, Linden auf dem Plateau zu pflanzen.«

»Was? Nimmt er jetzt schon Veränderungen auf deinem Hof vor?«

»Nein. Natürlich nicht. Nein«, versicherte Maria, die Hände ringend. Das Blut schoss wieder einmal in ihre Wangen. »Die Kübel wurden für die Desserttafel geliefert, die Herr Graaf hier veranstalten möchte. Ich konnte ihm kaum den Wunsch abschlagen, seinem Kunstgärtner die Dekoration zu überlassen. Die Männer von der Baumschule werden die Bäumchen nach der Einladung wieder abtransportieren.«

»Hm«, schnaubte Dineke, während sie sich wieder niederließ. »Hoffentlich tun sie das. Sonst könnte man glauben, dass du tatsächlich dem Charme des Franzosen erlegen bist und der hier das Sagen hat.«

»Das ist nichts als *Tüddelkraam*!«

»Wirklich?« Dineke schüttelte den Kopf. »Ganz Nienstedten konnte sehen, wie ihr beide euch auf dem Markt gestritten habt …«

»Wir haben nicht gestritten«, widersprach Maria, fügte jedoch unter Dinekes gestrengem Blick hinzu: »Wir haben nur diskutiert.« Dinekes Behauptungen setzten ihr mehr zu, als sie zuzugeben bereit war. So sehr jedenfalls, dass sie stehen blieb und nicht den Sessel neben ihrem Gast auswählte. Sich zur Ruhe zwingend, wandte sie sich zum Fenster. Dahinter standen in Reih und Glied die Kübel mit den jungen Bäumen. Daniel hat recht, dachte sie, es sieht so aus, als gehörten die Linden hierher …

»Ihr wirktet wie ein altes Ehepaar!«

Maria fuhr herum. »Wer?«

»Nun tu doch nicht so *duddig*!«, schnaubte Dineke. »Es ist ziemlich dumm von dir, so offen zu zeigen, in welcher Beziehung du zu ihm stehst. Maria, du bist erst seit zwei Monaten verwitwet!«

Maria konnte nicht sagen, was sie mehr verwirrte: Wie schnell die Zeit verrann – oder die Unterstellung, sie sei mit Daniel Louis Jacques auf unziemliche Weise verbunden. Sprachlos starrte sie die Freundin an.

Für einen Moment blieb es still zwischen den beiden Frauen. Dann rutschte Dineke ein wenig vor und fasste nach Marias Hand. »Ich werde nicht zulassen, dass schlecht über dich geredet wird. Jedoch hängt meine Hilfe von deinem Betragen ab. Ich verstehe, dass du dich einsam fühlst, aber bei aller Liebe: Dass du dich so rasch tröstest, hätte ich nicht gedacht.«

Unwillig entzog sich Maria dem Griff. »Was ist das für eine Unterstellung? Das ist bodenlos. Genauso wie das Gerede. Ich trauere um meinen Mann. Wer daran zweifelt, will mir Ungemach.« Plötzlich kam ihr ein Gedanke, sie fuhr sich mit der

Hand an die Stirn, als wollte sie diesen festhalten: »Verbreitet möglicherweise Magnus Frese solch einen Unsinn?«

»Das weiß ich nicht. Aber jeder konnte dich und Herrn Jacques zusammen sehen. Maria, das war eindeutig!«

Ihre Wangen glühten, als sie fragte: »Eindeutig wofür?«

»Nun ja …«, Dineke zögerte, seufzte, schüttelte den Kopf. Schließlich erklärte sie: »Jeder konnte sehen, dass dich und Herrn Jacques etwas Privates verbindet.«

»Das ist Unfug!«, protestierte Maria. »Wir sind miteinander bekannt – ja, aber wir sind nicht einmal Freunde.«

Hinter ihr klapperten Schritte, dann hallte seine Stimme auf der Suche nach ihr durch das Haus: »Frau Burmester? Maria? Möchten Sie die Krebsbutter probieren?«

Die Tür schwang auf – und Maria bemerkte erst jetzt, dass sie sie in der Aufregung zuvor nicht geschlossen hatte. Deshalb klopfte Daniel nicht, sondern trat unaufgefordert ein. Als er Dineke sah, blieb er jedoch sofort stehen. »Verzeihung, Frau Pastor, ich wollte Sie nicht stören«, sagte er und verneigte sich vor Marias Besucherin.

An Maria gewandt, fügte er hinzu: »Die Krebsbutter ist ganz hervorragend geworden, aber das werden Sie natürlich auch später feststellen können. Ich …«

»Welche Krebsbutter?«, wollte Dineke indigniert wissen.

Daniel schenkte ihr ein verbindliches Lächeln. »Frau Burmester erlaubte mir, in der Backstube ein *Horsd'œuvre* herzustellen. Selbstverständlich biete ich Ihnen auch eine Kostprobe an.«

Stumm schüttelte Dineke den Kopf. Mit vor Empörung blitzenden Augen blickte sie zu Maria hin.

Es war nicht auszudenken, welchen Eindruck Dineke gewinnen musste. Maria fühlte sich wie gelähmt angesichts des jungen Mannes, der mit aufgekrempelten Ärmeln, eine große Schürze um den schmalen Leib gebunden, an der Tür stand und von den eigenen Kochkünsten schwärmte. Verdammte Krebsbutter! *Düwel-Blixem*, fuhr es ihr durch den Kopf, was hatte sie nur geritten, Daniel zu erlauben, sich in ihrer Küche breitzumachen? In Paridoms Backstube!

Offensichtlich irritiert vom Schweigen der Frauen, trat Daniel den Rückzug an. »Ich muss wieder an meine Arbeit«, behauptete er und verbeugte sich. »Ich wollte mich nur verabschieden. Hinnerk hat die Krebsbutter kalt gestellt. Ich komme für die weitere Verwendung später noch mal vorbei, wenn es recht ist.«

»Es wäre gewiss nett, wenn Sie dem Pastor und mir demnächst auch eine Probe Ihrer Kochkünste präsentieren wollten«, erwiderte Dineke. Sie klang nicht so liebenswürdig wie ihre Worte, ihre Lippen waren schmal.

»Mir Verlaub, Madame: Ich bin kein Koch, nur ein Feinschmecker, der einen Einfall hatte, den er für die Einladung des Herrn Graaf beisteuern möchte. Da ich in dessen Diensten stehe und dieser mich beauftragt hat, für den optischen Genuss auf seinem Anwesen zu sorgen, sah ich mich veranlasst, dem kulinarischen Genuss aus der Backstube von Frau Burmester etwas zu seinem Geschmack hinzuzufügen. Auch wenn mir deshalb ein Segen fehlt, fühle ich mich zu mehr nicht berufen.« Seine Antwort war höflich, aber in ihrer Deutlichkeit reichlich arrogant.

»Ich bringe Sie nach draußen«, sagte Maria rasch. Sie wollte Dineke zuvorkommen, falls der eine schnippische Bemerkung auf der Zunge lag.

»Das ist nicht nötig.« Daniel sah demonstrativ an sich hinunter. »Ich muss mich ja noch umziehen. Und ich kenne den

Weg.« Er verneigte sich nochmals. »Adieu, Mesdames.« Dann wandte er sich ab. Sorgfältig schloss er hinter sich die Tür.

Maria wagte nicht, ihre Freundin anzusehen. Der unausgesprochene Vorwurf hing wie eine schwere Rauchwolke in der Luft. Seufzend sank sie auf einen Stuhl, faltete die Hände in ihrem Schoß und blickte hinaus auf die Elbe. Der Himmel färbte sich in ein kräftiges Orange, das von violetten Schlieren durchzogen war. Hinter Finkenwerder warf die Sonne ihre letzten goldenen Strahlen auf den Strom und ließ das Wasser wie flüssiges Gold wirken.

»Er pflanzt Linden auf deiner Terrasse …«, hob Dineke nach einer Weile an.

»Die Bäume stehen in Kübeln, die wieder abgeholt werden«, warf Maria ein. »Von Anpflanzungen kann keine Rede sein.«

»… und er betätigt sich als Koch oder was auch immer in der Backstube«, fuhr Dineke gnadenlos fort. »Außerdem findet er den Weg allein hinaus … Maria, ich mag es nicht, wenn du mich anlügst!«

»Wieso sollte ich denn geflunkert haben?«

Dineke schnaubte empört. »Sein Auftreten wirkt nicht wie das einen flüchtigen Bekannten. Wenn ihr beide keine Freunde seid, frage ich mich, was denn dann. Herr Jacques scheint hier bereits Wurzeln zu schlagen.«

»Das ist eine unerhörte Unterstellung.«

»Es ist das, was die Leute reden«, widersprach Dineke. Ihr Ton wurde sanft: »Ich möchte, dass du glücklich bist, Maria, aber ich möchte auch, dass du keinen Fehler machst.«

»Ich … ich …« Maria brach hilflos ab. Sie wusste nicht, was sie sagen sollte.

Dineke nickte. »Ich möchte dich nicht noch mehr in Verlegenheit bringen, dafür ist für einen Nachmittag schon ausreichend gesorgt. Aber ich bitte dich, auf dich aufzupassen. Wie ich schon sagte: Diese Franzosen bringen nichts als Sodom und Gomorrha.« Sie erhob sich. »Bleib sitzen, bitte, auch ich finde allein hinaus.«

*

Sprachlos sah Maria ihrer Freundin nach. Sie rührte sich nicht, schien wie niedergedrückt von den Worten und Gefühlen, die nun auf sie einstürmten. Es schien ihr, als sei sie keines klaren Gedankens mehr fähig. Gegen dieses Durcheinander in ihrem Hirn half sicher frische Luft – und der wundervolle Ausblick, an dem sie sich nach all den Jahren noch nicht satt gesehen hatte. Mit einer gewissen Zuversicht im Herzen stand sie auf.

Um dem sie sicher in stärkere Verwirrung stürzenden Duft der Linden und Rosen auszuweichen, nahm sie nicht den direkten Weg auf das Plateau, sondern die Hintertür. Als sie die Diele durchquerte, vernahm sie ein vertrautes Klappern in der Küche und die polternden Schritte der Magd in den Schlafkammern über ihr. Die Betten sollten eigentlich längst gemacht sein, aber falls Rike es für die Jüngsten besonders schön herrichten wollte, war ihr das recht. Wenn die Kinder erst wieder bei ihr waren, würde sie zu beschäftigt sein, um sich von unziemlichen Überlegungen leiten zu lassen. Sobald ihre Familie wieder unter ihrem Dach weilte, würden sie Daniel verbieten, sie zu besuchen. Wenn sie es recht bedachte, hatte sie ihm jedoch niemals irgendwelche Freiheiten gestattet – er war einfach in ihr Leben getreten und kam wie selbstverständlich immer wieder. Selbstbewusst. Liebenswürdig. Unaufgefordert. Ja, sie hatte ihn zu nichts ermutigt. Es war ihr wichtig, dass sie ein reines Gewissen besaß. Umso verletzender war Dinekes stumme Anklage. Und überhaupt: Worüber tratschten die Leute eigentlich? Sie hatte Paridoms Andenken nicht beschmutzt ...

Das Plätschern von Wasser riss sie aus ihren Überlegungen. Irgendeiner ihrer Angestellten benutzte die Pumpe hinter dem Haus.

Sie wollte sich abwenden, doch flüchtig streifte ihr Blick die Ableitung. Ihre Augen wurden groß.

Ihr den Rücken zugewandt, stand Daniel an dem Wasserstrahl. Er trug nur seine Hose, bis zur Taille war er unbekleidet. Als er den Hebel bediente, traten die Muskeln und Sehnen an seinen Armen und Schultern hervor, die untergehende Sonne tauchte seine Haut in denselben Goldton wie die Elbe weit unten zu seinen bloßen Füßen. Die dunklen Haarspitzen klebten feucht an seinem Nacken. Sie starrte auf seine Wirbelsäule, das Spiel seiner Schulterblätter, als er sich mit ruhigen, lockeren Bewegungen unter den Achseln wusch. Tropfen spritzen auf, benetzten sein Beinkleid, doch das schien ihn nicht zu kümmern. Es faszinierte Maria, dass er sich nach getaner Arbeit so gründlich reinigte. Es war aufregend, diesen schönen drahtigen Körper dabei zu beobachten.

Und es schickte sich nicht!

Das Blut rauschte in Marias Ohren. Sie fühlte, wie sie rot wurde und gleichzeitig ein Prickeln durch ihre Arme und Beine lief, als würde sie ihre Glieder in das kalte Nass halten.

Wie mochte es sein, gemeinsam mit einem Mann zu baden? Mit diesem Mann?

Sie schämte sich für den frivolen Gedanken. Dennoch konnte sie den Blick nicht abwenden von seinem Körper. Schlimmer noch, sie begann sich nach einer Berührung zu sehnen. Es trennten sie nur wenige Schritte. Dann könnte sie die Hand ausstrecken, mit den Fingern die Linien an seinen Rücken entlangfahren, seine Schultern und Arme streicheln. Wie mochte sich seine Haut anfühlen? Noch warm von der Sonne oder abgekühlt von der Wäsche?

Als das Plätschern leiser wurde und die Fontäne aus dem Brunnen sich in ein Rinnsal verwandelte, wurde ihr bewusst, dass Daniel die Pumpe nicht mehr betätigte. Er streckte sich den letzten Sonnenstrahlen entgegen …

Mit einem Rest funktionierenden Verstandes registrierte Maria, dass er Hemd, Jacke, Hut und Schuhe auf einem Findling abgelegt hatte, der den Garten begrenzte. Wenn er sich dorthin wandte, würde er sie sehen. Erschrocken wich sie zurück.

Es war ihr nicht klar, ob sie vor ihrem eigenen Begehren oder der Möglichkeit floh, dass er ihr Verlangen wahrnahm. In diesem Moment beschloss sie, ihn nicht wiederzusehen. Niemals.

Doch natürlich wusste sie, dass sie einem Treffen nicht entkommen konnte. Ebenso wenig wie ihren Gefühlen, von denen sie wusste, dass sie sie in mehr als einer schlaflosen Nacht verfolgen würden.

Ach, Paridom, fuhr es ihr durch den Kopf, warum hast du mich allein gelassen?

Hamburg

20

Im ersten Moment hatte Emilia nicht nur an Flucht aus ihrem Musikzimmer, sondern aus dem Haus gedacht. Sie wollte Amadeus holen und so schnell wie möglich verschwinden. Doch in ihre Spontaneität mischte sich mit der Vernunft die Frage nach dem Wohin. In dieser Stadt besaß sie keine engen Freunde, niemanden, der sie vor ihrem Mann beschützen würde. Natürlich waren da Christian und Henriette, doch die Stadttore waren längst geschlossen, sie kam um diese Uhrzeit weder zu Fuß noch in einer Kutsche nach Altona. Außerdem: Was sollte sie gegen Tilmann vorbringen? Dass er ihr jedes Wort im Munde umdrehte, war nicht verwerflich. Je lauter sie gegen ihren sorgenvoll auftretenden Gemahl aufbegehrte, desto deutlicher wurde womöglich, dass sie nicht mehr klar zu denken in der Lage war. Er wollte schließlich nur ihr Bestes. Dieser Armleuchter!

Es blieb ihr keine andere Wahl, als ihr Schicksal in Gottes Hand zu legen. Ihres und das ihres Sohnes. Sie versuchte Amadeus zu erklären, dass seine Abreise nach Schlesien nur eine Prüfung und gewiss nicht von Dauer war. Unglücklicherweise gewann sie der Ritterakademie in Liegnitz nur wenige gute Seiten ab, aber es fielen ihr auch nicht so viele schlechte Gründe ein, die dagegensprachen. In den Augen des Jungen schimmerten Tränen, die er jedoch tapfer zurückhielt.

Der Abschied von Tilmann war knapp und kühl. Sie wandte

sich bereits von ihm ab, als er an der Haustür noch einmal seine Hand auf ihren Arm legte – eine wohl liebevoll gemeinte Geste, die sie allerdings als Bedrohung empfand.

»So ganz allein wird es dir womöglich langweilig werden«, sagte er. »Ich habe deshalb eine Gesellschafterin für dich eingestellt. Fräulein Böhme wird ihren Dienst morgen früh antreten.«

»Wer ist das?«, begehrte Emilia auf. »Ich kenne diese Person nicht und will sie nicht um mich haben.«

Der Druck seiner Finger wurde fester. »Echauffiere dich doch nicht wieder …!«

»Sorge dafür, dass ich von Fremden unbehelligt bleibe, und ich bin die Ruhe selbst!«

»Die Anwesenheit von Fräulein Böhme wird dir guttun, Emilia, davon bin ich fest überzeugt. Es ist nicht nötig, jetzt hier im Vestibül vor dem Personal und dem Kind darüber zu debattieren. Sie kommt morgen und wird sich um dich kümmern. Wenn du sie entlässt, wird sie mir umgehend Meldung machen. Nur ich kann ihr wieder kündigen. Hast du mich verstanden?«

Sie biss die Zähne zusammen, um nicht laut aufzuschreien. Immerhin brachte sie die Kraft auf, seine Hand abzuschütteln. Ein winziger Triumph in einem Meer aus Entsetzen und Empörung. Als er sich vorbeugte, um sie auf die Wange zu küssen, wich sie zurück.

Tilmann hatte recht: Sie fühlte sich nach der Abreise ihres Kindes so einsam wie nie zuvor. In den Tagen und Nächten, die Amadeus in dem Knabeninstitut in Hammerbrook verbrachte, hatte sie sich niemals so alleine gefühlt. Die räumliche Entfernung veränderte alles, dazu der Zwang, den Tilmann angewendet hatte, das Wissen, dass ihr Amadeus fortgenommen worden war, die Hilflosigkeit, der sie sich ausgesetzt fühlte. Noch Stunden, nachdem sie die Kutsche aus den Augen verloren hatte und ihre Hand müde vom Winken war, liefen Tränen über ihre Wangen. Sie streifte ziellos durch ihr Zuhause, hielt sich jedoch die meiste Zeit in der Schlafkammer ihres Sohnes auf. Sie weinte und weinte, aß nichts und trank nichts. Es war wie ein Déjà-vu, eine Erinnerung an den Liebeskummer vor mehr als zwölf Jahren, der so schlimm gewesen war wie keine andere Erfahrung in ihrem Leben. Als ihr diese Duplizität bewusst wurde, setzte sie sich an Amadeus' Schulbank, nahm ein Blatt Papier aus der Schublade, tauchte die Feder in das Tintenfass und schrieb an Henriette. Sie bedankte sich für die Einladung zu dem Ausflug und nahm diese nun gerne an, für ihre anfängliche Ablehnung bat sie um Entschuldigung. Emilia behauptete, sich zu freuen, war sich dessen allerdings nicht sicher. Ihr Herz war zu Eis erstarrt, und Freude schien in so weiter Ferne, als hätte sie noch nie welche verspürt.

*

Die von Tilmann engagierte Gesellschafterin, die am nächsten Tag pünktlich erschien, erwies sich als ausgesprochen energische junge Dame. Dorothea Böhme war ansehnlich, wenn auch nicht auffallend attraktiv, ganz wie es sich für ihre Tätigkeit gehörte, und sie war überraschend jung. Emilia fragte sich, was sie sich von einer Frau Anfang zwanzig sagen lassen wollte, doch dann erinnerte sie sich daran, dass Fräulein Böhme nicht dazu da war, ihr Anweisungen zu erteilen, sondern dazu, ihr die Zeit zu vertreiben. Umso freundlicher empfing sie sie in ihrem Boudoir.

»Nächsten Sonntag werde ich Sie nicht benötigen«, erklärte Emilia, während sie die Hände der anderen beobachtete, die ihr Tee nachschenkten. Fräulein Böhme besaß schmale, kleine Hände, die womöglich zupacken konnten, aber offenbar keine schwere Arbeit gewohnt waren und zu dem restlichen gepflegten Äußeren passten. »Sie können sich gern einen Tag freinehmen.«

Fräulein Böhme ließ sich wieder in dem kleinen Sessel nieder, den Emilia ihr zugewiesen hatte. Die Hausherrin hatte das kleine Tischchen in ihrem Zimmer aufdecken lassen. Tilmann bestand in seiner Anwesenheit auf einer Kaffeestunde im Salon, aber Emilia schloss sich den Usancen ihrer Hamburger Nachbarn an, die nach britischer Manier zum Tee empfingen, am liebsten in ihrem eigenen kleinen Reich.

»So rasch hat der Herr keine Freizeit für mich vorgesehen«, sagte die Böhme. »Schon gar nicht einen ganzen Tag. Ihr Entgegenkommen weiß ich zu schätzen, aber wie kommen Sie darauf, Frau von Wedekind?«

Über Tellern mit Gebäck und Brot erwiderte Emilia das Lächeln der anderen. »Ich habe Pläne«, erwiderte sie vage.

Die dünn gezupften Augenbrauen hoben sich zu einer stummen Frage. Dorothea Böhme besaß ein schmales, weiches Gesicht, das durch das streng zurückgenommene und am Hinterkopf zu einem Knoten geschlungene braune Haar ein wenig bleich wirkte. Das dunkelblaue Kleid mit dem weißen Kragen kam gegen die Farblosigkeit ihrer Erscheinung ebenso wenig an wie die grauen Augen. Gelb stünde ihr gewiss gut, fuhr es Emilia durch den Kopf.

Es blieb still zwischen den beiden Frauen. Da Emilia nicht die Absicht hatte, ihr Personal in ihr Vorhaben einzubeziehen, schwieg sie. Und ja, dachte sie, eine Gesellschafterin steht zwar auf einer Ebene mit einer Gouvernante und beide sind nicht dasselbe wie Mägde, doch es waren ihre Dienerinnen. Lange hielt sie das vorwurfsvolle Schweigen von Fräulein Böhme allerdings nicht aus. Trotzig schob sie ihr Kinn vor. »Ich werde gleich nach dem Kirchgang zu einem Ausflug aufbrechen und erst am Abend bei Toresschluss zurück sein.«

»Selbstverständlich werde ich Sie begleiten!«

Emilia schüttelte den Kopf. »Das werden Sie ganz gewiss nicht tun, Fräulein Böhme.«

»Der Herr hat mich angewiesen, Ihnen überall Gesellschaft zu leisten«, erwiderte die junge Frau kühl. »Das bedeutet, dass ich Sie begleiten muss.«

»Mein Mann hat …«, hob Emilia entrüstet an, unterbrach sich jedoch. Mit einem Mal wurde ihr klar, was Tilmann wirklich bezweckte: Er wollte sie nicht unterhalten lassen, sondern beobachten. Wer immer dieses Fräulein war, sie war sein Spitzel!

Seine Stimme hallte durch ihr Inneres: *»Wenn du sie entlässt, wird sie mir umgehend Meldung machen. Nur ich kann ihr wieder kündigen.«*

In ihr stieg unfassbarer Zorn auf. Ihr Gesicht glühte, ihr Magen rebellierte, ihre Hände zitterten. Sie presste die Lippen aufeinander. Was, um alles in der Welt, hatte Tilmann vor? Wieso nahm er ihr Amadeus weg? Warum sperrte er sie ein? Es erschien Emilia offensichtlich, dass Fräulein Böhme nicht nur bezüglich einer Entlassung mit Tilmann in Verbindung stand, sondern ihn auch regelmäßig über ihr Tun informieren sollte.

Ich muss nachdenken, hämmerte es hinter ihrer Stirn. Ich muss über alles in Ruhe nachdenken.

Sie sprang so heftig auf, dass der Stuhl, auf dem sie saß,

nach hinten umkippte. Das Poltern entsprach dem zurückgehaltenen Aufschrei. Die Hände an die Schläfen gepresst, stieß sie hervor: »Ich werde mich jetzt in mein Schlafzimmer zurückziehen und die Angelegenheit überdenken.« Natürlich würde sie nicht verhindern können, dass die neue Gesellschafterin sie auf dem Ausflug begleitete. Das war ihr absolut bewusst. Aber es bestand auch die Möglichkeit, dass sie noch einmal absagte – und ihr Herz erneut brach.

Dorothea Böhme war aufgesprungen und beeilte sich, den Stuhl aufzuheben.

»Sie werden sich hoffentlich nicht auch noch zu mir legen wollen«, giftete Emilia. »Oder müssen«, fügte sie hinzu, bevor sie aus dem Zimmer rauschte.

Fräulein Böhme folgte ihr nicht.

Nienstedten

21

In den vergangenen Tagen hatte es so stark geregnet, dass Maria befürchtete, Joachim Graaf würde die Einladung absagen. Natürlich konnte sie die Desserttafel auch in der Schankstube servieren, doch war das Ambiente dort nicht annähernd zu vergleichen mit dem Zauber der Terrasse. Rike hatte zwar das weiße Leinen frisch gewaschen und mit dem Mangelholz geglättet, aber die Tischtücher ersetzten nicht den wundervollen Duft der Rosen auf der Terrasse, ganz zu schweigen vom magischen Spiel von Licht und Schatten, das durch die Linden in den Kübeln fiel, wenn die Sonne auf das Plateau schien. Als Maria am Sonnabend am Fenster stand und hinausblickte, war das Ambiente draußen jedoch genauso trist wie in ihrem Rücken. Die Blätter hingen, schwer von den Regentropfen, traurig an den Zweigen und Ästen, und statt romantischer Beleuchtung tauchten die dunklen Wolken die Szenerie in grauen Dunst. Würden die Herrschaften bei dieser Nässe überhaupt zu einem Ausflug aufbrechen? Wahrscheinlich würde Herr Graaf noch heute einen Boten schicken, um den Termin zu verschieben.

Während sie in den Schleier blickte, den die Feuchtigkeit über die Aussicht legte, dachte sie, dass die herrschenden Wetterbedingungen eine große Lücke in ihre Börse reißen könnten. Sie hatte sich bei den Bestellungen nicht lumpen lassen und die Lieferanten gleich bezahlt. Hinnerk wollte besondere

Süßspeisen auftischen, und Maria war überzeugt, dass ihm das gelänge. Nun musste sie sich jedoch fragen, wie lange die Köstlichkeiten im Eiskeller noch halten würden, wenn Herr Graaf nebst Gästen nicht erschien. Sie bezweifelte, dass sie die Törtchen, süßen Pasteten und Pralinen so rasch wie nötig anderweitig verkaufen könnte. Und die Krebsbutter von Daniel Jacques …

Sie hatte ihn seit jenem Nachmittag nicht mehr gesehen, er war nicht vorbeigekommen, und sie hatte auch keine Spaziergänge unternommen, um ihn *zufällig* anzutreffen. Es schien, als gingen sie einander aus dem Weg. Dabei wusste er nichts von ihren begehrlichen Blicken. Jedenfalls war Maria überzeugt, dass er sie nicht wahrgenommen hatte. Vielleicht war ihm sein Auftreten vor Dineke peinlich, oder der Tratsch war auch ihm zu Ohren gekommen, so dass er sich deshalb zurückzog. Eigentlich sollte es Maria recht sein, dass er Diskretion walten ließ, insgeheim aber sehnte sie den Sonntag herbei, an dem sie ihn im Gefolge von Herrn Graaf wiederzusehen erwartete. Doch das Wetter machte ihre stillen Hoffnungen zunichte.

Vor ihrem Fenster nichts als Büchsenlicht, und der Regen pladderte unaufhörlich auf die Terrasse. Hinnerk und der Lehrling hatten die Arbeit in der Backstube für heute beendet und ließen den Abend wahrscheinlich in der benachbarten Wirtschaft bei einem Bier ausklingen, bevor sie vor einer kurzen Nacht in ihre Kammern in Marias Haus zurückkehrten. Den Männern machte es sicher nichts aus, auf ihrem Weg klatschnass zu werden. Hoffentlich hatte Hinnerk die Tür zum Eiskeller fest verschlossen, so dass dort keine Nässe eindrang. Vernünftig betrachtet brauchte sie sich darum keine Sorgen zu machen, auf Hinnerk war Verlass, aber Maria beschloss trotzdem, nach dem Rechten zu sehen. Immerhin konnte sie so etwas tun. Am Fenster zu stehen und das Prasseln anzustarren half auf Dauer nicht weiter.

Gehüllt in einen Umhang, den großen Filzhut von Paridom auf dem Kopf und eine Laterne in der Hand, verließ Maria das Haus. Sie brauchte nur ein paar Schritte durch das Unwetter zu laufen, aber die genügten, um die Tropfen wie Nadelstiche auf den Wangen zu spüren und mit ihren Holzpantinen im Morast zu versinken. Beinahe stolperte sie über eine Wurzel, der Lichtschein durchdrang kaum den zunehmenden Dunst. Gerade noch konnte sich auf den Beinen halten und das rettende Tor erreichen.

Der eigene Eiskeller war ein Privileg, dessen sie sich wohl bewusst war. Er befand sich auf dem Hof im Schatten des Hauses, ein in den Elbhang geschlagenes Lager für Natureis und allerlei leicht verderbliche Lebensmittel. Üblicherweise besaßen derartige Kühlräume nur äußerst wohlhabende Familien, die großen Gutsanlagen und Schlösser, in der Nähe der meisten Gastwirtschaften suchte man vergebens. Mit feuchten Fingern zog sie den Schlüssel von ihrem Bund und löste dann die Kette an der Tür.

Erwartungsgemäß fröstelte sie, sobald sie einen Fuß auf die Treppe in das unterirdische, aus dicken Backsteinen erbaute Gewölbe gesetzt hatte. Ihre Finger, die den Henkel an der Laterne umklammerten, wurden schnell klamm und steif. Mit der anderen Hand tastete sie am rohen Mauerwerk entlang, stützte sich gleichzeitig ab. Sie tauchte nicht in die Tiefen des Eiskellers ein, sondern hielt sich seitlich in Richtung Vorratskammer, in der die Temperaturen etwas moderater waren. Sie wollte sich vergewissern, dass das Zuckerwerk für Joachim Graafs Desserttafel ordentlich gelagert wurde. Es bestand auch hier kein Zweifel an Hinnerks Zuverlässigkeit, doch Maria handelte wie unter Zwang. Als müsste sie anschauen, was sie womöglich den Schweinen zum exquisiten Fraß vorwerfen würde.

Im fahlen Lichtschein erkannte sie den roh gezimmerten Holztisch und das Regal daneben, auf beidem standen ordentlich aufgereiht Gefäße aus Steingut und mehrere große Platten, die einen mit Deckeln versehen, die anderen mit Tüchern und Tellern abgedeckt. Ohne nachzuschauen, war Maria klar, dass sich auf den Tabletts die Schokoladenpasteten und Sahnetörtchen befanden, die Hinnerk nach Paridoms Rezept sicher mit Pistazien, Zimt, Rosinen und Mandeln verfeinert hatte. Sie hob den ersten Deckel eines Keramiktiegels an, offensichtlich wartete darin eine süße Suppe auf die vornehmen Gaumen der Gäste. Hinnerk hatte etwas von einer süßen Zitronensuppe gesagt, das musste sie sein. Maria wünschte, sie hätte einen Löffel dabei, um ihn in den Topf einzutauchen, doch sie achtete nur darauf, ihn wieder sorgsam zu verschließen.

Ein bauchiges Gefäß erregte ihre Aufmerksamkeit, in den Stein war das Wort »Butter« eingemeißelt. Als sie sich darüber beugte und nachsah, stieg ihr das leicht süßliche Aroma von Krustentieren und ein Hauch von Branntwein in die Nase. Das war also die Krebsbutter.

Bislang hatte Maria der Versuchung widerstanden, Hinnerk nach Daniels Kochkünsten zu fragen oder auch um eine Kostprobe zu bitten. Mangels Bestecks hätte sie in diesem Moment am liebsten den Finger in das kleine Fass getaucht. Doch sie schnupperte nur und dachte, dass der Duft köstlich war. Wenn der Belag ebenso gut schmeckte, wäre Joachim Graafs Gesellschaft sicher sehr angetan. Maria war es bereits, ohne auch nur ein Quäntchen probiert zu haben. Eigentlich hätte sie wissen müssen, dass Daniel kein Aufschneider war. Wenn er etwas versprach oder behauptete, etwas zu leisten, traf es wohl zu.

Sie ließ die Lebensmittel zurück, wie sie sie vorgefunden hatte, und verschloss die Tür des Eiskellers mit besonderer Sorgfalt. Ihre eiskalten Finger versagten ihr den Dienst, als sie die feuchte Kette um den Riegel wand. Sie stellte die Laterne auf den Boden, um ungehindert zugreifen zu können.

Aus den Augenwinkeln beobachtete sie eine Bewegung in ihrem Rücken. Huschte da nicht eine Gestalt über den Hof? Sie dachte, eine Frau mit einem großen Hut durch den Regenschleier gesehen zu haben,

Das Luder war zurückgekommen! Maria erschrak so sehr, dass ihr der Schlüssel aus der Hand glitt. Im nächsten Moment blies ein Windstoß die Kerze in ihrer Laterne aus. Sie sank auf die Knie, um im Morast nach dem verlorenen Schlüssel zu tasten. Der Regen prasselte auf ihren Rücken und floss in ihren Kragen. Obwohl sie sich auf ihre Suche konzentrierte, wurde sie das unangenehme Gefühl nicht los, beobachtet zu werden.

Ihr Verstand sagte ihr jedoch, dass sich kein Mensch bei diesem Wetter auf der Straße herumtrieb, noch dazu keine Frau, die so auf ihr Äußeres achtete wie das Luder. Doch die Vernunft obsiegte nicht. Ein Zittern lief durch ihren Körper.

Mit größter Erleichterung fühlte sie das Metall unter ihren Fingern. Als sie sich aufrichtete und das Schloss in der Kette feststeckte, begann sie sich über sich selbst zu ärgern. Wieso ängstigte sich eine in der Vergangenheit recht furchtlose Person wie sie plötzlich dermaßen, dass sie Gespenster sah? Es passierten ihr einfach in letzter Zeit zu viele merkwürdige

Dinge, die Anlass zur Sorge gaben. Oder es waren alles nur dumme Zufälle, dachte sie, während sie energisch nach der dunklen Laterne griff. Entschlossen konzentrierte sie sich auf ihre Füße, spähte weder nach rechts noch nach links und erreichte schließlich ihre Haustür.

22

Maria schreckte aus einem von Albträumen belasteten Schlaf hoch. Ein Klappern hatte sie geweckt, womöglich von einem Fensterladen, der in einem Regenschauer auf und zu schwang. Im Halbschlaf kehrten die irrealen Ängste zurück, und sie fragte sich, ob sich ein Einbrecher an einer Tür zu schaffen machte. Angestrengt lauschte sie in die Dunkelheit.

Nach einer quälend langen Weile, in der sie langsam wach wurde, erkannte sie die vertrauten Geräusche. Der Alltag in der Backstube begann für gewöhnlich noch vor Sonnenaufgang. An einem Sonntag war das zwar meist nicht der Fall, doch in Anbetracht der Gesellschaft, die sie bewirten wollte, wurde eine Ausnahme gemacht, die sicher auch Gott gefiel oder zumindest vom Pastor toleriert wurde. Das Klappern kam eindeutig von unten aus der Küche.

Dann hörte sie etwas anderes – oder besser: Sie hörte es nicht: Das Prasseln des Regens hatte offenbar nachgelassen. Draußen war es still.

Mit einem Sprung war sie aus dem Bett. Sie trat ans Fenster, an dem die Tropfen noch in feuchten Schlieren herabliefen, aber es kamen keine neuen nach. Als sie den Riegel öffnete, strömte ihr nur frische, kühle Luft entgegen und keine Nässe.

Sie streckte ihren Arm hinaus, er blieb trocken. Es war noch recht finster, ihr nach Osten gerichteter Blick wurde von ersten goldenen Streifen erhellt, die über den nachtgrauen Himmel zogen. Das Unwetter hatte sich eindeutig aufgelöst, die aufziehende Dämmerung versprach einen sonnigen Tag.

Unwillkürlich bekreuzigte sich Maria.

Sie hatte gestern Abend noch lange auf einen Boten des Herrn Graaf und die Absage der Desserttafel gewartet. Als dieser nicht eintraf, begann sie, um ihre Nerven zu beruhigen, in der an sich reinlichen Schankstube imaginären Staub zu wischen, Stühle umzustellen und die Tische mit dem sauberen Linnen einzudecken. Unnötige Handgriffe, wie sie gerade erleichtert feststellte. Offenbar hatte Joachim Graaf dem Wetter weit mehr vertraut als sie selbst. Oder er war ein Hellseher. Bei diesem Gedanken lachte Maria auf.

Flüchtig stellte sich die Erinnerung an die vergangene Nacht ein. An ihre Ängste und Albträume, auch an die Frau, die sie eigentlich nur als Schatten zu sehen geglaubt hatte. Im aufziehenden Morgen schalt sie sich für ihre Dummheit. Sie lachte ihre Sorgen einfach fort.

Tatsächlich hielt der Tag, was die Dämmerung versprach: Als sich Maria zum Gottesdienst aufmachte, erstrahlte das Dorf im bereits recht warmen Sonnenschein wie nach einem Großreinemachen. Der Blick auf die Elbe und das andere Ufer schien klarer, die Häuser und Katen wie frisch geputzt, die Pfützen trockneten rasch. Maria fühlte sich unendlich lebendig.

Ihre Nachbarn strömten in ihren Sonntagskleidern zur Kirche, viele Frauen trugen Blankeneser Tracht, einen dunkelblauen Rock und eine Jacke mit Schößchen aus demselben Stoff, an deren Ärmeln einer oder mehrere polierte Silberknöpfe glänzten, deren Anzahl die finanziellen Möglichkeiten der Trägerin deutlich machte. Allerdings waren die wohlhabenderen Damen und Mädchen auch an den feineren Leibchen und Goldborten zu erkennen sowie den Hauben aus kostbarem Brokat, während die einfacheren Frauen Brusttücher aus Baumwollbatist und weniger aufwendige Kopfbedeckungen trugen. Die gewebten Schürzen indes besaßen ein fast einheitliches Streifenmuster. Die Männer haben es leichter mit ihrer Garderobe, dachte Maria. Und die Witwen, fügte sie still hinzu. Sie hatte seit Paridoms Tod ja auch wenig Auswahl.

Dineke hielt wieder einmal vor dem Kirchenportal Hof. Und sie hatte etwas Königliches, wie Maria fand. Die Haltung ihrer Freundin war vorbildlich, der Hut passte vorzüglich zu dem hellen, mit jagdgrünen Bordüren besetzten Rock und der gleichfarbigen Jacke. Dineke hatte sich offensichtlich neu eingekleidet, stellte Maria fest, und ein leises Zeichen des Neides regte sich in ihr, weil sie sich auch gern wieder einmal in eine andere Farbe kleiden oder gar etwas Neues schneidern würde. Diesen Stachel spürte sie, als sie Daniel entdeckte, der hinter Joachim Graaf in dem Kreis stand, der sich um die Frau Pastor scharte. Im nächsten Moment schalt sie sich jedoch für ihren heimlichen Wunsch. Es war ungehörig, sich etwas anderes vorzustellen als das schwarze Kostüm, das sie trug. Schließlich war es Ausdruck ihrer Trauer. Allerdings, überlegte sie, hatte sie die Erinnerung an Paridom in ihrem Herzen verschlossen, sie brauchte für die Bestätigung ihres Schmerzes keinen mit Indigo, Reseda oder Eisenerz gefärbten Stoff. Und ihr Leben musste doch auch ohne ihn schon allein wegen der Kinder weitergehen. Dennoch durfte sie vor der Zeit nichts anderes als die Witwenkleider tragen …

»Frau Burmester«, sagte Joachim Graaf und verneigte sich leicht vor der näher tretenden Maria, »guten Morgen. Wir sprachen gerade über die Desserttafel bei Ihnen.«

»Gott sei Dank hat sich der Regen verzogen«, erwiderte sie nach einem Nicken. »Sie werden Ihre Gesellschaft nun trockenen Fußes auf der Terrasse empfangen können.«

»Das macht mich in der Tat sehr froh. Ansonsten lege ich mein Glück in Ihre und die Hände des Monsieur Jacques.«

»Ich kann gewiss nur wenig zum Gelingen der Desserttafel beitragen«, behauptete Daniel mit einem zuvorkommenden Lächeln. »Aber ich biete meine Hilfe natürlich jederzeit an.«

Maria bemühte sich, ihn nicht direkt anzusehen. Sie befürchtete, rot zu werden, wenn sie ihm in die Augen sah.

»Machen Sie nur, machen Sie«, rief Graaf aus und wedelte mit der Hand, als wollte er Daniel fortscheuchen, »Ich hoffe, es bringt Ihre Pläne nicht durcheinander, liebe Frau Burmester, wenn ich Ihnen drei weitere Gäste ankündige. Wie ich erfahren habe, wird eine Dame auf den Ausflug von ihrer neuen Gesellschafterin begleitet. Und dann dachte ich, es wäre unterhaltsam, Frau Matthiesen und den Herrn Pastor in unsere kleine Runde zu bitten.«

Versank Dineke tatsächlich in einem tiefen Knicks? Offensichtlich war sie über alle Maßen erfreut, eingeladen worden zu sein. Maria entfuhr ein albernes Kichern. Sie wusste nicht genau, warum, aber es erleichterte sie, die Freundin bei diesem für sie wichtigen Anlass, der von dem Gastgeber heruntergespielt wurde, in ihrer Nähe zu wissen.

»Natürlich werde ich dafür Sorge tragen, dass drei weitere Gedecke bereitgestellt werden«, versprach Maria. »Wo möchten Sie, dass ich die neue Gesellschafterin Ihres Gastes platziere?«

Joachim Graaf schenkte ihr ein zerknirschtes, ein wenig hilfloses Lächeln. »Ehrlich gesagt, habe ich keine Ahnung. Ich hatte nicht mit dieser Person gerechnet und war reichlich überrascht, als ich die Mitteilung erhielt. Was soll das wohl bedeuten? Nun ja, wir werden sehen …«, er hatte wie zu sich selbst gesprochen, unterbrach sich, zögerte und fügte dann mit aller Entschiedenheit hinzu: »Wissen Sie was, Frau Burmester, setzten Sie die Gesellschafterin weit entfernt von der Dame und mir.«

Hoffentlich, fuhr es Maria durch den Kopf, barg der Ausflug keine Enttäuschung für ihn. Wenn die Dame seines Herzens eine Aufpasserin mitbrachte, war ihr an einer Verbindung womöglich weniger gelegen als ihm. Aber dann wäre ihre, Marias, Mühe umsonst gewesen und Joachim Graafs Wohltätigkeit am Ende. Ob sie die Gelegenheit finden würde, die Dame umzustimmen? Sie spürte Daniels Blick und fragte sich, ob sie ihn ins Vertrauen ziehen durfte, um die Desserttafel zu einem Erfolg werden zu lassen. Vielleicht wollte oder konnte er ja den Amor spielen. Ihr eigenes Begehren war mit einem Mal vergessen.

23

»Ich hatte befürchtet, nicht kommen zu können«, gestand Emilia. »Zweifellos hätte ich etwas versäumt.«

Vor ihr breitete sich das riesige Grundstück ihres Gastgebers aus. Sie spazierte an seiner Seite über eine Anhöhe, die sanft zu dem Heerweg abfiel, der die Felder durchschnitt. Dahinter markierte die Bruchkante das weit unterhalb gelegene

Ufer der Elbe. Der Strom zog in einem breiten Band gen Nordwest, die Sonne spiegelte sich im Wasser, auf dessen Wellen die Segel der Boote wie weiße Tupfen aussahen. Nicht nur die Wolken am Himmel waren vertrieben, der Regen hatte auch den Sand von den Pflanzen gewaschen. Blumen, Büsche und Bäume verströmten den intensiven bittersüßen Duft des ausklingenden Sommers.

»Es wäre höchst bedauerlich gewesen, wenn das Wetter unser Wiedersehen verhindert hätte«, sagte Joachim, der mit der Grandezza des Gutsherrn an ihrer Seite über sein Land stolzierte.

Emilia sah kurz über ihre Schulter zu der neuen Gesellschafterin, die hinter ihr ging und vom Pastor und dessen Frau unterhalten wurde, Henriette, Christian und deren Kinder bildeten den Schluss der kleinen Gruppe. Die Matthiesens und Dorothea Böhme schienen sich blendend zu verstehen. Es sollte ihr recht sein, wenn ihre Begleiterin abgelenkt wurde. »Ich hatte eher Fräulein Böhme im Sinn«, erwiderte sie leise. »Ihre Anwesenheit bereitete mir mehr Sorgen als das bisschen Regen.«

»Tatsächlich?« Joachim wirkte irritiert, was sie ihm nicht verdenken konnte.

Wie sollte sie ihm das Engagement der jungen Frau erklären, solange sie selbst nicht genau wusste, was es damit auf sich hatte. Die Idee, Tilmann könnte ihr mit Dorothea Böhme eine Spionin ins Haus geschickt haben, erwies sich im hellen Licht dieses fröhlichen Ausflugs abenteuerlicher als in der Abgeschiedenheit ihres Boudoirs. Im Rückblick erschien es ihr zudem beschämend, dass sie nicht in der Lage gewesen war, die Begleitung einer Frau abzuwimmeln, die in ihren Diensten stand. Oder in Tilmanns.

»Einerlei«, sagte sie rasch. »Nun bin ich da.«

»Ja. Endlich.«

Mit einem stillen Lächeln senkte sie sittsam die Lider.

Wie glücklich Joachim über ihren Besuch war, war unübersehbar. Obwohl er nach außen hin die Rolle des perfekten Gastgebers beherrschte, der niemanden in der Gruppe bevorzugte, zeigte er ihr gegenüber deutlich, welchen Zweck er mit seiner Einladung verfolgte. Er suchte ihre Nähe, wollte sich dabei selbst im besten Licht darstellen und eine Ungezwungenheit schaffen, die weder ihrem Ruf schadete, noch ihr die Möglichkeit nahm, sich seines Flirts zu erwehren, wenn sie diesen nicht wollte. Er benahm sich, als habe er all die Jahre auf diese Gelegenheit gewartet. Dabei war er es gewesen, der damals fortgegangen war.

Als sie Henriette schrieb, dass sie an dem Ausflug teilnehmen wollte, war dies vor allem eine Trotzreaktion gewesen. Mit der Penetranz von Fräulein Böhme hatte sich ihre Dickköpfigkeit nach dem ersten Entsetzen verstärkt. Sie ließ sich die Freude an einem schönen Tag nicht nehmen, und dann sollte diese Person eben an Tilmann berichten, wie vorzüglich sich seine Gemahlin zu benehmen verstand. Selbstverständlich würde sie niemandem Anlass zu der Annahme geben, dass sie ihren Platz im Leben vergaß. Ihre Vorsätze gerieten jedoch ein wenig ins Wanken, als sie über Joachims Anwesen schritt, den Rohbau seines Wohnhauses auf dem Hügel bestaunte, dessen Mauern auf einen Palast schließen ließen, und die Landschaft bewunderte. Joachim schien den vollkommenen Ort schaffen zu wollen, einen Ort, den wahrscheinlich jede Frau für sich ersehnte. Für einen Junggesellen ein zweifellos ungewöhnlich großer Haushalt.

Schweigend gingen sie über frisch angelegte Wege, Sand

und Kies knirschten unter ihren Sohlen. Beete, die wohl erst im Frühling bepflanzt würden, waren umgegraben und mit Pfählen markiert, eine Gruppe junger Birken wirkte wie verloren auf einer Rasenfläche unterhalb der Villa. Emilia blieb in dem flirrenden Schatten stehen. Je nachdem, wie sie sich wendete, hatte sie von hier aus einen schönen Ausblick, sowohl auf den Garten als auch auf die Elbe. »Es ist ein besonders hübscher Flecken Erde, fast wie aus einem Märchenbuch entliehen.«

Joachim deutete auf einen Platz zwischen den dünnen Stämmen. »Hier möchte ich eine Bank aufstellen lassen. Zum Ausruhen, Verweilen und Nachdenken. Meinen Sie, dieses Eckchen eignet sich dafür?«

»Gewiss. Ganz gewiss tut es das. Werden Sie denn alles so ...«, sie suchte nach dem passenden Wort: »Werden Sie alles so natürlich belassen? Ich finde keine Gliederung wie in einem französischen Garten. Aber das mag meiner Unwissenheit geschuldet sein. Sie stellten schließlich einen Kunstgärtner aus Frankreich an, nicht wahr?«

»Herr Jacques teilt meine Auffassung, deshalb ist er so gut geeignet für die Arbeit hier. Ich habe mich gegen die ästhetisch strengen Regeln der Franzosen und für die weniger strukturierten englischen Landschaftsgärten entschieden. Gefällt es Ihnen nicht?«

Lächelnd schüttelte Emilia den Kopf. »Sie missverstehen mich: Ich finde die Anlage wunderschön.«

Offensichtlich hatte sie einen Nerv getroffen, denn Joachim begann mit wachsender Begeisterung zu erzählen: »Auf einer meinen Reisen nach England habe ich das Anwesen The Leasowes kennenlernen dürfen, dessen Einfachheit in meinen Augen stilprägend ist. Der Park ist nicht nur ein Ort des Lustwandelns, sondern auch der Landwirtschaft. Diese Verbindung von Schönheit und Nutzen beeindruckte mich.«

»Sie wollen einen Bauernhof neben Ihre Villa stellen?«, fragte sie ungläubig, den Blick auf den aufwendigen Rohbau richtend.

»Der Park soll in mehrere Teile gegliedert werden, der Heerweg und der Bach Flottbek bilden eine natürliche Grenze zwischen Wiesen und Feldern. Im Übrigen stehe ich in Verhandlungen, die umliegenden Ländereien zusätzlich zu erwerben. Die dann sehr unterschiedlichen An- und Aussichten erfreuen das Auge in besonderem Maße, wovon ich mich in Leasowes persönlich überzeugte. Ein Mustergut ist zudem eine sinnvolle Investition, auch für die Versorgung der Armen. Für die Anlage der bewirtschafteten Flächen beabsichtige ich einen Gärtner aus Schottland kommen zu lassen, der sich auf der Britischen Insel bereits einen Namen machte.«

»Ein französischer Kunstgärtner und ein schottischer Landschaftsgärtner – mir scheint, Sie wollen die ganze Welt an die Elbe holen«, stellte sie lächelnd fest.

Joachim deutete auf den Strom. »Das wäre wohl etwas übertrieben, denn in Altona und Hamburg legen bereits ohne mein Zutun Schiffe mit Waren von überall her an. Aber, um ehrlich zu sein«, er senkte seine Stimme: »Ich bin zurückgekommen, Emilia, um Ihnen meine Welt zu Füßen zu legen.«

Erschrocken fuhr sie herum. Hatten die anderen diese Liebeserklärung gehört? Vor allem würde es sie in unendliche Verlegenheit bringen, wenn die Böhme gelauscht hätte. Doch die Gruppe war etwas zurückgeblieben. Christian jagte hinter seinen Kindern her, während sich Henriette nach einer Blume am Wegesrand bückte. Der Pastor erklärte anscheinend gestikulierend die Aussicht, seine Frau und Dorothea Böhme folgten mit den Augen seinen Bewegungen und nickten zwischendurch zustimmend. Emilia konnte sicher sein. Dennoch wisperte sie: »So etwas dürfen Sie nicht sagen. Nie mehr. Sie dürfen es nicht einmal denken. Es schickt sich nicht. Ich bin eine verheiratete Frau. Mein Mann darf niemals von uns erfahren.«

Joachim sah an ihr vorbei zu dem Pastor und den beiden Damen. Er schien zu verstehen. »Selbstverständlich werde ich alles tun, um Ihren Ruf zu wahren«, raunte er. »Aber geben Sie mir bitte ein Zeichen, dass es sich für mich zu warten lohnt.«

Worauf wollte er warten?, fragte sich Emilia unwillkürlich. Da sich an ihrem Familienstand nichts ändern ließ, antwortete sie wider besseres Wissen: »Ich bin da. Das sollte Ihnen genügen.«

In stillem Einverständnis senkte er kurz die Lider, hob sie wieder und lächelte.

Dann winkte er den anderen im Hintergrund zu und rief: »Was halten Sie von einer Erfrischung?« An Emilia gewandt, fügte er leutselig hinzu: »Auf der Terrasse der Witwe Burmester wartet eine Desserttafel auf uns.«

»Witwe Burmester?«, wiederholte Emilia überrascht. Vermutlich gab es in der Gegend mehrere Frauen dieses Namens, dennoch erkundigte sie sich: »War ihr verstorbener Mann ein Zuckerbäcker?«

»In der Tat. Burmesters Patisserien waren weithin bekannt.«

»Ach, ich wünschte, ich würde nur die Kuchen kennen und nicht die Frau«, entfuhr es Emilia prompt.

Seine Miene umwölkte sich. »Ich hoffe, es war kein Fehler, die Desserttafel auf dem Hof der Witwe Burmester ausrichten zu lassen.«

Ihre Gedankenlosigkeit sollte den Ausflug nicht trüben, entschied Emilia, ebenso wenig ihre Erinnerung an Maria Burmester. Seine Mühe sollte nicht umsonst gewesen sein. Mehr aus Mitleid als aus Zärtlichkeit legte sie die Hand auf Joachims Arm. »Es ist mir ein Vergnügen, die Desserttafel der Witwe Burmester in Augenschein zu nehmen«, versicherte sie.

Lächelnd hob sie ihren Blick – und bemerkte Dorothea Böhme. Die Gesellschafterin starrte sie mit einem äußerst pikierten Ausdruck an. Unwillkürlich zog Emilia ihre Rechte zurück. Dann verschränkte sie die Hände im Rücken und schob trotzig ihr Kinn vor.

»Stellen Sie sich vor«, flötete Dineke Matthiesen: »Fräulein Böhme hat in Lübeck in Sankt Marien als *Secretaire* gearbeitet, bevor es sie nach Hamburg verschlug. Wie ungewöhnlich, nicht wahr?«

Emilia verkniff sich den spontanen Kommentar, der ihr auf der Zunge lag. Dorothea Böhme hatte zwar bei ihrem ersten Gespräch von einem früheren Aufenthalt in Lübeck berichtet, aber nichts von der Tätigkeit in einer Kirche gesagt. Ob sie die Anstellung erfunden hatte, um dem Pastor und Frau Matthiesen zu imponieren? Sie traute ihr alles zu.

»Sie müssen mir unbedingt von meinem werten Kollegen berichten, Fräulein Böhme«, bat der Pfarrer aus Nienstedten. Er wandte sich an seinen Gastgeber: »Könnten Sie bitte dafür sorgen, dass wir zusammensitzen, um uns austauschen zu können?«

»Mit dem größten Vergnügen«, erwiderte Joachim.

*

Daniel schob die kandierte Rose ein wenig zur Seite, um mehrere hauchdünne Marzipanplättchen in dem Nest aus Zuckerfäden zu platzieren. Das Marzipan besaß die Form von Blättern und war mit Spinat grün eingefärbt. In der großen Schale wirkten sie täuschend echt.

»Es sieht wie ein richtiges Blumengesteck aus«, lobte Maria.

»Das Arrangement ist in der Tat gelungen«, stimmte Daniel zu, ohne seinen Blick von seinem Werk zu wenden. »Keine Blume wird zu deutlich hervorgehoben, alles passt wie in einem Rhythmus aus Kurven und Linien zusammen. So soll es sein.« Er richtete sich auf und strahlte in die Runde, die sich voller Bewunderung – oder auch Verwunderung – um den Küchentisch versammelte.

»Wenn sie das alles für echt halten, werden die Gäste wenigstens nicht auf die Idee kommen, Blüten und Blätter zu probieren«, meinte Hinnerk. »Es sieht gut aus, das gebe ich ja zu, aber munden wird das nicht jedem. Mit Verlaub, Herr Jacques, die grüne Farbe ist nicht nach jedermanns *Gefall.*«

»Ach, was!«, wehrte Daniel freundlich ab. »Die *Spinacia oleracea* verfügt zwar über einen gewissen Eigengeschmack, aber der ist nicht so kräftig, dass er die Note von Mandel und Karamell überlagert. Ich bin sicher, Monsieur Graaf und seine Gäste werden begeistert sein. Außerdem isst das Auge mit, nicht wahr? Und hier haben die Damen und Herren eine Menge zu gucken.«

»Jo«, stimmte Hinnerk zu, woraufhin sein Lehrling und die anderen beiden Hilfskräfte, die für den heutigen Tag in die Backstube engagiert worden waren, nickten und zustimmend brummten.

»Nun, dann tragen wir doch die Schalen und Platten auf.«

Maria lachte. Sie amüsierte sich köstlich über Daniels Ahnungslosigkeit. »Dazu würde ich eher nicht raten.«

»Es ist üblich, dass der *Service à la francaise* erfolgt, bevor die Herrschaften an der Tafel Platz genommen haben«, protestierte Daniel.

»Das mag schon sein, aber hier auf der Terrasse ist es unmöglich, so zu verfahren«, erklärte Maria schmunzelnd. »Die Möwen würden sich an den Gerichten erfreuen und alles verspeisen oder in ihre Nester forttragen, was sie finden können.«

»Und Ihr Gebinde ist ganz schnell weg«, bekräftigte Hinnerk grinsend.

Daniel schlug sich mit der Hand an die Stirn. »Wie konnte ich die Gier der Möwen vergessen? Mir scheint, ich muss noch so manches über das Leben am Elbufer lernen.«

»*Kobben* gibt's doch überall an den Küsten«, warf Hinnerk ein. »Sicher auch in Frankreich.«

»Was sind denn *Kobben*?«, wollte Daniel wissen. »Von *Kobben* habe ich ja noch nie etwas gehört.«

Der Lehrling schlug sich auf die Schenkel vor Lachen.

Maria maß den Jungen mit einem gestrengen Blick, bevor sie sich an Daniel wandte: »Genug mit dem Spaß auf Ihre Kosten, Monsieur Jacques. *Kobbe* ist plattdeutsch für Seemöwe. Wir sollten alle lieber unserer Arbeit nachgehen. Ich schlage vor, dass ich mit Monsieur Jacques draußen auf Herrn Graaf warte.«

»Ich ertrage das schon«, versicherte Daniel, kam ihrer Aufforderung aber sofort nach. Im Gehen nahm er seinen Rock von einer Stuhllehne und zog ihn sich über das Hemd. Mit großen Schritten folgte er ihr, richtete währenddessen sein Halstuch. »Wofür halten Sie mich?«, rief er ihr nach. »Ich bin nicht beleidigt.«

An der Tür zum Plateau blieb Maria stehen und wandte sich zu Daniel um.

Er hatte wohl nicht mit ihrer unvermittelten Reaktion gerechnet und hielt so dicht vor ihr an, dass sie seinen Atem auf ihrem Gesicht spürte. Der duftete nach Zitrone, Rosenwasser, Tabak – und Zucker.

Diese Mischung war Maria unendlich vertraut. Paridom hatte ganz ähnlich gerochen, wenn er aus der Backstube kam. Sie spürte ein leises Prickeln in ihrem Nacken und dachte, dass sie unbedingt weitergehen sollte, doch blieb sie still, wo sie war. Um nicht in einem atemlosen Schweigen zu erstarren, fragte sie: »Was heißt Möwe auf Französisch?«

»*Mouette.*«

»Das klingt hübsch.«

»Zumindest klingt es melodischer als *Kobbe*. Wie sagen Sie auf Dänisch dazu?«

»*Mage*«, sie sprach das Wort »moh« aus und spitze die Lippen für eine deutliche Aussprache wie für einen Kuss. Erst ein paar hektische Herzschläge später brachte sie die Muttersprache in Verlegenheit.

Sein Blick ruhte auf ihrem Mund. »Das ist ein sehr schönes Wort.«

»Ja.« Es war die Ausgelassenheit, die Freude über die gelungene Dekoration, die unerwartete Nähe zu einem attraktiven Mann, sie war aufgekratzt – und schon hatte sie ihre Rolle im Leben vergessen. Als sie sich dessen bewusst wurde, schlug ihre Stimmung um. Schwer atmend legte sie die Hände auf seine Brust und schob ihn sanft von sich weg. »Es besteht kein Grund, übermütig zu sein.«

Er trat sofort zurück, verneigte sich. »Verzeihung, Madame, meine Freude am Klang einer fremden Sprache ließ mich vergessen …«, er unterbrach sich, blickte sich zögernd um. Was er noch als Entschuldigung anführen wollte, würde Maria niemals erfahren.

Das Stimmengewirr der herannahenden Gäste drang von der Straße auf die Terrasse. Offensichtlich führte Joachim Graaf die kleine Gruppe direkt hinter das Haus, ohne den Weg durch die Stube zu nehmen. Die Stimmen klangen fröhlich und für einen Sonntagsausflug angemessen. Die Säume heller Sommerkleider flatterten in der Zugluft an der Ecke, die Gesichter der Damen lagen im Schatten ihrer Hutkrempen und Sonnenschirme. Dennoch erkannte Maria die dunkle Person an Graafs Seite sofort. In ihrer Überraschung machte sie nur einen kleinen Schritt nach vorne. Im ersten Moment vergaß sie, die Herrschaften zu begrüßen, wie sie es sich vorgenommen hatte. Sie stand an der Tür und starrte völlig perplex auf die Ankömmlinge.

»Kommen wir zu früh?«, rief Graaf nach einem Blick auf den Tisch aus.

»Sie kommen gerade recht«, behauptete Daniel mit einem Kratzfuß. »Messieurs, Mesdames. Die Desserttafel wurde noch nicht aufgetragen, um die gefräßigen Möwen fernzuhalten. Sie wollen doch die wohlschmeckenden Patisserien aus der Backstube von Madame Burmester nicht mit den Vögeln teilen. Nehmen Sie Platz, und es wird sofort angerichtet.«

»Oh ja, das ist vollkommen richtig«, mischte sich Dineke ein. »Ich habe schon von Möwen gehört, die einem erwachsenen Mann ein Stück Brot aus der Hand stahlen.«

Maria trat neben Daniel, während dieser die Honneurs machte. Er schien alle Gäste seines Arbeitsgebers – mit einer Ausnahme – zu kennen. Lediglich Fräulein Dorothea Böhme war ihm fremd. Das verführerische Lächeln, mit dem sie ihn bedachte und das so gar nicht zu ihrem sonst so strengen Habitus passte, ärgerte Maria aus unerfindlichen Gründen. Womöglich fiel es auch nur ihr auf. Oder die Person, die als Gesellschafterin von Frau von Wedekind vorgestellt wurde, reagierte auf jeden Mann mit ansprechendem Äußeren und gewisser Reputation auf diese Weise, in der Absicht, doch noch einen Gatten zu finden. Ein sogenanntes spätes Mädchen schien sie allemal zu sein. Jedenfalls war ihr Dorothea Böhme auf den ersten Blick unsympathisch. Vor allem da Daniel dieses Lächeln doch zu registrieren schien. Maria kam es so vor, als ob er sich in der unerwarteten Aufmerksamkeit sogar ein wenig sonnte. Ein Mann wie alle anderen, fuhr es ihr bitter durch den Kopf, eben nicht so besonders, wie sie manchmal dachte, womöglich ein Junggeselle, der es auf die Bekanntschaft mit unverheirateten Frauen anlegte.

Mit einem leisen enttäuschten Seufzer wandte sie sich an Emilia von Wedekind.

»Sie brauchen meinetwegen nicht so aufzustöhnen«, sagte diese prompt. »Ich habe auch erst vor wenigen Minuten erfahren, dass unser Spaziergang auf Ihrem Hof endet.«

»Wären Sie andernfalls nicht gekommen?«, schnappte Maria. Dabei dachte sie, dass ihr dann auch die Beobachtung der Begegnung von Daniel mit Fräulein Böhme erspart geblieben wäre.

»Dann hätte ich die Einladung vielleicht abgelehnt«, resümierte Emilia offen. »Aber ich gebe zu, es wäre ein Fehler gewesen, Ihre Terrasse nicht kennengelernt zu haben. Der Ausblick, die Linden und Rosen – Sie scheinen einen vollkommenen Ort zu besitzen, Frau Burmester.«

Geschmeichelt von den warmen Worten nickte Maria. Erst dann wurde ihr bewusst, dass es sich bei Emilia von Wedekind offenbar um die Dame handelte, an die Joachim Graaf sein Herz verloren hatte. Wie hatte sich ein so kluger Mann nur in eine dermaßen impulsive, noch dazu verheiratete Frau verlieben können? Möglicherweise fand er ja hinter dem aufbrausenden Charakter eine Schönheit, die Maria bislang verborgen geblieben war. Immerhin kam die Dekoration des Plateaus bei Emilia an. Maria beschloss, der anderen deshalb mehr Wohlwollen entgegenzubringen als im ersten Moment beabsichtigt. »Ja, es ist sehr schön hier. Ich heiße Sie herzlich willkommen.«

Für eine Fortsetzung ihres Gesprächs und die Erklärung, dass ihr Seufzer nicht der Mutter von Immanuels Mitschüler gegolten hatte, hatte Maria keine Zeit mehr. Sie konnte sich nicht einmal nach Amadeus von Wedekind erkundigen, der im Kreis der Jungen und Mädchen fehlte, die sich im Schlepptau der Erwachsenen befanden und an dem eigens aufgestellten Kindertisch Platz nehmen sollten. Natürlich nahm die Mutter zu einer Tändelei nicht den Sohn mit, überlegte Maria. Allerdings ließ sie sich von der Gesellschafterin wie von einer Aufpasserin begleiten.

Doch bald wurde Maria von ihrer Aufgabe als Wirtin vollkommen eingenommen, schwirrte um die Gäste herum wie eine Bienenkönigin, bat die sieben Personen in der mit dem Gastgeber abgesprochenen Sitzordnung an die Tafel, ließ die vorbereiteten Getränke und Leckereien auftragen und beobachtete dabei jeden Schritt und jede Handbewegung ihres Personals. Ein Kellner war eingestellt worden, der sich gut machte, wie sie fand. Er hatte seine Augen überall, schien sich aber mehr an die knappen, leisen Anweisungen von Daniel zu halten als an die ihrigen. Erstaunt stellte sie fest, dass ihr Joachim Graafs Kunstgärtner bei der Bewirtung routiniert zur

Hand ging. Irgendwann im Laufe der nächsten Stunde wurde ihre Zusammenarbeit fast zu einer Selbstverständlichkeit. Darüber wollte sie ihm sogar die kleine Eitelkeit angesichts des Lächelns von Fräulein Böhme nachsehen.

Die Desserttafel war ein großer Erfolg. Unter den Ahs und Ohs der Gäste wurde das Gesteck mit den kandierten Blüten an den Tisch gebracht, Hinnerk und sein Lehrling balancierten die Schale auf einem großen Tafelaufsatz, jeder an einer Seite. Die kleinen Küchlein, Schokoladenstücke, Pralinen und Zuckerwaren wurden aufgetragen, sogar Rike legte in ihrer Sonntagstracht Hand an. In einer beeindruckenden Schlange marschierte Marias Personal auf und breitete die Patisserien vor den Gästen aus. Daniel stellte höchstpersönlich eine Platte mit Blätterteigpasteten vor Dineke. »Darf ich Ihnen von der Krebsbutter anbieten, Frau Pastor?«, fragte er scheinbar arglos.

Maria konnte sich ein Grinsen nicht verkneifen. Sie fing Dinekes erstaunten Blick auf und kicherte in sich hinein.

»Ohne zu unbescheiden klingen zu wollen, meine ich, dass wir den Service perfekt arrangiert haben«, raunte Daniel plötzlich neben ihr. »Sie, Hinnerk und meine Wenigkeit.«

Sie stand etwas abseits mit dem Rücken zur Hausmauer und überblickte von ihrer Position die ganze Terrasse. Daniel hatte natürlich recht, sie konnte zufrieden sein. Die Wünsche Joachim Graafs hatte sie, sofern es in ihrer Macht stand, wohl zu seiner Zufriedenheit erfüllt. Jedenfalls wirkte er ausgesprochen entspannt, vertieft in eine Unterhaltung mit Emilia von Wedekind, die nach seiner Bemerkung nun hell auflachte. Doch Maria bemerkte auch den merkwürdig kritischen Blick von Fräulein Böhme. Etwas unwillig erwiderte sie daher: »Hatten Sie etwas anderes als Perfektion erwartet, Herr Jacques? Ich für meinen Teil kann mir nichts sonst leisten.«

»Madame, Sie sind überaus tapfer, entschlossen und dazu noch sehr schön – für Sie gibt es nur das Beste oder gar nichts, nicht wahr?«

Was für eine Beschreibung! Hin und her gerissen zwischen Staunen und Stolz sah sie ihn an.

»Ich hätte nicht erwartet, dass es Ihnen die Sprache verschlägt. Darf ich Ihnen nicht meine Bewunderung ausdrücken? Ich nahm an, dass Sie längst wüssten …«

»Nein«, unterbrach sie ihn hastig. »Nein, nein, nein. Das dürfen Sie nicht. Ich bin eine Witwe und überdies zu alt …«

»Ich freue mich auf Ihren Geburtstag«, warf er lächelnd ein. »Wenn Sie erlauben, würde ich ihn gerne mit Ihnen feiern.«

Flirtete er tatsächlich mit ihr? Dabei hatte Daniel eben noch der Gesellschafterin schöne Augen gemacht! Es gab zweifellos ein gewisses Prickeln zwischen Maria und ihm, vorhin hatte sie sich dem ja gerade noch entziehen können, und wenn sie daran dachte, wie er halbnackt an ihrer Wasserpumpe gestanden hatte, wurde ihr nach wie vor schwindelig.

Sie war einsam, und die Bewunderung eines attraktiven Mannes tat ihr gut. Daniel schien ein routinierter Herzensbrecher zu sein, ein Franzose wie aus den wildesten Klatschgeschichten, ein Reisender von Garten zu Garten, vielleicht auch von Frau zu Frau. Und sie selbst war anfällig für seine Schmeicheleien, für seinen vorzüglichen Geschmack und seine hervorragenden Manieren, seine Bildung und seine Ideen. Doch Dineke hatte recht: Maria sollte auf ihren Ruf achten und auf Distanz zu diesem Kavalier gehen. Nicht nur wegen ihrer Nachbarn, sondern auch, um ihr Herz zu schützen.

Unverzüglich trat sie einen Schritt von ihm fort. »Ich feiere meinen Geburtstag nicht«, behauptete sie. »Es gibt Wichtigeres zu tun.«

»Was gibt es Wichtigeres als Ihr Leben, Madame?«

»Meine Kinder, Herr Jacques. Und meine Gäste.« Damit löste sie sich aus dieser Aura von Verehrung und Zärtlichkeit, die sie so intensiv berührte wie der Duft des Rosenstrauchs an der Hauswand. Sie ließ Daniel stehen, um sich bei den Damen und Herren an ihrem Tisch zu erkundigen, ob alles zu deren Zufriedenheit war. Dass sie zitterte, bemerkte hoffentlich niemand.

Inzwischen hatte sich die Runde ein wenig aufgelöst, Plätze waren getauscht worden, Gespräche wurden mit viel Gelächter fortgesetzt. Rike hatte sich bei den Kindern der Vandenbergs postiert und erzählte anscheinend abenteuerliche Fabeln, denn die Kleinen kicherten und erschauderten fast gleichzeitig. Maria lächelte. Dass ihre Magd so gut mit den Jungen und Mädchen zurechtkam, war einer der Gründe, warum Maria ihrer Dienste trotz aller Nachlässigkeiten weiterhin bedurfte. In Betrachtung des Kindertisches versunken, fiel Maria auf, wie sehr sie die eigenen Söhne und Töchter vermisste. Die fremden Gören bewiesen ihr mehr als alles andere, was in ihrem Heim gefehlt hatte. Wenn Immanuel und seine Geschwister wieder hier sind, werde ich keine Gedanken mehr an die Liebe zu einem Mann verschwenden, fuhr es ihr durch den Kopf. Glücklicherweise erwartete sie sie schon in den nächsten Tagen zurück.

Ohne es eigentlich zu beabsichtigen, flog ihr Blick zu Daniel. Der stand noch immer dort, wo sie ihn verlassen hatte, doch hatte sich Fräulein Böhme unbemerkt zu ihm gesellt; er erklärte ihr offensichtlich gerade etwas, wahrscheinlich erzählte er eine Geschichte über den Rosenbusch. Die junge Frau lauschte ihm scheinbar ergriffen, ihre Augen ruhten auf Daniels Gesicht, als wäre es das Zentrum der Welt.

»Finden Sie Fräulein Böhme sympathisch?«, fragte unvermittelt eine weibliche Stimme.

Überrascht registrierte sie, dass Henriette Vandenberg neben ihr stand. »Nun«, sie zögerte, dann: »Es steht mir nicht zu, über meine Gäste zu urteilen.«

»Sie ist nicht direkt ein Gast, sondern eher ein Anhängsel«, erwiderte Henriette unverblümt. »Ich frage mich, warum meine Schwägerin sie hierhergeschleppt hat. Ist Ihnen aufgefallen, dass Fräulein Böhme niemals das Wort an eine Dame richtet? Sie scheint sich nur mit den Herren unterhalten zu wollen. Oder hat sie mit Ihnen mehr als nötig gesprochen?«

»Es bestand kein Anlass zu einer Unterhaltung«, gab Maria zurück. Sie war irritiert über Henriettes Offenheit, wusste nicht recht, was sie mit diesen Angriffen gegen Dorothea Böhme anfangen sollte. Die Gattin des Verlegers Vandenberg mochte eine scharfe Beobachtungsgabe besitzen, doch Maria wollte nicht von ihr ins Vertrauen gezogen werden. Schon allein weil sich der Stachel der Eifersucht wieder meldete. Dabei konnte Daniel tun und lassen, was ihm gefiel, er war ihr keinerlei Rechenschaft oder Rücksichtnahme schuldig, sie hatte sich schließlich in aller Deutlichkeit ausgedrückt.

Als habe sie ihre Gedanken gelesen, sagte Henriette: »Diese Frau hat eine Art, die jeden Mann verführt.«

»Ich kann dazu wenig sagen«, antwortete Maria vorsichtig, »mein Mann ist tot.«

»Verzeihen Sie«, Henriette schenkte Maria ein entwaffnendes Lächeln, »ich wollte Sie nicht mit meinen Sorgen behelligen. Es ist nur ... Mir schwant, dass meine Schwägerin künftig womöglich häufiger bei Ihnen zu Gast sein könnte. Und wir werden sie ja nicht immer begleiten können. Deshalb bitte ich Sie unter dem Siegel der Verschwiegenheit, auf Emilia achtzugeben.«

»Ich glaube nicht …«, hob Maria an, unterbrach sich dann jedoch. Henriette klang aufrichtig. Was immer sie von Fräulein Böhme befürchtete, es trieb sie um. Natürlich wäre es naheliegender, Joachim Graaf zu bitten, auf Emilia aufzupassen, aber den Wunsch an Maria zu richten, war auf jeden Fall taktvoller. »Ich verspreche, zu tun, was ich kann.«

Wo war eigentlich Herr von Wedekind?, überlegte Maria plötzlich. Warum nahm sich Joachim Graaf die Freiheit, einer verheirateten Frau den Hof zu machen? Maria beschloss, Dineke bei Gelegenheit danach zu fragen, ihre Freundin konnte nach diesem Tag sicher einige Details beisteuern. Ihr Blick wanderte zurück zu Daniel, und sie wünschte, frei sein zu können, um ebenso unbeschwert mit ihm zu plaudern, wie Fräulein Böhme es gerade tat.

24

Die Gesellschaft löste sich am Nachmittag auf. Die Vandenbergs wollten noch rechtzeitig vor Sonnenuntergang zurück in Altona sein, und Emilia von Wedekind nebst Gesellschafterin mussten vor Toresschluss in Hamburg eintreffen. Joachim Graaf verabschiedete die Kutsche vor Marias Hof mit einer Menge Floskeln, Winken und ungewöhnlichen Luftküssen.

»Haben Sie gehört, dass er ihr für den nächsten Besuch ein Feuerwerk versprochen hat?«, fragte Maria, als sie an Daniels Seite zurück auf die Terrasse ging. Der Gastgeber hatte sich rasch verabschiedet, aber Daniel versprach, Maria beim Aufräumen zu unterstützen. Rike und die Lohndiener aus der Küche waren bereits damit beschäftigt, die Tafel abzubauen, doch es gab noch genug zu tun. Wie fleißige Ameisen liefen die Bediensteten hin und her, offenbar nicht interessiert an der Hausherrin und deren Beobachtungen.

»Madame, Sie sollten nicht lauschen«, tadelte Daniel belustigt.

»Das würde ich nie tun«, widersprach Maria. »Herr Graaf äußerte sich laut genug.«

Tatsächlich hatte sie dicht hinter ihm gestanden, als er sich von Emilia verabschiedete. Zuvor hatte Emilia die Hände von Maria ergriffen und versichert, dass es ein wunderschöner Empfang auf dem einzigartigen Plateau gewesen sei und sie hoffe, bald wiederkommen zu dürfen. »Wenn Sie bei Ihrem nächsten Besuch in den Abend hinein bleiben möchten, werde ich ein Feuerwerk arrangieren«, sagte Joachim Graaf daraufhin. »Ich bin sicher, die Terrasse von Madame Burmester ist ein formidabler Ort für ein solches Spektakel.« Und Maria hatte gedacht, dass dieser Mann – welche Absichten er auch hegte – sich immer noch zu steigern bereit war. Wie beeindruckend!

Sie begann, die Servietten einzusammeln, die auf dem Tisch und den Stühlen verteilt lagen. Dabei beobachtete sie, wie ihre Angestellten die wenigen Reste der Desserttafel in die Backstube und Teller, Schüsseln, Tassen, Gläser und Besteck in die Spülküche brachten.

Daniel ging weniger geschäftig hinter Maria her. Zerstreut griff er nach einer kandierten Rosenblüte, die von dem Gesteck übrig geblieben und unbeachtet auf dem Tisch liegen gelassen worden war. »Ein Feuerwerk könnte den Linden Schaden zufügen«, erklärte er und wandte sich demonstrativ zu dem am nächsten stehenden Kübel.

»Werden die Bäume denn dann noch hier stehen?«

»Der Besitzer der Baumschule könnte sich Zeit lassen mit dem Abtransport«, erwog Daniel. »Vielleicht möchten Sie die Linden ja sogar behalten. Der noch warme Herbst ist die beste Zeit, sie einzupflanzen.«

Natürlich hatte sie sich längst vorgestellt, wie kahl das Plateau plötzlich wirken würde, wenn Daniel die Dekoration wieder abtransportieren ließ. Sie hatte über die Linden nachgedacht und über andere Büsche, blühende und immergrüne, ohne sich entschieden zu haben. Auch jetzt war sie sich nicht sicher, ob die vielen Linden zu ihrem Hof passten. Die Bäume wirkten möglicherweise zu elegant für eine dörfliche Zuckerbäckerei, auch wenn es sich um einen angesehenen Betrieb handelte. Doch eigentlich brauchte sie diese Entscheidung gar nicht zu treffen. »Ich kann mir so viele teure Bäume ohnehin nicht leisten«, sagte sie achselzuckend, »deshalb ist es egal, wann die beste Pflanzzeit ist. Unabhängig davon ist ein Feuerwerk zwischen den mit Reet gedeckten Katen des Dorfes gefährlich. Stellen Sie sich mal vor, ein Funken spränge über! Das würde womöglich die ganze Gegend in Brand setzen.« Sie erwähnte nicht, dass Paridom hier mit reichlich Schwarzpulver gezündelt hatte, was auch für sein Haus anders hätte ausgehen können.

Ihre Bemerkung bezüglich des Erwerbs der Bäume überhörte Daniel. Er steckte die Rosenblüte in den Mund, kaute gedankenverloren und trat an den Rand des Plateaus. Da er von seinem Platz direkt in den goldenen Ball der untergehenden Sonne blickte, musste er bei der Aussicht die Augen zusammenkneifen. »Könnte man das Feuerwerk nicht unten an der Elbe arrangieren?«, wollte er nach einer Weile wissen.

»Wahrscheinlich könnte man das.«

»Das wäre gewiss weniger riskant.«

Die teuren Leinentücher in ihren Händen erinnerten sie daran, dass ein Feuerwerk ein überaus luxuriöses Vergnügen war, das ebenso wenig zu ihrem Hof passte wie die Linden auf ihre Terrasse. »Wir sollten uns nicht den Kopf von Herrn Graaf über derartig exquisite Ideen zerbrechen.«

Lächelnd drehte er sich zu ihr. »Träumen Sie nie, Madame?«

Da war er wieder, dieser schmeichelnde, sanfte, verwirrende Ton!

Nervös drehte Maria eine Serviette zu einem Strick. Bevor sie etwas sagen konnte, tauchte vor ihrem geistigen Auge das Bild der Gesellschafterin auf. Sie entsann sich, dass sich Daniel höflich, doch nicht sonderlich aufgeregt von Fräulein Böhme verabschiedet hatte. Er hatte nicht den Anschein erweckt, auf ein Wiedersehen zu drängen. Das war nach der Unterhaltung, die er mit ihr geführt hatte, ein wenig verwunderlich, vielleicht war er aber auch ein flatterhafter Kavalier, der sich im Moment für eine Frau begeisterte, die er im nächsten Augenblick wieder vergaß. Ein Schmetterling, der von Blume zu Blume flog. Ein Reisender eben.

Warum, um alles in der Welt, versuchte er Maria nun wieder in ein persönliches Gespräch zu verwickeln? Beinahe hätte sie ihm ebenso naiv wie bereitwillig anvertraut, was sie in diesem Moment am meisten bewegte. Dass sie sich ein helles Kleid wünschte statt der Witwengarderobe ... Nur eine Harmlosigkeit, aber es erschreckte und ärgerte sie, wie leicht sie ihm in das ausgeworfene Netz zu gehen bereit war. Deshalb fiel ihre Entgegnung härter als beabsichtigt aus: »Nein, ich träume nicht. Und ganz bestimmt nicht von Pyrotechnik.«

Zu ihrem Erstaunen antwortete Daniel mit keiner Schmeichelei, er klang nicht einmal belustigt, sondern sehr ernst, als er sagte: »Seit ich denken kann, träume ich von Vollkommenheit. Von Schönheit an dem richtigen Ort, den besten Menschen, der Möglichkeit für die glücklichste persönliche Zukunft. Auf der Suche nach Perfektion bin ich jahrelang herumgereist …«, seine Stimme verlor sich, als er sich wieder dem Sonnenuntergang zuwandte.

Maria nahm die goldenen Schlieren an dem in mehreren Nuancen von Blau schimmernden Himmel wie durch ein Brennglas wahr, sie sah die dunklen Umrisse der Landschaft am gegenüberliegenden Elbufer in Finkenwerder – und davor Daniels bei dieser Beleuchtung scharf geschnittenes Profil. Seine Worte berührten und schmerzten sie. Für sie wirkten sie wie die Ankündigung eines bevorstehenden Abschieds. Eines Abschieds, von dem sie noch nicht genau wusste, ob er sie belasten würde. Da war nicht nur ihre Sehnsucht nach der körperlichen Nähe eines attraktiven Mannes, Daniel hatte sie mit seiner umgänglichen Art und seinen Geschichten eingefangen wie ein Fischer die Krabben, sie waren auf eine etwas seltsame Weise Freunde geworden. Vielleicht war er ein unzuverlässiger Verehrer, doch seine Anwesenheit hatte die dunkelsten Tage ihrer Trauer erhellt. Ich werde ihn vermissen, fuhr es ihr durch den Kopf.

Plötzlich sagte er – und klang dabei, als spräche er nur zu sich selbst: »Ich bin viel herumgereist, aber nun bin ich angekommen. Hier möchte ich für immer sein.«

Meinte er Nienstedten? Das Elbufer? Oder ihren Hof? Ihre Verwirrung wuchs.

Wie angewurzelt stand sie nicht weit von ihm entfernt zwischen den Kübeln mit den Linden. Die herzförmigen Blätter raschelten im aufziehenden Abendwind, ihre Schatten malten in der untergehenden Sonne Ornamente auf Daniels Gestalt.

Sie hörte den schlurfenden Schritt ihrer Magd im Rücken, nahm ein Schieben und Klappern wahr, als die Diener die Stühle zusammenstellten. Aber es war wie die Kulisse in einem Theaterstück, wichtig, aber nicht zwingend von Bedeutung für den Fortgang der Handlung. Marias Denken befasste sich nur mit sich selbst und mit Daniel, dessen Worte so anrührend waren. Und verheißungsvoll.

Langsam drehte er sich zu ihr um. »Obwohl ich schon eine Weile hier bin, war ich noch niemals unten am Flussufer. Gibt es einen Weg dorthin?«

Die direkte, sachliche Frage half nicht, ihr unnötig schnell pochendes Herz zu beruhigen. Sie holte tief Luft, dennoch kam ihr die Erklärung recht atemlos über die Lippen: »Ein Pfad führt durch das Gebüsch hinunter.«

»Würden Sie ihn mir zeigen?«

Sie zuckte zusammen. »Was? Jetzt?«

»Warum nicht?«

»Ich weiß nicht …« Ratlos sah sie an sich hinunter. »Ich muss mich umziehen … Mein Sonntagskleid ist nicht geeignet … Ich …«

»Bitte!«, unterbrach er. »Sie würden mir eine große Freude bereiten, wenn wir diesen wundervollen Tag mit einem Spaziergang an der Elbe beenden könnten.«

»Die Sonne geht bald unter«, versuchte sie sich gegen die Aufforderung zu wehren. »Im Finstern …«

»Es wird nicht gleich stockdunkel sein.«

Jede Widerrede war zwecklos. Sie wusste es. Dennoch hob sie noch einmal dazu an: »Was wollen Sie denn unten an der Elbe? Da ist jetzt bestimmt niemand.«

»Ihre Gesellschaft ist mir mehr wert als die Begegnung mit etlichen anderen Menschen.«

Sie dachte, dass sie wenigstens ihre Schuhe wechseln müsste. Doch statt ins Haus zu gehen, um sich für den Spaziergang zurechtzumachen, drehte sie sich um und drückte Rike, die gerade das Tischtuch abzog, die Servietten in den Arm. »Mach weiter«, sie bemühte sich um einen sachlichen Ton, konnte jedoch ein leises Zittern in ihrer Stimme nicht verhindern, »ich bin gleich zurück.« Dann rief sie Daniel zu: »Kommen Sie. Ich zeige Ihnen den Weg.«

In den Hang war eine relativ steile, schmale Treppe geschlagen, die zwischen Kiefern, Heidekraut und Dünengräsern in die Tiefe führte. Maria kannte den Weg gut, sie brauchte eigentlich nicht auf jeden Schritt zu achten, passte aber doch gut auf, um nicht auf ein Steinchen zu treten, das vorwitzig aus dem Sandboden ragte, und sich damit die Seidenstiefeletten zu ruinieren. Auf halber Höhe angekommen, beschloss sie etwas entnervt, zurück barfuß zu laufen. Wenn sie am Strand angekommen waren, würde sie ihre *Bottinen* ausziehen. Das gehörte sich zwar nicht für eine Dame, aber sie hatte in den vergangenen Wochen so viel erlebt, das nicht *comme il faut* war, dass diese weitere Übertretung des guten Benehmens keine Rolle spielte. Wenn Dineke recht hatte, redeten die Leute ohnehin schon allerlei übles und unwahres Zeug über sie. Als sie den Strand erreichten, öffnete sie ihre Stiefeletten und sank in den von der Sonne noch warmen Sand.

Daniel stapfte wortlos an ihr vorbei und blieb am Ufer stehen. Er blickte über die Elbe und schien nicht zu bemerken, wie schnell die Flut stieg. Schon nach wenigen Minuten schlappten die Wellen um seine Füße. Das störte ihn offenbar nicht – er blieb, wo er war.

Wie in einem himmlischen Goldrausch schien die Sonne hinter ihm zu versinken. Maria sah auf seinen Rücken und

Maria lachte. »Machen Sie sich keine Sorgen, die Flasche liegt vermutlich schon lange im Sand. So tief kann sie nur durch Verwehungen gesunken sein, und das passiert nicht von heute auf morgen, da vergeht schon einige Zeit.«

»Gibt es hier viel Schmuggel?«

»Überfälle von Piraten wie früher zu Zeiten der Hanse gibt es kaum noch. Zuweilen wird hinter vorgehaltener Hand darüber geflüstert, dass die eine oder andere Bark mal eine Kiste vor der Hafeneinfahrt verliert. Aber natürlich spricht niemand offiziell darüber. Es ist wohl so, dass die Lotsen besser aufpassen und die Beamten vom Zoll weniger korrupt sind als ihre Vorfahren.«

Daniel sah sie versonnen an. »Sie können schön erzählen, Madame«, lobte er.

»Ach? Das dachte ich eigentlich immer von Ihnen.« Erschrocken biss sie sich auf die Unterlippe. Wie gedankenlos von ihr, einfach auszuplaudern, was ihr durch den Kopf ging.

»Tatsächlich?« Lächelnd streckte er sich nun wieder neben ihr aus, richtete sich halb auf und stützte sich auf einen Ellenbogen, das Strandgut noch immer in der Hand, und betrachtete sie aufmerksam. »Im Moment würde ich lieber Ihnen zuhören, als irgendwelchen Unsinn zu reden. Woher wissen Sie so gut Bescheid über die Seefahrt?«

»Ich lebe seit zwölf Jahren in Nienstedten. Außerdem ist mein Vater Kapitän.«

»Die schöne Kapitänstochter …«, murmelte er. Dann fügte er hinzu: »Das klingt wie eine Komödie.«

»Ob Komödie oder Tragödie hängt vom Ende der Geschichte ab, nicht wahr?«

Sein Blick suchte ihre Augen und tauchte darin ein, er hielt sie fest. Sie sahen einander an, und Maria dachte, dass das milde Abendlicht die Sicht verwischte. Die Zuneigung, die sie entdeckte, war gewiss eine optische Täuschung. Und wenn es anders war, so durfte es nicht sein.

Daniel war ein Künstler. Sie hatte unterschätzt, dass er es im Umgang mit Frauen ebenso war wie mit Gärten. Doch nun ließ sie sich nicht mehr einlullen von ihm. Abrupt sah sie von ihm fort. Gedankenverloren nahm sie wahr, dass die Fähre nach Teufelsbrück den Fluss kreuzte. Am Bug des Kahns schaukelte im milden Licht der Dämmerung bereits eine Laterne. »Wir müssen gehen.«

»Maria ... ich wollte Ihnen schon so lange sagen ...«

»Ich bitte Sie«, protestierte sie. Sein Gestammel half ihr, die Oberhand zu gewinnen. »Ich bitte Sie, schweigen Sie, bevor ein unbedachtes Wort unsere ... ehm ... Freundschaft ... zerstört ...« Meine Güte, was war nur los mit ihr? Jetzt stotterte sie ebenfalls.

»Es ist kein unbedachtes Wort. Ich möchte Ihnen mit aller Aufrichtigkeit sagen, dass ...«

»Nein!« Sie rappelte sich auf, was barfuß im Sand und mit ihrem langen Rock etwas schwerfällig wirkte. »Bitte sehen Sie mich nicht so treuherzig an. Und es ist auch nicht nötig, irgendetwas zu sagen. Ich höre Ihren Geschichten gerne zu, aber ich brauche keine schönen Worte. Dafür bin ich die Falsche. Verschwenden Sie Ihren Honig lieber an Fräulein Böhme.« Als sie es ausgesprochen hatte, schämte sie sich. Sie klang so unfassbar eifersüchtig. Dabei meinte sie es aufrichtig. Oder doch nicht? Es war alles so peinlich. Verlegen wandte sich Maria zum Gehen.

Er sprang erheblich behänder auf und war mit einem Satz neben ihr. »Was hat denn Fräulein Böhme mit uns zu tun?«

»Das sollten Sie selbst am besten wissen, schließlich haben Sie sich ausführlich mit ihr unterhalten.«

»Aber …«, hob er an, unterbrach sich, sprach: »Das ist doch …«, hörte wieder auf. Nach einer kurzen Pause fuhr er sich durch das Haar und setzte erneut an: »Es sollte ein Ablenkungsmanöver sein. Ich habe mich mit Fräulein Böhme unterhalten, um die Frau Pastor auf eine falsche Fährte zu führen. Sie hat neulich über den Klatsch im Dorf geredet, und dagegen wollte ich etwas unternehmen. Nie hätte ich geglaubt, dass Sie mich dermaßen missverstehen könnten. Maria, wissen Sie denn nicht, wie es um mich steht?«

Maria schnappte nach Luft. Am liebsten hätte sie laut aufgelacht. Aber das Lachen verkniff sie sich ebenso wie eine Erwiderung. Sie würde ihn nicht zu seiner Umsicht beglückwünschen, weil er klug gehandelt, aber ihr dennoch fast das Herz gebrochen hatte. Und wenn sie es recht überlegte, wollte sie zwar wissen, was er fühlte, doch ihr war gleichzeitig klar, dass er es ihr besser niemals gestand. Sie sah ihn an – und war dankbar, dass die hereinbrechende Dunkelheit seine Züge verschleierte. Wenn er jetzt dasselbe Sehnen wahrnähme, das sie so stark bewegte, war es um ihre Tugendhaftigkeit geschehen. Sie senkte die Lider, rührte sich nicht vom Fleck und schwieg.

Zärtlich legte er seine Hand an ihre Wange.

Ihr Herz schlug bis zum Hals. Sie wollte etwas sagen, vergaß aber binnen Sekunden, was ihr durch den Kopf gegangen war. Sicher war es nicht wichtig. Und wenn, könnte sie vor lauter Heiserkeit auch nicht sprechen.

Seine Finger fuhren spielerisch ihren Unterkiefer entlang, glitten in ihr Haar. Sie spürte, wie ihre Haube verrutschte, doch das war unwichtig. Gänzlich unwichtig. Sein Mund berührte ihre Lippen. Vorsichtig. Abwartend. Weich. Schließlich fordernder. Es war wie das Vorspiel einer großen Leidenschaft. Es war wunderbar verheißungsvoll.

»Weißt du es jetzt?«, flüsterte er.

»Was?« Verwundert legte sie den Kopf in den Nacken.

»Dass ich hoffnungslos verliebt in dich bin.« Er verteilte zarte, prickelnde Küsse in ihrer Halsbeuge. »Ich kann kaum noch an etwas anderes denken als an dich. Wenn ich morgens aufwache, denke ich an dich. Und wenn ich schlafen gehe, ist es nicht anders. Ich muss mich zwingen, nicht andauernd zu dir zu laufen und dich nicht so zu berühren, wie ich es mir wünsche. Ich bin vollkommen verloren.«

Es wäre so einfach, sich ihm hinzugeben. Seinen schönen jungen Körper zu spüren, wie sie es begehrte. Ein letzter Rest Vernunft warnte sie jedoch vor den Folgen einer unachtsamen Nachgiebigkeit. Eine flüchtige Liebelei würde ihr ohnehin nicht einfaches Leben verkomplizieren. In ihrem Kopf und in ihrem Herzen herrschte ein derartiges Chaos, das für weitere Verwirrung sorgte, wenn sie einfach tat, worauf sie Lust verspürte. Und wahrscheinlich würde alles in einem Desaster enden …

Sie legte ihre Hand auf seine Brust und schob ihn sanft, aber energisch von sich. »Ich bin Witwe. Du darfst mich nicht lieben.«

»Warum nicht? Glücklicherweise bist du nicht verheiratet.«

»Paridom … mein Mann … er ist vor rund zehn Wochen tödlich verunglückt. Ich kann nicht …« Sie wusste ja selbst nicht, was genau sie nicht tun konnte. Sie wollte Daniel. Aber die Konventionen hinderten sie an einer Liaison. Sie musste die Trauerzeit abwarten, bevor sie einen neuen Mann in ihr Leben ließ. Allerdings war da auch der Gedanke an den Schmerz, der irgendwann mit der unweigerlichen Trennung von ihrem jungen Liebhaber einhergehen würde und von dem sie ahnte, dass sie ihn nicht aushielt. Es war reiner Selbstschutz, der sie zurückweichen ließ.

Trotz aller Vernunft war sie enttäuscht, dass er nicht um sie kämpfte.

»Na, gut, wie du es wünschst«, sagte er resignierend. Er fuhr sich wieder durch das Haar, diesmal wirkte die Geste wie eine Kapitulation.

Ihr fiel auf, dass er in der anderen Hand noch immer die Flasche hielt. »Lass den guten Portwein nicht fallen«, warnte sie in dem Versuch, einen scherzhaften Ton anzuschlagen. Sie räusperte sich, schaffte auch sprachlich Distanz: »Sie haben ihn eigenhändig aus dem Sand gegraben und somit redlich verdient, Monsieur Jacques.«

»Ha!« Mit einem bitteren Lachen blickte er auf das Etikett, das inzwischen noch schlechter lesbar war als zuvor. Er schüttelte den Kopf. »Wie sollte ich davon allein trinken? Erlauben Sie mir, das Teufelszeug in Ihrem Haus zu kosten, der erste Schluck gebührt Ihnen, meine Piratenbraut.«

»Was für ein Unsinn!« Ihre Stimme klang streng, doch dann kicherte sie albern. Wer war sie, dass sie ihm ihre Gastfreundschaft verwehrte? »Gehen wir hinauf, bevor es so dunkel wird, dass wir die Treppenstufen nicht mehr sehen. Und, bitte, halten Sie die Flasche gut fest.«

»Wir könnten zwei Stühle auf die Terrasse stellen und den ersten Tropfen mit Blick auf die Elbe nehmen«, schlug Daniel vor, während sie nacheinander langsam nach oben stiegen. »Das wäre mit der Aussicht auf den Ort, der uns diesen Genuss gebracht hat, sicher perfekt.«

Wenn ihr Personal schon alle Sitzgelegenheiten in die Remise geräumt hatte, würde sie zwei Stühle aus der Stube nehmen, sinnierte sie. Und dann würde sie mit Daniel unter den Linden sitzen, Portwein trinken und seinen Geschichten lauschen, vielleicht würde sie auch selbst etwas dazu besteuern, und sie beide würden sich aus ihrem jeweiligen Leben erzählten. Sie würden die Magie der Linden spüren, die die Bäume der Liebe waren. Es wäre ein passender Abschluss nach einem wunderbaren Tag.

Und doch war es ausgeschlossen.

Maria war klar, dass sie wankelmütig werden könnte. Mit dem Alkohol im Blut, selig noch von seinem Kuss, könnte sie sich vergessen. Sie beschleunigte den Schritt ihrer bloßen Füße auf der Treppe, als wollte sie vor Daniel davonlaufen. Oder von einem der Orte, die zu ihrem Leben gehörten und die sie von nun an für immer an ihn erinnerten. Einerlei, was noch kommen mochte.

25

»Gehören die Ihnen?«

Entgeistert fuhr Maria von ihrer Lektüre hoch und blickte direkt auf ihre seidenen Stiefeletten. Die Schuhe waren an den Schnürsenkeln zusammengebunden und baumelten von einer Hand herab, die in einem Spitzenhandschuh steckte. Als Marias Blick weiterwanderte, erkannte sie das stark gepuderte Gesicht jener jungen Frau, die sie *das Luder* nannte.

Durch die Schreckstarre ein wenig verzögert, sprang sie von ihrem Stuhl auf. Sie hatte sich die Sitzgelegenheit auf die Terrasse stellen lassen, um im Schatten der Linden ein wenig zu lesen. Natürlich war das nicht der wirkliche Grund für ihren

»Offenbar«, sinnierte Maria in sachlichem Ton, »haben wir alle unsere Geheimnisse. Neulich sah ich Sie bei Magnus Frese. Mir persönlich ist es völlig gleichgültig, ob Sie in seinem Hotel Ihren Geschäften nachgehen, aber wenn sich das herumspricht, wäre sein Ruf rasch beschädigt.« Stumm dankte sie der göttlichen Fügung, die ihr die Erinnerung präsentiert und die Worte in den Mund gelegt hatte.

Für einen Moment verlor das Luder die Contenance. Die stechenden Augen zuckten, die zu einem süffisanten Lächeln eingefrorenen Mundwinkel sackten herab. »Das ist eine infame Unterstellung!«, stieß sie hervor.

Einen Atemzug später hatte sie sich wieder unter Kontrolle – und brach dramatisch in Tränen aus.

Das Schauspiel ließ Maria entnervt aufstöhnen.

Die andere fischte in ihrem Beutel nach einem Taschentuch und betupfte sich damit die Lider.

»Lassen Sie bitte dieses Theater. Gehen Sie!«

»Nicht ohne meine Kronen«, schniefte das Luder.

Maria gab sich ahnungslos. Wenn die andere schauspielerte, konnte sie das auch. »Welche Kronen?«

»Na, meine Abfindung. Mein Erbe. Ihre Gegenleistung für meinen Abschied von dem armen Paridom.«

All ihren Mut zusammennehmend, wies Maria in Richtung Straße. Entschlossen erklärte sie: »Was immer Sie erwarten – Sie werden es von mir nicht bekommen. Ich habe kein Geld. Und nun gehen Sie endlich!«

Ein listiger Blick streifte Maria, bevor das süffisante Lächeln in das geschminkte Gesicht zurückkehrte. »Sie wollen lieber den Ruf Ihres verstorbenen Gatten beschädigen, als meinen Kummer mit ein paar Kronen zu lindern? Was sind Sie nur für eine Witwe!«

Der Ausruf traf Maria. Er erfüllte sie mit tiefer Traurigkeit. Doch über ihre Gefühle würde sie nachdenken, wenn das Luder verschwunden war.

Sie warf einen demonstrativen Blick auf die Stiefeletten am Boden, atmete tief durch und sagte dann: »Wenn ich Ihnen Glauben schenken darf, ist es um meinen Ruf bereits geschehen. Was schadet da noch ein bisschen mehr Gerede? Ich halte das Andenken an meinen Mann in Ehren. Ob Sie das tun wollen, überlasse ich ganz Ihnen.« Genau genommen stimmte es: Der Klatsch konnte sicher kaum noch schlimmer werden, wenn über ihren Strandbesuch mit Daniel getuschelt wurde.

»Ich könnte herumerzählen, dass alles nicht so war, wie es den Anschein hatte.«

»Und ich könnte sagen, was Sie im Park-Hotel treiben«, parierte Maria. »Wem, meinen Sie, werden die Dorfbewohner mehr Glauben schenken? Einer Frau, die Liebe verkauft, oder ihrer Nachbarin, mit der sie seit zwölf Jahren gut bekannt sind?«

Überraschenderweise brach die andere in schallendes Gelächter aus. »Witwe Burmester, Sie sind eine Hexe«, prustete sie, »und Sie verdienen Respekt. Das allerdings unterscheidet uns: Ich bin nicht an viel Ehr' interessiert, sondern nur an barer Münze. Halten Sie ein Säckchen Kronen bereit für meinen nächsten Besuch …«

»Ich sagte Ihnen doch, dass ich Sie nicht bezahlen kann. Selbst wenn ich es wollte.«

»Glauben Sie wirklich, ich hätte Interesse an *Ihrer* Situation?«, schnappte das Luder. »Außerdem lasse ich mich nicht von Ihnen veräppeln: Wer solche Schuhe trägt, ist nicht arm.«

Maria schwieg. Was sollte sie auch noch sagen? Sie wünschte, dass diese Frau mit dem zu stark gepuderten Gesicht und dem zu großen Hut endlich ging. Wenn sie doch nur wüsste, wie sie sie zum Schweigen bringen könnte. Plötzlich fiel ihr etwas ein: »Wie heißen Sie eigentlich? Ich kenne Ihren Namen nicht.«

»Annette. Ich heiße Annette. Aber alle Welt nennt mich *Netti* – und wissen Sie, warum? Weil ich eine so reizende Person bin.«

»Brillant«, murmelte Maria mit ungewöhnlichem Zynismus.

»Jetzt werde ich gehen.« Ein leises Zögern verriet, dass sie das eigentlich doch noch nicht beabsichtigte. »Ich komme wieder. Darauf können Sie sich verlassen.«

Ja, fuhr es Maria durch den Kopf, das befürchte ich auch.

Die sogenannte Netti machte auf dem Absatz kehrt und stolzierte in Richtung Straße. An der Hausmauer schrie sie empört auf. Offenbar unachtsam, war sie in eine entgegenkommende Person gelaufen, die es deutlich eiliger hatte als sie. »Na, da haben wir aber einen ganz schnellen Jungen«, kommentierte sie den Zusammenstoß.

»Tut ... tut mir leid ... ich ... ich ... habe Sie nicht gesehen ...«, stotterte eine Männerstimme.

Hinter der ausladenden Kopfbedeckung erkannte Maria einen Postillon. Der Bote der dänischen Post war wohl etwas zu hastig um die Ecke gebogen. Jetzt hielt er in der Bewegung inne und starrte die aufgetakelte Frau fasziniert an. Er war keineswegs mehr der Junge, als den Annette ihn bezeichnete, doch sein Gesicht lief ob der Begegnung so dunkelrot an wie das eines schüchternen Knaben.

Bald weiß jeder im Dorf, wer bei mir zu Besuch war, dachte Maria. Der Kurier würde nachher in einem der anderen Gasthäuser einkehren und dabei sicher das eine oder andere Gespräch führen. Damit hatte sich ihre Sorge um Paridoms Andenken schlicht erledigt.

Sie ignorierte den Blickkontakt zwischen dem Luder und dem Mann. Kühl erkundigte sie sich: »Was bringen Sie mir?«

Es war ihm deutlich anzumerken, wie ungern er sich aus dem Bann löste, in den die andere Frau ihn zog. Er stolperte Maria entgegen. »Ich bringe eine eilige Nachricht von der Poststation in Schleswig.« Rasch reichte er ihr einen Umschlag. Kaum hatte er seinen Auftrag erledigt, wandte er sich auch schon wieder zu Annette um, die neugierig in der Nähe ausharrte. Stumm vor Staunen starrte er sie an.

»Gehen Sie!«, herrschte Maria ihn an. Und fügte hinzu: »Das gilt für sie beide.«

Sie brauchte den Eilbrief eigentlich nicht anzusehen, um zu wissen, dass er von der Kinderfrau stammte, die ihre Ankunft ankündigte. Wenn sie sich beim Verfassen des Schreibens in Schleswig aufgehalten hatte und Maria den Ritt des Boten berücksichtigte, würde ihre Familie spätestens morgen ankommen. Das Glück, das sich bei dieser Aussicht einstellte, wurde getrübt von dem Anblick des Luders, das davonrauschte, den Postillon im Gefolge. Als sie das Kuvert aufriss, dachte sie, dass sie ihre Söhne und Töchter nicht nur vor wirtschaftlicher Not, sondern auch vor übler Nachrede schützen musste. Wie sollte sie das nur tun angesichts der vielen Intrigen, die plötzlich in ihr Leben gekommen waren?

Hamburg

26

Am dritten Tag nach Emilias Ausflug erhielt sie den dritten Brief von Joachim. Er benutzte warme, herzliche Redewendungen, hielt sich jedoch mit mehr oder weniger unverfänglichen Themen auf, so dass eine unbeteiligte Person nicht die nahe Beziehung hinter den Worten erkennen konnte, die Emilia darin las. Ihrer Ansicht nach beschrieb er den Fortgang der Arbeiten auf seinem Landgut so ausführlich, um ihr einen weiteren Besuch schmackhaft zu machen. Dann berichtete er von einer offenbar bemerkenswerten französischen Schriftstellerin namens Olympe de Gouges, die sich für die Rechte der Bürgerinnen einsetzte und einen Roman über die Affäre einer verheirateten Frau geschrieben hatte, der eine Anklage gegen das geltende Scheidungsrecht war. Emilia war klar, dass dies ein versteckter Hinweis auf ihre eigene Ehe war. Dass Madame de Gouges auch eine Verbesserung des Armenwesens forderte, entsprach Joachims Haltung zur öffentlichen Fürsorge. Emilia bewunderte seine Wohltätigkeit durchaus, sah in diesem Hinweis allerdings eher ein Ablenkungsmanöver für unbefugte Leser. Oder Leserinnen wie Fräulein Böhme.

Emilia, die es gewohnt war, viel Zeit allein zu verbringen, reagierte gereizt auf die ständige Unterhaltung. Sie konnte kaum einen Schritt ohne die Gesellschafterin tun. Ständig schwirrte Dorothea Böhme um sie herum. Und obwohl die Böhme behauptete, nichts damit zu tun zu haben, war Emilia fest davon überzeugt, dass es ihre Schritte waren, die sie nachts vor ihrer Schlafzimmertür hörte. »Sie haben gewiss nur schlecht geträumt«, wiegelte die andere in einem Ton ab, der vermuten ließ, dass sie an Emilias Verstand zweifelte, als diese ihr von dem Gehörten berichtete. Der erste Gedanke, der Emilia daraufhin traf, war der Wunsch nach Flucht. Doch die Vernunft siegte wieder, und sie blieb, wo sie war.

Schließlich war dies der Ort, wo Amadeus sie vermutete. Was immer geschah, ihr Sohn sollte sicher sein können, wo er sie wiedersah. Inzwischen hatte sie eine Nachricht von ihm bekommen, die so kurz abgefasst war, dass sie die Zensur seines Vaters oder der Schulleitung vermutete. Aber immerhin konnte Emilia nun sicher sein, dass er wohlbehalten in Liegnitz angekommen war. Wenigstens hatte er die Reise gut überstanden. Sie vermisste ihn schrecklich, und im Rückblick dachte sie, dass der gebrochene Daumen weit weniger dramatisch gewesen war als die Umstände, die zu seiner Übersiedlung geführt hatten. Warum hatte sie sich damals eigentlich so aufgeregt? Und die Burmeister hatte sich als deutlich sympathischer erwiesen, als Emilia anfangs dachte. Patent war sie gewiss auch, davon zeugte die Art und Weise, wie sie sich als Wirtin auf der traumhaft schönen Terrasse gerierte.

Die Erinnerung an Maria Burmester brachte Emilia auf eine Idee. Wenn sie die Bekanntschaft mit der Witwe pflegte, hätte sie einen Grund, nach Nienstedten zu fahren, ohne die Aufmerksamkeit von Fräulein Böhme auf Joachim zu lenken. Denn es stand bei all ihrer Zurückhaltung außer Frage, dass sie Joachim wiedersehen wollte. Hatte sie nicht ein wenig Licht in ihrem momentan düsteren Leben verdient? Und eine Frau, die eine Freundin werden könnte, kam ihr da gerade recht. Sie könnte die Burmester erst einmal zu sich einladen, um anschließend zu einem Gegenbesuch aufzubrechen. Ein respektables Arrangement. Dagegen konnte nicht einmal Tilmann etwas einwenden. Oder Fräulein Böhme.

Stolz auf ihre Idee, öffnete Emilia den silbernen Deckel des Tintenfässchens auf ihrem Sekretär. Sie tauchte den Federkiel hinein und begann, mit ihren schwungvollen, großen Schriftzügen einen Brief aufzusetzen. Ein formelles, höfliches Schreiben, das eventuell auch dem Blick ihrer Gesellschafterin standhielt.

Ich werde verrückt, fuhr es Emilia plötzlich durch den Kopf. Wieso nahm sie nun schon wiederholt an, dass Fräulein Böhme heimlich ihre private Post las? Sie mochte Tilmann berichten, wie sich Emilia ihren Tag einrichtete und was sie tat, wenn sie das Haus verließ, aber ganz gewiss war jeder andere Gedanke übertrieben. Dorothea Böhme verfolgt mich nicht, entschied sie still, während sie Sand über ihr Briefpapier streute, um die Tinte schneller trocknen zu lassen.

*

Das schöne Spätsommerwetter erlöste die Hamburger nicht von dem Gestank. Die Gassen waren zu eng bebaut, um den Anwohnern und den vielen Menschen und Tieren, die täglich durch die Tore strömten, und deren Notdurft ausreichend Platz zu bieten. Der Wasserstand in den Kanälen war niedrig, und der viele Unrat darin verpestete trotz der schweißtreibenden Bemühungen der *Fleetenkieker*, diesen einzusammeln, die Luft. Darüber hinaus herrschte ein Geschiebe und Gedränge zwischen den Passanten, die Kutschen, Fuhrwerke und Reiter teilten sich unter viel Geschrei die Richtungen auf den schmalen Straßen. Mehrmals fragte sich Maria, während sie ein mit

Kölnisch Wasser parfümiertes Tuch an ihre Nase drückte, warum sie die Einladung beantwortet und nicht ohne Umweg von Hammerbrook an die Elbe gefahren war, nachdem sie Immanuel im Knabeninstitut abgeliefert hatte. Im ersten Schritt war ihre Zusage zweifellos ein Akt der Höflichkeit gegenüber der Mutter eines Klassenkameraden ihres Sohnes gewesen, doch inzwischen wurde sie von Neugier geleitet. In der Schule hatte sie vorhin erfahren, dass Amadeus inzwischen auf die Ritterakademie im schlesisch-preußischen Liegnitz ging.

Die Wedekind wohnte in einer schönen Gegend mit ein paar Straßenbäumen vor der Häuserzeile. Als Maria der Mietdroschke entstieg, legte sie den Kopf in den Nacken und blickte bis unter den Giebel des sechsstöckigen Bürgerhauses aus rotem Backstein, das, wie die Nachbargebäude auch, so schmal schien, als befände sich in jeder Etage nur ein einziges Zimmer. In weniger wohlhabenden Vierteln waren mehrere Familien in einem vergleichbaren Anwesen untergebracht; für die Eltern Wedekind und ihren Sohn mochte hier mehr als ausreichend Platz zur Verfügung stehen. Das hatte Maria eigentlich nicht anders erwartet. Dennoch schien ihr das Ambiente etwas zu vornehm für einen Militärarzt. Allerdings, so überlegte sie, während sie den Türklopfer betätigte, ein Armenarzt war Tilmann von Wedekind nun auch wieder nicht.

Eine Zofe öffnete ihr. »Madame von Wedekind empfängt im Musikzimmer im ersten Stock«, erklärte sie ein wenig manieriert.

Unwillkürlich fiel Maria der gebrochene Daumen ein, der die Karriere des angehenden Musikus womöglich beendet hatte, bevor sie begann. War die Verletzung der Grund, warum Amadeus nunmehr eine preußische Erziehung genoss, die sein Talent sicher nicht förderte? Immanuel hegte jedenfalls kein Interesse mehr daran, die Revolution nachzuspielen, der Großvater hatte ihn gehörig ausgeschimpft, wie der Sohn ihr erzählte. Es hatte wohl auch eine Tracht Prügel gesetzt, die Immanuel jedoch besser überstanden hatte als Amadeus seinen Angriff.

Auf der Treppe, die von der Eingangshalle hinaufführte, wurde Maria von Fräulein Böhme erwartet. »Wie nett, dass Sie sich die Zeit genommen haben, Frau von Wedekind zu besuchen«, plauderte die Gesellschafterin. »Ohne Mann und Kind fühlt sie sich recht einsam.«

»Ich dachte, gegen das Alleinsein hätte sie Sie«, gab Maria unwillig zurück.

»Selbstverständlich tue ich, was ich kann. Herr Doktor von Wedekind hat mich genau instruiert, bevor er auf Reisen ging.«

»Ihre Anwesenheit nimmt ihm gewiss die Sorge um seine Gemahlin.«

»Das hoffe ich.« Dorothea Böhme öffnete eine zweiflügelige Tür. »Bitte sehr, treten Sie ein.« Und dann rief sie in den Raum: »Die Witwe Burmester ist da, Frau von Wedekind.«

Emilia erhob sich von der Klavierbank, auf der sie, versonnen auf die Tastatur blickend, gesessen hatte. Sie streckte Maria beide Hände entgegen. »Herzlich willkommen, Frau Burmester!«

Angenehm überrascht registrierte Maria, dass Emilia das Musikzimmer nicht etwa als Vorwurf gewählt hatte. Ein so freundlicher Empfang ließ nicht auf böse Absichten schließen. Sie ergriff Emilias Hände. »Nennen Sie mich bitte Maria.«

»Nur, wenn ich ab sofort Emilia für Sie sein darf.«

»Ja. Natürlich. Danke.« Lächelnd ließ Maria die andere los.

»Bitte«, die Hausherrin deutete auf drei Fauteuils an einem

kleinen Tisch, »nehmen Sie doch Platz. Möchten Sie Ihre Jacke ablegen? Es ist recht heiß für die Jahreszeit.«

»Die Temperaturen lassen einen schönen Herbst erahnen«, sagte Maria, als sie der Aufforderung nachkam.

»Ja. Vermutlich.«

Maria sah sich in dem hellen Raum um und dachte, dass es die richtige Atmosphäre war, um heitere Musik einzustudieren. Und sie dachte daran, dass sie früher gerne getanzt hatte. Ob Daniel das Tanzbein schwang? Er hatte ihr schon so viel von sich erzählt, doch das wusste sie nicht – und würde es wohl nie erfahren. »Dem Wein tut das Wetter auch gut«, murmelte sie, mit ihren Gedanken bei dem Kunstgärtner.

»Was? Welchem Wein?«

Aus ihrer Erinnerung an den Spaziergang vor ein paar Wochen antwortete sie prompt: »Dem französischen Wein.« Erst als sie sich der Anwesenheit von Dorothea Böhme, die Daniel schöne Augen gemacht hatte, bewusst wurde, improvisierte sie eilig: »Ach, mir gefällt die französische Lebensart. Der Genuss eines *service à la française* ist unübertroffen, nicht wahr? Und das schließt die Weine zweifellos ein.«

Stirnrunzelnd fragte Emilia: »Möchten Sie ein Glas Riesling zur Erfrischung?«

»Nein, vielen Dank. Ein Glas Limonade wäre ausreichend.«

Dorothea Böhme hatte das Glöckchen, das auf einem Tisch stand, bereits in der Hand, doch Emilia hielt sie davon ab, nach dem Personal zu läuten. »Bitte sorgen Sie doch selbst dafür, dass Frau Burmester das Gewünschte bekommt.«

»Aber ich …«, protestierte die Gesellschafterin, brach jedoch ab.

Maria war klar, dass sich die Jüngere nicht als Dienstmädchen verstand. Obwohl es sie nichts anging, hätte sie vielleicht

Partei für das Fräulein ergriffen, wenn die Erinnerung an Daniel nicht so an ihr nagte. So ignorierte sie den Disput und lehnte sich gemütlich in dem kleinen Sessel zurück, den Emilia ihr zugewiesen hatte.

»Die wären wir erst einmal los«, zischte die Hausherrin, nachdem sich die Tür hinter Dorothea Böhme geschlossen hatte. Offenbar registrierte sie Marias etwas verstörten Blick, denn sie fügte in einem entschuldigenden Ton hinzu: »Mein Gatte hatte es wahrscheinlich gut gemeint, eine Gesellschafterin für mich zu engagieren, aber sie nimmt mir die Luft zum Atmen.«

Vage klang ein Vorwurf aus Emilias Worten, der Maria irritierte. Sie dachte an Henriette Vandenberg, die sich mit einer ähnlichen Bemerkung an sie gewandt hatte. Ihr lag auf der Zunge, Emilia zu fragen, warum sie das Fräulein nicht mochte, aber sie verkniff sich diese Indiskretion. Dafür kannten sie einander nicht gut genug. Das Thema wechselnd, erinnerte sie sich an Amadeus: »Ich habe Immanuel heute in die Schule zurückgebracht und festgestellt, dass Ihr Sohn ein anderes Institut besucht. Zweifellos wird er von seinen Kameraden vermisst.«

»Von seiner Mutter wird er auch vermisst. Mein Gatte bestand auf eine andere Erziehung als die, die Amadeus bislang zuteilwurde.«

Anscheinend war das kein so unverfängliches Thema, wie Maria gehofft hatte. Sie fühlte sich, als habe sie in ein Wespennest gestochen, und schwieg.

Die Tür klappte, und Emilia setzte hastig an: »Die neuen bürgerlichen Werte in Frankreich klingen recht originell, finden Sie nicht? Hörten Sie, dass in Paris darüber debattiert wird, den Frauen dieselben Rechte wie den Männern zuzugestehen?« Der Themenwechsel klang bemüht und improvisiert.

Maria nahm aus den Augenwinkeln wahr, wie Dorothea Böhme eintrat. Mit leeren Händen. Offenbar hatte sie den Auftrag der Hausherrin nicht ausgeführt. Wie peinlich!

»Nein«, erwiderte Maria zögernd, »ich weiß nichts von den Debatten in Paris.« Mir genügt der Streit, der in dieser Familie anscheinend ausgefochten wird, fügte sie stumm hinzu.

»Angeblich sollen Frauen künftig erbberechtigt sein dürfen«, verfolgte Emilia unverdrossen ihr Thema, während sich Fräulein Böhme ruhig auf einen Stuhl im Hintergrund setzte, die Hände in ihrem Schoß faltete und aufmerksam lauschte.

»Die dänische Verfassung, das Königsgesetz, sichert die weibliche Erbfolge bereits seit rund einhundertfünfzig Jahren.«

»Oh, dann gehört der Hof in Nienstedten Ihnen, und Sie verwalten ihn nicht für ihren Sohn? Wie fortschrittlich.« Emilias Lächeln verflog rasch, ihre Anspannung dagegen nicht. Sie wandte sich an ihre Gesellschafterin: »Wo ist die Limonade für Frau Burmester?«

»Ich habe das Mädchen beauftragt, ein Glas zu bringen.«

»Nun, dann wird sie wohl gleich damit kommen.«

»Gewiss«, versicherte Dorothea Böhme kühl.

Maria wünschte, sie wäre auf direktem Wege nach Hause unterwegs.

»Verzeihen Sie, liebe Maria«, hob Emilia an, »Sie sind natürlich einen ganz anderen Service gewöhnt. Werden Sie die Gaststube wieder eröffnen? Ihr Hof liegt wunderschön, und ich gratuliere Ihnen zu Ihrem Eigentum. Zweifellos ist die Terrasse ein perfekter Ort für ein Ausflugslokal.«

»Das meinte Herr Jacques auch«, warf Fräulein Böhme ein.

Was für eine einfältige Person, dachte Maria. Laut sagte sie: »Ach? Tat er das?«

Die Beantwortung der eigentlich nur rhetorisch gemeinten

Frage blieb aus, da in diesem Moment die Zofe mit einem kleinen Tablett erschien, auf dem sie zwei Gläser mit einem burgunderrot schimmernden Getränk trug. Sie stellte es vor Emilia auf den Tisch, knickste und ging rückwärts hinaus.

»Ich hoffe, Sie mögen Kirschsaft.«

»Ja. Danke.« Maria probierte einen Schluck. »Sehr gut«, lobt sie dann, »der Saft schmeckt ganz vorzüglich.«

»Das liegt an den Kernen«, erklärte Emilia. »Die Kirschkerne werden im Mörser klein gestoßen und einige Male aufgekocht. Dann werden sie in einem Leinentuch ausgewrungen und die aufgefangene Flüssigkeit wird mit dem zuvor hergestellten Kirschsud vermischt. Nachdem das alles mit reichlich Zucker noch einmal aufgekocht wurde, sollte das Ergebnis zur Zufriedenheit noch eine Weile kalt stehen.«

»Ich werde mir das Rezept merken.«

»Es stammt von der Köchin meiner Eltern. Mein Bruder und ich wuchsen in der Nähe von Hannover auf einem Gut auf, zu dem auch viele Kirschbäume gehörten. Deren Blüte habe ich schon als kleines Mädchen geliebt, und es war stets mein Wunsch, einen Kirschbaum in meinen eigenen Garten zu pflanzen.«

Maria lächelte. So viel Sinn für die Natur hatte sie Emilia gar nicht zugetraut. »Haben Sie es getan?«

»Nein. Leider. Noch hatte ich keine Gelegenheit. Wissen Sie, mein Mann wurde als Militärarzt viele Jahre von einer Garnison in die andere versetzt, wir mussten die bereitstehenden Wohnungen nehmen, wie sie kamen. Hier habe ich nun endlich ein eigenes Zuhause, doch – ohne unbescheiden klingen zu wollen – erfüllt dieses Haus nicht alle Wünsche. Es liegt in der Stadt, und der große Garten auf dem Land bleibt mir verwehrt.«

Maria dachte an Joachim Graaf. War die Landschaftspflege seiner Verliebtheit geschuldet? Ließ er den Park für Emilia anlegen? Sie riss sich aus ihren Gedanken und antwortete: »Natürlich ist innerhalb der Wallanlagen zu wenig Platz für Gärten, aber deshalb besitzen viele Hamburger Bürger Ländereien in der Elbmarsch und an der Alster, neuerdings auch bei uns in der Gegend, wie Sie wissen.«

»Nun sind weder mein Gatte noch ich Hamburger und bürgerlich auch nicht«, bemerkte Emilia, »das erschwert die Pläne für einen Grundstückskauf, zumindest innerhalb der Stadtmauern. Aber ein Ausflug an der frischen Luft ist immer eine gute Wahl. Deshalb erlaube ich mir, Sie noch einmal zu fragen: Werden Sie Ihr Gasthaus wieder eröffnen?«

Maria ließ sich Zeit mit der Antwort. Sie sah zu Fräulein Böhme in Erwartung einer unpassenden Bemerkung, doch die Gesellschafterin schien nun nichts zu dem Dialog beitragen zu wollen. »Wenn ich aufrichtig sein soll«, sagte Maria schließlich, »muss ich Ihnen gestehen, dass ich noch nicht weiß, was aus dem Gasthaus werden soll. Es ist schon ein großer Erfolg, dass wieder Patisserien gefertigt und verkauft werden.«

»Ihre kleinen Kuchen waren ebenso köstlich wie das Schokoladenkonfekt. Und die kandierten Rosenblüten erst!« Emilia strahlte. »Ich bin verrückt danach. Würden Sie denn auch eine *Bonbonniere* nach Hamburg liefern?«

»Selbstverständlich kann ich Ihnen alles schicken, was Ihnen mundete«, versicherte Maria amüsiert. Sie hatte keine Ahnung, wie groß der Einfluss derer von Wedekind in der Hamburger Gesellschaft war, aber wenn sich Emilias Begeisterung herumsprach, war das zweifellos gut für das Geschäft.

Emilia klatschte in die Hände. »Wunderbar. Abgemacht. Fräulein Böhme wird so nett sein und eine Liste mit den Patisserien aufsetzen, die ich bestellen möchte ...« Die Hände noch in der Luft, winkte sie plötzlich ab. »Nein, nein, vielleicht machen wir das nicht. Ich habe eine bessere Idee ...«

Sowohl Maria als auch Dorothea Böhme blickten sie aufmerksam an.

»Ich komme persönlich bei Ihnen vorbei! Darf ich mir erlauben, Ihre Backstube zu besichtigen?«

»Nun, Besucher sind dort eigentlich nicht üblich, aber wir können eine Ausnahme machen.«

»Schade, dass Ihre Gastwirtschaft geschlossen ist. Sonst würde ich einen Kaffee zu den Kuchen bestellen. Am liebsten auf Ihrer Lindenterrasse.«

Der Begriff, den Emilia für das Plateau verwendete, irritierte Maria. Er klang so fremd – und doch verlockend. Eigentlich eine vortreffliche Bezeichnung. Wenn sie denn die Bäume behalten wollte. Würde. Könnte. Sie sollte Daniel nach dem Preis fragen. Doch diese Auskunft würde bedeuten, dass sie zu ihm ging. Etwas, das sie bis zu diesem Augenblick ausgeschlossen hatte, um ein Missverständnis zu vermeiden. Möglicherweise verwechselte er ihr geschäftliches Anliegen mit einem persönlichen Interesse. Ach, es war alles so schwierig ...

Als ihr auffiel, dass Emilia anscheinend eine Antwort erwartete, murmelte sie: »Sie sind mir immer willkommen.«

»Danke, ich komme sehr gerne, und ich möchte mich für Ihre Gastfreundschaft unbedingt revanchieren. Vielleicht könnte ich Ihnen ein Buch schenken. Lesen Sie?«

»Nur wenig«, hob Maria bedauernd an. »Die Zeit ...«, fügte sie hinzu und brach in beredtem Schweigen ab.

Emilia nahm dies zum Anlass, über Lektüre zu plaudern. Dabei bewegte sie sich auf dem schmalen Grat geeigneter

Literatur für Damen. Die Namen vieler Schriftsteller und weniger Schriftstellerinnen wie etwa Sophie von La Roche sprudelten aus ihr heraus, sie erwähnte Titel, die Maria kannte, und solche, die ihr völlig fremd waren. Seltsamerweise schien es ihr, als sei Emilia beides gleichgültig, als sei nur wichtig, dass sie die eigene Stimme hörte.

Maria nippte an dem Kirschsaft und war dankbar, als sie das Glas endlich in angemessener Weise geleert hatte, ohne es in einem Zug auszutrinken. Mit einer gewissen Erleichterung stellte sie es auf dem Tablett ab, entschuldigte sich für die Eile und wies darauf hin, dass sie noch im Hellen in Nienstedten abkommen wollte und deshalb leider aufbrechen müsse. Ihr Bedauern war eine Lüge. Sie empfand Emilias Gesellschaft zwar durchaus als angenehm, vielleicht sogar als Bereicherung, doch die Stimmung in dem freundlichen Musiksalon war beklemmend. Wie hatte es die Hausherrin so treffend ausgedrückt: Die Anwesenheit von Fräulein Böhme nahm jeder im Raum die Luft zum Atmen.

*

»Warum haben Sie die Frauenrechte in Frankreich angesprochen?«, wollte Fräulein Böhme wissen. Nachdem sie die Witwe Burmester zur Tür begleitet hatte, kehrte sie ins Musikzimmer zurück, wo Emilia mit einem versonnenen Lächeln am Klavier saß, dem sie mit den Fingern einer Hand ein paar zusammenhanglose Töne entlockte. »Was soll ein einfaches Landei mit diesem Disput anfangen?«

»Haben wir nicht alle eine gewisse Affinität für das Französische?«, gab Emilia zurück. »Außerdem«, fügte sie rasch hinzu, »irren Sie sich in Maria Burmester. Sie ist weder eine einfache Frau noch ein ungebildetes Landei. Nein, nein, protestieren Sie nicht! Sie halten sie für ungebildet, und das finde ich reichlich anmaßend gegenüber meiner Freundin.«

»Wie Sie meinen.«

»Da Sie offensichtlich gewisse Vorbehalte gegen die Witwe Burmester hegen, werde ich Ihnen den Umgang künftig ersparen.« Emilia legte ihre zweite Hand auf die Klaviatur und spielte einen Tusch. »Sie werden mich nicht begleiten, wenn ich meine Freundin das nächste Mal besuche.«

»Aber ich soll Ihnen stets Gesellschaft leisten …«

»Das wird nicht nötig sein, weil ich eine respektable Witwe besuchen werde. Es mag sein, dass Sie sie für einfältig halten, doch dieser Irrtum liegt ganz bei Ihnen, damit habe ich nichts zu tun. Ich bedarf Ihrer Begleitung nicht. Im Gegenteil: Ich sorge dafür, dass es keine Missstimmung gibt.«

»Möglicherweise fühlen Sie sich allein …«

»Bei einer Freundin?«, fragte Emilia spitz. »Wohl kaum.« Sie erhob sich von dem Klavierhocker, auf dem sie gesessen hatte. »Damit ist die Angelegenheit erledigt, Fräulein Böhme, oder möchten Sie, dass ich meinem Gatten schreibe, wie sehr Sie es an Gastfreundschaft gegenüber meinem Besuch vermissen lassen?«

»Ich darf doch sehr bitten«, protestierte die Böhme.

»Es ist also abgemacht«, verkündete Emilia. »Und nun werde ich mich in mein Zimmer begeben und einige Briefe beantworten.« In Gedanken fügte sie hinzu, dass sie Joachim unbedingt über ihren bevorstehenden Besuch auf dem Hof der Witwe Burmester informieren wollte.

Nienstedten

27

Nachdem sie die Postkutsche nach Blankenese verpasst hatte, suchte sich Maria eine Mitfahrgelegenheit auf einem Boot, und sie fand einen Platz auf einer Schaluppe, die nach Teufelsbrück ablegte. Sie war nicht der einzige Fahrgast, der den Seeweg der Landpartie vorzog: Nach ihr ging ein Herr an Bord, der nicht sehr groß war und trotz seiner jüngeren Jahre zu einer gewissen Leibesfülle neigte, sein rotes Haar wirkte widerspenstig, die Garderobe dagegen vorbildlich. Sein Gepäck bestand aus mehreren Holzkisten, unter deren Last der Matrose ächzte, der sie an Deck schleppte und sicher verstaute. Maria beobachtete die Szene und fragte sich amüsiert, ob der Mann wohl auf der Flucht war und sein gesamtes Hab und Gut mit sich führte. Immerhin handelte es sich bei diesem Transport wahrscheinlich nicht um Schmuggelware, den Zoll dürften die Behälter passiert haben, wenn sie derart offen herumgetragen wurden.

Es bedurfte nur dieses einen Gedankens, der sie zur Erinnerung an Daniel abschweifen ließ. Sie setzte sich auf eine Backkiste an der Reling und dachte an die Flasche Portwein, die sie in einem Schrank vor den Augen neugieriger Besucher und des Personals verborgen hatte. Wie gerne hätte sie in Daniels Gesellschaft davon gekostet. Doch das musste ein Wunschtraum bleiben. Ebenso wie die Wiedereröffnung ihres Lokals. Sie wollte erst einmal so viel Geld mit dem Verkauf und dem

Versand aus der Backstube verdienen, dass sie ihre Schulden begleichen konnte, bevor sie in einen neuen Geschäftszweig investierte. Außerdem wurde es Herbst, sobald die Tage kälter und kürzer wurden, standen Fahrten an die Elbe nicht mehr zuoberst bei den Ausflugszielen der wohlhabenden Bürger aus Altona und Hamburg. Nächstes Jahr könnte sie über die Wirtschaft nachdenken. Frühestens nächstes Jahr, wenn alles gut ging.

Eine aufkommende Brise und der Tidenhub der Flut gaben der Schaluppe so viel Aufwind, dass das Schiff rasch Fahrt aufnahm. Maria liebte es, dieses einzigartige Aroma aus Algen, Salz, Moder und Teer in sich aufzusaugen, das von jedem Hafen ausging und sich in eine klare, unnachahmliche Frische verwandelte, sobald sie die Mitte des Flusses erreichten. Spontan fuhr ihr durch den Kopf, dass sie ihre Kinder nach Kopenhagen hätte begleiten sollen. Der Besuch bei ihren Eltern hätte ihr einige Erlebnisse erspart, aber es war undenkbar gewesen, so bald nach Paridoms Tod Nienstedten zu verlassen, wenn auch nur für kurze Zeit. Und wenn sie fort gewesen wäre, wäre sie Daniel Jacques nicht begegnet …

Wenn ihre Gedanken doch einmal nicht bei diesem Menschen landen würden!

Maria bemühte sich, die Einladung zu Emilia von Wedekind noch einmal Revue passieren zu lassen, aber das gelang ihr nicht, weil auch hier vieles wieder zu Daniel führte. Um sich abzulenken, begann sie, den anderen Reisenden zu beobachten. Der rothaarige Herr saß mittschiffs auf einer schmalen Bank, auf die sein Allerwertester kaum passte, und wirkte nicht nur unglücklich, sondern schien bereits – trotz der guten Bedingungen – leicht seekrank zu sein. Sie lächelte ihm aufmunternd zu.

Er grinste schief zurück. »Ich reise lieber zu Land.«

»Dabei ist es wunderschön, sich die Welt vom Wasser aus anzusehen«, antwortete sie. Es war eine Aussage ihres Vaters, deren Richtigkeit sie nur in relativ engen geographischen Grenzen selbst erfahren hatte, doch sie befürwortete die Worte unbedingt. Allein der Blick auf das Elbufer ließ sie jetzt dankbar dafür sein, die Postkutsche verpasst zu haben. An Steuerbord erhob sich über den Masten der ankernden Segelboote der Hamburger Berg, eine hügelige Erhebung zwischen Millerntor und Wallanlagen an der Grenze zu Altona mit vielen Schornsteinen, aus denen der Rauch wie graue Papiergirlanden in den Himmel stieg. Es war die Gegend alteingesessener Handwerksbetriebe wie Reepschläger, Ölmüller und Glasbläser, aber auch der Kapitänshäuser und des alten Pesthofs, der heute eine Krankenanstalt war, sowie vieler Amüsierbetriebe. Hier lebten Tradition und Fleiß, Leid und Fröhlichkeit, Armut und Besitztum dicht beieinander.

»Fahrten mit der Droschke können auf Dauer recht öde sein, das stimmt.« Marias Gefährte sprach mit einem weichen südwestdeutschen Akzent. »Ich bin viel in Geschäften unterwegs, deshalb kann ich Ihnen versichern, dass sich auf langen Strecken eine große Langeweile einstellt. Dennoch vermeide ich es, Schiffe zu benutzen. Ich ziehe den festen Untergrund einer Straße vor.«

»Sie hätten die Postkutsche nach Teufelsbrück nehmen können.«

»Die habe ich verpasst.«

»Oh!« Maria lachte. »Sie auch?«

Die Planken knarrten, das Segel blähte sich, und das Tauwerk klapperte am Mast, als sich die Schaluppe in den Wind legte und noch mehr Fahrt aufnahm. Die roten Wangen des freundlichen Mannes wurden bleich. Er richtete sich auf, räusperte sich, dann sagte er kläglich: »Verzeihen Sie, Madame, dass ich mich nicht vor Ihnen verbeugte, aber das dürfte im Moment weniger galant ausfallen, als es sein sollte. Darf ich mich Ihnen trotzdem vorstellen? Mein Name ist Ludwig Bohne, ich bin ein Handlungsreisender aus der Residenz Mannheim in der Kurpfalz. Für einen Mann, der am Rhein groß geworden ist, benehme ich mich gerade reichlich grotesk, nicht wahr?«

»Sie tun der Höflichkeit absolut genüge«, versicherte Maria. Ihr war klar, dass er sie an ihrer Haube als Witwe erkannt hatte. Den Hinweis auf seinen Geburtsort an einem anderen Strom nahm sie mit einem gewissen Schmunzeln zur Kenntnis. Ohne darauf einzugehen, sagte sie: »Ich bin Maria Burmester aus Nienstedten, einem Dorf, welches keine halbe Stunde Fußmarsch von unserer Anlegestelle entfernt liegt.«

»Dann kennen Sie gewiss das Park-Hotel, in das ich mich nach unserer Ankunft begeben werde.«

Maria nickte stumm.

»Ein erstes Haus, nicht wahr? Es sollte ein passender Ort für den exzellenten Wein sein, den ich für eine Firma aus Reims in Frankreich vertreibe.«

Wieder schlich sich Daniel in ihre Gedanken. Sie fragte: »Liegt Reims in der Gegend von Elsass und Lothringen?«

»Zumindest in einer gewissen Nähe«, erwiderte Ludwig Bohne mit einem freundlichen Nicken. »Reims liegt in der Provinz Champagne, und die befindet sich tatsächlich an den Grenzen sowohl zu Elsass als auch Lothringen.«

»Dann handeln Sie mit einem sehr guten Tropfen, nehme ich an.«

»Oh ja. Die Firma Clicquot ist noch jung, aber die Produkte stehen den älteren Kellern wie etwa denen von Moët oder Ruinart nicht nach. Ich führe einige Flaschen des sogenannten *Stillweins* und eines Sekts mit mir für eine *Dégustation.*«

Maria warf einen Seitenblick auf die Kisten ihres Mitreisenden. Er befand sich also nicht im Umzug, sondern auf Verkaufstour. Dabei wirkte das Häufchen Elend auf der Bank nicht unbedingt wie ein erfolgreicher Geschäftsmann, lediglich seine gute Garderobe wies darauf hin. Hoffentlich erholt er sich rasch von den Strapazen seiner Reise, dachte sie, sonst zieht ihn Magnus Frese über den Tisch.

»Ich verstehe nicht viel von Weinen«, plauderte sie, um mit dem netten Herrn im Gespräch zu bleiben, »aber man sagte mir, dass in der genannten Gegend Reben wachsen, die ihresgleichen suchen.«

»Die Champagne ist ein ganz besonderer Ort. Das ist richtig.«

Sie hatte zwar mehr die ursprüngliche Heimat von Daniels Familie gemeint, die sich offenbar jenseits der Provinzgrenze der Champagne befand, klärte Herrn Bohne jedoch nicht darüber auf. Der Fahrtwind kühlte nicht nur ihr Gesicht, sondern auch ein wenig ihre Begeisterung über die Unterhaltung, die wieder zu Daniel geführt hatte. Um sich von ihren eigenen Gedanken abzulenken, sagte sie: »Sollten Sie die Zeit für einen Abstecher besitzen und Patisserien mögen, heiße ich Sie in meiner *Konditerei* herzlich willkommen.«

»Das werde ich mir merken. Wie heißt das Dorf noch, in dem Sie zu Hause sind, Madame?«

»Nienstedten. Den Burmester-Hof finden Sie gleich hinter dem Ortseingang auf der Elbseite.«

»Danke sehr, Madame, ich komme bestimmt vorbei und

werde mich mit einer Nachricht ankündigen. Führen Sie auch Rotweinkuchen? Ich gebe zu, ich hege eine große Schwäche für diese Süßigkeit.«

Maria runzelte die Stirn. Wein im Kuchen? Daran hatte Paridom anscheinend nie gedacht und sie selbstverständlich noch viel weniger. »Nein, einen Weinkuchen haben wir nicht im Sortiment, aber ich werde mich nach einem Rezept erkundigen.« Sie hatte nicht die geringste Ahnung, wo sie das tun sollte. Doch dann fiel ihr Daniel ein, der vielleicht schon einmal von diesem exklusiven Backwerk gehört hatte. Es war sogar naheliegend, dass er davon wusste. Immer wieder Daniel ...

Der Steg kam in Sichtweite, an dem bereits mehrere Ruderboote vertäut lagen. An Bord begann die übliche Hektik vor einem Anlegemanöver. Die Matrosen liefen zur präzisen, eingespielten und wegen der unterschiedlichen Windverhältnisse doch immer wieder neuen Aufgabenerfüllung herum, lösten die Festmachleinen von den Klampen, der Steuermann bewegte das Schiff kurz um die eigene mittlere Achse, es schaukelte heftiger als zuvor.

Maria ersparte Herrn Bohne die Peinlichkeit, ihn bei einem womöglich gestiegenen Unwohlsein zu beobachten, und sah in die andere Richtung. Sie hätte ihm erklären können, mit welcher Schwierigkeit das Anlegen verbunden war, da Wind und Strömung genau berechnet werden mussten, um nicht mit dem Bug abzutreiben oder die Schiffshaut zu beschädigen, doch sie behielt ihr Wissen für sich. Erst als der Fender am Heck gegen einen Pfahl rumpelte, sah sie vom aufgewühlten Wasser auf. Überrascht registrierte sie, dass Magnus Frese hinter den Arbeitern wartete, die die Leinen auffingen und an den Pollern vertäuten. In der Hoffnung, dass er sie nicht wahrnehmen würde, wenn Ludwig Bohne mit den Weinkisten zuerst an Land ging, duckte sie sich.

Der Handlungsreisende aus Mannheim erhob sich mit offensichtlich wackeligen Knien und deutete eine Verbeugung in ihre Richtung an. »Ohne Sie hätte ich die Fahrt weniger gut überstanden, Madame, die Unterhaltung mit Ihnen war ein großes Vergnügen. Ich werde mir daher erlauben, Ihnen zum Dank eine Flasche aus dem Keller von Monsieur Clicquot vorbeizubringen.«

»Sie sind mir jederzeit willkommen, Herr Bohne.«

»Auf bald.« Mehr torkelnd als aufrecht kletterte er von Bord.

Die untergehende Sonne tauchte die Szenerie in ein weiches Licht. Um diese Jahreszeit währte die Dämmerung kürzer, und Maria hoffte, dass die Kisten mit den Weinflaschen schneller an Land gebracht würden als in Hamburg an Bord, damit Ludwig Bohne und dessen Gastgeber den Steg rasch verließen. Dann könnte sie außer Sichtweite von Magnus Frese aufbrechen und noch bei Licht zu Hause sein. Zunehmend ungeduldig wartete sie auf ihrem Platz, als plötzlich ein Matrose neben ihr erschien. »*Fru*«, er deutete auf den Steg, »Sie sollten jetzt gehen.« Woraufhin sie sich seufzend erhob.

»Na, wenn das nicht die Witwe Burmester ist!«

Maria ignorierte Freses Hand, die ihr auf den Steg helfen wollte.

»Sie kennen sich?«, fragte Bohne neben dem Gastwirt und fügte an diesen gewandt hinzu: »Die Dame war so freundlich, mir die Fahrt zu versüßen.«

»Mit Süßigkeiten kennt sie sich aus!« Frese grinste. »Wie ich hörte, haben Sie eine vortreffliche Desserttafel für unseren neuen Nachbarn serviert, Maria Burmester. Damit sind Sie also saniert.«

»Wohl kaum«, gab sie grimmig zurück. »Und das wissen Sie genauso gut wie ich.«

Frese wedelte ebenso wohlwollend wie gebieterisch mit der Hand. »Wenn das so ist, darf ich Sie jetzt zu Kost und Logis einladen.« Es war keine Frage, sondern eine Feststellung.

»Natürlich dürfen Sie das nicht. Ich brauche nichts. Ich gehe nach Hause zu meinen Kindern.«

»Es wird gleich finster sein.« Er hatte recht, der eben noch wie mit einer Legierung aus Bronze wirkende Himmel verdunkelte sich zu einem mit den letzten gelben Streifen durchsetzten Bleigrau. »Der Weg nach Nienstedten an den Anlagen und Ländereien vorbei ist recht einsam und nicht ungefährlich.«

»Ach, Unsinn!«, protestierte Maria. »Es sind ja nur ein paar Schritte.« Um Frese zu entkommen, wandte sie sich demonstrativ an Herrn Bohne. »Ich wünsche Ihnen einen erfolgreichen wie angenehmen Abend.«

»Natürlich fürchten Sie sich nicht«, behauptete der Gastwirt höhnisch. »In dem alten Pavillon am Weg residiert schließlich der Kunstgärtner. Der Franzose wird schon auf Sie warten … man hört ja so einiges … und im Zweifel rettet er Sie, nicht wahr?«

Maria stutzte. Die Unverschämtheit des Klatsches verblasste vor Magnus Freses Wissen über Daniels Aufenthaltsort. Tatsächlich hatte sie sich noch keinen Gedanken darüber gemacht, wo genau Daniel wohnte. Sie hatte angenommen, er schlafe wie die Tagelöhner in einer der provisorisch errichteten Hütten auf Graafs Grundstück. Dass er in einem eigenen, sogar sehr schönen Häuschen nicht weit von ihrem Hof auf der Elbseite untergebracht worden war, war eine erstaunliche Neuigkeit.

»Verstehe ich Sie richtig?«, mischte sich Ludwig Bohne in seinem freundlichen Ton ein. »Ganz in der Nähe lebt ein Kunstgärtner aus Frankreich? Das klingt nach einer erbaulichen Nachbarschaft. Wissen Sie, Monsieur, ich kenne mich aus mit Franzosen. Die Höflichkeit dieser Herren sucht ihresgleichen in Europa.«

Es war zu spät, um Frese die Ohrfeige zu versetzen, die er verdiente. Maria gestand sich ein, dass sie zu überrascht gewesen war, um mit der angemessenen Schnelligkeit zu handeln. Mit vor Empörung zusammengebissenen Lippen wandte sie sich ohne ein weiteres Wort oder auch nur einen Blick ab. Sie bedauerte, dem netten Handlungsreisenden nicht für den Beistand gedankt zu haben, doch daran ließ sich nichts ändern. Ohne auf die Matrosen und Arbeiter auf dem Steg zu achten, marschierte sie energischen Schrittes los. Dabei rempelte sie unbeabsichtigt einen Mann an, der daraufhin beinahe die Kiste fallen ließ, die er gerade von Bord gehoben hatte.

»*Mon dieu!*«, rief Bohne erschrocken aus. »Nicht ausgerechnet diese Flaschen fallen lassen. Darin befindet sich der *Cuvée Prestige*.«

*

Es war noch nicht so dunkel, dass Maria nicht sah, wohin sie trat. Auch kannte sie eigentlich jeden Stein am Wegesrand. Dennoch stolperte sie in ihrer blinden Hast mehr als einmal, fing sich wieder und eilte weiter, den Blick starr geradeaus gerichtet – ohne allzu deutlich wahrzunehmen, was sich vor ihr befand.

Ihre Gedanken kreisten unaufhörlich um Magnus Freses

Dreistheit, ja Anzüglichkeit. Diese war zweifellos auch ein Ergebnis des Klatsches, der offenbar über sie und Daniel verbreitet wurde. Wer behauptete nur so viel *dumm Tüch*? Maria konnte sich keinen Reim darauf machen, wie sie sich von der allseits geschätzten Gattin des angesehenen Zuckerbäckers und dessen respektabler Witwe in ein leichtsinniges Frauenzimmer hatte verwandeln können. In eine *Polkamadam*. Eine vergnügungssüchtige Person.

Was für ein Absturz!

Ihre Freundin Dineke hatte sie gewarnt. Aber Maria hatte nicht hören wollen. Dabei hatte sie die Nähe zu Daniel Jacques nicht gesucht, nicht einmal eine Freundschaft forciert. Sie hatte ihn nie ermutigt, aber das wusste natürlich außer ihnen beiden niemand. Daniel war wie ein Schicksal über sie gekommen. Es fühlte sich jetzt an wie ein Verhängnis, obwohl die Magie, die dieser Kavalier ausstrahlte, natürlich unvergessen war. Letztlich war nichts passiert, für das sie sich schämen musste – bis auf den Kuss …

Das erste Herbstlaub raschelte zu ihren Füßen. Oder waren das Stimmen, die über sie redeten? Die sie in letzter Zeit immer wieder berührende Furcht stieg in ihr auf. Warum aber sollte sie um ihr Leben fürchten? Magnus Frese würde ihr nichts antun. Der befand sich im Moment auch sicher im Gespräch mit dem Vertreter für edle Weine. Und er würde sich nicht selbst die Finger schmutzig machen. Nur: Wie kam sie jetzt darauf, dass Frese sie umbringen wollte? So viel Unheil würde er nicht über sie bringen. Das war ihm der Hof nicht wert. Oder? Sie war wie von Sinnen.

Vor ihr hob sich der alte Pavillon gegen den Himmel ab. Sie konnte sich nicht entsinnen, wofür das runde Gebäude eigentlich bestimmt gewesen war, es hatte stets still dagestanden, meist unbewohnt und daher nicht von größerem Interesse. Als sie jetzt genauer hinsah, fiel ihr ein Lichtschein auf, der durch die Rundbogenfenster nach draußen fiel. Tatsächlich schien sich jemand dort im Inneren aufzuhalten. Daniel. Natürlich. Nur wenige Schritte von ihr entfernt.

Maria lief schnell an der Rotunde vorbei. Der Wind wisperte in Bäumen und Büschen. Es kam ihr vor, als würde sie für ihre Flucht ausgelacht.

Rief jemand ihren Namen?

Daniel? Hatte er sie bemerkt?

Sie hielt kurz inne, wandte sich um.

Der Lichtschein im Fenster des Pavillons war erloschen. Nichts deutete darauf hin, dass sich dort ein Bewohner befand.

War alles nur ein Irrtum? Trieb Magnus Frese seinen Spott mit ihr, und sie war prompt darauf hereingefallen? War Daniels Anwesenheit ein Wunschtraum?

Irgendwo bellte ein Hund. In der Ferne schrie ein Kind.

Maria rannte los. Inzwischen war es dunkel, und Wolken waren vor Mond und Sterne gezogen. Sie sah fast nichts, achtete kaum darauf, wohin sie trat, hörte nur das Greinen. Die Stimme klang vertraut. War das Nicolaus? Was wurde ihrem Jüngsten angetan, dass sein Wehklagen weit über den Heerweg schallte? Die Angst schnürte ihr die Kehle zu.

Um Luft ringend, erreichte sie ihren Hof. Hinter den Fenstern schimmerte Licht. Das Geschrei wurde lauter.

Sie stieß die Hintertür auf – und ihr wehte der Duft von Milch und Zucker entgegen.

»Nicolaus!«, japste sie. Und: »Was ist hier los?«

Rike erschien in der Tür zur Backstube, den knapp Dreijährigen auf dem Arm. Nicolaus' kleines Gesicht war vor Wut gerötet, er hatte seine Händchen zu Fäusten geballt und blickte mit zusammengezogenen Augenbrauen zu der Magd. »Du meine Güte, sehen Sie nur, wie sich der Kleine darüber aufregt, dass er warten muss, bis sein Abendtrunk abgekühlt ist. Mit dem werden wir noch unser blaues Wunder erleben ...« Sie unterbrach sich, starrte Maria an. »Ist etwas passiert?«

»Nein.« Maria schloss die Augen, versuchte zu Atem zu kommen und ihren Herzschlag zu beruhigen. Langsam begann sie sich wieder zu sammeln, nahm die Alltagsgeräusche ihres Zuhauses wahr. Über ihr trampelten und tobten die Kinder über den Holzboden des ersten Stockwerks. Ohne zu erkennen, was das Thema war, hörte sie Anna und Margarete streiten. »Nein, nein, es ist nichts.«

Sie sah Rike und ihren Sohn an, lächelte hilflos und streckte ihre Arme aus. »Geben Sie mir nur den ungeduldigen kleinen Kerl. Dann haben Sie die Hände frei, das Abendbrot zu richten.«

Nicolaus hörte sofort auf zu schreien, stattdessen formulierte er seine Forderung in einer Mischung aus Dänisch und Plattdeutsch: »*Mor*, will *de Melk!*«

»Sie sehen nicht aus, als wäre nichts passiert«, meinte Rike und rührte sich nicht vom Fleck.

»Doch, doch, es ist alles in Ordnung«, behauptete Maria. Sie vergrub ihre Nase in der Halsbeuge ihres Jüngsten, wo es noch süß nach Babyhaut roch. »Ich habe mich nur erschreckt«, murmelte sie.

Ich darf keine Angst haben, fuhr es ihr durch den Kopf. Und dann dachte sie, dass sie alles tun musste, um ihre Reputation zurückzugewinnen. Für den eigenen Ruf und für die Zukunft ihrer Kinder.

28

Es kam Maria vor, als würden die Weiber, denen sie im Dorf begegnete, den Hals nach ihr recken und sich anschließend heimlich die Mäuler über sie zerreißen. Auf ihrem Weg zum Friedhof hinter der Kirche drehte sie sich mehrmals um, weil sie ein hämisches Geflüster zu vernehmen glaubte. Tatsächlich begegnete sie der Frau des Schmieds, die einer offenbar entlaufenen Henne nachstellte und keinen Blick für Maria hatte. Doch klang nicht das Gackern des Huhns schon wie eine Anklage? Dann waren da zwei Mägde, die wohl Wäsche an der Elbe gewaschen hatten, die sie nun in einem Korb über die Gasse schleppten. Schließlich traf sie noch auf die alte Frau Ladig, eine angesehene Bäuerin, die einen ihrer vier Söhne betrauerte. Fiel deren Gruß nicht etwas zu knapp aus? Sie sah Maria nicht einmal richtig an. Oder war das alles nur Einbildung?

Maria hoffte, an Paridoms Grab eine Erklärung für das Durcheinander in ihrem Innersten zu finden. Vermutlich war es eher eine Rechtfertigung, nach der sie suchte. Doch ließ sie bei diesem Besuch die stumme Verbindung im Stich, die sie hier früher verspürt hatte. Sie stand vor dem erst vor rund zweieinhalb Monaten aufgeschütteten Erdwall, der noch nicht einmal vollständig eingebrochen war, starrte auf den Sandstein mit dem Namen und den Lebensjahren des Toten – und fand keine Ruhe, geschweige denn Absolution.

War es für eine junge Witwe denn so verwerflich, dass sie die Leere in ihrem Herzen auszufüllen wünschte und sich für ihr künftiges Leben ein wenig Leidenschaft und Zärtlichkeit ersehnte, Gefühle, die nichts mit der Liebe ihrer Kinder zu tun hatten? Sie konnte ihre Zukunft doch nicht nur auf Demut und Trauer aufbauen!

Aber für Frauen war das Vergnügen nun einmal nicht geschaffen worden. Jedenfalls nicht in den bürgerlichen Kreisen. Und noch viel weniger in der sittenstrengen Landbevölkerung. Ihr fiel Emilia von Wedekinds Hinweis auf die Debatten über die Gleichberechtigung in Frankreich ein. Was immer diese bedeuten mochten, es war eine atemberaubende Vorstellung, sich als Frau ein selbständiges Leben erschaffen zu dürfen und wie ein Mann nach Gesetz und Ordnung zu streben, dabei jedoch frei von Ressentiments entscheiden zu können.

Gewiss würden ihre Nachbarn Ruhe geben, wenn sie einen respektablen Ehemann fand. Magnus Frese wäre ein solcher Kandidat. In der Öffentlichkeit war er angesehen, nicht so beliebt wie Paridom Burmester es seinerzeit gewesen war, aber doch von Stand in der Gemeinde. Vielleicht würde er ihr gegenüber sogar weniger übergriffig werden, wenn er bekam, was er begehrte – den Hof mitsamt der Eigentümerin. Diese Lösung würde jedoch bedeuten, dass sie sich selbst aufgab und zusah, wie er das Erbe ihrer Kinder zerstörte. Denn sicher würde Frese das Andenken an den berühmten Zuckerbäcker nicht so bewahren, wie Maria es mit der alleinigen Führung des Betriebs versuchte. Abgesehen davon, dass er mögliche eigene Nachkommen finanziell bevorzugen würde. Und die Vorstellung, jeden Abend neben Frese einschlafen zu müssen, war ihr ein Gräuel. War der Ekel das Schweigen der *Schladderliesen*, der Dauerschwätzerinnen und Klatschweiber, wert? Nein, diese Ehe konnte sie weder sich selbst noch ihren Söhnen und Töchtern antun. Das spürte sie. Und daran hatte sich in den vergangenen Wochen nichts geändert.

Wie mochte es wohl sein, sich den Gemahl nicht aus wirtschaftlichen Erwägungen, sondern rein aus einem Gefühl heraus auszusuchen? Es ist wie mit einem Claude-Glas, fuhr es ihr durch den Kopf: Man sieht eine Abbildung der Wirklichkeit, einen Ausschnitt in einem imaginären Rahmen, der durch allerlei Zauberkunst in ein weiches Licht getaucht wird. Zunächst ist es ein wundervolles Gemälde, und wenn man Glück hat, bleibt es in der Betrachtung bestehen. Eine Garantie dafür gab es aber ebenso wenig wie auf die Aussicht, dass sich die Schönheit des Bildes bei der nächsten Ansicht wiederholte. War es deshalb nicht besser, auf den eigenen Ruf und eine finanzielle Absicherung zu achten, als einer Träumerei nachzugeben?

Gedankenverloren zerrte sie einen Stängel Giersch aus dem Gras, das Paridoms Grab bedeckte. Seit alters her wurde das Unkraut zur Linderung von Schmerzen angewandt. Half es auch gegen das Herzeleid, das mit der Erinnerung an Daniel einherging? Unwillig drehte sie die Pflanze in ihren Fingern, fragte sich, in welches Chaos sie hineingeraten war. Daniel Jacques war ein liebenswerter Mann, aber hatte er ihr jemals Hoffnungen auf eine gemeinsame Zukunft gemacht? Zugegeben, er hatte neulich auf ihrer Terrasse von einer Heimkehr gesprochen, doch bedeuten konnte das natürlich vieles. Er hatte gesagt, dass er in sie verliebt war, vielleicht war das aber auch nur ein flüchtiger Eindruck, dem Sonnenuntergang am Elbufer geschuldet. Genauso wie der Kuss aus einer Laune heraus geschehen war. Nichts sprach dafür, dass Daniel ihrem Leben jene Sicherheit versprach, die sie für sich und ihre Kinder brauchte. Wäre Joachim Graaf nicht gewesen, wäre ihr wohl nichts anderes übriggeblieben, als sich mit Magnus Frese zu arrangieren – auf die eine oder andere Art. Der wohlhabende Kaufmann war ihr wie vom Himmel geschickt worden.

Also sollte sie weiterhin strebsam und gottesfürchtig an ihr Schicksal glauben, wie es Martin Luther vorsah. Sie sollte in Gottvertrauen ihren Weg gehen, hart am Wind segeln, sich möglichst geradeaus bewegen und dabei jeden Wellengang zu meistern versuchen. Pastor Matthiesen hätte es nicht besser predigen können.

»Danke, Paridom«, murmelte sie. Dann wandte sie sich ab.

Als sie gekommen war, war sie mit eingezogenem Kopf an der niedrigen Mauer, welche die Grabstellen umfriedete, entlanggegangen. Nun schritt sie hoch erhobenen Hauptes zurück und durch das schmiedeeiserne Tor hinaus auf den Kirchhof. Dort blieb sie kurz stehen, warf das Kraut fort und rieb sich die Hände, die leicht nach Petersilie dufteten. Die Kirchenglocke schlug zur vollen Stunde. Es war zehn Uhr vormittags, und wenn Maria sich beeilte, würde sie Dineke antreffen, bevor die ihren täglichen Besorgungen und Verpflichtungen nachkam.

»Moin, Witwe Burmester ... Guten Morgen, Maria ...« Vereinzelte Stimmen wehten ihr entgegen.

»*Goddag*«, antwortete sie freundlich in ihrer Muttersprache, vermied es jedoch, sich auf ein Gespräch einzulassen.

Dineke zog gerade die schön geschnitzte *Klöndör* des Pastorats zu. Sie trug einen Hut und ihren Umhang und in der Hand einen gut gefüllten Korb. Offensichtlich wollte sie gerade ausgehen. »Maria? Was führt dich denn hierher?«

»Ich hatte gehofft, dich auf einen kleinen *Klönschnack* anzutreffen.«

»Es tut mir leid, ich muss heute früher als sonst los. Die alte Frau Wohlgemuth erwartet mich zu einem Krankenbesuch«, Dineke hob ihren Korb ein wenig an, damit Maria den Inhalt betrachten konnte. »Ich bringe ihr ein paar Gläser mit Eingemachtem zur Stärkung. Vorher will ich noch einen Brief beim Postschweden abgeben. Mein liebster Gatte hat endlich einem Kollegen in Lübeck geschrieben. Die Korrespondenz ist schon lange überfällig, und erst die Begegnung mit Fräulein Böhme hat ihn daran erinnert ...«

Erstaunt neigte Maria den Kopf. »Was hat denn dieses Fräulein damit zu tun?«

»Sie hat früher in Sankt Marien gearbeitet.«

»Tatsächlich?«

»Du solltest dich sehen!« Dineke lachte, klang aber nicht fröhlich. »Seit ich Fräulein Böhme erwähnte, siehst du aus wie ein *Griesmuul*. Nimm ihr nicht übel, dass sie Herrn Jacques schöne Augen machte. Daran ist nichts zu beanstanden: Sie ist unverheiratet – und er scheint ebenfalls ungebunden zu sein ...« Sie unterbrach sich und fügte mit gesenkter Stimme hinzu: »Wir beide wissen schließlich, dass an den albernen Gerüchten um ihn und dich nichts Wahres ist. Nicht wahr?« Es war eine Feststellung, keine Frage.

»Ja. Nein.« Maria konnte nicht verhindern, dass sie errötete. Sie war hin und her gerissen zwischen dem Wunsch, sich der Freundin anzuvertrauen, und der Vernunft, die ihr jede Mitteilsamkeit verbot. »Natürlich. Ich meine, du hast absolut recht.« Verlegen senkte sie die Lider.

Dineke seufzte. »Na, komm«, sagte sie begütigend, »begleite mich ein Stück.«

Schweigend gingen sie an den niedrigen Fischerkaten vorbei, die von mehrstöckigen Gebäuden in den größeren Gärten der wohlhabenden Bauern abgelöst wurden. An einem Apfelbaum lehnte eine Leiter, auf der eine junge Frau stand und die Früchte in einen Korb einsammelte, während eine Schar kleiner Kinder, die sich kaum auf den eigenen Beinen halten konnten, um das Aufsammeln des Fallobstes stritt. Offenbar erinnerte die Szene Dineke an ihre Aufgaben als Hausfrau, denn sie sagte plötzlich mehr zu sich selbst: »Ich darf nicht vergessen, mich nachher um die Apfeltorte zu kümmern.« Und an Maria gerichtet, fügte sie hinzu: »Der Kirchenvorstand hat sich für morgen zum Kaffee angesagt.«

Auch Maria fühlte sich an eine Verabredung erinnert. »Weißt du zufällig, wie ich einen Rotweinkuchen zubereiten kann?«

»Einen Rotweinkuchen?«, wiederholte Dineke verblüfft. »Nein. Ich habe keine Ahnung. Für wen willst du den denn backen?«

»Ich lernte kürzlich einen netten Herrn kennen, der …«

»Noch einen? Du solltest dich wirklich ein wenig mäßigen!«

Fassungslos sah Maria ihre Freundin an. »Was soll diese Bemerkung? Warum vermutest du hinter jedem Mann, dem ich begegne, einen Verehrer? Ich meine …«

»Die Antwort ist doch nicht schwer, Maria«, warf Dineke resolut ein. »Du bist die schönste Frau im Dorf. Darüber hinaus besitzt du einen der ansehnlichsten Höfe hier. Und seit dem tragischen Unglück bist du ohne einen Gatten. Das alles zusammen macht dich zu einer höchst attraktiven Partie.«

»Ich bin in Trauer. Und ich habe Schulden!«

»Weder das eine noch das andere scheint die Kavaliere davon abzuhalten, dich anzuhimmeln. Von den Franzosen hört man ja so einiges – und das meiste trifft auf den charmanten Kunstgärtner wohl zu –, aber auch das nordische Blut ist nicht so unterkühlt, wie man gemeinhin denkt. Das siehst du ja an …«

»Bitte, sprich den Namen Magnus Frese nicht in diesem Zusammenhang aus.«

Dineke schüttelte den Kopf. »Den wollte ich gar nicht erwähnen. Ich dachte eher an das Luder, das dir das Leben schwerzumachen versucht, und an Paridom, von dessen Treue ich sein Leben lang überzeugt gewesen war.«

Überrascht blieb Maria stehen. »Glaubst du an das, was sie behauptet?«

»Tust du es?«

»Offen gestanden: Ich habe mir keine Gedanken mehr darüber gemacht«, gab Maria zurück, schalt sich aber einen Atemzug später für ihre Aufrichtigkeit. Vor dem Hintergrund ihrer eigenen Gefühle war ihr die Untreue ihres Gatten nicht mehr so wichtig erschienen. Ihre Gedanken waren mit anderen Fragen übervoll. »Ich wünschte, mir ginge nicht so viel durch den Kopf.«

Seufzend hakte sich Dineke bei ihr unter und zog sie weiter. »Ich würde dir gerne eine Pause gönnen, aber wir haben darüber nicht zu befinden. Wir sind alle in Gottes Hand, nicht wahr? Aber verrate mir: Für welchen *netten Herrn* soll denn nun der Rotweinkuchen sein?«

»Er handelt mit Weinen aus der Champagne …«, Marias Stimme verlor sich, als sie sich überlegte, wie unsinnig es war, für einen Fremden einen Kuchen zu backen, der sich nur vage für einen Besuch angekündigt hatte. Außerdem gab es außer ihrer Gastfreundschaft keinen Grund für die Festigung dieser Bekanntschaft.

»Ich sage doch, die Franzosen sind gefährlich. Und sie sind wie die Ameisen überall anzutreffen, wo man sich vor ihnen nicht hüten kann.«

»Herr Bohne gab an, dass er aus der Kurpfalz stammt.«

»Vielleicht ist er ja ein Grenzgänger«, erwog Dineke. Diesmal blieb sie stehen. Sie zog ihren Arm zurück und fasste sich mit der Hand an die Stirn. »Vor lauter *Snack* sind wir am Postschweden vorbeigelaufen. Ich muss umdrehen, Maria, aber wenn du woandershin gehen möchtest, lass dich nicht aufhalten!«

Anscheinend wollte Dineke sie nun loswerden. Sie hatten die Posthalterei zwar wirklich übersehen, aber der Hinweis wirkte auf Maria, als sei die Freundin ihre Unterhaltung leid. Demut und Trauer, dachte Maria, das ist es, was jeder von ihr erwartete, die Frau des Pastors allemal. Mitleid und Trost wollten ihr die Freundin und die Nachbarn wohl spenden, Verständnis für ihre Sehnsucht nach Unterhaltung und Freundschaft, geschweige denn nach Liebe eher nicht entgegenbringen.

Tränen traten in Marias Augen, als ihr bewusst wurde, dass sie in diesem Moment eine Vertraute verlor. »Mach es gut«, murmelte sie. »Ich gehe nach Hause.« Damit Dineke nicht bemerkte, wie stark sie der Abschied mitnahm, drehte sie sich rasch um. Dann lief sie davon.

29

Eine ganze Nacht hindurch hatte Maria Paridoms Aufzeichnungen nach einem Rezept durchgesehen, aber nichts gefunden, was sich für den von Ludwig Bohne gewünschten Rotweinkuchen eignete. Somit beschränkte sich ihr Angebot auf eine hohe Friesentorte, die Hinnerk mit viel Schlagsahne und Pflaumenmus unter dem Dach aus Blätterteig zubereitet hatte.

Bohne konnte wunderbare Geschichten erzählen, das hatte sie seit seiner Ankunft erfahren dürfen. Vielleicht hatten die

Bewohner des Südwestens bestimmte Eigenschaften der Franzosen jenseits der Grenze übernommen. Doch der freundliche Mann aus der Kurpfalz war ein anderes Kaliber als etwa Daniel Jacques: Der Mannheimer wirkte bodenständiger und weniger charmant, war aber sicher auch nicht drauf bedacht, Maria zu gefallen. Vielmehr pries er, seit er ihr Haus betreten hatte, seine Ware an. Alles, wovon er sprach, drehte sich um den Wein und das Anbaugebiet des Monsieur Clicquot aus Reims.

Er hatte seinen Besuch durch einen Boten angekündigt, und Maria war nur wenig Zeit bis zu seinem Eintreffen geblieben. Bevor ihr Gast von Rike in die Stube geführt wurde, hatte sie sich immerhin noch umziehen und Hinnerk anweisen können, aus dem eigentlich für süße Pasteten vorbereiteten Blätterteig eine Torte zu zaubern. Diese stand auf einem silbernen Tafelaufsatz auf dem Tisch, doch Bohnes Blick war zunächst zu den Fenstern und Türen gewandert, die auf die Terrasse führten. Gebannt sah er auf die Elbe, wo der Wind die Segel eines Bootes blähte, das in Richtung Altonaer Hafen trieb.

»Was für eine Aussicht!«, schwärmte er. »Wie Sie wissen, ist die Seefahrt nicht mein Metier, aber ich finde den Anblick von Schiffen bezaubernd. Und so schöne Rosen haben Sie! Warum halten Sie die in Kübeln und nicht in einem Beet?«

»Es sind nur Leihgaben. In meinem Garten hinter dem Haus gedeihen kleine Buschrosen, die man Friesenrosen nennt.«

»In der Champagne werden Rosen neben die Rebstöcke gepflanzt«, erklärte der Handlungsreisende. »Sie sind empfindlich für Schädlinge und warnen den Winzer, bevor der Wein davon befallen wird. Das ist ein sehr effektives System, zumal eine Rose leichter zu behandeln und zu ersetzen ist.«

»Tatsächlich?« Maria wünschte, weniger unwissend zu sein, und sie wünschte sich Daniel in ihre Nähe. Er kannte diese Besonderheit sicher – oder überführte sie als Seemannsgarn eines Mannes, der sich unwohl auf schwankenden Planken fühlte und es auf festem Boden nicht so genau nahm mit der Wahrheit. Maria tendierte eher zu der Annahme, dass Bohnes Phantasie dem Handel mit seinem Produkt dienen sollte. Rosen und Wein waren gewiss eine verkaufsfördernde Kombination. Und Sekt galt doch zudem als Getränk der Könige. Ob Magnus Frese auf Märchen dieser Art hereinfiel? Nein, dachte sie, ein Romantiker war der nicht.

Ludwig Bohne stellte den Korb ab, den er mit sich führte. Aus diesem förderte er zwei Flaschen aus braunem Glas zutage, die er neben die Torte auf den Tisch stellte. »Der Engländer waren bislang die größten Abnehmer des Schaumweines aus der Champagne«, plauderte er, während sich Maria anschickte, zwei Gläser aus einer Vitrine zu holen. »Man wird sehen, ob es unter den veränderten politischen Bedingungen in Frankreich so bleibt. Ich bin jedenfalls unterwegs, um neue Märkte zu erschließen.«

Insgeheim wunderte sich Maria, warum die Engländer anscheinend viel Wein, die Hamburger davon aber relativ wenig tranken. Möglicherweise behauptete der Handlungsreisende das aber auch nur, um seine Ware interessanter zu machen. Gerade in der alten Hansestadt – und damit auch im dänischen Altona – dürfte die behauptete Affinität der Bürger der britischen Insel gut ankommen, gleichgültig, wie deren Wahrheitsgehalt war.

Geschickt öffnete Bohne nun eine der Flaschen, indem er zunächst den Verschluss aus Holz löste, dann das um den Flaschenhals gewickelte Leinentuch abband und schließlich den

Korken herausdrehte. Eine kleine Fontäne spritzte auf, und der Schaum rann über seine runden Finger. »Der Druck ist enorm. Wenn das Glas für die Flasche nicht dick genug geblasen ist, kann es passieren, dass es bei einem weniger versierten Sommelier zu einer Menge Scherben kommt.«

»Was für ein seltsames Getränk. Das ist ja gar kein richtiger Rotwein«, stellte Maria fast ein wenig empört fest, als Bohne seinen *Champagner* in das von ihr dargebotene Glas goss. Natürlich war sie davon ausgegangen, dass er als Handlungsreisender für jenen Wein unterwegs war, den er in dem gewünschten Backwerk bevorzugte. Die Enttäuschung über den hellgelben bis leicht rosafarbenen, sprudelnden Tropfen war enorm.

»Der Schaumwein wird aus den weißen Chardonnay-Trauben und dem roten Pinot Meunier gekeltert«, erklärte Bohne geduldig. Er nahm ihre Bestürzung nicht wahr – oder ignorierte sie, weil er sie nicht verstand. »Man sagt, er habe die Farbe der Augen eines Rebhuhns, also ein *Œil de Perdrix*.«

»Das Auge eines Rebhuhns?«, wiederholte Maria perplex.

»Ja«, bestätigte Bohne mit einem Lächeln. »Die Augen von Rebhühnern sind meist von einem hellen Rosé mit goldenen Sprenkeln. Aber nun probieren Sie bitte einen Schluck, Madame.«

Maria zögerte. Sie traute sich nicht recht zu kosten, weil sie ihren Gast für mehr als ein wenig wunderlich hielt. Was er sagte, klang so unglaubwürdig, dass Maria nach dem Hinweis auf das Geflügel nicht sicher war, ob sie Herrn Bohne bei klarem Verstand erlebte.

Aus den Augenwinkeln beobachtete sie das leichte Kopfschütteln von Rike, die sich tugendhaft im Hintergrund hielt. Offensichtlich glaubte Marias Magd ebenfalls kein Wort des

Gehörten. Allerdings, räumte Maria in Gedanken ein, besaßen sie beide nicht die geringste Ahnung vom Weinbau.

Zunächst nippte sie nur an ihrem Glas, dann wagte sie eine größere Kostprobe. Das Getränk schmeckte sehr süß und süffig und prickelte auf ihrer Zunge. Sie nickte anerkennend. »Gut, das ist sehr gut.«

»Sie müssen unbedingt noch die *Cuvée* degustieren.« Ihr Gast griff nach der zweiten Flasche und fuhr angelegentlich fort: »Übrigens spielen nicht nur die Trauben bei der Herstellung der Weine aus der Champagne eine große Rolle, sondern die Beschaffenheit des Bodens und vor allem auch das Wetter.«

»An Ihnen ist ein Lehrer verlorengegangen«, antwortete Maria schmunzelnd.

Bohne sah auf und erwiderte ihr Lächeln.

Plötzlich hallte das Donnern des Türklopfers durch das Haus, dann eine kraftvolle Männerstimme: »Frau Burmester, sind Sie da?« Beides unterbrach die weinselige Stimmung in der Stube auf frappierende Weise.

Einen Atemzug lang achtete Bohne nicht auf seine Hände.

Maria beugte sich etwas vor, um zur Tür zu spähen.

In diesem Moment schob sich der Korken aus dem Hals der zweiten Flasche. Die bis dahin abgedichteten Bläschen drückten nach oben. Ein lautes Plopp …

Sekunden später barst das Glas. Ein Zischen, ein Sprudeln. Mit einem Knall zersprang das Gefäß in lauter kleinen Scherben.

Reflexartig duckte sich Maria unter dem Schauer der Splitter. Ein Bruchstück erreichte ihre Wange, sie spürte ein Piksen und dann die warme Flüssigkeit, die über ihre Haut rann. Unwillkürlich fuhr ihre Hand nach oben.

Die Detonation hallte in ihren Ohren nach. Es war wie der

Geschützlärm früher auf dem Plateau. Das Blut an ihren Fingern vergrößerte sich vor ihrem geistigen Auge zu der Blutlache, die vor bald drei Monaten in den Sand gesickert war. Es kam ihr vor, als stünde sie wieder vor dem schwerverletzten Paridom.

Und dieses Mal versagten ihr die Nerven. Maria schrie auf.

»Frau Burmester ... Madame ...«

Die Stimmen erreichten sie wie der dumpfe Klang eines Nebelhorns. Schwindel erfasste sie. Dann wurde ihr Körper seltsam schwer, sie fühlte sich, als würde sie in einen schwarzen Tunnel gezogen. Oder in einen Strudel irgendwo in der Elbe.

*

Zuerst spürte Maria den kalten Lappen auf ihrer Stirn. Das Tuch tat ihr wohl, verschaffte ihr aber keine endgültige Befreiung von dem fürchterlichen Kopfweh. Im Hintergrund unterhielten sich mehrere Männer, Gesprächsfetzen drangen zu ihr, aber ihr Ohrensausen war zu stark, um zu folgen. Sie schlug die Augen auf – und sah in Rikes bekümmertes Gesicht. »Es geht schon wieder«, murmelte sie. Ihre Stimme klang heiser, sie hatte Halsschmerzen wie bei einer Erkältung.

Heiliger Strohsack, was war nur mit ihr geschehen? Kaum hatte sie sich diese Frage gestellt, kehrte die Erinnerung zurück. An Paridom – und an die zerborstene Flasche mit dem Schaumwein aus der Champagne. Ludwig Bohne hatte zuvor noch davon gesprochen, wie leicht die Flaschen bei unsachgemäßer Behandlung explodieren konnten. Und dann war er anscheinend abgelenkt worden ...

Maria tastete über ihre Wange. Sie spürte Schorf. Das war es dann wohl mit der schönsten Frau aus Nienstedten, dachte sie grimmig. Eine Flasche Perlwein hatte sie entstellt. Es war unfassbar!

Sie wandte ihren Kopf in die Richtung, in der die Unterhaltung geführt wurde. Durch die Bewegung wurde ihr übel, aber immerhin sah sie so klar, dass sie Ludwig Bohne, Hinnerk und Joachim Graaf erkannte. Das unerwartete Auftauchen ihres Nachbarn und Unterstützers hatte alles durcheinandergebracht. Was hatte er nur jetzt mit dem Handlungsreisenden und ihrem Gesellen, der der neue Meister in der Backstube sein wollte, zu bereden? Sie wischte das nasse Tuch beiseite und richtete sich auf.

»Sie sind schon wieder *ut de Latschen gekippt*«, sagte Rike in einer Mischung aus Vorwurf und Sorge.

»Ja, ich bleibe ein bisschen oft *wech* in letzter Zeit«, stimmte Maria mit bitterer Ironie zu. Sie atmete tief durch.

»Madame Burmester, geht es Ihnen besser?« Ludwig Bohne hatte als Erster in der Gruppe bemerkt, dass sie sich auf der Bank hinsetzte. »Ich bitte untertänigst um Vergebung für mein Missgeschick.«

»Wie fühlen Sie sich?«, erkundigte sich Joachim Graaf rasch, ohne dass sie Bohnes Frage beantworten konnte. »Wir machen uns alle große Sorgen um Sie!«

»Rike hat ganz recht, Frau Burmester, Sie fallen zu oft um«, kommentierte nun auch Hinnerk das Geschehen.

Sich auf den Arm ihrer Magd stützend, erhob sich Maria. »Es besteht kein Grund zur Aufregung«, behauptete sie. »Ich war nur kurz unpässlich. Entschuldigen Sie bitte, meine Herren.«

Genau genommen war es ihr peinlich, dass so viel Aufhebens um ihre Person gemacht wurde. Ihre Augen flogen zu den Glasscherben, die am Boden und auf dem Tisch im durch die Fenster hereinfallenden Licht wie verstreute Diamanten glitzerten. Von der Tischplatte tropfte eine Flüssigkeit – wahrscheinlich der Perlwein – auf den Fußboden. »Warum ist noch nicht aufgeräumt?«, fragte sie scharf.

»Hat denn niemand mein Klopfen gehört?«, erklang im selben Moment eine Frauenstimme.

Maria wandte sich um, und der Schmerz pochte ein wenig heftiger hinter ihren Schläfen. Hin und her gerissen zwischen der Freude über ihren unerwarteten Besuch und der Verlegenheit, die sie ob des Zustandes der Stube und ihrer anderen Gäste erfasste, sah sie Dineke sprachlos an.

»Guten Tag, Frau Pastor«, grüßte Joachim Graaf mit einem angedeuteten Kratzfuß.

»Moin«, sagte Hinnerk knapp. »Ich geh dann mal wieder in meine Backstube.« Sprach's, machte auf dem Absatz kehrt und verschwand rasch, offensichtlich dankbar, dass er den höhergestellten Herrschaften entfliehen konnte.

Dineke nickte Graaf flüchtig zu. Dann krauste sie die Nase, schnupperte wie ein Jagdhund vor dem Bau eines Fuchses. »Riecht es hier etwa nach Alkohol?«

Der Handlungsreisende verbeugte sich eilfertig. »Ludwig Bohne, Madame«, stellte er sich vor. »Ich vertrete die Interessen von Monsieur Clicquot aus Reims in Frankreich und habe die Witwe Burmester zu einer Degustation des Schaumweines aus der Champagne eingeladen.«

»Am helllichten Tag?«

Bohne hob die Schultern und ließ sie ratlos wieder fallen.

»In Gesellschaft von zwei Herren«, stellte Dineke missgelaunt fest. »Warum, um alles in der Welt, haben Sie denn mit den Flaschen um sich geworfen?«

»Der Druck des abgefüllten Weines lastete stark auf den dünnen Glaswänden«, antwortete Bohne. »Dadurch ist die

Flasche geplatzt. Das passiert leider immer wieder einmal. In den Weinkellern in der Champagne gibt es nur wenige Arbeiter, die noch keine Verletzungen von auf diese Weise zerborstenen Flaschen davongetragen haben.«

»Ach ja?«, gab Dineke ungläubig zurück. Und: »Das ist ja wie in Sodom und Gomorrha! Ich hätte nicht gedacht, dass es noch einmal so weit kommt in unserem einst beschaulichen Dorf.«

»Es ist doch nur eine Flasche zerbrochen«, rechtfertigte Maria die Situation. »Wenn Rike nicht so *trödelig* wäre, würde nichts mehr an das Malheur erinnern.«

»Und was ist mit deinem Gesicht passiert?« Bevor Maria etwas sagen konnte, brachte die Freundin sie mit einer Geste zum Schweigen. Dineke schüttelte den Kopf. »Sag nichts. Ich will es wohl gar nicht wissen.« Sie maß erst Joachim Graaf, dann Ludwig Bohne mit einem strengen Blick. »Guten Tag, meine Herren.« Ohne ein weiteres Wort verließ sie die Stube.

Maria wollte ihr nachlaufen, doch die Beine versagten ihr den Dienst. Sie fühlten sich an wie Blei.

»Nun mach schon«, herrschte sie die Magd an, wobei ihr Rike wie ein Sinnbild der eigenen Unzulänglichkeit erschien, »Mach endlich sauber … Möchten die Herren bitte so lange auf der Terrasse warten?« Ihr Ton war weder Aufforderung noch Einladung, zweifellos wäre sie ihre Gäste am liebsten so schnell wie möglich losgeworden.

»Kommen Sie auf eine Pfeife hinaus, Herr Bohne«, schlug Joachim Graaf vor, »und erzählen Sie mir von der wunderschönen Champagne, die ich seinerzeit auf meiner Kavalierstour bereiste …«

Aufstöhnend sank Maria zurück auf die Bank.

30

Die beiden Männer waren längst gegangen, in der Backstube war Feierabend, und rund um den Tisch in der Gastwirtschaft glitzerten keine Glassplitter mehr, sondern glänzte Sauberkeit. Etliche Kerzen flackerten in der Stube und spiegelten sich in den dunklen Fensterscheiben.

Maria hatte ihre Magd um besonders viele Leuchter gebeten, da sie sich vor den Dämonen fürchtete, die ihr heute schon einmal den Boden unter den Füßen weggezogen hatten. Sie ängstigte sich vor der Finsternis, obwohl ihr natürlich bewusst war, dass sie im Haus von vielen Menschen umgeben war. Eigentlich konnte ihr niemand etwas anhaben. Doch darauf nahmen die Geister vermutlich keine Rücksicht.

Das gemeinsame Abendbrot mit ihren Kindern hatte sie zwar kurz abgelenkt, aber ihr von der Ohnmacht aufgewühlter Magen vertrug kein Essen, so dass sie ihren Söhnen und Töchtern die Fröhlichkeit nur vorspielte und sich rasch in ein anderes Zimmer begab. Dann mussten ihre Kinder zu Bett, sie schickte die Kinderfrau und Rike fort – und war allein. Einerseits erleichtert, endlich in Ruhe gelassen zu werden, andererseits sich gerade davon bedroht fühlend, lief sie in ihrem Haus auf und ab, als suchte sie etwas. Meinen Frieden, fuhr es ihr durch den Kopf, ich suche meinen Frieden.

Ein vorsichtiges Klopfen am Eingang unterbrach ihre Einsamkeit.

Sie überlegte, ob sie öffnen sollte. Aber dann dachte sie, dass, wie meist, nicht abgeschlossen war und jeder Gast hereinspazieren konnte, wie es ihm beliebte. Der helle Lichtschein fiel durch die Fenster auch auf die Straße, so dass es unsinnig war, sich schlafend zu stellen. Also ging sie zur Tür.

»Verzeihen Sie die Störung.« Daniel lüftete seinen Hut. »Ich erfuhr von dem Missgeschick und möchte mich nach Ihrem Befinden erkundigen.«

Im ersten Moment hätte sie sich ihm am liebsten an die Brust geworfen. Der Wunsch, in seinen Armen zu liegen, sich sicher, beschützt und geborgen zu fühlen, wurde fast übermächtig. Trotzdem bewahrte sie Haltung, brachte es jedoch nicht über sich, ihn fortzuschicken. Zweifellos hätte sich das gehört, eine Witwe empfing keinen Junggesellen am späten Abend, während das Personal bereits schlief …

Ohne ein Wort trat sie zur Seite und wies in ihr Haus. Hinter ihm schloss sie die Tür.

»Erlauben Sie mir die Wahrheit?« Er sah sie sorgenvoll an. »Sie sehen nicht gut aus.«

Ihre Hand flog zu ihrer Wange. Natürlich hatte sie sich vorhin eingehend im Spiegel betrachtet: Die Verletzung war nicht so groß wie befürchtet, die Wunde nur ein kleiner roter Striemen. Dennoch fiel die Blutkruste in ihrem bleichen Gesicht auf. »Der Glassplitter einer geplatzten Weinflasche traf mich.«

»Herr Graaf berichtete von dem Vorfall. Sie hatten Glück im Unglück, die Scherbe hätte auch in Ihr Auge stechen können.«

»Ja, das stimmt schon, aber die Aussicht auf eine Narbe macht mich auch nicht froh.«

Ein amüsiertes Lächeln erhellte sein Gesicht. »So viel Eitelkeit hatte ich nicht von Ihnen erwartet, Maria Burmester. Aber machen Sie sich keine Sorgen: Ich bringe Ihnen morgen einige Blätter Frauenmantel, und wenn Sie die Wunde damit behandeln, wird alles bestens abheilen. In ein paar Tagen sind Sie so unversehrt und schön wie zuvor.«

»Sollen die Blätter des Frauenmantels nicht auch als Liebeszauber wirken?« Die unbedachte Bemerkung war über ihre Lippen, und einen Atemzug später schämte sie sich für ihr vorlautes Geschwätz. Ausgerechnet an Daniel gerichtet, war das die absolut falsche Frage. Verlegen senkte sie die Lider.

»Ich wünschte, es wäre so«, erwiderte Daniel lakonisch. Er nahm ihre Hand, die noch auf ihrer Wange gelegen hatte, in die seine. »Als ich so frei war, zu sagen, dass Sie nicht gut aussehen, meinte ich nicht diese unbedeutende Verletzung. Mir kommt es vor, als würden Sie ständig dünner. Das könnte auch ein Grund sein, warum Sie so oft in Ohnmacht fallen.«

»Ach was!«, protestierte sie und entzog ihm ihre Rechte. »Das stimmt doch gar nicht. Der Lärm, den die explodierende Flasche machte, hat mich verstört. Das muss doch zu verstehen sein!«

Er zuckte mit den Achseln. »Haben Sie denn heute ausreichend gegessen?«

»Wer sind Sie, Daniel Jacques? Ein Kunstgärtner? Ein Koch? Ein Medicus?«

»Ich bin nur ein Mann, der sich um Sie sorgt.« Sein Ton war ernst, seine Worte klangen aufrichtig und zärtlich.

Die Betroffenheit, die sie empfand, war ihr peinlich. Sie suchte in ihrem Hirn nach einer Ausflucht, als ihr auffiel, dass sie ihren Besucher nicht in die Stube gebeten hatte – sie stand noch immer mit Daniel in der Diele, unsicher, was sie tun sollte, ihn hereinbitten oder doch fortschicken.

»Sie haben mir nicht geantwortet«, stellte er nachdrücklich fest. »Was haben Sie heute gegessen?«

»Ich weiß nicht … keine Ahnung … irgendetwas …«

»Wenn Sie sich nicht gut ernähren, werden Sie nicht nur dünner, sondern auch schwächer. Das sollten Sie als Mutter eigentlich wissen, dafür brauchen Sie keinen Arzt. Und mich auch nicht …« Endlich lächelte er wieder. »Aber vielleicht kann ich Ihnen meine Dienste in der Küche anbieten. Wenn Sie erlauben, bereite ich Ihnen ein Abendessen aus Ihren Vorräten zu.«

»Die Krebsbutter war recht schmackhaft, das muss ich zugeben. Aber mir ist nicht gut um den Magen. Ich möchte nichts essen. Tut mir leid.«

Er ignorierte ihren Einwand: »Eine Suppe ist gegen jede Verstimmung die beste Medizin. Kommen Sie, sehen wir nach, woraus ich sie Ihnen zubereiten kann.« Er wartete nicht ab, dass sie ihm folgte, sondern marschierte geradewegs in Richtung Backstube und Kochgelegenheit. Auf dem Weg hielt er kurz inne, um einen Leuchter von einer Kommode zu nehmen. Die Kerzen flackerten in der Zugluft, als er weiterging.

Seine Zielstrebigkeit imponierte ihr. Diese Kraft, mit der er zu ihrem Nutzen agierte. Natürlich hätte sie ihm sagen können, dass es sich nicht gehörte, am späten Abend in einer fremden Küche zu kochen, noch dazu als unverheirateter Mann für eine gerade verwitwete junge Frau. Ein ungleiches, skandalöses Paar, das ohne eine andere Person in seiner Gesellschaft Anstand und Sittsamkeit vermissen ließ. Wenn ihn jemand an ihrer Tür gesehen hatte, die Kerzen in den Fenstern lange leuchteten und dann auch noch Rauch durch den Schornstein in den Himmel stieg, würde der Klatsch ein weiteres Mal blühen. Aber sowohl die Dunkelheit als auch die Uhrzeit sprachen dafür, dass er unbeobachtet geblieben war. Wer war sie, dass sie einen Gast wegschicken würde, der ihr Gutes wollte? Sie schob ihre Zweifel beiseite und folgte ihm.

Daniel leuchtete gerade die Ecken in Hinnerks Reich aus, die der Lehrling kurz vor dem Feierabend gescheuert hatte.

»Was suchen Sie denn?«

Er wandte sich zu Maria um. »Ingredienzien.«

»Schauen Sie mal in der Büchse auf dem Regalbord neben der Speisekammer nach, da müsste noch Suppenkuchen sein.«

»Hm.« Er schüttelte den Kopf. »Mit Verlaub: Ich dachte eher an eine salzige Kost gegen Ihr Unwohlsein. Die hilft erfahrungsgemäß besser.«

»Ein Suppenkuchen ist keine Patisserie.« Jetzt musste Maria trotz ihrer angespannten Nerven lachen. »Ich habe die Fleischbrühe selbst mit reichlich Pfeffer, Nelken und Lorbeer angesetzt, zunächst zu einem Gelee verarbeitet und trocknen lassen. Ein Suppenkuchen ist sehr nahrhaft und ideal für Reisende, mein Rezept stammt aus der Kombüse eines Segelschiffs. Salz gehört übrigens nicht hinein, sonst würde die Masse nicht fest werden.«

»Sie können kochen?«, fragte er erstaunt.

»Ja, was denn sonst? Ich bin doch kein verwöhntes Püppchen!«

»Irgendwie habe ich Sie mir nie an einem Ofen vorgestellt.«

»Aber Sie haben mich doch schon in der Backstube erlebt …«

»Ist eine Köchin nicht etwas anderes als eine Konditorin? Einerlei. Dann zeigen Sie mir mal, wie man einen mit Pfeffer und ohne Salz angesetzten Kuchen, der keine Konditorware ist, verarbeitet. Ich bin sehr neugierig darauf.«

Sie vergaß, dass er ja eigentlich ihr eine Mahlzeit kredenzen wollte, und griff nach der Schürze, die an einem Haken hing. Daniel stopfte die Ecken eines großen Tuchs in seinen Hosenbund und trat hinter sie, um die Bänder zu schließen. Dabei berührten sich wie zufällig ihre Hände, doch das war die einzige Anzüglichkeit, die er sich erlaubte.

Daniel öffnete die Ofenluke, um die Glutnester zu inspizieren, dann griff er nach dem Schürhaken aus dem Eisenständer und hob mit ihm die Ofenringe auf der Platte an. »Der Herd ist gleich bereit«, erklärte er, während er sich zu dem kleinen Holzlager bückte, um ein Scheit nachzulegen.

»Zunächst brauchen wir kochendes Wasser«, verkündete Maria und reichte ihm den Kessel, der sich dank des Inhalts noch recht schwer anfühlte.

Wie bei den Vorbereitungen für die Desserttafel für Joachim Graaf arbeiteten sie einträchtig zusammen. Dabei unterhielten sie sich über Belangloses, unterbrochen von Handgriffen und in erwartungsvoller Haltung. Ein Stück Suppenkuchen wurde in heißem Wasser aufgelöst, so dass sich mit Hilfe eines Kochlöffels eine kräftige Fleischbrühe entwickelte. Die war allerdings nicht so recht nach Daniels Geschmack: »Nichts gegen Ihre Kochkünste, Maria, aber da fehlen noch ein paar Gewürze.« Daraufhin ging er mit einer Kerze in die Speisekammer und kam mit getrockneten Kräutern, einem Salzfässchen und einem in Bäckerleinen eingeschlagenen Brot zurück. Er würzte, schmeckte ab, hielt ihr den Löffel, von dem er eben gegessen hatte, mit einer weiteren Kostprobe hin. Ohne sonderlich darüber nachzudenken, ließ sie sich von ihm wie selbstverständlich füttern. Dann nickte sie anerkennend.

Gegen die Wand neben dem Ofen gelehnt, beobachtete sie, wie Daniel das Brot auf dem großen Arbeitstisch auswickelte und zwei dicke Scheiben abschnitt. Die zerteilte er in Würfel. Dann kam der Schürhaken wieder zum Einsatz, mit dem er die Ofenringe zurückschob, um die Feuerstelle zu vergrößern. Der Boden der Pfanne, die er vom Haken nahm, war größer als der des Wasserkessels. Er fettete die *Pann* mit etwas Butter ein, warf die Brotstücke dazu und ließ diese rösten.

»Wir legen das frische Brot in die Schüssel und füllen dann die Suppe darauf«, sagte Maria.

Daniel hob den Kopf und lächelte sie an. »Wir machen es genau andersherum, backen die Würfel auf und nennen sie *Croûtons.*«

»Offenbar kann ich nicht so gut kochen, wie ich dachte.«

Er lächelte. »Sie hatten einfach noch keinen Franzosen in Ihrer Küche. Es ist unsere Kultur, verstehen Sie? An allen Höfen in Europa werden französische Köche beschäftigt.«

»Sie meinen also, ich sollte auch jemanden aus Frankreich engagieren, wenn ich die Gastwirtschaft wieder eröffne?«, alberte sie und erwiderte sein Lächeln. »Am besten einen Flüchtling, nicht wahr?«

»Da gibt es auch sehr nette Männer, deren Familien bereits vor der Revolution auswandern mussten.«

»Aber diese Männer sind nicht alle richtige Köche«, konterte sie amüsiert.

»*Touché* ... Oh, das Brot verbrennt, ich habe nicht aufgepasst ...« Er hob die Pfanne vom Herd und strahlte Maria trotz der rauchenden, teilweise angekokelten Würfel an. »Sehen Sie, ich bin tatsächlich kein routinierter Koch. Dem passiert so etwas nicht.«

»Das brauchen Sie auch gar nicht zu sein«, antwortete sie leise. »Sie sind sehr nett, das genügt völlig.«

Ein paar Herzschläge lang blickten sie einander an. Maria, die in ihrer Schürze an der Wand lehnte, und Daniel, der mit der heißen Pfanne in der Hand, ein Tuch in den Hosenbund gestopft, neben dem Ofen stand, aus dessen Öffnung gerade eine Flamme züngelte. Keine Szenerie könnte unromantischer sein, fuhr es Maria durch den Kopf, aber sie fühlte sich ihm in diesem Moment näher als je zuvor. »Passen Sie auf, dass Sie nicht das ganze Haus abfackeln«, warnte sie, und ihre Augen sandten Funken wie bei einem Feuerwerk zu ihm.

»Was is'n hier los?«

Maria fuhr zu Rike herum, die völlig aufgelöst in der Tür stand. Die Magd trug ihr Nachthemd und eine Schlafmütze und wirkte aufgebracht, aber nicht sonderlich munter. In der einen Hand hielt sie eine Laterne, mit der anderen rieb sie sich die Augen.

»Es ist nichts«, behauptete Maria und ging Rike entgegen. Sie legte ihre Hand auf die Schulter ihrer Dienerin, um diese sanft hinauszuschieben. »Herr Jacques ist so freundlich und kocht mir eine Suppe. Das ist eine gute Medizin gegen mein Unwohlsein. Es ist alles in Ordnung.«

»Ich habe Geräusche gehört und dachte, es sind Einbrecher am Werk«, rechtfertigte sich Rike. »Da muss unsereins doch aufpassen.«

»Ja. Das ist absolut richtig. Aber es besteht kein Grund zur Aufregung, du kannst wieder ins Bett gehen.«

Widerwillig schickte sich Rike an, der Aufforderung zu folgen. Maria war sich sicher, dass die Neugier auf den unerwarteten Gast am Ofen die Magd noch ein wenig hätte verweilen lassen. Doch glücklicherweise fügte sie sich.

Erst als sie sah, wie sich der Lichtschein der Laterne entfernte, kehrte Maria zu Daniel zurück. »Kunstgärtner, Medicus, Koch und jetzt auch noch ein Dieb«, sagte sie. »Monsieur, Sie machen hier im Dorf Karriere.«

»Die Zukunft ist noch nicht vorbei, Madame«, erwiderte er lächelnd.

Sie sahen einander in die Augen – und Maria erwartete, dass er zu ihr kommen und sie endlich in die Arme schließen würde …

Doch nichts dergleichen geschah.

Mit einem Kratzfuß deutete Daniel auf die Keramikschale auf dem Arbeitstisch. »*Voilà*! Die *Bouillon* ist angerichtet, ich konnte sogar ein paar Croûtons retten. *Bon appétit*!«

Ein wenig enttäuscht probierte Maria im Stehen, was er aus ihrem Vorrat gezaubert hatte. Es schmeckte köstlich. »Vielleicht sollten Sie doch Koch werden«, meinte sie, bevor sie sich wieder über die Schüssel beugte und den Löffel in die Brühe tauchte.

»Sicher nicht.« Als wäre dies eine Bestätigung seiner Äußerung zog er das Tuch aus seinem Hosenbund und legte es gedankenverloren zusammen. »Ich eigne mich vermutlich besser als *Restaurateur*.«

»Was ist das?«

»Der Betreiber eines *Restaurants*, das ist eine Gastwirtschaft, in der mehr als nur Hausmannskost für Reisende bereitet und Männer zum Trinken animiert werden. In Paris wurden in den vergangenen zehn oder fünfzehn Jahren einige Lokalitäten eröffnet, in denen die Wirte und Köche gutes Essen sowohl zu günstigen als auch gehobenen Preisen servieren. Dergleichen sucht man anderswo in Europa in dieser Ausstattung vergeblich. Jeder Mann und jede Frau kann in Paris zum *diner* ausgehen und ein vorzügliches Mahl nach eigener Wahl genießen. Vor allem Suppen sollen bei den französischen Gästen sehr beliebt sein«, fügte er lächelnd hinzu.

Maria ließ sich auf einem hölzernen Schemel nieder. Die warme, würzige Suppe tat gut. Von einem sogenannten Restaurant hatte sie noch nie gehört, geschweige denn eines mit eigenen Augen gesehen. Sie überlegte, wie in einem solchen Lokal die vielen Gänge eines *Service à la française* auf die Tische von vielen verschiedenen Gästen gebracht werden sollten, von Menschen, die wohl nicht geschlossen einer Einladung folgten, sondern frei aussuchen durften, was sie speisen wollten. Das war etwas anderes als eine Desserttafel oder ein Eintopf, der einem Durchreisenden aufgetischt wurde. Ein solches Etablissement zu führen, musste eine organisatorische Meisterleistung sein, die weit entfernt von dem Betrieb etwa einer kleinen Konditorei war. Wie konnte die Idee eines *Restaurants* aber so erfolgreich sein, dass es dergleichen mehrere gab? Dineke hatte wohl recht mit ihrer Annahme, dass die Franzosen ein seltsames Volk waren.

Während sie sich weiter ihrer Brühe widmete, erklärte Daniel: »Das Wort *Restaurant* leitet sich von dem französischen Begriff *restaurer* ab, und das bedeutet, sich stärken und sich wiederherstellen im Sinne von Erholung zu erfahren. Ich hoffe, dass mir genau das bei Ihnen gerade gelingt.«

»Das tut es«, versicherte sie eilig. Allerdings war sie sich nicht sicher, ob tatsächlich das Ergebnis von Daniels Kochkunst für ihr Wohlbefinden sorgte. Oder seine Erzählung, die ihre Gedanken beanspruchte und wieder einmal von alldem fortholte, das sie belastete. Möglicherweise stimmte sie aber auch nur seine Gesellschaft so froh.

Sie schluckte den Rest Suppe hinunter. »Ich versichere Ihnen, dass ich mich nun vollends restauriert fühle. Sagt man das so?«

Und dann lachten sie beide.

31

Das Lächeln hielt sich in Marias Augen noch lange in den nächsten Tag hinein. Geduldig setzte sie sich zu ihren Töchtern, die mit der Kinderfrau an einem Tisch in der Gaststube bastelten, nachdem Anna und Margarete auf einem Spaziergang die ersten Kastanien gesammelt hatten. Unwillkürlich dachte Maria an Daniel, der bestimmt eine Geschichte über die Bäume und ihre Früchte kannte. Oder er wusste von einem Rezept für Maronen, die hierzulande *Kastanje* genannt und gelegentlich zu Suppe verarbeitet wurden …

»Guten Tag«, wünschte eine Männerstimme.

Maria war so in Gedanken versunken, dass sie nicht bemerkt hatte, wie Joachim Graaf eingetreten war. Zerstreut erhob sie sich, während ihre Töchter nach einer Geste der Kinderfrau ebenfalls aufstanden. Die zehnjährige Anna und ihre eineinhalb Jahre jüngere Schwester knicksten ehrfürchtig.

»Was für eine nette Runde«, kommentierte der Gast, bevor er sich an Maria wandte: »Ich würde Sie gerne sprechen, Frau Burmester. Leider war mein Besuch gestern ungeschickt und von Aufregung geprägt, so dass ich keine Gelegenheit fand, den Grund vorzutragen.«

Seltsamerweise hatte sie sich nicht einmal gefragt, warum Joachim Graaf die Degustation gestört hatte. Ihre Finger tasteten nach der kleinen Wunde auf ihrer Wange, als wollte sie sich des Geschehenen vergewissern. »Ja«, stimmte sie zu, »kommen Sie bitte in die private Stube, da können wir ungestört reden.«

Die beiden Mädchen begleiteten den Abgang mit einem erneuten Knicks.

»Wie geht es Ihnen?«, erkundigte er sich, während sie den Raum Seite an Seite verließen.

»Gut. Es geht mir gut«, versicherte Maria rasch und ließ ihre Hand sinken. In sachlichem Ton fuhr sie fort: »Die Backstube wirft ordentlich was ab, die Einnahmen sind noch nicht so wie früher, aber die Patisserien verkaufen sich zufriedenstellend, und die Lieferungen nach Hamburg nehmen stetig zu. Ich habe Hoffnung, dass ich Ihnen schon bald eine Anzahlung auf meine Schulden geben kann.« Das war zwar ein mutiges Versprechen, doch Maria versuchte auf diese Weise die eigene Geschäftstüchtigkeit darzulegen.

»Das freut mich zu hören. Allerdings meinte ich Ihr persönliches Befinden.«

»Auch das ist wiederhergestellt«, antwortete sie lächelnd und dachte an das Wort französische Wort *restaurer*. »Es besteht kein Grund zur Sorge.«

In der Stube angekommen, deutete sie auf einen der Sessel. »Bitte, nehmen Sie doch Platz. Kann ich Ihnen etwas anbieten?«

»Nein, vielen Dank.« Graaf schlug umständlich die Schöße seines Rocks hoch, bevor er sich niederließ. »Ich bin nicht wegen des Genusses hier, sondern, um mit Ihnen eine weitere Einladung zu besprechen. Etwas wie die Dessertafel neulich.«

Marias Augenbrauen hoben sich in einer Mischung aus Verwunderung und Freude. Stumm wartete sie auf seine Erklärung.

»Ich will ehrlich zu Ihnen sein: Es ist mir ein großes Anliegen, die Dame, die mein Herz berührt, unter vier Augen wiederzusehen. Ich kann sie jedoch nicht in mein Haus in Hamburg einladen und ebenso wenig bei ihr vorsprechen …«

»Wir reden hier von Emilia von Wedekind, nicht wahr?«, unterbrach sie ihn sanft.

»Von wem sonst?«

»Nun ja, ich wollte mich nur versichern, dass wir dieselbe Dame meinen.« Es war ihr ein wenig peinlich, dass sie zugab, Joachim Graaf auch mit anderen Frauen in Verbindung zu bringen. Allerdings: Ein Herr seines Formats war nicht zwangsweise auch ein Ausbund von Treue. Luder gab es genug, die sich einen wohlhabenden Freigeist angeln wollten. Oder einen angesehenen Zuckerbäcker, fuhr es ihr durch den Kopf.

Für einen Moment trat eine seltsam unangenehme Stille zwischen Maria und Joachim Graaf ein. Dann räusperte er sich. »Also, wie ich schon sagte, ich möchte Frau von Wedekind einladen«, er legte eine Kunstpause ein, »und die einzige schickliche Möglichkeit einer solchen Einladung ist, diese für das Haus einer Freundin auszusprechen. Wie ich erfuhr, schätzt Frau von Wedekind Sie sehr. Deshalb dachte ich an eine Wiederholung der Desserttafel, wenn auch mit weniger Gästen.«

»Außerdem dürfte es auf der Terrasse jetzt zu frisch für die Bewirtung sein.«

»Mit einer entsprechenden Dekoration nehmen wir gerne mit dem Gasthaus vorlieb.«

»Hm …«, durch Marias Gedanken flogen bereits die Möglichkeiten, die sich vor allem auf Daniel konzentrierten. Ohne seine Unterstützung wäre das kleine Fest auf ihrem Plateau gewiss kein so großer Erfolg geworden. Wenn Joachim Graaf ihre Stube ausschmücken lassen wollte, würde er damit seinen Kunstgärtner beauftragen – wen sonst? Und sie würde ihn wiedersehen. Ohne ein Versprechen. Das sie Daniel nicht geben konnte, obwohl sich ihr Herz danach sehnte. Das er aber auch nicht verlangte. Jedenfalls hatten sie sich nach dem Aufräumen der Küche in Freundschaft getrennt, nicht als Liebespaar.

»Frau von Wedekind wird natürlich nicht allein zu dem Ausflug aufbrechen«, sagte Graaf. »Ihr Bruder möchte eine geschäftliche Angelegenheit mit mir besprechen und wird sie begleiten. So kann ich Herrn Vandenberg meine Dienste als Kaufmann zur Verfügung stellen, während Frau von Wedekind eine Freundin besucht. Finden Sie, dass das ein guter Plan ist?«

»Ja. Gewiss. Das ist durchdacht«, lobte sie, sich ein Kichern verkneifend. Verliebte Männer waren ja solche Narren.

»Dann ist es abgemacht.« Graaf rieb sich zufrieden über die Schenkel, dann klatschte er in die Hände und stand auf. »Die Zeit drängt, am nächsten Freitag soll der Besuch schon stattfinden. Ich schicke Herrn Jacques vorbei wegen der Blumen. Ist Ihnen das genehm?«

»Oh ja. Sehr.« Verliebte Frauen sind nicht weniger albern, stellte sie insgeheim fest.

32

Emilia hätte gerne auf den Halt in Teufelsbrück verzichtet, doch ihr Bruder bestand auf einen Pferdewechsel, da seine Stute zu lahmen begonnen hatte. Sie fand, dass der Gaul auch noch bis Nienstedten hätte durchhalten können, musste sich aber fügen. Schließlich war sie in der Vandenberg-Kutsche recht komfortabel unterwegs, und es war nett von Christian, dass er die Form für sie wahrte. Er behauptete, beruflich mit

Joachim sprechen zu müssen; doch Emilia vermutete, dass Henriettes Überredungskünste eher den Ausschlag gegeben hatten, die Fahrt anzutreten, als die Geschäfte der Herren.

Ungeduldig trommelte sie mit den Fingern auf ihre kleine Reisetasche aus bunt besticktem Gobelin, die sie auf ihre Knie gestellt hatte. Christian hatte sie gebeten, im Foyer des Park-Hotels Platz zu nehmen, während er nach dem Stallmeister suchte und sich nach einem Schmied erkundigen wollte. Das Tier war ihm anscheinend so wichtig, registrierte Emilia mit einem inneren Kopfschütteln, dass er die Aufgabe des Pferdewechsels nicht allein seinem Kutscher überlassen wollte. Dabei hätte sie ein wenig Unterhaltung vertragen können. Schließlich konnte sie die Weiterfahrt kaum abwarten. Statt also dem Wiedersehen mit Joachim so schnell wie möglich entgegenzurollen oder die verstreichenden Minuten wenigstens mit einem amüsanten Gespräch zu füllen, saß sie auf einer Bank mit Samtbezug und langweilte sich. Es blieb ihr nichts anderes zu tun, als die anderen Gäste zu beobachten.

Ein Ehepaar mit drei kleinen Kindern, gefolgt von zwei Frauen, die eine offenbar die Gouvernante, die andere eine Zofe, betraten das Hotel. Es waren elegant angezogene Herrschaften mit altmodisch gepudertem Haar. Bestimmt waren das wohlhabende französische Emigranten, die sich noch nicht an die neue Mode gewöhnt hatten, wohl in keinerlei Beziehung. Ein Diener eilte der kleinen Gruppe nach.

Aus einem Nebenraum, offenbar der Gastwirtschaft, stürmte ein Mann, der im Laufen seinen Hut auf den Kopf drückte und es anscheinend sehr eilig hatte, diesen Ort zu verlassen. Er war gezwungen, die Herrschaften mit ihrem Gefolge zu umrunden, was ihn nicht nur ausbremste, sondern auch sichtlich verärgerte. Ein Dieb auf der Flucht, schlussfolgerte Emilia. Sie überlegte, ob sie ihm ein Bein stellen sollte. Es wäre eine Abwechslung und ein Abenteuer. Doch bevor sie den Entschluss gefasst hatte, war der Mann durch die Eingangstür davon.

Bemerkenswert, dachte sie, ein Dieb schien so gar nicht in ein Gasthaus guten Namens zu passen. Aber wahrscheinlich lauerte das Böse überall.

In diesem Moment rannten zwei weitere Männer denselben Weg hinaus. Die Garderobe der beiden wirkte eleganter, und der eine trug eine Perücke, die ihm in der Hast in die Stirn rutschte. Es war nicht klar, ob sie dem ersten folgten oder ebenfalls flohen. Aufgeregtes Stimmengewirr machte sich unter den herumeilenden Lakaien breit, auch die Familie mit ihrem Personal blieb stehen, die Köpfe wandten sich um. Eine derartige Szene erwartete zweifellos niemand in einer Wirtschaft wie dem Park-Hotel.

»Meine Herrschaften, echauffieren Sie sich bitte nicht«, rief eine Männerstimme von der Galerie herab. »Sie können absolut beruhigt sein, es besteht kein Anlass zur Aufregung. Offenbar handelt es sich um ein Missverständnis.«

Emilia sah zu dem gut genährten Mann hoch, dessen Weste sich über einem beachtlichen Bauch spannte, und überlegte, dass die Wahl seiner Wörter gegen den Wahrheitsgehalt eines jeden einzelnen Wortes sprach. Tatsächlich gab der Vorfall wohl Anlass zur Sorge.

Ob dies die anderen Gäste ebenso sahen, würde sie nie erfahren. Die Leute gingen ihrer Wege, aus dem Nebenraum kamen manierlichere Herren. Über kurz oder lang war das Ambiente so gediegen und langweilig wie zuvor. Und die Bank erwies sich auf Dauer als weniger bequem als gedacht. Seufzend erhob sie sich, um sich die Beine zu vertreten.

Endlich tauchte Christian auf. »Es ist neu angespannt, wir können weiterfahren«, verkündete er zufrieden. »Muss ich noch eine Rechnung begleichen? Hattest du eine Bestellung aufgegeben, meine Liebe?«

Das hatte sie in ihrer Ungeduld vergessen. »Ich habe nur auf dich gewartet.«

»Möchtest du vielleicht noch eine Erfrischung haben?«

Sie hakte sich bei ihm unter. »Bitte, lass uns aufbrechen.«

Der wissende, amüsierte Blick, der sie von ihrem Bruder traf, stimmte sie ebenso verlegen wie wütend. Sie ärgerte sich, dass sie so leicht durchschaubar war. Schmollend zog sie sich in eine Ecke der Kutsche zurück.

Christian lächelte in sich hinein.

Nach einer Weile wurde Emilia die von dem Knarren der Wagenräder unterbrochene Stille zu laut. Sie wollte unter keinen Umständen in Missstimmung in Nienstedten ankommen. Deshalb versuchte sie es mit einer Erklärung für ihre Eile: »Ich fühlte mich nicht mehr wohl in dem Hotel. Hast du die Männer weglaufen sehen? Du hast dich doch vor dem Gebäude aufgehalten.«

»Bedauere, ich war die ganze Zeit im Stall.« Er sah sie erstaunt an. »Was war das für ein Vorfall?«

»Es war ein wenig merkwürdig: Zuerst lief ein Mann davon und dann zwei weitere hinterher. Natürlich ist es nicht verwunderlich, wenn drei Herren eine Lokalität verlassen, aber ganz offensichtlich waren die drei in äußerster Eile. Der erste wirkte wie ein Flüchtender und die beiden anderen wie seine Verfolger. Es war mir nicht geheuer, und ich frage mich, ob es sich um Räuber und heimliche Polizisten handelte.«

»Vermutlich waren es Spitzel beider Seiten, die sich gegenseitig entlarvten.«

Die Antwort kam so rasch über die Lippen ihres Bruders und klang so trocken, dass Emilia erstaunt die Augen aufriss. »Wer soll das gewesen sein?«

Christian seufzte. »Die Folgen der Revolution in Paris drohen nicht so freiheitlich zu sein, wie wir alle hofften. Die nunmehr gefährlich anmutende Entwicklung von einem Volksaufstand zu radikalen Machtgelüsten ist erschreckend und schwappt mit den Flüchtlingen über die Grenzen Frankreichs. Zweifellos hat sich die Situation durch die Erklärung der Menschenrechte seitens der Nationalversammlung Ende August verschärft.«

»Was bedeutet das denn nun schon wieder? Du sprichst in Rätseln. Ich bin doch kein Mitglied deines Debattierclubs!«

»Nein, meine Liebe, aber du bist eine kluge Frau, deshalb spreche ich mit dir in aller Offenheit. Du würdest in Frankreich übrigens die neuen Menschen- und Bürgerrechte nicht erhalten, die sind nur für Männer. Außerdem gelten sie explizit nicht für Juden und Hugenotten oder andere Protestanten, selbst wenn diese männlichen Geschlechts sind. Du siehst, in Altona haben wir nicht nur eine freiere Gesellschaft, sondern sind auch kultivierter als die Pariser. Und das alles ganz ohne Freiheitskampf.«

»Ich dachte, gerade die Revolution hätte für eine Verbesserung für die Weiber gesorgt und …«

»Alles verändert sich in einem Tempo, mit dem man kaum mithalten kann. Das Gegenteil scheint inzwischen der Fall zu sein. Es geht den Franzosen anscheinend nur um *fraternité* – und das bedeutet Brüderlichkeit.«

»Brüderlichkeit unter Katholiken«, vollendete sie bestürzt.

»Offenbar – ja.«

»Aber was hat das mit dem Vorfall zu tun, den ich im Park-Hotel beobachtete?«

Christian zuckte mit den Achseln. »Womöglich waren es keine Spitzel, sondern Provokateure. Seit kurzem treiben sich überall in den Lokalitäten, ob Kaffeehaus oder Bierschänke, und offenbar auch in den eleganten Herbergen Männer herum, die den Diskussionen und Ansichten der Leute lauschen, widersprechen und dann handgreiflich werden.«

»Wie furchtbar! Was ist denn der Unterschied zwischen einem Provokateur und einem Spitzel?«

»Die Provokateure wollen nur Ärger machen, die Spitzel melden das Gehörte an die Obrigkeit, wenn die Meinung des einen oder anderen Wortführers gegen die Gesetze des jeweiligen Landes verstößt. In Preußen etwa gilt seit noch nicht allzu langer Zeit ein neues, strenges Zensuredikt.«

Davon hatte Emilia zwar gehört, doch das Thema war komplex. Sie war unterhaltsame, leichte Lektüre gewohnt. Und mit den Zeitungen, die in Hamburg erschienen, hatte es nichts zu tun, so dass sie sich um die Beschneidung der Meinungsfreiheit in Preußen bisher nicht gekümmert hatte. Die drei Männer im Hotelfoyer vor Augen, fühlte sie sich nun mit einem Mal bedroht. Ihre Anwesenheit bei dem Freiheitsfest in Harvestehude im Juli entsprach gewiss nicht den Vorgaben des preußischen Königs Friedrich Wilhelm II. – und wenn sie es recht bedachte, war Tilmann ein gesetzestreuer Untertan seiner Majestät. »Meinst du, diese Spitzel oder Provokateure haben es auch auf unsereins abgesehen?«

»Nein. Sicher nicht. Nein«, behauptete Christian und griff beruhigend nach ihrer Hand. »Die Vorstellung, ein Agent könnte sich in unsere Kreise einschleichen, wäre unerträglich. Wahrscheinlich ist es anderswo vielmehr auch Mittel zum

Zweck, um lästige Personen in Misskredit zu bringen. In unserem Stand geht man da doch etwas weniger brutal vor.« Der Druck seiner Finger wurde fester, als wollte er ihr auf diese Weise seinen Schutz bedeuten. »Mach dir keine Sorgen, Liebes, es besteht kein Grund dafür. Dennoch sollte man die Gefahren kennen, die an allen Ecken und Enden lauern … Sieh nur, wir sind angekommen. Von jetzt an wollen wir den Tag genießen.«

33

Sicherlich hatte Christian ihr Wiedersehen mit Joachim nicht vergiften wollen, doch Emilias Gedanken kreisten unaufhörlich um seine Worte, die wie eine Warnung geklungen hatten. Ihrer Meinung nach hatte er sich sogar selbst widersprochen, um sie in falscher Sicherheit zu wiegen. Sie war aufgewühlt und voller Sorge, weil sie sich unaufhörlich fragte, wen sie mit ihrer Hinwendung zur angeblichen Freiheit der Französischen Revolution schaden könnte. Sich selbst? Oder Tilmann? Wer in ihrem Bekanntenkreis könnte ein Spitzel sein? Fast automatisch fiel ihr Fräulein Böhme ein, doch dann schalt sie sich für ihren Verdacht: Die Gesellschafterin war von Tilmann ausgesucht und engagiert worden, sie war trotz ihrer unangenehmen Art sicher über jeden Tadel erhaben. Außerdem war da die Überlegung, wem es nützte, wenn Fräulein Böhme Emilia auskundschaftete. Emilia lebte in Hamburg im relativ freiheitlichen Bürgertum, anders natürlich Tilmann mit seinen vielen Reisen nach Preußen. War ihr Gemahl das Ziel einer Agentin? Brachte Emilia ihn etwa mit ihrem unbedachten Handeln und ihrem Interesse für bürgerliche Demokratie und Frauenrechte in Bedrängnis? Schadete nicht er ihr, sondern sie ihm? Sollte sie nicht vielmehr Mitgefühl für ihn empfinden statt Abneigung? Ihr kam es vor, als könne sie nicht mehr klar denken.

»Heute sind Sie ungewöhnlich still«, stellte Joachim fest.

Sie waren endlich allein. Christian hatte Maria gefragt, ob er ein paar Patisserien für seine Frau mitnehmen könnte, woraufhin ihn die Hausherrin in die Backstube führte. Schon bei ihrer Ankunft hatte der Duft von Zucker, Äpfeln, Mandeln, Zimt und anderen Gewürzen – Emilia konnte nicht jedes Aroma bestimmen – wie ein Appetitanreger in der Luft gelegen, später hatte die Magd eine Platte mit kleinen Kuchen gebracht, die köstlich schmeckten. Alles war zwangloser organisiert als bei der Desserttafel, es gab keine Kellner und keinen Tafelaufsatz, nicht einmal kandierte Rosenblätter, wie Emilia mit Bedauern bemerkte, auch keine Sitzplätze im Schatten von Linden.

Während Nieselregen die Aussicht verschleierte, saßen die Gäste an einem mit weißem Leinen gedeckten Tisch und erfreuten sich nicht nur an dem süßen Backwerk, sondern auch an der schönen Herbstdekoration, die vornehmlich aus den gelben und orangefarbenen getrockneten Blättern der Linden gesteckt und mit allerlei Früchten und Astern in verschiedenen Farbtönen ergänzt worden war. Emilia blickte sich um, während die Unterhaltung zwischen Joachim, Christian und Maria so angenehm um sie her waberte wie der Geruch. Sie sah die Schiffsmodelle aus Zuckerguss im Regal und eine Reihe ungeöffneter Flaschen neben einer Sammlung von Kannen aus Keramik oder Porzellan auf dem Tresen. Sie fragte sich, warum Maria die Wirtschaft nicht wieder eröffnete. Alles wirkte so einladend. Doch sie stellte ihre Frage nicht, sondern ließ ihre Gedanken zurückkehren in das Foyer des Park-Hotels.

Nun schenkte sie Joachim ein entschuldigendes Lächeln. »Ich bedauere, dass ich diesen Eindruck erwecke. Es ist nicht gegen Sie gerichtet. Mein Bruder berichtete auf der Fahrt hierher von der Verkündung der Menschenrechte in Paris. Das Thema hat mich sehr nachdenklich gestimmt.«

»In der Tat, das ist ein Thema, das zum Nachdenken anregt«, bekräftigte Joachim. »Das Recht auf Freiheit, Eigentum, Sicherheit und den Widerstand gegen Unterdrückung findet sich bereits in der amerikanischen Unabhängigkeitserklärung, die vor vierzehn Jahren aufgesetzt wurde. Ich bin absolut dafür, dass ...«

»Haben Sie keine Furcht vor Spitzeln?«, unterbrach Emilia ihn erschrocken. Sie legte ihre Hand auf seinen Arm. »Ich wäre untröstlich, wenn sich unser Gespräch zu Ihrem Nachteil entwickelte.«

Joachim nahm ihre Hand und führte sie in Richtung seiner Lippen. »Ihre Sorge um mein Wohl berührt mich, macht mich sogar sehr froh, sie ist jedoch völlig unbegründet. Wer, um alles in der Welt, sollte mich hier ausspionieren?«

Stumm entzog sie ihm ihre Linke. Es war wundervoll gewesen, seine Hand an ihrer zu spüren. Seine Anziehungskraft war ungebrochen. Dennoch war es ihr Gemahl, dem nach der Unterhaltung mit Christian ihre größere Sorge galt.

»Wenn ich aufrichtig sein soll«, fuhr Joachim fort, »hegen viele meiner Freunde im Jakobiner-Club neuerdings den Verdacht, dass wir die Freiheit ein wenig zu früh gefeiert haben und uns in unseren hehren Vorstellungen geirrt haben könnten. Doch damit müssen Sie Ihren wunderschönen Kopf nicht belasten. Das ist nichts, was uns bedroht.«

Es fiel ihr schwer, ihm zu glauben. Sie hätte ihm von ihrer Beobachtung vorhin erzählen können, doch sie schwieg, weil sie befürchtete, sich damit vor ihm lächerlich zu machen. Es war nicht anzunehmen, dass Joachim den Flüchtenden und seine Verfolger sofort als Spitzel oder Provokateure erkannte wie ihr Bruder. Er würde diese Geschichte zweifellos als Hirngespinst einer überspannten Frau abtun. Um von sich abzulenken, fragte sie: »Waren Sie auf Ihren Reisen auch in Amerika?«

»Nein. Das nicht. Nein. Ich bin nur in Europa herumgekommen.«

»Zweifellos genügte das, um weit genug fort zu sein.« Ihre Antwort war spontan und unbedacht.

Er sah sie lange an. Zunächst schien es ihr, als wollte er durch sie hindurchsehen, seinen inneren Blick auf einen Punkt weit entfernt gerichtet. Doch dann wurde ihr klar, dass er in ihre Seele zu schauen versuchte. Nach einer Weile murmelte er: »Du hättest auf mich warten können.«

»Ich konnte nicht …«, hob sie an und biss sich sofort auf die Zunge. Sie musste sich damals den Umständen fügen, genauso wie heute. Beinahe hätte sie ihr Ehegelübde vergessen. Angesichts der Sorge, die sie plötzlich um Tilmann erfasste, wurde sie sich dessen schmerzlich bewusst. Sie war verheiratet, und alles, was sie mit Joachim Graaf vielleicht noch verband, war der Traum von einem anderen Leben. Doch dieser existierte lediglich in ihrer Erinnerung. Er sollte dort verblassen und keine Neuauflage erhalten. Schließlich würde er immer fern der Wirklichkeit bleiben. Die Liebe war eine Erfindung von Schriftstellern, die nicht in den Alltag einer Frau passte.

Emilia schluckte und betete still, dass Maria oder Christian oder beide rasch wieder in die Stube kämen. »Gewiss machen Sie, auch ohne vor Ort gewesen zu sein, gute Geschäfte mit Amerika«, hörte sie sich sagen. Die Bemerkung war ihr einfach so ohne jeden Hintergedanken eingefallen als Hoffnung auf den Beginn einer harmlosen Plauderei.

Sein Blick verdüsterte sich, er schien sie misszuverstehen. »Spielen Sie auf den Menschenhandel zwischen Afrika und Amerika an? Woher wissen Sie davon? Nun, einerlei. Manche Reeder mögen mit den Überfahrten gutes Geld verdienen, ich möchte Ihnen jedoch ausdrücklich meine Rechtschaffenheit versichern. Ich bin bestürzt, dass die Bestrebungen der französischen Kolonialisten auf den westindischen Inseln, die Sklaverei abzuschaffen und den Schwarzen mehr Rechte zuzugestehen, durch die Revolution vernichtet wurden. Mein Anliegen ist hier wie dort die Anhebung der Lebensbedingungen aller Menschen. Ich liebe die schönen Künste und den Gartenbau. Meine Geschäfte verbessern sich durchaus wegen des freien Handels mit Amerika, der durch die Unabhängigkeit erst möglich wurde. Die Engländer lassen nämlich keinen Umschlag von Ausländern in Übersee zu. Mir würde niemals in den Sinn kommen, Sklaven …«

»Bitte!« Emilia unterbrach ihn eindringlich. »Sie sind mir keine Rechenschaft schuldig. Ich habe Ihre Ehrbarkeit niemals angezweifelt. Sicher ist es interessant, Waren in Amerika zu kaufen. Dort gibt es außer Baumwolle wohl allerlei. Aber dazu möchte ich mir gerade keine Gedanken machen. Verzeihen Sie, mir schwirrt der Kopf.« In einer dramatischen Geste drückte sie ihre Finger gegen ihre Stirn. »Wollen wir in die Backstube gehen und nachsehen, was mein Bruder dort gerade heimlich nascht?«

Er sprang sofort auf und verneigte sich. »Wie Sie wünschen.«

Natürlich fasste er ihren Wunsch als Abfuhr auf. Die Gelegenheit zu einem Gespräch unter vier Augen würde sich so rasch nicht wieder ergeben – wenn sie mit ihm reden wollte, musste sie bleiben. Ihre Unterhaltung abzubrechen, bedeutete unter den gegebenen Umständen, dass sie des Zusammenseins mit ihm bereits überdrüssig war. Aber wollte sie ihm nicht genau das vermitteln? Ihre neuen Erkenntnisse, Tilmann womöglich in Schwierigkeiten gebracht zu haben, verlangten von ihr, dass sie sich von Joachim zurückzog. Und ihre gemeinsame Vergangenheit begrub, statt sie wieder aufleben zu lassen.

Ohne ein weiteres Wort erhob sie sich und wandte sich von Joachim fort. »Kennen Sie zufällig den Weg in die Küche?«

»Folgen Sie mir bitte«, erwiderte er steif.

Sie kamen zu spät: Christian hatte offenbar genug probiert und sich für die Patisserien entschieden, die er Henriette von dem Ausflug mitbringen wollte. Er schien erleichtert, als Joachim ihm vorschlug, auf das ganze Zuckerwerk eine Pfeife zu rauchen.

Während die beiden Herren sich anschickten, in die Stube zurückzugehen, blieb Emilia bei Maria zurück. Ihre Gastgeberin knotete mit sicheren Griffen eine Schleife um die schlichte Dose aus Glas, in der sich das süße Mitbringsel befand. Dann drapierte sie die breiten Bänder zu einem hübschen Schmetterling.

»Die Dekoration gelingt Ihnen sehr gut«, lobte Emilia. »Ich bewundere Sie dafür. Ich selbst ruiniere die einfachste Bastelarbeit.«

Maria lächelte. »Mein verstorbener Mann sagte immer, eine Bonbonniere sollte mit Liebe verpackt werden, weil sie ein Glücksbringer ist. Auf diese Schatulle trifft das sicher zu. Ihr Bruder scheint seiner Gattin sehr zugetan.«

»Er hatte mehr Glück als ich«, entfuhr es Emilia. Einen Atemzug später senkte sie, verlegen ob ihrer Offenheit, die Lider und blickte auf den Küchentisch, an dem sie mit Maria stand. Im Hintergrund arbeiteten der Konditor und sein Lehrling unbeeindruckt von den Gästen. Emilia nahm die Männer nur als flüchtige Schatten wahr. Umso lauter war das Klappern ihrer Schüsseln, Bleche und Löffel. Vielleicht hatte Maria ihre unbedachte Bemerkung bei dem Lärm deshalb nicht gehört. Doch diese Hoffnung erwies sich als Irrtum.

»Über eine gute Ehe entscheidet die Zukunft. Bei der Hochzeit weiß niemand, ob die Brautleute zu beneiden sind. Es tun nur alle so.«

»Glauben Sie, die Liebe kommt zurück, nachdem sie erkaltet war?« Meine Güte, was redete sie für einen Unsinn!

»Das weiß ich leider nicht. Mein Schicksal lässt eine derartige Frage offen, da mein Mann vor der Zeit verstorben ist.«

Emilia nickte versonnen. Natürlich wusste eine sittsame Frau wie die Witwe Burmester nichts von einer verbotenen Leidenschaft und von Sehnsüchten. Es ist seltsam, fuhr es ihr durch den Kopf, sie war hierhergefahren, um ihre Annäherung an Joachim zu vertiefen, das Gegenteil jedoch war eingetreten. Plötzlich brannten Tränen in ihren Augen.

Rasch wechselte sie das Thema: »Die Blumen und Blätter in Ihrem Gastraum harmonieren ganz vortrefflich. Es sieht bezaubernd aus.«

»Dafür bin ich nicht verantwortlich, dieses schmückende Beiwerk hat sich Herr Jacques ausgedacht.«

»Ach ja, der Kunstgärtner ...« Emilia überlegte, ob sie Maria beleidigt haben könnte. Die roten Flecken auf den

Wangen der anderen sprachen für ein Ärgernis, der Glanz in ihrem Blick dagegen. Unwillkürlich runzelte Emilia die Stirn.

»Im Moment ist Herr Jacques sehr beschäftigt mit dem Gartenbau auf dem Grundstück von Herrn Graaf«, plauderte Maria. »Der Herbst ist eine gute Zeit für Einpflanzungen, weil das Erdreich noch warm ist und sich deshalb die Wurzeln besser ausbreiten können. Im Frühjahr ist der Boden häufig noch zu kalt, obwohl viele Leute meinen, die Sonne von oben sei besser. Aber das stimmt nicht. Rosen etwa treiben im ersten Jahr nur aus, wenn sie im Herbst gesetzt wurden. So sagt es Herrn Jacques.«

So genau hatte Emilia das nicht wissen wollen. Mit dem Bericht über die Arbeit von Daniel Jacques kehrte der Gedanke an die Begebenheit im Park-Hotel zurück. Der Mann war Franzose, vielleicht nicht von Geburt, aber von Kultur, und er war auf dem Freiheitsfest gewesen. War er ein Spitzel? Ein Provokateur? In ihrem Kopf schwirrte ein Durcheinander, das ihr jeden vernünftigen Gedanken raubte, sie jedoch immer wieder zu Christians unausgesprochener Warnung brachte.

»Wissen Sie eigentlich, welche politische Meinung Herr Jacques vertritt?«, fragte sie mit gesenkter Stimme. »Hatte er schon einmal Ärger deswegen? Ich meine, es laufen so viele Aufwiegler herum, dass man sich stets vorsehen muss.«

Marias Augenbrauen hoben sich. »Leider weiß ich nicht, wovon Sie sprechen.«

»Nicht? Nun ja. Hier in Nienstedten sind Sie wahrscheinlich vor Spitzeln sicher. Im Foyer des Park-Hotels in Teufelsbrück machte ich vorhin eine Beobachtung, die mich überaus sorgenvoll stimmt. Offensichtlich geht in diesem feinen Haus nicht immer alles mit rechten Dingen zu.«

Erstaunlicherweise schien Maria nicht sonderlich verwundert über die unfreundliche Beschreibung. »Darüber müssen Sie mir unbedingt mehr erzählen«, bat Emilias neue Freundin lebhaft.

34

Als die Kutsche langsam aus ihrem Sichtfeld verschwand, drehte sich Joachim Graaf mit ernster Miene zu Maria um, die einen Schritt hinter ihm stand. »Ich fürchte, Frau von Wedekind wird uns so bald nicht wieder beehren.«

»Sie erschien mir ein wenig mitgenommen«, erwiderte Maria. Sie war darauf bedacht, Emilia in kein schlechtes Licht zu rücken. Aber sie konnte Graaf auch nicht widersprechen. Sie verschränkte ihre Hände in ihrem Rücken, mit denen sie den Passagieren des davonfahrenden Wagens gewunken hatte. Eigentlich sollte sie zurück ins Haus gehen, der Wind wehte den feinen Nieselregen ins Gesicht, doch der Herr neben ihr rührte sich nicht, also blieb auch sie vor der Tür stehen. »Ich hoffe, dass trotzdem alles zu Ihrer Zufriedenheit war.«

»Ja … natürlich … ja …«, antwortete er zerstreut. »Wir haben vergessen, den Schaumwein zu trinken, den ich Herrn Bohne abkaufte.«

»Es wird sich eine andere Gelegenheit dafür finden.«

»Gewiss.« Er klang berührend unglücklich.

Maria bemerkte zwei Weiber in dunkler Alltagstracht, die durch den Regen in Richtung Dorfmitte hasteten. Es waren die Frau des Schusters und eine Bäuerin, deren Hof hinter der

Kirche lag. »*Moin*«, grüßte sie und fügte freundlich zu: »*Schietwedder* heute, nicht wahr?«

Die Nachbarinnen nickten, sahen aber rasch wieder fort von ihr und kicherten. Im Weiterlaufen sagte die eine zur anderen: »... und immer ist sie mit einem Herrn zugange ...« Der Rest blieb Maria verborgen.

Unwillkürlich schnappte sie nach Luft. Sie sah zu Joachim Graaf, doch der schien die bissige Bemerkung nicht gehört zu haben. Oder er ignorierte sie, weil der Klatsch des einfachen Volkes unter seiner Würde war. Maria hatte allerdings ein Problem mit übler Nachrede.

Es war wohl besser, sie ließ sich nicht mehr auf offener Straße in Begleitung eines Herrn sehen. Dabei waren Heimlichkeiten so gar nicht ihre Sache. »Möchten Sie noch einmal hereinkommen, Herr Graaf?«

»Nein. Vielen Dank. Adieu, Frau Burmester.« Er straffte seine Schultern, was gerade äußerst bemüht und wenig stark aussah, und lüftete seinen Hut.

»Adieu ...«

Eigentlich hätte sie ihn gerne noch bewirtet. Nicht nur, um aus den Augen der Klatschbasen zu kommen. Joachim Graaf wirkte so verloren in seiner unglücklichen Liebe. Gegen Kummer jeder Art halfen für gewöhnlich die Mandeln, die Hinnerk in Schokolade getaucht und mit Zuckerguss überzogen hatte. Maria hätte Graaf gerne davon angeboten. Vorhin, als ihre Gäste die Backstube besucht hatten, war das Konfekt noch nicht fertig gewesen, aber inzwischen sollte es für eine Kostprobe ausreichend erkaltet sein. Doch Graaf entfernte sich mit hängendem Kopf und raschen Schritten, und sie wollte ihn nicht zurückrufen. Sie würde ihm ein Säckchen mit der Leckerei schicken.

Im Haus empfing sie erstaunliche Ruhe. Ihre Kinder hatten sich während des Besuches ausnehmend wohlerzogen und still verhalten. Offensichtlich waren die Mädchen noch mit ihren Stickarbeiten und die Jungen mit Schreib- und Malaufgaben beschäftigt. Oder die Kinderfrau las allen etwas vor. Vielleicht drang deshalb kein Lärm in die Stube.

Maria beschloss, die Gunst der Stunde zu nutzen, bevor ihre Kinder durch das Haus tobten und ihre Aufmerksamkeit beanspruchten, und sich die Buchhaltung vorzunehmen. Joachim Graafs traurige Miene hatte sie daran erinnert, dass seine Unterstützung für die Zuckerbäckerei sehr viel mit seinem Werben um Emilia von Wedekind zu tun hatte. Womöglich brachte Emilias Ablehnung Maria in größte Schwierigkeiten. Sie überlegte, Emilia zu schreiben und als Freundin einzuladen. Ganz harmlos. Eine kleine Intrige könnte hilfreich sein. Wenn nicht, waren die Folgen für alle Beteiligten bestenfalls peinlich, wahrscheinlich jedoch sogar fatal. Seufzend wischte Maria den Gedanken fort wie die Nässe mit ihrer Hand von ihrem Gesicht.

Sie ging in Paridoms Arbeitszimmer und setzte sich an den Sekretär, schlug das in Leder gebundene schmale Kontorbuch jedoch nicht auf, sondern blickte zu dem Fenster, vor dem sich die Äste der Linden im Regenschauer beugten. Sie würde Joachim Graaf ansprechen müssen, was mit den Kübeln geschehen sollte. Sicher würde er entscheiden, dass der Baumschulenbesitzer kam und die Pflanzen endlich abholte. Ansonsten gehörten sie jetzt in die Erde. In irgendeinem Garten, auf einem anderen Plateau. Maria hatte sich an den Anblick gewöhnt, sie gestand sich ein, dass sie den Abtransport bedauern würde. Doch letztlich hatten die Bäume der Liebe auch ihr kein Glück gebracht, sondern nur böswilligen Tratsch.

Und einen Verehrer, den sie nicht lieben durfte und der ihr inzwischen aus dem Weg ging. Er habe viel zu tun, hatte Daniel sich entschuldigt, als er die Tischdekorationen in die Stube brachte. Seine Zuwendung neulich war anscheinend nur ein Freundschaftsdienst gewesen, die Suppe kein Liebesmahl, sondern eine Köstlichkeit ohne bedeutenden Hintergrund. Natürlich war es gut so. Genauso gut war es auch, wenn sie endlich wieder einen absolut freien Blick über die Terrasse hätte. Jawohl!

Neben der Kladde mit den Zahlen lag ein Stapel loser Blätter. Es waren die Rechnungen der Lieferanten. Sie nahm die Papiere zur Hand und fächerte sie auf, um sie gleich wieder zusammenzuschieben und verdeckt abzulegen wie die Karten eines *Brusbart*-Spiels. Sie hob eine Seite auf und drehte die Schrift nach oben. Es war die Forderung des Zuckersieders. Dieser betrieb sein Geschäft, wie fast alle Mitglieder seiner Zunft, auf der Cremon-Insel in der Mündung der Alster in die Elbe. Die Raffinerien dort waren berühmt und versorgten fast ganz Europa mit Zucker, dessen Rohstoff hauptsächlich von der karibischen Insel Sainte-Domingue kam. Gemeinsam mit Paridom hatte sie die Manufaktur am Katharinenfleet einst besuchen dürfen, sie entsann sich noch genau, wie sie die kegelförmigen Keramikgefäße bestaunt hatte, die für die Herstellung der Zuckerhüte gebraucht wurden …

Vor ihren in die Erinnerung wandernden Augen verschwammen die Zahlen. Erst langsam wurden die Beträge schärfer. Überrascht registrierte sie die Summen. Die ohnehin nicht gerade günstigen Preise unterlagen erheblichen Schwankungen. Davon hatte zu Paridoms Lebzeiten nicht die Rede sein können. Sie wusste ja, was sie aus seinem Nachlass hatte bezahlen müssen. Seltsam. Sie würde Hinnerk fragen müssen, ob er wusste, was es mit den Salden auf sich hatte. Wenn sich der Zucker verteuerte, hatte sie mit dieser Rechnung eine »Lusche« gezogen, dachte sie grimmig, genauso wie die wertlose Karte im Brusbart-Spiel.

Und Emilia von Wedekind schien Joachim Graafs Liebe nicht zu erwidern. Was für ein *Schlamassel*!

Ach, Paridom …

Hamburg

35

Als Emilia aus der Kutsche stieg, wehten ihr Klavierklänge aus ihrem Haus entgegen. Ihr Herzschlag schien auszusetzen. Sie hielt inne, atmete tief durch, dann setzte sie zu einem undamenhaften Spurt zu ihrem Eingang an. Einen Moment später stürmte sie ihre Treppe hinauf in das Musikzimmer. Die ihr entgegeneilende Zofe beachtete sie nicht, sie riss die Tür auf …

»Amadeus!«

Der Ausruf verhallte.

Fassungslos starrte sie auf die Szene, die sich ihr bot: Fräulein Böhme saß mit vor Aufregung oder Begeisterung geröteten Wangen am Piano – nicht Emilias Sohn.

Mit dem Rücken zu Emilia lehnte Tilmann am Instrument, offensichtlich eben noch interessiert lauschend.

Die Melodie, die Dorothea Böhme gespielt hatte, endete abrupt.

Mozart, fuhr es Emilia durch den Kopf, es war ein Stück von Mozart. Und Tilmann sagte immer, er möge dessen Kompositionen nicht, sie seien ihm zu lieblich.

Langsam drehte er sich zu ihr um. »Guten Tag, Emilia. Du bist früh zurück.« Seine ausgestreckten Hände sollten offenbar seine Wiedersehensfreude zeigen.

Irritiert von der Zweisamkeit, die sie anscheinend gestört hatte, und zutiefst enttäuscht über ihren Irrtum stolperte sie.

Sie strauchelte und wäre wohl hingefallen, wenn Tilmann nicht beherzt nach ihrem Arm gegriffen hätte. »Du scheinst mir in sehr diffuser Stimmung zu sein, meine Liebe«, stellte er fest.

»Es ist die Freude über deine unerwartete Ankunft«, behauptete sie rasch, während sie sich aufrappelte und von ihm losmachte. »Wenn ich gewusst hätte, dass du heimkommst, hätte ich keinen Ausflug unternommen, sondern selbstverständlich auf dich gewartet.«

»Fräulein Böhme hat mich bis zu deiner Rückkehr gut unterhalten.«

Emilia sah wieder zu der Gesellschafterin, die in gerader Haltung und mit unbeweglicher Miene wie die Statue einer Pianistin an dem Klavier saß. »Ich wusste gar nicht, dass Sie so musikalisch sind, Fräulein Böhme.«

»Stille Wasser sind eben häufig tief«, antwortete Tilmann für die junge Frau. Er lächelte wohlwollend.

Dorothea Böhme erwiderte sein Lächeln und schwieg.

»Ja, so scheint es«, bestätigte Emilia kühl. Umso hitziger waren jedoch ihre Gedanken. Sie hatte nicht die geringste Ahnung, was hier vor sich ging, aber sie fühlte, dass sie einen Fehler begangen hatte. Christian hatte sie mit seiner Meinung verwirrt. Vielleicht war sein Hinweis auf Spitzel und Provokateure auch keine Warnung gewesen, sondern nur eine Feststellung. Jedenfalls hatte sie gerade nicht den Eindruck, dass ihr Gemahl ihrer Hilfe bedurfte. Vielleicht noch nicht einmal ihrer Zuwendung. Sie hatte sich von Joachim abgewandt, weil sie meinte, Tilmann etwas schuldig zu sein. In seiner Abwesenheit hatte sie ihn auf ein Podest gehoben, auf das er nicht gehörte. Ganz offensichtlich bestand zwischen ihrem Mann und ihrer Gesellschafterin eine Allianz, die sie gewiss nicht gutheißen konnte.

Emilia straffte ihre Schultern und drückte ihren Rücken durch. »Das *Diner* nehmen wir heute Abend in meinem Boudoir, nicht wahr, mein Liebster? Ich möchte deine Heimkehr feiern.« Sie hasste sich für den tiefen Unterton in ihrer Stimme – und sie hasste ihn, der ihr etwas zumutete, von dem ihr noch nicht ganz klar war, was es überhaupt bedeutete.

»Gewiss, meine Liebe, gewiss. Das ist ein vortrefflicher Einfall. Ich habe auch eine Überraschung für dich, aber ich kann nicht bis später warten, sie dir mitzuteilen.«

Emilia runzelte die Stirn. Irgendwo in ihrem Hinterkopf meldete sich eine Stimme des Herzens, die ihr bedeutete, dass Tilmann einlenkte und die Heimkehr von Amadeus verkünden würde …

»Ich konnte Karten für das Theater besorgen. Da am Sonnabend keine Schauspiele gegeben werden dürfen, gastieren morgen die Musikanten im Nationaltheater am Gänsemarkt. Wir werden uns ›Die Hochzeit des Figaro‹ ansehen, wie wahrscheinlich jeder, der in Hamburg Rang und Namen hat.«

»Ach?«, war Emilias einziger Kommentar. Ihre Enttäuschung über den geplatzten Traum überwog.

»Natürlich habe ich eine Loge gemietet.«

»Ja, natürlich.« Sie hätte sich für seine Großzügigkeit bedanken müssen, aber aus irgendeinem Grunde fühlte sie sich dazu nicht in der Lage. Die Selbstgefälligkeit, mit der er seine Pläne darbot, störte sie.

»Vielleicht sollte Fräulein Böhme uns begleiten, damit du dich in der Pause nicht langweilst, während ich die Bekanntschaft mit einigen namhaften Herren mache.«

Mozart, dachte Emilia, sie liebt anscheinend Mozart.

Sie warf einen raschen Seitenblick auf Dorothea Böhme. Doch die saß noch immer am Klavier. Unbeweglich. Undurchdringlich. Was für eine seltsame Person. Warum nur hatte Tilmann einen solchen Narren an ihr gefressen? Spontan wollte Emilia der Begleitung in die Oper widersprechen, doch auf einmal fehlte ihr die Kraft für diesen Kampf. Es war ein aufreibender Tag gewesen, der völlig anders als erwartet verlaufen war. Wenn sie nun auch noch mit ihrem Mann zu Abend essen wollte, durfte sie nicht schon jetzt mit ihm streiten, sie musste sich ihre Contenance bewahren, und die beabsichtigte sie nicht wegen einer Auseinandersetzung über ihre Gesellschafterin zu opfern. Sie nickte Tilmann kurz zu. »Ich erwarte dich nachher in meinem Boudoir. Ich nehme an, dass Fräulein Böhme uns allein lässt … Aber nun entschuldige mich bitte. Ich möchte mich frisch machen.«

Ohne seine Antwort – oder einen Einwand – abzuwarten, schritt sie hoch erhobenen Hauptes aus dem Musikzimmer.

Als sie ihr Schlafgemach erreichte, brach sie in Tränen aus. Schluchzend warf sie sich auf ihr Bett. Das vielleicht Schlimmste an ihrer Lage war, dass sie spürte, wie sie ihr Urteilsvermögen verlor. Sie wusste selbst jetzt nicht einmal genau, was sie so verstörte. Es gab zu vieles, das ihr Leben nicht mehr lebenswert zu machen schien.

36

Emilia erwartete Tilmann am Fenster, gegen das der Regen inzwischen in Strömen prasselte, und starrte blicklos in die Dunkelheit. In ihrem kleidsamen smaragdgrünen Hauskleid stand sie still da und ließ ihre Gedanken bis zu seinem Eintreffen umherwandern. Das Mädchen hatte den Kamin angezündet, es hatte zudem einen hohen Tisch hereingetragen und eingedeckt. Emilia hatte in der Küche einen Imbiss bestellt, es war eher eine Vesper als ein Nachtmahl. Aber sie hatte keinen Hunger, und eine große Tafel war außerhalb des Speisezimmers ohnehin kaum machbar, so dass sich Tilmann mit Pasteten und eingelegtem Gemüse begnügen musste. Wahrscheinlich erwartete er auch nichts anderes in Emilias Boudoir. In den Gläsern schimmerte Rotwein.

Die vergangenen zwei Stunden hatte sie damit verbracht, ihre Tränen zu trocknen und sich zu sammeln. Es war müßig, über alle ihre gegenwärtigen Probleme nachzudenken, es waren einfach zu viele. Im ersten Moment, in dem sie etwas zur Ruhe kam, erschien ihr die Frage, was Tilmann mit Dorothes Böhme verband, noch am einfachsten zu beantworten. Emilia war sich sicher, dass sie bei ihrer Heimkehr in ein Tête-à-Tête geplatzt war. Die geröteten Wangen in dem sonst so bleichen Gesicht des biederen Fräuleins waren ihr Beweis genug – und Tilmanns plötzliche Vorliebe für Mozart sprach ebenso dafür. Hatten die beiden erst unter ihrem Dach zueinander gefunden? Oder bestand die Affäre bereits, bevor er seine Liebschaft in ihr Haus holte? Letztlich war das einerlei, fand Emilia, zumal es sie eigentlich nicht interessierte. Je tiefer sie in sich hineinhorchte, desto unaufgeregter wurde sie.

Im Grunde empfand sie Tilmanns Betrug als Erleichterung. Auf gewisse Weise öffnete er ihr damit die Tür zu Joachim. Obwohl es eine recht moderne Ansicht war, vielleicht sogar als skandalös bezeichnet werden konnte, fühlte sich Emilia moralisch nicht länger zur Treue verpflichtet. Jedenfalls nicht zur ehelichen Treue. Sofern es um Politik und um einen möglichen Agenten ging, der dem hochrangigen Militärarzt in Diensten des preußischen Königs schaden wollte, hatte sich

Emilia noch keine abschließende Meinung gebildet. Diese Angelegenheit zu lösen, kam ihr deutlich schwieriger vor, als sich mit einer Liaison abzufinden.

An die Gefühle von Joachim Graaf mochte sie nicht denken. Die Erinnerung an seine traurigen Augen zerriss ihr das Herz. Sie hatte neben Christian in der Kutsche gesessen, einen unbändigen Schmerz gefühlt und sich bemüht, vor ihrem Bruder nicht zusammenzubrechen. Christian machte freundlich Konversation, ließ sich wohlmeinend über die Backstube von Maria Burmester aus und schien nicht zu bemerken, was in Emilia vor sich ging. Wenn sie jetzt an die Fahrt von Nienstedten nach Altona dachte, fiel ihr auf, wie bemüht Christian vermieden hatte, auch nur ein Wort über den alten Freund zu verlieren.

In der Rückschau fiel ihr zum ersten Mal auf, wie sehr ihr Bruder und ihre Schwägerin ihr Wiedersehen mit Joachim gefördert hatten. Ohne Rücksicht auf ihre Ehe hatten die beiden mehrere Begegnungen arrangiert, die sie ihrer Jugendliebe wieder näherbrachten. War das nur eine Resonanz auf Tilmanns manchmal recht ungebührliches Verhalten? Oder ahnten Christian und Henriette, was Emilia so lange zu verbergen versucht hatte? Doch auch diese Frage war heute nicht mehr zu beantworten, entschied sie, während sie gedankenverloren Kreise auf die beschlagene Fensterscheibe malte.

Ein kurzes Klopfen an der Tür, dann vernahm sie das Öffnen und Schließen. Sie wandte sich nicht um, horchte auf die Schritte, die den kleinen Raum durchquerten. Für einen Moment erwartete sie, dass Fräulein Böhme sich wieder einmal aufdrängte, doch wahrscheinlich hatte Tilmann sie in die Schranken verwiesen. Ohne ein Wort legte er seine Hände auf Emilias Schultern und drückte einen feuchten Kuss auf ihren Nacken. Sie ertrug es mit zusammengebissenen Zähnen, konnte jedoch nicht verhindern, dass sich ihr Körper versteifte.

»Warum so abweisend?«, erkundigte sich ihr Mann. Sein Griff wurde fester.

Emilia drehte sich rasch um. Dabei gelang es ihr, ihn abzuschütteln. »Ich bin mir nicht sicher, ob wir beobachtet werden«, sagte sie ausweichend. Eigentlich war es nur eine Ausrede, aber dann dachte sie, dass etwas Wahres an ihrer Behauptung sein konnte.

Sie hatte befürchtet, dass er auf ihren Widerstand mit Ärger reagierte, doch Tilmann brach in schallendes Gelächter aus. »Wer sollte uns beobachten, mein Lieb? Und vor allem: Wie sollte das geschehen?« Er begann an den Wänden entlangzuwandern, nahm Bilder vom Haken oder hob sie an, um darunter zu spähen. »Nichts. Keine Löcher im Mauerwerk.«

Er nahm die Gläser von dem Tisch und trat vor Emilia hin. »Solltest du dich vor Geistern fürchten, empfehle ich Rotwein, der Burgunder beruhigt deine Nerven. Zudem kann ich dir versichern, dass in diesem Haus keine Gespenster umgehen.«

»Vielleicht lauscht Fräulein Böhme hinter der Tür.«

»Warum sollte sie das tun?«

»Aus demselben Grund, aus dem sie für dich Klavier gespielt hat.«

»Oh, auch noch Eifersucht!«, rief Tilmann überraschend theatralisch aus. »Meine Liebe, ich habe dich zwar in die Oper eingeladen, aber ich mag die Bühne nicht in meinem Hause. Ich neige dazu, diese Dramatik als weiteres Zeichen deines verlustierten Verstandes zu sehen. Das ist äußerst bedauerlich.«

»Ich war noch nie so klar bei Sinnen wie in dem Moment, als ich nach Hause kam«, protestierte Emilia. Sie umklammerte das Glas, das sie am liebsten gegen den Kaminsims geworfen hätte, und zügelte ihren Zorn. »Es war alles vollkommen offensichtlich, aber ich kann dir versichern, dass es mir gleichgültig ist. Tu, was du für richtig hältst. Aber behaupte nicht, ich hätte den Verstand verloren!«

Er sah sie eine Weile lang stumm an, dann hob er seinen Wein an die Lippen, setzte ihn jedoch noch einmal ab. »Du solltest dir selbst zuhören, dann wüsstest du, dass jedes deiner Worte nach einer beängstigenden Nervenschwäche klingt.« Er trank einen großen Schluck.

»Ich habe dich nicht hierhergebeten, um mich mit dir zu streiten.« Wenn sie es recht bedachte, verfolgte sie ein großes Ziel: Amadeus gegen Dorothea Böhme, Tilmanns Liebschaft gegen ihren Sohn. Doch für diese Übereinkunft musste sie Haltung bewahren, es war ihr klar, dass ihr Mann nicht so rasch aufgeben würde. Nicht unbedingt aus Zuneigung zu ihrer Gesellschafterin, sondern vielmehr aus Rechthaberei.

»Was willst du?«

»Ich fände es anständig von dir, wenn du Fräulein Böhme unverzüglich aus unseren Diensten entlassen würdest.«

»Warum sollte ich das tun?«, erkundigte er sich beiläufig, während er die Teller mit den kulinarischen Genüssen betrachtete: Lammfleischpastete, *Pigeon Pie*, eine englische Taubenpastete, deren Rezept Emilia erst hier in Hamburg kennengelernt hatte, und Pastetchen von Widder und Austern. Es war das Beste, das in ihrer Küche für den Imbiss aufzutreiben gewesen war.

»Du könntest aus Anstand handeln«, sagte Emilia.

Er richtete sich auf – und wirkte unerwartet bedrohlich.

Seine Augen sprühten Funken. Ganz offensichtlich hatte sie ihn mit ihrer Bemerkung in Rage versetzt. »Du wagst es, mir Vorhaltungen zu machen? Glaubst du, ich wüsste nicht, was es mit deinen Ausflügen in dieses dänische Dorf auf sich hat? Du triffst dich mit einem anderen Mann und erwartest gleichzeitig, dass ich …«

»Fräulein Böhme hat dir zweifellos nicht alles erzählt«, unterbrach sie ihn hastig. Das Gespräch entwickelte sich in eine völlig andere Richtung als von ihr beabsichtigt. »Ich treffe in Nienstedten eine Freundin.«

»… dass ich darauf warte, bis meine Frau ihres Kavaliers überdrüssig ist«, fuhr er unbeeindruckt fort. »Das Vergnügen, dessen dieser Mensch mich beraubt, hole ich mir eben anderswo.«

»Ich habe niemals Anlass zur Annahme gegeben, ich wäre dir untreu!« Ihre Stimme brach und klang weniger nach der Wahrheit als vielmehr nach Verzweiflung und Scham.

»Dann beweise es!«, brüllte er.

»Wie könnte ich …?« Lieber Gott, lass ihn Joachim nicht zu einem Duell fordern, fuhr es ihr durch den Kopf. Zweifellos war Tilmann der bessere Schütze.

»Auf die Knie mit dir!«

»Was?«

Der Hieb traf sie so unvorbereitet, dass ihre Beine nachgaben. Sie spürte weniger die Schmerzen als die Verwunderung über den Schlag. Das Glas zersprang, als sie es auf den Boden fallen ließ. Der Geruch des auslaufenden Alkohols drang unangenehm in ihre Nase, vermischte sich mit dem Geruch des Blutes, das über ihr Gesicht lief. Schwindel erfasste sie, konfuse Gedanken bemächtigten sich ihrer, sie begann unkontrolliert zu zittern.

Mit der einen Hand zog er ihren Kopf an den Haaren nach hinten, die Finger der anderen schoben sich zwischen ihre Lippen, öffneten ihren Mund. Im nächsten Moment spürte sie etwas an ihrem Gaumen, das nicht seine Finger waren. Ihr wurde übel, sie würgte, aus einem Impuls heraus wand sie sich, wollte sich befreien. Daraufhin zog er noch fester an ihrem Haar, und sie konnte sich kaum mehr rühren.

»Beweise mir, Weib, dass du mir untertan bist«, befahl er. Seine Stimme klang wie das Grollen eines wütenden Stiers. Sein Griff wurde noch fester. »Beweise mir deine Treue!«

Sie presste die Lider zusammen, folgte seinen Anweisungen – und wünschte zu sterben …

37

Das Deutsche Nationaltheater am Gänsemarkt war ein recht schlichtes Gebäude mit einem kleinen, säulenbewehrten Vordach über dem Eingangsportal. Vor diesem reihten sich die Droschken ein, die die Besucher zur Vorstellung entluden, weniger wohlhabende Zuschauer kamen zu Fuß. Es war eine fast unüberschaubare, bunte Menge, der die modernen Straßenlaternen den Weg durch die Dunkelheit wiesen. Bei anderer Gelegenheit hätte Emilia bereits die Vorfreude genossen, den Blick auf Ausgehkleider und Hüte, doch heute war sie vor allem darum berühmt, die Wunde an ihrer aufgerissenen Lippe hinter einem Fächer zu verbergen. Eigentlich wollte sie ihren ganzen Mund unsichtbar machen. Die Scham über das Geschehene war groß, und sie fürchtete, man könnte ihr ansehen, wozu Tilmann sie gezwungen hatte.

Er nahm ihre Hand – und sie zuckte zusammen.

»Pass auf, meine Liebe«, warnte er in besorgten Ton, als er ihr aus der Kutsche half, »die Exkremente der Pferde sind noch nicht aufgefegt worden.«

Gehorsam stieg sie über die Kotballen hinweg und dachte bei sich, dass es kaum schlimmer sein konnte, in einen Pferdeapfel zu treten, als seinen Samen zu schlucken.

Tilmann benahm sich seit dem *Vorfall*, wie sie die wüste Tat nannte, ausgesprochen liebenswürdig. Als er nach einem Brunftschrei von ihr abgelassen hatte und wieder zu Atem gekommen war, hatte er sie sogar gelobt für ihre seiner Ansicht nach unerwartete Begabung. Dann war er auf sein Zimmer gegangen, und sie hatte sich an Ort und Stelle übergeben. Allein mit ihrer Verletzung und der anhaltenden Übelkeit fühlte sie nur noch Würdelosigkeit. Nicht einmal ihr Schädelweh war so schlimm wie die Pein ihrer Seele. Die trotzige Stärke, die sie bis dahin ausgemacht hatte, war gebrochen.

An der Seite ihres Gatten tauchte sie in die Menge ein, Fräulein Böhme in ihrem Rücken. Soweit es Emilia beobachtet hatte, hielt Tilmann die junge Frau auf Distanz. Eine Szene wie im Musikzimmer gestern wiederholte sich nicht, doch Emilia überraschte die beiden auch nicht. Sie hielt sich ohnehin viel in ihrem Schlafgemach auf. Ihr Boudoir mochte sie nicht betreten, auch nicht, nachdem dort sauber gemacht worden war.

Auf den Stehplätzen im Parkett drängten sich die Zuschauer, und Emilia war dankbar, in der Loge Platz nehmen zu dürfen. Tilmann rückte ihr einen Stuhl an der Balustrade zurecht, während er Fräulein Böhme in der zweiten Reihe platzierte. Er setzte sich neben Emilia nach vorne, stützte sich mit dem Ellenbogen ab und betrachtete das Geschehen. Es schien in seinem Gesicht geschrieben, dass er sich ausgesprochen unwohl fühlte. Vielleicht wäre das in der Königlichen Oper zu Berlin anders, aber Emilia glaubte es nicht. Ihr Gemahl hegte eine Abneigung gegen die darstellenden Künste und das Musiktheater. Es war ihr schleierhaft, warum er die Eintrittskarten gekauft hatte. Dass er seiner Geliebten damit eine Freude bereiten wollte, nahm sie inzwischen nicht mehr als gesichert an.

Emilia war dankbar für die laute Geräuschkulisse, die eine Unterhaltung erschwerte. Stimmengewirr und Gelächter im Parterre waren enorm, aus dem Orchestergraben drang das atonale Gekreische der Musikinstrumente, die gerade gestimmt wurden. Eigentlich liebte sie diese Stimmung vor einer Aufführung genauso wie die Werke selbst, die auf der Bühne dargeboten wurden. Ihre Augen wanderten umher auf der Suche nach Bekannten. Es waren nur wenige, die sie in dem Gewühl ausfindig machen konnte, aber die belohnte sie für einen stummen Gruß mit einem Lächeln, für das sie ihren Fächer kurz sinken ließ. Tilmann wurde sehr höflich, aber mit deutlich weniger Herzlichkeit bedacht, was sicher daran lag, dass man ihn seltener auf den Empfängen antraf.

»Sieh dir diese Leute an!«, rief Tilmann empört aus. »Arrogant sondergleichen, von adliger Vornehmheit jedoch keine Spur. Diese Bürgerlichen tun schlimmer als jeder Aristokrat.«

»Ja«, stimmte sie ergeben zu, obwohl sie seine Meinung nicht teilte.

»Es ist wirklich ein Skandal«, echauffierte sich Tilmann. »Die Lustdirnen sitzen in durchscheinenden Gewändern in den ersten Rängen, und ich will gar nicht wissen, wie viele Liberalisten sich unter das gemeine Publikum geschmuggelt haben.«

Tatsächlich nahmen im ersten Rang ein paar Damen mit hohen Frisuren und sehr offenherzigem Dekolleté Platz, wahrscheinlich halbseidene Personen. Emilia ließ ihre Augen über die Logen auf der gegenüberliegenden Seite wandern – und da sah sie ihn ...

Offenbar war Joachim mit dem Ehepaar Sieveking gekommen, seinen Freunden und Geschäftspartnern. Er selbst schien nicht in weiblicher Begleitung zu sein. Und er blickte – ebenso wie sie – über die Menge.

Unwillkürlich zog sie die Schultern hoch und den Kopf ein.

Natürlich hätte sie damit rechnen müssen, ihn bei einer Opernaufführung anzutreffen. Joachim war ein großer Freund der Musik. Warum sollte er sich ein Spektakel wie »Die Hochzeit des Figaro« entgehen lassen? Das Problem war nur, dass sie keinen Menschen auf der Welt so wenig wiedersehen wollte wie ihn. Jedenfalls nicht heute Abend. Und schon gar nicht in Gegenwart ihres Gemahls, der ihn womöglich zum Duell fordern würde, wenn er die Wahrheit wüsste. Oder Joachim würde Genugtuung verlangen, je nach Sichtweise.

Emilia wandte sich um. »Bitte, Fräulein Böhme, setzen Sie sich doch hier vorne an die Balustrade. Mir ist schwindelig von den vielen Menschen. Ich würde mich lieber im Hintergrund halten.«

»Deine Nerven«, seufzte Tilmann, »bedürfen dringend einer Erholung, meine Liebe.«

»Ja, ganz sicher«, antwortete sie, zum ersten Mal einer Meinung mit ihm.

Ihre Sicht war aus der zweiten Reihe eingeschränkt, doch der schlechtere Platz verlieh ihr unerwartete Sicherheit. Sie saß nicht mehr neben Tilmann – und auch nicht wie auf einem Präsentierteller. Emilia begann sich zu entspannen und konnte es plötzlich kaum abwarten, dass die meisten Lichter im Saal gelöscht wurden und der Vorhang sich hob.

Applaus unterbrach das allgemeine Geplauder, der Dirigent erschien, Stille setzte ein, die Ouvertüre erklang. Durch glockenklare Stimmen breitete sich auf der Bühne wenig später die amüsante Geschichte des Grafen aus, der die Kammerzofe seiner Frau verführen wollte. Emilia betrachtete Dorothea Böhmes Nacken und fragte sich, ob Tilmann das Libretto gekannt hatte, als er die Logenplätze reservierte. Da sie ihm so viel Selbstkritik nicht zutraute, nicht einmal Humor, erschien ihr die Duplizität wie eine Speerspitze. Das steigerte ihr Vergnügen durchaus.

In der Pause bat sie, in der Loge zurückbleiben zu dürfen. »Meine Nerven …«, murmelte sie vielsagend und verbarg ihr Lächeln hinter dem Fächer. Natürlich war die Gesellschafterin gezwungen, in ihrer Nähe zu verweilen. Einen Moment lang dachte Emilia, die junge Frau würde die Haltung verlieren und Tilmann nachlaufen, doch dann besann sich Fräulein Böhme anscheinend; er hatte sie nicht um ihre Begleitung gebeten. Ja, dachte Emilia, in der Öffentlichkeit war auf ihn Verlass, solange es nicht um Debatten über die Revolution in Frankreich ging.

»Es waren sehr erfreuliche Begegnungen«, behauptete Tilmann, als er vom Läuten der Theaterglocke zurück an seinen Platz gebeten wurde. »Ich konnte die Bekanntschaft mit Herren aus den verschiedensten Clubs machen und einige Karten tauschen. Wir müssen demnächst unbedingt einen Empfang geben, meine Liebe.«

Das war zweifellos eine Aussicht, die ihr früher sehr viel Freude bereitet hätte. Heute wusste sie nicht recht, wie sie die Begeisterung dafür aufbringen sollte, die perfekte Hausherrin und Gastgeberin zu spielen, ganz zu schweigen von der Kraft. »Wir werden sehen«, entfuhr es ihr.

Tilmann sah sie scharf an. »Ach! Ja. Deine Nerven. Ich vergaß!«

Sie nickte stumm, dankbar, dass der Dirigent seinen Stab hob und nunmehr jede Unterhaltung ausgeschlossen war.

Ihre Gedanken wanderten zu den Bekanntschaften, die Tilmann gemacht haben wollte. Seit sie nach Hamburg gezogen waren, hatte er Wert auf Kontakt zu den vornehmen Kreisen gelegt. Doch welche Erbauung brachte ihm die bürgerliche Gesellschaft, auf die er hinabsah? Sie verstand ihren Gatten immer weniger – und inzwischen wollte sie es nicht einmal mehr versuchen. Die Oper war unterhaltsam und zu lustig, um sich über ernste Themen den Kopf zu zerbrechen.

Nach der Vorstellung, mehreren Vorhängen und einer Zugabe fühlte sich Emilia wie berauscht. Sie brauchte einige Zeit, um wieder zu sich zu finden. Die Musik hatte alle Sorgen von ihr genommen, sie hatte sich auf die Szenen konzentriert und darüber ihre Probleme vergessen. Es war wie eine Wohltat. Das Erwachen daraus ließ kurz einen Schauder über ihren Rücken rieseln, doch dann überwog die gute Stimmung. Eine wohlige Wärme hatte all ihre Sinne erfasst. Ihr gelang es sogar, Tilmann dankbar anzulächeln, als sie sich von ihren Plätzen erhoben.

Auf den Fluren, im Foyer und sogar noch auf der Straße vor dem Theater herrschte ein unübersichtliches Gedränge. Die Kutschen fuhren so dicht auf, dass die Pferde fast auf die Hinterachse des Vordermannes traten. Während sich die eleganteren Herrschaften einen Weg zu ihren Wagen bahnten, schoben sich die Spaziergänger in die eine oder andere Richtung, es kam so oder so zu einem Stau.

»Pass gut auf, meine Liebe«, warnte Tilmann. »Ich bin sicher, hier laufen viele Taschendiebe herum.«

Sie hätte ihm antworten können, dass ihre Achtsamkeit weniger ihrem Beutel galt als vielmehr der Furcht, Joachim doch noch gegenüberzustehen, aber natürlich schwieg sie. Ihr alter Freund war nirgends zu sehen.

Eine nach der anderen nahmen die Droschken die Passagiere auf. Lachen, Rufe und Pferdegetrappel vermischten sich zu einer Wolke aus Lärm, die wie der abendliche Dunst über der Szenerie waberte. Emilia und Tilmann warteten auf die nächste Gelegenheit zu einer Fahrt, Fräulein Böhme im Hintergrund oder neben Tilmann – Emilia wusste es nicht genau und wollte auch nicht nach ihr Ausschau halten. Sie hatte das Gefühl, sich in der wogenden Menge kaum bewegen zu können. Selbst zu atmen, fiel ihr mit einem Mal schwer …

Da war ein Druck auf ihren Lungen. Oder war es ein Stoß in ihren Rücken?

Emilia wusste es nicht.

Sie verlor das Gleichgewicht, spürte den Matsch unter ihren Füßen und wie sie auf der weichen Masse langsam ausglitt. Ihr Versuch, sich auf den Beinen zu halten, scheiterte. Ihre Füße fanden keinen Halt. Und da war nichts, voran sie sich festhalten konnte. Sie griff ins Leere …

»Vorsicht!«

Alles drehte sich um sie. Die Menschen, die Tiere, die Wagen. Ihr letzter Blick fiel auf eine Straßenlaterne, deren gelbes Licht den Nebel durchschnitt …

Nienstedten

38

Das Richtfest von Joachim Graafs Villa fand vor dem ersten Frost statt. Es war ein großer Auftrieb, das ganze Dorf war eingeladen. Maria jedoch ging nicht hin, was die Zustimmung ihrer Freundin fand: »Du tust gut daran, zu Hause zu bleiben«, versicherte ihr Dineke. »Dann können die Leute nicht über dich klatschen, wenn sie dich und Herrn Jacques zusammen sehen.«

»Es gibt keinen Grund für *dummen Snack*«, versicherte Maria mit erhobener Stimme. Kaum leiser fügte sie hinzu: »Ich würde das auch allen in seiner Gegenwart beweisen, aber ich finde es unangemessen, in Trauer zu einer so großen Feier zu gehen.« Letzteres war nicht ganz die Wahrheit, jedenfalls nicht ihre persönliche Meinung, aber natürlich ein ungeschriebenes Gesetz in der Gemeinde.

»Nun schrei doch nicht so!« Erschrocken sah sich Dineke um. »Wie gut, dass dich nur die Bäume hören.«

»Entschuldigung«, sagte Maria kleinlaut.

Sie hatte sich mit der Freundin zu einem Spaziergang durch den herbstlich gefärbten Wald getroffen. Es war ein herrlicher Tag, kalt, aber sonnig, und die Eichen und Fichten verströmten ihren unnachahmlichen Duft nach Moos, Holz, Harz und Tabak, die Farben der Blätter wechselten von einem leuchtenden Gelb zu Tiefrot, bei jedem Schritt reagierte die Natur mit einem anheimelnden Rascheln und Knistern.

Maria stellte sich ein großes Feuer im Garten von Joachim Graaf vor, auf dem ein Kessel in einem schmiedeeisernen Gestänge hing, worin ein warmes Getränk oder eine Suppe heiß wurde. Getrunken wurde sicher sehr viel auf dem Richtfest, das war so üblich, der reichliche Konsum von Bier und Schnaps war meist die größte Freude der Zimmerleute, Helfer und Nachbarn nach dem feierlichen Anbringen der Richtkrone auf dem Dachstuhl. Der Pastor würde seinen Segen sprechen und der Polier eine Rede auf die Großzügigkeit des Bauherrn halten. So war es von alters her. Es würde viel gelacht und vielleicht sogar getanzt werden. Es war eine jener Festivitäten, an die sich Maria in der Vergangenheit gerne erinnerte. Zweifellos würde jene Fröhlichkeit herrschen, die sie als Witwe schmerzlich vermisste. Und Daniel wäre da.

Natürlich war er gerade jetzt beschäftigt, Anweisungen für die Gestaltung des Parks zu geben, Neuanpflanzen zu überwachen, Frostschutz vorzubereiten. Das war sicher richtig und nötig. Aber sie hatte ihn schon lange nicht mehr gesehen, und wahrscheinlicher war, dass er ihr aus dem Weg ging. Sie hatte ihn verärgert, daran bestand für Maria kein Zweifel: Sie hatte dem Inhaber der Baumschule geschrieben und darum gebeten, die Kübel mit den Linden und Rosen von ihrem Plateau zu räumen. Sie fürchtete sich jeden Tag vor der Rechnung, die sie – nach Entwicklung der Dinge mit Emilia von Wedekind – nicht wagen würde, Joachim Graaf anzutragen. Daniel hatte sicher von dem Abtransport erfahren – und war beleidigt deswegen. Maria hätte ihm gerne erklärt, dass sie die Bäume der Liebe nicht seinetwegen entfernen ließ. Genau dieses Gespräch galt es aber zu vermeiden, wenn sie sich nicht noch tiefer in ihre chaotischen Gefühle stürzen wollte. Deshalb war eigentlich alles gut so, wie es war. Allein, es fühlte sich nicht so an.

»Ich werde dir berichten, wie das Richtfest war«, versprach Dineke.

Zunächst waren es Marias Kinder, die diese Aufgabe übernahmen. Sie hatte das Kindermädchen mit Elisabeth, Antoinette, Jean Paridom und Nicolaus zu der Feier geschickt. Für ihre Töchter und die kleinen Söhne war das natürlich ein großer Spaß. Aufgeregt beschrieben die vier der Mutter nach ihrer Heimkehr die bunte Richtkrone in allen Einzelheiten und den Streich, den die Zimmerleute dem Bauherrn gespielt hatten, als sie den letzten Nagel, den er einschlagen musste, ganz oben im Dachfirst befestigten. Das Kindermädchen versicherte, dass Herr Graaf die Aufgabe mit Bravour und unter dem Beifall aller Anwesenden gelöst habe.

Maria hörte zu und stellte die Frage nach dem hübschen Kopfschmuck der Mädchen erst, nachdem sie erfahren hatte, welche Spiele ihr Nachwuchs mit den anderen Dorfkindern gespielt hatten: »Elisabeth, Antoinette, woher habt ihr diese Haarkränze?«

Vier kleine Hände gingen nach oben und berührten das Geflecht. »Die hat Herr Jacques für uns gemacht«, berichtete die Ältere strahlend.

»Oh! Wie schön. Und woher sind die kleinen Sträuße an den Jackenrevers der Jungen?«

»Die hat Herr Jacques auch gemacht«, erwiderte Antoinette. »Ich glaube, er hatte noch Blumen gebunden, die wir dir mitbringen sollten. Aber ich bin mir nicht sicher. Und ich glaube, die haben wir sowieso vergessen. Bist du deswegen böse?«

Maria atmete erleichtert auf. »Nein, ich bin ganz und gar nicht böse. Sicher war das ein Irrtum, und ihr habt alles richtig gemacht. Warum sollte Herr Jacques mir auch Blumen schenken?« Ihr ging durch den Kopf, wie peinlich es wäre, wenn Daniel durch die Kinder ein Gebinde an sie geschickt hätte. Hoffentlich nahm keiner ihrer Nachbarn dergleichen an. Sie schluckte. »Es ist aber sehr nett von ihm, dass er euch so hübsch ausstaffiert hat.«

»Ja, nicht wahr?« Elisabeth begann herumzutänzeln, und Maria dachte, dass Daniel seinen Charme nun offenbar in der nächsten Generation Burmester-Frauen erfolgreich versprüht hatte.

Die Kinder waren recht überdreht und wurden früher als sonst zu Bett geschickt, was die Kleinen klaglos, die Mädchen mit einigem Murren hinnahmen. Da sie ihrem Personal auszugehen erlaubt hatte, stand Maria ein stiller Abend bevor. Sie stellte einen Topf mit etwas Wein auf den Herd, gab reichlich Gewürze, Mandeln und Rosinen hinzu und wartete, dass der *Glögg* heiß wurde. Der Duft von Zimt, Ingwer und Kardamom stieg von dem Dampf auf und versetzte sie in eine feierliche Stimmung. Sie überlegte, ob sie einen Schuss Korn in das Getränk gießen sollte, entschied sich dann aber dagegen. Mit ihrem Becher in der einen und einer gebutterten und mit etwas Salz bestreuten Scheibe Brot in der anderen Hand setzte sie sich vor die Terrassentür.

Seltsam, wie kahl das Plateau ohne die Linden wirkte. Dabei war es dunkel, und die Bäumchen waren dann immer mit der Finsternis verschmolzen, der Mond hatte lediglich die Umrisse beleuchtet. Auch heute war ein heller Abend, Maria entdeckte das eine oder andere Licht drüben in Finkenwerder hinter den Deichen. Ihr Blick dorthin erstreckte sich bis zur Elbe jedoch in einer Ödnis, die sie nicht mehr gewohnt war. Daniel hatte recht, eine bepflanzte Terrasse wirkte einladender.

Eine ganze Weile saß sie so da, trank und aß und ließ ihre Gedanken umherstreifen. Die Zeit verrann so schnell, es dauerte nicht mehr lange, und Paridom war schon sechs Monate nicht mehr da. Was hatte sie in diesem halben Jahr erreicht? Sie hatte den Hof in der Familie halten können, die Schulden, die das Erbe ausgemacht hatte, auf ein Darlehen übertragen, das Joachim Graaf ihr gewährte. Inzwischen hatte Hinnerk die Backstube so weit im Griff, dass sie hoffte, mit dem Weihnachtsgeschäft einen ordentlichen Gewinn zu erzielen. Bonbonnieren waren an den Feiertagen ein gutes Geschäft. Doch was kam danach? Sie hatte nicht die geringste Ahnung.

Ein kühler Luftzug drang durch die Ritzen des Fensters. Sie würde das Holz vor dem Winter abdichten lassen müssen. Früher hatte sich Paridom um Mängel am Haus gekümmert, das war nicht ihre Aufgabe gewesen. Er hatte ihr so viel abgenommen, was für andere Hausfrauen durchaus zum Alltag gehörte. Im Grunde hatte sie keinen Handwerker geheiratet, sondern einen tüchtigen Mann des Bürgertums mit allen Annehmlichkeiten, die sich einer jungen Frau daraus boten. Sie hatte Daniel gesagt, dass sie kein Püppchen war. Das stimmte zwar, aber sie hatte in ihrer Ehe nie so viel gearbeitet wie nun als Witwe. Sie versuchte Paridom zu ersetzen – und es gelang ihr nicht immer.

Der Becher war längst geleert, das Brot gegessen, als sie Hinnerk und den Lehrling kommen hörte. Offenbar hatten die beiden die alte Rike unter ihre Fittiche genommen, das ließen die fröhlichen Stimmen, die zu ihr in die Stube wehten, vermuten. Das Richtfest schien auch für die Erwachsenen gelungen zu sein. Alle hatten sich offenbar gut amüsiert – nur sie nicht, sinnierte Maria voller Bitterkeit. Ein paar Monate noch, tröstete sie sich sofort. Wenn das Trauerjahr überstanden war, würde gewiss alles besser werden. Aber es waren mehr als nur *ein paar Monate …*

Sie wartete, bis Stille eingekehrt war, dann löschte sie bis auf eine Laterne, die ihr den Weg weisen sollte, alle Kerzen und stieg die Treppe hinauf. In ihrem Schlafzimmer angekommen, empfing sie Kälte. Das Feuer im Kamin hatte die Stube erwärmt, zu seinen Lebzeiten hatten Paridoms Umarmungen dafür gesorgt, dass sie hier nicht fror. Zitternd zog sie sich für die Nacht um, schlüpfte rasch unter die Decke und pustete das Licht aus. Sie drehte sich auf die Seite, konnte aber nicht einschlafen, weil zu viele Gedanken durch ihren Kopf kreisten.

Plötzlich registrierte sie ein ungewöhnliches Geräusch. Ein Klackern oder Knacken.

Es dauerte eine Weile, bis sie begriff, dass es sich um Steinchen handelte, die in unregelmäßigen Abständen gegen ihr Fenster geworfen wurden. Wer um alles in der Welt machte so etwas? Empört suchte sie in der Nachttischschublade nach Feuerschwamm und Schwefelholz, um die Kerze in ihrer Laterne zu entzünden.

Als das Licht brannte, warf sie sich ein Wolltuch über ihr Nachthemd und trat geschützt gegen die Kälte an ihr Fenster. Ihr fiel auf, dass es mit der Helligkeit in ihrem Zimmer ruhiger geworden war. Sie spähte hinaus, konnte in der Dunkelheit jedoch niemanden erkennen. Was für eine Frechheit, ihre Nachtruhe zu stören! Sie öffnete den Riegel und lehnte sich hinaus. Mit gedämpfter Stimme fragte sie: »Wer ist da?«

»Mach auf, bitte!« Er sprach leise und ein wenig verwaschen, als wäre er betrunken. Dennoch erkannte sie Daniel sofort. Dafür hätte er nicht einen Schritt zurücktreten und seinen Hut lüften müssen. Er tat dies ein wenig zu schwungvoll und geriet ins Taumeln, fasste sich jedoch wieder.

»Es ist nicht die Uhrzeit, um Gäste zu empfangen«, wehrte sie ihn flüsternd ab.

»Lass mich rein!« Sein Ton wurde drängender – und lauter. Noch eine Nuance, und die Nachbarn hörten ihn. Wenn das nicht schon jetzt der Fall war. Es war eine relativ windstille, trockene Nacht, da wurde im Dorf jeder Laut beachtet. Dennoch versuchte sie es mit einem geduldigen und nicht mehr ganz so leisen: »Geh nach Hause!« Dass sie ihn duzte, kam ihr ganz selbstverständlich über die Lippen.

»Komm runter! Bitte!« Sein Wunsch klang nun nach einem Flehen.

Natürlich interessierte sie, was ihn zu ihr getrieben hatte. Allerdings gehörte es sich nicht, mitten in der Nacht einen betrunkenen Mann zu empfangen. Ihre Neugier geriet in einen Wettstreit mit ihrem Anstand, und beides kämpfte mit ihrer Sorge vor dem Tratsch der Nachbarn und dem leichten Schlaf ihres Personals. Die Angst vor dem Gerede gewann. »Ich komme«, rief sie hinunter, was mehr ein Seufzen als ein Versprechen war.

Schließlich ließ sie Daniel zur Hintertür herein. Und mit ihm eine Wolke aus Holzfeuer, Tabak und Alkohol. Unwillkürlich rümpfte sie die Nase. »Sie riechen nicht sonderlich gut.«

Er verneigte sich mit einem übertrieben höflichen Kratzfuß. Diesmal geriet er nicht ins Straucheln. »Verzeihung, Madame. Ich habe zu viel getrunken. Es war eine lange Feier.«

»Warum gehen Sie dann nicht nach Hause und schlafen Ihren Rausch aus?« Sie wies zurück auf die Tür, doch er rührte sich nicht.

»Ich muss mit dir reden.« Offensichtlich konnte er sich mit sich selbst nicht auf das Du oder Sie einigen.

»Hat das Gespräch nicht Zeit bis zum Morgen?«

»Ich muss jetzt die Wahrheit wissen.«

»Oha!« Die linke Hand in die Hüfte gestemmt, mit der anderen die Laterne hebend, um sein ungewöhnlich fahles Gesicht zu beleuchten, baute sie sich vor ihm auf. Sie standen in der Diele, und Maria hoffte, dass ihre Stimmen nicht nach oben wehten und ihre Kinder oder die Dienerschaft weckten. »Ihre Worte klingen nach einer Frage«, erwiderte sie leise und höflich. »Die will ich kurz und rasch beantworten. Also?«

»Warum wollen Sie Magnus Frese heiraten?«

»Bitte?« Ihr fiel fast die Lampe aus der Hand.

Jetzt taumelte Daniel doch wieder ein wenig. Er hielt sich etwas ungeschickt am Treppengeländer fest. »Wollen Sie ...?«, insistierte er.

»Mir liegt nichts ferner«, schnappte sie. Seine Frage verärgerte sie vor allem, weil sie sie für einen Vorwand hielt, sich um diese Uhrzeit Einlass bei ihr zu verschaffen. Was sie anfangs vielleicht noch für einen Dummejungenstreich gehalten hatte, entwickelte sich für sie zu einem Ärgernis. »Was fällt Ihnen ein, mich wegen eines solchen Unsinns aus dem Bett zu holen? Ich bin empört über Ihr Benehmen.«

»Und ich bin verärgert«, konterte er, um dann fortzufahren: »Eifersüchtig bin ich auch, das gebe ich zu. Und ja, ich bin betrunken. Aber ich habe einen Grund«, er legte eine Pause ein, musste sich anscheinend wieder sammeln oder daran erinnern, was er sagen wollte, dann: »Auf dem Richtfest zu hören, dass die Witwe Burmester den Gastwirt Magnus Frese heiraten wird, sobald das Trauerjahr vorbei ist, hat mich sehr enttäuscht.«

Er klang nicht klar, aber überzeugend. In seinen traurigen, müden Augen las sie, dass er die Wahrheit sprach. Offenbar handelte es sich bei seiner fatalen Behauptung nicht um blödes Gewäsch, sondern tatsächlich um eine Theorie, die ihm derart glaubhaft zugetragen worden war, dass er spontan und hirnlos reagierte. Ihr Zorn verflog, und an die Stelle trat Mitgefühl, es meldete sich aber auch eine winzige eitle Freude über sein Misstrauen.

Natürlich sollte sie ihn fragen, woher seine Information stammte. Wer immer diesen *Schnack* verbreitete, würde von ihr zur Rede gestellt werden. Aber Daniel wirkte nicht so, als wäre er zu einem vernünftigen Gespräch in der Lage. Inzwischen hing er wie ein Mehlsack an ihrem Treppengeländer.

»Ich beabsichtigte nicht, Magnus Frese zu heiraten«, versicherte sie ihm, um freundlich hinzuzufügen: »Gehen Sie schon mal in die Stube, ich bereite Ihnen einen Kaffee. Mir scheint, dass sie den als Medizin gebrauchen können.«

Prompt tappte Daniel in die Dunkelheit. Sein Fuß traf einen Stuhl. »Pardon«, kommentierte er das Poltern.

»Halt! Nicht so eilig!« Glücklicherweise blieb er stehen, bevor er das ganze Haus aufweckte. Rasch entzündete sie eine Kerze am Licht in ihrer Laterne. Den Leuchter drückte sie Daniel in die Hand. »Damit finden Sie den Weg. Aber Vorsicht! Brennen Sie nichts an, bitte!«

Trotz seiner schlechten Verfassung gelang ihm ein hinreißendes Grinsen. Seine Augen glänzten nicht nur vom Alkohol. »Stets zu Diensten, Madame.«

Er schien die Stube wohlbehalten zu erreichen, und außer dem Duft des frisch aufgebrühten Mokkas zog kein Geruch durch die Räume. Offenbar steckte er die Möbel, Kissen, Bücher und Schiffsmodelle nicht in Flammen. Dennoch erledigte Maria die Handgriffe in der Küche so schnell wie möglich. Sie wollte nicht abwarten, was er in seinem Zustand noch alles anstellen könnte. Schließlich eilte sie mit einem Becher dampfenden Kaffees zu ihm – und hielt in der Tür inne.

Daniel hatte es sich in dem Sessel bequem gemacht, in dem sie den Abend verbracht hatte. Das Kinn fiel ihm auf die Brust, die Beine waren ausgestreckt, seine Füße in den staubigen Stiefeln lagen auf einem niedrigen Bänkchen. Neben ihm auf dem Beistelltisch stand sicher der Leuchter, die Flamme der Kerze zeichnete weiche Linien in sein Gesicht. Offenbar war er eingeschlafen, kaum dass er sich hingesetzt hatte.

»Im Becher ersaufen mehr Männer als im Meer«, murmelte Maria. Ein altes Sprichwort unter Seeleuten, das offensichtlich auch auf eine Landratte wie Daniel Jacques zutraf.

Sie stellte den Kaffeebecher ab, zog den Umhang von ihren Schultern und breitete ihn wie eine Wolldecke über dem leise schnarchenden Daniel aus. Dann löschte sie das Licht neben ihm und nahm ihre Laterne wieder auf.

Als sie zu ihrem Schlafzimmer ging, fror sie seltsamerweise nicht so wie zuvor. Lächelnd legte sie sich nieder und schlief sofort ein.

*

Wie jeden Morgen weckte sie der Duft des frischgebackenen Brotes, der durch das Haus zog. Maria wunderte sich, wie gut sie geschlafen hatte und wie frisch sie sich trotz der nächtlichen Störung fühlte. Bei dem Gedanken an Daniel, der mit seinem Rausch in ihrem Sessel schnarchte, lächelte sie. Es tat gut, einen Mann im Haus zu wissen. Nicht einen Gesellen oder Lehrling, sondern einen Herrn, der auf gewisse – und ganz andere Weise – zu ihr gehörte. Es war verrückt, aber so war es wohl: Sie fühlte sich allein durch Daniels

Anwesenheit beschützt wie in keiner anderen Nacht seit Paridoms Tod.

Nach ihrer Morgentoilette, auf die sie heute besonderen Wert legte, zog sie sich an, steckte ihr Haar sorgfältig auf und tupfte ein wenig Kölnisch Wasser hinter ihre Ohrläppchen. Zurechtgemacht wie für einen großen Empfang rauschte sie mit ihrer Laterne die Treppe hinunter. Es war erst sechs Uhr morgens, und Dunkelheit hüllte die Räume ein, lediglich aus der Backstube drangen Licht und neben dem wundervollen Aroma die üblichen betriebsamen Geräusche. Ein Tag wie jeder andere begann – und doch war es ein anderer Tag, weil sie dem Mann, zu dem sie sich hingezogen fühlte, gleich einen guten Morgen wünschen würde …

Der Sessel war leer.

Verblüfft starrte Maria auf die Sitzgelegenheit. War es ein Irrtum gewesen? Hatte sie die Begegnung mit Daniel in der Nacht nur geträumt?

Sie entdeckte ihr Wolltuch, das ordentlich zusammengelegt über der Lehne hing. Als sie es an ihr Gesicht hob, wehte ihr der Geruch von Holzfeuer, Tabak und Alkohol entgegen. Ganz schwach nur, aber doch als deutliche Erinnerung an ihren nächtlichen Gast. Ohne es bewusst zu wollen, verbarg sie ihre Nase in dem Stoff. Erst nach einer Weile setzte die Enttäuschung darüber ein, dass er ohne ein Wort gegangen war. Wütend drückte sie das Tuch zu einem Ball und warf den auf das Kissen des Sessels.

»Moin, Herrin«, rief Rike von der Tür. »Was stehen Sie denn da in der Gegend rum?«

»Ich … ich habe … mich nur … umgesehen …«, stammelte Maria. »Ja. Genau das. Ich habe mich umgesehen.«

Auf dem Beistelltisch entdeckte sie den Becher, den sie

Daniel heute Nacht als Medizin serviert hatte. Der Kaffee war ausgetrunken. Wahrscheinlich hatte er ihn kalt genossen.

Das gute Geschirr konnte sie nicht zerschlagen, obwohl ihr durchaus danach war. Sie unterdrückte ihren Jähzorn und beschloss, sich in der Backstube ein einsames Frühstück zu holen. Seit sie verwitwet war, aß sie morgens häufig nur ein süßes Brötchen im Stehen. Ihre Kinder bekamen Brei und Milch im Schulzimmer. Nicht nur deshalb hatte sie sich heute auf die Gesellschaft ihres Gastes gefreut. Seufzend nahm sie die leere Tasse und marschierte an der erstaunten Rike vorbei zur Küche. »Moin.«

»Moin«, echote es vielstimmig.

Eben hatte sie noch gedacht, aus Ärger über Daniels wortloses Verschwinden nichts hinunterwürgen zu können, doch nun betrachtete sie sehnsüchtig das Blech mit den Teiglingen, das der Lehrling in den glühenden Ofen schob. Auf dem Tisch fand sie bereits fertiggebackene Plunderstücke, die zum Auskühlen bereitstanden. Es war recht aufwendig, diese Teile herzustellen, Hinnerk hatte den fettigen Teig gestern angesetzt, immer wieder auskühlen und ruhen lassen, bevor er daraus süße dänische Hefekuchen herstellte. Es waren sehr beliebte Backwaren bei ihren Nachbarn. Die meisten Bewohner des Kirchspiels besaßen kein eigenes Backhaus und auch keinen Herd, dessen Ofen so heiß werden durfte, um darin gefahrlos Brot zu backen. Deshalb blieb den Menschen am Elbufer in der Regel nichts anderes übrig, als Brot in der Bäckerei zu kaufen.

Maria stibitzte einen runden Plunder.

»Passen Sie auf«, warnte Hinnerk und trat neben sie, »der ist noch heiß.«

»Ach, das macht nichts«, behauptete sie, biss hinein – und verbrannte sich die Zunge.

»Ich muss Ihnen etwas sagen«, Hinnerk senkte seine Stimme: »Als ich vorhin zur Arbeit kam, bemerkte ich einen Fremden in der Stube. Keinen richtig Fremden, das muss ich sagen. Sie kennen ihn, aber fremd ist er trotzdem, nicht wahr?«

Unwillkürlich hoben sich ihre Augenbrauen.

»Herr Jacques war da und schlief. Jedenfalls schien es so, als würde er schlafen. Ich ging erst mal zum Ofen, aber als ich noch einmal nach ihm sah, war er weg. Einfach so. Ganz plötzlich. Er kam mir vor wie ein Geist.«

»Tatsächlich?«, murmelte Maria und bemühte sich um eine erstaunte Miene.

»Das wollte ich nur gesagt haben. Sie sind ja bekannt mit Herrn Jacques, deshalb war er wohl kein richtiger Einbrecher, auch wenn er sich hier ausgeschlafen hat und weggehuscht ist.«

»Gewiss ist er kein Einbrecher. Es ist nichts gestohlen worden.«

»Das dachte ich mir. Hat wohl zu tief ins Glas geguckt und seine Haustür verwechselt.«

Stumm nickte Maria.

»Ich wollte das nur gesagt haben«, wiederholte Hinnerk. Er wirkte hilflos. Die mangelnde Überraschung seiner Herrin schien ihn zu verwirren. »Dann geh ich mal wieder an die Arbeit.«

»Ja, es gibt sicher viel zu tun.« Um ihn nicht weiter durcheinanderzubringen, wandte sie sich ab, das heiße Teilchen noch immer in der Hand. Die verbrannte Zunge war nicht der Grund, warum sich ihr Herzaschlag beschleunigte.

Sie überlegte, ob Daniel das Haus verlassen hatte, nachdem er von Hinnerk geweckt worden war, weil er auf ihren Ruf bedacht war. Er hatte rasch, rücksichtsvoll und erstaunlich nüchtern gehandelt. Wenn er weiter im Sessel geschlafen hätte, bis ihn etwa ihre Kinder entdeckten, wären sie beide womöglich in Erklärungsnöte geraten. Vor Hinnerk konnte Maria wenigstens so tun, als sei Daniel der zufällige Gast, für den er ihn hielt. Ein Einbrecher. Sie schüttelte amüsiert den Kopf.

39

Wenn Maria erwartet hatte, dass Daniel im Laufe des Tages vorsprechen würde, um sich zu entschuldigen oder zu erklären, wurde sie enttäuscht. Sie sah und hörte nichts von ihm. Wohl aber von Dineke, die am Vormittag bei Maria auftauchte. »Ich muss dich unbedingt unter vier Augen sprechen. Wollen wir ein paar Schritte an der Elbe gehen? Es ist so schönes Wetter, und man weiß ja nie, wie lange das hält.«

Dineke hatte recht, die Sonne schien von einem blassen Himmel, und nur eine leichte Brise kräuselte die Wellen, die sanft auf den verlassenen Strand schlappten. Es war recht kühl, und Maria zog das Wolltuch, das sie sich noch über ihre Jacke geworfen hatte, fester um ihren Hals. Daniels Geruch war inzwischen verflogen, und sie atmete nur Salz und Teer ein. Dennoch war es ein seltsam aufwühlendes Gefühl, das Kleidungsstück zu tragen, das seinen Schlaf begleitet hatte.

»Wenn du mir verraten willst, dass auf Herrn Graafs Richtfest rumposaunt wurde, ich würde Magnus Frese heirate«, hob Maria an, während sie neben Dineke durch den Sand stapfte, »dann ist das nicht neu für mich.«

Die Freundin sah sie überrascht an. »Das weißt du schon? Nun ja, mach dir keine Sorgen, ich habe den *Schnack* nicht geglaubt.«

Aber Daniel hat den Unsinn für bare Münze genommen, dachte Maria. Trotzig sagte sie: »Lieber würde ich den Teufel heiraten.«

»Na, da bist du doch mit Magnus Frese gut bedient.«

Dinekes trockene Humor ließ Maria laut auflachen.

»Wenigstens wird nicht mehr so viel über dich und Herrn Jacques geredet«, versetzte Dineke prompt.

Marias Lachen erstarb. »Ich weiß nicht, was besser ist. Wer hat denn den Unsinn über Magnus Frese und mich verbreitet?«

»Irgendjemand fing damit an, ich kann dir nicht sagen, wer es war, aber am Ende sprachen alle darüber. So ist das immer, wenn es viel Gerede gibt. In diesem Fall ist recht ungewöhnlich, dass man dich und Frese so gut wie nie zusammen antrifft. Aber das gibt der Geschichte wohl die Aura eines großen Geheimnisses – und das macht sie dann umso interessanter. Herrn Jacques und dich konnten alle Tratschweiber ja mit eigenen Augen sehen.« Der letzte Satz klang wie ein Vorwurf.

»Ach, die *Kwaakmulls* nun wieder«, stöhnte Maria.

Jede in die eigenen Gedanken versunken, marschierten die beiden Frauen weiter. Maria fragte sich, ob Magnus Frese selbst das Gerücht in die Welt gesetzt hatte. Er hatte sich ja schon einmal wichtig gemacht, indem er behauptete, ihr Retter nach einem ihrer Ohnmachtsanfälle gewesen zu sein. Im Sommer war das Gerede rasch verstummt, weil sie und Daniel für mehr Aufmerksamkeit gesorgt hatten. Ich muss einen Weg finden, Frese endlich in die Schranken zu weisen, dachte sie grimmig. Wie sie das angehen sollte, war ihr jedoch nicht klar. Das bunte Antlitz des *Luders* drängte sich kurz vor ihr geistiges Auge. Irgendetwas verband diese Frau mit dem Wirt vom Park-Hotel. Wenn sie herausfinden könnte, was das war, wäre es womöglich der Schlüssel zu …

»Ich habe dich nicht um diesen Spaziergang gebeten, um mit dir über deine angeblichen Heiratspläne zu sprechen«, unterbrach Dineke plötzlich Marias Überlegungen. »Heute mal nicht«, fügte sie mit einem traurigen Lächeln hinzu, wurde aber gleich wieder ernst: »Ich mache mir gerade ganz andere Sorgen.«

»Was?«, murmelte Maria verständnislos und aus ihren Gedanken gerissen.

Dineke blieb mitten auf dem Strand stehen. »Es geht um Frau von Wedekind«, erklärte sie so leise, als befürchte sie heimliche Zuhörer irgendwo zwischen Hang und Fluss. »Du bist doch ihre Freundin, nicht wahr?

»Nun, so eng sind wir sicher nicht. Aber ja, wir sind gut bekannt. Was ist mit ihr?«

»Es geht nicht direkt um sie, sondern um ihre Gesellschafterin. Du erinnerst dich sicher noch an dieses Fräulein Böhme.«

»Wie könnte ich diese aufdringliche Person vergessen?« Maria grollte der jungen Frau noch immer wegen des Flirts mit Daniel.

»Ja, nicht wahr? Sie benahm sich recht auffällig.« Dineke strich eine dünne Haarsträhne zurück, die der auffrischende Wind in ihre Stirn geweht hatte. »Aber das war gar nicht der Grund, warum mein lieber Mann an seinen Kollegen in Lübeck schrieb. Ihren Bericht, dass sie zuvor in Sankt Marien tätig gewesen sei, nahm er zum Anlass der freundschaftlichen

Kontaktpflege. Und er sandte Grüße von Fräulein Böhme. Das fand ich übrigens nett von ihm.«

»Durchaus«, versicherte Maria. »Aber was ist denn nun geschehen?«

»Wie du weißt, sind wieder ein paar Wochen bis zu der Antwort aus Lübeck vergangen, wir trafen uns ja damals, als ich auf den Weg zum Postschweden war ... Nun, ich muss sagen, bei der Lektüre des Schreibens meinte ich, mich träfe der Schlag. Ich dachte immer, die Franzosen brächten Sodom und Gomorra über uns, aber die Preußen tun es anscheinend genauso.«

Maria sah ihrer Freundin an, wie verzweifelt die war. Obwohl sie inzwischen ausgesprochen neugierig war, schluckte sie eine drängende Nachfrage herunter. Stattdessen bohrte sie mit ihrer Stiefelspitze ungeduldig im Sand.

»Ich empfinde es als meine Christenpflicht, Frau von Wedekind zu warnen. Sie ist eine so nette und wahrhaftige Dame. Doch könnte sie meine Einmischung als anmaßend empfinden, da meine Bekanntschaft mit ihr nicht so tief ist, wie es die deine zu sein scheint.«

»Dineke! Hör bitte auf, in Rätseln mit mir zu sprechen. Was hat der Pastor von Sankt Marien Schreckliches geschrieben?«

Dineke atmete tief durch, zögerte, dann: »Offenbar handelt es sich bei Fräulein Böhme um eine Betrügerin.«

»Oh!«

»Sie scheint sehr daran interessiert zu sein«, fuhr Dineke nun eifriger fort, »Herren von Stand auf sich aufmerksam zu machen, um diese dann um einen erheblichen Betrag zu bringen, indem sie unschickliche Behauptungen aufstellt. Tatsächlich war sie auch nur sehr kurz in Sankt Marien tätig, der Prälat schickte sie fort, nachdem ihre Beziehung zu einem verheirateten Mann bekannt wurde. Ihre Tändelei war wohl recht auffällig und konnte im Kirchenamt nicht geduldet werden. Sie verließ Lübeck mit gestohlenem Silber.« Vor Entsetzen legte Dineke die Finger an ihre Lippen.

»Dann sollten wir Emilia natürlich darüber informieren, dass sie auf ihren Schmuck achtgibt.«

»Sie sollte vor allem auf ihren Gatten aufpassen«, erwiderte Dineke. »Der Herr, dem sie in Lübeck schöne Augen machte, war ein ehemaliger Militärarzt auf Reisen namens Tilmann von Wedekind.«

Das war eine Wendung, die Maria aufhorchen ließ. Wenn Emilia wüsste, dass ihr Gemahl an einer anderen Frau Interesse fand, wäre sie Joachim Graaf gegenüber womöglich aufgeschlossener. Die Traurigkeit in seinen Augen hatte Maria nicht vergessen. Allerdings war es ausgesprochen dekadent, in der Liebe Gleiches mit Gleichem vergelten zu wollen.

»Ehebruch ist natürlich eine Sünde«, setzte Dineke hinzu, »aber zu der Untreue kommt meines Erachtens ein weiterer moralischer Betrug: Ist es nicht unerhört, dass Herr von Wedekind seine Freundin ausgerechnet als Gesellschafterin bei seiner Frau unterbringt? Noch dazu eine Person von zweifelhaftem Ruf. Wenn ich bedenke, wie unbefangen wir alle mit Fräulein Böhme plauderten, wird mir ganz anders.«

»Ja«, gab Maria langsam zu, »das ist in der Tat seltsam. Wir kennen alle den Tratsch über Herren und Zofen, aber so eine Geschichte habe ich noch nie gehört.«

»Zumal Frau von Wedekind der wohlhabendere Teil des Ehepaares ist und nach preußischem Recht ihr gesamter Besitz bei der Heirat an den Bräutigam ging.«

»Woher weißt du von ihrem Vermögen?«

»Sieh dir ihren Bruder an, dann weißt du es.«

Maria entsann sich ihrer ersten Begegnung mit Emilia und dachte, dass eine derart couragierte Frau sowohl in der Lage war, auf ihr Geld aufzupassen als auch auf ihren Ehemann. Auch wenn es für sie persönlich sicher von Vorteil war, ihrem Mäzen einen Gefallen zu erweisen, war Maria sich nicht darüber im Klaren, wie sie genau das anstellen sollte. Eine Intrige, um ihm Emilia zuzuführen? Das war nicht nach Marias Geschmack.

Sie nahm ihren Spaziergang wieder auf. Über die Schulter rief sie Dineke zu: »Weißt du, ich mag es nicht, wenn die Leute über mich reden. Deshalb liegt mir jede Einmischung in das Leben einer anderen Dame fern.«

»Aber es ist doch unsere Christenpflicht«, empörte sich Dineke und beeilte sich, zu ihr aufzuschließen.

»Was soll das sein?«, gab Maria zurück. »Gott verlangt nicht von uns, dass wir einer Frau die Augen öffnen, die von ihrem Gatten betrogen wird. Vielleicht weiß sie es auch längst.«

Dineke fasste nach Marias Arm. »Geh bitte nicht so schnell, ich komme gar nicht hinterher.«

»Ich laufe vor deinen Kabalen davon«, spottete Maria, verlangsamte jedoch ihren Schritt.

»Du kannst mich auslachen, aber ich sage dir, der Brief aus Lübeck klang bedrohlich. Wenn ich ihn dir zu lesen geben könnte, würdest du mir recht geben. Leider hat ihn mein lieber Mann nicht aufbewahrt. Deshalb kann ich dich nicht mit den originären Worten von der Sorge überzeugen, die mich umtreibt.«

Als hätte sie nicht ausreichend eigene Probleme, um die sie sich kümmern musste, gab Maria nach: »Na, gut, wenn es dich beruhigt, werde ich Emilia in der nächsten Woche aufsuchen. Ich habe in Hamburg zu tun, die Preise des Zuckersieders müssen neu verhandelt werden. Auf dem Weg zur Cremon-Insel werde ich bei ihr vorsprechen. Bist du nun zufrieden?«

»Ich bin glücklich, wenn du mir berichtest, dass es ihr von Herzen gut geht.«

Manchmal, fuhr es Maria durch den Kopf, ist es etwas zermürbend, die Frau des Pastors zur Freundin zu haben. Zu viel Nächstenliebe tut auch nicht gut.

Hamburg

40

»Halt! Halt! Noch nicht abfahren!«

Die eben anrollende Berline hielt an, dem Lenker gelang es, die Pferde zu zügeln. Zwei der drei Passagiere, die im Begriff waren, mit der Post nach Hamburg zu fahren, nahmen die Verzögerung mit neugieriger Gelassenheit. Nur Maria fühlte sich peinlich berührt: Sie hatte die Männerstimme sofort erkannt.

Diese bedankte sich untertänigst bei dem Kutscher und fragte, ob noch ein Platz frei wäre. Dann öffnete sich die Tür – und Daniel kletterte in den Wagen. Er grüßte die anderen Reisenden mit einem zuvorkommenden: »Guten Morgen – und entschuldigen Sie, bitte, dass ich Sie aufhielt.« Zufrieden sank er auf den freien Platz neben Maria.

Die beiden Männer auf der Bank gegenüber nickten höflich.

»Was tun Sie hier?«, flüsterte sie.

»Dasselbe wie Sie, nehme ich an.«

»Mir war nicht bekannt, dass Sie Verbindungen nach Hamburg besitzen.«

Daniel schenkte ihr ein entwaffnendes Lächeln. »Monsieur Graaf wohnt und arbeitet in Hamburg. Haben Sie das vergessen, Madame?«

Seufzend lehnte sie sich zurück. Der Sitz war hart und durchgesessen, die Rücklehne nicht bequemer als eine gerade Haltung, die Berline darüber hinaus nicht sonderlich gut gefedert.

Wahrscheinlich hätte sie die Fähre nehmen sollen. Wäre Daniel auch im letzten Moment auf ein Boot gesprungen? Hin und her gerissen zwischen ihrer Empörung darüber, dass er ihr nachstellte, und einer eitlen Freude dachte sie einen Atemzug später, dass das alles Unsinn war. Warum sollte er sie verfolgen? Viel einfacher wäre, sie zu besuchen oder ihr eine Nachricht zu schreiben. Beides hatte er seit seinem nächtlichen Auftritt unterlassen. Zumindest wäre ein Brief diskreter, als die Postkutsche aufzuhalten und zuzusteigen. Doch obwohl sie seine Anwesenheit in Verlegenheit brachte, sollte sie seine Reisepläne wohl als Zufall akzeptieren.

Verstohlen sah sie zu ihren beiden Mitreisenden: Der eine war der Leiter der Armenschule im Dorf. Er hatte ein Buch aus seiner Tasche gezogen und schien konzentriert zu lesen. Der andere, ein Handlungsreisender in Eisenwaren, schlief ein, sobald sich der Wagen endgültig in Bewegung setzte. Von diesen beiden Männern war wohl nicht zu erwarten, dass sie die *Klötertrinen* im Dorf mit Tratsch versorgten. Also würde die gemeinsame Fahrt mit Daniel nach Hamburg nicht für neues Gerede sorgen. Dennoch saß sie angespannt auf ihrem Platz, darum bemüht, weder den Blick auf Daniel zu richten noch ihm körperlich zu nahe zu kommen.

Gute zwei Stunden später tat ihr vom Nacken bis zum Hinterteil jeder Knochen weh. Ihre Glieder waren so steif, dass sie fast aus der Kutsche fiel, anstatt an der Endstation am Baumwall gewandt auszusteigen. Daniel fing sie auf. Einen Augenblick zu lange hielt er sie fest, bis sie sich energisch aus der Umarmung befreite. »Mir geht es gut«, versicherte sie und schenkte ihm ein etwas gezwungenes Lächeln.

»Es freut mich zu hören, dass Sie die Fahrt gut überstanden haben.«

Sie streckte ihm ihre Rechte entgegen. »Ich wünsche Ihnen einen schönen Aufenthalt in der Stadt und viel Erfolg bei all Ihren Vorhaben.«

»Mein wichtigstes Anliegen ist, Sie zu begleiten.« Daniel beugte sich wie ein formvollendeter Kavalier über ihre Hand.

Vor Schreck vergaß sie, ihm diese zu entziehen. »Wie bitte?«

»Es dürfte für Ihre Verhandlungen über den Zuckerpreis von Vorteil sein, wenn Sie nicht allein sind«, erwiderte er selbstbewusst.

Sprachlos starrte sie ihn an, ihre Rechte lag noch immer in seinen Fingern. Sie stand mit ihm vor der Poststation an der betriebsamen und lauten Hafenanlage und meinte, sich bei dem Lärm verhört zu haben. Es dauerte eine Weile, bis sie sich sammelte und fragte: »Woher kennen Sie den Grund meiner Fahrt hierher?«

»Ihr Geselle oder Meister – was auch immer er ist – war so freundlich, mich zu informieren. Ein äußerst fähiger Mann.«

»Hinnerk?«

»Ja, Hinnerk. Er macht sich Sorgen um sie. Die Zuckersieder und -händler, sagte er, sind harte Burschen, die sich nicht so leicht auf eine Diskussion mit einer Frau einlassen.«

»Das mag sein, aber ich kann trotzdem für mich einstehen.« Endlich wurde sie sich seiner Nähe bewusst und entzog ihm ihre Hand. »Bisher ist mir das ganz gut gelungen, und das wird sich in Zukunft nicht ändern …« Einem freundlichen Impuls folgend, lächelte sie Daniel versöhnlich an. »Auch wenn sich das ein Magnus Frese nicht vorstellen mag.«

Er verneigte sich vor ihr.

»Dann sind wir uns also einig«, entschied sie. Jede ihrer Hände deutete in die jeweils entgegengesetzte Richtung. »Sie gehen jetzt Ihres Weges, und ich nehme den meinen …«

»Warum wollen Sie mich des Vergnügens berauben, eine Zuckerraffinerie zu besichtigen?«, rief er theatralisch aus, und sie war sich sicher, dass seine Verzweiflung nur gespielt war.

»Ich … ich …« Es wollte ihr keine plausible Erklärung einfallen, warum sie seine Begleitung ablehnte. Doch dann fiel ihr etwas ein, das ihr helfen könnte, Daniel abzuschütteln: »Ich möchte zuerst einen privaten Besuch machen und …«

»Dabei störe ich«, stellte er sachlich fest. »Das verstehe ich. Wohin auch immer Sie gehen wollen, Madame, ich werde vor der Tür warten. Machen Sie sich um mich keine Sorgen. Ich bin sehr geduldig.«

»Ach, Daniel«, seufzte sie. Seine Aufdringlichkeit raubte ihr jede Contenance, doch fühlte sie sich in seiner Gesellschaft durchaus wohl, das gab sie ja vor sich selbst zu. Ihren Besuch bei Emilia von Wedekind könnte sie gewiss abkürzen, so dass sie ihm nicht zu viel Langmut abverlangte. Und natürlich hatte Hinnerk recht, sie war völlig unerfahren in der Verhandlung von Zuckerpreisen und trotz ihres energischen Auftretens nichts als eine Witwe.

Sie blickte ihn ratlos an. »Ich weiß wirklich nicht, was wir tun sollen. Um Ihre Begleitung habe ich nicht gebeten, und es erscheint mir reichlich seltsam, diese jetzt anzunehmen …«, in beredtem Schweigen brach sie ab.

»Kommen Sie«, er bot ihr seinen Arm, »lassen Sie uns aufbrechen, bevor wir hier den Leuchttürmen Konkurrenz machen. Wenn Sie erlauben, bleibe ich an Ihrer Seite und werde die Zurückhaltung in Person sein. Oder ich werde für Ihre Interessen eintreten, wann immer dies nötig ist. Ganz wie Sie es wünschen.«

»Gab es schon einmal eine Frau, die Ihnen abschlagen konnte, was Sie sich in den Kopf gesetzt haben?«, entfuhr es ihr.

»Das kann ich nicht sagen, es war mir nie so wichtig wie heute.«

Niemals zuvor hatte sie ihn nach irgendwelchen Verbindungen oder gar Liebschaften gefragt – und nun lag ihr genau diese Frage auf der Zunge. Ein Mann wie Daniel Louis Jacques – attraktiv, gebildet, charmant und phantasievoll – hatte gewiss das eine oder andere gebrochene Herz auf seinem Weg von Berlin über Dresden nach Nienstedten irgendwo zurückgelassen. Sie musste aufpassen, dachte sie wieder einmal, dass ihres nicht eines Tages dazugehören würde. Statt sich nach möglichen verflossenen Liebschaften zu erkundigte, antwortete sie spöttisch: »Allein mir fehlt der Glaube …« Gleichzeitig ärgerte sie sich über ihren gouvernantenhaften Ton.

Sie hakte sich bei ihm unter und senkte den Blick auf ihre Füße. Das war jedoch äußerst sinnvoll, da die Straßen trotz der fleißigen *Kötelfeger* voller Unrat waren.

41

Auf dem Weg zum Haus der Wedekinds wies Maria ihren Begleiter zunächst auf eine bedeutende Sehenswürdigkeit hin, die die Dächer der Neustadt überragte, den aus Holz erbauten und mit Kupfer verkleideten Turm von St. Michaelis. Das war die neueste der Hauptkirchen, das alte Gebäude war bei einem schweren Gewitter vom Blitz getroffen worden und abgebrannt. Es war eine etwas gezwungene Plauderei, die sie führte, um keine peinliche Stille zwischen ihnen aufkommen zu lassen. Doch kurz vor ihrem Ziel entschied sie sich, Daniel den Grund ihres Besuches anzuvertrauen. »Ich bin sicher, meine Freundin übertreibt in ihrer Besorgnis,« schloss sie ihren Bericht, »aber ich möchte ihr den Gefallen erweisen und ihr nach meiner Heimkehr versichern, dass alles in Ordnung ist.«

»Fräulein Böhme ist also eine Art Heiratsschwindlerin«, kommentierte Daniel kopfschüttelnd. »Was für ein Glück ich doch habe! Stellen Sie sich vor, ich wäre auf ihre Avancen hereingefallen – wer weiß, ob ich mich noch über meine Ersparnisse freuen dürfte.«

Sie klärte ihn nicht über die Blindheit eitler Männer auf, sondern schmunzelte nur wissend. Gleichzeitig überlegte sie, wie es eine an sich unscheinbare Person wie Dorothea Böhme schaffte, wohlhabende Herren wie Tilmann von Wedekind für sich einzunehmen. Von ihr selbst sagten alle, sie wäre eine schöne Frau, aber es war ihr noch nie in den Sinn gekommen, einen Herrn auszunehmen. Vielleicht war sie ja zu anständig für das Niveau, auf dem sich Emilias Gesellschafterin bewegte.

»Halten Sie Ihr Geld man schön zusammen«, riet sie Daniel, um von den zweifelhaften Bemühungen Fräulein Böhmes seine Person betreffend abzulenken. »Sie wissen nicht, wann der Einsatz wichtig für Sie werden könnte. Eine Frau allein ist das gewiss nicht wert.«

»Aber eine Familie ist es wert. Ich meine, eine eigene Familie zu gründen, ist es allemal wert.«

Stumm nickte sie. Ja, damit hatte er recht, doch der Gedanke, ihn verheiratet inmitten einer Schar kleiner Kinder zu sehen, behagte ihr nicht. Nicht nur Männer sind dumm, schalt sie sich, Frauen ebenso.

Vor dem Haus der Wedekinds blieb Daniel zurück, während Maria energisch den Türklopfer betätigte. Es herrschte recht viel Leben in der Gasse, Kinder liefen mit ihren Gouvernanten umher, Lieferanten zogen Karren, Herren eilten vorbei, Mägde mit ihren Körben auf dem Weg zum Markt, bei den Nachbarn herrschte ein ständiges Kommen und Gehen. Nur hinter der Fassade von Emilia und Tilmann von Wedekind schien es ruhig zu sein. Maria klopfte noch einmal und dachte, dass das Ehepaar sich womöglich auf Reisen befand. Vielleicht begleitete Emilia ihren Gemahl …

Ein Stubenmädchen öffnete einen Spaltbreit. »Ja, bitte?«

»Mein Name ist Maria Burmester. Ich bin eine Freundin Frau von Wedekinds und zu Besuch in der Stadt …«

»Warten Sie, bitte.« Die Tür ging wieder zu.

Verwundert wandte sich Maria zu Daniel um und hob ratlos die Schultern. Es war recht ungewöhnlich, auf diese Weise abgefertigt zu werden. Entweder eine Dame empfing Gäste, was unter Freundinnen um diese Uhrzeit durchaus üblich war – oder sie tat es nicht. »Wollen wir gehen?«, fragte Maria ihren Begleiter.

»Nein, nein, nein. Haben Sie lieber noch einen Moment Geduld.«

Seufzend trat sie von einem Fuß auf den anderen. Die Warterei lag ihr nicht.

Nach einer gefühlten Ewigkeit öffnete die Tür sich wieder. Diesmal etwas weiter, aber nicht so weit, dass Maria Einlass gewährt wurde. Die Gestalt von Fräulein Böhme füllte den Rahmen aus. »Guten Tag, Frau Burmester. Wie nett von Ihnen, dass Sie Frau von Wedekind besuchen möchten.«

Erwartungsvoll machte Maria einen Schritt nach vorne.

Die Tür schloss sich so weit, dass nur noch Dorothea Böhmes Kopf hinausspähte. »Es tut mir leid, Frau Burmester, aber Frau von Wedekind empfängt heute nicht.«

Eine innere Stimme soufflierte Maria, als sie behauptete: »Dann komme ich gerne morgen wieder.«

»Morgen empfängt die gnädige Frau auch nicht.«

Hinter Marias Stirn läutete eine Alarmglocke, die vielleicht von Dinekes Befürchtungen angestoßen wurde. »Wann kann ich Frau von Wedekind denn dann besuchen?«

»Das darf ich Ihnen leider nicht sagen.« Dorothea Böhme senkte ihre Stimme. Ihre Augen flogen kurz zu der Person hinter Maria, ihre Lider flattern. Sie fasste sich jedoch rasch wieder und konzentrierte sich auf die Besucherin. »Frau von Wedekind ist leider schwer krank, und niemand weiß, ob und wann sie sich erholen wird. Mehr kann ich Ihnen nicht sagen. Bitte sein Sie so freundlich und gehen jetzt.«

»Ja, aber ...«

»Guten Tag, Frau Burmester.« Die Tür flog krachend zu.

Das Geräusch ließ Maria zusammenzucken.

»Ich fürchte, Ihre Freundin hatte das richtige Gespür«, sagte Daniel in ihrem Rücken.

»Lassen Sie uns das nicht vor diesem Haus diskutieren«, erwiderte sie leise.

Ohne dass er ihr seinen Arm bot, hakte sie sich bei ihm unter. Mit großen Schritten zog sie ihn fort. Dabei murmelte sie in sich hinein: »So abgewiesen zu werden, ist merkwürdig. Wenn Emilia an einer ansteckenden Krankheit litte – Blattern oder so etwas bekommen hätte –, hätte Fräulein Böhme diese doch bestimmt benannt. Welche geheimnisvolle Erkrankung kann dazu führen, dass Emilia keinen Besuch empfangen darf oder auch nur eine Veränderung der Situation nicht absehbar ist? Wenn sie sterben müsste, würde man das einer Freundin doch mitteilen ...« Sie sah Daniel um Zustimmung flehend an. »Oder?«

»Mir ist zwar nicht klar, in welcher Gefahr sich Frau von Wedekind befinden könnte«, meinte Daniel, »aber sicher wissen ihr Bruder und ihre Schwägerin mehr. Sie sollten Herrn und Frau Vandenberg schreiben und von Ihrer Sorge um das Wohl Ihrer Freundin berichten.«

»Ich weiß nicht …« Maria zögerte. »Ich kenne die Herrschaften kaum.«

»Nun, dann werde ich die Person, die ein großes Interesse am Wohlbefinden von Frau von Wedekind hat und überdies ein Freund der Familie ist, von Ihrem abgewiesenen Besuch eben in Kenntnis setzen.«

Maria wusste sofort, wen er meinte. »Meinen Sie, es ist richtig, Herrn Graaf mit dieser Sache zu behelligen?«

»Ich wüsste keinen geeigneteren Menschen«, gab Daniel zurück.

42

Obwohl der Gedanke an das seltsame Verhalten des Stubenmädchens und der Gesellschafterin Maria nicht ganz losließ, versuchte sie, Emilias Schicksal so lange zu verdrängen, wie sie sich um ihre eigenen Belange kümmern musste.

Als sie mit Daniel über die Brücke des Nicolaifleets zur Cremon-Insel ging, war sie plötzlich sehr froh, ihn an ihrer Seite zu wissen. Hier im Marschland der Alstermündung machten Frauen keine Geschäfte. Die Handwerker, ausnahmslos Männer, waren seit Jahrhunderten in sogenannten *Ämtern* organisiert, und die Mitgliedschaft konnte nur durch Erbe oder die Heirat mit der Tochter eines Mitglieds übertragen werden. Hier hatten nicht einmal Zunftmeister von außerhalb eine Chance. Die vielen Lagerhäuser und Manufakturen wurden seit Jahrzehnten von Männern aus denselben Kreisen geführt; die wenigen Arbeiterinnen, die durch die engen Gassen hasteten, verrichteten offensichtlich nur niedrige Tätigkeiten.

Hohe Speicherhallen säumten die Wasserstraßen, daneben befanden sich Fabriken und Manufakturen. Die Gebäude mit den schlanken, hohen Schornsteinen waren die Raffinerien. Von den Kähnen, die wie auf einer Perlenschnur aufgereiht an dem Fleet davor ankerten, schleppten Bootsmänner Säcke mit Rohzucker in die Lager und zu den Werkstätten. Daniel blieb stehen und sah den Leuten andächtig zu. Maria neben ihm wartete ungeduldig, bis er sich an der schweren Arbeit sattgesehen hatte.

Nach einer Weile drehte er sich zu ihr um. »An der Königlichen Akademie der Wissenschaften in Berlin forschen Chemiker an einem Verfahren, aus Mangold oder der heimischen Runkelrübe Zucker zu gewinnen. Der eifrigste darunter stammt aus der dortigen Gemeinde der Hugenotten. Wenn François Charles Achard eine Möglichkeit findet, braucht sich niemand mehr mit den Erzeugnissen aus Übersee abzumühen.«

»Ob die Süße dann von so hochwertiger Qualität ist wie von dem Zuckerrohr aus Sainte-Domingue?«, zweifelte Maria. Bevor Daniel antworten konnte, meinte sie jedoch gnädig: »Nun, man wird sehen.«

»Das wird man«, stimmte er zu. »Auf jeden Fall dürfte die Produktion des Rohzuckers dann in Preußen billiger sein, als sie es derzeit in der französischen Kolonie ist ... Sie haben recht: Man wird sehen. Noch müssen wir natürlich mit dem zufrieden sein, was es gibt. Kommen Sie, lassen Sie uns den besten Preis dafür verhandeln.«

In ungewohnter Einheit spazierten sie durch die Manufaktur. Zuckersieder mit riesigen weißen Schürzen und langen weißen Zipfelmützen arbeiteten an den Öfen und rührten in großen Kesseln, hantierten mit Kegeln und Zylindern aus Keramik. Es war heiß, und Daniel wischte sich eine Schweißperle von der Stirn.

Einer der Arbeiter stellte sich ihnen in den Weg und fragte nach ihren Wünschen.

Bevor Maria antworten konnte, stellte Daniel sie vor: »Die Witwe Burmeister aus Nienstedten möchte den Chef sprechen. Mein Name ist Jacques. Daniel Louis Jacques. Ich bin der Berater von Frau Burmester.«

»Ich kann für mich selbst sprechen«, zischte sie, nachdem der Mann außer Hörweite war. »Und mein Berater sind Sie auch nicht.« Sie fand es wichtig, Daniel diesen Hinweis zu geben. Er brauchte nicht zu wissen, als wie wohltuend sie seine Gegenwart empfand.

Daniel zuckte gleichmütig mit den Schultern. »Was hätte ich sonst sagen sollen?«

Sie nuschelte etwas Unverständliches und war dankbar, einen Mann auf sich zueilen zu sehen, bei dem es sich um den Werksleiter handelte.

Paridoms Geschäftspartner drückte seine Freude über ihren Besuch aus und sein Beileid, er fügte jedoch an, dass er die Besucherin und deren Berater gerne erst einmal persönlich herumführen wollte. »Sie müssen verstehen, welchen Aufwands es bedarf, Zucker in hoher Qualität herzustellen«, erklärte er. »Mit dem Rohzucker aus Übersee ist es noch lange nicht getan, es gibt viele Arbeitsschritte bis zu den feinen Zuckerkristallen, die Sie in Ihren Backwaren verarbeiten.«

Die aufwendige Herstellung des Süßstoffs, so erfuhren

Maria und Daniel, dauerte mindestens vier Wochen: Das Auflösen der Rohmasse, die durch das Aufkochen aus dem Zuckerrohr gewonnen worden war, das Abschäumen, Klären, Filtrieren, Trennen von Sirup und Sand und schließlich das Trocknen. Die kostbaren Kristalle wurden zu sogenannten Zuckerhüten geformt, während der Sirup als Abfallprodukt in Eimern landete. Dieses Verfahren kostete Zeit und damit letztlich auch Geld.

»Aber das ist nur eine Seite der Zuckerherstellung«, führte der Geschäftsmann aus. »Bevor es so weit ist, gibt es viele Unsicherheiten auf dem Weg hierher. Wenn ein Schiff etwa einen Teil der Ware – oder die gesamte Ladung – in einem Sturm verliert, bedeutet das einen Rückgang der späteren Produktion, und damit wird die vorhandene Ware zwangsläufig teurer. Dann ist da noch das Problem mit den Arbeitern aus Afrika in der Karibik. Auf den Plantagen kommt es immer wieder zu Aufständen. Niemand weiß, wann eine neue Rebellion ausbricht. Das Verhalten der Schwarzen vermag niemand einzuschätzen. Seit der Revolution in Paris und der Abkehr von der Freiheit, die den Sklaven zuvor eingeräumt worden war, wird es schlimmer und brutaler. Diese fürchterlichen Proteste in Sainte-Domingue bringen Unfrieden – und hier bei uns wiederum noch höhere Preise.«

Maria und Daniel waren dem Mann in sein Kontor gefolgt, das sich am Ende einer Lagerhalle befand und aus einem Schreibtisch bestand, von dem aus er die Arbeiter beobachten konnte. Während Säcke ein- und abgeladen wurden und Fässer über den Holzboden rumpelten, schob er seinen Gästen zwei Stühle zurecht.

»In Berlin spricht man von nichts anderem als den Rüben, aus denen bald Zucker gewonnen werden kann«, sagte Daniel, als er sich setzte. »Wenn das Verfahren gelingt, dürften die Aufstände in Übersee Ihr geringstes Problem sein, Monsieur.«

»Es wird schon seit Jahren darüber gesprochen«, entgegnete der Zuckerhändler. »Wer weiß, wie lange das noch dauert …«

»Nehmen Sie bitte meinen wohlmeinenden Rat an«, warf Daniel freundlich ein, »und verlassen sich nicht auf die Zeit. Der Fortschritt kann schon bald eintreten, schneller als Ihnen lieb sein mag. Ich empfehle Ihnen, eine Kundin wie die Witwe Burmester mit dem bestmöglichen Angebot an sich zu binden, anstatt Madame in die Arme der neuen Fabrikanten in Preußen zu treiben.«

Wie konnte er nur so dreist sein? Maria sah Daniel mit einer Mischung aus Befremden, Faszination und Angst an. Sie fürchtete, dass der Geschäftsmann sie in die Schranken weisen würde. Der Zuckerhändler hatte weit weniger zu verlieren als sie. Er würde neue Kunden finden, wohingegen es für sie sicher mühsam sein würde, einen neuen Lieferanten für das begehrte Gut aufzutreiben. Schließlich gab es den von Daniel angepriesenen Rübenzucker noch nicht zu kaufen, die Qualität war ohnehin unbekannt. Zudem hing Maria an Paridoms langjährigem Geschäftspartner. Die Tradition verlieh ihr das Gefühl, als halte der Geist ihres Gatten seine schützende Hand über sie.

Zu ihrer größten Überraschung gab sich ihr Gegenüber interessiert an Daniels Ausführungen. »Wissen Sie denn Näheres über die Versuche in Berlin?«

»Nur ein wenig«, behauptete Daniel angelegentlich. »Der Forscher ist ein französischer Protestant wie ich selbst, und wir sind einander durch Herkunft, Geist und Glauben eng verbunden. Sie wissen, wie das mit den Mitgliedern einer Gemeinde so ist …« In beredtem Schweigen brach er ab.

Die Augen des Händlers weiteten sich. »Ah, Sie sind auch Hugenotte, mein Herr?«

»Ganz richtig. Gebürtig aus Berlin.«

Sein Gesprächspartner gab sich zwar nicht offen geschlagen, doch es war offensichtlich, dass der Geschäftsmann davon ausging, Monsieur Jacques würde dafür sorgen, dass Maria Burmester die erste Besitzerin einer Konditorei außerhalb Preußens war, die mit dem neuen Rohstoff beliefert würde. Zu einem Sonderpreis, ausgehandelt unter Glaubensbrüdern.

»Ich hörte, dass die Entwicklung weit fortgeschritten ist und demnächst mit dem Durchbruch gerechnet, ja sogar mit der Produktion des neuen Zuckers begonnen werden kann«, behauptete Daniel.

Maria schwieg und hielt sich auch bei dem weiteren Schachern zurück. Sie nickte, wenn es angemessen war, und sie verkniff sich ein bewunderndes Lächeln in Daniels Richtung, als der Zuckerhändler seine Kosten auf ein für sie ausgesprochen annehmbares Niveau senkte. Es stimmte sie froh und gleichzeitig fassungslos, als ihr bewusst wurde, dass sie ohne Daniels Unterstützung nicht einmal annähernd so gut weggekommen wäre, wie es bei ihrem Abschied von dem Geschäftsmann nun besiegelt wurde. Der Mann schüttelte Daniel lebhaft die Hand und wiederholte das Prozedere etwas zurückhaltender bei ihr.

Innerlich kopfschüttelnd dachte Maria, als sie die Manufaktur verließen, dass ihr Abschluss so vorteilhaft verlaufen war, weil Daniel seine Nähe zu einer Erfindung präsentiert hatte, von der sie bis zu diesem Tag keine Ahnung gehabt hatte. Was hätte sie nur ohne seine *Beratung* gemacht?

»Ihre Bekanntschaft mit dem Berliner Chemiker anzuführen, war ein brillanter Schachzug«, lobte sie, als sie sich weit genug entfernt hatten, um ein offenes Gespräch zu führen. »Fast wie ein Geschenk Gottes.«

»Ich kenne Monsieur Achard gar nicht«, erwiderte Daniel lächelnd.

»Wie bitte?« Maria blieb mitten auf der schmalen Gasse zwischen Manufaktur und Katharinenfleet stehen. »Aber Sie haben doch von Ihrer gemeinsamen …«

»Ich habe von unserer gemeinsamen Herkunft, unserem Geist und Glauben gesprochen«, unterbrach Daniel und strahlte sie an. Dabei wirkte er wie ein kleiner Junge nach einem außerordentlich gelungenen Streich. »In keinem Satz habe ich behauptet, mit Monsieur Achard befreundet zu sein.«

Sie starrte ihn sprachlos an.

»Es kommt darauf an, dem Gesprächspartner eine Illusion zu vermitteln«, erklärte er. »Es ist wie Magie. Wenn Ihr Gegenüber an einen Zaubertrick glaubt, verliert er seine Zweifel und ist interessiert.«

»Ich verstehe nicht …«

»Stellen Sie sich vor, Sie erzählen einem Fremden von Ihrer Bekanntschaft mit Monsieur Bohne und setzen dem dabei einen Schaumwein vor. Es spielt keine Rolle, ob der Wein aus der Champagne stammt. Niemand wird an Ihrem Wort zweifeln, weil sich die betreffenden Personen nicht auskennen und Ihre Erklärung plausibel klingt. Genauso war es eben. Der Zuckerhändler nahm an, dass zwei französische *Réfugées* unter sich über bessere Konditionen verhandeln. Ich habe aber nichts dergleichen gesagt.«

Ihr schwirrte der Kopf. »Sind persönliche Beziehungen nicht immer die beste Voraussetzung für ein gutes Geschäft?«

Daniel schmunzelte und schwieg. Offensichtlich bereitete ihm seine Scharade größtes Vergnügen.

Sie war indes hin und her gerissen: Einerseits war da ihr Gerechtigkeitssinn, und andererseits war sie fasziniert von seiner Schlitzohrigkeit. Irgendwie tat ihr der Zuckerhändler leid. Ihrer Ansicht nach hatten sie ihn über das Ohr gehauen. Andererseits wäre er ihr gegenüber gewiss nicht zimperlich gewesen, wenn sie ihren Berater mit den angeblich außerordentlichen Kontakten nicht an ihrer Seite gehabt hätte. »Ich weiß nicht, ob ich Sie schelten oder umarmen soll.«

Das spöttische Lächeln erlosch – und einen Atemzug später nahm er ihre Hand. »Ich würde die Umarmung bevorzugen.«

Bevor sie etwas einwenden konnte – oder wollte –, zog er sie mit sich in den Schatten hinter ein offenstehendes Scheunentor. Dort stand er still vor ihr, hielt ihre Rechte und legte die andere Hand auf ihre Schulter. Stumm sah er sie an.

Eigentlich sah sie nur das Weiß in seinen Augen, es war zu dämmrig, um seine Miene genau zu erkennen. Dennoch erwiderte sie seinen Blick, ihr Körper drängte dem seinen entgegen. Daniel war ein unglaublicher Mann. So tollkühn. Und phantasievoll. Dabei immer zuvorkommend. Er war niemals unsicher in seinem Handeln. Mehr als einmal hatte er sich für Maria als Stütze erwiesen. Auch als Freund. Das alles genügte ihr jedoch nicht. Ihr wurde mit jeder Minute deutlicher, dass sie ihn mehr als alles andere als Liebhaber wollte.

Sie holte tief Luft, ihr Busen hob sich, und ihre Lippen teilten sich.

Da neigte er sich zu ihr und küsste sie. Seine Leidenschaft war wie eine Bestätigung ihrer geheimsten Wünsche.

43

Es war ein völlig anderes Gefühl, nach seinen Küssen an seinem Arm zur Haltestelle der Postkutsche nach Blankenese zu gehen. Nun achtete Maria nicht mehr so sehr auf Distanz wie zuvor, und sie ließ zu, wenn er seine Hand über die ihre legte. Zwischen den vielen Menschen, die durch die Großstadt strömten, brauchte sie den Klatsch nicht zu fürchten, die zufällige Begegnung mit einer Bekannten aus dem Dorf war recht unwahrscheinlich.

Maria und Daniel sprachen kaum, wie gefangen in ihrer stillen Zärtlichkeit, seltsam verbunden und allein in dem Getümmel. Lediglich als er ihr seine Hand reichte, um ihr bei dem Einstieg in die Berline zu helfen, raunte er ihr zu: »Ich möchte dich so bald wie möglich unter vier Augen in einer persönlichen Angelegenheit sprechen.«

Auf der Fahrt suchte sie Daniels körperliche Nähe. Sie war dankbar für die vollbesetzte Kutsche, der Platzmangel ermöglichte es ihr, dicht an ihn heranzurücken und ihn zu berühren. Es war alles so aufwühlend, dass sie die Federung des Wagens und die Beschaffenheit des Sitzes nicht bemerkte. Das Rumpeln und Rollen ließ sie in Nachdenklichkeit versinken, eine nichtssagende Unterhaltung wollte sie nicht mit ihm führen. Daniel hatte sie so sehnsüchtig geküsst, dass es ausgeschlossen war, ihn noch zu siezen. Andererseits war ein Du vor den anderen Leuten unpassend. Sie war sich nicht sicher, ob man sie nicht doch erkannte und das Gerede aufblühte, sobald sie bei ihrer Ankunft vom Trittbrett gesprungen war.

Stumm sah sie aus dem Fenster, ließ die Häuserzeilen und Speicherhallen, die Masten der Segelschiffe im Hintergrund und das Millerntor an sich vorüberziehen. Dabei überlegte sie, was Daniel wohl mit ihr besprechen wollte.

Verstohlen blickte sie ihn an – und lächelte. Das Kinn fiel ihm auf die Brust; er war eingeschlafen und sah ihrem Immanuel dabei nicht unähnlich. Daniel wirkte in seiner Müdigkeit verletzlich und rührend. Unwillkürlich dachte sie, dass sie ihn nun schon mehrmals schlafend angeschaut hatte, es wurde Zeit, dass er sich in ihren Armen ausruhte.

Im nächsten Moment schalt sie sich für den frivolen Gedanken. Sie lehnte ihre Stirn gegen die Kutschwand, um ihr Begehren an der hölzernen Verschalung und dem hereinwehenden Fahrtwind abzukühlen.

Um sich abzulenken, ging sie diesen bemerkenswerten Tag noch einmal durch. Dabei richtete sich ihre Aufmerksamkeit wieder auf Emilia von Wedekind. Es war seltsam. Je mehr Abstand sie zu ihrem Besuch gewann, desto stärker neigte sie dazu, Dinekes Sorge zu teilen. Dabei sollte es eigentlich genau andersherum sein, in der Regel legten sich die meisten Zweifel mit der Zeit. Doch als Maria sich den Wortlaut ihres kurzen Gesprächs mit Fräulein Böhme in das Gedächtnis rief, wurde sie unruhiger als zuvor. Sie wusste nicht, was sie zu dieser Befürchtung bewog, doch sie war sicher, dass Emilia Hilfe von außerhalb benötigte. Gewiss tat es der Kranken nicht wohl, wenn sich ausgerechnet die Mätresse des eigenen Ehemannes um sie kümmerte, eine Frau, die hinter wohlhabenden Männern her war.

Warum aber sahen Christian und Henriette Vandenberg

diesem Treiben anscheinend tatenlos zu? Maria hatte angenommen, dass Emilia ein enges Verhältnis zu ihrem Bruder und ihrer Schwägerin pflegte. Auch wenn Maria die beiden nur wenig kannte, beschloss sie, entgegen ihrer ersten Erklärung, doch einen Brief an Henriette Vandenberg zu schreiben. Sie wollte keinesfalls für Unfrieden sorgen oder sich gar in die Angelegenheiten einer fremden Familie einmischen, aber die höfliche Frage nach Emilias Gesundheit war gewiss erlaubt. Auch wollte sie Daniel daran erinnern, Joachim Graaf zu informieren. Unter Männern war eine solche Mitteilung sicher ohne großes Aufheben möglich …

Offenbar war sie ebenfalls eingenickt, denn sie schreckte plötzlich hoch, als das Rumpeln stärker wurde. Der Blick aus dem Fenster verriet ihr, dass der Kutscher die Pferde antrieb, um die Berline die Anhöhe hinauf zum Park-Hotel zu ziehen. In die anderen, bisher auch recht schweigsamen Passagiere war wieder Leben gekommen. Teufelsbrück war eine wichtige Haltestelle, für die einen bereits Endpunkt, für die anderen nahe an ihrem Ziel und eine angenehme Unterbrechung der Fahrt.

Auch Daniel war aufgewacht. Er strich sich eine Haarsträhne aus der Stirn und lächelte verlegen. »Es tut mir leid, dass ich eingeschlafen bin.«

»Das bin ich ja auch«, erwiderte sie. Wenn sie doch nur verhindern könnte, dass sie errötete. Doch als sie sprach, kam es ihr vor, als wären sie an einem anderen Ort nebeneinander eingeschlafen. Das Blut rauschte in ihren Ohren und erhitzte ihre Wangen.

In diesem Moment hielt der Wagen. Der Kutscher verkündete eine Pause von einer Viertelstunde, und die Reisenden drängten auszusteigen, sich die Beine zu vertreten oder in der Gastwirtschaft eine Erfrischung zu bestellen. Daniel half

Maria über den Tritt, dabei hielt er ihre Hand ein wenig länger als nötig fest.

»Wollen wir etwas trinken gehen?«, fragte er höflich. Ihr fiel auf, dass er die Anrede ebenso vermied wie sie.

Obwohl die Luft unerwartet frisch war, schüttelte sie den Kopf. »Nein. Ganz sicher nicht. Nein. Ich gehe lieber ein Stück auf und ab.«

»Von hier aus könnten wir ohnehin zu Fuß nach Hause gehen. Und reden«, fügte Daniel leise hinzu.

»Ja, das wäre schön.« Maria legte den Kopf in den Nacken und blickte in den Himmel. »Das Wetter scheint uns hold zu sein. Und es ist noch nicht so dunkel, dass wir eine Laterne benötigten.«

»Also ist ein Spaziergang abgemacht«, entschied Daniel. Plötzlich schlug er sich mit der Hand gegen die Stirn. »Beinahe hätte ich vergessen, die Nachricht an Herrn Graaf zu schicken, über die wir am Vormittag sprachen. Wenn ich schnell in das Foyer laufe, kann ich dort ein paar Zeilen schreiben und gleich für die Post aufgeben, die nach Hamburg zurückfährt. Wäre Ihnen das genehm?«

Ein breites Lächeln erhellte Marias Gesicht. Sie fühlte sich mit allem, was sie für diesen Mann empfand, bestätigt. Da war einerseits seine Mühe, eine Anrede zu vermeiden, um am Ende doch zu dem in der Öffentlichkeit notwendigen Sie zu wechseln. Andererseits war da die Verlässlichkeit, die aus seinen Worten sprach. Er hatte eben doch nicht vergessen, dass sie sich um Emilia sorgte. »Gehen Sie nur. Ich warte so lange hier draußen.«

»Ich bin gleich wieder da«, versprach er. Wohl um seine Eile zu demonstrieren, sprang er, zwei Stufen auf einmal nehmend, die Vortreppe zum Eingang hoch.

Maria vertrat sich ein wenig die Beine. Sie beobachtete den Kutscher, der seine Pferde abrieb und tränkte, und ihre Mitreisenden, die ihrem Beispiel folgten und plaudernd vor dem Hotel auf und ab liefen. Es war ihr angenehmer, sich von den anderen Leuten fernzuhalten, sie ließ lieber ihre Gedanken mit ihren Füßen umherwandern, als eine nichtssagende Konversation mit Fremden zu führen. Eine kühle Brise streifte sie, als sie planlos die Auffahrt in Richtung Heerstraße und Elbe entlangschritt, um nach einer Weile wieder umzudrehen und zurückzugehen. Sie schlug den Kragen ihres Mantels hoch und wünschte, sie hätte einen Schal bei sich.

»Sieh an, die Witwe Burmester«, raunte eine Frauenstimme. »Guten Abend.«

Außerhalb der Straßenbeleuchtung nahm Maria die Gestalt in der Dämmerung nur schemenhaft wahr. Der große Hut schien sogar mit den Büschen am Wegesrand zu verschmelzen. Die Frau wirkte auf den ersten Blick wie eine Geistererscheinung. Unwillkürlich zuckte Maria zusammen. Als sie das *Luder* erkannte, wurde der Schrecken nicht geringer. Sie blieb wie angewurzelt stehen.

»Was verschlägt Sie denn um diese Uhrzeit hierher? Sie wollen mir doch wohl nicht ins Geschäft pfuschen …« Mit einem kehligen, rauen Lachen amüsierte sich die Prostituierte über ihren eigenen Witz.

»Lassen Sie mich in Ruhe«, gab Maria zurück und wandte sich ab.

Zu ihrem Entsetzen griff die andere nach ihrem Arm. »Ich bin noch nicht fertig mit Ihnen …«

Maria starrte angewidert auf die Hand, die wie ein weißer Fleck auf dem schwarzen Tuch ihres Mantels lag.

»Sie werden mich nicht los, bevor ich nicht von Ihnen entschädigt worden bin«, tönte das Luder.

»Lassen Sie mich sofort los. Oder ich schreie um Hilfe.«

Wie in einem schlechten Bühnenstück erklang prompt Daniels Stimme von weiter hinten: »Madame Burmester …? Wo sind Sie?« Er war offenbar fertig mit seinem Brief und auf der Suche nach ihr.

»Da kommt er schon, Ihr Held und Retter.« Die Frau gab Maria frei. »Das wird Herrn Frese aber gar nicht gefallen …« Wieder lachte sie aus vollem Halse.

»Halten Sie Ihren dummen Mund«, zischte Maria. Sie straffte die Schultern und tat einen Schritt nach vorne. Einen Moment lang befürchtete sie, das Luder würde sie noch einmal aufhalten wollen. Doch sie ließ sie gehen. Maria trat Daniel entgegen, das alberne Kichern in ihrem Rücken wie die Last in einem geschulterten Weidenkorb.

»Maria …?«

Sie nahm seine Hand. »Bitte, wir sollten aufbrechen …«

Er blickte über ihre Schulter. »Wer ist diese Frau?«

»Ich werde Sie keinesfalls vorstellen …«

»Hm«, machte er, sonst erwiderte er nichts.

Unglücklicherweise mussten sie an dem Luder noch einmal vorbeigehen, um zum Heerweg zu gelangen. Maria hielt Daniel in eisernem Griff, sie biss die Lippen aufeinander und richtete ihren Blick geradeaus. Ohne Daniel anzusehen, spürte sie, wie seine Augen zu der Person wanderten, die am Rand der Auffahrt offenbar auf Kunden wartete. Dass öffentliche Hurerei verboten war, spielte für das Luder anscheinend keine Rolle, wahrscheinlich hielt Magnus Frese seine schützende Hand über sie. Das raue Lachen klang leiser, aber nicht weniger bedrohlich in Marias Ohren.

Als sie den Hafen erreichten, blieb Daniel stehen. »Wer war das? Was haben Sie mit einer solchen Person zu tun?«

Ihr ging durch den Kopf, dass sie ihn inzwischen nicht nur in ihrem Bett haben, sondern ihm Einlass in ihr Leben gewähren wollte. Maria sah Daniel an, hier an der Elbe war es noch heller als im Park des Hotels, sie sah in ein nachdenkliches, aufmerksames Gesicht. Er hatte verdient, dass sie ihm vertraute. Vor allem musste sie ihm in jeder Beziehung entgegenkommen, wenn sie ihnen beiden die Gelegenheit zu einer tieferen Freundschaft geben wollte, was immer eines Tages daraus werden mochte. Sie sollte einen Anfang machen fort von der leichtsinnigen Tändelei zu einer Verbindung, die aus Liebe erwuchs.

Maria holte tief Luft. »Es ist mir peinlich, darüber zu sprechen, aber ich möchte keine Geheimnisse vor Ihnen ... vor dir ... haben ...« Es kostete sie Überwindung, dennoch sprach sie es aus: »Diese Frau behauptet, die Mätresse meines verstorbenen Mannes gewesen zu sein.«

Daniel nahm ihre Hinwendung mit Ernsthaftigkeit zur Kenntnis, nicht einmal ein Lächeln streifte seine Züge. »War sie seine Geliebte?«, fragte er rundheraus.

»Früher hätte ich geschworen, dass das unmöglich ist. Aber nun weiß ich es nicht.«

»Was will sie von dir?«

»Geld. Ein Säckchen voller Kronen. Sie taucht immer wieder auf, bedroht mich und verschwindet wieder mit leeren Händen.«

»Wahrscheinlich will sie, dass du dich stets unsicher und bedroht fühlst«, resümierte er und entzog sich endlich ihres Griffs. Seine Hände aneinanderreibend fügte er hinzu: »Mir scheint, sie ist nur eine gemeine Erpresserin.«

»Nur?« Maria seufzte. »Sie kann die Klatschbasen aufwiegeln und den guten Ruf meines Mannes zerstören. Oder den meinen. Das ist mehr als *nur* eine Gemeinheit. Aber ich werde sie trotzdem nicht bezahlen. Ich habe ja nicht einmal das Geld dafür.«

Daniels Finger berührten sanft ihre Wange an der Stelle, wo sie von den Splittern der zerborstenen Champagnerflasche verletzt worden war. Wochen später war keine Blessur zurückgeblieben, aber es schien, als wüsste er noch, wo die Wunde gewesen war. »Du darfst keine Angst haben«, flüsterte er. »Ich bin sicher, dass diese Frau nur viel Wind macht, aber nichts dahintersteckt.«

Sie hob ihre Hand und umschloss die seine, die auf ihrem Gesicht lag. »Seit ich Witwe bin, fürchte ich mich vor so vielen Dingen wie nie zuvor in meinem Leben.«

Aus den Augenwinkeln nahm sie die schaukelnde Laterne am Bug eines Fischerbootes wahr, das sich dem Steg näherte. Gewiss fielen sie und Daniel auf, wie sie eng aneinandergelehnt dastanden. Doch Maria konnte ihn weder fortstoßen noch sich von ihm lösen.

»Hab keine Angst«, wiederholte er leise. Und: »Ich bin für dich da.«

Was wollte er ihr damit sagen? Sie wagte nicht, sich Hoffnungen zu machen. Stattdessen versuchte sie ein Lächeln und sagte: »Wir sollten uns auf den Weg machen, bevor es ganz dunkel wird und ich befürchten muss, nicht nach Hause zu finden.«

Er zog seine Hand zurück und verschränkte seine Arme in seinem Rücken. Mit einem Nicken in die richtige Richtung fragte er: »Wollen wir?« Natürlich war es mehr eine Aufforderung.

»Ja«, antwortete Maria. Die Leichtigkeit, die sie auf dem Weg bis nach Teufelsbrück begleitet hatte, war verflogen.

44

Vor ihrer Haustür verabschiedete er sich mit einem innigen, zärtlichen Handkuss. Dann ging er, ohne noch ein persönliches Gespräch gesucht zu haben. Den Weg über hatten sie geschwiegen, jeder in die eigenen Gedanken versunken. Es war nicht das einvernehmliche Schweigen verwandter Seelen, sondern die bedrückende Stille zweier Menschen, die ihre Lasten zu ordnen hatten. Durch Marias Kopf kreisten so viele Sorgen, Ideen und Hirngespinste, dass sie wünschte, ihr Gehirn würde anhalten wie ein Karussell.

Mit übertriebenem Eifer warf sie sich denn auch in das abendliche Familienleben. Da Hinnerk bereits Feierabend gemacht hatte, würde sie ihn erst morgen früh über den Abschluss mit dem Zuckerhändler informieren. In der Tür zur Backstube dachte sie zum ersten Mal wieder an Daniel. Unentschlossen stand sie da, versunken in die Erinnerung an seine Nähe. Sie fasste sich wieder, als der kleine Nicolaus auf seinem Steckenpferd an ihr vorbeitobte, verfolgt von seinem älteren Bruder, der »Hüh« und »Hott« rief. Sie musste lächeln. Dann schlug sie ihren Töchtern vor, das Brettspiel von »Fuchs und Gans« auf dem Tisch aufzubauen, das sie mit allen Kindern gemeinsam spielen wollte. Es folgten fröhliche Stunden, die Maria vollends beanspruchten, so dass sie erst wieder an Daniel dachte, als sie später in ihrem Bett lag.

Ohne es zu wollen, fragte sie sich, ob er sich in dem Kreis

um ihren Tisch einfinden würde. Sie erinnerte sich an die Blumengebinde, die er für ihre Kinder gebastelt hatte, und ihr ging durch den Kopf, dass er gut in ihre Familie passte mit seinen tadellosen Manieren, seiner Freundlichkeit, seinem Kunstverständnis und seiner Phantasie. Im nächsten Moment schalt sie sich, weil sie damit eine Überlegung zuließ, die über eine Liebschaft hinausging. Tatsächlich hatte sie zum ersten Mal daran gedacht, wie es wäre, mit Daniel verheiratet zu sein. Doch natürlich war das reichlich verwegen. Er hatte sie nicht gefragt, sich nicht einmal über seine Zukunftspläne geäußert. Sie sollte sich keine Hoffnungen machen und sich Derartiges aus dem Kopf schlagen. Wer wollte schon eine Witwe mit fünf Kindern heiraten? Eine Witwe mit fünf Kindern zwar, korrigierte sie sich still, aber auch die Erbin eines wundervoll gelegenen, mit Schulden belasteten Hofes. Hatte Daniel nicht einmal sinniert, dass er an diesem Ort angekommen sei? Darüber schlief sie ein – und träumte von einer Terrasse voller Linden, deren herzförmige Blätter buschig an den Ästen wuchsen, so dass Maria wie in einem Labyrinth gefangen war und keinen Ausgang mehr fand.

Völlig zerschlagen wachte sie in der Dunkelheit auf. Nach einer raschen Morgentoilette tappte sie im Morgenmantel, eine Kerze in der Hand, die Stiege hinunter. In den Schlafkammern der Kinder war noch alles still, aus der Backstube wehte ihr jedoch bereits der Duft der morgendlichen Arbeit entgegen und zauberte ihr ein Lächeln in das angespannte Antlitz. Süßes Gebäck war genau das, was sie brauchte, um Kraft für den neuen Tag zu schöpfen. »Moin«, grüßte sie ihre Angestellten,

»Moin, Herrin«, echote es vielstimmig.

Hinnerk gab seinem Lehrling ein Zeichen, überließ diesem

das Kneten eines Teigballens und trat neben Maria, die Hände an seiner Schürze abwischend. »Ich habe gehört, dass Sie einen guten Preis für den Zucker ausgehandelt haben …«

»Ach?« Ihre Augenbrauen hoben sich missbilligend. »Das hat sich ja schnell herumgesprochen.«

»Ich war gestern Abend auf ein Bier im Krug und traf dort auf Herrn Jacques …«

»Der Mann scheint ein *Quasseljochen* zu sein«, warf sie ärgerlich ein.

Hinnerk nahm seinen neuen Freund sofort in Schutz: »Nein, gar nicht, Herr Jacques war nur froh, dass der Besuch auf der Cremon-Insel so gut verlaufen war. Es ergab sich auch erst, dass er davon erzählte, als sich ein Glasbläser aus Ottensen zu uns setzte und von neuen Behältern sprach, die preiswerter sind und sich als Geschenk und für Patisserien eigneten …«

»Ein Kunstgärtner, ein Glasbläser und ein Zuckerbäcker beim Bier – da hätte ich gerne Mäuschen gespielt.«

Offensichtlich verunsicherte sie Hinnerk mit ihrem Spott. Er schien nicht zu wissen, ob sie ihn veralberte oder ernsthaftes Interesse bekundete. Wahrscheinlich aus Respekt vor der Chefin entschied er sich für Letzteres. »Wir haben eine Menge ausgeheckt …«

»Mit jedem Becher gewiss ein wenig mehr«, seufzte Maria. Eigentlich wollte sie das alles gar nicht wissen. Insgeheim ärgerte sie sich, dass Daniel den Abend mit Kumpanen in der Gastwirtschaft verbracht hatte. Sie hatte ihn sich vorgestellt, wie er einsam in die Erinnerung an ihre Hingabe versank. Dass sie sich in die Gesellschaft ihrer Kinder geflüchtet hatte, um den Gedanken an ihn zu vermeiden, war natürlich etwas völlig anderes.

»Na ja, der Herr Jacques hat schöne Geschichten erzählt ...«

»Das tut er gerne.«

»... von Konfekt, das in Frankreich zu fünf Stück in einer Bonbonniere verpackt wird und dann für Gesundheit, Reichtum, Fruchtbarkeit, Glück steht«, fuhr Hinnerk diesmal unbeirrt fort. »Meistens sind das Geschenke zur Hochzeit, zur Kommunion und zur Taufe ...«

»Dann ist es ein katholischer Brauch, der uns hier nicht interessiert.« Sie fügte nicht hinzu, wie sehr es sie verwunderte, dass ein Hugenotte von dieser – zugegebenermaßen recht ansprechenden – Tradition berichtete.

Hinnerk schüttelte den Kopf. »Ich mein ja nur, dass es ein gutes Geschäft sein könnte, schöne Glasdosen mit fünf kleinen Süßigkeiten und einem kleinen Eisbaum ...«

»Was soll das denn sein?«

»Herr Jacques hat gesagt, einen Eisbaum stellt man aus einem Zweig Rosmarin und Eischnee her. Er will vorbeikommen und mir zeigen, wie man so einen Eisbaum vorbereitet. Und ich kann mir denken, dass sich das gut macht zu weißen Kuchen wie etwa Schneebällen, und dazu eingelegte, kandierte Kirschen zur Dekoration. Das passt zum Dezember.«

Zweifellos konnte Daniel nicht nur immer wieder schöne Geschichten erzählen, er hatte auch immer wieder brillante Ideen. Damit brachte er neuen Schwung in ihre Backstube. Maria nickte Hinnerk zu. »Und wie weiter?«

»Wenn wir das hinbekommen, können wir unsere Winter- oder Weihnachtsbonbonnieren sicher mit einem guten Gewinn auf dem Hamburger Dom verkaufen.« Hinnerk strahlte sie triumphierend an.

»Ach, du lieber Gott«, entfuhr es Maria, »an den Christmarkt habe ich ja überhaupt noch nicht gedacht.« Genau genommen hatte sie auch an Immanuels Heimkehr für die Ferien, an Heiligabend und an Geschenke noch nicht gedacht. Vor allem hatte sie sich nicht überlegt, wie sie das Geschäft im Dezember auf Vordermann bringen könnte. Das hatte nun anscheinend Daniel für sie übernommen.

»Der Meister selbst hat gewiss einen Stand gemietet«, meinte Hinnerk.

»Vermutlich«, stimmte Maria zu, die es nicht genau wusste oder sich zumindest an keine Unterlagen in Paridoms Papieren erinnern konnte, »hat er das wie jedes Jahr, nicht wahr?«

»*Jo.*«

Maria entsann sich, dass Paridom im Vorjahr geklagt hatte, die Miete des Marktstandes im Mariendom wäre viel zu teuer und würde einen Großteil dessen verschlingen, was er auf dem Christmarkt einnahm. Vielleicht konnte sie es sich daher gar nicht leisten, dort einen Verkauf zu betreiben. Andererseits war es kaum denkbar, sich als namhafte Zuckerbäckerei nicht zwischen den Galanteriehändlern und Weinverkäufern sehen zu lassen. Sie musste unbedingt in den Büchern nach den Preisen und einem neuen Mietvertrag suchen, andernfalls müsste sie dem Bischof schreiben oder sogar einen Besuch abstatten, was eine erneute Fahrt nach Hamburg bedeutete.

»Ich kümmere mich darum«, versprach sie. »Aber zunächst brauche ich einen Plunder zum Frühstück, bitte, und dann geht es meinetwegen schon los mit der Weihnachtsbäckerei.« Himmel, dachte sie, es sind ja nicht einmal zwei Monate bis Heiligabend. Und dann ging ihr durch den Kopf, wie gut es war, dass Hinnerk gestern Abend im Dorfkrug auf Daniel getroffen war. Daniel schien in mehr als einer Notlage für sie da zu sein.

45

Wenn Maria geglaubt hatte, sie müsste sich zwingen, nicht ständig an Daniel zu denken, so wurde sie eines Besseren belehrt. Zunächst nahm die Schreibtischarbeit ihre Konzentration in Anspruch. Sie sah die vielen Papiere noch einmal auf der Suche nach einer Vereinbarung für den Christmarkt im Dom durch. Sie war sicher, bisher nichts dergleichen gefunden zu haben. Aber wahrscheinlich hatte sie derartige Briefe zuunterst in den Stapel geschoben, weil ihr bei der ersten Sichtung der Unterlagen im Sommer Weihnachten noch viel zu weit weg erschienen war. Schon bald brannten ihre Augen, und hinter ihren Schläfen pochte es unangenehm, während sie sich immer tiefer und konzentrierter in die Bücher einlas.

Als Rike den Besuch der Frau Pastor meldete, war Maria dankbar für die Unterbrechung. »Du rettest mich«, begrüßte sie die Freundin lächelnd.

»Vor wem rette ich dich?«, fragte Dineke, während sie die Schleife unter ihrem Kinn löste und ihren Hut auf einem Stuhl ablegte. »Eben habe ich Herrn Jacques auf der Straße getroffen. Er ist wohl auf dem Weg zu dir.«

Rasch senkte Maria ihre Lider, um sich durch ein Aufflackern in ihren Augen nicht zu verraten »Herr Jacques will nicht zu mir, sondern in die Backstube. Er hat Hinnerk versprochen, ihm beizubringen, wie er einen Eisbaum herstellt.«

»Ein Eisbaum? Was soll das sein?«

»Ein Rosmarinzweig, der mit Eischnee überzogen wird. Ich vermute, dass damit der Eindruck eines verschneiten Tannenzweigs erzeugt werden soll, und das Ganze ist dann auch noch essbar.« Maria forderte die Freundin mit einer

Geste auf, sich auf einen der Sessel am großen Fenster zu setzen. Die Aussicht war heute zwar von einem Nieselregen verhangen, aber es war der gemütlichste Ort in der Stube, und es war noch nicht so kalt, dass sie neben dem Kamin Platz nehmen sollten.

»Gewiss sieht das Kraut so hübsch aus wie die kandierten Blüten auf der Desserttafel damals«, erwiderte Dineke und setzte sich. »Wie mir scheint, macht sich Herr Jacques hier unentbehrlich.«

»Hinnerk schätzt ihn inzwischen sehr«, gab Maria zurück. Sie faltete ihre Hände in ihrem Schoß und wartete auf eine neue Salve des Klatsches, die Dineke nun auf sie feuern würde. Obwohl sie sich keiner Verfehlung bewusst war, gab es ja wohl immer etwas zu reden.

Doch die Freundin verfügte über eine andere Neuigkeit: »Herr Jacques macht sich nicht nur in deiner Backstube unentbehrlich, meine Liebe. Ich dachte ja, er würde unser Dorf über den Winter verlassen, wenn es im Garten von Herrn Graaf nichts zu tun gibt. Aber nun höre ich, er soll den Park auf dem neuen Grundstück des Herrn Godeffroy in Blankenese anlegen. Mit den Vorbereitungen wird er gewiss beschäftigt sein, während alle anderen Arbeiten ruhen. Deshalb bleibt er uns wohl noch eine Weile erhalten.«

Die Nachricht machte Maria sprachlos. Warum hatte ihr Daniel nichts von seinen Plänen erzählt? Oder hatte er sie deshalb um ein persönliches Gespräch gebeten? Ein Gespräch, das sie dann doch nicht geführt hatten. Sie schluckte und zwang sich zu einem freundlichen Lächeln. »Davon wusste ich nichts. Ich habe mit Herrn Jacques natürlich auch wenig zu tun. Wie gesagt, er pflegt neuerdings eine Freundschaft mit Hinnerk, nur deshalb kommt er her.« Die Lüge ging ihr so glatt über die Lippen, dass es sie selbst verwunderte.

»Ich bin allerdings nicht gekommen, um mit dir über den charmanten Herrn Jacques zu plaudern. Berichte mir bitte von deinem Besuch bei Frau von Wedekind. Konntest du ihr die Augen bezüglich Fräulein Böhmes öffnen?«

Maria holte tief Luft. Sie drückte mit ihren Fingerspitzen gegen die schmerzenden Schläfen. »Es ist mir sehr unangenehm, zugeben zu müssen, dass ich die ganze Sache über Vorbereitungen für Weihnachten in der Backstube vergessen habe. Ach, Dineke! Wie konnte mir das nur passieren? Ich habe wohl zu viel im Kopf. Dabei wollte ich dringend an Frau Vandenberg schreiben.«

»Du meinst die Schwägerin von Frau von Wedekind?«

»Meine Güte, wie kann ich nur so nachlässig sein!« Es klang wie ein leiser Schmerzensschrei. »Bitte, Dineke, hilf mir, einen guten Brief aufzusetzen. Mein Besuch war eigentlich gar keiner, und ich fand das Gebaren von Fräulein Böhme, die mich an der Tür abwies, ausgesprochen seltsam. Ich glaube, wir sollten uns Sorgen machen …« Und dann erzählte sie Dineke von ihrem gestrigen Erlebnis.

Obwohl es ihr unangenehm war, zu erwähnen, dass sie von Daniel begleitet worden war, ließ sie fast nichts aus in ihrem Bericht. Jedenfalls nichts, das im Zusammenhang mit Emilia von Wedekind stand. Den Zuckerhändler erwähnte sie flüchtig und führte dann weiter aus, dass Daniel nach ihrer Ankunft in Teufelsbrück an Joachim Graaf geschrieben hatte. Dabei fiel ihr auf, dass sie nicht die geringste Ahnung hatte, welche Informationen Daniel an den Herrn weitergegeben hatte. Vor lauter Aufregung über ihre Begegnung mit dem *Luder* hatte sie vergessen, ihn danach zu fragen.

»Herr Graaf sollte inzwischen benachrichtigt sein«, schloss sie, »aber ich halte es trotzdem für meine Pflicht, mich mit Frau Vandenberg in Verbindung zu setzen.«

Dineke schwieg. Ob betroffen oder nur nachdenklich, war nicht zu erkennen. Nach einer Weile sagte sie: »Ich hoffe von ganzem Herzen, dass ich nicht zu viel Staub aufgewirbelt habe. Mein guter Mann würde mir meine Geschwätzigkeit nie verzeihen. Aber wie du vor der Tür abgewiesen wurdest, wirft tatsächlich eine Menge Fragen auf.«

»Wir werden gewiss bald erfahren, was geschehen ist. Komm an den Sekretär und hilf mir bei meinem Schreiben, bitte.« Maria erhob sich und streckte die Hand nach Dineke aus, um sie von dem Sessel hochzuziehen und mit sich zu führen.

*

Gemeinsam mit ihrer Freundin formulierte sie eine höfliche Anfrage an Henriette Vandenberg, und Dineke versprach, die Eilsendung auf dem Weg ins Pfarrhaus bei dem Postschweden abzugeben. Da sie sich bald verabschiedete, würde wohl noch heute ein Bote nach Altona unterwegs sein.

Erleichtert, ihrem Herzen gefolgt zu sein, verbrachte Maria weitere Stunden damit, in Paridoms Unterlagen einen Hinweis auf die Bestellung eines Standes auf dem Christmarkt zu suchen – und wurde schließlich in einer falsch abgelegten Korrespondenz fündig. Tatsächlich hatte Paridom sich im Voraus für die nächsten Jahre im Dom eingemietet.

Als sie in die Backstube ging, um Hinnerk davon zu berichten, erfuhr sie ganz nebenbei von ihm, dass sie Herrn Jacques gerade verpasst hatte. Daniel war gegangen ohne ein Wort zu ihr. Sie war zutiefst enttäuscht. Dass er diskret war und sie womöglich nicht stören wollte, ignorierte sie. Eigentlich gab sie sich selbst gegenüber nicht einmal zu, dass sie seine Anwesenheit in der Küche über Dinekes Besuch und den Brief an Henriette Vandenberg sowie ihre Arbeit am Schreibtisch schlichtweg vergessen hatte. Hätte Hinnerk ihn nicht erwähnt, hätte sie Daniel in der Aufregung nicht vermisst.

Sie überlegte, ob Hinnerk ihn wohl nachher wieder im Krug auf ein Bier traf. Natürlich fragte sie ihn nicht, aber als ihr angehender Meister Feierabend machte, wünschte sie sich an seine Stelle. Wie gerne wäre sie ein Mann, der einfach so in eine Schänke gehen und etwas mit anderen Männern und womöglich leichten Frauen trinken durfte, ohne damit ungeschriebene gesellschaftliche Regeln zu brechen.

Ein wenig neidisch auf die neue Freundschaft von Hinnerk und Daniel betrachtete sie den Rosmarinstrauß, der in einem Becher offenbar zum Trocknen aufgestellt war. Das festgeschlagene Eiweiß hatte sich wie Schnee über die Nadeln gelegt, der darüber gestreute feine Zucker glitzerte wie Frost. Tatsächlich besaßen die Zweige eine bezaubernde Ähnlichkeit mit einem Winterwald. Mit kleinen Kuchen wie den sogenannten Schneebällen war dies ein süßes Weihnachtsgeschenk und mehr als passend für den Verkauf auf dem Christmarkt …

»*Mor, Mor* …« Der kleine Jean suchte nach ihr. Seine hohe Kinderstimme hallte durch das Haus – und gleich darauf Anna Elisabeth: »Mutter, komm rasch …! Wo bist du nur?«

Der Junge hatte Maria zuerst gefunden. Er griff nach ihrer Hand und zog mit aller Kraft daran. »Da sind Kutschen und Reiter vor der Tür«, rief er aufgeregt aus. »Rike sagt, sie wollen zu dir.«

»Es ist schon Abend«, protestierte Maria, »da empfange ich keine Gäste.« Dennoch folgte sie ihrem mittleren Sohn.

In der Diele traf sie auf ihre älteste Tochter, die sich prompt an ihre andere Seite drängte. »Mutter, wo warst du? Hast du nicht gehört, wie die Kutschen vorgefahren sind?«

Nun tauchte auch Antoinette auf, die verkündete: »Es sind zwei Wagen, und die sehen schrecklich vornehm aus.«

Rike stand an der aufschwingenden Tür der Stube. Sie strich abwechselnd über ihr Haar und ihre Schürze und knickste ehrfürchtig vor dem Herrn, der gerade mit großen Schritten hineinstürmte.

Es war Joachim Graaf in staubigem Mantel mit schlammbespritzten Stiefeln und offensichtlich außer Atem. Er lüftete seinen Dreispitz, und Maria sah zerzaustes Haar über einem vor Anstrengung oder Empörung hochroten Gesicht.

Sie schüttelte ihre Kinder ab und trat ihm rasch entgegen. Dabei spürte sie Antoinette, Jean und Anna Elisabeth in ihrem Rücken. Eines der Kinder hielt sich an ihrem Rock fest. Sie versuchte es zu ignorieren und fragte ihren Besucher: »Was ist passiert?«

»Ich wusste auf die Schnelle keinen anderen sicheren Ort als Ihren Hof«, stieß Graaf hervor. »Es ist viel verlangt, Frau Burmester, aber wir benötigen Ihre Hilfe.«

»Ja, was soll ich denn tun?« Rasch wandte sie sich um und gab Jean einen Klaps auf die Finger. »Ab mit euch ins Spielzimmer. Alle drei. Und kümmert euch um Nicolaus, wo immer der gerade ist. Und wo ist eigentlich die Kinderfrau?« Dann wandte sie sich wieder ihrem Gast zu. »Entschuldigen Sie die Neugier meiner Töchter und meines Sohnes, wir hatten nicht mit einem Gast gerechnet.«

Einen kurzen Moment lang sah Graaf den sich trollenden Kindern zerstreut nach, als wäre ihm deren Anwesenheit erst in diesem Moment aufgefallen. Langsam nickte er. Offensichtlich hatte er sich ein wenig gefangen, denn er sagte: »Ein Überfall wie dieser gehört für gewöhnlich nicht zu meinen Gepflogenheiten. Ich muss Sie um Verzeihung bitten, Madame ... Darf ich fragen, ob Sie über ein Gästezimmer verfügen, das Sie vermieten würden?«

Sein Wunsch verwirrte sie. Zögernd erwiderte sie: »Ja. Natürlich gibt es hier ein Gästezimmer. Aber ich vermiete es nicht, und es ist nicht aufgeräumt.« Sie blickte zu Rike, die mit großen Augen von ihr zu Graaf sah. Es gab den einen oder anderen ungenutzten Raum im Haus, eigentlich waren die Kammern für mehr Personal vorgesehen. Das gewünschte Gästezimmer indes war mit einem ordentlichen Bett und guter Rosshaarmatratze ausgestattet, doch es wurde nur für besondere Besucher wie etwa Marias Vater hergerichtet. Eine Vermietung an Fremde hatte Paridom nie in Erwägung gezogen – und Maria selbstverständlich auch nicht. Ihr Haus war keine Herberge, in die man sich nach Belieben einquartieren konnte. Dennoch gab sie nach: »Wenn Sie es wünschen, Herr Graaf, können wir sicher ein Arrangement treffen ...«

Zu ihrer größten Verwunderung griff Graaf nach ihrer Hand und beugte sich fast ehrfürchtig darüber. »Ich danke Ihnen von ganzem Herzen, Frau Burmester, Gott schütze Sie. Frau von Wedekind geht es schlecht, und sie braucht dringend einen sicheren Ort ...«

»Emilia ... ist ... Sie ist ... hier ...?«, stammelte Maria.

»Sie wartet in der Kutsche, und ich sollte sie unverzüglich ins Haus holen. In ihrem Zustand ist es viel zu kalt und feucht draußen.« Graaf wartete Marias Antwort nicht ab, sondern setzte seinen Hut wieder auf und wandte sich zum Gehen. Doch dann blieb er plötzlich stehen und fügte bekümmert hinzu: »Erschrecken Sie sich nicht, Frau Burmester, unsere Freundin ist mehr tot als lebendig.« Dann lief er hinaus.

Obwohl sie seine Beschreibung von Emilias Zustand zutiefst schockierte, gewann Marias Sinn für praktisches Handeln die Oberhand. »Rike, mach rasch die gute Schlafkammer für unseren Gast fertig«, wies sie die Magd an. »Nimm die beste Leinenwäsche und heize ordentlich ein. Nun mach schon. Hast du nicht gehört, dass es eilt?«

Während die Dienerin die Anweisungen befolgte, suchte Maria hektisch nach einer Beschäftigung für sich selbst. Sie sammelte ein paar Kissen zusammen, damit es Emilia auf dem kleinen Sofa neben dem Kamin gemütlich hatte, bis Rike das Zimmer hergerichtet hatte. Maria fiel auf, dass sie auch noch das Feuer in der Stube schüren musste. Sie hatte ja nicht damit gerechnet, dass es hier heute Abend noch einmal richtig warm werden sollte. Die Kissen in einem Arm, bückte sie sich nach dem Haken an der Wandhalterung und fuhrwerkte damit zwischen dem glimmenden Holz herum. Ihre aufgewühlten Gedanken ähnelten der Asche, die sie über die Feuerstelle wirbelte.

Anscheinend hatte Daniels Brief eine Rettungsaktion veranlasst. Anders war das Auftauchen Joachim Graafs kaum zu erklären. Sein Hinweis auf eine gewisse Sicherheit für Emilia irritierte Maria. Was meinte er nur damit? Natürlich hatte er die Kranke nicht in seinem eigenen Haus in Hamburg aufnehmen können, das gehörte sich nicht, aber Altona war nicht weit, und was lag näher, als Emilia bei ihren Verwandten unterzubringen? Warum also hatte er den Weg nach Nienstedten auf sich genommen, um sie in *Sicherheit* zu bringen? Langsam dämmerte Maria, dass sie sich in Gefahr begeben könnte, wenn sie der Frau Schutz gewährte. Aber wovor sollte sie sich

voll blickte Maria wieder zu Henriette Vandenberg. »Ich hatte Ihnen heute Morgen geschrieben.«

»Wahrscheinlich ist Ihre Nachricht erst nach unserer Abfahrt abgegeben worden – oder noch unterwegs«, erwiderte die Vandenberg. »Wir haben uns so schnell wie möglich auf den Weg gemacht, um nach Emilia zu sehen. Die Zeilen von Herrn Jacques waren alarmierend. Wie man sieht, hatte er recht. Wir kamen keine Minute zu früh.«

Maria fand, dass auch ihr ein wenig Dankbarkeit gelten sollte, doch sie schluckte diese kleine Eitelkeit herunter. »Was ist denn mit Frau von Wedekind?«

»Ich habe keine Ahnung.« Henriette schüttelte den Kopf, als wollte sie ihre Unwissenheit auf diese Weise noch deutlicher demonstrieren. »Herr Graaf, mein Gatte und ich fanden sie in diesem Zustand vor. Es war ein wenig schwierig, Zugang zu ihr zu erhalten. Die Gesellschafterin versuchte uns abzuwimmeln ...«

»Genau wie mich«, murmelte Maria.

»Frau Burmester, wir sind Ihnen zu großem Dank verpflichtet.« Endlich richtete sich Henriettes Aufmerksamkeit auf Marias Anteil an dem Drama. »Ohne Ihr entschlossenes Eingreifen wären wir in dem Glauben geblieben, dass Emilia nach Schlesien gereist ist, um ihren Sohn zu treffen. Wir erhielten vor einer Weile eine entsprechende Nachricht und dachten uns nichts ...« Sie unterbrach sich, weil die Tür wieder aufschwang.

Christian Vandenberg trat gemeinsam mit einem gut gekleideten, älteren Herrn ein, den Maria nicht kannte. Er trug eine große Arzttasche, die anscheinend dem Fremden gehörte.

»Guten Abend, seien Sie mir herzlich willkommen!« Maria nickte ihren beiden neuen Gästen zu und deutete einen Knicks an.

»Das ist sehr freundlich von Ihnen«, erwiderte Vandenberg. »Bitte verzeihen Sie den Aufruhr. Aber Sie sehen ja selbst, wie es um meine Schwester steht. Mein Schwager befindet sich wieder auf Reisen, und wir wollten Emilia nicht in der Obhut von Fräulein Böhme lassen. Nach einer guten Pflege sieht das alles beileibe nicht aus. Und da ich befürchtete, dass diese impertinente Person uns bis nach Altona folgen könnte, erschien mir die etwas weitere Fahrt zu Ihnen wie der einzige Ausweg.«

Unwillkürlich schnappte Maria nach Luft. Dachte Vandenberg etwa, dass die Gesellschafterin Emilia aus dem Weg zu räumen versuchte, damit Tilmann von Wedekind frei war? Meinte Joachim Graaf mit seinem Hinweis auf die Sicherheit Emilias, dass sie möglicherweise ermordet werden sollte? Womöglich ging ihre Phantasie mit ihr durch, aber selbst bei einer etwas nüchterneren Betrachtung der Angelegenheit war diese Überlegung nicht von der Hand zu weisen – und definitiv zu viel für Maria. Sie dachte, dass Emilia hier keineswegs so sicher war, wie Graaf und Vandenberg meinten. Dorothea Böhme war schließlich damals auch hier gewesen. Und sie könnte jederzeit wiederkommen. Diese Vorstellung war beklemmend.

»Wo ist die Patientin?«, fragte der Arzt in die plötzlich eintretende Stille.

Stumm deutete Maria auf das Sofa.

»Du hast Frau Burmester erschreckt«, stellte Henriette Vandenberg mit leisem Vorwurf fest.

»Verzeihen Sie meine forsche Rede, bitte.« Vandenberg verneigte sich. »Diese Schwarzmalerei ist allein der Sorge um meine Schwester geschuldet.«

»Ja. Natürlich.« Maria schluckte, um Haltung bemüht.

»Ich werde Ihnen heißen Wein bringen. Nehmen Sie bitte Platz.« Sie spürte, wie brüchig ihre Contenance wurde. Die Angelegenheit stellte sich rätselhaft dar, aber es war ihr unmöglich, weitere Fragen zu stellen. Für den Moment genügte, was sie erfahren hatte. Es schockierte und verunsicherte sie über alle Maßen.

Sie ging rasch aus der Stube – und hielt inne, als sie ihre Kinder hinter der Tür auf Lauschposten antraf. Alle vier, sogar der kleine Nicolaus war da und klammerte sich an die Hand seiner ältesten Schwester. »Macht, dass ihr ins Spielzimmer kommt!«, herrschte sie ihre Töchter und Söhne an. Sie wedelte mit der Hand Richtung Treppe. »Husch. Husch. Beeilt euch, sonst gibt es was hinter die Ohren. Wo steckt denn nur die Kinderfrau?« Diese Frage blieb fürs Erste unbeantwortet.

*

»Fräulein Böhme wollte uns nicht einlassen«, wiederholte Henriette Vandenberg, während sie in dem Getränk rührte, das Maria inzwischen zubereitet und ihren Gästen serviert hatte. »Diese Person behauptete, Emilia wäre auf Reisen, aber wir wussten ja durch das Schreiben von Herrn Jacques, dass das wohl nicht stimmt. Erst als mein Gatte entschieden auf sein Recht als eigentlicher Eigentümer des Hauses pochte, blieb ihr nichts anderes übrig, als die Tür freizugeben …« Ihre Worte verloren sich, und sie schlug die Hände vors Gesicht, wahrscheinlich noch immer erschüttert über den Eindruck, den Emilia bei ihrem Auffinden gemacht hatte.

Geduldig wartete Maria, dass Emilias Schwägerin fortfuhr. Ihr war klar, wie aufwühlend die Erlebnisse für alle Beteiligten gewesen sein mussten. Deshalb war es ihr ein Anliegen gewesen, ihren Gästen einen besonders wohlschmeckenden heißen Wein zu kredenzen. Außerdem hatte sie die Zubereitung von den vielen schwarzen Gedanken abgelenkt, die sie umtrieben. So hatte sie eine Weile in der Küche hantiert, um nach Paridoms Rezept einen sogenannten amerikanischen Punsch herzustellen. Sie presste reichlich Zitronen aus und vermischte den Saft mit rotem Wein, Teewasser und Zucker. Als alles aufgekocht war, füllte sie den Sud in fünf ihrer besten Keramikbecher und brachte sie auf einem Tablett in die Stube. Unter den gegebenen Umständen sah sie sich weniger als Wirtin denn als Gastgeberin, die mit ihrem Besuch ein Getränk zu sich nahm. Nachdem sie die Herrschaften versorgt hatte, setzte sie sich zu Henriette Vandenberg.

Graaf und Vandenberg hatten sich an den Kamin zurückgezogen, wo sie leise miteinander sprachen, aber immer wieder einen Blick zu Emilia auf dem Sofa warfen. Der Arzt war dabei, seine Patientin zu untersuchen, was mit der größten Diskretion und Zurückhaltung geschah. Henriette Vandenberg hatte zuvor ihre Sitzgelegenheit gewechselt, um näher bei Emilia zu sein und einen Blick auf die Untersuchung zu haben, damit der Anstand gewahrt wurde.

Nach einer Weile nahm sie die Hände von ihrem Gesicht. »Ich habe noch nie so viel Verwahrlosung gesehen und kann nicht glauben, dass die Pflege im Auftrag meines Schwagers geschah«, fuhr sie fort. »Es soll einen Unfall vor dem Nationaltheater gegeben haben. So erläuterte es Fräulein Böhme. Sie sagte, Emilia sei vor eine Kutsche gelaufen und in letzter Sekunde vor einem großen Unglück gerettet worden. Aber wer weiß schon, ob das stimmt …« Sie bemerkte, dass sich der Arzt aufrichtete, und wandte sich diesem zu: »Welche Verletzungen haben Sie feststellen können, Herr Doktor?«

»Hm«, machte dieser und wischte sich über die Stirn. Dann: »Außer den Einstichstellen des Aderlasses kann ich keine sichtbaren Verletzungen bei Ihrer Schwägerin erkennen. Ich vermute eine schwere Gehirnerschütterung. Der Blutverlust war wohl ungewöhnlich groß, und mir scheint, die Patientin hat nicht nur seit einiger Zeit nichts gegessen und getrunken, sie wurde auch mit Stoffen traktiert, die sie in diesen Zustand der Ohnmacht versetzen. Wahrscheinlich wurde sie mittels eines mit Opium getränkten Schlafschwamms betäubt.«

»Das ist versuchter Mord«, schnaubte Joachim Graaf.

Der Arzt reagierte auf diesen Vorwurf äußerst zurückhaltend: »Nun, Herr Graaf, das kann ich nicht bestätigen. Die Dame wurde schlecht und sogar falsch behandelt, aber aus welchen Gründen, kann ich nicht sagen.«

»Beruhige dich«, ermahnte Christian Vandenberg seinen Freund. »Wir können Emilia nur helfen, wenn wir bei klarem Verstand agieren und keine vorschnellen Entscheidungen treffen.«

Stumm nickte Graaf. Er drehte den anderen den Rücken zu, stützte sich auf den Kaminsims und lehnte seinen Kopf gegen den Schornstein.

»Was sollen wir jetzt tun?«, wollte Henriette Vandenberg mit einer Sachlichkeit wissen, die Maria beeindruckte und sehr für sie einnahm. Immerhin wirkte sie noch immer recht erschüttert.

Die Frau ist offenbar eine gute Mutter, dachte Maria einen Moment später, deshalb besitzt sie diesen Sinn für das Praktische.

»Zunächst sollte die Patientin mit lauwarmem Wasser gewaschen werden und ein neues Nachthemd bekommen …«

Der Arzt sah Maria an. »Haben Sie vielleicht frische Wäsche für sie?«

»Ja, natürlich«, versicherte Maria. Sie blickte zur Tür, wo Rike stand und auf einen neuen Auftrag wartete. »Richte Wasser her, wie es der Herr Doktor sagt, und Tücher zum Abtrocknen. Ich sorge dann für saubere Kleidung.«

»Frau von Wedekind muss rund um die Uhr bewacht werden. Ich kann nicht sagen, wann sie aus ihrer Bewusstlosigkeit erwacht und was sie dann tut. Vielleicht ist sie guter Dinge, vielleicht auch nicht. Ihr sollte vorsichtig erkalteter Kamillentee eingeflößt werden und langsam auch eine Mahlzeit, am Anfang eine Brühe, nichts Schweres. Ich könnte für eine Frau sorgen, die sich kümmert …« Er zog seine Taschenuhr aus der Weste, blickte darauf und schüttelte den Kopf. »Heute Abend ist es jedoch zu spät dafür.«

»Ich bleibe bei Emilia«, rief Henriette Vandenberg rasch aus.

Maria waren die dunkel umschatteten Augen der Verlegersgattin aufgefallen. Sanft legte sie ihre Hand auf Henriettes Arm. »Das wird nicht nötig sein. Meine Magd kann Wache halten. Sie versteht sich gut auf Krankenpflege. Und wenn etwas ist, bin ich ja da.«

»Wir müssen uns überlegen, wo wir heute Nacht bleiben«, warf Vandenberg ein. »Ich fürchte, für den Rückweg ist es zu spät. Eine Kutschfahrt über den dunklen Heerweg sollten wir nicht wagen.«

»Ich wünschte, mein Haus wäre fertig«, murmelte Graaf.

»Bringen Sie die Dame bitte erst einmal in ihr Schlafgemach«, schlug der Arzt vor. »Sobald die Patientin gut versorgt ist, werde ich mich verabschieden. Ich bin mit Pastor Matthiesen bekannt und sicher, dass ich im Pfarrhaus einen Unterschlupf für heute Nacht finde.«

»Da für den Herrn Doktor gesorgt ist, bleiben Sie doch bitte hier«, hörte sich Maria zu ihrer eigenen Verwunderung zu Henriette sagen. »Ich biete Ihnen und Ihrem Gatten gerne meine eigene Kammer an, ich schlafe bei meinen Töchtern. Dann müssen wir nur noch sehen, wo wir Herrn Graaf unterbringen ...«

»Auf Bequemlichkeit lege ich keinen Wert«, unterbrach er sie mit wieder erwachtem Elan. »Stellen Sie mir einen Stuhl vor die Tür zu Ihrem Gästezimmer, und ich werde Frau von Wedekinds Schlaf bewachen. Das wäre mir ein Anliegen.«

»Frau Burmester, Ihre Gastfreundschaft ist vorbildlich«, sagte Henriette Vandenberg zurückhaltend, doch ihre sich rötenden Wangen zeugten von ihrer Freude über das Angebot. »Ich weiß jedoch nicht, ob wir Ihnen so viel Großzügigkeit abtrotzen sollten. Es ist gewiss möglich, bis zum Park-Hotel zurücklaufen, eine Laterne wird uns den Weg schon weisen.«

»Das kommt überhaupt nicht in Frage«, entschied Maria. Ganz sicher würde sie Magnus Frese keine neuen Gäste zuführen. Sie erhob sich. »Bitte, Herr Graaf, können Sie Frau von Wedekind nach oben tragen? Ich zeige Ihnen den Weg. Und sobald sie versorgt ist, werde ich mich um alles Weitere kümmern.«

Christian Vandenberg verneigte sich tief. »Ich danke Ihnen im Namen meiner Familie, Frau Burmester, Sie haben bereits unendlich viel für uns getan, und wir stehen weiterhin in Ihrer Schuld. Würden Sie mich einen Moment entschuldigen? Ich glaube, ich sollte Herrn Jacques kurz aufsuchen, um seinen Brief persönlich zu beantworten.«

»Du findest ihn nicht weit von hier im Pavillon an der Elbe«, sagte Graaf von der Tür, Emilia auf den Armen.

Maria biss sich gerade noch rechtzeitig auf die Lippen, um

nicht darauf hinzuweisen, dass sich Daniel möglicherweise auf ein Bier im Dorfkrug aufhielt. Mit angehaltenem Atem und pochendem Herzen ging sie Joachim Graaf und Emilia voraus.

46

Plötzlich verwandelte sich ihr Haus in ein Hotel – und ihre Stube in eine Gastwirtschaft. Als Maria zu dem Arzt und Henriette zurückkehrte, war auch Christian Vandenberg wieder da. Sie traf in der Diele auf Daniel, der offenbar sogleich mit dem Verleger aufgebrochen war. Anscheinend fühlte er sich wie zu Hause in Marias Hof: Als hemdsärmeliger Wirt lief er zwischen der Küche und den Gästen hin und her, eine große Schürze um die Taille gebunden. Bevor sie ihn fragen konnte, was er hier tue, erklärte er hastig: »Ich dachte, ein Imbiss wäre jetzt angemessen für unsere Besucher.«

Seine Formulierung versetzte sie in tiefes Staunen. »*Unsere* Besucher?«

»Teilen wir in dieser Angelegenheit nicht mehr als nur eine gemeinsame Fahrt nach Hamburg?« Daniels Stimme war leise, sein Blick in ihre Augen eindringlich.

Maria ging durch den Kopf, was Dineke gesagt hatte: Daniel machte sich unentbehrlich. Und das mit einer Bravour, die Maria sprachlos zurückließ. Allerdings berührte sein Verhalten ebenso ihr Herz wie auch ein wenig ihre Eitelkeit. Doch das wagte sie sich nicht einzugestehen. Sie holte tief Luft, um ihn zurechtzuweisen, da erklärte er rasch, als hätte er ihren Tadel erwartet: »Ich habe Brot aufgeschnitten und die Pastete, die ich in der Speisekammer fand, außerdem ein paar kleine Kuchen serviert …«

»Die waren für morgen für den Verkauf bestimmt«, warf sie matt ein.

»Hinnerk wird neue Kuchen backen«, beruhigte er sie. »Das Ehepaar Vandenberg und der Doktor wirkten auf mich, als könnten sie eine Stärkung gebrauchen. Herrn Graaf werde ich gleich einen Teller nach oben bringen. Auch er sollte etwas essen. Der Tag war wohl für alle Beteiligten reichlich anstrengend. Und mehr als eine Patientin werden Sie nicht versorgen wollen, nicht wahr?«

»Nein. Natürlich will ich das nicht. Haben Sie herzlichen Dank für Ihre Hilfsbereitschaft.« Ich hoffe nur, die Selbstverständlichkeit, mit der du dich hier bewegst, wird von niemandem missverstanden, fügte sie insgeheim hinzu. Sie sprach ihren Gedanken jedoch nicht aus, sondern fügte an: »Ich nehme mir nachher auch etwas zu essen. Vorher sollte ich aber noch einen Kamillentee für Frau von Wedekind bereiten …«

»Darum kann ich mich kümmern …«

»Irgendetwas werde ich in meinem Haus noch selbst tun dürfen«, gab sie schnippisch zurück. Seine Eifrigkeit überforderte sie, weil sie nicht wusste, wie sie ihn verstehen sollte.

»Maria«, er senkte seine Stimme zu einem Flüstern, »ich wollte dir schon so lange so vieles sagen, aber dafür ist jetzt wieder nicht der richtige Moment. Ich bitte dich, mir zu vertrauen.«

Sie sah ihn mit großen Augen an – und schwieg trotzig.

»Liebe allein genügt womöglich nicht für eine Bindung«, raunte Daniel, »doch ich finde, wir sind ein gutes Gespann geworden. Das bitte ich dich, in Betracht zu ziehen …« Er griff nach ihrer Hand und hauchte einen Kuss darauf. »Aber nun entschuldige mich, ich sollte mich um unsere Gäste kümmern. Es ist, wie gesagt, der falsche Moment für ein privates Gespräch.«

Geh nur«, hörte sie sich sagen, »ich bin hier und werde warten.«

Lächelnd wandte er sich ab – und ließ sie verstört zurück.

Was war das?, fuhr es ihr durch den Kopf. Seine Worte hatten einen Sturm in ihrem Innersten entfacht. Allerdings mochte sie kaum glauben, was sie gehört hatte. Sie hatte das Haus voller Fremder, und Daniel klang, als wollte er ihr einen Heiratsantrag machen. Was dachte er sich dabei? Welche Konsequenzen zog sie aus seinem Ansinnen? Wie, um alles in der Welt, sollte sie sich jetzt ihm gegenüber verhalten? Vor allem, konnte sie vor ihren Gästen noch Haltung bewahren? Sie fühlte sich wie in einem Orkan.

»Frau Burmester!« Joachim Graafs Stimme hallte durch das Treppenhaus. »Holen Sie den Doktor. Rasch. Emilia … Frau von Wedekind … wacht auf …«

Mit einem Mal waren ihre eigenen Befindlichkeiten unwichtig. Maria reagierte, ohne nachzudenken, auf die Aufforderung. Sie lief in die Stube, um den Arzt zu holen, der dort noch verweilte und sich von Daniel gerade ein Glas Wein einschenken ließ. Und plötzlich war es gar nicht mehr wichtig, wie sie mit Daniel umging. Es ergab sich einfach. Sicher verlor gerade keiner der Anwesenden einen Gedanken daran, ob sie beide ein Liebespaar sein könnten.

Der Arzt befahl den Vandenbergs, in der Stube zu warten, und kurz darauf kam auch Graaf herunter. Maria eilte in die Küche, um den Kamillentee zuzubereiten, überließ es dann jedoch tatsächlich Daniel, als von oben nach einer Spuckschüssel gerufen wurde. Es war klar, dass Rike ihren Posten an Emilias Bett nicht verlassen durfte. Deshalb musste Maria das Gewünschte bringen.

Auf dem Weg zum Gästezimmer hielt sie kurz vor den Türen der Kinderzimmer an. Ihre Söhne und Töchter waren von der Kinderfrau anscheinend zu Bett gebracht worden. Es herrschte tiefe Stille. Die vielen Besucher hatten das abendliche Ritual verhindert, und Maria bedauerte, ihren Kindern keine gute Nacht gewünscht zu haben. Doch sie war auch dankbar für die Umsicht der Kinderfrau. Wenn in der Aufregung des Abends auch noch acht kleine Beine um sie herumgewuselt wären und sich vier Nasen neugierig in eine Angelegenheit gesteckt hätten, die sie nichts anging, wäre es um Marias Übersicht wahrscheinlich geschehen.

Erleichtert marschierte sie ins Gästezimmer, das nun eine Krankenstube war. Rike stand am Fußende des Bettes und beobachtete den Arzt, der auf der Kante saß und den Arm unter Emilias Schultern geschoben hatte, um sie in einer etwas aufrechten Position zu halten. Emilias Kinn fiel auf ihre Brust, sie würgte, röchelte und erbrach sich in den Nachttopf. Den Atem anhaltend, reichte Maria die Spuckschüssel weiter. Dann drehte sie sich um. Es war nicht die Abscheu vor einer Frau, der es schlecht ging, sondern ihr Respekt vor eben jener Person. Emilia wäre es sicher nicht recht, wenn sie zu einem späteren Zeitpunkt erfuhr, dass sie mehr als die beiden notwendigen Zuschauer hatte.

»Kann ich noch irgendwie helfen?«, fragte Maria.

»Die Patientin hat nichts im Magen, es sind nur noch Körpersäfte, die sie von sich gibt«, erklärte der Arzt. »Eine Folge des Schlafmittels, nehme ich an, und natürlich der Gehirnerschütterung. Wir müssen aufpassen, dass sie nicht daran erstickt.«

»Ich halte Wache«, erklärte Rike mit fester Stimme.

»Ein kühler Lappen für den Kopf und ein paar Tropfen warmer Tee werden Frau von Wedekind guttun. In meiner Tasche habe ich ein Arzneifläschchen mit einer hervorragenden Tinktur. Ein wenig Theriak sollte hilfreich sein.«

Maria ging zur Tür, um ihre Aufgabe zu erfüllen. Doch der Arzt hielt sie auf: »Besorgen Sie bitte auch etwas, das wie ein Lutschbeutel für Säuglinge verwendet wird. Ich befürchte, die Patientin wird vorläufig auf andere Art nichts zu sich nehmen können.«

Die Vorstellung, Emilia wie ein Neugeborenes mit einem Nuckel zu füttern, zerriss Maria das Herz. Wie hatte diese elegante Dame nur ihre Würde verlieren können? Trug Fräulein Böhme die Schuld daran? Oder geschah alles im Auftrag des Ehemannes, der aus Eifersucht womöglich Rache schwor? Wenn er von Joachim Graafs Hinwendung zu Emilia erfahren hatte, musste Tilmann von Wedekind doch auch wissen, dass sie sich von dem Kavalier abgewandt hatte. Während Maria in die Küche eilte, tobten die erschreckendsten Vermutungen durch ihr Gehirn. Den Kamillentee abseihend und in einen Becher füllend, stellte sie fest, dass ihre Hände zitterten. Sich zur Ruhe zwingend, wurde ihr klar, dass ihr eigenes Leben derzeit viel zu sehr von Liebe, Begehren und Leidenschaft geprägt war, um mit der erforderlichen Distanz auf die Affären anderer zu schauen.

»Alle warten gespannt auf gute Nachrichten aus dem Krankenzimmer«, unterbrach Daniel ihre Gedanken. Er kam herein und trat neben sie an den Herd. »Wie geht es Frau von Wedekind?«

»Ich weiß es nicht«, gab Maria mit einem tiefen Seufzen zu. »Ich glaube …« Sie sah ihn traurig an. »Ach, Daniel, ich glaube, es geht ihr unglaublich schlecht. Sie ist nur noch ein Schatten ihrer selbst. Vielleicht sogar nicht einmal mehr das.«

»Hoffen wir, dass sie überlebt, was ihr zugefügt wurde.«

Maria starrte ihn an. »Mein Gott, wenn sie hier stirbt, ist das ein Todeshaus!«

Er legte begütigend seinen Arm um ihre Schultern. »So habe ich das nicht gemeint«, behauptete er rasch.

Doch sie hatte mit einem Mal wieder ihren sterbenden Mann vor Augen. Das Unglück lag noch nicht einmal ein halbes Jahr zurück, sollte den Hof nun noch eine Tragödie treffen? Lag womöglich ein Fluch auf Marias Heim? Schließlich waren sowohl Paridom als auch Emilia keine alten Menschen, die einem gottgegebenen natürlichen Ende erlagen. Wenn Emilia in meinem Gästezimmer stirbt, beschloss Maria, werde ich das Anwesen an Magnus Frese verkaufen. Daran wird mich dann nichts mehr hindern.

»Ich muss mich um das Wohl unserer Patientin kümmern«, sagte sie, während sie sich Daniels Umarmung entzog. »Ich schwöre, dass ich alles tun werde, damit sie wieder gesund wird. So wahr mir Gott helfe!«

*

Der Arzt verabschiedete sich, nachdem Emilia dank des Tees und des Medikaments etwas zur Ruhe gekommen war. Er nahm Rike das Versprechen ab, die Patientin nicht eine Minute aus den Augen zu lassen, und zog zufrieden in Richtung Pfarrhaus ab. Henriette Vandenberg bat darum, sich niederlegen zu dürfen, und die Herren standen beisammen und unterhielten sich leise, so dass Maria die Gelegenheit nutzte, die Stube aufzuräumen.

Sie stapelte benutztes Geschirr auf ein Tablett und trug es in die Spülküche, dann schlug sie das übrig gebliebene Brot in ein Leinentuch und stellte das Butterfass in die Speisekammer. Dort war es inzwischen kühl genug; verderbliche Lebensmittel brauchten nicht mehr ausschließlich im Eiskeller gelagert zu werden. Sie eilte hin und her und war dankbar, beschäftigt zu sein und nicht nachdenken zu müssen. Einen kurzen Moment erwog sie, die Becher und Teller abzuwaschen, doch nach einer unschlüssigen Minute vor dem Trog befand sie, dass sie diese Arbeit – wie üblich – Rike oder dem Lehrling überlassen sollte. Über ihr Haar streichend und die Witwenhaube zurechtzupfend, kehrte sie zu den Herren in die Stube zurück.

Überrascht stellte sie fest, dass der Raum inzwischen verwaist war. Nur der Duft von Tabak erinnerte noch an die kleine Gruppe von vorhin. Vandenberg, Graaf und Daniel hatten sich offenbar zurückgezogen.

Um sich zu vergewissern, dass alles in Ordnung war, stieg sie die Treppe so weit hoch, bis sie in die obere Diele spähen konnte. Dort sah sie einen zweiten Stuhl, der vor die Tür des Gästezimmers geschoben war. Christian Vandenberg leistete seinem Freund Graaf Gesellschaft. Ein rührender Beweis für die tiefe Freundschaft dieser beiden Männer – und ihrer gemeinsamen Liebe zu Emilia. Leise ging sie die Treppe wieder hinunter, um die Kerzen im Erdgeschoss zu löschen.

Ein Luftzug ließ die Flammen flackern. Mit reichlich Verspätung bemerkte sie, dass die Terrassentür nicht verschlossen war. Als sie näher trat, entdeckte sie eine Gestalt. Der Lichtschein, der durch das Fenster nach draußen fiel, war stark genug, um Daniel zu erkennen. Er stand am Rande des Plateaus und blickte über die in der Dunkelheit schwarze Flusslandschaft, eine Hand auf das Geländer gestützt.

Maria trat hinaus. Der Nieselregen hatte zwar nachgelassen, doch die Wolken verdeckten Mond und Sterne, und es war feucht und kalt. Unwillkürlich schlang sie die Arme um ihren Leib, ging aber trotzdem auf Daniel zu. »Was tust du hier?«

»Ich vertraue auf die Magie dieses Ausblicks«, antwortete er geistesabwesend, ohne sich zu ihr umzudrehen.

»Es fehlen die Linden …«, murmelte sie in sich hinein.

»Sie sollten wieder an Ort und Stelle gebracht werden. Solange die Bäume hier stehen, werden sie das Haus beschützen. Schon die Kelten vermuteten in den Linden nicht nur den Zauber der Liebe, sondern auch den Geist der Wahrheit, sie standen ihnen für Ehrlichkeit, Gerechtigkeit und Freundschaft. Wenn du alle diese Eigenschaften zusammennimmst, sollte der Mythos zur Genesung Emilia von Wedekinds beitragen.«

»Das ist wieder eine schöne Geschichte«, erwiderte Maria. Es fiel ihr schwer, ihm zu glauben, aber seine Worte taten ihr dennoch wohl. »Woher kennst du die immer?«

»Wenn ich mich nur mit der Anpflanzung in Parks und Gärten beschäftigen würde, wäre ich ein Arbeiter und kein Kunstgärtner. Ich lese viele Bücher über Botanik und andere Werke, die mir die Natur nahebringen und erklären. Meine Notizen dazu trage ich in einem kleinen Büchlein bei mir …«

»Oh«, unterbrach sie ihn, »so habe ich dich zum ersten Mal gesehen. Als du gerade in Nienstedten angekommen warst und um ein Frühstück gebeten hast, war deine Lektüre ein kleines Notizbuch.«

Endlich wandte er sich zu ihr um. »Das weißt du noch?« In seiner Stimme schwang Staunen und Freude.

»Natürlich.« Sie lächelte still. »Ich habe nichts vergessen.«

Wenn sie erwartet hatte, dass er sie daraufhin umarmen

oder auch nur ihre Hand nehmen würde, so wurde sie enttäuscht. Daniel schwieg. In sich gekehrt blickte er wieder über die dunkle Elbe und die Insel Finkenwerder. Nach einer Weile sagte er wie zu sich selbst: »Du solltest die Bäume zurückholen und einpflanzen lassen. Eine Lindenallee macht sich prächtig auf dem Plateau und wird stets Glück in dieses Haus bringen.«

»Ach, Daniel, ich habe doch kein Geld dafür.«

»Ich werde den Inhaber der Baumschule bezahlen«, erklärte er mit fester Stimme. Jetzt sah er sie an, und obwohl sie seine Miene in der Dunkelheit nicht deuten konnte, war sie sicher, dass er sie mit eindringlichem Blick betrachtete. »Erlaube mir bitte, dir die Linden zum Geschenk zu machen.«

Er macht sich unentbehrlich, hallte es in Marias Kopf.

Sie sagte: »Das kann ich nicht annehmen. Und das weißt du auch. Die Leute werden *snacken* und *schladdern* und uns beide in Verruf bringen ...«

»Ich nehme an, du meinst, dass die Leute sich die Mäuler zerreißen«, warf er ein.

Trotz des ernsten Themas lächelte sie über Daniels nachhaltige Unkenntnis des Plattdeutschen. »Reden. Und klatschen. Ja. Das meinte ich. Und das werden die Leute, wenn du eine so große Anpflanzung auf meinem Hof bezahlst. Außerdem hast du bestimmt nicht so viel Geld übrig, und du sollst dich nicht in Schulden stürzen für ... für ...« Hilflos brach sie ab. Sie hatte seine Idee *Hirngespinst* nennen wollen, hatte aber nicht vor, ihn zu verletzen.

»Deine Sorge um meine finanziellen Verhältnisse ist unnötig«, gab er sachlich zurück. »Ich habe genug gespart, mehr als für eine Lindenallee nötig, Herr Graaf bezahlt mich gut, und ich brauche wenig für mich. Auch Herr Godeffroy, der mich kürzlich bat, seinen Park in Blankenese anzulegen, zeigte sich bei den Verhandlungen sehr großzügig. Ich bin kein reicher Mann, Maria, aber ich bin auch kein armer Tagelöhner.«

Sie schwieg betroffen. Hatte sie sich von Anfang an ein falsches Bild von ihm gemacht? Wenn sie in sich hineinhorchte, glaubte sie eigentlich nicht daran, dass Daniel Louis Jacques nur ein Tagner auf Wanderschaft war. Für einen Mann aus ärmlichen Verhältnissen war er viel zu vornehm und zu gebildet. Und jetzt tat er so, als wäre die Anschaffung und Anpflanzung Dutzender Lindenbäume nur eine Kleinigkeit. Demnach steckte hinter seiner fast höfischen Fassade wohl eine gewisse Wohlhabenheit. Vielleicht besaß er sogar mehr als mancher Flüchtling aus Frankreich. Aber er war ja auch nicht auf der Flucht vor den Republikanern in den Norden gekommen.

Plötzlich räusperte er sich. »Würdest du mein Angebot annehmen, wenn es sich um ein Verlobungsgeschenk handelte?«

Sie musste sich verhört haben. Die Selbstverständlichkeit, mit der er von Sponsalien sprach, ohne ihr jemals einen formellen Heiratsantrag gemacht zu haben, drückte auf ihr Herz und ihr Gemüt. Wenn sie ihn nicht falsch verstanden hatte, war er womöglich betrunken und wusste nicht mehr recht, was er von sich gab. Oder er wollte der ernsten Stimmung, die sie den ganzen Abend hindurch belastet hatte, ein wenig Schwung geben. Er machte gewiss nur Spaß.

Der auffrischende Wind pfiff in ihren Ohren, zerrte am Saum ihres Rocks. Sie schlang die Arme fester um ihren Leib, weil ihr Zittern stärker wurde und sie sich nicht sicher war, ob das an der Kälte oder dem lag, was Daniel gesagt hatte. Maria holte tief Luft und stieß beim Ausatmen hervor: »Ich werde unsere Unterhaltung vergessen. Und ich bitte dich, zu gehen. Du findest den Weg um das Haus herum gewiss auch bei Dunkelheit.«

»Aber, Maria, ich …« Er griff nach ihrem Arm.

Sie schüttelte ihn ab. Fass mich bitte nicht an. Ich mag es nicht, veralbert zu werden. Und in Verlegenheit möchte ich auch nicht gebracht werden. Dafür bin ich – womöglich im Gegensatz zu dir – viel zu alt. Ich bin über dreißig, Mutter und Witwe, und ich erlaube dir keine anzüglichen Kommentare.« In ihren Augen schwammen Tränen, aber das konnte er ja nicht sehen. »Gute Nacht, Monsieur.«

»Maria, ich …«

Brüsk wandte sie sich ab. Ihre Wangen wurden feucht, während sie in die Stube zurückkehrte. Mit unnötig viel Kraftaufwand schloss sie die Terrassentür. Dann löschte sie die Kerzen bis auf die in einer Laterne. Das Licht in der zitternden Hand, stieg sie langsam die Treppe hinauf, ihr Schluchzen mühsam erstickend.

Altona

47

Am nächsten Vormittag saß Maria mit den Vandenbergs und dem Doktor in der Kutsche. Sie hatte sich erboten, die Herrschaften zu begleiten, um Arzneien zu besorgen und gleich zurück zu Emilia zu bringen. Das hätte zwar auch ein Bote erledigen können, aber sie pochte auf ihre für die Patientin wohl lebenswichtige Zuverlässigkeit. In Wahrheit wollte sie ihrem Haus entfliehen – und Daniel, der vielleicht doch noch einmal zu Besuch kam, aus dem Wege gehen.

Vielleicht wusste sie nach ihrem Gespräch auch nicht recht, was sie mit sich anfangen sollte. Inzwischen bezweifelte sie, dass sie sich richtig verhalten hatte. Sie hätte Daniel zumindest ausreden lassen und insgesamt mehr Haltung bewahren müssen. Hatte sie ihm nicht ausdrücklich ihr Alter und ihren Stand vorgehalten? Mit dreiunddreißig Jahren und als fünffache Mutter sollte sie nicht so leicht aus der Fassung zu bringen sein. Doch es war ihre Witwenschaft, die ihr immer wieder im Wege stand, vor allem bei ihren Gefühlen. Aber, ach, Paridom war noch gar nicht so lange tot. War es nicht ganz klar, dass sie von den Anforderungen, die von allen Seiten an sie gestellt wurden, überlastet war? Und dann wehte da dieser junge, attraktive, gebildete und mit vornehmen Manieren ausgestattete Hugenotte viel zu früh in ihr Leben, entfachte einen Sturm – und sie kam sich vor wie ein Schiffsmast, der dem Orkan nicht standhielt und zu brechen drohte. Dabei wünschte sie sich nichts sehnlicher als von Daniel errettet zu werden. Aber es durfte nicht sein. So waren nun einmal die Konventionen. Dennoch hätte sie ihn nicht hinauswerfen sollen …

Die Palmaille, die parallel zur Elbe führende Straße, an der sich das Haus der Vandenbergs befand, war eine Fortsetzung des Heerwegs in der Stadt. Es war eine Allee, die mit vier Baumreihen und zwei Fahrwegen oberhalb des Altonaer Hafens angelegt war. Hier entstand eine neue Gegend, die gerade erst für das wohlhabende Bürgertum erschlossen wurde: Baustellen beherrschten das Bild, die alten Lagerhäuser, Schuppen und Werkstätten der Seilmacher wurden nach und nach durch repräsentative, mehrstöckige Geschäfts- und Wohnhäuser ersetzt, zwischen den Gebäuden klafften Löcher, die in der Dunkelheit recht bedrohlich wirken mochten und am helllichten Tag für reichlich Zugluft sorgten; und andernorts klapperten Gerüste wie die Takelage auf einem Schiff. Nicht unbeeindruckt betrachtete Maria die dreistöckige, klassizistische, weiße Reihenvilla, vor der sie aus der Kutsche kletterte.

Auch die Innenräume der Vandenberg'schen Villa zeugten von Gediegenheit und Wohlstand. Nachdem der Arzt in Richtung Königsstraße zu seiner Praxis davongeeilt war, verabschiedete sich Christian Vandenberg bereits im Vestibül – die Arbeit rufe. Henriette indes bat Maria in ihr Boudoir: »Sie haben uns so liebenswürdig bewirtet, jetzt ist es an mir, Ihnen einen Imbiss anzubieten. So können wir bequem auf den Boten des Herrn Doktor und die Medizin für Emilia warten.«

»Ich hoffe, dass es Frau von Wedekind bald wieder besser geht.« Maria setzte sich auf einen mit dottergelber Seide bezogenen Sessel. Wie hübsch die leuchtende Farbe zu dem schwarzen Tuch aussah, das sie trug, so lebendig. Der Bezug vermittelte regelrecht gute Laune. Henriette Vandenberg war gewiss ein lebenslustiger Mensch, fuhr es Maria durch den Kopf.

»Es ist sehr freundlich von Ihnen, dass Sie uns begleitet haben«, erwiderte Henriette.

»Für die Patientin und das Haus ist gut gesorgt.« Es war tatsächlich eine Erleichterung, dass der Arzt bei seiner morgendlichen Visite eine Frau aus dem Dorf mitgebracht hatte, die sich auf Krankenpflege verstand. Maria war sicher, dass die alte Gudrun von Dineke empfohlen worden war. Es war eine verlässliche, penible Person, die Rike ablöste, so dass Marias Haushalt wie gewohnt weitergeführt werden konnte. Obwohl Emilia versorgt wurde, rührte sich Joachim Graaf nicht von seinem Platz. Er blieb auf dem Stuhl vor ihrem Zimmer und wartete auf ihre Genesung. Die ließ freilich auf sich warten, obwohl Emilia wohl einige Schlückchen eines frisch aufgebrühten Kräutersuds getrunken und nicht gleich wieder erbrochen hatte. Im Laufe des Tages wollte Gudrun es mit einer Brühe versuchen, die kräftigend wirken sollte. Wenn Maria heimkehrte, würde es hoffentlich gute Neuigkeiten über den Zustand der Kranken geben.

Ein adrettes Dienstmädchen servierte starken schwarzen Tee und dickflüssige Sahne in hübschen Schalen aus Porzellan, dazu einen Teller mit Gebäck. »Gewiss sind Sie bessere Kuchen gewohnt«, warf die Gastgeberin liebenswürdig ein, »aber seien Sie in meinem Haus von Herzen willkommen, liebe Frau Burmester.«

»Ich werde Ihnen eine Schachtel mit Patisserien aus meiner Backstube schicken«, versprach Maria, um Höflichkeit bemüht. Sie kostete eine der Naschereien und lobte voller Aufrichtigkeit: »Ihre Sandtörtchen sind ausgezeichnet.«

»Danke schön.« Henriettes Lächeln wich einer ernsten

Miene. »Aber natürlich wollen wir nicht nur über die Qualität der Backwaren in meinem Hause sprechen. Mein Gatte und ich sind Ihnen zutiefst dankbar für das, was Sie für Emilia tun. Sie sind eine wahre Freundin. Doch hat das alles seinen Anfang schon viel früher genommen, nicht wahr? Die Desserttafel auf Ihrer Terrasse brachte die Dinge zweifellos in Bewegung.«

Maria ahnte zwar, dass ihre Freundschaft damit nicht gemeint war, dennoch antwortete sie: »Zum ersten Mal bin ich Frau von Wedekind in der Schule unserer Söhne begegnet. Mein Immanuel hat sich bedauerlicherweise recht ungebührlich gegenüber Amadeus von Wedekind benommen ...«

»Es ist gut, dass Sie das anschneiden. Über Amadeus wollte ich mit Ihnen sprechen.«

Die angenehme Atmosphäre verwandelte sich schlagartig. Maria setzte sich wie in einer Abwehrhaltung kerzengerade auf. »Ach ja?«

»Mit der Bitte um absolute Diskretion möchte ich Sie ins Vertrauen ziehen, liebe Frau Burmester. Auf wen sonst sollte ich zählen als auf die Frau, die Emilia so großherzig aufgenommen hat?« Henriette spielte angelegentlich mit dem Löffelchen neben ihrer Tasse. »Geben Sie mir Ihr Versprechen, bitte, dass jedes Wort, das jetzt folgt, diesen Raum nicht verlässt?«

Gütiger Himmel, dachte Maria entsetzt, was kommt nun? Stumm nickte sie.

»Amadeus ist ein lieber Junge, intelligent und musikalisch hochtalentiert«, schwärmte seine Tante. »Ich habe natürlich von seinem Zerwürfnis mit Ihrem Sohn gehört. Diese Geschichte ist eigentlich der Beweis, dass seine Abstammung nicht die ist, die wir alle annehmen. Um es kurz zu machen: Mein Gatte und ich glauben, dass Tilmann von Wedekind nicht der Vater von Amadeus ist.«

Die Behauptung machte Maria dermaßen fassungslos, dass sie auf ihrem Sessel zusammenfuhr. »Aber es war doch nur eine kleine Auseinandersetzung zwischen zwei heranwachsenden Knaben«, murmelte sie schwach, die Konsequenz aus Henriettes Erklärung noch nicht ganz erfassend.

»Amadeus besitzt keine Aggressivität, verstehen Sie?«, fuhr Henriette unbeirrt fort. »Er ist dem Mann, der sein Vater sein soll, überhaupt nicht ähnlich. Es lassen sich allerdings Gemeinsamkeiten mit dem künstlerisch ebenfalls sehr begabten Herrn finden, der Emilia seit vielen Jahren liebt wie niemanden sonst auf der Welt.« Sie senkte die Lider und hob ihre Tasse an ihre Lippen, um ihren Tee zu trinken.

Von der Neuigkeit derart in Unruhe versetzt, wagte Maria nicht, es ihr gleichzutun, aus Furcht, das Gefäß würde ihr aus der zitternden Hand gleiten. Es war nicht nötig, nachzufragen, welchen Mann Emilias Schwägerin meinte. Die große Liebe erklärte natürlich vieles. Aber war es möglich, dass die damalige Emilia Vandenberg ihre Tugend verloren und sich Joachim Graaf hingegeben hatte? Hatte sie Tilmann von Wedekind geheiratet, als sie bemerkte, dass sie schwanger von ihrem Geliebten war? Aber warum hatte sie denn dann nicht gleich Joachim Graaf geheiratet? Wollte er sie damals noch nicht zur Frau nehmen? Das wäre zu tadeln, zweifellos. Maria war klar, dass Affären in allen Gesellschaftsschichten vorkamen, Emilias Temperament sprach durchaus auch für eine gewisse romantische Freiheitsliebe. Aber dass der junge Herr Graaf so verantwortungslos gehandelt haben sollte? Nun, dachte Maria, er ist auch nur ein Mann. Dennoch konnte sie nicht glauben, was Henriette sagte. Hinter Marias Stirn begann ein Kopfschmerz zu trommeln. Mit den Fingerspitzen massierte sie die Nasenwurzel, ohne dass sich Besserung einstellte.

»Ich habe Sie schockiert«, stellte Henriette fest. »Das tut mir sehr leid. Ich will nicht, dass Sie einen falschen Eindruck von Emilia bekommen oder gar schlecht von Amadeus denken.«

»Nein. Nein, nein«, versicherte Maria rasch. Sie sah Henriette fragend an. »Es gibt gewiss andere Gründe, die Sie zu dieser Vermutung veranlassen, als nur die Musikalität des Knaben.«

Henriette nickte eifrig. »Emilia und Joachim waren fast noch Kinder, als sie sich ineinander verliebten. Sie glaubten, dass es niemand bemerkte, aber natürlich fiel es jedem auf, wie sie die Köpfe zusammensteckten. Sie waren unzertrennlich bis zu Joachims Kavalierstour. Er reiste ab, sie blieb zurück – und bevor sein erster Brief eintraf, hatte sie sich zu unser aller Überraschung mit Tilmann von Wedekind verlobt. So nahm das Unglück seinen Lauf.«

Sie hat recht, sinnierte Maria, jetzt ergibt alles einen Sinn. Es machte Emilias Geschichte natürlich nicht weniger skandalös, aber sie verstand plötzlich sogar Tilmann von Wedekinds Rache. Es war gewiss nicht leicht für einen Mann, den Jungen eines anderen großzuziehen und dann dabei zusehen zu müssen, wie seine Frau nach jahrelanger Abwesenheit zu ihrer Jugendliebe zurückfand. Doch Maria wusste, dass sich Emilia gegen Joachim Graaf entschieden hatte. Wusste das aber auch Tilmann von Wedekind? Trotz ihrer widerstrebenden Gefühle gemahnte sie sich zu Sachlichkeit und fragte: »Hat Herr Graaf eine Ahnung, dass er Amadeus' Vater sein könnte?«

»Christian … mein Gatte … hat sich gestern lange mit ihm über dies und jenes unterhalten, es war ein passender Moment für einen privaten Austausch …« Henriette legte eine Kunstpause ein, dann: »Nun, Christian ist sich sicher, dass Joachim Graaf nicht im Traum daran denkt.«

»Es könnte also Ihr Geheimnis bleiben. Warum erzählen Sie mir dann davon?«

Henriette nickte wie zur Bestätigung, dass sie die Frage verstanden hatte. »Nichts liegt mir ferner, als Sie zu beunruhigen, liebe Frau Burmester, aber da sich Emilia in Ihrem Haus befindet, sollten Sie die Hintergründe kennen, falls es zu einem Eklat kommt.«

»Wie bitte?«

»So wie die Dinge liegen, wissen wir alle nicht, wie Tilmann reagiert, wenn er erfährt, dass Emilia aus ihrem Haus geholt wurde. Er wird von einer Entführung sprechen, nehme ich an.« Henriettes Stimme war rau geworden, sie räusperte sich, bevor sie fortfuhr: »Mein Gatte hat ihm einen Brief geschrieben und erklärt, was ihn zu seinem Handeln veranlasste. Christian hat ihm keine Mitteilung über Emilias Aufenthaltsort gemacht, aber falls Tilmann von der alten Beziehung weiß, wird er in Joachim Graafs Umfeld nach Emilia suchen. Von dort ist es nicht weit zu Ihnen.«

»Herzlichen Dank auch«, entfuhr es Maria entsetzt. Dass ihr Hof zur Kulisse eines Eifersuchtsdramas werden könnte, versetzte sie in Panik. Sie wollte keinen Ärger, schon gar nicht wegen eines Mannes, der ihr Mäzen geworden war. Lieber Gott, betete sie still, lass Emilia rasch gesund werden, damit sie sich selbst um ihre Angelegenheiten kümmern kann. Doch einen Augenblick später wurde ihr klar, dass es ihre Pflicht als Freundin war, sowohl das Leben als auch das Geheimnis von Emilia zu schützen. Es war ja auch gar nicht sicher, ob Tilmann von Wedekind bei ihr auftauchte, Joachim Graaf zum Duell forderte oder Emilia mit dem Recht des Gatten ebenfalls entführte. Zumindest schloss Maria aus, dass er Emilia auf ihrem Hof etwas antat.

Sich sammelnd, wollte sie gerade Henriette Vandenberg für das Vertrauen danken, das sie ihr entgegenbrachte, da trat das Dienstmädchen wieder ein. Auf einem Tablett balancierte es drei Apothekerflaschen. »Der Assistent des Herrn Doktor war da. Er hat die Medizin für Frau von Wedekind gebracht und eine Arznei, die der Kutscher im Park-Hotel bei Herrn Frese abgeben soll.«

»Danke.« Henriette nahm die beschrifteten Medikamente hoheitsvoll entgegen. Die Tinktur für Magnus Frese betrachtete sie eingehender. Als ihre Dienerin gegangen war, sagte sie mehr zu sich selbst als zu ihrer Besucherin: »Mir ist nicht wohl dabei, aber der Herr Doktor wird schon wissen, was er tut. Herr Frese behauptet sicher, unter Schlafstörungen zu leiden ...« Sie hob den Blick zu Maria und setzte hinzu: »Ein Informant hat Christian ... meinem Gatten ... kürzlich erst verraten, dass Frese öfters Tropfen eines Schlafmittels in die Getränke seiner Gäste gibt, um sie still zu halten oder gefügig zu machen ...«

Henriettes Stimme hallte durch Marias Kopf, doch ihr Geist schien sich von ihrem Körper zu lösen und sie auf den Heimweg vom Park-Hotel nach Nienstedten zu begleiten. Maria spürte die damalige Müdigkeit auch jetzt fast körperlich. Kam die gar nicht davon, dass sie zu wenig gegessen und sich übernommen hatte? Frese hatte ihre Ohnmacht zu seinen Gunsten nutzen wollen, das stand fest. Er hatte ihr nichts angetan, aber für reichlich Klatsch gesorgt. Da sie bald erfuhr, dass Daniel ihr Retter war, hatte sie nicht auf Freses Anzüglichkeit reagiert, und die Sache war im Sande verlaufen. Es hätte aber auch anders ausgehen können, wenn Daniel nicht zur Stelle gewesen wäre. Dann hätte Magnus Frese womöglich bekommen, was er wollte: den Hof und Maria als Dreingabe.

»... bei den ganzen Spionen ist es vielleicht sinnvoll, den einen oder anderen Hitzkopf außer Gefecht zu setzen ...«, hörte sie Henriette sagen.

Maria ballte die Hand zur Faust, um nicht nach dem Fläschchen zu greifen.

Ihre innere Abscheu spiegelte sich wohl in ihrem Gesicht, denn Henriette unterbrach sich bestürzt: »Oh, verzeihen Sie, liebe Frau Burmester, ich beanspruche Sie über Gebühr mit meinen Geschichten. In den Unterhaltungen mit einem Zeitungsverleger geht es manchmal etwas rauer zu, davon bin ich als seine Frau nicht ausgenommen. Aber das ist natürlich nichts für ein zarteres Gemüt.« Glücklicherweise sagte sie nicht *unbedarft*.

»Es war sehr anregend, mit Ihnen zu plaudern«, behauptete Maria steif. »Ich bin alt genug, um mit allerlei Geschichten zurechtzukommen. Machen Sie sich bitte um mich keine Sorgen.« Du lieber Himmel, fügte sie in Gedanken hinzu, schon wieder rede ich über mein Alter, als wäre ich ein altes *Schrapnell*. Dabei wollte sie das doch gar nicht sein.

»Möchten Sie vielleicht noch etwas Tee?«

Maria begann sich wieder zu beruhigen. »Einen letzten Schluck, bevor ich aufbreche. Die Medizin sollte raschestmöglich zu Frau von Wedekind gebracht werden, nicht wahr?« Unter anderen Umständen wäre sie gerne noch geblieben. Doch unabhängig von der Notwendigkeit, Emilia mit Arzneien zu versorgen, benötigte Maria gerade nichts so sehr wie die Zeit auf einer Kutschfahrt, um über all das eben Erfahrene nachzudenken.

Nienstedten

48

»Sie sollten sich ein wenig Ruhe gönnen«, sagte Maria, als sie Joachim Graaf auf seinem Posten vor dem Gästezimmer antraf. Sie hatte zunächst die Apothekerfläschchen bei der Krankenpflegerin abgegeben, hatte Emilias weiterhin bedauernswerten Zustand zur Kenntnis genommen und war dann wieder in die Diele gegangen.

Dort saß Graaf auf dem Stuhl und wirkte unendlich müde; wenn er nicht aufpasste, würde die Tasse, die er noch hielt, aus seiner schlaffen Hand gleiten. Maria nahm den Duft von Kaffee wahr, sie bezweifelte jedoch, dass ein paar Bohnen ausreichten, um den Mann wach zu halten. »Rike wird Ihnen eine Schlafstatt bereiten, wo Sie sich hinlegen können.«

»Ich werde hier nicht fortgehen, bevor Frau von Wedekind nicht wieder bei vollem Bewusstsein ist«, erklärte er mit überraschend brüchiger Stimme. »Ich muss mit ihr reden. Und ich darf nicht schon wieder zu spät kommen.«

Vermutlich ahnte er nicht einmal, dass Maria wusste, welche Geschichte sich hinter seiner Bemerkung verbarg. Kurz überlegte sie, ob sie eine Andeutung machen sollte, entschied sich jedoch dagegen.

Begütigend legte sie ihm die Hand auf die Schulter. »Es hilft ihr nicht, wenn Sie sich selbst zerstören. Bitte, lassen Sie mich für Sie sorgen! Ich verspreche Ihnen, dass die Pflegerin Sie ruft, sobald es die Gelegenheit zu einem ersten Gespräch mit Emilia gibt.«

»Ach, ich war vorhin schon ein wenig Luft schnappen«, antwortete er mit einem schwachen Lächeln. »Die Linden fehlen auf der Terrasse. Sie sollten sie zurückholen, Frau Burmester, wie auch immer …«, er unterbrach sich, schluckte und fügte dann deutlich hinzu: »Wie auch immer es hier weitergehen mag.«

Sie sagte ihm nicht, dass sie fest entschlossen war, den Hof zu verkaufen, wenn Emilia nicht überlebte. In ihrem Innersten meldete sich die Hoffnung, so dass sie leise zitierte: »Die Linden werden das Haus irgendwann wieder beschützen.«

»Hat Ihnen das Monsieur Jacques erzählt?«

»Ja.« Maria lächelte in der Erinnerung. »Er kennt zu diesem und jenem wundervolle Geschichten, aber die Mystik der Linden hat es ihm besonders angetan.«

»Er verehrt Sie sehr.«

»Das weiß ich«, stimmte sie unumwunden zu.

Einen Moment lang sahen sie einander stumm an. Jeder Blick war schwer von Traurigkeit, beide waren in ihre jeweiligen Gedanken versunken. Schließlich hob Graaf die Tasse an seine Lippen, trank den Kaffee gierig aus und reichte ihr dann das leere Gefäß. »Ich glaube, Sie haben recht. Ein kurzer Schlaf würde mir gut bekommen.«

Sie umschloss das noch warme Porzellan mit ihren Fingern. »Ich werde Rike anweisen, eine Kammer für Sie herzurichten. Es ist gewiss nicht der Standard, den Sie gewohnt sind …«

»Wenn Sie wüssten, wo ich auf Reisen schon schlafen musste, würden Sie sich um meine Bequemlichkeit keine Sorgen machen. Haben Sie vielen Dank, Frau Burmester, ich bin sicher, dass ich mich wohlfühlen werde.«

Sie versuchte, ihm aufmunternd zuzunicken, dann machte sie sich auf den Weg, ihrer Rolle als Gastgeberin gerecht zu werden. Letztlich sagte sie ihrer Magd aber nur, was zu tun war. Kurz darauf fühlte sie sich seltsam überflüssig in ihrem eigenen Haus. Sie suchte ein paar frische Leinentücher heraus, sah in der Backstube nach dem Rechten, wo Hinnerk gerade Feierabend machte, und besuchte ihre Kinder im Schulzimmer. Ihre Söhne und Töchter waren jedoch unter der Aufsicht der Kinderfrau so angestrengt mit den Aufgaben des Hauslehrers beschäftigt, dass die Mutter störte. Also konnte Maria auch in ihrer Familie keine Ablenkung finden.

Auf der Fahrt von Altona hatte sie zwar fast ständig an Emilia gedacht, war jedoch noch immer unschlüssig in ihrer Meinung. Es war skandalös, vor der Hochzeit mit einem jungen Mann Beischlaf zu haben. Andererseits konnte Maria verstehen, dass Emilia dem Charme Joachim Graafs erlegen war. Doch ein junges Mädchen musste für die eigene Unberührtheit sorgen, so schrieb es die Moral vor. Und eine Witwe ihre Tugend ebenfalls bewahren, fügte sie in Gedanken hinzu.

Nachdem sie vorhin aber mit Graaf gesprochen hatte, fragte sie sich nun, ob er Emilia Versprechungen gemacht und nicht erfüllt hatte. Vielleicht hatte er ihr die Ehe angedient, sie aber für eine eine große Reise verlassen. Sein Hinweis auf die verpasste Gelegenheit eines Gesprächs könnte zu diesem Punkt in der Vergangenheit führen.

Was mache ich eigentlich, wenn der gehörnte Gatte hier plötzlich auftaucht?, fuhr es Maria durch den Kopf. Diesen Gedanken hatte sie seit dem Besuch bei Henriette Vandenberg weit von sich geschoben. Er versetzte sie sogleich wieder in Panik. Als hätte sie mit Magnus Frese nicht schon einen Unhold am Hals!

Die Dämmerung legte sich über den Hof, und Maria beschloss, einen kleinen Spaziergang zu unternehmen, bevor es ganz dunkel wurde. Auf diese Weise hoffte sie, das Chaos in ihrem Kopf einigermaßen zu ordnen. Außerdem schien sie sonst nichts zu tun zu haben.

Sie zog ihren Mantel über, schlang sich einen Schal um den Hals und trat hinaus in den aufziehenden Dunst. Im Büchsenlicht sah sie Nachbarn mit Laternen in den Händen herumeilen, sie hörte einen Hofhund bellen, und von der Elbe wehte mit dem Nordwestwind der Klang einer Nebelglocke herauf, es roch nach modrigem Laub und dem Kaminfeuer, dessen Rauch durch den Schornstein nach oben stieg. Es war ein üblicher später Nachmittag in ihrem Dorf, und sie überlegte, ob sie Dineke besuchen sollte. Es war verlockend, sich mit der Freundin auszutauschen. Doch genau das durfte sie nicht. Die Gefahr, das Geheimnis zu verraten, das sie Henriette zu bewahren versprochen hatte, war zu groß. Sie musste erst einmal mit sich selbst ins Reine kommen. Also wandte sich Maria nach rechts.

Nach wenigen Schritten fiel ihr auf, dass sie sich direkt auf den Pavillon zubewegte, in dem Daniel lebte. Sie kannte seinen Tagesablauf nicht und wusste daher nicht, ob er zu dieser Stunde in seinem hiesigen Zuhause weilte. Dennoch zögerte sie. Sollte sie umkehren, um ihm weiterhin aus dem Wege zu gehen? Oder sollte sie sich einer möglichen Begegnung stellen? Hatte er es nicht verdient, dass sie sich zumindest dafür entschuldigte, ihn ihres Hofes verwiesen zu haben?

Ohne dass es ihr bewusst war, marschierte sie entschlossener voran. Es dauerte nicht lange, bis sie ihr Ziel erreicht hatte.

Durch die Fenster schimmerte Kerzenlicht. Daniel war also da. Nur ein paar Atemzüge von ihr entfernt.

Maria überlegte, ob sie innehalten und umdrehen sollte. Doch der Schwung ihres beherzten Spaziergangs war nicht dazu geeignet, sie plötzlich auszubremsen. Der Wind blies ihr ins Gesicht, und die Kälte rötete ihre Wangen – vielleicht war das auch ihre innere Hitze. Aufregung und Verlegenheit stellten sich ein. Was sollte sie tun, wenn er so verletzt war, dass er nicht mit ihr sprechen wollte? Sie dachte an Emilias Schicksal und entschied, dass es weitaus Schlimmeres gab, als in ihrer Situation abgewiesen zu werden. Dass Daniel ihr damit das Herz brechen würde, gestand sie sich nur ungern ein. Doch genau diese Furcht verlieh ihr den Mut, an seine Tür zu klopfen.

Es rührte sich nichts.

Hatte Daniel heimlich aus dem Fenster gesehen und sie erkannt? Fühlte er sich so beleidigt, dass er sie nicht einmal mit Worten wegschickte? Natürlich war es die einfachste und gleichsam feigste Möglichkeit, sich eines Gesprächs mit ihr zu entziehen, in dem er gar nicht erst öffnete.

So ein Verhalten passt nicht zu ihm, schrie ihr Herz. Lass ihn in Ruhe, beschwor sie ihr Verstand, die Freundschaft mit ihm war nur eine Illusion …

Die Tür schwang auf. »Es tut mir leid, ich habe keinen Besuch erwartet …«

Sie sah auf den ersten Blick, warum dem so war – er war mit seiner Toilette beschäftigt gewesen. Er war barfuß, sein Oberkörper über dem Hosenbund war nackt, die feinen dunklen Haare auf seiner Brust und den Armen waren feucht, er schwang sein Hemd, das er wohl gerade hatte überziehen wollen, wie eine Fahne in der Hand. Vor ihrem geistigen Auge tauchte der Mann auf, der sich an ihrem Brunnen gewaschen hatte. Dasselbe Begehren flammte in ihr auf. Mit dem Unterschied zu damals war sie ihm heute ganz nah. Ein Schritt nur, und sie konnte die Muskeln unter den Schultern berühren, über seine Hüften streichen. Seine Haut auf ihrer Haut, ihre Brüste an seiner Brust …

»Maria?« Sein Ton klang weniger erfreut als bestürzt. »Ist etwas mit Frau von Wedekind geschehen?«

»Nein … Ich …« Ihr versagte die Stimme. Sie starrte ihn im Halbdunkel an und spürte die Reaktion ihres Körpers, das unendliche Verlangen, diesem Mann gehören zu wollen.

Im nächsten Moment schlang sie die Arme um seinen Hals und drängte sich an ihn. Ihre Lippen suchten seinen Mund.

Er warf das Hemd auf den Boden, um sie zu umfangen. Ohne sich von ihr zu lösen, neigte er sich leicht zur Seite und gab der Tür einen Fußtritt. Das krachende Geräusch, als sie in das Schloss fiel, nahm Maria kaum wahr.

Nie zuvor in ihrem Leben war Maria so von ihrer Leidenschaft geleitet worden. Sie sprach kein Wort, ließ nur ihren Leib sprechen. Ihre Gedanken kreisten um die Erfüllung ihrer Sehnsucht. In seinem Mund ertrinkend, lösten ihre Hände die Haken an ihrem Mantel, während die seinen den Schal von ihrem Hals zogen. Ihr Mantel landete mit dem Schal auf dem Hemd. Er schob sie sanft mit sich, und wie in einer einzigen gemeinsamen Bewegung sanken sie auf das Bett.

Maria hatte ihre Orientierung verloren und keine Ahnung, wo in dem runden Raum das Lager stand, es drehte sich alles um sie. Aber es war auch einerlei. Sie lehnte sich zurück, während Daniel ihren Rock hochschob und sich an sie drängte.

49

Vorsichtig zog Daniel die Klammern aus ihrer Haube. »Ich war noch nie mit einer Frau in Witwengarderobe zusammen«, flüsterte er, während er ihre Kopfbedeckung abstreifte und ihr Haar löste, das sich über seine Hände ergoss. »Dein Haar schimmert wie Gold, fast wie Bronze.«

»Das liegt an den Kerzen«, antwortete sie schmunzelnd. »Meine Haarfarbe ist absolut üblich in dieser Gegend, sogar ein wenig zu dunkel für eine Dänin.« Wohlig räkelte sie sich und ließ es dabei zu, dass seine Finger abwärtswanderten und sich mit den kleinen Knöpfen an ihrem Kleid beschäftigten.

Sie hatten nicht abwarten können, bis sie sich ihrer Kleider entledigte. Er hatte sie genommen, als könnte er es nicht erwarten, und sie hatte mit einem Heißhunger darauf reagiert, der sie trotz aller Wünsche ein wenig verblüffte. Es war, als hätte das Warten nun endlich ein Ende gefunden. Sehnsucht und Zaudern lösten sich in einem viel zu schnellen Höhepunkt auf. Doch der erstaunte sie nicht etwa deshalb, sondern weil sie ihn gemeinsam mit Daniel erfuhr und dergleichen nie zuvor erlebt hatte. Eine alte Frau mit fünf Kindern, fuhr es ihr durch den Kopf, und sie kicherte albern.

»Warum lachst du?« Sein Gesicht, das er gerade gegen die zarte Haut über ihrem Korsett gelehnt hatte, tauchte wieder auf.

Die Wahrheit würde sie ihrem jüngeren Liebhaber ganz gewiss nicht verraten. »Vielleicht lache ich, weil ich glücklich bin«, antwortete sie – und das stimmte ja auch auf gewisse Weise.

In dem Raum war es inzwischen finsterer als bei Marias Eintreffen. Vor den Fenstern war das Tageslicht in der Dämmerung fast verschwunden, eine oder zwei der vielen Kerzen waren heruntergebrannt. Erst als sie Daniel jetzt ansah und vor allem den Glanz in seinen Augen gewahrte, aber seine Mimik kaum wahrnahm, wurde sie sich bewusst, dass Paridom niemals bei auch nur einer einzigen Lichtquelle, geschweige denn zu einer noch relativ frühen Stunde wie dieser ein Verlangen nach ihr gezeigt hatte. Sie hatten stets bei Dunkelheit in ihrem Ehebett miteinander geschlafen und ihre Kinder gezeugt. Ganz so, wie es die Kirche für ein verheiratetes Paar vorsah. Maria hatte diese Momente durchaus in guter Erinnerung, aber so etwas wie heute Nachmittag hatte sie noch nie erlebt. In allen Facetten war es neu. Das lag wohl daran, resümierte sie, dass Daniel französischer Abstammung war. Selbst ihr waren Gerüchte über Franzosen zu Ohren gekommen, die manche Hamburgerin in den Himmel der Lust schickten …

Wie selbstvergessen streichelte er über ihre aus dem Korsett quellenden Brüste. »Könntest du dir vorstellen«, murmelte er, »mit mir verheiratet zu sein?«

»Ja«, entfuhr es ihr. Natürlich konnte sie es sich vorstellen. Aber es war trotzdem ausgeschlossen.

Sie spürte sein wachsendes Verlangen. Vielleicht hatte ihre Antwort ihn dermaßen beglückt, die Beschäftigung mit ihrem Körper schien ihn jedoch ebenso zu stimulieren wie sie selbst. Ihr war klar, dass sie ihre Zustimmung irgendwann richtigstellen musste, es durfte kein Missverständnis mehr zwischen ihnen geben. Aber sie würde es erst aufklären, nachdem er sie noch einmal geliebt hatte. Sie konnte nicht genug von ihm bekommen, von seinem Mund, seinen Fingern, seiner Haut, seinem Duft nach Zitronen und Rosmarin. Aufstöhnend hob sie ihm ihre Hüften entgegen …

*

Später lag sie vollkommen ermattet neben ihm, starrte an die Kuppeldecke und fragte sich, wie das alles geschehen konnte. Mit der Befriedigung stellte sich eine gewisse Klarheit ein, und während Daniel neben ihr einnickte, begann sich das Karussell der Gedanken in ihrem Gehirn wieder unnachgiebig zu drehen.

Zum ersten Mal verstand sie Emilia. Wenn sie auch nur von einer annähernd so großen Leidenschaft angetrieben worden war wie sie, konnte Maria nachvollziehen, was das junge Mädchen damals in Joachim Graafs Armen gesucht hatte. Es war Emilia zu wünschen, dass sie ein wenig von der Erfüllung gefunden hatte, die Maria mit Daniel gerade erlebte. Zu verurteilen war sie nun aber nicht mehr. Maria war sich bewusst, dass sie selbst an diesem späten Nachmittag alle alten Moralvorstellungen über den Haufen geworfen hatte. Es gehörte sich für eine junge Witwe ebenso wenig, sich mit ihrem jüngeren Liebhaber zügellos zu vergnügen, wie für eine unverheiratete Frau, sich von ihrem gleichaltrigen Geliebten schwängern zu lassen, bevor der sich auf eine ausgedehnte Kavalierstour fortmachte.

Vermutlich sind Lustschreie auch nur einer Hure gestattet und keiner Frau von Stand, sinnierte Maria. Unwillkürlich kehrte die Erinnerung an das *Luder* zurück – und an all die Dinge, die es in ihrem Leben zu klären gab. Die Realität war wieder da. Sie musste nach Hause.

Sie legte ihre Hand auf Daniels Schulter und schüttelte ihn sanft. »Wach auf!«

»Hm …«, machte er, und es klang ein wenig wie ein Knurren. Dann schlug er die Augen auf und strahlte. »Ich hatte einen wunderschönen Traum. Sag mir, dass alles wahr war.«

Es darf nur ein einmaliger Traum gewesen sein, dachte sie und senkte die Lider, damit er ihre aufwallende Traurigkeit nicht erkennen konnte. »Ich muss jetzt nach Hause.«

»Sag mir«, insistierte er, während er sich aufrichtete und mit dem Ellenbogen aufstützte, »dass ich mich nicht verhört habe. Wirst du mich heiraten?«

Wenn er es ihr doch nicht so schwermachen wollte!

»Ich könnte mir vorstellen, mit dir verheiratet zu sein«, korrigierte sie ihn leise. Es kam ihr vor, als breche bei jedem ihrer Wörter ihr Herz entzwei. »Ich habe nicht gesagt, dass ich es tun kann.« Jetzt war nur noch ein Scherbenhaufen übrig.

»Hatte ich nicht ein Ja gehört? Und nun doch ein Nein! Erkläre mir das, bitte.« Noch wirkte er nicht so ungehalten, wie er klang, aber Maria war sich sicher, dass das nicht mehr lange anhielt.

Als Antwort schüttelte sie zunächst nur den Kopf. Sie wandte sich ab, setzte sich an den Bettrand. Zum ersten Mal sah sie sich in dem Zimmer um, das im Licht der letzten Kerzen nur noch schemenhaft zu erkennen war. Das Bett stand in der Mitte, vor einem Ofen stand ein Sessel, dann waren da ein Waschtisch und ein Stuhl vor einem Regal, in dem sich Geschirr, Gläser und Bücher befanden. Vor dem Fenster stand ein großer Tisch, auf dem eine große Rolle Zeichenpapier und akkurat aufgeräumte Schreibgeräte und mehrere Messstäbe lagen. Überhaupt war alles sehr manierlich, nicht sonderlich gemütlich, aber für einen Junggesellen wohl ausreichend, und Daniel schien ein ordentlicher Mensch zu sein.

Ihm den Rücken kehrend, begann sie, sich anzuziehen. Ihre

Hände versagten ihr mehrmals den Dienst, als sie die Knöpfe an ihrem Kleid zu schließen versuchte. »Du weißt, dass eine Heirat unmöglich ist. Die Leute würden sich die Mäuler über uns zerreißen, bis wir keinen Moment der Ruhe mehr hätten. Wir würden einander deswegen irgendwann hassen.«

»Warum sollten sie das tun?«, gab er zurück. »Wir passen gut zusammen und könnten viel bewirken in der Gemeinde. Was ist verwerflich daran, aus einer Liebe und dem gemeinsamen Geschäftssinn ein Ehegelöbnis zu machen?«

Sie drehte den Kopf, um ihn über die Schulter anzusehen. »Genau das ist es ja. Die Leute würden sagen, du hättest mich nur um des Hofes willen geheiratet. Außerdem ist mein Trauerjahr noch lange nicht vorbei, und eine zu frühe Wiederverheiratung würde bedeuten, dass ich meine erste Ehe geringschätze ...«

»Deine Bedenken bezüglich deines verstorbenen Mannes kann ich ja verstehen, aber meinst du wirklich, mir würde niemand glauben, dass ich eine schöne Frau einem Haus vorziehe?«

Still zuckte sie mit den Achseln.

»Wenn das so ist«, Daniel schwang seine Beine herum und sprang auf seiner Seite aus dem Bett, »werde ich deinen Hof eben kaufen.« Er benötigte eine Weile, um seine Hose anzuziehen. Nachdem er fertig war, trat er triumphierend vor sie hin. »Hier steht der künftige Eigentümer deines Anwesens.«

»Lass bitte den Unsinn. Ich habe nicht die Absicht, mein Erbe zu veräußern. Und das weißt du auch.«

»Du wolltest deinen Hof nicht an diesen Frese verkaufen«, erinnerte Daniel. »Von meiner Person war nie die Rede.«

»Natürlich nicht. Bei allem Respekt, der Wert der Grundstücke hier an der Elbe ist enorm gestiegen. Ein Erwerb nach den heutigen Gegebenheiten ist sehr teuer. Außerdem bleibt es nicht dabei. Ich habe Schulden, die getilgt werden müssten. Woher willst du denn all das Geld dafür nehmen?« Sie redete sich so in Rage, dass sie die Tränen erst nicht bemerkte, die in ihre Augen traten. In einer Mischung aus Verzweiflung und Verlegenheit schlug sie die Hände vor ihr Gesicht.

»Hast du mir nicht zugehört?«, gab er zurück. »Ich bin wohlhabend genug, um mir deinen Hof leisten zu können. Samt der Linden auf dem Plateau«, fügte er grimmig hinzu.

Sie stand auf. Ihr war schwindelig, sie spürte noch die Bewegungen seines Körpers zwischen ihren Beinen. Es hätte ein wundervolles Gefühl sein können, wenn da nicht ein kleiner Teufel auf ihrer Schulter gesessen hätte, der ihr ihre Antwort zuflüsterte: »Ich bin nicht käuflich, Daniel.«

Einen Moment lang schien er fassungslos. Dann strich er sich mit einer energischen Geste das Haar aus der Stirn. »Du hast anscheinend schon lange nicht mehr in den Spiegel gesehen. Sonst wüsstest du, warum ich dich deinem Anwesen immer vorziehen würde. Aber glaube, was du willst. Ich dränge mich nicht auf … Nun entschuldige mich bitte, ich brauche frische Luft …« Auf dem Weg zur Tür hob er ihren Mantel und Schal auf. Beides warf er in einer energischen, schmerzlich abschließenden Geste auf das Bett. Dann griff er nach seinem Hemd und schlüpfte im Hinausgehen hinein.

50

Schon seit einer Weile war Emilia wieder bei Bewusstsein. Sie hatte aber für sich entschieden, dass es am angenehmsten war, sich weiterhin schlafend zu stellen. Anfangs waren ihre Schmerzen zu stark, inzwischen wehrte sie sich jedoch gegen die Mattigkeit und versuchte, so viel von ihrem Umfeld mitzubekommen wie möglich. Obwohl ihre Wahrnehmung gelitten hatte, konnte sie immer besser einordnen, was um sie her geschah. Es kümmerte sich jemand recht fürsorglich um sie, wusch sie, kämmte ihr Haar und fütterte sie. Das steigerte ihr Wohlbefinden.

Einen beträchtlichen Anteil daran hatte auch der wohlschmeckende Tee, der ihr eingeflößt wurde und eine deutliche Verbesserung im Vergleich zu den bitteren Tinkturen darstellte, die ihr zuerst verabreicht worden waren. Auch die Brühe weckte ihre Lebensgeister. Sie war sich nicht im Klaren darüber, warum sie die Tropfen von dem Zipfel eines Tuchs saugte, aber solange es ihr schmeckte, wollte sie nicht darüber nachdenken. Überhaupt wollte sie nicht nachdenken. Sie wusste ja nicht einmal, wie sie in diese missliche Lage geraten war.

Wenn sie einnickte, wurde sie von Albträumen verfolgt. Dann sah sie eine Kutsche auf sich zurollen, Pferdehufe über ihrem Kopf schweben. Sie glaubte einen Schlag zu fühlen, während ihr beinahe die Arme ausgerissen wurden, als irgendjemand sie davon abhielt, unter das Gefährt zu fallen. Und dann löste sich alles in einem Meer aus Blut auf. Sie hörte sich schreien – und vielleicht schrie sie wirklich, denn häufig wurde ihr nach einem solchen Traum ein Schwamm unter die

Nase gehalten. Sie atmete flach, der süße, harzige Duft erreichte jedoch trotzdem ihre Sinne. Daraufhin wurde sie ohnmächtig und träumte erneut von einem schrecklichen Unfall. Allerdings war diese Erfahrung schon länger her. Sie träumte zwar noch, schrie wohl auch, aber dann wurde ihr ein kühles Tuch auf die Stirn gelegt, das nach gar nichts roch und sie beruhigte, ohne dass sie das Bewusstsein verlor.

Die Augenblicke, in denen sie in aller Klarheit die Geräusche um sich her vernahm, schienen länger zu währen. Die Müdigkeit überfiel sie nicht mehr wie eine schwere Last. Sie versuchte sogar, die verschiedenen Töne zu unterscheiden. Sie bemerkte Schritte und ein leises Klappern, das von Handgriffen erzeugt wurde. Manchmal streifte ein Atemzug ihre Wange, wenn sich jemand über sie beugte. Aber diese Person tat ihr niemals weh, es handelte sich wohl nicht um eine Bedrohung. Emilia schien aus einer unwirklichen Welt zurückzufinden, deshalb nahm sie die Anwesenheit zur Kenntnis, sie war jedoch zu schwach, um sich Gedanken über die Identität zu machen.

Hinter ihren geschlossenen Lidern veränderte sich das Licht, ließ sie die Dunkelheit einordnen. Sie erinnerte sich an die Tageszeiten, an Helligkeit und Finsternis. Mit dieser Erkenntnis nahmen ihre Gedanken langsam Konturen an. Da war nicht mehr nur dieses verwaschene Anklingen in ihrem Gehirn, es formten sich geistige Bilder aus Erfahrungen und Erlebnissen in der Vergangenheit. Irgendwann wusste sie, dass sie Emilia Vandenberg hieß. Doch dann tauchten schon die Fratzen von Menschen auf, die ihr unendliche Schmerzen zufügten. Und Emilia schrie um Hilfe, weil sie sich nicht mehr weh tun lassen wollte.

»Um Himmels willen! Was haben Sie ihr getan?« Die entrüstete Stimme eines aufgebrachten Mannes drang zu ihr durch.

Irgendwo in Emilias Kopf ertönte eine ferne Resonanz.

Die empörte Antwort einer Frau folgte: »Nun entschuldigen Sie mal, ich habe sie nicht angerührt. Es ist wohl der Traum, der sie wieder plagt.«

»Bitte, beruhigen Sie sich«, mahnte eine zweite, sehr viel sanftere Frau, »es ist der Genesung von Frau von Wedekind gewiss nicht zuträglich, wenn Sie an ihrem Bett einen solchen Aufstand verursachen.«

Wer, um alles in der Welt, war *Frau von Wedekind*?

Über diese Frage vergaß Emilia den Eindruck, auch die zweite Frauenstimme zu kennen. Sie versuchte, ihre Glieder zu bewegen. Ihre Arme und Beine waren jedoch wie aus Blei, sie war nicht in der Lage, sich zu rühren. Nach einer Weile bemerkte sie allerdings, dass sie ihre Finger heben konnte. Es gelang ihr auch, mit den Zehen zu wackeln. Es überraschte sie, wie einfach das ging. Und es fühlte sich wunderbar an.

»Sehen Sie sich das an!« Die Empörung war aus dem Ton der ersten Frau gewichen. »Ein Lebenszeichen! Halleluja!«

»Der Arzt soll so schnell wie möglich kommen«, der Ausruf der zweiten Frau klang wie ein großer Jubel. »Ich lasse einen Boten nach Altona schicken.«

Schritte trappelten ausgeregt umher, eine Tür klappte.

Emilias Arm wurde leicht angehoben, ein Griff an ihr Handgelenk, Finger, die etwas suchten und wohl fanden, weil sie sich auf einen bestimmten Punkt legten. Sie hörte, wie eine Frau leise zählte: »*Een, twee, dree …*« Was war das für eine Sprache? Hatten die Menschen vorhin sich nicht auf Deutsch unterhalten? Verwechselte Emilia da etwas? Sie war sich ziemlich sicher, dass sie die Zahlen noch nie so gehört hatte. Offenbar befand sie sich im Ausland. Seltsam, sie reiste doch gar nicht so viel. Dennoch fühlte sie sich hier gut aufgehoben. Einerlei, wie man hier redete.

Über die Frage, wie sie in die Fremde gekommen war, schlief sie ein. Denken, Horchen und die winzige Bewegung hatten sie angestrengt.

*

Da Emilia kein Zeitgefühl besaß, wusste sie nicht, wie lange es her war, dass sie sich bemerkbar gemacht hatte. Sie spürte plötzlich intensiver als zuvor, wie ihr Kopf leicht angehoben und ihr das Saugtuch zwischen die Lippen geschoben wurde. Reflexartig wie ein Säugling sog sie die überraschend dickflüssigen Tropfen ein. Es war weder Tee noch Brühe, den Unterschied schmeckte sie, sondern schleimiger und süßer. Milch mit Zucker und Hafer, fuhr es ihr durch den Kopf, während sie die Grütze schluckte. Die Verbindung zwischen dem Nuckel und der Mahlzeit stellte sich in ihrem Gehirn ein: Das war auch eine Nahrung für kleine Kinder. Haferbrei. Sie selbst hatte damit ihren Sohn gefüttert …

Sie hatte ein Kind.

Amadeus.

Wo war der Junge? Wer kümmerte sich um ihn, während sie hier lag, sich kaum bewegen und noch weniger denken konnte und nicht wusste, warum sie so gebrechlich war?

Verzweiflung erfüllte sie. Panik. Entsetzen. Die natürliche Sorge der Mutter um ihr Kind wurde übermächtig.

Unwillkürlich spuckte sie das Saugtuch aus.

Sie erinnerte sich, dass Schreien half. Dann kam jemand und versuchte sie zu beruhigen. Meist ging es ihr danach tatsächlich besser. Deshalb schrie sie, was ihre Lungen hergaben. Emilia war sich zwar nicht sicher, wie sie eine Antwort auf ihre Fragen erhalten sollte, aber sie schrie, weil ihr nichts anderes einfiel.

*

Ihre Lider flatterten.

Obwohl Emilia durch ein begütigendes Gemurmel, Hände, die über ihre Arme strichen, und den kalten Lappen auf ihrer Stirn tatsächlich ruhiger wurde, blieb die Anspannung.

Da das Schreien nicht ausreichte, um sich mitzuteilen, musste sie es anders versuchen. Das war ihr plötzlich klar. Sie musste sich verständlich machen gegenüber der Person, die freundlich zu ihr war. Nur so konnte sie erfahren, wo sich ihr Sohn befand. Deshalb unternahm sie die große Anstrengung, ihre Augen zu öffnen.

Es war ein Kampf. Ihre Lider schienen ebenso aus Blei wie ihre Gliedmaßen. Ihre Wimpern klebten aneinander. Übelkeit stieg wieder in ihr auf, doch sie schluckte den Brechreiz hinunter. Der Gedanke an ihr Kind verlieh ihr ungeahnte Kraft. Schließlich schaffte sie es. Sie öffnete die Augen. Und war maßlos enttäuscht, weil sie nur eine dichte Nebelsuppe wahrnahm.

»Großer Gott!«, rief die Frauenstimme, die Emilia schon neulich gehört hatte. »Sie sehen mich an! Halleluja!«

Wie sollte sie der Frau klarmachen, dass sie sie eben nicht sah, obwohl ihre Augen geöffnet waren? Emilia versuchte, ihren Kopf zu schütteln.

»Langsam, Frau von Wedekind, ganz langsam. Übernehmen Sie sich nicht.«

Wer, zum Teufel, war diese *Frau von Wedekind*, von der nun schon wieder die Rede gewesen war?

Emilia spürte, wie sich die Hände der Frau unter ihren Kopf schoben, wie die kräftigen Arme als Nackenstütze galten. Es tat ihr wohl, etwas aufrechter zu liegen. Der Schwindel ließ nach, nur die Übelkeit wurde nicht besser. Allerdings erkannte ihr diffuser Blick schemenhaft die Umrisse einer offenbar drallen Person. Dieser Erfolg ließ sie die anderen Leiden vergessen und mutiger werden. Sie öffnete den Mund – und heraus kam ein Röcheln.

»Herr Graaf!«, rief die Frau aufgeregt.

Sie stopfte ein Kissen in Emilias Nacken und wandte sich ab. Dabei hätte Emilia sie gerne festgehalten. Doch stattdessen veränderten sich die Schatten vor ihren Augen, und an ihre Ohren drang das Geräusch der sich öffnenden Tür.

»Herr Graaf, kommen Sie rasch. Sie ist aufgewacht!«

Schwere Schritte erfüllten den Raum.

»Dem Himmel sei Dank!« Es war die Stimme des Mannes, die ihr bekannt vorgekommen war.

Emilia zwang sich, in die Richtung der Person zu schauen, die gerade hereinkam. Ihr Gehör leitete ihren Blick. Plötzlich jedoch veränderte sich ihre Wahrnehmung. Es war, als sähe sie sich und ihn aus einer anderen Position.

Sie war nicht mehr die bettlägerige, schwerkranke Frau, sondern ein lebhaftes Mädchen an der Schwelle zum Erwachsensein, das durch einen Blumengarten hüpfte. Ein junger Mann folgte ihr, und sie beide lachten, umrundeten sich wie Schmetterlinge und liefen dann weiter über die Wiese. Über die Schulter sah sie zurück zu ihm, wohl wissend, dass er sie einholen würde. Natürlich wollte sie es so. Sie wollte nichts so sehr wie ihn. Joachim Graaf war der Inbegriff dessen, was sie über die Liebe dachte. Ihr Herz war übervoll. Als er sie endlich erreichte und ihre Hand ergriff, war es mehr als eine Berührung. Es war wie ein Versprechen. Dieser Mensch war ihre Liebe, ihr Schutz und ihre Zukunft.

Sie fühlte seine Hand in der ihren, ohne zu unterscheiden, ob sie damals auf dem duftenden Gras lag oder heute auf einer guten Rosshaarmatratze. Seine Nähe erfüllte sie mit Glück. Sie wollte ihm sagen, dass es ihr gutging, wenn er bei ihr war.

Doch stattdessen kam in einem fremden, rauen, kehligen Ton über ihre Lippen: »Kümmere ... dich ... um ... unseren Sohn ...«

Ermattet von der Anstrengung sackte sie wieder weg. Diesmal träumte sie von zwei jungen Leuten, die einander zwischen Butterblumen und Gänseblümchen eine erste Liebe schenkten.

51

»Ich habe versprochen, Diskretion zu wahren«, sagte Maria so leise, dass sie befürchtete, Joachim Graaf würde sie nicht verstehen. Ihre Kinder spielten auf dem Plateau Fangen, und er hatte sie zuvor gebeten, die Mädchen und Jungen nicht zur Ordnung zu rufen und ins Haus zu schicken. In einem sachlichen, distanzierten Ton hatte er von den ersten Worten berichtet, die Emilia endlich gesprochen hatte. Worte, die allerdings auch Maria verwirrten. Und das nicht nur, weil Graaf von ihr wissen wollte, ob sie als Freundin etwas mit diesem einen, bedeutungsvollen Satz anfangen konnte. Sie fügte hinzu:

»Anscheinend macht sie sich große Sorgen um Amadeus. Womöglich erinnert sie sich nicht, dass er in der Ritterakademie in Liegnitz ist.«

»Wenn ich nicht hier warten wollte, bis Emilia wieder zu sich kommt, würde ich das nächste Pferd satteln und nach Altona reiten. Sicher weiß ihr Bruder, was sie gemeint haben könnte.«

Natürlich war er auch nur ein Mann, dachte Maria. Aber erinnerte sich Graaf nicht an die Details seiner Jugendliebe? Oder war ein so kluger, erfolgreicher, gebildeter, weitgereister Herr tatsächlich so naiv, dass ihm nicht klar war, warum eins plus eins manchmal drei ergaben? Vielleicht war er aber auch nur ignorant. Doch das konnte sie sich eigentlich nicht vorstellen.

Verstohlen musterte sie ihn von der Seite. Sie standen am Rand der Terrasse, es war frisch, aber die Luft tat ihm nach der Aufregung, die mit Emilias Erwachen einhergegangen war, anscheinend gut. Sein müdes Gesicht wirkte nicht mehr so fahl, und seine Augen leuchteten. Vielleicht verlieh ihm aber auch die kleine Besserung Emilias neue Lebendigkeit.

Er hatte sich eine Tabakpfeife angezündet, und die Brise blies den Rauch in Marias Richtung. Unwillkürlich hüstelte sie und trat einen Schritt von ihm fort.

»Entschuldigen Sie«, er nahm die Pfeife in die andere, von Maria abgewandte Hand.

Sie lächelte ihn freundlich an. »Es ist schon wieder gut.«

»Ach, wenn es das nur wäre …«, seufzte er. Dann schien ihm plötzlich etwas aufzufallen. Er sah sie scharf an. »In welcher Angelegenheit haben Sie versprochen, Diskretion zu wahren? Wenn es in irgendeiner Weise Frau von Wedekind oder meine Person betrifft, bitte ich Sie, nicht mehr zu schweigen.«

»Sie sind ein Mann«, wich Maria ihm aus, »Sie wissen, was die Verletzung eines Ehrenwortes bedeutet.«

»Ich glaube kaum, dass Sie irgendjemand zum Duell fordern würde, liebe Frau Burmester.«

Maria schwankte. Hatte Emilia nicht selbst den Anstoß für die Wahrheit gegeben? Doch war im Augenblick nicht klar, ob die Ärmste überhaupt wusste, was sie redete. Dass sie schreckliche Träume plagten, hatte jeder hier im Haus gehört. Sicher war Emilia wieder von einem Albdruck verfolgt worden, der sie zu ihrer Bitte verleitete. Allerdings war der Zusammenhang nicht zu übersehen. Unter diesen Umständen konnte es von Bedeutung sein, dass Graaf erfuhr, was Henriette und Christian Vandenberg vermuteten und Emilia im Grunde bestätigt hatte. Doch wer war sie, die Witwe Burmester, dass sie Schicksal spielen durfte? Du hast das schon getan, beantwortete sie sich insgeheim ihre Frage, als du die Desserttafel für einen romantischen Ausflug ausgerichtet hast.

»Es fällt mir nicht leicht, Herr Graaf, aber wenn Sie die Wahrheit zu erfahren wünschen, werde ich sie Ihnen sagen«, hob sie an. Dann atmete sie tief durch und fuhr fort: »Es ist wohl so, wie Emilia es Ihnen gesagt hat. Nur sie selbst weiß, wie die Dinge liegen. Aber es besteht die recht einleuchtend wirkende Vermutung, dass Sie der Vater ihres Sohnes Amadeus sind und mitnichten Tilmann von Wedekind.« Als sie geendet hatte, klopfte ihr Herz bis in ihren Hals hinein.

»Oh mein Gott!« entfuhr es ihm, zu schockiert oder verwirrt von der Wahrheit. Und: »Denken Sie bitte nicht schlecht von Emilia.« Dann schob er den Holm seiner Pfeife zwischen seine Lippen und presste seinen Mund mit einem finsteren, bitteren

Ausdruck zusammen. Er blickte auf den Strom hinab und dachte vielleicht daran, wie ein Schiff sein junges Ich damals flussabwärts gebracht hatte, fort von Emilia und ihrer Liebe, aber auch weit weg von seiner Verpflichtung als Ehrenmann.

Maria befand, dass sie Graaf nicht dabei helfen konnte, mit der Neuigkeit zurechtzukommen. Sie wusste auch gar nicht, was sie noch dazu sagen sollte. Für einen Rat war sie sicher nicht geeignet. Schon gar nicht, nachdem sie selbst erlebt hatte, welche Verbindung Sehnsucht und Leidenschaft eingingen, wenn eine Frau dies zuließ. Vorrangig war sowieso, dass Emilia gesund wurde. Sicher würde sie später entscheiden, wie sie ihr Familienleben weiterführen wollte. Maria bezweifelte zwar, dass das Ehepaar von Wedekind nach allem, was geschehen war, künftig ebenso zusammen sein würde wie in der Vergangenheit, aber letztlich ging sie das nichts an. Emilias Sorge um Amadeus stach ihr allerdings in das Herz. Sie beschloss, einen Weg zu suchen, um herauszufinden, wie es dem Jungen ging.

Ihre Kinder johlten, lachten und lärmten im Hintergrund. Mit seinen kurzen Beinchen kam der kleine Nicolaus nicht so schnell hinter seinen Geschwistern her. Er fiel in einem hohen Bogen auf den Sandboden, streckte dabei seine Ärmchen aus und hielt sich an Marias Rock fest. Obwohl sie ihm geistesgegenwärtig entgegentrat, riss eine Naht.

Die Verirrungen und Verwirrungen von Joachim Graaf und Emilia waren mit einem Mal nicht mehr so wichtig. Maria bückte sich und hob ihren Jüngsten auf den Arm. »Kinder«, rief sie den anderen zu, »es wird Zeit für die Kaffeestunde. Geht bitte hinein und wascht euch die Hände.«

»Verzeihen Sie«, sagte Joachim Graaf, »ich halte Sie von Ihren Pflichten ab.«

»Ach, nein, das tun Sie nicht. Ich plaudere gerne mit Ihnen. Ich denke nur, Sie sollten ein wenig Geduld haben. Mit sich, aber vor allem mit Emilia. Sie muss erst einmal gesund werden.« Über sich selbst erstaunt, dankte Maria ihrer inneren Stimme, die ihr die richtigen Worte souffliert hatte.

Graaf nickte. »Ich sollte dankbar sein, dass sie überhaupt wieder spricht, nicht wahr?« Ein Lächeln streifte sein Gesicht. »Sie hatten recht, Frau Burmester: Die Magie der Linden hat gewirkt. Die Bäume beschützen Ihr Haus und alle Menschen, die sich darin aufhalten …«

Sie schluckte. Die Erinnerung an Daniel war alles andere als willkommen.

»Bevor der Winter da ist, sollten Sie die Linden einpflanzen lassen.«

»Das …«, hob sie an, beschloss aber, dass es nicht angemessen war, ausgerechnet dem Mann zu widersprechen, der sich als großzügiger Mäzen erwiesen hatte. Sie glaubte zwar eher daran, dass Gott die Hand über ihr Haus hielt und nicht die Äste einer Linde, aber auf gewisse Weise hatte Graaf natürlich recht. Da Emilia wohl überleben würde, gab es keinen Grund mehr, einen Verkauf des Anwesens zu fürchten. »Ich werde darüber nachdenken«, erklärte sie. »Entschuldigen Sie mich nun, bitte, ich muss zu meinen Kindern.«

Er nickte noch einmal – und Maria war entlassen.

Sie umfasste den kleinen Nicolaus auf ihrem Arm fester. Paridoms jüngstes Kind. Das letzte, das er gezeugt hatte. Ein Zeichen ihrer anhaltenden Zuneigung nach den vier Söhnen und Töchtern zuvor. Zwölf gute Jahre waren sie verheiratet gewesen, bevor er gegangen war. In derselben Zeit hatte Emilia mit einem Mann zusammengelebt, den sie nicht liebte und der sie zumindest seit einigen Monaten mit ihrer Gesellschafterin betrog, sie hatte wahrscheinlich den Sohn eines anderen geboren und das Wiedersehen mit ihrer Jugendliebe gesucht, die Folgen waren grausam für sie. Zwölf Jahre, die so unterschiedlich verlaufen waren, dachte Maria, als sie in die Stube trat, und ein Knabe, der nicht weit davon entfernt gewesen war, seine Mutter zu verlieren. Zwei Gleichaltrige, zwei Halbwaisen ...

Und plötzlich wusste sie, wie sie etwas über das Wohl von Emilias Jungen herausfinden konnte.

52

Der Alltag nahm seinen Lauf – und er nahm Maria zumindest mehr als erwartet in Anspruch. Die Pflege und langsame Genesung von Emilia forderte auch sie, die zusätzliche Person brachte ihren Haushalt trotz der Hilfskraft durcheinander, und allein die fast ständige Anwesenheit von Joachim Graaf sorgte für mehr Arbeit. Hinzu kam, dass sie in der Backstube alle Hände voll zu tun hatten, um für die Weihnachtszeit und den Christmarkt im Hamburger Dom ausreichend gewappnet zu sein. Schon Wochen zuvor gingen Aufträge für Geschenke ein, die Hinnerk überforderten und Maria beglückten. Schließlich stellte sie eine Waschfrau ein, die Rike unterstützen sollte, und zwei zusätzliche Gehilfen für die *Konditerei*. Mit den vielen fremden Menschen verschwand der letzte Hauch von Stille aus dem Trauerhaus, Ruhe fand Maria nur noch des Nachts, aber dann war sie meistens so erschöpft, dass sie über den Gedanken an ihr Liebesleben einschlief.

Ausgerechnet Dineke sprach sie eines Nachmittags auf

Daniel an, als sie auf eine Tasse Kaffee vorbeischaute und es sich in dem Sessel vor der Terrassentür gemütlich machte: »Wie schön, dass endlich die Linden eingesetzt worden sind. Da hatte Herr Jacques sicher viel zu tun.«

Maria sah von der Kanne auf, die sie gerade auf das Stövchen zurückstellen wollte. »Daniel? Nein, der hat damit nichts zu tun. Die Linden wurden von Gärtnern aus der Baumschule eingepflanzt.«

Sie übersah, dass sie ihn bei seinem Vornamen nannte. Und sie ignorierte auch, dass die Bäume exakt in jenen Reihen standen, wie Daniel sie im Sommer angeordnet hatte. Joachim Graaf hätte sie nicht eigens darauf hinweisen müssen, sie wollte es selbst so haben. Es war eine schmerzliche Erinnerung an das Band, das sich im Laufe der Monate um sie beide gewoben hatte. Ein Band, das sie jedoch zerreißen musste aus Respekt vor ihrem verstorbenen Mann, der Trauerzeit, ihrer Unsicherheit und der Furcht vor dem Klatsch der Nachbarn. Auch ohne die Lindenallee würde sie Daniel niemals vergessen, aber so kam es ihr vor, als bliebe ein kleiner Teil von ihm für immer bei ihr.

Natürlich hatte er sich nach ihrer Auseinandersetzung nicht mehr bei ihr blicken lassen, das war auch nicht zu erwarten von einem stolzen jungen Mann. Da sie ihr Haus vor lauter Arbeit nur selten verließ, bestand kaum Gelegenheit, ihm zufällig zu begegnen. Offenbar ging er in eine andere Kirche zum Gottesdienst, so dass sie ihn nicht einmal sonntags antraf. Daniel war für sie wie vom Erdboden verschwunden, und sie fand, dass es besser so war, um keine Wunden aufzureißen.

»Herrn Jacques wird es gewiss gefallen, dass nun ein weiteres Grundstück in der Gegend seine Handschrift zeigt«, meinte Dineke leichthin. »Dem werden fraglos noch viele folgen, wenn erst Herrn Graafs Park fertig ist und die Arbeit an den Gartenanlagen von Herrn Godeffroy in Blankenese begonnen hat. Herr Jacques scheint Karriere in unserer Gegend zu machen.«

Angelegentlich kümmerte sich Maria um den Kaffeetisch. Während sie die Kanne abstellte, den Zucker in der Dose umrührte und die Kaffeegewürze hin und her schob, gelang es ihr, der Freundin nicht in die Augen zu sehen. Da ihr Schweigen wohl etwas zu lange anhielt, antwortete Maria schließlich, ein Seufzen unterdrückend: »Das freut mich natürlich.«

»Da er sich noch einige Zeit hier verdingen wird, möchte er seinen Namen ändern«, versetzte Dineke.

Maria verschüttete ein paar Tropfen Milch aus dem Kännchen, das sie in der Hand hielt. »Warum braucht er denn einen neuen Namen?«

»Er beriet sich neulich mit dem Pastor über eine Namensänderung, aber warum er nicht mehr Jacques heißen möchte, sagte er nicht in aller Deutlichkeit. Ich glaube, er will sich den örtlichen Gepflogenheiten anpassen.«

»Ah. Ja.« Maria wünschte, ihr wäre ein intelligenterer Kommentar eingefallen, aber ihr Denkvermögen war gerade erheblich eingeschränkt. Was immer Daniel zu seinem Schritt bewogen haben mochte, die naheliegendste Erklärung für seinen Wunsch nach Anpassung war eine Heirat. Wen aber wollte er ehelichen, nachdem sie ihm einen Korb gegeben hatte? Wo fand er so rasch eine Braut? Natürlich, er war gutaussehend und verfügte über viele Vorzüge, aber dennoch …?

Sie hatte niemals erwogen, dass er einer anderen Frau die Hand reichte. In ihren Vorstellungen durften sie beide zwar kein Paar sein, aber er sollte allein bleiben, so wie sie auch. Maria hatte nie damit gerechnet, ihn an eine andere zu verlieren. Der Gedanke, dass er diese dann ebenso glücklich machen könnte wie sie, schnürte ihr den Hals zu. Kraftlos sank sie auf den zweiten Sessel.

»Du scheinst ja nicht mehr viel über unseren charmanten Kunstgärtner zu wissen«, bemerkte Dineke.

Maria riss sich zusammen. Sie bemühte sich um Ruhe, als sie antwortete: »Ich habe ihn schon eine Weile nicht mehr gesehen.«

»Aber die Linden ...«, in beredtem Schweigen brach Dineke ab. Demonstrativ blickte sie aus dem Fenster.

»Die Gärtner der Baumschule haben dafür im Auftrag von Herr Graaf gesorgt«, gab Maria ein wenig ungehalten zurück. »Aber das sagte ich ja schon.«

»Nun gut«, die Freundin zögerte, dann: »Nach den ersten Peinlichkeiten schien deine Bekanntschaft mit Monsieur Jacques doch recht manierlich zu sein. Wenn ich es richtig verstanden habe, hat er dir häufig geholfen. Deshalb verstehe ich das abrupte Ende nicht.«

»Ach, Dineke«, seufzte Maria. Sie wünschte, sie könnte sich offenbaren, wusste aber gleichzeitig, dass das nicht möglich war. Die Frau des Pastors war ganz sicher nicht die geeignete Person, mit der man sich über einen leidenschaftlichen Nachmittag, einen in Flammen stehenden Körper und ein gebrochenes Herz austauschen konnte. »Der Aufenthalt von Frau von Wedekind sorgt für allerlei Unruhe im Haus. Ich habe einfach zu viel zu tun, um neue Freundschaften zu pflegen.« Das war immerhin keine Lüge.

»Wie geht es ihr?«

»Es geht ihr besser«, versicherte Maria und lächelte zum ersten Mal. »Emilia macht Fortschritte. Mit vereinten Kräften haben wir sie aus dem Bett gehoben und auf die Beine gestellt.

Dabei ist sie nur ein Federgewicht. Sie ist uns fast zusammengebrochen, aber es war ersichtlich, wie gut es ihr tat, sich aufrecht zu halten. Sie kann jetzt mit einem Löffel essen und spricht ein wenig mehr. Der Arzt hat gesagt, dass ihr Gehirn lange Zeit nicht an diese einfachsten Dinge gewöhnt war und es ihr deshalb schwerfällt, aber sie kommt wieder zu sich. Langsam zwar, aber es gelingt. Das ist eine große Erleichterung.«

»Danken wir Gott dafür. Ich habe mir viele Vorwürfe gemacht wegen meiner Geschwätzigkeit, aber es war wohl gut, dass ich dir von Fräulein Böhme berichtete und du etwas unternehmen konntest. Weißt du, wie es im Hause Wedekind in Hamburg weitergeht?«

Maria war froh, dass sich die Konversation nicht mehr um Daniel drehte. Umso lebhafter beantwortete sie Dinekes Frage: »Gewiss weiß ich das. Gestern erhielt ich eine Nachricht von Frau Vandenberg, die mir schrieb, dass Herr von Wedekind seinen Besuch angekündigt habe. Anscheinend ist er von seiner Reise zurück und fand sein Haus leer vor. Ich werde sicher von Henriette hören, wie er die Behandlung seiner Gemahlin begründet. Über kurz oder lang wäre sie mit dem Schlafschwamm wohl in die Ewigkeit geschickt worden. Jedenfalls sagt das der Doktor aus Altona.«

»Besteht nicht die Möglichkeit, dass Fräulein Böhme eigenmächtig handelte? Nach allem, was ich über diese Person hörte, traue ich ihr es zu.«

»Ist das nicht ein wenig zu melodramatisch?« Maria wollte nicht zugeben, dass sie dieselbe Vermutung auch schon gehegt hatte. Zu schrecklich war der Verdacht.

»Häufig ist das Leben noch dramatischer als die Werke des Herrn Lessing.«

Maria zuckte mit den Achseln. Sie wusste natürlich von dem legendären einstigen Dramaturgen des Nationaltheaters. Aber Gotthold Ephraim Lessing war schon vor einer Weile verstorben und seine Werke nicht mehr überall in Mode.

»Nimm nur das Stück, das so heißt wie sie: ›Emilia Galotti‹«, fuhr Dineke in einem gouvernantenhaften Ton fort. »Die Geschichte handelt von einem glühenden Verehrer, der seinen Nebenbuhler ermorden lässt. So etwas ist doch naheliegend …«

»Was? Dass Herr von Wedekind es auf Herrn Graaf abgesehen hat? Ich bitte dich, Dineke, jetzt übertreibst du aber.«

»Ich meinte eigentlich, dass dieses Fräulein Böhme eher Emilia von Wedekind töten wollte.« Dineke runzelte die Stirn. »Aber du hast recht, der Vergleich passt nicht.«

»Das hoffe ich doch, sonst würde ich mich ab sofort sehr ängstigen«, spöttelte Maria. »Hier bringt niemand einen anderen Menschen um. Und wenn du weitersprichst, träume ich schlecht.«

Das tat sie in der folgenden Nacht tatsächlich. Allerdings war nicht Emilia schuld an dem Albdruck. Sie träumte viel zu realistisch davon, wie Daniel eine andere Frau liebte.

53

Es überraschte Emilia, festzustellen, wie angenehm es einerseits war, etwas Besserung zu fühlen. Aber kaum begann sie ihre Genesung zu schätzen, begriff sie, wie kräftezehrend es sich gestaltete, in ihr Leben zurückzufinden. Jede Bewegung ermüdete sie, jeder Schritt war zu viel, jedes Schälchen Brei füllte ihren Magen, als habe sie den größten Teil eines Ochsen vertilgt. Inzwischen war es ihr peinlich, dass sie so viel Schwäche zeigte. Vor allem gegenüber Joachim war es ihr unangenehm. Doch seine zärtliche Aufmerksamkeit half ihr, wenn er etwa ihren Arm nahm, um sie herumzuführen. Die gemeinsamen Momente machten sie sogar sehr glücklich.

Sie wusste, dass sie diesen Mann ihr Leben lang liebte. Mit dem Namen Wedekind konnte sie noch immer nichts anfangen, aber Joachim war die letzte Person, der sie offenbaren würde, dass sie sich anscheinend nicht einmal mehr daran erinnerte, wie sie angesprochen wurde. Henriette erschien ihr dafür geeigneter. Die erkannte sie als ihre Schwägerin, genauso, wie ihr beim ersten Anblick klar war, dass es sich bei Christian Vandenberg um ihren großen Bruder handelte. Die beiden kamen regelmäßig zu Besuch, Henriette öfter als Christian, da dieser von seinen beruflichen Verpflichtungen abgehalten wurde. Ihr vertraute Emilia dann auch an, dass sie sich an nichts erinnern konnte, was nach ihrer Jungmädchenzeit auf dem Gut ihrer Eltern geschehen war. Nur dass sie einen Sohn geboren hatte, war ihr gegenwärtig, als wäre es gestern gewesen.

»Warum bin ich mit dessen Vater nicht verheiratet?«, wollte sie mit ihrer neuen, leisen und rauen Stimme wissen. Dabei bestürzte sie die anscheinend uneheliche Geburt enorm. Amadeus durfte kein Bastard sein!

»Der Arzt sagt, dass in deinem Kopf noch etwas verletzt sein könnte, das die Erinnerung an die vergangenen Jahre verhindert«, erwiderte Henriette. Nervös faltete sie die Hände in ihrem Schoß.

Die Pflegerin hatte ihr einen Stuhl an Emilias Bett geschoben, wo Emilia – von vielen Kissen gestützt – ihre Besucherin empfing.

»Warum beantwortest du meine Frage nicht?«, insistierte Emilia ungehalten.

»Der Arzt meint«, fuhr Henriette fort, »dass deine Vergesslichkeit mit einer Person zusammenhängt, die nicht gut zu dir gewesen sein könnte.« In einer fahrigen Bewegung strich Henriette eine Träne aus ihrem Augenwinkel. »Was hat dir Tilmann angetan, Emilia?«

»Tilmann?«

»Das ist dein Gemahl. Du hast Tilmann von Wedekind keine sieben Monate vor der Geburt deines Sohnes geheiratet. Joachim Graaf befand sich damals auf Kavalierstour, er wusste nichts von dem Kind.«

Emilia wurde schwindelig. Das waren zu viele Informationen, die sie einordnen musste. Sie verstand jedoch, dass es da einen Ehemann gab. Doch warum besuchte er sie nicht? Warum befand sie sich in einem Haus, das ihrer Ansicht nach eine Herberge war, und nicht in ihrem eigenen Heim? Zum ersten Mal machte sie sich Gedanken darüber, was sie an diesen Ort verschlagen haben mochte. Alle Frauen hier waren sehr freundlich zu ihr, aber sie kannte kein einziges Gesicht. »Wo ist dieser Tilmann? Warum ist er nicht an meiner Seite?«, fragte sie tonlos.

»Wir hielten es für das Beste, ihn von dir fernzuhalten.«

Trotz der zunehmenden Verwirrung in ihrem Gehirn war ihr klar, dass ihre Schwägerin und ihr Bruder schwerwiegende Gründe für diese Vorsorge hatten. Leichtfertig trennte man kein Ehepaar. Ich muss mich unbedingt erinnern, dachte Emilia verzweifelt.

Müde von der Anstrengung des Sprechens und Zuhörens und der nicht zu fassenden Gedanken, die durch ihren Kopf waberten, schloss Emilia die Augen. Sie wollte jedoch nicht, dass Henriette annahm, sie wollte schlafen, und sich deshalb verabschiedete. Ihre Gesellschaft tat Emilia gut. Deshalb bat sie: »Erzähle mir von diesem Tilmann.«

»Ich glaube, es geht ihm gut«, antwortete Henriette. »Er war gestern sogar bei uns, um sich nach dir zu erkundigen. Christian hatte eine Nachricht für ihn in eurem Haus in Hamburg hinterlassen, und als Tilmann von seiner Reise zurückkehrte, fand er sie natürlich vor. Ich habe ihn beruhigen und abwimmeln können.«

Noch mehr Informationen, die Emilia überforderten.

Offenbar nahm Henriette ihr Schweigen als Aufforderung, weiterzusprechen: »Du hast lange mit Tilmann in preußischen Garnisonen gelebt, aber seitdem er an das Konsulat in Hamburg berufen wurde, wohnt ihr dort, allerdings ist dein Mann trotzdem sehr viel unterwegs. Er ist übrigens Militärarzt.«

Der Beruf Tilmann von Wedekinds brachte in Emilias Hirn etwas zum Klingen. Es war kein Nebelhorn, sondern eine Alarmglocke. Der Ton in ihrem Kopf wurde schrill. Gleichzeitig tauchte vor ihrem geistigen Auge ein Meer aus Blut auf. Ihre Gedanken begannen sich wie ein Kinderkreisel zu drehen, schließlich schienen sie nicht mehr nur in einer imaginären Welt in ihrem Schädel stattzufinden, sondern Realität zu werden.

Emilia hatte unfassbare Schmerzen, die auch der Schwamm nicht lindern konnte, obwohl dessen süße, harzige Dämpfe in ihre Nase strömten. Sie spürte, wie ihr ein Band um den Oberarm gezurrt wurde und eine Hand ihren Arm streckte und in einer eisernen Umklammerung hielt. Kaltes Metall lag plötzlich in ihrer Armbeuge, im nächsten Moment gruben sich die Lanzetten des Schneppers in ihr Fleisch. Durch die geöffneten Adern strömte ihr Lebenssaft. Je länger das Schröpfen dauerte, desto verschwommener wurde alles. Sie wollte schreien, aber das kissenartige Gebilde lag nun auch auf ihrem Mund. Es war, als würde sie ersticken …

Die Erinnerung nahm ihr nicht das Bewusstsein wie in Wirklichkeit. Sie fiel nicht in Ohnmacht. Sie schrie aus Leibeskräften.

*

»Ich bin verzweifelt«, vertraute Henriette Vandenberg eine halbe Stunde später Maria an. »Wenn sich Emilia nicht langsam fasst, wird sie in ein Irrenhaus verbracht werden müssen.«

Sie hatte Maria in Paridoms Arbeitszimmer aufgesucht, wo Maria gerade über dem Kontorbuch saß. Nach wie vor handelte es sich um eine zwar unbedingt notwendige, aber von Maria ungeliebte Arbeit, obwohl die Zahlen inzwischen durchaus erfreulich waren. Maria bot Henriette einen Stuhl an und legte den Gänsekiel, nachdem sie die Tinte vorsichtig abgestreift hatte, auf die marmorne Ablage. An der Miene ihres Gastes war abzulesen, dass es sich nicht um gute Nachrichten handelte, Emilias erschütternde Aussichten hatte sie jedoch nicht erwartet.

»Emilia kann hierbleiben, solange es notwendig ist«, erwiderte Maria. Die Schreie waren zwar auch ihr unangenehm, doch inzwischen schienen sich alle Bewohner ihres Hauses daran gewöhnt zu haben, sogar ihre Kinder. Auch hatte sie in der letzten Zeit den Eindruck, dass Emilias Verwirrung eher abnahm. Womöglich irrte sie sich.

»Wenn ich nur wüsste, wie lange es dauert, dass sie sich einigermaßen fängt«, Henriette seufzte. »Eben unterhielten wir uns sehr manierlich, ich erzählte ihr von Tilmann – und plötzlich war sie wie ausgewechselt. Dabei ist mir nicht bewusst, dass ich ein kompromittierendes Wort verloren haben könnte.«

»Der Gedanke an ihn scheint sie zu erschrecken. Ich wünschte, wir wüssten, was vorgefallen ist.«

»Das wünschten wir alle, liebe Frau Burmester. Glücklicherweise ist Herr Graaf nicht zugegen, er hätte sich furchtbar aufgeregt. Aber ich bin froh, dass er sich nun gelegentlich um seine eigenen Angelegenheiten kümmert. So ging es ja mit ihm nicht weiter.«

»Er glaubt, sie befindet sich auf dem Weg der Besserung«, antwortete Maria. Sie hätte Henriette gerne gesagt, wie sehr sie die Liebe, die Joachim Graaf für Emilia empfand, berührte. Natürlich hatte sie auch bemerkt, dass eben diese Zuneigung eine Saite in Emilia streifte, die sie aus der Stille in das Leben zurückbrachte. Nicht vollständig, aber immerhin etwas. Vor ihren Augen entfaltete sich so eine zärtliche Beziehung, die sie mit Daniel wohl ähnlich hätte erleben können, aber ausgeschlagen hatte.

Rasch lenkte sie ihre Gedanken von Daniel fort und zu ihren Bemühungen, etwas über das Wohl von Emilias Sohn herauszufinden. Wenn Emilia jedoch auf eine anscheinend harmlose Unterhaltung über ihren Gatten dermaßen aufgebracht reagierte, würde sie eine Nachricht aus Liegnitz womöglich nur schwer verkraften, selbst wenn es sich um eine gute handelte. Das sagte sie Henriette: »Ich habe vorhin einen Brief erhalten und wollte ihn ihr später vorlesen, aber das werde ich natürlich unterlassen, solange sie so aufgebracht ist.«

Henriette starrte Maria aus großen Augen an. »Wie sind Sie denn an eine Nachricht aus Liegnitz gekommen, ohne Tilmann zu informieren?«

»Es war eine kleine List«, erwiderte Maria bescheiden. »Ich habe meinen Sohn Immanuel gebeten, seinem früheren Mitschüler zu schreiben. Ein Austausch unter alten Freunden, sozusagen. Immanuel wollte natürlich wissen, ob Amadeus noch Schwierigkeiten mit dem unglücklicherweise seinerzeit gebrochenen Daumen hat.«

»Respekt«, entfuhr es Henriette. Ein kleines Lächeln umspielte ihre Lippen. »Das war ein vortrefflicher Einfall, meine Liebe. Was hat Amadeus geantwortet?«

»Vermutlich wird die Post der Zöglinge von dem Leiter der Ritterakademie überprüft«, sagte Maria, während sie die Unterlagen vor sich hin und her schob auf der Suche nach dem Brief von Immanuel. »Dennoch hat Amadeus meinem Jungen recht deutlich zu verstehen gegeben, dass ihm seine Mutter fehlt und er das Klavier vermisst. Er schrieb auch, dass er Immanuel unbedingt wiederzusehen wünscht und hofft, bald nach Hamburg reisen zu dürfen. Aber es geht ihm so weit gut, Beschwerden habe er keine.« Endlich hatte sie das Kuvert gefunden. Sie reichte es Henriette. »Das anliegende Billett meines Sohnes ist kurz und knapp, aber so ist er leider«, fügte sie schmunzelnd hinzu.

»Nicht alle Jungen werden große Dichter«, meinte Henriette mit mütterlicher Milde.

»Mein Hauptanliegen war, Emilia die Sorge um ihren Sohn ein wenig zu nehmen.«

»Das weiß ich wohl. Und dafür danke ich Ihnen von Herzen.« Henriette erhob sich von ihrem Besucherstuhl. »Ich werde sehen, in welchem Zustand sich Emilia jetzt befindet, und entscheiden, ob ich ihr heute noch von Amadeus berichte oder erst wenn ich wiederkomme.«

»Handeln Sie, wie Sie es für richtig erachten.«

Nachdem sich Henriette nochmals bedankt hatte, verließ sie den Raum. Doch Maria nahm nicht sofort wieder ihre Arbeit auf. Blicklos starrte sie vor sich hin und fragte sich, wie es tatsächlich weitergehen sollte mit Emilia. Sie selbst zeigte sich stets verständnisvoll, aber natürlich schmerzte es sie insgeheim, nicht als Freundin erkannt, sondern als Fremde behandelt zu werden. Was, um alles in der Welt, sinnierte Maria, ist dir zugestoßen, Emilia von Wedekind?

54

Eine Woche nach ihrer Unterredung mit Henriette beobachtete Maria, dass sich Emilias Zustand wieder besserte. Sie wusste nicht, ob die Nachricht von Amadeus dazu beigetragen hatte. Da Emilia sie als Fremde betrachtete, wagte sie nicht, sie danach zu fragen. Bei Joachim Graaf erkundigte sie sich erst recht nicht. Deshalb kümmerte sie sich unverdrossen um ihren Haushalt, überwachte die Backstube und versuchte ihre Kinder auf die bevorstehende Fastenzeit vor Weihnachten einzustimmen. Sie sang mit ihnen am Abend christliche Lieder und nähte für Anna Elisabeth ein neues weißes Kleid für die Wintersonnenwendfeier, bei der ihre ältere Tochter den Lichterkranz der heiligen Lucia tragen sollte.

Viel zu oft beschäftigte Daniel weiterhin ihre Gedanken. Außer von Dineke und seiner beabsichtigten Namensänderung hatte sie nichts mehr von ihm gehört, und sie wagte nicht, ihre Freundin nach der Entwicklung dieses Ansinnens und anderen Neuigkeiten zu fragen. Auch Hinnerk erwähnte kein gemeinsames Bier im Krug, und da Joachim Graaf ebenfalls schwieg, nahm sie an, dass sich Daniel womöglich auf Reisen befand.

Konnte es sein, dass er doch über den Winter fortgegangen war und es versäumt hatte, sich von ihr zu verabschieden? Allerdings war das eine ziemlich alberne Idee. Natürlich war es nicht nötig, einander auf Wiedersehen zu wünschen, Daniel hatte sich an jenem Tag im Pavillon in eindeutiger Weise verabschiedet. Schließlich hielt sie es jedoch nicht mehr aus und spazierte eines Abends in Richtung seiner Bleibe. Schon von Ferne sah sie im Fenster eine Kerze flackern. Daraufhin drehte sie rasch um, hoffend, dass niemand ihre Neugier bemerkte, am allerwenigsten er selbst. Beruhigt kehrte sie auf ihren Hof zurück. Es tat gut, zu wissen, dass er wenigstens noch in ihrer Nähe war. Wenn auch für sie unerreichbar.

Nach einer dieser schlaflosen Nächte, in denen sie über ihre verlorene Liebe gegrübelt hatte, zwang sie sich zu einer Beschäftigung, obwohl ihre Glieder steif waren und ihr Kopf schmerzte. Sie bereitete mit Rike das Frühstück für ihre Kinder und Gäste, als sie ein energisches Klopfen an der Haustür aufschreckte. Die Sonne war noch nicht aufgegangen, die Dämmerung zog gerade erst vor ihren Fenstern auf. Eine Laterne in der Hand, nahm sie es der Magd ab, zu öffnen.

Magnus Frese lüftete höflich seinen Hut. Er wirkte ein wenig atemlos und aufgeregt. »Entschuldigen Sie die frühe Störung …«

»Was wollen Sie denn hier zu dieser Stunde?«, stieß Maria argwöhnisch hervor.

»Ich bin vor Tagesanbruch losgeritten, um Sie vor einem zornigen Gast zu warnen, der sich später auf den Weg zu Ihnen machen will.«

»Erzählen Sie keine *Fabeln*!«, gab Maria ärgerlich zurück.

»Dafür bin ich überhaupt nicht aufgelegt. Es ist früh am Morgen, ich habe schlecht geschlafen und bin übler Laune. Also sagen Sie mir besser offen, was Sie wollen, Magnus Frese, oder verschwinden Sie!«

Er spähte über ihre Schulter. »Darf ich hereinkommen? Und einen Becher heißen Wein würde ich auch nicht ablehnen.«

»Das glaube ich Ihnen gerne, aber ich empfange um diese Uhrzeit noch nicht.«

»Ich mag Ihre Kratzbürstigkeit ja«, gab Frese schwer atmend zurück, »doch jetzt ist sie unangebracht. Ich kann Ihnen das auf der Türschwelle nicht erklären, aber ich versichere Ihnen, dass mich eine dringliche Angelegenheit hierhergeführt hat.«

Seltsamerweise konnte sie keine Falschheit entdecken. Auch keinen Spott. Es schien ihm bitterernst zu sein. Deshalb trat sie zur Seite, um ihn einzulassen. Sie trat jedoch einen Schritt zurück und von ihm fort. »Also?«

»Gestern Abend nahm ein Herr bei mir im Hotel Quartier, der recht aufgewühlt zu sein schien und ein Glas mehr nicht verachtete«, berichtete Frese unumwunden. »Er schien auch den Frauen recht zugetan. Anfangs war alles nicht ungewöhnlich, doch dann begann er zu reden. Er behauptete, im Auftrag des preußischen Königs unterwegs zu sein, was ich natürlich sofort als Prahlerei abtat …«

»Bitte«, mahnte Maria leicht ungehalten, »fassen Sie sich kurz. Ich habe nicht bis morgen Zeit.«

»Warten Sie!« Frese griff in seine Jackentasche, förderte ein blütenweißes Taschentuch hervor und putzte sich geräuschvoll die Nase. Nachdem er das Tuch wieder eingesteckt hatte und Maria vor Ungeduld und Widerwillen schier platzen wollte, fuhr er fort: »Der Gast redete und redete und trank und trank und erwähnte dann den Namen *Graaf*. Da wurde ich wieder auf das *Gebrabbel* aufmerksam, denn mit dem Herrn Graaf, der das große Landgut baut, will ich's mir nicht verscherzen. So wurde ich Zeuge wüster Morddrohungen, die mein Gast gegen den Herrn und seine eigene, angeblich untreue Ehefrau ausstieß. Er verstieg sich sogar zu der Annahme, dass sich die beiden in Ihrem Haus vergnügten, Witwe Burmester!«

Maria war erbleicht. »Heißt der Mann Tilmann von Wedekind?«

»Ja.« Plötzlich wirkte Frese wie gewohnt von sich eingenommen, überheblich und zufrieden mit sich. »Und jeder im Umkreis von einer Meile weiß, dass sich seine Gattin hier bei Ihnen von einer schweren Krankheit erholt.«

»Tatsächlich?«, murmelte Maria, nur um etwas zu sagen. Eigentlich war sie viel zu erschüttert, um eine klare Aussage zu treffen. Woher wusste Tilmann von Wedekind, dass Emilia bei ihr war? Was bewog ihn dazu, sich im Park-Hotel zu betrinken und Geschichten über einen in dieser Gegend höchst angesehenen Mann zu erzählen? Natürlich, dachte sie, Fräulein Böhme hatte ihm von dem Band zwischen Emilia und dem Jugendfreund berichtet. Aber das sollte doch schon eine Weile zurückliegen …

»Er schwor Rache!«

»Was?« Maria sah ihn an. »Wofür denn Rache?«

Frese lachte. »Na, das ist doch wohl klar. Ich würde auch nicht zusehen wollen, wie Sie mir einer ausspannt, Maria. Herr von Wedekind glaubt, Herr Graaf nehme ihm die Frau …«

»Psst!«, machte Maria entsetzt. »Nicht so laut. Herr Graaf

ist im Haus, und Sie möchten sicher nicht, dass er wegen der falschen Anschuldigung zuerst Ihnen zürnt.«

»Dann passen Sie mal auf, dass es hier heute kein Gemetzel gibt.«

Erst mit einiger Verspätung registrierte sie die persönliche Anspielung zuvor. Frese machte sich also immer noch Hoffnungen. Und eben deshalb tat sie seine Geschichte als erfunden ab. »Das ist doch alles Unsinn. Ich glaube Ihnen kein Wort. Gehen Sie, Magnus Frese, bevor sich meine Gäste von Ihnen bedroht fühlen.«

»Sagen Sie nicht, ich hätte Sie nicht gewarnt.« Umständlich setzte er seinen Hut auf und tippte mit dem Zeigefinger gegen die Krempe. »Ich habe etwas gut bei Ihnen, das merk' ich mir.«

»Halten Sie mich nicht auf!«, gab sie barsch zurück.

Nachdem Sie die Tür hinter Frese geschlossen hatte, lehnte sie ihren Kopf gegen das kühle Holz. Ob etwas Wahres an der unglaublichen Geschichte war, die er ihr präsentiert hatte? Maria schwankte zwischen Unglauben, Empörung und der Neigung, der Sache doch eine gewisse Glaubwürdigkeit einzuräumen. Warum sollte Magnus Frese einen Gast namens Tilmann von Wedekind erfinden? Das war völlig unsinnig, selbst wenn er weiterhin listig nach einer Möglichkeit suchte, Maria zu übervorteilen. Es gab gewiss andere Wege als ein derart haarsträubendes Auftreten. Und woher wusste er von der Beziehung zwischen Graaf und Emilia? Aber wenn alle Welt über die von ihr beherbergte Patientin redete, tuschelten die Leute sicher auch über die ungewöhnlich häufige Anwesenheit von Joachim Graaf in ihrem Haus. Immerhin glaubte keiner ihrer Nachbarn, dass sie selbst der Grund dafür war.

Was sollte sie nun tun?

Sie beschloss, Herrn Graaf von dem frühen Besuch zu erzählen, sobald er aufgestanden war. Inzwischen verbrachte er die Nächte nicht mehr auf dem Stuhl im Flur, sondern schlief in einem zweiten Gästezimmer. Da er ein Frühaufsteher zu sein schien, würde er sich gewiss bald melden, und dann konnten sie gemeinsam entscheiden, wie mit einem möglicherweise angriffslustigen Tilmann von Wedekind umzugehen war. Beruhigt von ihrem Plan, ging Maria in die Küche zurück.

*

Die Kinderfrau meldete, dass Nicolaus mit hohem Fieber und Husten aufgewacht war, und lenkte Maria somit von ihrem Vorhaben ab. Nachdem Maria Anweisung gegeben hatte, für Essigwickel und heißes Zitronenwasser mit Honig zu sorgen, lief sie hinauf in die Schlafkammer der Jungen. Ihr dreijähriger Sohn lag apathisch in seinem Bett, das Gesichtchen gerötet, seine Nasenflügel flatterten ebenso wie seine Lider, das Haar klebte schweißnass an den Schläfen. Als sie die Hand auf seine Stirn legte, spürte sie glühende Hitze. Im nächsten Moment entrang sich ihm ein tiefer Husten. Vorsichtig hob sie ihn in ihre Arme.

Jedes Mal, wenn eines ihrer Kinder krank wurde, fühlte sie sich hilflos und bang. Seit Paridoms Tod war ihre Furcht, ein weiteres Familienmitglied zu verlieren, sogar unermesslich geworden. Natürlich war ein Husten keine große Sache, und Kinder bekamen nun einmal Fieber, aber jede Mutter kannte eine andere, die durch eine üble Erkältung mindestens ein Kleines verloren hatte. Eine Lungenentzündung oder Schwindsucht machten selbst vor den begüterten Familien nicht halt, ganz zu schweigen von der Bedrohung durch einen Keuchhusten.

Die Kinderfrau hatte den sechsjährigen Jean bereits vorsorglich in das Zimmer der Mädchen gebracht, so dass Maria sich nur um Nicolaus kümmern konnte. Sie ging mit ihm auf dem Arm auf und ab, sang eine erfundene Melodie, in der sich Töne aneinanderreihten, von denen sie hoffte, dass sie beruhigend auf den Jungen wirkten. Wieder kam da dieser trockene Husten aus der kleinen Kehle, und Maria dachte, dass sie verrückt geworden war, weil sie gleich das Schlimmste fürchtete. Und sie dachte, dass sie die Witwenkleider ablegen sollte, um vor ihren Kindern nicht ständig wie eine alte Krähe herumzulaufen. Sie selbst vermied es langsam, in den Spiegel zu sehen, weil sie das viele Schwarz nicht mehr ertrug. *Wann hast du das letzte Mal in den Spiegel geschaut?*, hatte Daniel sie gefragt. Maria barg ihr Gesicht in der Halsbeuge ihres Kindes und überlegte, wann sie aufhören würde, an Daniel zu denken.

Nach einer Weile kam die Kinderfrau mit einer Schüssel und sauberen Tüchern zurück. »Rike kommt gleich mit dem Zitronenwasser. Sie war gerade an der Tür, um einen Besucher hereinzulassen.«

»Da ist jemand gekommen?«, entfuhr es Maria. Im ersten Moment war sie verwirrt, dann umso entsetzter, als ihr bewusst wurde, dass sie Magnus Freses Warnung vollkommen vergessen hatte.

»Der Herr hat wohl nach Frau von Wedekind gefragt.«

In diesem Moment hörte Maria laute Stimmen. Unverständliche Töne wehten in die Schlafkammer, dann ein Poltern. »Um Gottes willen!« Hastig legte sie den mit leisem Gewimmer protestierenden Jungen zurück in sein Bett. »Ich komme gleich wieder«, versprach sie. Dann wies sie die Kinderfrau an: »Achten Sie gut auf den Jungen.« Als sie die Tür öffnete, quälte sich Nicolaus mit einem erneuten Hustenanfall.

Sie hatte kaum ihren Fuß in die Diele gesetzt, als ein gellender Schrei die Wände erzittern ließ.

55

Tränenüberströmt stand Emilia in ihrem Zimmer vor dem Kamin. Sie hielt den Schürhaken in der Hand und auf die Person gerichtet, deren Ankunft ihr zusetzte. Sie hörte nicht auf zu schreien, und sie formulierte in ihrem Geschrei zum ersten Mal deutliche Hilferufe. Wohl aus Angst, dass sie mit der Eisenstange nach ihr schlug, versteckte sich Rike hinter der Tür. Der Besucher verharrte im Rahmen derselben.

Gleichzeitig mit Maria, die aus der Schlafkammer der Jungen kam, stürzte Joachim Graaf aus dem zweiten Gästezimmer. Auf der Treppe hallten die hastigen Schritte von Gudrun.

»Was ist …?«, brüllte Graaf. Er unterbrach sich, als er des anderen Mannes gewahr wurde. Unwillkürlich hielt er im Laufschritt inne.

Maria hatte Tilmann von Wedekind nie gesehen, aber es war ihr auf den ersten Blick klar, um wen es sich bei dem Besucher handelte. Er wirkte so militärisch korrekt, dass sie sich weder vorstellen konnte, wie er nach dem Leben seiner Frau trachtete, noch, wie er bei Magnus Frese im Gasthaus saß und sich so betrank, dass er Drohungen gegen seinen Nebenbuhler ausstieß. Doch dann sah sie seine eiskalten Augen und verstand, warum Emilia eine solche Angst vor ihm hatte.

»Gehen Sie!«, herrschte Maria ihn an. Es war kein Mut, sondern eine spontane Reaktion auf das Geschehen, der einzige Kommentar, der ihr einfiel.

»Wer sind Sie, dass Sie es wagen, mir Befehle zu erteilen?«

Maria spürte eine Bewegung neben sich. Offenbar wollte sich Joachim Graaf auf den Feind stürzen. Sie trat einen Schritt vor und zwischen die beiden Männer. Mit einer Geste hielt sie Graaf zudem zurück. »Sie sind mein Gast«, erwiderte sie kühl in die Richtung des anderen, »und ich bitte Sie, sich an die Regeln der Höflichkeit zu halten. Sie sehen doch, wie sehr Sie Emilia aufregen. Also gehen Sie, bitte.«

»Dann sind Sie also die Witwe Burmester, deren Sohn meinen Jungen mit Briefen behelligt. Gut, dass mich der Leiter der Ritterakademie über diese unsägliche Korrespondenz informierte. Aber auch sonst habe ich schon viel von Ihnen gehört.«

»Sicher ...«

Zur Überraschung aller hielt Emilia genauso plötzlich inne, wie sie wohl zu schreien begonnen hatte. Den Schürhaken schwingend, als sei es ihr Schwert, verstummte sie. Sie starrte Tilmann mit wirrem Blick an. Ihre Furcht war greifbar, ebenso die Kraftanstrengung, die sie ihre Verteidigungshaltung kostete. »Ich weiß es«, keuchte sie. »Ich weiß alles.«

Gudrun drängte sich an dem unerwünschten Besucher vorbei ins Gästezimmer. Langsam ging sie auf Emilia zu, offensichtlich auf Vorsicht bedacht und nicht sicher, ob Emilia mit dem Kaminbesteck auch nach ihr ausholen würde. »Frau von Wedekind, bitte beruhigen Sie sich ...«

»Wir reisen sofort nach Hause«, verkündete Tilmann.

»Nein!« Wieder entrang sich ein verzweifelter Schrei Emilias Kehle.

»Sie werden sie nicht mitnehmen«, erklärte Joachim Graaf. »Dafür bürge ich.«

Tilmann von Wedekind wandte sich gelassen zu ihm um. »Mit welchem Recht wollen Sie mich daran hindern? Ich bin ihr Ehemann.«

»Sie befinden sich auf dem Boden des Königreiches Dänemark«, mischte sich Maria rasch ein. Sie hatte nicht die geringste Ahnung, ob stimmte, was sie sagte, aber sie improvisierte so einfallsreich es ihr möglich war: »Hier herrschen andere Sitten als in Preußen, mein Herr. Sie können nicht bedingungslos über Ihre Frau verfügen. Vor allem, da Sie gegen Emilias Willen und die ausdrückliche Empfehlung des Arztes handeln wollen.«

Er sah sie scharf an. »Woher soll ich eigentlich wissen, dass Sie sie nicht in den Wahnsinn getrieben haben?«

»Nun hören Sie mal ...«, hob Graaf empört an.

»Bitte«, flehte Maria ihn an, »bitte keinen Streit in meinem Haus.« Eigentlich hatte sie sagen wollen, dass Graaf den anderen nicht bei ihr fordern sollte. Ein Duell auf der Terrasse unter den Linden ertrug sie nicht. Auch die Vorstellung einer Auseinandersetzung am Elbstrand jagte ihr ungeheuren Schrecken ein. Still betete sie, dass Graaf die Größe besaß, sich nicht provozieren zu lassen.

Gudrun war es während der kurzen Auseinandersetzung gelungen, Emilia den Schürhaken abzunehmen. Während sie ihre Patientin mit dem einen Arm umfing, um sie zu Bett zu bringen, nahm sie das Kaminbesteck in die andere Hand. Sie wollte es wohl weiterreichen und hielt es hinter sich, nicht darauf achtend, welche der anwesenden Personen danach greifen würde.

Mit einer raschen Geste schnellte Tilmann von Wedekind nach vorne.

Maria sprang vor ihn und packte den Stahlstab. »Wagen Sie es nicht, uns hier zu bedrohen«, zischte sie.

»Besitzen Sie die Würde, sich in Ruhe und Anstand mit mir zu unterhalten?«, fragte Joachim Graaf. »Ich möchte Ihnen einen Vorschlag unterbreiten.«

Der kalte Blick Tilmann von Wedekinds flog zu Emilia.

Was sieht er?, fragte sich Maria. Eine Frau, die ein Schatten der Schönheit ist, die sie einmal war? Eine schwerkranke Patientin, die sich nur langsam erholt? Eine Person, die in wohlhabenden Verhältnissen lebte, aber in ihrem aufgelösten Zustand durchaus an die Insassin eines Armenhauses erinnerte? Nur mein Nachthemd, dachte Maria traurig, das ist dafür von zu guter Qualität.

Tilmann von Wedekind wandte sich zu Joachim Graaf. »Es ist mir eine Ehre«, behauptete er.

Er glaubt nicht daran, fuhr es Maria durch den Kopf, dass er die elegante Dame, die Emilia einst war, jemals wiedersehen wird. Das unterscheidet ihn von Joachim Graaf. Sie nickte den beiden Männern zu. »Ich bringe Sie in meine Stube.«

*

»Als er in der Tür stand, wusste ich mit einem Mal sofort, wer er ist«, flüsterte Emilia. Sie sprach sehr leise, vielleicht befürchtete sie, Tilmann würde hinter der Tür stehen und lauschen.

Doch er war mit Graaf in Marias Stube getreten, wo sich die beiden Herren höchst manierlich niederließen. Als Maria gegangen war, fiel ihr auf, dass sie den Schürhaken noch immer fest umschlossen hielt. Sie befürchtete allerdings nicht, dass Joachim Graaf ihn gebrauchen könnte. Tilmann von

Wedekind wirkte nicht, als wollte er ihn zum Duell fordern oder gar an Ort und Stelle umbringen. Deshalb war sie wieder nach oben gegangen. Hin und her gerissen zwischen der Tür zur Schlafkammer der Jungen und dem Gästezimmer, hatte sie sich für Letzteres entschieden. Nicolaus schlief wahrscheinlich, was sie von Emilia eher nicht annahm, es sei denn, ihre Patientin hätte wieder das Bewusstsein verloren.

Emilia wirkte erschöpft, aber sehr klar. »Ich weiß auch wieder, wer ich bin.«

»Das freut mich zu hören.« Maria legte den Schürhaken an seinen Platz neben dem Kamin. Sie war dankbar, dass Gudrun sich zurückgezogen hatte, und hoffte, dass sich Emilia ihr nun öffnen würde. »Wissen Sie denn auch, was passiert ist?«

»Tilmann ging mit Fräulein Böhme und mir in die Oper«, antwortete Emilia, als hätte sie nur darauf gewartet, endlich zu erzählen, was vorgefallen war. »Vor dem Nationaltheater war es recht voll, und irgendjemand stieß mich in den Rücken. Ich fiel ... und fiel ...«, sie presste die Hand vor den Mund, um nicht wieder zu schreien.

Rasch beugte sich Maria zu ihr und nahm ihre Hand. »Wir können auch ein anderes Mal darüber sprechen. Regen Sie sich jetzt nicht auf, es wird alles gut.«

»Nein. Nein, nein.« Dennoch krallte sich Emilia fest, als wären Marias Finger ihr Rettungsanker. »Eine Droschke fuhr vor, und es riss mich jemand zurück«, fuhr sie nach ein paar tiefen Atemzügen fort. »Es war alles wie in meinem Traum. Was dann passiert ist, weiß ich nicht. Ich weiß nur, dass Tilmann mich zur Ader gelassen hat und Fräulein Böhme ihm assistierte. Sie kam immer wieder und drückte einen Schlafschwamm auf mein Gesicht. Ich glaube, Tilmann war nicht mehr da. Ich hatte Schmerzen und Durst ... und mehr weiß ich nicht.« Sie sah Maria mit flehendem Blick an. »Ob ich mich jemals wieder erhole?«

»Ganz bestimmt«, versicherte Maria mit Überzeugung. »Sie sind doch schon auf dem besten Wege dahin.«

»Ich danke Ihnen für Ihre Freundschaft. Was sollte ich nur tun ohne Sie, Maria Burmester?«

»Sie erinnern sich daran, wer ich bin?« fragte Maria verblüfft.

»Ich weiß jetzt alles wieder. Nicht nur die schlimmen Sachen, auch die angenehmen.« Zum ersten Mal lächelte Emilia.

*

Eine Stunde später verließ Maria das Jungenzimmer, wo sie sich von Nicolaus' tiefem Schlaf überzeugt hatte, und stieg langsam die Treppe hinunter. Aus der Backstube wehten die Düfte von Hinnerks morgendlicher Arbeit durch das Haus und erinnerten Maria daran, dass sie dringend einen Tee brauchte. Gegessen hatte sie seit dem Aufstehen auch noch nichts. Wenn sie sich jetzt kein kleines Frühstück holte, würde sie umfallen. Unwillkürlich dachte sie daran, dass Daniel einmal gesagt hatte, er müsste sie so oft aus einer Ohnmacht erretten, weil sie zu wenig aß. Ach, Daniel …

Mitten auf den Stufen blieb sie stehen, eine Hand auf dem Geländer, und wischte sich mit der anderen eine vorwitzige Träne von der Wange.

Sie hörte Schritte, ein unverständliches, halblaut geführtes Gespräch, dann eine Tür, wieder Schritte. Als hätte sie auf ihn gewartet, bewegte sie sich nicht, bis Joachim Graaf am Fuße der Treppe auftauchte.

»Er ist weg«, verkündete er. »Emilia braucht keine Angst mehr zu haben, er kommt nicht wieder.«

»Was haben Sie mit Herrn von Wedekind gemacht, dass er sich einsichtig zeigte?«

»Ich habe ihm Geld geboten.« Joachim Graaf kam ihr langsam entgegen. »Wissen Sie, Frau Burmester, die meisten Menschen sind käuflich. Überdies hatte ich mich erkundigt und wusste, dass er nur mit seinem Sold auskommen muss, der vergleichsweise überschaubar ist. Für sein angenehmes Leben sorgte Emilias Mitgift. Einem Fräulein Böhme genügen seine eigenen Einnahmen gewiss nicht … Jedenfalls ist er mit einer Scheidung einverstanden. Das Haus gehört ihm ohnehin nicht, also war es nicht schwer, ihn zum Auszug zu bewegen.«

Seine Nonchalance beeindruckte sie. »Ich hatte wirklich befürchtet, Sie würden sich duellieren.«

»Aber nicht doch. Ich bin Geschäftsmann, kein Schützenkönig, und mit der Pistole in der Hand wäre er durch seine militärische Ausbildung sicher im Vorteil. Das konnte ich nicht zulassen.«

»Sie haben sehr klug gehandelt.«

Lächelnd nickte Graaf.

56

In der Umgebung rund um den alten Mariendom standen zahlreiche dem Verfall überlassene Häuser, in denen sich in der Dunkelheit viel Gesindel herumtrieb. Es gab in den Gassen keine Straßenlaternen, und es kursierten Gerüchte, wonach jeder anständige Mensch, der sich nach einem Besuch des Christmarkts verlaufen sollte, mit leeren Taschen heimkehrte. Dabei waren es gerade die Stunden nach der Dämmerung, die die Kunden in der Woche vor Weihnachten zum Dom zogen. Dann beleuchteten Hunderte von Kerzen die schönen Auslagen der vielen Händler, die ihre Buden in der Kirche selbst, im Kreuzgang und den Katakomben aufgestellt hatten. Waren aller Art wurden verkauft, daneben boten Dichter und Liebesbriefschreiber ihre Dienste an, Quacksalber versprachen die Heilung von jedwedem Zipperlein, und Musikanten sorgten für eine stimmungsvolle Untermalung des Gemurmels, Lachens und Feilschens.

Maria liebte diese Stimmung. Sie beobachtete die Männer, Frauen und Kinder aller Gesellschaftsschichten, die sich unter den strengen Augen der Wachen in den schmalen Gängen vergnügten. Der Stand mit ihren Patisserien befand sich im Kreuzgang, wo es leider ein wenig zugig war, aber dennoch hoch herging, zwischen einem Weinhändler und einer Bude mit Galanteriewaren. Die gute Nachbarschaft brachte ihr viele zusätzliche Kunden und Kundinnen, in ihrer Kasse klingelten die Münzen. Vielleicht lag das vortreffliche Geschäft auch an den hübschen jungen Mädchen in Blankeneser Tracht, die sie eigens engagiert hatte. Maria kam es vor, als blieben die Leute nicht nur stehen, um die kleinen Kuchen aus ihrer Backstube auszusuchen, sondern auch, um die adretten Verkäuferinnen in Augenschein zu nehmen. Wenn dem so war, trug ihre Idee jedenfalls Früchte.

Am vorletzten Tag des Christmarkts ließ sie sich einmal selbst durch die Menge treiben. Die Seidenstrümpfe im Sortiment des Galanteriehändlers stachen ihr schon die ganzen Tage ins Auge, aber natürlich war diese Ausgabe unnütz. Genauso verhielt es sich mit dem Zahnpulver, das an einer Bude in der Hauptkapelle angeboten wurde und angeblich nach einem Rezept der Madame de Pompadour hergestellt worden war. Maria fühlte sich durchaus angesprochen von diesem Luxus, gab aber lieber Geld für das besondere Waschmittel aus, das angeblich von einer Lady Eglinton erfunden worden war. Sie begutachtete Perücken, die nach Angaben des Marktschreiers für die elegante französische Kundschaft gedacht waren, und war dankbar, dass sie nicht zu dieser Klientel gehörte und lediglich ihre Witwenhaube trug. Amüsiert wandte sie sich von dem Kopfputz zu dem daneben befindlichen Stand mit Puppen, wo sie ein Geschenk für ihre Töchter zu finden hoffte – und rempelte im Gedränge gegen einen Rücken in einem Rock aus schwarzem Tuch.

»*Pardon* …«

Sie erstarrte. Es war die Stimme, die sie unter Dutzenden wiedererkannte. An Flucht war in dem schmalen Gang nicht zu denken. Hinter und neben ihr sammelten sich die Menschen, die auf Geheiß der Wachen nur jeweils in einer Reihe in eine Richtung gehen durften, gleich Zinnsoldaten. Sie konnte den Betrieb unmöglich aufhalten, indem sie gegen den Strom lief. Mit angehaltenem Atem wartete sie, dass der Mann vor ihr sich umdrehte.

»Maria!« Daniel verneigte sich. »Ich habe mir gedacht, dass ich dir hier über kurz oder lang begegnen würde.«

»Wenn du mich treffen wolltest, wäre es naheliegender, auf dem Hof vorbeizuschauen«, erwiderte sie und ärgerte sich gleichzeitig über ihre alberne Reaktion. Matt fügte sie hinzu: »Wir sind schließlich Nachbarn.«

»Ich habe nicht gesagt, dass ich hier bin, um dich wiederzusehen.«

»Nein. Natürlich nicht.« Sie spürte, wie ihre Wangen zu glühen begannen.

»Dennoch freut es mich …« Er brach ab, offenbar fiel ihm nichts ein, worüber er belanglose Konversation betreiben konnte.

Daniel sah gut aus, stellte sie fest, vorbildlich gekleidet, attraktiv wie ein Mann von Welt. Insgeheim wünschte sie, sie könnte ihm ansehen, wie sehr er unter der Trennung von ihr litt. Aber vielleicht bedauerte er die Entwicklung ja auch nicht. Andernfalls hätte er über seinen Schatten springen und sie tatsächlich aufsuchen können. Oder auch nicht, dachte sie grimmig. Sie war ihm ja ebenfalls nicht entgegengekommen.

Maria seufzte. Sie hatten sich anscheinend nichts mehr zu sagen. »Tja, ich muss …«, hob sie an.

»Wie ich hörte«, unterbrach er sie, »sind der Eisbaum und die Schneebälle ein großer Erfolg.«

Sie hoffte, dass er nicht bemerkte, wie schnell ihr Herz schlug. »Von wem hört man denn so etwas?«, fragte sie ein wenig atemlos.

»Gelegentlich trinke ich mit Hinnerk ein Bier. Auf diese Weise höre ich immer wieder etwas über die Vorkommnisse in deinem Haus. Es scheint bei dir ziemlich viel los gewesen zu sein in der letzten Zeit.«

»Es war fast wie in einem Hotel ...«, bestätigte sie. »Inzwischen ist Emilia von Wedekind allerdings zu ihrem Bruder und ihrer Schwägerin nach Altona gezogen und wird dort bleiben, wenn ihr Sohn in den Ferien nach Hause kommt. Anschließend wird er wohl wieder auf das Institut gehen, in dem auch mein Immanuel unterrichtet wird. Emilia strengt sich sehr an, vollständig gesund zu werden, um nach der Scheidung ein selbständiges Leben zu beginnen.«

»Das habe ich wiederum von Herrn Graaf erfahren.«

»Du scheinst ziemlich viel zu hören.«

Er nickte schmunzelnd. »Herr Graaf hat mir auch berichtete, wie mutig du warst, als Herr von Wedekind auftauchte und wilde Drohungen ausstieß.«

»Ach, so schlimm war es nicht, das war kein Mut.« Sie schüttelte den Kopf, konnte sich ein kleines eitles Lächeln jedoch nicht verkneifen.

»Stell dein Licht nicht unter den Scheffel ...

»Das tue ich gar nicht.« Sie lachte manieriert. »Ich schaue sogar wieder öfter in den Spiegel.« Der Hinweis auf seine Worte an jenem leidenschaftlichen Nachmittag kam ihr über die Lippen, ohne dass sie es gewollt hatte. Er blickte sie daraufhin forschend an. Und sie senkte die Lider, weil sie seinen Blick nicht ertrug.

Ein Marktbesucher neben ihnen lachte grölend, seine Begleiterin kicherte. Bester Laune marschierte das Paar weiter und rempelte Daniel und Maria an. Doch keiner der vier Menschen beachtete es.

Daniel sagte: »Wenn du dich von deiner Schönheit überzeugt hast, wird es dich nicht verwundern, dass ich dich nicht vergessen kann.«

Fast erschrocken sah sie ihn an. Ihr fehlten die Worte, obwohl sich in ihrem Kopf all das sammelte, was sie ihm seit Wochen zu sagen wünschte, aber nicht auszusprechen oder auch nur zu schreiben getraute.

»Wollen Sie nun etwas kaufen oder nicht?«, fragte der Händler, vor dessen Bude sie standen.

»Komm«, Daniel nahm ihren Arm, »gehen wird ein Stück. Bist du auf der Suche nach etwas Bestimmten?«

»Nein. Du?«

»Ich weiß es nicht. Vielleicht war ich auf der Suche nach dir.«

»Ach, Daniel ...«

Sein Griff an ihrem Arm wurde fester. »Ich hatte Angst davor, noch einmal abgewiesen zu werden, wenn ich an deine Tür klopfe.«

Das hätte durchaus passieren können, fuhr es ihr durch den Kopf. Laut sagte sie: »Das tut mir leid.«

»Ja. Das tut es mir auch. Womöglich habe ich eine Menge Zeit durch meine Unentschlossenheit verschwendet.«

Sie sah ihn erstaunt von der Seite an.

»Wir haben nur dieses eine Leben«, stellte er überraschend sachlich fest, »warum sollen wir es nicht gemeinsam verbringen? Wir passen gut zueinander. Und ...«, er unterbrach sich. »Nun, das gehört wahrscheinlich nicht hierher ...«

»Weihnachten ist das Fest der Liebe«, erinnerte sie ihn. Was wie aus dem Zusammenhang gerissen klang, war eigentlich eine vernünftige Antwort auf seine Bemerkung. Jedenfalls soweit es unter den gegebenen Umständen möglich war.

Daniel hatte verstanden. »Du brauchst mir nicht gleich zu antworten, Maria, ich bin bereit, auf dich zu warten, solange es nötig ist. Versprich mir nur, mir zu sagen, wenn die Zeit für eine Heirat gekommen ist.«

Sie spürte seine Hand auf ihrem Arm und die Sicherheit, die er ihr schenkte. Von Anfang an war er für sie da gewesen. Sie dachte daran, wie sehr sie ihn vermisst, wie oft sie voller Sehnsucht und gleichzeitig Verzweiflung an ihn gedacht hatte. Manchmal war es ihr so vorgekommen, als hätte sie in wenigen Monaten gleich zwei Männer verloren. Den einen konnte sie nicht zurückbekommen. Aber sie konnte verhindern, dass sie den anderen endgültig verlor.

»Jetzt«, sagte sie laut und deutlich, um den Lärm um sie her zu übertönen und sicherzugehen, dass Daniel jedes Wort verstand. »Die Zeit ist gekommen.«

Stirnrunzelnd erwiderte er ihren Blick. »Wie meinst du das?«

»Wenn du mich noch willst, Daniel Jacques, bin ich da für dich. Jetzt und für immer.«

Ohne sie loszulassen, ergriff er ihre freie Hand und führte sie an seine Lippen. »Ich heiße Jacob. Daniel Louis Jacob.«

Nienstedten

EPILOG

26. Februar 1791

»Wer hätte das gedacht?«, wollte Dineke wissen. Sie stand hinter Maria und sah über deren Schulter in den Spiegel, vor dem sie beide standen. Eben hatte sie die Witwenhaube gegen eine hohe Hochzeitskrone aus Silberdraht getauscht. Es war das letzte Kleidungsstück aus ihrem alten Leben, das Maria an diesem Morgen abgelegt hatte.

Maria betrachtete sich ebenfalls. Sie trug eine Blankeneser Tracht, die sich von der üblichen traditionellen Garderobe der Fischerfrauen unterschied, weil sie aus kostbarerem Stoff gearbeitet und im Sinne ihrer gesellschaftlichen Stellung mit mehr Knöpfen aus Silber versehen war. Außerdem trug sie ein weißes Brusttuch und eine weiße Schürze, neben dem Gebilde auf ihrem Kopf die äußeren Zeichen der Braut. Sie sah sich an und kam sich seltsam fremd und doch vertraut vor. »Ja«, erwiderte sie, »wer hätte gedacht, dass mir die alten Sachen noch passen.«

»Das meinte ich nicht«, antwortete Dineke. »Du siehst wunderschön aus, Maria, aber es gab keinen Grund, das nicht zu erwarten. Ein wenig überraschend ist hingegen, wie sich alles so gefügt hat, dass du gleich zum zweiten Mal in den Stand der Ehe treten wirst. Aber nun, ich habe ja von Anfang an gesagt, dass du und Daniel wie geschaffen füreinander seid.«

»Als ich ihn kennenlernte, habe ich verzweifelt um mein

Erbe gekämpft«, gab Maria zurück, während sie ebenso vorsichtig wie nachdenklich ihren Kopf mit der ungewohnten hohen Krone darauf hin und her drehte. »Nun werde ich ihn heiraten, und es ist nichts mehr da, worum ich kämpfen könnte.«

»Da gibt es gewiss noch eine Menge. Den Hof hast du ihm zwar verkauft und das Geld für deine Kinder angelegt, aber ich bin sicher, ihr werdet nicht nur sonnige Tage erleben. Vor allem, wenn Daniel erst das Weinrestaurant eröffnet hat, von dem er die ganze Zeit spricht. Da wird bestimmt noch mehr als ein Kampf auszufechten sein.«

Maria drehte sich zu ihr um, sah ihrer Freundin in die Augen. »Glaubst du, dass alles gut werden wird?«

»Ich vertraue auf Gottes Gnade. Er gibt uns den Weg vor, den wir gehen. Bis jetzt ist dein Daniel diesem im besten Sinne gefolgt. Selbst die eifrigsten *Kwaakmulls* haben nichts gegen ihn einzuwenden, es sei denn ...«, Dineke zögerte, dann brach aus ihr heraus: »Ihr hättet mit der Heirat vielleicht noch so lange warten sollen, bis das Trauerjahr vorüber ist.«

Maria hätte gerne genickt, aber mit der Krone auf dem Kopf sparte sie sich diese Bewegung. »Daniel sagt, nach altem römischem Recht sollten mindestens sieben Monate bis zur Wiederverheiratung einer Witwe vergehen. Später wurde dieser Zeitraum in den christlichen Kirchen auf ein Jahr erweitert. Der Grund ist die Absicherung, dass die Frau kein Kind ihres ersten Mannes unter dem Herzen trägt. Wir haben nun über acht Monate gewartet, das sollte wirklich reichen, um uns in dieser Sache in Sicherheit zu wiegen.«

»Deine Taille deutet auf keine Schwangerschaft hin«, stellte Dineke fest und zupfte an der Schleife von Marias Schürze. »Aber, ach, Daniel erzählt immer so schöne Geschichten. Ich werde den Pastor nachher fragen, ob es stimmt, was er sagt.«

»Ich glaube«, erwiderte Maria nicht ohne Stolz auf ihren klugen Bräutigam, »die Gäste werden in unser Restaurant nicht nur wegen der guten Speisen und Getränke, sondern auch wegen der anregenden Unterhaltung mit dem Wirt kommen.«

»Eine feine Gastwirtschaft mit gutem Essen und Wein in unserem Dorf, kein Eintopf und kein Bier – eine solch mondäne Entwicklung hätte ich ausgerechnet hier niemals erwartet.« Dineke setzte eine zufriedene, selbstgefällige Miene auf. »Aber ich habe ja von Anfang an gewusst, dass die Franzosen wundervolle Neuerungen zu uns bringen. Der Pastor und ich sind sehr gespannt, wie es sein wird, einen Ort zu besuchen, der sich *Restaurant* nennt und für ein entspannt zu genießendes Mahl sorgen soll.«

»Am ersten Juli will Daniel Eröffnung feiern.« Maria holte tief Luft, dann erfasste sie Hektik. »Aber nun gilt es, erst einmal ein anderes Fest zu begehen. Meinst du, Daniel hat die Kinder mit ausreichend Blumen versorgt? Und wo ist eigentlich mein Vater? Ist es nicht wundervoll, dass er trotz des Winterwetters angereist ist? Daniel sagt, den Hugenotten wäre es wichtig, die Familien und engsten Freunde als Zeugen bei einer Heirat dabei zu haben. Aber eigentlich wird er ja nun auch ein Lutheraner wie du und ich. Meine Güte, was hat er alles für mich getan …?«

Sie plapperte und plapperte wie ein aufgeregtes junges Mädchen, während sie an Dinekes Arm ihr Schlafzimmer verließ, in dem sie ab heute Abend das Bett mit Daniel teilen würde. Immerhin, dachte sie beglückt, wusste sie, was sie dann dort erwarten würde.

Es waren die alten Wege, die Maria zur Kirche nahm. Doch es war der Weg in ein neues Leben.

NACHWORT

Das »Louis C. Jacob« steht noch heute am selben Platz im Hamburger Elbvorort Nienstedten und ist ein renommiertes Hotel und Restaurant mit viel Tradition, inzwischen eines von mehreren 5-Sterne-Hotels im Großraum. Als Daniel Louis Jacob sein Wein-Restaurant am 1.7.1791 eröffnete, war er der erste und für einige Zeit einzige französische Gastwirt in diesem Segment am Platze, der »Alsterpavillon« in Hamburg wurde 1799 von dem französischen Flüchtling Augustin Lancelot de Quatre Barbes gegründet, das vornehme »Rainville« von dem ebenfalls französischen Emigranten César Rainville 1802 in Altona. Das »Jacob« war zunächst als Ausflugslokal sehr beliebt, die Bepflanzung des wundervollen Plateaus mit drei Reihen Lindenbäumen zog die Gäste vor allem im Sommer magisch an; an manchen Wintertagen kam jedoch kein einziger Gast, wie die von Daniel Jacob ordentlich geführten und erhalten gebliebenen Kontorbücher belegen. Dennoch etablierte er sich, so dass auch die Napoleonischen Kriege nichts am Fortbestand des Hauses änderten (obgleich die französische Besatzung Hamburgs zum Niedergang einer ganzen Generation Handelshäuser führte und die »Goldene Ära« von Hamburg und Altona beendete, aber das ist eine andere Geschichte). Verantwortlich für Jacobs Erfolg waren die hervorragende Küche, die exquisiten Patisserien und die süffigen Weine; mit dem Hause Clicquot in Reims etwa schloss Daniel

Jacob einen Exklusivvertrag über die Belieferung von Champagner. Der Patron war beliebt, seine Geschichten und seine Manieren und Bildung, seine humorvolle und gewitzte Art kamen bei den vornehmsten Hamburgern an. Als er 1837 starb, hinterließ er seinem Sohn Louis Jacob (geb. 1797) ein florierendes, gut eingeführtes Unternehmen.

Maria bekam mit Daniel noch einmal fünf Kinder, drei Töchter und zwei Söhne. Für Paridom Burmesters Nachkommen hatte sie gut gesorgt, vor allem Immanuel machte sich als Kaufmann einen Namen, und Antoinette heiratete einen späteren Bürgermeister von Hamburg. Die Ehe von Daniel und Maria soll sehr glücklich gewesen sein und währte bis zu ihrem Tode 1825, er heiratete danach nicht wieder. Ob die beiden sich so kennengelernt haben und verliebten wie im Roman beschrieben, kann ich nur vermuten, diese Geschichte ist eigentlich ein Produkt meiner Phantasie, aber sehr um Authentizität bemüht. Tatsache ist, dass Daniel in jenem Sommer wohl nach Nienstedten kam und später den Hof erwarb, bevor er Maria lange vor Ende des Trauerjahrs heiratete (was manchen Biographen bis heute aufregt). Er kam als Kunstgärtner in die Gegend, um den Park der Villa des Hamburger Kaufmanns Peter Godeffroy anzulegen, ob er auch für die Anlage jenes im Roman beschriebenen Parks verantwortlich war, der heute Jenisch-Park heißt, ist nicht belegt.

Der Kaufmann und Mäzen Joachim Graaf ist vage an die Person von Caspar Voght angelehnt, den ursprünglichen Eigentümer des berühmten Landguts an der Elbe. Voghts große Liebe zu der verheirateten Magdalena Pauli war die Vorlage zu Emilia von Wedekinds Geschichte, obwohl die realen Personen weit weniger dramatisch bedroht wurden und auch kein gemeinsames Kind hatten. Seinen Park nannte Voght übrigens Magdalenen-Park, erst durch den Verkauf an den Hamburger Senator Martin-Johann Jenisch erhielt er seinen bis heute gebräuchlichen Namen.

Für mich persönlich war der Roman ein Ausflug in meine Kindheit. Meine Eltern und ich wohnten eine Zeitlang an der Elbchaussee Nummer 215, heute befindet sich in dem Gebäudekomplex ein Seniorenstift. Ich wurde in Nienstedten eingeschult und habe meine ersten beiden Schuljahre an der dortigen Waldorfschule verbracht. Es *gehörte* sich damals, Feiern bei »Jacob« zu zelebrieren, und so war ich auch an meinem ersten Schultag im April 1963 dort mit meiner Familie zum Kaffee. Später bin ich immer wieder aus dem einen oder anderen Grund dort gewesen, zuletzt als Hotelgast mit einem traumhaften Blick von meinem Zimmer auf die Elbe. Das war eine der schönsten Recherchereisen meines Autorinnenlebens.

Es war schon immer ein erhebendes Erlebnis, einen Ausflug zu der berühmten Lindenterrasse zu machen. Im Jahr 1902 kam Max Liebermann auf Einladung von Alfred Lichtwark, dem Gründungsdirektor der Hamburger Kunsthalle, aus Berlin und residierte einige Wochen im Hotel Jacob. Er machte die Lindenterrasse zu dem Motiv wunderschöner, impressionistischer Gemälde. Ein Werk aus dieser Serie hängt heute im Hotel Jacob, Liebermanns Zimmer wird liebevoll konserviert. War zu Zeiten von Daniel Louis Jacob etwa der Dichter Friedrich Gottlieb Klopstock Stammgast, sind es inzwischen Robert Redford, der im Jacob geheiratet hat, und zuletzt Bundeskanzler Olaf Scholz und der französische Staatspräsident Emmanuel Macron.

Ich möchte mich an dieser Stelle ausdrücklich bei der Hoteldirektorin Judith Fuchs-Eckhoff für die großzügige Unterstützung bei meinem Projekt bedanken. Sie öffnete für mich den

Safe und zeigte mir sogar den Kanonensplitter, durch den Paridom Burmester zu Tode gekommen sein soll. Ich danke auch Daniela Holz, der Nachfahrin von Daniel Louis Jacob, die mir bei der Recherche über ihre Familie wertvolle Informationen besorgte. Weitere wichtige Hinweise erhielt ich im Kirchenarchiv des evangelisch-lutherischen Kirchenkreises Hamburg-West/Südholstein. Und dann ist da natürlich noch die umfangreiche Literatur, die ich als Basiswissen gelesen habe. Es würde zu weit führen, die vielen Bücher einzeln aufzulisten, die ich antiquarisch oder neu erworben habe und während meiner Arbeit auf Reisen ständig in schweren Baumwollsäcken mit mir herumschleppte.

Ohne meine wunderbare Agentin Petra Hermanns würde diese Geschichte nicht als Roman veröffentlicht werden, und ich danke ganz besonders meiner Verlagslektorin Tanja Seelbach für das in mich gesetzte Vertrauen und die Geduld, ebenso danke ich meiner Außenlektorin Katharina Gerhardt für die schöne Zusammenarbeit. Mein letzter Dank gilt meinem Mann Bernd Gabriel und meiner Familie, die mich motiviert, antreibt und immer wieder auffängt, wenn es gerade mal nicht so klappt, denn die Schreiberei kann zuweilen ein ganz schwieriger Job sein. Aber es ist der schönste Beruf der Welt.

Micaela Jary

REZEPTE

Die Rezepte stammen aus

Bremisches Kochbuch von Betty Gleim, Druck und Verlag Johann Georg Hense (1. Auflage 1808)

Niedersächsisches Kochbuch von Marcus Looft, Ausgabe Lübeck bei Christian Iversen und Compagnie (1778)

LAROUSSE gastronomique

Die Maßeinheiten wurden in heute übliche umgerechnet, abgesehen davon sind die Rezepte authentisch geblieben:

SCHWARZBROTTORTE

Man nehme acht ganze Eier und zehn Dotter und schlage alles kräftig, bis ein fester Brei entsteht, dazu gibt man 250 Gramm feinen Zucker, eine halbe Tafel geriebene Schokolade und 125 Gramm gemahlene Mandeln, Nelken, Zimt, Kardamom und Muskat nach Geschmack, alles gut durchmischen, dann noch mit etwa 70 Gramm geriebenem dunklen Roggenbrot vermischen und vorsichtig backen.

Nach dänischem Rezept mit steif geschlagener Sahne und Johannisbeermarmelade füllen.

KREBSBUTTER

Man nehme von gekochten Krebsen die Schalen der Scheren, des Schwanzes und des Kopfes, zerstoße dieselben in einem Mörser, und gebe sie in einen Topf. Auf die Schalen von etwa fünf Dutzend Krebsen gibt man 250 Gramm Butter und rührt alles zusammen etwa acht Minuten bei mittlerer Hitze, dann gießt man drei bis vier Tassen Wasser darauf und lässt alles aufkochen. Anschließend gießt man alles durch ein Sieb, die Flüssigkeit hebt man nicht auf. Die Schalen gibt man zurück in den Topf und füllt so viel Wasser auf, dass sie gut bedeckt sind, und kocht alles nochmals auf. Die Krebsbutter, die sich nun von den Schalen gelöst hat, nimmt man mit einem Schaumlöffel vorsichtig ab, das Wasser wird weggegossen. Sobald die Krebsbutter erkaltet ist, schneidet man sie auf und putzt Schalenrückstände ab. Man kann zu der warmen Krebsbutter nach Geschmack noch Cognac und Gewürze hinzufügen. Kühl lagern.

ROTWEINKUCHEN

Zwölf Zwiebäcke zerstoße man und rühre die Masse in knapp einen Liter Rotwein, man gebe ein Weinglas voll Johannisbeersaft dazu, 250 Gramm gemahlene Mandeln, Zucker an der Schale von einer Zitrone abgerieben und Zimt nach Geschmack. Die Masse in einen Topf geben und auf das Feuer stellen, wenn alles erkaltet ist, gibt man zwölf Eidotter hinzu. Dann füllt man alles in einen Blätterteig und backt den Kuchen gar.

EISBAUM

Man zieht einen Zweig Rosmarin durch stark aufgeschlagenes Eiweiß und lässt ihn eine halbe Stunde damit stehen, alsdann bestreut man ihn mit Kristall- und Puderzucker und lässt das Ganze in der Sonne oder am Ofen trocknen.

SCHNEEBÄLLE

Man kocht einen knappen Liter Milch mit 125 Gramm Butter auf, gibt dann 500 Gramm Mehl hinein und rührt es bei kleiner Flamme, bis sich die Masse vom Topf löst. Dann gibt man die Masse in eine kleine Schüssel, lässt sie erkalten und vermischt sie mit einem gestrichenen Teelöffel Zimt und zwölf Eiern. Mit einem silbernen Löffel werden nun Portionen (Klöße) aus dem Teig gestochen und kocht diese in 250 Gramm abgeklärter Butter und 250 Gramm Schmalz, bis sie braun werden, richtet sie an und bestreut sie mit Zucker und Zimt.

SUPPENKUCHEN

beliebt auf Reisen und als Vorrat

Man nimmt ein halbes Kalb, von dem die Eingeweide und der Kopf gesondert sind (ungefähr 15 Kilogramm), etwa 15 Kilogramm Rindfleisch (also ebenso viel Gewicht wie Kalbfleisch), acht gute Hühner, sechs Dutzend Vögel (Sperlinge oder Lerchen), einen geräucherten Schinken von etwa acht Kilogramm, vier Ochsenfüße und sechs Kalbsfüße mit dem Mark. Das alles wird in kleine Stücke geschnitten, und die Knochen werden zerhauen. Dann kommen dazu 30 rohe Zwiebeln, etwa 60 Gramm Pfefferkörner, 30 Gramm Nelken, ein paar Lorbeerblätter, vier Muskatnüsse und sechs Eimer weiches, kaltes Wasser. Dieses schäumt man sorgfältig, deckt den Kessel zu, gibt unter die Mitte des Kessels glühende Kohlen, und lässt es 24 Stunden bei mäßiger Hitze kochen. Nachdem es geschäumt und schon etwas eingekocht ist, muss man alles Fett abnehmen, so dass auch kein Tropfen darauf bleibt, ja man kann etwas Löschpapier darauflegen, damit alles Fett hineinzieht. Um zu wissen, ob es gut ist, gießt man etwas davon auf einen hölzernen Teller, wo es, wenn es genügsam gekocht ist, zu einem steifen Gelee sich bilden muss, das nicht mehr klebt und schnell trocknet. Noch warm muss die Mischung durch ein Haarsieb in eine Schokoladenform, die mit kaltem Wasser ausgespült wurde, gegossen werden. Nachher trocknet man alles an der Luft, aber nicht an der Sonne, auch nicht bei künstlicher Wärme. Dann, wenn die Tafeln ganz ausgetrocknet sind, nimmt man sie aus der Form und wickelt jede einzelne in Papier, verwahrt sie in einer Blechdose. Salz darf nicht zur Brühe kommen, weil sie sonst nicht trocknet.